O LIVRO DO DESTINO

PARINOUSH SANIEE

O LIVRO DO DESTINO

Este livro foi traduzido com a assistência
do Fundo de Subsídio para Tradução
da Feira do Livro Internacional de Sharjah

Traduzido do persa por
Sara Khalili

Traduzido do inglês por
Ludimila Hashimoto

BERTRAND BRASIL

Rio de Janeiro | 2015

Copyright © Parinoush Saniee 2003

Título original: *Sahme Man*

Capa: Oporto design

Imagem de capa: Rui Vale de Sousa/Shutterstock.com

Editoração: FA Studio

Texto revisado segundo o novo
Acordo Ortográfico da Língua Portuguesa

2015
Impresso no Brasil
Printed in Brazil

Cip-Brasil. Catalogação na publicação.
Sindicato Nacional dos Editores de Livros, RJ.

S217L	Saniee, Parinoush
	O livro do destino / Parinoush Saniee; tradução Ludimila Hashimoto. — 1. ed. — Rio de Janeiro: Bertrand Brasil, 2015.
	462 p.; 23 cm.
	Tradução de: Sahme Man
	ISBN 978-85-286-1781-8
	1. Romance iraniano. I. Hashimoto, Ludimila. II. Título.
	CDD: 891.53
15-21016	CDU: 821.22-3

Todos os direitos reservados pela:
EDITORA BERTRAND BRASIL LTDA.
Rua Argentina, 171 — 2º andar — São Cristóvão
20921-380 — Rio de Janeiro — RJ
Tel.: (0xx21) 2585-2070 — Fax: (0xx21) 2585-2087

Não é permitida a reprodução total ou parcial desta obra, por
quaisquer meios, sem a prévia autorização por escrito da Editora.

Atendimento e venda direta ao leitor:
mdireto@record.com.br ou (0xx21) 2585-2002

Índice

Lista de personagens   7

Locais   11

Glossário   13

O Livro do Destino   15

Lista de Personagens

Ahmad	irmão mais velho de Massoumeh
Akbar	ativista do partido comunista
Ali	irmão mais novo de Massoumeh
Amir-Hossein	antigo namorado da sra. Parvin
Ardalan	filho de Parvaneh
Ardeshir	filho de Mansoureh
Asghar Agha	um dos pretendentes de Massoumeh
Atefeh	esposa de Massoud e filha do sr. Maghsoudi
Avó	avó paterna de Massoumeh
Bahman Khan	marido de Mansoureh
Bibi	avó paterna de Hamid
Dariush	irmão mais novo de Parvaneh
Dorna	filha de Siamak e Lili, primeira neta de Massoumeh
Dr. Atai	farmacêutico do bairro
Ehteram-Sadat	prima materna de Massoumeh e esposa de Mahmoud
Faati	irmã mais nova de Massoumeh
Faramarz Abdollahi	noivo de Shirin
Farzaneh	irmã mais nova de Parvaneh
Firouzeh	filha de Faati, sobrinha de Massoumeh
Gholam-Ali	filho mais velho de Mahmoud
Gholam-Hossein	filho mais novo de Mahmoud
Haji Agha	marido da sra. Parvin

Hamid Soltani	marido de Massoumeh, ativista comunista
Khosrow	marido de Parvaneh
Ladan	noiva de Massoud
Laleh	segunda filha de Parvaneh
Lili	filha de Parvaneh
Mahboubeh	prima paterna de Massoumeh
Mahmoud	irmão mais velho de Massoumeh
Manijeh	irmã mais nova de Hamid, cunhada de Massoumeh
Mansoureh	irmã mais velha de Hamid, cunhada de Massoumeh
Maryam	colega de classe intrometida de Massoumeh
Massoud	segundo filho de Massoumeh
Massoumeh (Massoum) Sadeghi	narradora e protagonista do romance
Mehdi	marido de Shahrzad e dirigente da organização comunista
Mohsen Khan	marido de Mahboubeh
Monir	irmã mais velha de Hamid, cunhada de Massoumeh
Mostafa Sadeghi (Aga Mostafa)	pai de Massoumeh
Nazy	esposa de Saiid
Parvaneh Ahmadi	melhor amiga de Massoumeh
Sadegh Khan	marido de Faati, cunhado de Massoumeh
Saiid Zareii	farmacêutico-assistente do dr. Ataii
Shahrzad (Tia Sheri)	amiga de Hamid e dirigente da organização comunista
Shirin	filha mais nova de Massoumeh
Siamak	primeiro filho de Massoumeh
Sohrab	marido de Firouzeh
Sr. e sra. Ahmadi	pais de Parvaneh
Sr. Maghsoudi	soldado junto com Massoud no front de guerra, depois seu chefe e sogro
Sr. Motamedi	vice-presidente da agência do governo em que Massoumeh trabalha

O LIVRO DO DESTINO

Sr. Shirzadi	diretor de departamento da agência do governo em que Massoumeh trabalha
Sr. Zargar	supervisor de Massoumeh na agência do governo
Sra. Parvin	vizinha da família de Massoumeh
Tayebeh (Mãe)	mãe de Massoumeh
Tia Ghamar	tia materna de Massoumeh
Tio Abbas	tio paterno de Massoumeh
Tio Assadollah	tio paterno de Massoumeh
Tio Hamid (Hamid Agha)	tio materno de Massoumeh
Vó Aziz	avó materna de Massoumeh
Zahra	filha do meio de Mahmoud
Zari	irmã mais velha de Massoumeh, que morreu quando Massoumeh tinha oito anos

Locais

Ahvaz — capital da província de Cuzistão, a oeste e perto da fronteira entre Irã e Iraque

Ghazvin — grande cidade no norte do Irã

Golab-Darreh — cidade ao norte de Teerã, na cadeia de montanhas Alborz

Kermanshah — capital da província de Kermanshah, no oeste do Irã

Mashad — cidade do nordeste do Irã, perto das fronteiras do Afeganistão e do Turquemenistão, considerada sagrada por ser o local do templo do Imã Reza

Monte Damavand — o pico mais alto da cadeia de montanhas Alborz, ao norte de Teerã

Qom — cidade ao sudoeste de Teerã e centro de formação xiita. Considerada local sagrado por abrigar o templo de Sua Santidade Masumeh

Shemiran — bairro no norte de Teerã

Tabriz — capital da província do Azerbaijão Leste, no norte do Irã

Úrmia — cidade no noroeste do Irã e capital da província do Azerbaijão Oeste

Zahedan — capital da província de Sistan e Baluchestan, perto da fronteira com o Paquistão e o Afeganistão

Glossário

Agha — forma de tratamento equivalente a "cavalheiro", "senhor".

Haft-Seen — significa literalmente "Os Sete Esses" e é uma disposição de mesa tradicional de Nowru, a celebração de ano novo iraniana no começo da primavera. A mesa de *Haft-Seen* inclui sete itens que começam com a letra "s" no alfabeto persa e que simbolizam renascimento, saúde, felicidade, prosperidade, alegria, paciência e beleza. Os sete itens são maçãs, couves-de-bruxelas, vinagre, alho, sumagre, *samanu* (um pudim cremoso de trigo) e *senjed* (fruto do zambujeiro). Entre outros itens, estão: espelho, velas, ovos pintados, moedas, peixinhos-dourados e água de rosas.

Hijab — refere-se tanto ao véu que as mulheres muçulmanas usam na cabeça como ao estilo modesto de vestimenta islâmica em geral. No Irã, as formas mais comuns de *hijab* têm sido, conforme a tradição, o lenço de cabeça e o chador. No Irã pós-revolucionário, também se exige que as mulheres usem um manto ou uma túnica longa e folgada.

Khan — título obsoleto da nobreza ou de chefes tribais, hoje usado como forma de tratamento correspondente a "senhor".

Korsi — móvel tradicional da cultura iraniana. Trata-se de uma mesa baixa com um aquecedor embaixo e cobertores por cima. As pessoas se sentam em futons em torno do *korsi*, com as pernas cobertas pelos cobertores. É uma forma relativamente barata de se manter aquecido no inverno, uma vez que os futons e os cobertores retêm o ar quente. Durante os meses frios, a maior parte das atividades familiares acontece em torno do *korsi*.

SAVAK — Polícia Secreta.

Sofreh de casamento — um tecido fino, geralmente com fios brilhantes de ouro e prata, é estendido no chão e decorado com diversas comidas e objetos associados ao casamento, conforme a tradição. Isso inclui um espelho entre um par de candelabros, uma bandeja de especiarias multicoloridas, uma variedade de bolos e doces, um grande pão ázimo, ovos coloridos, uma travessa de queijo feta e ervas frescas, dois cones de açúcar grandes, um frasco de água de rosas, um pequeno braseiro quente com arruda síria e um Alcorão aberto ou um Divan de Hafez.

CAPÍTULO UM

Eu sempre ficava surpresa com as coisas que a minha amiga Parvaneh fazia. Ela nunca parava para pensar na honra e na reputação do pai. Falava alto na rua, olhava para vitrines e às vezes até apontava coisas para me mostrar. Não importava quantas vezes eu dissesse "Não é apropriado, vamos", ela sempre me ignorava. Certa vez até me chamou gritando do outro lado da rua e, para piorar, me chamou pelo primeiro nome. Fiquei tão envergonhada que rezei para derreter e desaparecer no chão. Graças a Deus, nenhum dos meus irmãos estava por perto, ou sabe-se lá o que teria acontecido.

Quando nos mudamos de Qom, o Pai permitiu que eu continuasse indo à escola. Depois, quando lhe contei que em Teerã as meninas não usavam chador para ir à escola e que eu seria motivo de risos, ele até deixou que eu usasse um lenço na cabeça, mas tive de prometer tomar cuidado para não envergonhá-lo corrompendo-me nem me estragando. Eu não sabia o que ele queria dizer, como uma menina poderia estragar feito comida velha, mas eu sabia o que fazer para não envergonhá-lo, mesmo sem usar o chador e um hijab adequado. Eu amo o Tio Abbas! Eu o ouvi dizer ao Pai:

— Irmão! As meninas têm de ser boas por dentro. Não é o hijab adequado que importa. Se ela for ruim, fará mil coisas sob o chador que desonrariam o pai por completo. Agora que vocês se mudaram para Teerã, têm de viver como os teeranianos. Já se foram os dias em que as meninas ficavam trancadas em casa. Deixe que ela vá à escola e que se vista como todas as outras, senão ela vai chamar ainda mais atenção.

O Tio Abbas era muito sábio e sensível, e tinha de ser. Na época, ele morava em Teerã havia quase dez anos. Só vinha a Qom quando alguém morria. Quando vinha, a Vó, Deus a tenha, dizia:

— Abbas, por que não me visita mais vezes?

E o Tio Abbas, com a risada alta dele, dizia:

— O que eu posso fazer? Diga aos parentes para morrerem mais.

A Vó dava um tapa nele e beliscava a sua bochecha com tanta força que a marca ficava por muito tempo.

A esposa do Tio Abbas era de Teerã. Ela sempre usava chador quando vinha a Qom, mas todo mundo sabia que em Teerã ela não mantinha um hijab apropriado. Suas filhas não se importavam com nada. Até iam à escola sem hijab.

Quando a Vó morreu, os filhos venderam a casa da família em que morávamos e deram a todos a parte que lhes cabia. Tio Abbas disse ao Pai:

— Irmão, aqui não é mais um bom lugar para se morar. Faça as malas e venha para Teerã. Vamos juntar as nossas partes da casa e comprar uma loja. Alugo uma casa para você por perto, e trabalhamos juntos. Venha, comece a construir uma vida. O único lugar em que pode ganhar dinheiro é em Teerã.

No início, meu irmão mais velho, Mahmoud, foi contra. Ele disse:

— Em Teerã, a fé e a religião das pessoas desaparecem.

Meu irmão Ahmad, porém, ficou animado, e insistiu:

— Sim, temos de ir. Afinal, temos de fazer alguma coisa.

E a Mãe ficou cautelosa:

— Mas pense nas meninas. Não conseguirão encontrar um marido decente lá. Ninguém nos conhece em Teerã. Nossos amigos e parentes estão todos aqui. Massoumeh tem o certificado do sexto ano e até estudou um ano a mais. Está na hora de se casar. E Faati tem de começar a estudar. Só Deus sabe como ela vai ficar em Teerã. Todo mundo diz que as meninas que crescem em Teerã não são tão boas.

Ali, que estava no quarto ano, disse:

— Ela não ousaria. Não pensem que estou morto! Vou vigiá-la feito um gavião para que ela não dê um passo em falso.

Depois ele chutou Faati, que estava sentada no chão, brincando. Ela começou a gritar, mas ninguém prestou atenção.

Fui abraçá-la e disse:

— Que bobagem. Quer dizer que todas as meninas em Teerã são ruins?

Irmão Ahmad, que morria de amores por Teerã, falou bravo:

— Você, cale a boca! — Depois virou-se para os outros e disse: — O problema é Massoumeh. Nós a casamos aqui, depois mudamos para Teerã. Assim, será uma dor de cabeça a menos. E Ali fica responsável por Faati. — Deu um tapinha nas costas de Ali e disse orgulhoso que o menino tinha honra e fervor e agiria com responsabilidade. Fiquei desanimada. Desde o começo, Ahmad era contrário à ideia de que eu fosse para a escola. Tudo porque ele não estudava e repetira o oitavo ano até finalmente largar a escola, e agora não queria que eu estudasse mais do que ele havia estudado.

A Vó, Deus a tenha, também estava muito triste porque eu ainda ia à escola, e sempre reclamava com a Mãe:

— Sua menina não é nada prendada. Quando casar, será devolvida em menos de um mês. — Ao Pai, ela disse: — Por que fica gastando dinheiro com a menina? Meninas não servem para nada. Pertencem a outro. Você trabalha tanto e gasta com ela, depois vai acabar tendo de gastar muito mais para casá-la.

Embora Ahmad tivesse quase vinte anos, não tinha um emprego apropriado. Realizava pequenas tarefas na loja do mercado do Tio Assadollah, mas estava sempre vagando pelas ruas. Não era como Mahmoud, apenas dois anos mais velho e sério, confiável e muito devoto, e que nunca deixava de fazer suas orações e jejuns. Todo mundo achava que Mahmoud fosse dez anos mais velho de Ahmad.

A Mãe queria muito que Mahmoud se casasse com a minha prima materna, Ehteram-Sadat. Ela dizia que Ehteram-Sadat era uma Sharifah — descendente do Profeta. No entanto, eu sabia que o meu irmão gostava de Mahboubeh, minha prima paterna. Toda vez que ela vinha para a nossa casa, Mahmoud enrubescia e começava a gaguejar. Ficava parado num canto, observando Mahboubeh, em especial quando o chador dela escorregava da cabeça. E Mahboubeh, Deus a abençoe, era tão brincalhona e distraída que se esquecia de manter a cabeça coberta direito. Sempre que a Vó dava bronca nela por não ter vergonha na frente de um homem que não fosse parente próximo, ela dizia:

— Não se preocupe, Vó, eles são como irmãos para mim! — E tornava a rir alto.

Eu notara que, assim que Mahboubeh saía, Mahmoud sentava-se e rezava por duas horas, depois ficava repetindo: "Que Deus tenha piedade da nossa alma!" Acho que, na cabeça dele, havia cometido um pecado. Só Deus sabe.

Antes da nossa mudança para Teerã, houve muita briga e discussão na casa por bastante tempo. A única coisa sobre a qual todos concordavam era que tinham de me casar e se livrar de mim. Era como se toda a população de Teerã estivesse me esperando para poder me corromper. Eu ia ao templo de Sua Santidade Masumeh todos os dias e implorava a ela que fizesse alguma coisa para que a minha família me levasse junto e me deixasse ir à escola. Eu chorava e dizia que queria ser menino ou que poderia ficar doente e morrer, como Zari. Ela era três anos mais velha que eu, mas pegara difteria e mor rera aos oito anos de idade.

Graças a Deus, minhas preces foram atendidas e nem uma alma sequer bateu à nossa porta para pedir a minha mão em casamento. No devido tempo, o Pai resolveu suas questões e o Tio Abbas alugou uma casa para nós perto da rua Gorgan. Em seguida, todos ficaram apenas esperando para ver o que seria de mim. Sempre que a Mãe se via na companhia de pessoas que ela considerava dignas, comentava:

— Está na hora de Massoumeh se casar. — E eu ficava vermelha de raiva e humilhação.

A Sua Santidade, no entanto, estava do meu lado, e ninguém apareceu. Finalmente, minha família teve notícias, de alguma forma, de um antigo pretendente que acabara se casando e se divorciando, e informou que ele deveria se apresentar outra vez. Ele estava bem em relação às finanças e era relativamente jovem, mas ninguém sabia por que ele se divorciara depois de apenas alguns meses. Para mim, ele parecia mal-humorado e assustador. Quando descobri o horror que havia pela frente, deixei toda cerimônia e modéstia de lado, joguei-me aos pés do Pai e chorei um balde de lágrimas até ele concordar em me levar para Teerã com eles. O Pai era coração mole, e eu sabia que me amava, embora eu fosse menina. De acordo com a Mãe, depois que Zari morrera, ele ficara aflito comigo. Eu era muito magra, e ele achara que eu fosse morrer também. O Pai sempre acreditara que, porque havia sido ingrato quando Zari nascera, Deus o punira levando-a embora. Quem sabe, ele foi ingrato quando eu nasci também. Mas eu o amava de verdade. Ele era a única pessoa que me entendia em casa.

Todo dia quando o Pai chegava em casa, eu pegava uma toalha e ia até o espelho d'água. Ele se apoiava com a mão no meu ombro e mergulhava os pés na água algumas vezes. Depois lavava as mãos e o rosto. Eu lhe entregava a toalha e, enquanto secava o rosto, ele me espiava com seus olhos castanhos-claros acima da tolha, de tal modo que eu sabia que ele me amava e estava contente comigo. Eu queria beijá-lo, mas, é claro, não era apropriado para uma menina crescida beijar um homem, ainda que fosse seu pai. Em todo caso, o Pai teve pena de mim, e eu jurei por tudo no mundo que não me corromperia nem o envergonharia.

Ir à escola em Teerã transformou-se em algo muito diferente. Ahmad e Mahmoud eram contra a continuidade dos meus estudos, e a Mãe acreditava que ter aulas de corte e costura era mais necessário. Com os meus apelos, no entanto, minhas lágrimas incontroláveis e suplicantes, consegui convencer o Pai a enfrentá-los, e ele me matriculou no oitavo ano do ensino fundamental.

Ahmad ficou tão furioso que queria me estrangular e usou todas as desculpas possíveis para bater em mim, mas eu sabia o que o estava consumindo, então fiquei quieta. A minha escola não era muito longe de casa, a caminhada era de quinze a vinte minutos. No início, Ahmad me seguia escondido, mas eu me enrolava firme no meu chador e ficava atenta para não lhe dar nenhuma desculpa. Enquanto isso, Mahmoud parara de falar comigo e me ignorava por completo.

Os dois acabaram encontrando emprego. Mahmoud foi trabalhar numa loja no mercado que pertencia ao irmão do sr. Mozaffari, e Ahmad tornou-se aprendiz de carpinteiro numa oficina no bairro de Shemiran. Segundo o sr. Mozaffari, ele permanecia na loja o dia inteiro e era de confiança, e o Pai costumava dizer: "Mahmoud é quem realmente está cuidando da loja do sr. Mozaffari." Ahmad, por outro lado, fez logo muitas amizades e começou a chegar tarde da noite em casa. Todos acabaram percebendo que o fedor dele vinha do álcool — arak, para ser mais precisa —, mas ninguém disse nada. O Pai baixava a cabeça e se recusava a retornar o cumprimento dele. Mahmoud virava o rosto e dizia:

— Deus tenha piedade. Deus tenha piedade.

E a Mãe ia rapidamente esquentar a comida dele, dizendo:

— Meu filho está com dor de dente e passou álcool para não doer.

Não ficava claro que tipo de problema dentário ele tinha que nunca sanava. De modo geral, a Mãe tinha o hábito de proteger Ahmad. Afinal, ele era o seu favorito.

O sr. Ahmad também descobrira outro passatempo em casa: ficar de olho na casa da nossa vizinha, a sra. Parvin, de uma janela no andar de cima. A sra. Parvin geralmente estava ocupada com alguma coisa no quintal e, é claro, seu chador sempre caía. Ahmad não saía do seu posto em frente à janela da sala. Uma vez eu até vi os dois se comunicando por sinais e gestos.

De qualquer modo, Ahmad ficou tão distraído que se esqueceu completamente de mim. Até mesmo quando o Pai me deixava ir à escola usando apenas um lenço na cabeça em vez do chador completo, era apenas um dia de gritos e brigas. Ahmad não esquecia, apenas parava de dar bronca em mim e não falava comigo. Para ele, eu era a personificação do pecado. Ele nem sequer me olhava.

Mas eu não me importava. Eu ia para a escola, tirava notas boas e fazia amizade com todo mundo. O que mais eu queria da vida? Eu era feliz de verdade, especialmente depois que Parvaneh tornou-se a minha melhor amiga e prometemos nunca ter segredos entre nós.

Parvaneh Ahmadi era uma menina feliz e animada. Era boa no vôlei e estava no time da escola, mas não ia tão bem nas outras matérias. Eu tinha certeza de que ela não era uma garota ruim, mas não acatava muitos princípios. O que quero dizer é que ela não sabia diferenciar o bom e o ruim, o certo e o errado, e não fazia ideia de como preservar a honra e o nome do pai. Ela até tinha irmãos, mas não sentia medo deles. De vez em quando até brigava com eles, e, se batessem nela, ela batia de volta. Tudo fazia Parvaneh rir, e ela ria em qualquer lugar, até mesmo na rua. Era como se ninguém nunca tivesse dito a ela que, quando uma garota ri, os dentes não devem aparecer e não se deve escutar nada. Parvaneh sempre achava estranho quando eu dizia que era impróprio e que ela deveria parar. Com uma expressão de surpresa, ela perguntava:

— Por quê?

Às vezes, Parvaneh ficava me olhando como se eu fosse de outro mundo (e não era?) Por exemplo, ela sabia o nome de todos os carros e desejava que seu pai comprasse um Chevrolet preto. Eu não sabia que carro era Chevrolet e não queria admitir para não fazer papel de boba.

Um dia, apontei para um carro bonito que parecia novo e perguntei:

— Parvaneh, é esse o Chevrolet que você gosta?

Ela olhou para o carro, depois para mim e caiu na gargalhada, quase gritando:

— Ai, que engraçado! Ela acha que um Fiat é um Chevrolet.

Fiquei vermelha até as orelhas e morrendo de vergonha, tanto da risada dela como da minha própria burrice em revelar a minha ignorância.

A família de Parvaneh tinha um rádio e uma tevê em casa. Eu vira uma televisão na casa do Tio Abbas, mas nós tínhamos apenas um rádio grande. Quando a Vó era viva e sempre que o meu irmão Mahmoud estava em casa, nunca ouvíamos música, porque era pecado, especialmente se a cantora fosse mulher e a música, animada. Embora o Pai e a Mãe fossem muito religiosos e soubessem que ouvir música era imoral, não se mostravam tão rigorosos quanto Mahmoud e gostavam de escutar canções. Quando Mahmoud estava fora, a Mãe ligava o rádio. É claro que ela deixava o volume baixo para que os vizinhos não ouvissem. Ela até sabia as letras de algumas músicas, especialmente as de Pouran Shapouri, e costumava cantar baixinho na cozinha.

Um dia, eu disse:

— Mãe, você conhece muitas músicas da Pouran.

Ela pulou feito um rojão e disse com rispidez:

— Silêncio! Que conversa é essa? Nunca deixe seu irmão ouvi-la dizer tal coisa!

Quando o Pai vinha para casa almoçar, ligava o rádio para ouvir o noticiário das duas horas, depois se esquecia de desligar. O programa musical Golha começava e ele balançava a cabeça sem perceber, para cima e para baixo, no ritmo da música. Não me importa o que digam, tenho certeza de que meu pai adorava a voz de Marzieh. Quando tocavam as músicas dela, ele nunca dizia: "Deus tenha piedade! Desliga essa coisa." Mas quando Vighen cantava, ele se lembrava de repente da fé e da misericórdia e gritava:

— Esse armênio cantando de novo! Desliga.

Ah, mas eu amava a voz de Vighen. Não sei por quê, mas sempre me fazia lembrar o Tio Hamid. Pelo que consigo lembrar, o Tio Hamid era um homem bonito. Era diferente dos irmãos e das irmãs. Cheirava a colônia, o que era algo raro na minha vida... Quando eu era criança, ele costumava me pegar nos braços e dizer para a Mãe:

— Muito bem, irmã! Que menina bonita você concebeu. Graças a Deus, ela não é parecida com os irmãos. Senão você teria de pegar um grande barril e deixá-la na salmoura!

E a Mãe exclamava:

— Ei! O que você está dizendo? O que os meus filhos têm de feio? São bonitos demais, só têm a pele um pouco morena, mas isso não é ruim. Homens não têm que ser bonitinhos. Dizem que o homem tem de ser deselegante, feio e mal-humorado! — Ela cantava as últimas palavras, e o Tio Hamid ria alto.

Eu me parecia com o meu pai e a irmã dele. As pessoas sempre achavam que Mahboubeh e eu fôssemos irmãs, mas ela era mais bonita que eu. Eu era magra, ela era roliça, e, ao contrário do meu cabelo, que não enrolava, não importava o que eu fizesse, o dela era cheio de cachos. Nós duas tínhamos olhos verdes, pele clara e covinhas nas bochechas ao rir. Os dentes dela eram um pouquinho tortos, e ela sempre dizia:

— Você tem tanta sorte. Seus dentes são tão brancos e retos.

A Mãe e o resto da família eram diferentes. Tinham a pele morena, olhos pretos e cabelos ondulados, e eram um tanto gordos, ainda que nenhum deles fosse tão corpulento quanto a irmã da Mãe, a Tia Ghamar. É claro que não eram feios, principalmente a Mãe. Quando ela tirava os pelos do rosto e fazia as sobrancelhas, ficava igual às fotos da srta. Sunshine nos nossos pratos e travessas. A Mãe tinha uma pinta ao lado dos lábios e costumava dizer:

— O dia em que seu pai veio pedir a minha mão, ele se apaixonou por mim no instante em que bateu o olho na minha pinta.

O LIVRO DO DESTINO

*

Eu tinha sete ou oito anos quando o Tio Hamid foi embora. Ao se despedir, ele me abraçou, virou para a Mãe e disse:

— Irmã, pelo amor de Deus, não case esta flor cedo demais. Deixe que estude e se torne uma dama.

O Tio Hamid foi a primeira pessoa da nossa família a viajar para o Ocidente. Eu não tinha nenhuma imagem de terras de outros países. Eu achava que fossem lugares como Teerã, só que mais distantes. De vez em quando, ele mandava cartas e fotos para a Vó Aziz. As fotos eram lindas. Não sei por que ele sempre estava num jardim, cercado de plantas, árvores, flores. Depois ele mandou uma foto dele com uma mulher loira que não estava usando hijab. Nunca vou me esquecer desse dia. Era fim de tarde, a Vó Aziz veio à nossa casa para que o Pai lesse a carta para ela. O Pai estava sentado perto da sua mãe, nas almofadas do chão. Ele primeiro leu a carta em silêncio, então gritou de repente:

— Que maravilha! Parabéns! Hamid Agha se casou, e aqui está a foto da esposa.

Vó Aziz desmaiou, e a Avó, que nunca se dera bem com ela, cobriu a boca com o chador e deu uma risadinha. A Mãe bateu na própria cabeça. Ela não sabia se desfalecia também ou se despertava a mãe. Finalmente, quando Vó Aziz recobrou a consciência, tomou bastante água quente com açúcar caramelizado e depois disse:

— Essas pessoas não são pecadoras?

— Não! Não são pecadoras — disse o Pai, dando de ombros. — Afinal, são cultas. São armênias.

Vó Aziz começou a bater na própria cabeça, mas a Mãe segurou a sua mão e disse:

— Pelo amor de Deus, pare com isso. Não é tão ruim assim. Ele a converteu ao islamismo. Pergunte a qualquer homem que você quiser. Um muçulmano pode se casar com uma mulher não muçulmana e convertê-la. Além do mais, isso é merecedor da recompensa de Deus.

Vó Aziz encarou-a com um olhar indiferente e disse:

— Eu sei. Alguns dos nossos profetas e imãs casaram-se com não muçulmanas.

— É... Se é a vontade de Deus, é uma bênção. — O Pai riu. — Então, quando vai comemorar? Uma esposa estrangeira pede uma celebração de verdade.

A Avó franziu a testa e disse:

— Deus me livre! Uma nora já é ruim, agora ainda por cima essa é estrangeira, ignorante e não sabe o que significa pureza e impureza na nossa fé.

Vó Aziz, que parecia ter recuperado a energia, recompôs-se e, ao se levantar para sair, disse:

— A noiva é a bênção de um lar. Não somos como certas pessoas que não apreciam a própria nora e pensam que levaram uma empregada para casa. Nós estimamos as nossas noras e temos orgulho delas, especialmente se for ocidental!

A Avó não conseguiu tolerar o tom vanglorioso da outra e disse com sarcasmo:

— Sim, eu vi o orgulho que você tem da esposa de Assadollah Khan. — E acrescentou maliciosa: — E quem sabe se ela se converteu mesmo ao islamismo? Pode ser que ela tenha transformado Hamid Agha num pecador. Na verdade, Hamid Agha nunca teve fé e prática decentes. Caso contrário, não teria se mudado para Sinestan.

— Está vendo, Mostafa Khan? — disse Vó Aziz indignada. — Ouviu o que ela disse para mim?

Finalmente, o Pai interveio e pôs um fim na discussão.

Vó Aziz rapidamente deu uma grande festa e se gabou com todo mundo do fato de ter uma nora ocidental. Ela emoldurou a fotografia, pôs em cima da lareira e mostrou às mulheres. Até o momento da sua morte, porém, ela não deixava de perguntar à Mãe:

— A mulher de Hamid virou muçulmana? E se Hamid tiver se tornado armênio?

Depois que ela morreu, passamos anos recebendo quase nenhuma notícia do Tio Hamid. Uma vez, levei as fotografias dele para a escola e mostrei para as minhas amigas. Parvaneh gostou muito do Tio Hamid.

— É tão bonito — disse ela. — Ele tem muita sorte de ter ido para o Ocidente. Quem me dera podermos ir também.

*

Parvaneh conhecia tudo quanto era música. Era fã de Delkash. Na escola, metade das garotas eram fãs de Delkash, e a outra metade gostava de Marzieh. Tive de me tornar fã de Delkash, senão Parvaneh não seria mais minha amiga. Ela conhecia até cantores ocidentais. Na sua casa, tinha um gramofone, e eles tocavam discos. Um dia, ela me mostrou. Parecia uma mala pequena com uma tampa vermelha. Ela disse que aquele era portátil.

O ano letivo ainda não acabara e eu já havia aprendido muita coisa. Parvaneh sempre pegava meus cadernos e anotações emprestados, e às vezes estudávamos juntas. Ela não se importava se precisasse ir à nossa casa. Era muito simpática e descontraída, e não ficava reparando no que tínhamos ou deixávamos de ter.

A nossa casa era relativamente pequena. Havia três degraus diante da porta da frente que dava para o quintal, que tinha um espelho d'água retangular no meio. Tínhamos deixado uma grande cama de madeira de um lado, e do outro havia um canteiro comprido, paralelo ao espelho d'água. Quer dizer, o lado mais longo do canteiro ficava paralelo ao lado mais curto do espelho d'água. A cozinha, que estava sempre escura, era separada da casa, no fundo do quintal. O banheiro ficava ao lado. Havia uma pia do lado de fora, e não precisávamos usar a bomba do espelho d'água para lavar as mãos e o rosto. Dentro da casa, à esquerda da porta principal, havia quatro degraus que levavam a um pequeno patamar. As portas dos dois cômodos do andar de baixo ficavam ali. E depois havia a escada que levava ao andar de cima, onde ficavam os outros dois quartos ligados por uma porta. O cômodo da frente era a sala de estar e tinha duas janelas. De um lado era possível ver o quintal e parte da rua, e do outro lado via-se a casa da sra. Parvin. As janelas do outro quarto, onde dormiam Ahmad e Mahmoud, davam para o quintal dos fundos com uma visão ampla do quintal da casa atrás da nossa.

Sempre que Parvaneh ia à nossa casa, subíamos e ficávamos na sala de estar. Não havia muita coisa ali, só um grande tapete vermelho, uma mesa redonda e seis cadeiras em madeira vergada, um grande aquecedor no canto e, ao lado dele, algumas almofadas de chão e encostos para as costas. A única decoração na parede era um tapete emoldurado com o verso de Van Yakad do Alcorão. Também havia um console, que a Mãe cobrira com uma peça de bordado e onde deixara o espelho e os candelabros da sua cerimônia de casamento.

Parvaneh e eu nos sentávamos nas almofadas do chão e sussurrávamos, dávamos risadinhas e estudávamos. Em nenhuma circunstância, eu tinha permissão de ir à casa dela.

— Você não deve entrar na casa daquela menina — gritava Ahmad. — Para começar, o irmão dela é um idiota. Além disso, ela é desavergonhada e volúvel. Que vá para o inferno! Até a mãe anda por aí sem hijab.

E eu dizia:

— Quem usa hijab nesta cidade? — É claro que eu só murmurava baixinho.

Um dia, quando Parvaneh queria me mostrar suas revistas *Woman's Day*, eu fui para a casa dela às escondidas por apenas cinco minutos. Era tão limpa e bonita, e eles tinham tantas coisas lindas. Havia quadros de paisagens e de mulheres em todas as paredes. Na sala havia grandes sofás azuis-marinhos com borlas embaixo. As janelas que davam para o quintal tinham cortinas de veludo da mesma cor. A sala de jantar ficava em frente e era separada da sala de estar por cortinas. Na sala principal havia uma televisão e algumas poltronas e sofás. As portas da cozinha, banheiro e lavabo ficavam ali. Eles não tinham de atravessar o quintal toda hora no frio do inverno e no calor do verão. Os quartos ficavam no andar de cima. Parvaneh e a irmã mais nova, Farzaneh, dividiam um quarto.

Eles tinham tanta sorte! Nós não tínhamos tanto espaço. Embora parecesse que tínhamos quatro cômodos, na verdade vivíamos todos na sala grande do andar de baixo. Almoçávamos e jantávamos lá, no inverno montávamos o *korsi*, e Faati, Ali e eu dormíamos ali. O Pai e a Mãe dormiam no quarto ao lado, onde havia uma grande cama de madeira e um armário para as nossas roupas e outras coisas. Cada um tinha uma prateleira para os seus livros, mas eu tinha mais livros do que todos os outros, então usava duas prateleiras.

A Mãe gostava de olhar as fotos na *Woman's Day*, porém escondíamos as revistas do Pai e de Mahmoud. Eu costumava ler a seção "Na Encruzilhada" e as histórias em série, depois contava para a Mãe. Eu exagerava tanto os detalhes que ela chegava à beira das lágrimas, e eu mesma chorava de novo.

O LIVRO DO DESTINO

Parvaneh e eu combinamos que toda semana, depois que ela e a mãe terminassem de ler um novo número, ela nos daria a revista.

Contei a Parvaneh que os meus irmãos não me deixavam ir à sua casa. Ela ficou surpresa e perguntou:

— Por quê?

— Porque você tem um irmão mais velho.

— Dariush? Como assim, "mais velho"? Ele é um ano mais novo que nós.

— Ainda assim, já é crescido, e eles dizem que não é apropriado.

Ela deu de ombros e disse:

— Para mim não dá para entender os costumes de vocês. — Mas parou de insistir que eu fosse à sua casa.

Tirei notas excelentes nas provas finais, e os professores me elogiaram muito, mas em casa ninguém demonstrou nenhuma reação. A Mãe não entendeu muito bem o que eu estava lhe dizendo.

Mahmoud disse com rispidez:

— E daí? O que você acha que conseguiu com isso?

E o Pai disse:

— Ora, e por que você não foi a melhor aluna da classe?

Com o começo do verão, Parvaneh e eu nos separamos. Nos primeiros dias, ela vinha quando os meus irmãos não estavam, e ficávamos conversando em frente à porta, do lado de fora. A Mãe, no entanto, reclamava sempre. Ela se esquecera de que em Qom passava todas as tardes com mulheres da vizinhança, conversando e comendo semente de melancia até o Pai voltar para casa. Ela não tinha amigas nem conhecidas em Teerã, e as mulheres da vizinhança a desprezavam. Algumas vezes, riram dela, e a Mãe ficou chateada. Com o tempo, ela se esqueceu do hábito de bater papo às tardes, então eu também não podia conversar com as minhas amigas.

De modo geral, a Mãe não ficou feliz com a mudança para Teerã. Ela dizia:

— Não fomos feitos para esta cidade. Todos os nossos amigos e parentes estão em Qom. Estou totalmente sozinha aqui. Se até a mulher do seu tio, com toda aquela pose, não está nem aí para nós, o que podemos esperar de estranhos?

Ela reclamou e resmungou até convencer o Pai a nos mandar para Qom para passarmos o verão na casa da irmã dela. Eu brinquei:

— Todo mundo vai para uma casa de campo no verão, e você quer ir para Qom?

A Mãe me olhou brava e disse:

— Você se esquece rápido de onde veio, não? Moramos em Qom em todas as estações e você nunca reclamou. Agora a mocinha quer ir para um lugar de veraneio! Não vejo a coitada da minha irmã o ano todo, não tenho notícias do meu irmão, não visitei o túmulo dos meus parentes. O verão vai ter acabado depois de passarmos uma semana na casa de cada parente.

Mahmoud concordou em nos deixar ir para Qom, mas queria que ficássemos com a irmã do Pai para que, quando ele nos visitasse nos finais de semana, tivesse de ver apenas Mahboubeh e a nossa tia.

— Só fiquem com a tia — disse ele. — Não tem nenhuma necessidade de ficarem na casa de todo mundo. Se fizerem isso, estarão abrindo as portas para todos virem a Teerã e ficarem na nossa casa, o que vai ser uma grande dor de cabeça. (Que maravilha, quanta hospitalidade!)

— Está bem! — respondeu a Mãe, nervosa. — Tudo bem se formos para a sua tia e eles quiserem vir aqui. Mas Deus me livre se a coitada da minha irmã quiser nos visitar. (Que tapa na cara! Isso mesmo, coloque-o no devido lugar.)

Fomos para Qom. Não reclamei muito porque Parvaneh ia passar o verão com a família na casa de campo do avô, em Golab-Darreh.

Voltamos a Teerã em meados de agosto. Ali não passou em algumas matérias e teve de refazer os exames finais. Não sei por que meus irmãos eram tão preguiçosos para estudar. O Pai, coitado, tinha tantos sonhos para os filhos. Queria que se tornassem médicos e engenheiros. De todo modo, eu estava feliz por voltar. Não aguentava ficar como vagabundos, indo de uma casa para outra, de tia materna a tio paterno, de tia paterna a tio materno... Odiava principalmente ficar na casa da irmã da Mãe. A casa parecia uma mesquita. Ela ficava perguntando se já havíamos orado e sempre resmungava que não rezávamos direito. Além disso, não parava de se gabar da própria devoção e dos parentes do marido, que eram todos mulás.

O LIVRO DO DESTINO

*

Algumas semanas depois, Parvaneh também retornou com a família para Teerã. E, com o começo do ano letivo, a minha vida voltou a ser feliz e agradável. Eu estava animada para ver os meus amigos e os professores. Desta vez eu não era mais uma recém-chegada nem inexperiente. Não estava surpresa com tudo e não fazia comentários idiotas. Pelo contrário, fazia mais e melhores redações, era tão esperta quanto as garotas teeranianas e era capaz de expressar as minhas opiniões. Por tudo isso eu era grata à Parvaneh, que fora a minha primeira e melhor professora. Nesse ano, eu também descobrira o prazer de ler livros que não fossem didáticos. Compartilhávamos romances, líamos entre muitos suspiros e lágrimas e passávamos horas discutindo a respeito.

Parvaneh fez um belo caderno de comentários. Sua prima, que tinha uma letra bonita, escreveu um título com o assunto de cada página, e Parvaneh colou uma figura relacionada ao lado. Todas as meninas da turma, seus parentes e alguns amigos da família escreveram respostas para cada pergunta. Os comentários em resposta a perguntas como "qual a sua cor favorita" ou "qual o seu livro favorito" não eram tão interessantes, mas as respostas para "qual a sua opinião sobre o amor", "você já se apaixonou" e "que características-chave teria o cônjuge ideal" eram fascinantes. Algumas pessoas escreveram de forma direta tudo o que queriam, sem pensar no que aconteceria se o caderno fosse parar nas mãos do diretor da escola.

Eu fiz um caderno de poesia e escrevia os meus poemas favoritos com uma letra caprichada. Às vezes, eu fazia um desenho ao lado deles ou colava uma foto que Parvaneh cortava de revistas estrangeiras para mim.

Numa tarde clara de outono, quando Parvaneh e eu voltávamos da escola andando, ela me pediu para ir à farmácia com ela para comprar esparadrapo. A farmácia ficava no meio do caminho entre a escola e a minha casa. O dr. Ataii, o farmacêutico, era um senhor de idade digno que todo mundo conhecia e respeitava. Quando entramos, não havia ninguém na farmácia. Parvaneh chamou o doutor e ficou na ponta dos pés para espiar atrás do balcão. Um rapaz de uniforme branco estava ajoelhado, arrumando as caixas de remédios nas prateleiras de baixo. Ele se levantou e perguntou:

— Posso ajudá-las?

— Preciso de esparadrapo — disse Parvaneh.

— Pois não. Vou pegar para você.

Parvaneh me deu um cutucão e sussurrou:

— Quem é ele? É tão bonito!

O jovem deu um rolo de esparadrapo a Parvaneh, e, quando ela se ajoelhou para pegar o dinheiro na mochila da escola, ela sussurrou para mim:

— Ei!... Olhe para ele. Ele é tão belo.

Olhei para o rapaz e, por um instante, nossos olhares se encontraram. Uma sensação estranha percorreu o meu corpo, senti o meu rosto ficar vermelho-vivo e rapidamente tornei a olhar para baixo. Foi a primeira vez que tive essa sensação tão estranha. Virei-me para Parvaneh e disse:

— Vem, vamos embora.

E saí correndo da farmácia.

Parvaneh correu atrás de mim e disse:

— O que houve com você? Nunca viu um ser humano?

— Fiquei constrangida — respondi.

— Com o quê?

— Com as coisas que você diz sobre um homem que é um estranho.

— E o que é que tem?

— O que tem? É muito desconcertante. Eu acho que ele ouviu.

— Não ouviu, não. Não ouviu nada. E o que exatamente eu disse de tão ruim?

— Que ele é bonito e...

— Por favor! — disse Parvaneh. — Se tiver me ouvido, ele deve ter ficado lisonjeado. Mas, cá entre nós, depois que olhei melhor, percebi que ele não era tão bonito assim. Tenho de contar ao meu pai que o dr. Ataii contratou um assistente.

No dia seguinte, estávamos um pouco atrasadas para a escola, mas, quando passamos às pressas em frente à farmácia, vi o rapaz nos olhando. Na volta, olhamos para dentro através da vitrine. Ele estava trabalhando, mas pareceu que nos viu. Desse dia em diante, mantendo um acordo tácito, vimos um ao outro todas as manhãs e todas as tardes. E Parvaneh e eu encontramos um assunto novo e empolgante para as nossas conversas. Logo, a notícia dele se espalhou pela escola. Todas as meninas falavam do

O LIVRO DO DESTINO

rapaz bonito que começara a trabalhar na farmácia e inventavam todo tipo de desculpa para irem até lá e atraírem a atenção dele de alguma forma.

Parvaneh e eu nos acostumamos a vê-lo todos os dias, e eu podia jurar que ele também nos esperava passar. Discutíamos sobre que ator ele lembrava e concluímos que ele se parecia com Steve McQueen. Eu havia avançado muito. A essa altura, já sabia os nomes de atores estrangeiros famosos. Uma vez, forcei a Mãe a ir ao cinema comigo. Ela gostou muito. Desde então, uma vez por semana e sem o conhecimento de Mahmoud, íamos ao cinema da esquina. A maioria dos filmes era indiano, o que fazia com que a Mãe e eu chorássemos feito chuva caindo do céu.

Parvaneh foi rápida em encontrar informações sobre o farmacêutico-assistente. O dr. Ataii, que era amigo do pai dela, dissera:

— Saiid estuda farmacologia na universidade. É um bom garoto. É de Úrmia.

A partir de então, os olhares que trocamos se tornaram mais familiares, e Parvaneh inventou um apelido para ele — Haji Aflito. Ela disse:

— Ele parece estar sempre à espera e preocupado, como se estivesse procurando alguém.

Esse ano foi o melhor da minha vida. Tudo estava acontecendo do jeito que eu queria. Eu estudava muito, a minha amizade com Parvaneh estava cada vez mais forte e aos poucos nos tornávamos uma alma em dois corpos. A única coisa que escurecia os meus dias claros e felizes era o meu horror diante dos sussurros pela casa, cada vez mais frequentes à medida que o fim do ano letivo se aproximava e poderia pôr fim aos meus estudos.

— É impossível — disse Parvaneh. — Eles jamais fariam isso com você.

— Você não entende. Eles não se importam se estou indo bem na escola ou não. Eles dizem que qualquer coisa além dos três primeiros anos da escola secundária não faz nada bem para uma menina.

— Dos três primeiros anos?! — disse Parvaneh, surpresa. — Hoje em dia até um diploma não é mais suficiente. Todas as meninas da minha família vão para a universidade. Claro, só as que passaram nos exames de admissão. Você vai passar com certeza. É mais inteligente que elas.

— Nem pense em universidade! Queria que me deixassem, pelo menos, terminar a escola secundária.

— Bom, você vai ter de enfrentá-los.

Parvaneh dizia cada coisa! Ela não fazia ideia da minha situação. Eu poderia enfrentar a Mãe, responder a ela e me defender. No entanto, eu não tinha coragem de ser tão franca na frente dos meus irmãos.

No fim do último período, prestamos os exames finais, e fui a segunda melhor aluna da turma. Nossa professora de literatura gostava muito de mim, e, quando recebemos os boletins, ela disse:

— Muito bem! Você é muito talentosa. Que área de estudo você escolheu para se dedicar?

— Meu sonho é estudar literatura — respondi.

— Excelente! Para dizer a verdade, eu ia lhe sugerir isso.

— Mas, senhora, não posso. A minha família é contra. Dizem que três anos de escola secundária são o bastante para meninas.

A sra. Bahrami franziu o cenho, balançou a cabeça e foi até o escritório administrativo. Minutos depois, voltou com a diretora, que pegou o meu boletim e disse:

— Sadeghi, diga ao seu pai para vir à escola amanhã. Eu gostaria de falar com ele. E diga a ele que você só receberá o boletim se ele vier. Não esqueça!

Nessa noite, quando eu disse ao Pai que a diretora da escola queria falar com ele, ele ficou surpreso e perguntou:

— O que foi que você fez?

— Nada, eu juro.

Então, ele se virou para a Mãe e disse:

— Mulher, vá à escola e veja o que eles querem.

— Não, pai, não vai adiantar. Eles querem falar com o senhor.

— Como assim? Eu não vou entrar numa escola de meninas!

— Por quê? Todos os outros pais vão. Elas disseram que, se o senhor não for, não me entregarão o boletim.

Ele franziu as sobrancelhas, fazendo uma carranca. Servi chá para ele e tentei me tornar um pouco agradável.

— Pai, está com dor de cabeça? Quer que eu traga o seu remédio? — Coloquei uma almofada atrás dele e trouxe um copo d'água. Ele acabou concordando em ir comigo à escola no dia seguinte.

Quando entramos na sala da diretora, ela se levantou, atrás da mesa, cumprimentou o Pai com cordialidade e ofereceu um assento perto dela.

— Meus parabéns, a sua filha é muito especial — disse ela. — Não só está indo bem nas aulas como é muito educada e simpática. — Ainda de pé à porta, olhei para baixo e dei um sorriso involuntário. A diretora voltou-se para mim e disse: — Massoumeh, querida, por favor, aguarde do lado de fora. Eu gostaria de falar com o sr. Sadeghi.

Não sei o que ela disse a ele, mas, quando o Pai saiu da sala, seu rosto estava vermelho, os olhos brilhavam, e ele me olhava com carinho e orgulho.

— Vamos agora mesmo até a sala do supervisor para fazer a sua matrícula do ano que vem — disse ele. — Não tenho tempo para voltar outro dia.

Fiquei tão feliz que achei que fosse desmaiar. Andando atrás dele, eu ia dizendo:

— Obrigada, pai. Eu te amo. Prometo ser a melhor aluna da turma. Farei tudo o que o senhor pedir. Deus permita que eu ofereça a minha vida ao senhor.

Ele riu e disse:

— Chega! Eu só queria que os seus irmãos indolentes tivessem um pedacinho seu dentro deles.

Parvaneh aguardava do lado de fora. Estava tão preocupada que não pregara os olhos na noite anterior. Com sinais e gestos, ela perguntava o que havia acontecido. Fiz uma cara triste, balancei a cabeça e encolhi os ombros. Foi como se as lágrimas estivessem esperando por trás dos seus olhos, porque, de repente, começaram a rolar pelo seu rosto. Corri até ela, abracei-a e disse:

— Não! É mentira. Está tudo bem. Estou matriculada para o ano que vem.

No pátio da escola, pulamos sem parar, rindo feito doidas e enxugando as nossas lágrimas.

A decisão do Pai causou estragos em casa. Ainda assim, ele se manteve firme.

— A diretora da escola disse que ela é muito talentosa e que vai se tornar uma pessoa importante — disse ele.

E eu, delirante e sorridente, não me importei com o que nenhum deles dizia. Nem mesmo os olhares cheios de ódio de Ahmad me assustaram.

Veio o verão e, ainda que isso significasse mais uma vez o afastamento entre Parvaneh e eu, eu estava feliz por saber que estaríamos juntas novamente no próximo ano letivo. Passamos apenas uma semana em Qom, e toda semana Parvaneh arrumava alguma desculpa para ir a Teerã com o pai e me visitar. Ela insistia que eu fosse passar alguns dias em Golab-Darreh com eles. Eu queria muito ir, mas sabia que os meus irmãos nunca concordariam, então nem toquei no assunto. Parvaneh disse que se o pai dela falasse com o meu, poderia convencê-lo a me deixar ir, mas eu não queria causar mais dor de cabeça ao Pai. Eu sabia que era difícil para ele dizer não para o sr. Ahmadi, assim como ter de lidar com as brigas e discussões em casa. Para agradar a Mãe, então, concordei em fazer aulas de corte e costura, para que eu tivesse, pelo menos, um talento quando fosse para a casa do meu marido.

Por coincidência, a escola de corte e costura ficava na rua ao lado da farmácia. Saiid logo percebeu que eu passava por lá dia sim, dia não, e ele ia sem falta até a porta, na hora certa. Uma quadra antes da farmácia, meu coração começava a bater forte, e minha respiração acelerava. Eu tentava não olhar na direção da farmácia e não corar, mas não adiantava. Toda vez que nosso olhar se cruzava, eu ficava vermelha até nas orelhas. Era muito constrangedor. E ele, tímido e com olhos ávidos, me cumprimentava com um aceno de cabeça.

Um dia, quando virei a esquina, ele apareceu de súbito na minha frente. Fiquei tão confusa que deixei a fita métrica cair. Ele se abaixou, pegou a fita e, com o olhar voltado para baixo, disse calmamente:

— Sinto muito ter assustado você.

— Não — disse eu.

Peguei a fita da mão dele e fui embora rapidamente. Demorei muito para voltar ao meu estado normal. Toda vez que me lembrava desse momento, eu corava e sentia um tremor agradável no coração. Não sei por quê, mas eu tinha certeza de que ele sentia o mesmo.

Com os primeiros ventos do outono e os dias do início de setembro, a nossa longa espera chegou ao fim, e Parvaneh e eu voltamos à escola. As coisas que queríamos contar uma à outra não tinham fim. Precisávamos compartilhar tudo o que acontecera durante o verão, tudo o que tínhamos feito e até pensado. No fim, todas as conversas acabavam voltando a Saiid.

— Diga a verdade — disse Parvaneh. — Quantas vezes você foi à farmácia enquanto eu estava fora?

— Juro que não fui nenhuma vez — respondi. — Fiquei com muita vergonha.

— Por quê? Ele não faz ideia do que pensamos e falamos.

— É o que você pensa!

— Impossível. Ele disse alguma coisa? Como você sabe?

— Não. É só o que eu acho.

— Bom, podemos fingir que não sabemos de nada e apenas fazer o que tivermos de fazer.

A verdade, porém, era que algo havia mudado. Meus encontros com Saiid tinham assumido um tom e uma cor diferentes e pareciam mais sérios. No meu coração eu sentia uma ligação forte, ainda que secreta, com ele, e esconder isso de Parvaneh não era fácil. Fazia uma semana que as aulas tinham começado quando ela encontrou a primeira desculpa para ir à farmácia e me arrastou com ela. Fiquei tão constrangida. Era como se a cidade toda soubesse o que se passava no meu coração, e todos estivessem me observando. Quando Saiid nos viu entrando, ficou paralisado. Parvaneh lhe pediu aspirinas algumas vezes, mas ele não escutava. Por fim, o dr. Ataii veio, cumprimentou Parvaneh e perguntou como estava o pai dela. Em seguida, voltou-se para Saiid e disse:

— Por que está parado aí, perplexo? Dê uma caixa de aspirinas para a jovem.

Quando saímos, tudo fora revelado.

— Você viu como ele olhava para você? — perguntou Parvaneh, surpresa.

Eu não disse nada. Ela ficou me encarando.

— Por que ficou tão pálida? Parece que está prestes a desmaiar!

— Eu? Não! Não há nada de errado comigo.

No entanto, a minha voz tremia. Andamos em silêncio por alguns minutos. Parvaneh ficou imersa em pensamentos.

— Parvaneh, o que foi? Você está bem?

De repente, ela estourou feito um rojão e disse num tom ríspido, com a voz mais alta que de costume:

— Você é tão má. Eu sou burra, e você é esperta. Por que não me contou?

— Contar o quê? Não havia o que contar.

— Está bem! Tem alguma coisa acontecendo entre vocês. Só se eu fosse cega para não ver. Diga a verdade. Até onde vocês foram?

— Como você pode dizer uma coisa dessas?

— Para! Para de se fazer de tímida. Você é capaz de qualquer coisa. Passar daquele lenço na cabeça para este caso de amor agora! Como eu sou burra! E todo esse tempo eu achei que ele ficasse aparecendo na nossa frente por minha causa. Você é tão dissimulada. Agora entendo por que dizem que as pessoas de Qom são astutas. Você não contou nem para mim, a sua melhor amiga. Eu conto tudo para você, especialmente coisas importantes assim.

Havia um grande nó na minha garganta. Segurei-a pelo braço e implorei:

— Por favor, prometa não contar a ninguém. Não fale tão alto na rua, não é apropriado. Fale baixo, as pessoas vão ouvir. Juro pela vida do meu pai, juro pelo Alcorão, não está acontecendo nada.

Mas como uma enchente cada vez mais forte, Parvaneh ia ficando mais furiosa.

— Você é uma traidora mesmo. E escreve no meu caderno que não pensa nessas coisas, que a única coisa que é importante para você é estudar, que não se pode falar em homens, que eles são ruins, que é errado falar dessas coisas, que é pecado...

— Eu estou implorando, por favor, pare. Eu juro pelo Alcorão, não tem nada acontecendo entre nós.

Estávamos perto da casa dela, quando finalmente desabei e comecei a chorar. As minhas lágrimas fizeram com que ela voltasse a si e, como água, acabaram com as chamas da sua raiva. Com uma voz mais suave, ela disse:

— E por que você está chorando? E no meio da rua! Só estou aborrecida porque não entendo por que não me contou. Eu conto tudo para você.

Jurei que sempre fora a sua melhor amiga e que nunca tivera nem teria segredos com ela.

*

Juntas, Parvaneh e eu passamos por todas as fases do amor. Ela estava tão eufórica quanto eu e ficava perguntando "O que você está sentindo agora?" Sempre que me via pensativa, ela dizia: "Me conta o que está pensando." E eu falava sobre as minhas fantasias, ansiedades, emoções, minhas preocupações sobre o futuro e o medo de ser forçada a me casar com outra pessoa. Ela fechava os olhos e dizia: "Ah, que poético! Então isso é que é se apaixonar. Mas eu não sou tão sensível e emotiva quanto você. Algumas coisas que as pessoas apaixonadas dizem e fazem me dão vontade de rir. E eu nunca fico vermelha, então como vou saber quando estiver apaixonada?"

Os belos e vibrantes dias do outono passaram tão rápido quanto os ventos de outono. Saiid e eu ainda não havíamos trocado uma palavra, mas agora, toda vez que Parvaneh e eu passávamos em frente à farmácia, ele murmurava um olá baixinho, e o meu coração pulava no peito como uma fruta madura caindo num cesto.

Todo dia, Parvaneh desenterrava alguma informação nova sobre Saiid. Eu sabia que ele era de Úrmia, e a mãe e a irmã ainda moravam lá. Era de uma família respeitável, o sobrenome dele era Zareii, o pai morrera alguns anos atrás, e ele estava no terceiro ano da faculdade de farmácia. Era muito inteligente e estudioso, e o dr. Ataii tinha nele uma confiança inabalável e estava satisfeito com o seu trabalho. Cada informação era um carimbo de aprovação no meu amor puro e inocente. Eu sentia como se o conhecesse a minha vida toda e que passaria o resto da minha existência só com ele.

Uma ou duas vezes por semana, Parvaneh encontrava alguma desculpa para me levar à farmácia. Trocávamos olhares em segredo. As mãos dele tremiam e as minhas bochechas ficavam muito vermelhas. Parvaneh monitorava cada ação nossa. Certa vez ela disse:

— Sempre me perguntei o que era falar com os olhos. Agora eu sei!

— Parvaneh! Que conversa é essa?

— O quê? Estou mentindo?

De manhã, eu arrumava o cabelo com um cuidado especial e ajeitava o lenço de cabelo de modo a deixar a franja arrumada e o cabelo comprido à mostra por trás. Tentei desesperadamente fazer alguns cachos, mas meu cabelo simplesmente não enrolava. Então, um dia, Parvaneh disse:

— Sua idiota! Seu cabelo é lindo. Cabelo liso é a última moda. Não ouviu falar? As meninas da escola até passam ferro no cabelo para alisar.

Eu lavava e passava meu uniforme com frequência. Implorei à Mãe que comprasse mais tecido e levasse à costureira para fazer um novo — o uniforme que a Mãe fazia ficava sempre desalinhado e sem brilho. A única coisa que eu aprendera nas aulas de costura fora encontrar falhas no que a Mãe costurava. A sra. Parvin fez um uniforme elegante para mim, e eu pedi, sem que ninguém soubesse, que encurtasse um pouco a saia. Ainda assim, o meu era o uniforme mais longo da escola. Guardei dinheiro e fui às compras com Parvaneh. Comprei um lenço de seda verde-musgo.

— Combina muito com você — disse Parvaneh. — Realça o verde dos seus olhos.

Tivemos um inverno rigoroso nesse ano. A neve nas ruas ainda não derretera quando voltara a nevar. De manhã havia gelo para todo lado, e tínhamos de tomar cuidado para atravessar a rua. Todo dia alguém escorregava e caía, e nesse dia foi a minha vez. Eu estava perto da casa de Parvaneh quando perdi o ponto de apoio num pedaço de gelo e caí com tudo. Tentei me levantar, mas senti uma dor terrível no tornozelo. Assim que apoiei o pé no chão, a dor subiu até a cintura e caí de novo. Nesse momento, Parvaneh estava saindo de casa; Ali estava a caminho da escola e também apareceu. Eles me ajudaram a levantar e me levaram de volta para casa. A Mãe enfaixou o meu tornozelo, mas à tarde, tanto a dor quanto o inchaço haviam piorado muito. Quando os homens voltaram para casa, cada um deu sua opinião.

— Esqueçam isso... não há nada de errado com ela — disse Ahmad. — Se ela tivesse ficado em casa, como uma menina decente, em vez de sair nesse frio horrível, isso não teria acontecido. — E saiu para beber.

— Vamos levá-la ao hospital — disse o Pai.

— Espere — disse Mahmoud —, o sr. Esmaiil é bom em tratar ossos quebrados. Ele mora bem no começo de Shemiran. Vou trazê-lo. Se ele disser que ela quebrou a perna, aí a levamos ao hospital.

O sr. Esmaiil tinha mais ou menos a idade do Pai e era famoso por fazer talas para fraturas. Naquele inverno, estava sendo muito requisitado. Ele examinou o meu pé e disse que eu não tinha nenhum osso quebrado e que era apenas uma distensão. Pôs o pé em água quente e começou a massageá-lo. Ficou conversando comigo até que, quando eu ia dizer algo, torceu meu pé de repente. Gritei de dor e desmaiei. Quando recobrei a consciência, ele estava esfregando no meu tornozelo uma poção de gema de ovo, cúrcuma e mil óleos diferentes. Depois enfaixou e me alertou para não andar por duas semanas.

Que catástrofe. Chorei.

— Mas eu tenho de ir para a escola — argumentei. — As provas do segundo bimestre vão começar. — Eu sabia que as provas seriam dali a um mês e meio e que as minhas lágrimas eram por um motivo completamente diferente.

Durante alguns dias, eu realmente não conseguia me mexer. Fiquei esparramada sob o *korsi*, pensando em Saiid. Nas manhãs, quando todos estavam na escola, eu cruzava as mãos sob a cabeça e, com o fraco sol de inverno brilhando no rosto, mergulhava nas minhas doces fantasias, viajava para a cidade dos meus sonhos, para os dias felizes do futuro e para a vida com Saiid...

O único estorvo nas manhãs era a sra. Parvin, que encontrava toda e qualquer desculpa para visitar a Mãe. Eu não gostava nem um pouco dela e quando ouvia a sua voz, fingia estar dormindo. Não sei por que a Mãe, que vivia falando sobre fé e decência, ficara amiga de uma mulher que o bairro inteiro sabia não andar na linha e não percebera que a simpatia da sra. Parvin se devia apenas a Ahmad.

À tarde, quando Faati e Ali voltavam da escola, a calma e o silêncio da casa acabavam. Ali era capaz de, sozinho, causar estragos num bairro inteiro. Ele se tornara desobediente e atrevido. Tentava seguir os passos de Ahmad e era quase tão rude comigo quanto ele, especialmente agora que eu não estava indo à escola. A Mãe cuidava de mim e o Pai demonstrava preocupação, o que deixou Ali com ciúme. Ele agia como se eu tivesse roubado os seus direitos. Ele pulava sobre o meu *korsi*, atormentava Faati, fazendo-a gritar, chutava os meus livros e, de propósito ou por acidente, batia no meu tornozelo machucado, fazendo-me soltar um grito de dor. Um dia, depois de muito implorar e chorar, consegui convencer a Mãe a mudar minhas coisas para a sala de estar do andar de cima, para que eu ficasse segura sem Ali e pudesse estudar um pouco.

— Por que você quer subir e descer essas escadas? — argumentou ela. — E está frio lá em cima. O aquecedor grande está quebrado.

— O pequeno é suficiente para mim.

No fim, ela cedeu e eu me mudei para cima. Finalmente tive paz. Eu estudava, sonhava acordada, escrevia no meu caderno de poesia, fazia longas jornadas das minhas fantasias, escrevia o nome de Saiid no meu caderno, no código que eu inventara. Encontrei a raiz do nome em árabe e listei as formas flexionadas – Sa'ad, Saiid, Sa'adat — e as usei em todos os exemplos que tinha de dar na minha lição de casa.

Um dia, Parvaneh foi me visitar. Enquanto a Mãe estava lá, falamos sobre a escola e as provas que começariam no dia 5 de março, mas assim que ela saiu, Parvaneh disse:

— Você não faz ideia do que está acontecendo.

Eu sabia que minha amiga tinha notícias de Saiid. Dei um pulo para ficar sentada.

— Me conte, por favor, como ele está? Rápido, fale antes que alguém entre.

— Ultimamente ele tem sido o Haji Aflito. Eu o vi todo dia na entrada da farmácia, olhando ao redor, e assim que via que eu estava sozinha, fazia uma expressão de tristeza e voltava para dentro. Hoje ele demonstrou coragem e se aproximou. Primeiro, ficou vermelho e branco algumas vezes, depois gaguejou um olá e finalmente disse: "Faz alguns dias que a sua amiga não tem ido para a escola. Estou muito preocupado. Ela está bem?" Eu fui cruel, me fiz de boba e disse: "De que amiga você está falando?" Ele me olhou surpreso e disse: "A jovem que está sempre com você. Que mora na rua Golshan." Então ele sabe até onde fica a sua casa! Ele é tímido. Deve ter nos seguido. Eu disse: "Ah, está falando de Massoumeh Sadeghi. A coitadinha caiu e torceu o tornozelo, não vai poder ir à escola por duas semanas". Ele ficou pálido e saiu andando. Eu queria chamá-lo e dizer que era muito mal-educado, mas ele mal deu dois passos e percebeu que tinha sido indelicado e disse: "Por favor, diga a ela que eu mandei um oi." Depois se despediu como um ser humano normal e saiu.

Meu coração e minha voz tremiam.

— Meu Deus! — exclamei em pânico. — Você falou o meu nome para ele.

— Não seja simplória — disse Parvaneh. — Não é nada demais. Para começar, ele já sabia, ou pelo menos sabia o seu sobrenome. Pode ter certeza de que ele até pesquisou sua ascendência. Ele está muito apaixonado. Acho que qualquer dia desses ele vai pedir a sua mão.

Fiquei exultante. Eu estava tão avoada que, quando a Mãe entrou com uma bandeja de chá, ela me olhou surpresa e disse:

— O que está havendo? Você está tão animada!

— Não — gaguejei. — Não está havendo nada.

Parvaneh logo interveio e disse:

— É que hoje entregaram as provas, e Massoumeh tirou as melhores notas. — E piscou para mim.

— De que adianta, minha filha? Essas coisas não são úteis para meninas — disse a Mãe. — Ela está perdendo tempo. Logo terá de ir para a casa do marido e lavar fraldas.

— Não, Mãe. Não vou para a casa de um marido tão cedo. Por ora, preciso tirar o meu diploma.

— Sim, aí ela vai se tornar a sra. Doutora — disse Parvaneh, com malícia.

Olhei furiosa para ela.

— É mesmo? — gracejou minha mãe. — Ela vai continuar estudando? Quanto mais ela vai para a escola, mais atrevida fica. É tudo culpa do pai dela, por idolatrá-la como se ela fosse tão especial assim.

Ainda resmungando, a Mãe saiu e Parvaneh e eu caímos na gargalhada.

— Graças a Deus, a Mãe não percebeu, senão ela teria dito: desde quando a pessoa se torna doutora com diploma em literatura?

Parvaneh, enxugando as lágrimas do riso, disse:

— Bobinha, eu não disse que você ia ser doutora, disse que ia ser a esposa de um doutor.

Nesses dias claros e felizes, não precisávamos de um motivo racional para rir. Eu estava tão feliz que me esqueci completamente da dor no tornozelo. Depois que Parvaneh saiu, eu me larguei de novo no travesseiro e pensei: ele está preocupado, está sentindo a minha falta, estou tão contente. Nesse dia, nem os gritos de Ahmad brigando com a Mãe por causa da visita de Parvaneh me perturbaram. Eu sabia que Ali, seu espião, passara o relatório completo, mas não me importei.

Todas as manhãs eu arrumava o meu quarto pulando num pé só. Depois, com uma das mãos no corrimão e a outra segurando a bengala da Avó, descia a escada devagar, lavava as mãos e o rosto, e tomava o café da manhã. E subia a escada com dificuldade. A Mãe reclamava sem parar que eu ia pegar uma pneumonia ou rolar escada abaixo, mas quem se importava? Eu me virava com o pequeno aquecedor de parafina. Eu não trocaria a minha privacidade por nada e estava tão quente por dentro que nem sentia frio.

Dois dias depois, Parvaneh tornou a me visitar. Eu a ouvi à porta e fui rapidamente até a janela. A Mãe a cumprimentou com frieza, mas Parvaneh ignorou seu tom e disse:

— Eu trouxe as datas das provas para Massoumeh.

Depois subiu a escada correndo, entrou rápido, fechou a porta e escorou as costas nela, retomando o fôlego. Seu rosto estava vermelho. Eu não sabia se era do frio ou da agitação. Sem tirar os olhos dela, voltei para a cama. Não tive coragem de fazer nenhuma pergunta.

Finalmente, ela disse:

— Você é esperta: mesmo deitada na cama consegue deixar encrencada a pobre coitada aqui.

— O que aconteceu?

— Deixa eu retomar o fôlego. Corri feito louca lá da farmácia.

— Por quê? O que houve? Me conta!

— Eu estava andando com Maryam. Quando chegamos à farmácia, Saiid estava à porta. Ele começou a acenar com a cabeça, fazendo gestos. E você sabe como Maryam é astuta. Ela disse: "O bonitão está acenando para você." Eu disse: "Não. O que ele ia querer comigo?" Eu o ignorei e segui andando, mas ele correu atrás de nós e disse: "Com licença, srta. Ahmadi, poderia entrar um minuto? Preciso falar com a senhorita." O seu Haji Aflito estava vermelho feito um pimentão. Fiquei extremamente nervosa e não sabia o que fazer com a intrometida da Maryam. Eu disse: "É mesmo, esqueci de pegar os remédios do meu pai. Estão prontos?" Mas o idiota ficou ali parado olhando para mim. Não esperei que respondesse. Rapidamente me desculpei com Maryam e disse a ela que tinha esquecido os remédios do meu pai. Me despedi dela e disse que a encontraria na escola amanhã. Mas a dona intrometida não ia sair assim numa situação como essa. Ela disse que não estava com pressa e que iria comigo. Quanto mais eu dizia que não precisava, mais ela desconfiava. Aí ela disse que tinha esquecido que também precisava comprar algumas coisas na farmácia e entrou comigo. Por sorte,

O LIVRO DO DESTINO

Haji Aflito ficou esperto e entendeu a situação. Pôs uma caixa de remédios e um envelope numa sacola, disse que estava enviando a receita e que eu não podia me esquecer de entregar ao meu pai. Enfiei o envelope na mesma hora na mochila da escola. Fiquei com medo que Maryam o tirasse da minha mão. Eu não ia deixar o envelope passar perto dela de jeito nenhum, você sabe a xereta e a dedo-duro que ela é. Ainda mais agora que todo mundo na escola anda falando de Saiid. Metade das garotas que passam por aqui acham que ele fica parado do lado de fora para vê-las. Espere só para ver que histórias vão inventar sobre mim amanhã. Bom, mas aí Maryam ainda estava na farmácia comprando pasta de dente quando eu saí correndo e vim até aqui.

— Que horrível! — exclamei — Agora ela vai ficar ainda mais desconfiada.

— O quê? Ela já sabe que alguma coisa está acontecendo, com o burro do Saiid pondo a tal da receita num envelope lacrado! Você já viu algum farmacêutico pôr uma receita num envelope? E Maryam não é nenhuma idiota. Ela estava devorando o envelope com os olhos. Por isso fiquei com medo e saí correndo.

Por alguns segundos, fiquei imóvel feito um cadáver. Estava tudo confuso na minha cabeça, mas me lembrei do envelope de repente e dei um pulo.

— Me dê a carta! — falei. — Mas antes olhe atrás da porta para ver se não tem ninguém lá fora, depois feche bem.

As minhas mãos tremiam quando peguei o envelope. Não havia nada escrito nele. Não tive coragem de abrir. O que ele poderia ter escrito? Além de olás murmurados, nunca tínhamos falado um com o outro. Parvaneh estava tão excitada quanto eu. Justo nesse momento, a Mãe entrou. Empurrei rapidamente o envelope para baixo da colcha, e ficamos as duas sentadas, olhando para ela em silêncio.

— O que está havendo? — perguntou a Mãe, desconfiada.

— Nada! — gaguejei.

O olhar da Mãe, porém, estava carregado de dúvida. Mais uma vez, Parvaneh me socorreu.

— Não é nada — disse ela. — Sua filha é muito sensível. Ela aumenta demais as coisas. — Então se voltou para mim e disse: — E daí que você não conseguiu uma nota boa em inglês? Que se dane. A sua mãe não é como a minha. Ela não vai ralhar com você sem motivo. — E, olhando para a Mãe, disse: — Não é verdade, sra. Sadeghi? A senhora vai brigar com ela?

A Mãe olhou surpresa para Parvaneh, franziu os lábios e disse:

— O que eu posso dizer? A sua nota não foi boa, e daí? Na verdade, seria melhor se você fosse reprovada de uma vez. Assim, voltaria para as aulas de costura, que são muito mais importantes. — Então, colocou a bandeja de chá na frente de Parvaneh e saiu.

Nós nos entreolhamos em silêncio por alguns instantes, depois caímos na gargalhada.

— Menina, por que você é tão lenta? — disse Parvaneh. — Do jeito que você ficou, qualquer um perceberia que está aprontando. Cuidado, senão seremos pegas.

Senti enjoo de tanta excitação e ansiedade. Abri o envelope branco com cuidado, tentando não estragar nenhuma parte. Meu coração parecia um martelo batendo na bigorna.

— Ai, anda logo! — disse Parvaneh, impaciente. — Rápido!

Abri a carta. Linhas de uma bela letra dançaram diante dos meus olhos. Fiquei zonza. Lemos rapidamente, não levamos mais que alguns segundos. Depois nos entreolhamos e dissemos em uníssono:

— Você leu? O que está escrito?

Lemos de novo, dessa vez com mais calma. Começava com estes versos:

Que o seu corpo nunca precise do toque de um médico,
Que o seu delicado ser nunca seja ferido.

Em seguida, cumprimentos e perguntas sobre a minha saúde e desejos de rápidas melhoras.

Que educado, que lindo. Notei pela letra e pelas palavras dele que era culto. Parvaneh não ficou muito tempo porque não avisara a mãe que ia me visitar. Eu não estava prestando muita atenção nela mesmo. Eu estava em outro mundo. Não conseguia sentir a minha própria presença física. Era toda espírito, flutuando no ar. Conseguia até me ver deitada ali na cama, de olhos abertos, com um grande sorriso no rosto, apertando a carta contra o peito. Pela primeira vez, arrependi-me de ter desejado tantas vezes ter morrido no lugar de Zari. Como a vida era boa. Eu queria abraçar o universo e beijá-lo.

O dia transcorreu em êxtase e fantasia, e não senti a noite passar. O que comi no jantar? Quem veio me visitar? Do que conversamos? No meio da madrugada, acendi a luz e reli a carta várias vezes. Segurei-a contra o peito e tive bons sonhos até amanhecer. Meus instintos me disseram que essa era uma experiência que só se tinha uma vez na vida e apenas aos dezesseis anos.

No dia seguinte, aguardei impaciente a chegada de Parvaneh. Sentei-me à janela, olhando para o quintal. A Mãe ia e vinha da cozinha e podia me ver. Fez um gesto.

— O que você quer?

Abri a janela e disse:

— Nada... estou entediada. Só estou olhando para a rua.

Minutos depois, ouvi a campainha. Resmungando, a Mãe abriu a porta. Quando viu Parvaneh, virou-se e me olhou como quem dizia: então era isso que você estava esperando.

Parvaneh subiu a escada correndo e jogou a mochila no meio do quarto enquanto usava um pé para tirar o sapato do outro.

— Ah, entra... o que está fazendo?

— Droga de sapato com cadarço!

Por fim, tirou os sapatos, entrou e se sentou.

— Deixa eu ler a carta de novo. Esqueci algumas partes.

Entreguei a ela o livro em que escondera a carta e disse:

— Me conta de hoje... Você o viu?

Ela riu e disse:

— Ele me viu primeiro. Estava nos degraus da entrada da farmácia e, pelo jeito que olhava ao redor, a cidade toda deve ter percebido que esperava por alguém. Quando cheguei perto, ele disse olá sem corar. Perguntou: "Como ela está? Entregou a carta?" Eu disse: "Sim, ela está bem e mandou um olá." Suspirou aliviado e disse que estava preocupado se você estava chateada com ele. Depois ficou um pouco inquieto e disse: "Ela não escreveu uma resposta?" Eu disse que não sabia, que apenas lhe entregara a carta e saíra. E agora, o que você vai fazer? Ele está esperando uma resposta.

— Quer dizer que eu deveria escrever para ele? — perguntei, nervosa.
— Não, não é apropriado. Se eu responder, provavelmente vai achar que sou muito atrevida.

Bem nessa hora, a Mãe entrou e disse:

— E você é atrevida mesmo.

Desanimei. Não sabia o que ela escutara da conversa. Olhei para Parvaneh. Ela também parecia assustada. A Mãe baixou a cesta de frutas que levara para nós e sentou-se.

— Que bom que finalmente percebeu que é atrevida — disse ela.

Parvaneh recompôs-se rapidamente e disse:

— Ah, não, isso não é ser atrevida.

— O que não é ser atrevida?

— Sabe, eu disse à minha mãe que Massoumeh quer que eu venha todos os dias para revisar as lições com ela. E Massoumeh estava dizendo que é provável que a minha mãe pense que ela é muito atrevida.

A Mãe balançou a cabeça e nos olhou com cautela. Depois se levantou devagar, saiu e fechou a porta. Fiz um sinal para Parvaneh ficar em silêncio. Eu sabia que a Mãe estava parada à porta, tentando escutar. Começamos a conversar em voz alta sobre a escola, as aulas, comentando que eu estava muito atrasada. Então, Parvaneh começou a ler nosso livro didático de árabe. A Mãe gostava muito da língua árabe e achou que estivéssemos lendo o Alcorão. Minutos depois, ouvimos seus passos descendo a escada.

— Pronto, ela saiu — disse Parvaneh baixinho. — Seja rápida, decida o que quer fazer.

— Não sei!

— No fim das contas, você tem de escrever para ele ou falar com ele. Não podem passar o resto da vida acenando e fazendo sinais um para o outro. Temos pelo menos de descobrir o que ele tem em mente. Ele está ou não pensando em casamento? Talvez só queira nos enganar e desencaminhar.

Era interessante. Parvaneh e eu estávamos nos fundindo e falando no plural.

— Não posso — concluí, nervosa. — Não sei o que escrever. Escreva você.

— Eu? Não sei como. Você é muito melhor que eu em redação e conhece um monte de poemas.

O LIVRO DO DESTINO

— Escreva o que vier à mente. Farei o mesmo. Depois juntamos tudo e fazemos uma carta decente.

No fim da tarde, fui arrancada dos meus pensamentos pelos berros de Ahmad no quintal.

— Ouvi dizer que aquela menina vulgar tem vindo todo dia. O que ela quer? Já não lhe disse que não gosto do jeito e da arrogância dela? Por que está sempre aqui? O que ela quer?

— Nada, meu filho — disse a Mãe. — Por que está se aborrecendo tanto? Ela só vem entregar a lição de casa para Massoumeh e vai embora rápido.

— Vai rápido uma ova! Se eu a vir aqui mais uma vez, vou expulsá-la com um chute na bunda.

Eu queria poder pegar Ali e dar uma surra nele. O pestinha estava nos espionando e contando tudo para Ahmad. Eu disse a mim mesma que não havia nada que Ahmad pudesse fazer, mas, ainda assim, tive de alertar Parvaneh a tomar cuidado e só vir quando Ali não estivesse em casa.

Passei o dia e a noite toda escrevendo e riscando. Eu escrevera coisas para ele antes, mas sempre no meu código inventado, com um linguagem sentimental e íntima demais para uma carta formal. O código era uma invenção oriunda da necessidade. Em primeiro lugar, não havia privacidade nem espaço pessoal na nossa casa. Eu não tinha sequer uma gaveta para mim. Em segundo, eu precisava escrever, não conseguia parar. Tinha de colocar no papel meus sentimentos e sonhos. Era a única forma de organizar meus pensamentos e entender exatamente o que eu queria.

Ainda assim, eu não sabia o que escrever para Saiid. Não sabia sequer como me dirigir a ele na carta. Senhor? Não, era formal demais. Querido amigo? Não, não era apropriado. Deveria usar o primeiro nome? Não, seria íntimo demais. Na quinta à noite, quando Parvaneh foi me ver depois da aula, eu ainda não escrevera uma única palavra. Ela estava mais animada que nunca, e quando Faati abriu a porta, ela nem passou a mão na cabeça dela. Correu escada acima, jogou a mochila no chão, sentou ali mesmo à porta e começou a falar enquanto tentava tirar os sapatos.

— Eu estava voltando da escola agora há pouco, e ele me chamou e disse: "Srta. Ahmadi, o remédio do seu pai está pronto." Pobre pai, que doença será que ele tem para tomar tanto remédio? Graças a Deus a intrometida da

Maryam não estava comigo. Entrei e ele me deu um pacote. Anda logo, abre a minha mochila. Está logo ali na parte de cima.

Meu coração pulava para fora do peito. Sentei-me no chão e abri rapidamente a mochila dela. Havia um pequeno pacote embrulhado em papel branco. Rasguei o papel. Era um livro de bolso de poesia com um envelope para fora. Eu estava encharcada de suor. Peguei a carta e me encostei na parede. Senti fraqueza. Parvaneh, que finalmente se livrara dos sapatos, foi engatinhando até mim e disse:

— Não desmaie agora! Primeiro leia, depois desfaleça.

Justo nessa hora, Faati entrou, segurou-me e disse:

— A Mãe quer saber se a srta. Parvaneh aceita um chá.

— Não! Não! — disse Parvaneh. — Muito obrigada. Tenho de ir embora daqui a pouco. — Então afastou Faati de mim e lhe deu um beijo na bochecha. — Vá agora, e agradeça à sua mãe por mim. Isso, boa menina.

Faati, porém, aproximou-se outra vez e me segurou. Percebi que alguém lhe dissera para não nos deixar a sós. Parvaneh tirou um doce do bolso, deu a Faati e disse:

— Seja uma boa menina e vá dizer à sua mãe que eu não quero chá. Senão ela vai subir a escada, e isso não é bom para ela. Vai ficar com dor nas pernas.

Assim que Faati saiu, Parvaneh arrancou a carta de mim, dizendo:

— Anda logo, antes que mais alguém apareça.

Abriu o envelope e começou a ler.

— Respeitável moça.

Olhamos uma para a outra e caímos na risada.

— Ai, que engraçado! — exclamou Parvaneh. — Quem é que ainda escreve "respeitável moça"?

— Bom, provavelmente ele não quis ser íntimo demais na primeira carta me chamando de "senhorita". Para ser honesta, estou com o mesmo dilema. Não sei como começar a minha carta.

— Esqueça isso por enquanto. Leia o resto.

Ainda não me permito escrever o seu nome no papel,
embora o grite no meu coração mil vezes por dia. Nenhum
nome jamais foi tão adequado para um rosto. A inocência

nos seus olhos e no seu rosto é tão agradável ao olhar. Estou
tão viciado em vê-la todos os dias que, quando sou
privado dessa bênção, vejo-me perdido quanto ao que fazer
com a minha vida.

Meu coração
É um espelho enuviado de tristeza
Remova essa poeira
Com o seu sorriso.

Não tê-la visto esses dias fez de mim alguém perdido, à deriva. Nesta
solidão, lembre-se de mim com uma palavra ou uma mensagem para que eu
possa me reencontrar. Com todo o meu ser, rezo para que recupere a saúde.
Pelo amor de Deus, cuide-se.
Saiid

Parvaneh e eu, zonzas e inebriadas com a beleza da carta, estávamos imersas
em fantasias quando Ali entrou. Passei rapidamente o livro e a carta para
debaixo das pernas. Com um olhar agressivo e um tom ríspido, ele disse:

— A Mãe quer saber se a srta. Parvaneh vai ficar para o almoço.

— Ah, não, muito obrigada — disse Parvaneh. — Vou embora.

— Está bem — murmurou Ali. — Mas nós queremos comer agora. —
E saiu.

Fiquei com raiva, vergonha, e não sabia o que dizer a Parvaneh. Ela
notou a atitude fria da minha família e disse:

— Tenho vindo muito aqui. Acho que eles já estão cheios de mim.
Quando você volta para a escola? Está de cama há dez dias. Não foi suficiente?

— Estou enlouquecendo. Estou cansada e entediada. Devo voltar no
sábado.

— Vai poder mesmo? Tudo bem?

— Estou me sentindo muito melhor. Vou exercitar o tornozelo até
sábado.

— Aí estaremos livres. Juro que não consigo mais encarar a sua mãe.
Virei buscá-la às sete e meia em ponto no sábado.

Ela me beijou nas bochechas e desceu as escadas correndo sem se dar ao trabalho de amarrar os cadarços. No quintal, ouvi-a dizer à Mãe:

— Sinto muito, mas tive de vir hoje. É que sábado temos uma prova e eu precisava avisar a Massoumeh, para ela se preparar. Graças a Deus, parece que o tornozelo está bem melhor. Eu a buscarei no sábado e iremos devagar até a escola.

— Não será necessário — disse a Mãe. — O tornozelo dela não está bom ainda.

— Mas temos prova! — insistiu Parvaneh.

— E dai? Não é tão importante assim. E Ali me contou que ainda falta um mês para começarem as provas.

Abri a janela e gritei:

— Não, Mãe. Eu tenho de ir mesmo. É uma prova preparatória. Essa nota é somada à da prova oficial.

A Mãe deu as costas para mim com raiva e foi para a cozinha. Parvaneh olhou para mim, piscou e foi embora.

Comecei a me exercitar. Assim que sentia dor, eu me deitava e apoiava o pé num travesseiro. Em vez de massagear o tornozelo com uma gema de ovo, passei a usar duas, e dobrei a quantidade de óleos. E entre uma coisa e outra, aproveitei cada oportunidade para ler a carta que era a minha posse mais valiosa e querida.

Eu não parava de me perguntar por que o coração dele era um espelho nebuloso de dor. Ele deve ter uma vida difícil. É claro, trabalhar, sustentar a mãe e três irmãs é um fardo. Talvez se ele não tivesse todas essas responsabilidades e se o pai ainda estivesse vivo, ele viria agora mesmo pedir a minha mão. O médico disse que a família é respeitável. Estou disposta a morar com ele até mesmo num quartinho úmido e abafado. Por que ele escreveu que o meu nome combina com o meu rosto e o meu caráter? O fato de ter aceitado a carta dele não era prova de que eu não era inocente? Eu teria me apaixonado se fosse inocente de verdade? Mas eu não conseguia evitar. Tentei não pensar nele, não deixar meu coração bater tão rápido quando o via, não corar, mas não conseguia controlar nada disso.

No sábado de manhã, acordei mais cedo que de costume. Na verdade, mal dormi a noite toda. Eu me vesti e fiz a cama para provar a todos que não estava mais convalescente. Encostei a bengala da Vó, que me fora bastante útil, apoiei-me no corrimão, desci a escada e sentei-me à mesa.

— Tem certeza de que consegue ir à escola? — perguntou o Pai. — Por que não deixa Mahmoud levá-la na moto?

Mahmoud olhou irritado para o Pai e disse:

— Pai, o que está dizendo? Era só o que nos faltava, ela andando atrás de um homem numa moto, sem hijab!

— Mas, filho, ela vai usar o lenço na cabeça. Não vai?

— É claro — falei. — Alguma vez já fui à escola sem o lenço?

— E você é o irmão dela, não um estranho — acrescentou o Pai.

— Deus tenha piedade! Pai, parece que Teerã desencaminhou o senhor também!

Interrompi Mahmoud e disse:

— Não se preocupe, Pai. Parvaneh vem me buscar. Ela vai me ajudar e iremos andando juntas para a escola.

A Mãe murmurou algo entredentes. E Ahmad, com os olhos inchados da bebedeira da noite anterior e com a raiva de costume, gritou:

— Ora, ora! Parvaneh, justo quem? Eu falo para você não andar mais com ela e você faz dela a sua bengala?

— Por quê? O que há de errado com ela?

— O que não há de errado com ela? — disse ele em tom de desprezo. — Ela é vulgar, está sempre rindo, gargalhando, usa saia muito curta e ainda rebola quando anda.

Corei e respondi no mesmo tom:

— A saia dela não é nem um pouco curta. É mais longa que de todas as outras meninas da escola. Ela é atleta, não é dessas meninas que ficam desfilando e fazendo pose. Aliás, como você sabe que ela rebola quando anda? Por que está olhando para a filha de outro homem?

— Fique quieta senão dou um soco tão forte na sua boca que seus dentes vão cair! Mãe, está vendo como ela ficou insolente?

— Chega! — berrou o Pai. — Conheço o sr. Ahmadi. É um homem muito respeitável e culto. Tio Abbas pediu que ele interviesse quando teve uma discussão com Abol-Ghassem Solati a respeito da loja ao lado. Ninguém se opõe ao que o sr. Ahmadi diz. Todo mundo confia na palavra dele.

Ahmad, que enrubescera, virou-se para a Mãe e disse:

— Pronto! Depois a senhora se pergunta por que a menina ficou tão insolente. Por que não haveria de ficar, se todo mundo sempre fica do lado dela? — Em seguida, virou-se para mim e resmungou: — Vai, vai com ela, irmã. A garota é a decência em pessoa. Vai aprender a ser respeitável com ela.

A campainha tocou nesse instante.

— Diga a ela que já estou indo — pedi a Faati.

E para terminar a discussão, pus o lenço de cabeça o mais rápido possível, despedi-me apressada e saí mancando.

Na rua, senti o vento frio no rosto e fiquei parada por alguns segundos para aproveitar o ar fresco. O ar cheirava a juventude, amor e felicidade. Apoiei-me em Parvaneh. Meu tornozelo ainda doía, mas eu não me importava. Tentei controlar minha empolgação, e seguimos devagar para a escola, em silêncio. De longe, avistei Saiid parado no segundo degrau da farmácia, espiando a rua. Quando ele nos viu, desceu os degraus num salto e foi nos cumprimentar. Mordi o lábio e, ao se dar conta de que não deveria ter feito isso, ele voltou e ficou parado no degrau. Seu olhar afoito tornou-se triste quando ele viu meu pé enfaixado e notou que eu estava mancando. Meu coração queria sair voando do peito até ele. Era como se eu não o visse há anos, mas me senti mais próxima dele do que da última vez em que o vira. Eu sabia quais eram seus sentimentos em relação a mim, e eu o amava mais do que já tinha amado antes.

Quando chegamos à farmácia, Parvaneh virou-se para mim e disse:

— Você deve estar cansada. Vamos parar um pouco.

Apoiei-me na parede e respondi discretamente ao cumprimento dele.

— Está doendo muito? — perguntou ele com calma. — Gostaria que eu lhe desse um analgésico?

— Obrigada. Está muito melhor.

— Cuidado — sussurrou Parvaneh. — Seu irmão Ali está vindo.

Nós nos despedimos rapidamente e seguimos nosso caminho.

Nesse dia, tínhamos uma hora de educação física, à qual Parvaneh e eu não comparecemos, além de outra aula. Precisávamos colocar a conversa em dia. Quando o assistente do diretor apareceu no pátio da escola, corremos e nos escondemos no banheiro, e depois na cantina. No sol fraco de fevereiro, lemos a carta de Saiid duas ou três vezes. Ficamos admiradas com sua delicadeza, compaixão, civilidade, caligrafia, prosa e erudição.

— Parvaneh, acho que eu tenho uma doença cardíaca — falei.

— Por que você acha isso?

— Porque o meu coração não bate normalmente. Tenho palpitações constantes.

— Quando vê Saiid ou quando não o vê?

— Quando eu o vejo meu coração bate tão rápido que eu fico ofegante.

— Não é doença cardíaca, querida. — Parvaneh começou a rir. — É doença de amor. Se eu, que não sou ninguém, sinto o meu coração disparar quando ele aparece na minha frente, dá para começar a imaginar o que você deve estar sentindo.

— Você acha que ainda me sentirei assim quando estivermos casados?

— Bobinha! Se você se sentir desse jeito depois de casada, terá de procurar um cardiologista mesmo, porque aí sim será um problema cardíaco.

— Ah! Tenho de esperar pelo menos dois anos, até ele terminar a faculdade. É claro que isso não é tão ruim. Até lá já terei o meu diploma.

— Mas ele também terá dois anos de serviço militar — disse Parvaneh.

— A menos que já tenha servido.

— Não, acho que não. Quantos anos ele tem? Talvez não tenha de se alistar. É o único filho, o pai morreu, e ele precisa sustentar a família.

— Talvez. Mas, ainda assim, ele terá de arranjar um emprego. Você acha que ele conseguiria sustentar duas famílias? Quanto um farmacêutico ganha?

— Não sei, mas, se precisar, vou morar com a mãe e as irmãs dele.

— Quer dizer que está disposta a ir morar no interior, com a sogra e as noras?

— É claro que estou. Eu moraria no inferno com ele, se necessário. E Úrmia é uma boa cidade. Dizem que é limpa e bonita.

— É melhor que Teerã?

— Pelo menos, o clima é melhor que em Qom. Esqueceu que eu cresci lá?

Doces fantasias. Como qualquer garota romântica de dezesseis anos de idade, eu estava disposta a ir a qualquer lugar e fazer qualquer coisa por Saiid.

Parvaneh e eu passamos a maior parte desse dia lendo as respostas que escrevemos à carta dele. Revisamos nossos rascunhos e tentamos chegar a uma carta decente. Meus dedos, porém, estavam congelando, e escrever com o papel apoiado na mochila deixava a minha letra horrível. No fim, decidimos que eu deveria reescrever a carta em casa à noite e que a entregaríamos a Saiid no dia seguinte.

Esse dia de inverno foi um dos mais agradáveis da minha vida. Parecia que eu estava com o mundo na palma da mão. Eu tinha tudo. Uma boa amiga, amor verdadeiro, juventude, beleza e um futuro promissor. Eu estava tão feliz que gostava até da dor no tornozelo. Afinal, se eu não tivesse torcido o tornozelo, não teria recebido aquelas cartas lindas.

No fim da tarde, o céu ficou nublado e começou a nevar. Por ter ficado sentada no frio durante algumas horas, meu tornozelo começou a latejar e tive dificuldade para andar. No caminho de volta para casa, muito do meu peso estava no ombro de Parvaneh, e a cada meia dúzia de passos tínhamos de parar para retomar o fôlego. Finalmente, chegamos em frente à farmácia. Saiid, vendo a situação em que eu estava, saiu correndo, segurou-me por baixo do meu braço e me levou para dentro. A farmácia era quente e clara, e pelas vitrines altas e enevoadas a rua parecia sombria e fria. O dr. Ataii estava ocupado, ajudando os clientes que faziam fila diante do balcão. Ele chamava um por um e discutia a medicação com eles. A atenção de todos estava nele, e ninguém olhava para nós, sentados no sofá do canto.

Saiid ajoelhou-se na minha frente, ergueu o meu pé e apoiou-o na mesa baixa diante do sofá. Apalpou meu tornozelo enfaixado com cuidado. Mesmo através de toda aquela roupa, o toque da sua mão me fez estremecer como se eu tivesse encostado em um fio desencapado. Era estranho. Ele também tremia. Olhou-me com uma expressão amável e disse:

— Ainda está muito inflamado. Você não deveria ter andado. Separei algumas pomadas e analgésicos para você.

Ele se levantou e foi para trás do balcão. Eu o segui com o olhar. Voltou com um copo d'água e um comprimido. Tomei o remédio e, quando estava devolvendo o copo, ele estendeu outro envelope para mim. Nossos olhares se encontraram. Tudo o que queríamos dizer estava refletido neles. Não havia necessidade de palavras. Esqueci a dor. Eu não via ninguém além dele. Todos à nossa volta desapareceram numa névoa. As vozes estavam abafadas e incompreensíveis. Eu flutuava delirante em outro mundo quando de repente Parvaneh cutucou-me com o cotovelo.

— O quê? O que aconteceu? — perguntei, confusa.

— Olhe ali! — disse ela. — Ali!

Erguendo as sobrancelhas, ela apontou com a cabeça para a vitrine da farmácia. Eu me endireitei de imediato e meu coração começou a bater forte. Ali estava lá fora, espiando pela vitrine com o rosto perto do vidro, protegendo os olhos com as mãos.

Parvaneh voltou-se para mim e disse:

— Qual é o problema? Por que você ficou branca feito uma parede de repente?

Então, ela se levantou, saiu e disse em voz alta:

— Ali, Ali, venha, venha me ajudar. O tornozelo de Massoumeh está ruim, e ela está sentindo muita dor. Não consigo levá-la para casa sozinha. — Ali encarou-a com raiva e saiu correndo. Parvaneh voltou e disse: — Você viu como ele me olhou? Ele queria arrancar a minha cabeça!

Quando chegamos em casa, já estava quase escuro. Antes que eu tivesse a chance de tocar a campainha, a porta se abriu de repente, a mão de alguém me agarrou e me puxou para dentro. Parvaneh não entendeu o que estava acontecendo e tentou me seguir, mas a Mãe foi para cima de Parvaneh, empurrou-a de volta para a rua e gritou:

— Nunca mais quero ver você por aqui. Tudo o que estamos sofrendo é por sua causa! — E bateu a porta.

Tropecei nos degraus e fui parar no meio do quintal. Ali agarrou-me pelos cabelos e arrastou-me para dentro de casa. Eu só conseguia pensar em Parvaneh. Eu me senti tão humilhada.

— Me larga, seu idiota! — gritei.

A Mãe entrou e, praguejando e me xingando, beliscou o meu braço com muita força.

— Qual é o problema? — continuei gritando. — O que aconteceu? Vocês enlouqueceram?

— O que você acha que aconteceu, sua vadia? — gritou a Mãe. — Agora você fica flertando com um estranho em público?

— Que estranho? Meu tornozelo estava doendo. O doutor da farmácia examinou e me deu remédios. Só isso! Eu estava morrendo de dor. Além disso, no Islã, doutores não são considerados estranhos.

— Doutor! Médico! Desde quando o lacaio de uma farmácia é doutor? Você acha que eu sou burra e não sei que você vem aprontando alguma ultimamente?

— Pelo amor de Deus, Mãe, não é verdade.

Ali me chutou e, com as veias saltadas no pescoço, gritou rouco:

— Ah, é? Eu tenho seguido vocês todos os dias. O idiota fica à porta, olhando, esperando as mocinhas aparecerem. Todos os meus amigos sabem. Eles dizem: "Sua irmã e a amiga dela têm alguma coisa com esse cara."

A Mãe bateu na própria cabeça e lamentou:

— Rezo a Deus para ver você no necrotério. Olha a vergonha e a desonra que você nos causa. O que eu vou dizer para o seu pai e os seus irmãos? — E beliscou o meu braço de novo.

Nesse momento, a porta se abriu e Ahmad entrou, encarando-me com raiva, com os olhos vermelhos e a mão em punho. Ele escutara tudo.

— Então você finalmente conseguiu? — rosnou ele. — Aqui está, Mãe. Ela é toda sua. Eu sabia desde o começo que se ela pusesse os pés em Teerã e se enfeitasse todo dia e ficasse andando com aquela garota, iria acabar nos causando vergonha. Agora, como você vai andar de cabeça erguida entre amigos e vizinhos?

— O que eu fiz de errado? — gritei. — Juro pela vida do Pai que eu estava prestes a cair na rua, e eles me levaram para a farmácia e me deram um analgésico.

A Mãe olhou para o meu pé. Estava tão inchado que parecia uma almofada. Ela mal o tocou, e eu berrei de dor.

— Não se preocupe com ela — gritou Ahmad. — Com todo o escândalo que ela está criando, a senhora ainda quer paparicá-la?

— Escândalo? Quem causou um escândalo? Eu ou você, que chega em casa bêbado toda noite e se mete com uma mulher casada?

Ahmad foi para cima de mim e me acertou com as costas da mão com tanta força que a minha boca se encheu de sangue. Enlouqueci.

— Eu estou mentindo? Eu vi com os meus próprios olhos. O marido dela não estava em casa e você entrou escondido na casa deles. E não foi a primeira vez.

Outro soco me atingiu sob o olho e me deixou tonta. Por um instante, achei que tivesse ficado cega.

— Cala a boca, garota! — gritou a Mãe. — Tenha vergonha de você.

— Espere só até eu contar para o marido dela — gritei.

A Mãe veio correndo e tapou a minha boca.

— Já não mandei calar a boca?

Eu me afastei dela e, furiosa, gritei:

— A senhora não percebe que ele chega em casa bêbado toda noite? Duas vezes a polícia o levou para a delegacia porque ele ameaçou alguém com uma faca. Isso não é escândalo, mas se eu tomo um remédio na farmácia, estou enchendo vocês de vergonha!

Dois tapas seguidos fizeram os meus ouvidos zunirem, mas eu não conseguia me controlar, não conseguia ficar calada.

— Cala a boca. Que Deus lhe dê uma difteria. A diferença é que você é mulher! — A Mãe caiu no choro, ergueu os braços para o céu e implorou: — Ai, Deus, salve-me! A quem eu posso recorrer? Garota, eu rezo para que você sofra. Rezo para que seja rasgada em pedaços.

Eu estava caída no canto da sala, totalmente desesperada, com os olhos cheios de lágrimas. Ali e Ahmad estavam no quintal, aos sussurros. A voz chorosa da Mãe os interrompeu:

— Ali, chega, cala a boca.

Mas Ali não terminara de contar tudo a Ahmad. Eu me perguntava como ele conseguira juntar tanta informação.

Mais uma vez, a Mãe rosnou:

— Ali, eu disse que já chega! Vai correndo comprar pão. — Por fim, com um tapa, ela o conduziu para fora.

Ouvi o cumprimento do Pai quando ele entrou no quintal e a resposta de costume da Mãe.

— Ah, chegou cedo, Mostafa Agha.

— Ninguém faz compras nesse frio, então decidi fechar mais cedo — respondeu o Pai. — Qual é o problema? Você parece nervosa. Estou vendo que Ahmad está em casa também. E Mahmoud?

— Não, Mahmoud ainda não chegou. Por isso estou preocupada. Ele sempre chega antes de você.

— Ele não foi de moto hoje — disse o Pai. — O trânsito está ruim, e ele não deve estar conseguindo encontrar um táxi. Há neve e gelo por todo lado. Parece que este ano o inverno não quer acabar... Estou vendo que o armênio fechou mais cedo também, e alguém decidiu vir para casa.

O Pai raramente falava com Ahmad e, quando o fazia, era sempre por meio de uma insinuação indireta.

Sentado à beira do espelho d'água, Ahmad retrucou:

— Na verdade, ele não fechou mais cedo, mas eu não saio até saber se vocês estão do meu lado.

O Pai se apoiou no batente da porta e começou a tirar os sapatos. A luz do hall de entrada iluminava a sala apenas parcialmente. Eu estava no chão, perto do *korsi,* e ele não conseguia me ver. Ele gracejou:

— Ah! Em vez de nós resolvermos nossa posição em relação ao cavalheiro, o cavalheiro quer determinar qual a posição dele em relação a nós.

— Não a vocês, àquela sua filha abominável.

O rosto do Pai ficou branco feito giz.

— Olha como fala — advertiu ele. — A honra da sua irmã é a sua honra. Tenha vergonha.

— Esqueça isso! Ela já cuidou para que não restasse honra alguma. Tire a venda dos olhos, Pai, e pare de me perseguir. A sua honra já caiu por terra. A vizinhança toda ouviu, menos o senhor, que tapa os ouvidos e não quer escutar.

O Pai tremia de maneira visível. Aterrorizada, a Mãe implorou:

— Ahmad, meu querido. Ahmad! Deus permita que eu sacrifique a minha vida por você, que todos os seus problemas e aflições se voltem para mim, mas não diga essas coisas. Seu pai vai ter um troço. Não aconteceu nada. Ela estava com dor no tornozelo, eles deram um comprimido.

Recompondo-se, o Pai disse:

— Deixe-me ouvir o que ele tem a dizer.

— Por que não pergunta à sua filha mimada? — disse Ahmad, apontando para o canto da sala, e o Pai me procurou com o olhar. Ele não conseguia enxergar direito e acendeu a luz. Não sei como estava a minha aparência, mas ele pareceu horrorizado de repente.

— Deus do Céu! O que fizeram com você? — Ele ficou ofegante e me ajudou a me sentar. Depois pegou o lenço do bolso e limpou o sangue dos cantos da minha boca. O lenço tinha o aroma fresco de água de rosas.

— Quem fez isso com você? — perguntou ele.

Minhas lágrimas começaram a cair mais rápido.

— Seu canalha repugnante, você ergueu a mão para uma mulher? — gritou para Ahmad.

— Pronto — contestou Ahmad. — Agora eu sou o culpado! Esqueçam a castidade e a virtude. Não temos nenhuma. E daí se ela acabar nas mãos de todos e de qualquer um? A partir de agora, eu tenho de passar por canalha.

Não sei em que momento Mahmoud chegara, mas nesse instante, eu o vi parado entre a casa e o quintal, parecendo confuso. A Mãe interveio e, ajeitando o chador sobre os ombros, disse:

— Chega! Agora louvem o Profeta e seus descendentes. Quero servir o jantar. Você, fique aí. E você, pegue esta toalha de mesa e estenda ali no chão. Faati? Faati? Onde você está, sua pestinha?

Faati estivera ali o tempo todo, mas ninguém a notara. Ela saiu das sombras atrás da pilha de roupas de cama no canto da sala e correu para a cozinha. Minutos depois, voltou com os pratos e os dispôs com cuidado sobre o *korsi*.

O Pai terminou de examinar o corte no canto da minha boca, o meu olho machucado e o nariz sangrando, e disse:

— Quem fez isso com você? Ahmad? Maldito seja. — Depois se voltou para o quintal e gritou: — Sua besta, eu agora sou surdo a ponto de você tratar a minha mulher e a minha filha desse jeito? Até mesmo Shemr, que assassinou o Imã Hussein em Karbala, não fez isso com suas esposas e filhas.

— Ora, ora! Então, agora a moça é toda pura e santa, e eu sou pior que Shemr. Pai, a sua filha tirou toda a sua honra. Você pode não se importar, mas eu me importo. Eu ainda tenho uma reputação entre as pessoas. Espere até Ali chegar. Pergunte o que ele viu. A mocinha flertando com o lacaio da farmácia para todo mundo ver!

— Pai! Pai, eu juro que ele está mentindo — implorei. — Juro pela sua vida, juro sobre o túmulo da Vó, que eu estava com dor no tornozelo, estava tão ruim como no primeiro dia, eu estava prestes a cair na rua, e Parvaneh foi me arrastando até a farmácia. Eles colocaram o meu pé para cima e me deram um analgésico. Além disso, Ali também estava lá, mas, quando Parvaneh o chamou para ajudar, ele saiu correndo. Depois, assim que cheguei em casa, todos me atacaram.

Comecei a chorar. A Mãe estava na sala arrumando os pratos. Mahmoud, apoiado na prateleira acima de mim, observava a comoção com uma calma incomum. Ahmad entrou correndo, ficou parado à porta, segurou o batente e gritou enlouquecido:

— Diga, diga! O sujeito pôs a sua perna na mesa e tocou e acariciou você. Diga que você estava rindo o tempo todo. Flertando. Diga que ele espera por você na rua todos os dias e diz olá para você, faz gracinhas para você...

O humor de Mahmoud mudou. Ficou vermelho e murmurou algo. Só o que entendi foi:

— Deus tenha piedade.

O Pai virou-se para mim com um olhar inquiridor.

— Pai, Pai, eu juro por essa bênção. — Ali acabara de entrar com pão saído do forno, e o cheiro tomou conta da sala. — Ele está mentindo, ele está me caluniando porque eu descobri que ele entra escondido na casa da sra. Parvin.

Mais uma vez, Ahmad partiu para cima de mim, mas o Pai me protegeu com o braço e advertiu:

— Não erga a mão para ela! As coisas que você disse não podem ser verdade. A diretora me disse que não existe menina mais decente e inocente que Massoumeh na escola.

— Claro! — zombou Ahmad. — Essa escola deve ser uma casa de castidade.

— Cala a boca! Cuidado com as palavras.

— Pai, ele está certo — disse Ali. — Eu vi com os meus próprios olhos. O cara pôs o pé dela em cima da mesa e massageou.

— Não, Pai, eu juro. Ele só segurou o meu sapato, e o meu tornozelo está tão enfaixado que a mão de ninguém poderia tocá-lo. Além disso, doutores não são considerados estranhos. Não é verdade, Pai? Ele só me perguntou: "Onde está doendo?"

— Só! — disse Ahmad. — E é claro que acreditamos em você. Olha como um passarinho magro de quarenta quilos está fazendo todo mundo girar na ponta dos seus dedos. Você pode enganar o Pai, mas eu sou mais astuto do que você pensa.

— Cala a boca, Ahmad, senão eu te dou um tabefe — disse o Pai.

— Dá logo! Está esperando o quê? O senhor só sabe nos bater. Ali, por que você fica quieto? Diga a eles o que me contou.

— Eu vi o lacaio da farmácia parado do lado de fora, esperando por elas todos os dias — contou Ali. — E assim que elas chegam, ele diz olá e elas respondem. Depois elas cochicham e dão risadas juntas.

— Ele está mentindo. Não vou à escola há dez dias. Por que está inventando essas mentiras? Sim, sempre que ele vê Parvaneh, ele diz olá para ela. Ele conhece o pai dela, prepara os remédios dele e entrega a ela.

— Que o túmulo dessa menina arda em chamas — disse a Mãe, batendo no peito. — É tudo coisa dela.

— Então, por que a deixa entrar em nossa casa? — disse Ahmad. — Não te falei para não deixar?

— O que eu posso fazer? — disse a Mãe. — Ela vem, e as duas ficam sentadas, lendo livros juntas.

Ali puxou o braço de Ahmad e sussurrou em seu ouvido.

— Por que está cochichando? — perguntou o Pai. — Diga em voz alta para todos ouvirem.

— Elas não ficam lendo livros, Mãe — disse Ali. — Ficam lendo outra coisa. Outro dia, eu entrei de repente, e elas esconderam alguns papéis rapidamente debaixo das pernas. Elas acham que estão lidando com uma criança!

— Vão, vão olhar nos livros dela e vejam se conseguem achar — disse Ahmad.

— Eu procurei antes de ela chegar, mas não estavam lá.

Meu coração batia furiosamente. E se eles encontrassem a minha mochila? Estaria tudo perdido. Virei os olhos com cuidado e procurei pela sala. A mochila estava no chão atrás de mim. Devagar, com cuidado, empurrei-a para debaixo do cobertor que pendia sobre o *korsi*. A voz fria de Mahmoud interrompeu os poucos segundos de silêncio.

— O que quer que seja, está na mochila dela, que ela acabou de passar para debaixo do cobertor.

Senti como se um balde de água gelada tivesse sido derramado sobre a minha cabeça. Eu não conseguia falar. Ali abaixou-se, puxou a mochila e esvaziou-a sobre o *korsi*. Não havia nada que eu pudesse fazer. Eu me senti tonta e paralisada. Ele sacudiu os livros com violência, e as cartas caíram no chão. Num salto, Ahmad catou-as e desdobrou uma rapidamente. Ele parecia exultante. Ele parecia ter recebido o maior prêmio do mundo.

Com a voz trêmula de excitação, ele disse:

— Aqui está. Aqui está, Pai. Ouça e divirta-se.

E começou a ler em tom zombeteiro:

— Respeitável senhorita, ainda não permiti a mim mesmo...

Eu me contorcia de humilhação, medo e raiva. O mundo girava em volta da minha cabeça. Ahmad não conseguia ler algumas partes da carta. Ele estava na metade quando a Mãe perguntou:

— O que isso significa, filho?

— Significa que quando ele olha amorosamente nos olhos dela... ela é pura e inocente. Até parece!

— Que Deus tire a minha vida! — suspirou a Mãe.

— Agora ouçam isto: "Meu coração fica não-sei-o-quê de dor com o seu sorriso..." Sua assanhada sem-vergonha!

— Olha, olha, tem mais uma — disse Ali. — É a resposta dela.

Ahmad arrancou a carta da mão dele.

— Maravilha! A mocinha respondeu.

Mahmoud, com o rosto vermelho e as veias saltadas no pescoço, gritou:

— Eu não falei para vocês? Eu não falei? Uma menina que se arruma toda e sai perambulando pelas ruas de uma cidade cheia de lobos não fica pura e intocada. Eu dizia para casarem ela, mas vocês diziam: "Não, ela tem de ir para a escola." É, ir para a escola para aprender a escrever cartas de amor.

Eu não tinha defesa. Não me restara nenhuma arma. Eu me rendi. Olhei para o Pai com pavor e ansiedade. Os lábios dele tremiam, e ele estava tão pálido que eu achei que ele fosse desmaiar. Voltou os olhos escuros e atordoados para mim. Ao contrário do que eu esperava, não havia raiva alguma neles. Em vez disso, vi um pesar profundo agitando-se no brilho de uma lágrima não derramada.

— É assim que você me retribui? — murmurou ele. — Você realmente cumpriu a sua promessa. Você realmente preservou a minha honra.

Aquele olhar e aquelas palavras foram mais dolorosos do que toda a surra que eu levara e eles perfuraram o meu coração como um punhal. As lágrimas corriam pelo meu rosto, e, com a voz trêmula, eu disse:

— Mas eu juro que não fiz nada de errado.

O Pai virou as costas para mim e disse:

— Chega. Cale-se!

E saiu de casa sem o casaco. Entendi o que essa saída significava. Ele retirava todo o seu apoio e me deixava nas mãos dos outros.

Ahmad ainda folheava as cartas. Eu sabia que ele não conseguia ler direito, e a carta de Saiid estava em escrita cursiva, o que dificultava ainda mais. Ele, porém, agia como se estivesse entendendo tudo e tentava esconder seu regozijo por trás de uma máscara de fúria. Minutos depois, ele se virou para Mahmoud e disse:

— E agora, o que vamos fazer a respeito desse escândalo? O desgraçado pensa que somos vira-latas assustados. Espera só até eu dar uma lição nele que ele nunca vai esquecer. Não paro enquanto não tirar sangue dele. Corre, Ali, vai pegar a minha faca. O sangue dele é meu direito, não é assim, Mahmoud? Ele tem segundas intenções com a nossa irmã. Aqui está a prova concreta. Na caligrafia dele. Anda, Ali. Está no armário lá em cima...

— Não, deixa ele em paz! — gritei horrorizada. — Ele não fez nada de errado.

Ahmad riu e, com uma calma que eu não vira nele há muito tempo, virou-se para a Mãe e disse:

— Mãe, está vendo, está vendo como ela defende o amado? O sangue dela também é direito meu. Não é assim, Mahmoud?

Com os olhos cheios de lágrimas, a Mãe bateu no peito e gritou:

— Deus, vê que ruína está sucedendo a mim? Garota, que Deus a faça sofrer. Que falta de vergonha foi essa? Queria que você tivesse morrido no lugar de Zari. Veja o que você fez comigo.

Ali desceu correndo com a faca. Ahmad levantou-se calmamente, como se fosse realizar uma tarefa rotineira. Ajeitou a calça, pegou a faca e segurou-a na minha frente.

— Que parte dele você quer que eu traga para você?

E deu uma risada horrenda.

— Não! Não! — gritei. Eu me atirei aos pés dele, agarrei as suas pernas e implorei: — Pelo amor de Deus, jure pela vida da Mãe que não vai machucá-lo.

Arrastando-me junto, ele seguiu em direção à porta.

— Estou lhe implorando, por favor, não faça isso. Eu errei. Estou arrependida...

Ahmad olhava para mim com um prazer feroz. Quando chegou à porta, sussurrou uma vulgaridade rude, puxou a perna e se desvencilhou de mim. Ali, que nos seguira, chutou-me com força e me jogou dos degraus de entrada.

— Vou te trazer o fígado dele — gritou Ahmad ao sair. E bateu a porta.

Minhas costelas estavam quebradas, eu não conseguia respirar, mas a dor verdadeira era no meu coração. Eu morria de medo de como Ahmad iria confrontar Saiid e o que faria com ele. Fiquei sentada no gelo e na neve, perto do espelho d'água, chorando. Eu tremia da cabeça aos pés, mas não sentia o frio. A Mãe disse a Mahmoud para me levar para dentro de casa para evitar uma desgraça ainda maior. Mahmoud, porém, não queria me tocar. Aos olhos dele, eu agora era maculada e impura. Ele acabou me agarrando pelas roupas e, com uma fúria assombrosa, me puxou para longe do espelho d'água, me arrastou para dentro de casa e me jogou na sala. Minha cabeça bateu na quina da porta, e eu senti o sangue no meu rosto.

— Mahmoud — disse a Mãe —, vá atrás de Ahmad e não deixe que ele tenha problemas.

— Não se preocupe, aquele cara merece tudo o que Ahmad fizer a ele. Na verdade, deveríamos matar essa aqui também.

Ainda assim, ele saiu e o silêncio retornou à casa. A Mãe murmurava consigo mesmo e chorava. Eu não conseguia parar de soluçar. Faati estava parada num canto, roendo as unhas, sem tirar os olhos de mim. Eu estava num estado estranho de estupor e não tinha noção alguma da passagem do tempo. Em um dado momento, o som da porta me fez voltar a mim, e dei um salto de medo. Resmungando vulgaridades, Ahmad entrou e pôs a faca ensanguentada diante dos meus olhos.

— Veja com atenção. É o sangue do seu amado.

A sala começou a girar ao meu redor, o rosto de Ahmad ficou distorcido, e uma cortina negra desceu sobre os meus olhos. Eu caía num poço profundo. Os sons à minha volta se transformaram numa cacofonia vaga e arrastada. Afundei cada vez mais, sem nenhuma esperança de parar.

Zari estava morrendo. Seu rosto tinha uma cor estranha. Ela respirava com dificuldade, rouca. O peito e a barriga subiam e desciam rapidamente. Eu roía as unhas e olhava para ela de trás da pilha de roupa de cama. O som das vozes vindo do quintal intensificava o meu horror.

— Mostafa Agha, juro que ela está mal. Vá buscar um médico.

— Chega! Chega! Não fique histérica. Está perturbando o meu filho. Não vai acontecer nada com ela. Estou esperando a decocção ferver. Se eu der a ela agora, já estará boa quando você voltar. Vá, não fique aí parada... vá, minha querida. Fique sossegada, a menina não vai morrer.

Zari segurava a minha mão. Corríamos por um túnel escuro. Ahmad corria atrás de nós. Ele estava com uma faca. A cada passo que dava, ele ficava alguns metros mais próximo. Era como se ele estivesse voando. Nós gritávamos, mas era a risada de Ahmad que ecoava no túnel.

— Sangue. Sangue. Olha, é sangue.

A Vó tentava fazer com que Zari bebesse a decocção. A Mãe segurava a cabeça dela sobre o colo e apertava os cantos da boca com os dedos. Zari estava fraca e não resistia nem um pouco. A Vó punha a colher na sua boca, mas o líquido não descia pela garganta. A Mãe soprou o rosto dela. Zari parou de respirar, mexeu os braços e as pernas, depois voltou a respirar com um som estranho.

— A sra. Azra disse que temos de levá-la ao médico perto do templo — gritou a Mãe.

— Uma ova que ela disse isso! — criticou a Vó. — Levante-se e vá fazer o jantar. Seu marido e seus filhos vão chegar a qualquer momento.

A Vó ficava rondando Zari e recitando preces. O rosto de Zari estava escuro, e sons esquisitos saíam da sua garganta. De repente, a Vó correu para o quintal e gritou:

— Tayebeh, Tayebeh, corra, vá buscar um médico!

Peguei a mão de Zari e acariciei o seu cabelo. O rosto dela estava quase preto. Ela abriu os olhos, muito grandes e assustadores. A parte branca estava cheia de sangue. Ela apertou a minha mão. Depois, ergueu a cabeça do travesseiro, que tornou a cair. Tirei a minha mão, corri e me escondi atrás da pilha de colchas e travesseiros. Os braços e as pernas dela se mexiam. Tapei os ouvidos e enfiei o rosto num travesseiro.

Lá fora, a Vó girava o acendedor de carvão no ar. Ele ficava cada vez maior, até alcançar o tamanho do quintal. A voz da Vó ecoava nos meus ouvidos.

— Meninas não morrem. Meninas não morrem.

Zari dormia. Passei a mão nos seus cabelos e os afastei do rosto, mas era Saiid. A cabeça dele rolou para fora do travesseiro e caiu no chão. Eu gritei, mas não saiu nenhum som da minha garganta.

Os meus pesadelos não tinham fim. De vez em quando, eu acordava ao som dos meus próprios gritos e, encharcada de suor, mergulhava de volta no poço. Não sei por quanto tempo fiquei nesse estado.

Um dia, acordei com uma sensação de ardor no pé. Era de manhã, e o quarto cheirava a álcool. Alguém virou o meu rosto e disse:

— Ela está acordada. Dona, olhe. Juro que ela está acordada. Está olhando para mim.

Os rostos estavam indistintos, mas as vozes eram claras.

— Ó, Imã Moussa bin-Jafar, que responde às necessidades das pessoas, salve-nos!

— Dona, ela está consciente. Prepare um caldo e faça com que ela engula. O estômago está fraco. Tem de alimentá-la devagar.

Fechei os olhos. Eu não queria ver ninguém.

— A canja de galinha vai ficar pronta num minuto. Cem mil vezes graças a Deus. Durante todo esse tempo, ela vomitou tudo o que a fiz comer.

— Ontem, quando vi que ela estava com febre, eu sabia que iria despertar. Pobrezinha, como sofreu. Sabe-se lá como toda essa febre e delírio foram parar no corpo dela.

— Ah, sra. Parvin, está vendo a minha agonia? Nos últimos dias, morri e voltei à vida umas cem vezes. Por um lado, tenho de ver a minha filha querida agitar-se e estremecer diante de mim, e, por outro, tenho de suportar a vergonha e tolerar os insultos dos irmãos dela a respeito do tipo de menina que dei à luz. Tudo isso me corrói por dentro.

Eu não sentia com dor. Só estava deitada na cama, fraca e frágil. Não conseguia me mover. O simples gesto de tirar a mão debaixo do cobertor parecia uma tarefa hercúlea. Eu queria permanecer cada vez mais fraca até morrer. Por que eu havia despertado? Não havia nada para mim nesse mundo.

Quando recuperei a consciência mais uma vez, a Mãe pôs a minha cabeça sobre o seu joelho e tentava me forçar a tomar o caldo. Eu balançava a cabeça e resistia à pressão dos seus dedos apertando as minhas bochechas.

— Deus me permita sacrificar a minha vida por você, só uma colherada... Olha o estado em que você está. Coma. Que toda a sua dor e sofrimentos sejam meus.

Foi a primeira vez que ela disse tais palavras para mim. Ela nunca me enaltecera. Estava sempre ocupada demais com os meus irmãos mais novos ou cuidando dos meus irmãos mais velhos, que ela amava mais que a própria vida. Eu ficava perdida no meio. Não era nem a primeira nem a última, e também não era menino. Se Zari não tivesse morrido, eu com certeza teria sido completamente esquecida àquela altura. Como Faati, que geralmente estava escondida pelos cantos e nunca era vista por ninguém. Nunca vou me esquecer do dia em que ela nasceu. A Vó desmaiou ao saber que era menina, mas depois, Faati também teve outro problema. Disseram que ela era um mau agouro porque depois que ela nasceu a Mãe teve dois abortos, e os dois eram meninos. Realmente não entendo como a Mãe soube que eram meninos.

O caldo derramou no lençol. A Mãe resmungou e saiu do quarto.

Abri os olhos. Era fim de tarde. Faati estava sentada perto de mim, tirando o cabelo do meu rosto com suas mãozinhas. Ela parecia tão inocente e solitária. Olhei para ela. Faati estava sentada ao lado de Zari. Sinto o calor das lágrimas no meu rosto.

— Eu sabia que você ia acordar — disse Faati. — Pelo amor de Deus, não morra.

A Mãe voltava para o quarto. Fechei os olhos.

Era noite. Eu ouvia todo mundo falando.

— Hoje de manhã ela abriu os olhos — disse a Mãe. — Ela estava consciente, mas por mais que eu me esforçasse para pôr um pouco de canja na sua boca, ela não me deixava. Está tão fraca que não consegue se mexer, não sei onde encontrar tanta energia para resistir a mim. Hoje de manhã a sra. Parvin disse que não podemos mais mantê-la à base de remédios. Se ela não comer, vai morrer.

Ouvi o Pai dizer:

— Sabia que a minha mãe estava certa. Não podemos ter meninas. Mesmo se ela se recuperar, será como se estivesse morta... com toda essa vergonha e desonra.

Não escutei mais. Parecia que eu era capaz de controlar quando e o quê eu podia ver e ouvir e, como um rádio com botão de ligar e desligar, eu conseguia desligar tudo. No entanto, eu não conseguia controlar os pesadelos. As imagens dançavam dentro das pálpebras fechadas.

Ahmad, segurando uma faca ensanguentada e arrastando Faati pelos cabelos, corria na minha direção. Faati estava do tamanho de uma boneca. Eu estava à beira de um precipício. Ahmad jogou Faati para cima de mim. Eu tentei segurá-la, mas ela escorregou entre as minhas mãos e mergulhou no precipício. Olhei para baixo. Os corpos deformados e ensanguentados de Faati e Saiid estavam lá embaixo. Fui despertada pelo meu próprio grito. Meu travesseiro estava encharcado e a minha boca, terrivelmente seca.

— Qual é o problema? Você não vai nos deixar sossegados?

Eu engolia a água.

Acordei ao som da agitação matinal de costume. Eles tomavam o café da manhã.

— Ontem à noite, a febre subiu de novo. Ela estava tendo alucinações. Vocês ouviram o grito dela?

— Não! — disse Mahmoud.

— Mãe, vai nos deixar comer em paz ou não? — resmungou Ahmad.

A voz dele era como um punhal perfurando o meu coração. Eu queria ter energia para me levantar e acabar com ele. Eu o odiava. Eu odiava todos eles. Virei-me e enfiei o rosto no travesseiro. Eu queria morrer logo para me ver livre daquelas pessoas egoístas com coração de pedra.

Meus olhos se abriram de modo automático com a picada da seringa.

— Bem, finalmente está desperta. Não finja que não está. Devo trazer um espelho para que se veja? Você parece um esqueleto. Olhe. Fui à confeitaria Caravan e comprei biscoitos para você. São uma delícia com chá... sra. Sadeghi!... Massoumeh está acordada. Ela quer chá. Traga um copo grande de chá.

Olhei para ela atordoada. Não conseguia entendê-la. Todo mundo falava pelas costas dela e dizia que, sem o marido saber, a sra. Parvin tinha relações com outros homens. Eu a via como uma mulher obscena, mas, por alguma razão, quando a vi, não senti o ódio que achava que deveria sentir. Não vi nada de ruim nela. Eu só sabia que não queria ter nenhum contato com ela.

A Mãe entrou com um copo grande cheio de chá até a borda.

— Graças a Deus — disse ela. — Ela quer tomar chá?

— Sim — disse a sra. Parvin. — Ela vai tomar chá com biscoito. Levante-se, minha menina... levante-se.

Ela colocou a mão nas minhas costas e me ergueu. A Mãe arrumou alguns travesseiros atrás de mim e segurou o copo diante da minha boca. Virei o rosto e cerrei os lábios, como se tivesse acumulado toda a minha energia só para fazer isso.

— Não vai dar certo. Ela não me permite. Vai derramar tudo.

— Não se incomode. Eu dou a ela. Ficarei aqui sentada e não sairei até ela beber. Vá cuidar das suas tarefas. Não se preocupe.

A Mãe, mal-humorada e irritada, saiu do quarto.

— Agora, minha boa menina, só para eu não ficar com a cara no chão, abra a boca e tome somente um gole. Pelo amor de Deus, é uma pena que uma pele tão delicada tenha ficado tão pálida. Você está tão magra que deve estar pesando o mesmo que Faati. Uma menina bonita como você deveria viver, e não é o que vai acontecer se não comer...

Não sei o que a sra. Parvin viu nos meus olhos ou leu no meu sorriso afetado, mas ela ficou em silêncio de repente, olhando fixamente para mim. Em seguida, como alguém que acabou de fazer uma grande descoberta, disse:

— Sim! É exatamente o que você quer... você quer morrer. Essa é a sua forma de cometer suicídio. Como eu sou idiota! Por que não percebi antes?

Sim, você quer morrer. Mas por quê? Não está apaixonada? Quem sabe, você acaba ficando com ele? Por que quer se matar? Saiid ficará tão magoado...

Ao ouvir o nome de Saiid, estremeci de repente, e os meus olhos se abriram totalmente.

A sra. Parvin olhou para mim e disse:

— Qual é o seu problema? Você acha que ele não a ama? Não se preocupe, isso é o que deixa o amor suave.

Ela ergueu o copo de chá até os meus lábios. Agarrei a mão dela com as últimas gotas de energia que tinha e me aproximei.

— Me diga a verdade: Saiid está vivo?

— O quê? É claro que está. Por que você acha que ele está morto?

— Porque Ahmad...

— O que tem Ahmad?

— Ahmad o apunhalou com a faca.

— Ah, sim, mas nada aconteceu com ele... Ah... você está inconsciente desde que viu a faca ensanguentada... Então, todos esses pesadelos e gritos no meio da noite são por causa disso? Coitada de mim, o meu quarto fica do outro lado dessa parede. Eu a ouço toda noite. Você grita: "Não, não." Você grita por Saiid. Você está achando que Ahmad o matou, certo? O que é isso, criança. Ahmad não cometeu esse crime. Você acha que alguém pode simplesmente sair, matar alguém e voltar para casa como se nada tivesse acontecido? O país tem leis. Não é tão simples assim. Não, minha querida, fique sossegada, o que ele fez aquela noite foi deixar um arranhão no braço de Saiid e outro no rosto. Depois, o médico e outros donos de lojas intervieram. Saiid nem sequer foi à polícia. Ele está bem. No dia seguinte, eu mesma o vi em frente à farmácia.

Depois de uma semana inteira, finalmente pude respirar. Fechei os olhos e, do fundo do meu coração, disse:

— Graças a Deus. — Depois tornei a me recostar na cama, afundei o rosto no travesseiro e chorei.

Demorei até a primavera, nas festas de final de ano, para recuperar mais ou menos a minha saúde. O tornozelo estava completamente curado, mas eu continuava muito magra. Não tinha nenhuma notícia da escola, e não havia possibilidade alguma de introduzir o assunto. Fiquei ociosa pela casa. Eu não conseguia sequer sair para ir até o balneário público. A Mãe esquentava a água, e eu tomava banho em casa. Eu estava dominada por uma atmosfera fria e implacável. Eu não queria falar. Na maior parte do tempo, estava tão triste e mergulhada nos meus próprios pensamentos que não me inteirava do que se passava à minha volta. A Mãe tomava muito cuidado para não falar sobre o que acontecera. No entanto, de vez em quando ela deixava escapar algo e dizia coisas que faziam o meu coração doer.

O Pai nunca olhava para mim. Agia como se eu não existisse, e raramente falava com os outros. Estava triste, nervoso e parecia muito mais velho. Ahmad e Mahmoud tentavam o máximo possível não ficar cara a cara comigo. De manhã, tomavam o café às pressas e saíam de casa rapidamente. À noite, Ahmad chegava mais tarde e mais bêbado que nunca, e ia direto para a cama. Mahmoud comia alguma coisa rápido e saía para a mesquita ou subia para o quarto e passava a maior parte da noite orando. Eu ficava feliz em não vê-los. Ali, porém, era uma perturbação constante. Ele me atormentava de forma insistente. A Mãe muitas vezes brigava com ele, mas eu tentava ignorá-lo.

Faati era a única pessoa cuja companhia eu desejava e a única presença bem-vinda na casa. Todo dia, quando chegava da escola, ela vinha me ver, me beijava e me olhava com uma estranha compaixão. De tudo o que ela comia, levava um pouco para mim e insistia para que eu comesse. Às vezes, até guardava dinheiro para comprar chocolate para mim. Ela ainda tinha medo que eu morresse.

Eu sabia que voltar para a escola era agora um sonho impossível, mas tinha esperança que depois do ano-novo eles, pelo menos, me deixassem fazer as aulas de corte e costura. Embora eu não gostasse nem um pouco de costurar, era a minha única chance de conseguir um pouco de liberdade e sair. Eu sentia uma falta terrível de Parvaneh. Não sabia se estava mais desesperada para vê-la ou para ver Saiid. Era estranho. Apesar de tudo por que eu havia passado, toda a dor e humilhação, e todos os reflexos vis e repugnantes da minha relação com Saiid, eu não lamentava o que se passara entre nós. Eu não apenas não sentia culpa, como a emoção mais honesta e mais pura no meu coração era o amor que eu alimentava por ele.

Com o passar do tempo, a sra. Parvin foi me contando como os acontecimentos à minha volta foram tomando dimensões maiores e como tudo afetou a família de Parvaneh. Na noite em que eu desmaiei, ou na noite seguinte, Ahmad fora à casa deles totalmente bêbado e começara a praguejar sem parar.

— Abra o olho — disse ao pai de Parvaneh. — A sua filha é uma manipuladora e estava prestes a desencaminhar a nossa menina. — E acrescentara milhares de palavras feias, que só de pensar me faziam suar. Como eu poderia voltar a encarar Parvaneh e seus pais? Como ele podia dizer coisas tão odiosas a um homem respeitável?

Não ter nenhuma notícia de Saiid estava me deixando louca. Finalmente, implorei à sra. Parvin que passasse na farmácia e descobrisse como ele estava. Apesar de se sentir intimidada por Ahmad, ela estava sempre à procura de aventura. Nunca imaginei que um dia ela seria a minha confidente. Eu ainda não gostava dela, mas também não tinha outra opção. Ela era a minha única ligação com o mundo lá fora e, para minha grande surpresa, ninguém da família tinha qualquer objeção a ela me fazer companhia.

No dia seguinte, a sra. Parvin veio me ver. A Mãe estava na cozinha. Ansiosa e animada, perguntei:

— Quais são as notícias? A senhora foi lá?

— Sim, fui — disse ela. — Comprei algumas coisas, depois perguntei ao médico por que Saiid não estava lá. Ele disse: "Saiid voltou para a sua cidade natal. Aqui não era mais lugar para ele. O pobre coitado não tinha mais reputação nem era respeitado, e sua segurança não estava garantida. Eu disse a ele: 'E se alguém puxar uma faca para você no escuro e acabar com a sua vida?' Ele teria jogado fora a juventude. E eles não iriam deixá-lo casar com a menina mesmo... com aquele irmão louco! Então, ele trancou a faculdade e voltou a morar com a família em Úrmia."

As lágrimas deslizavam pelo meu rosto.

— Chega! — ralhou a sra. Parvin. — Não vá começar de novo. Lembre-se, você achou que ele estivesse morto. Você deveria estar agradecendo a Deus por Saiid estar vivo. Espere um pouco. Quando todo o incidente se dissipar, ele provavelmente vai entrar em contato com você. Embora eu ache que seja melhor você esquecê-lo de uma vez. Eles não darão você a ele. Quer dizer, Ahmad jamais concordará... a menos que você consiga convencer o seu pai. Seja como for, temos de esperar para ver se ele vai aparecer.

O LIVRO DO DESTINO

*

A única alegria das férias de fim de ano foi que me tiraram de casa duas vezes. Uma para ir ao tradicional banho de ano-novo, no balneário público, durante o qual não vi uma viva alma porque eles fizeram questão de ir de manhã bem cedo, e a outra, para visitar o tio Abbas e desejar a ele um feliz ano-novo. Ainda fazia frio. A primavera daquele ano demorou a chegar, mas o ar estava carregado do perfume fresco de um novo ano. Estar fora de casa era tão agradável. O ar parecia mais limpo e mais leve. Era mais fácil respirar.

A esposa do Tio não se dava bem com a Mãe, e a filha dele não se dava bem conosco. Soraya, a filha mais velha do Tio, disse:

— Massoumeh, você está mais alta.

A esposa do Tio entrou na conversa e disse:

— Mas ela está mais magra. Para ser sincera, eu estava com medo que ela estivesse com alguma doença.

— De jeito nenhum! — contestou Soraya. — É porque ela tem estudado demais. Massoumeh, o Pai disse que você estuda muito e é a melhor aluna da classe.

Baixei a cabeça. Eu não sabia o que dizer. A Mãe me socorreu.

— Ela quebrou a perna. Por isso perdeu tanto peso. Aliás, nenhum de vocês pergunta como vão os outros.

— Na verdade, o Pai e eu queríamos visitá-los — disse Soraya. — Mas o Tio disse que não estava se sentindo bem e não queria ninguém indo na casa dele. Massoumeh, como você quebrou a perna?

— Escorreguei no gelo — respondi em voz baixa.

Para mudar de assunto, a Mãe virou-se para a esposa do Tio e disse:

— A srta. Soraya já está com o diploma. Por que não arrumam um marido para ela?

— Bom, ela tem de estudar e ir para a universidade. É cedo demais.

— Cedo demais! Bobagem. Na verdade, está ficando tarde demais. Acho que agora vocês não conseguem mais encontrar um marido decente.

— Na verdade, há muitos pretendentes — disse a esposa do Tio, num tom insolente. — Mas uma menina como Soraya não gosta de qualquer um. Na minha família, todo mundo é estudado: os homens e as mulheres.

Somos diferentes das pessoas que vêm do interior. Soraya quer se formar em medicina, como as filhas da minha irmã.

Era impossível as nossas visitas familiares terminarem sem tensão e comentários sarcásticos. Com a sua petulância e língua afiada, a Mãe sempre afastava as pessoas. Não era à toa que a irmã do Pai dizia que a língua da Mãe era uma navalha. Eu sempre quis estabelecer uma relação mais próxima com os nossos parentes, mas, com essas animosidades profundamente enraizadas, era impossível.

As férias de final de ano passaram, e eu ainda estava em casa. Sussurros discretos e indiretas sobre as minhas aulas de costura não tiveram nenhum efeito. Ahmad e Mahmoud não queriam me deixar sair de casa de forma alguma. E o Pai não intervinha. Para ele, eu estava morta.

Quase sempre eu estava entediada. Depois de terminar as tarefas rotineiras da casa, eu subia para a sala de estar e olhava o trecho da rua visível da janela. Essa visão parcial era a minha única conexão com o mundo externo. E até isso eu tinha de manter em segredo. Se meus irmãos descobrissem, provavelmente tapariam a janela com tijolos. Meu único sonho era ver Parvaneh ou Saiid ali na rua.

Àquela altura, eu sabia que a única possibilidade de sair de casa seria como esposa de alguém. Na verdade, essa era a única solução para o dilema votada e ratificada por todos. Eu odiava cada canto daquela casa, mas não queria trair o meu querido Saiid me jogando de uma prisão a outra. Eu queria esperar por ele até o fim da minha vida, mesmo que estivessem me arrastando à força.

Uma família expressou interesse em pedir a minha mão em casamento. Três mulheres e um homem iam nos visitar. A Mãe não parou um minuto, limpando e arrumando a casa com todo cuidado. Mahmoud comprou um jogo de sofá com estofamento vermelho. Ahmad comprou frutas e doces. A cooperação sem precedentes entre eles era estranha. Como pessoas que se agarravam a um pedaço de madeira para não se afogarem, eles estavam dispostos a fazer qualquer coisa para não perderem o pretendente. E, assim que vi o noivo em potencial, tive a comprovação de que realmente era como um pedaço de madeira: um homem corpulento e calvo, de cerca de trinta

O LIVRO DO DESTINO

anos de idade, e fazia ruídos ao comer as frutas. Trabalhava com Mahmoud no bazar. Por sorte, ele e as três mulheres que o acompanhavam estavam à procura de uma esposa roliça e rechonchuda, e não gostaram de mim. Essa noite, fui dormir feliz e serena. Na manhã seguinte, a Mãe contou tudo à sra. Parvin, com muito detalhe e exagero. Sua profunda decepção com o resultado final me fez querer rir.

— Que pena — disse ela. — Essa pobre menina não tem sorte. Ele não só é rico como também é de uma boa família. Além do mais, é jovem e nunca foi casado. — Era engraçado, o homem tinha o dobro da minha idade, mas, pelo ponto de vista da Mãe, ele era jovem... e com aquela careca e pança grande! — É claro, sra. Parvin, cá entre nós, o homem estava certo na decisão. A menina está esquelética. A mãe do homem disse: "Senhora, sua filha está precisando de cuidados médicos." Se não estou enganada, a pestinha fez alguma coisa para parecer ainda mais doente.

— Ah, minha querida, do jeito que a senhora fala, parece que era um jovem de vinte anos — contestou a sra. Parvin. — Eu os vi lá na rua. Ainda bem que não gostaram dela. Massoumeh é boa demais para ser entregue àquele anão barrigudo.

— O que eu posso dizer? Tínhamos grandes sonhos para a menina. A questão nem é comigo, o Pai dizia que Massoumeh tinha de casar com um homem que fosse alguém. Mas, depois de toda a desgraça, quem vai vir atrás dela? Ela vai ter de se casar com alguém abaixo dela ou ser uma segunda esposa.

— Bobagem! Deixe as coisas se acalmarem. As pessoas vão esquecer.

— Vão esquecer o quê? As pessoas investigam, perguntam por aí. A irmã e a mãe de um homem decente e respeitável jamais deixarão que ele se case com a minha menina malfadada que ficou conhecida pelo bairro inteiro.

— Espere — aconselhou a sra. Parvin. — As pessoas vão esquecer. Por que está com tanta pressa?

— São os irmãos dela. Dizem que, enquanto ela estiver nesta casa, não terão paz de espírito e não serão capazes de andar de cabeça erguida em público. As pessoas não esquecerão... por cem anos. E Mahmoud quer se casar, mas disse que não pode enquanto a menina estiver aqui. Ele disse também que não confia nela. Tem medo que ela leve sua esposa para o mau caminho.

— Que disparate! — disse a sra. Parvin com desdém. — Essa pobrezinha é inocente como uma criança. E o que aconteceu não foi tão sério assim. Todas as meninas bonitas da idade dela fazem rapazes se apaixonarem por elas. Não se pode queimá-las todas na fogueira porque alguém ficou gostando delas... Além do mais, não foi culpa dela.

— Sim. Conheço bem a minha filha. Ela pode não ser tão dedicada com as orações e jejuns, mas seu coração está com Deus. Anteontem ela disse: "Sonho em peregrinar até o templo de Imã Abdolazim em Qom." Ela costumava orar no templo de Sua Santidade Masumeh toda semana. A senhora não acreditaria em como ela orava. Aquela menina desgraçada, Parvaneh, é a culpada de tudo isso. De outra forma, minha filha se envolveria nessas coisas? Nunca!

— Espere um pouco mais. Talvez o rapaz apareça, se case com ela, e tudo termine bem. Ele não era um rapaz ruim, e eles querem um ao outro. Todo mundo fala muito bem dele. E logo ele será médico.

— Do que está falando, sra. Parvin? — disse a Mãe furiosa. — Os irmãos dela dizem que a entregam a Azrael, o anjo da morte, mas não a ele. E ele também não está derrubando a porta para vir pedir a mão dela. O que Deus quiser vai acontecer. O destino de todo mundo está escrito na testa desde o primeiro dia, e o meu quinhão já está reservado.

— Então não apresse as coisas. Deixe o destino se realizar.

— Mas os irmãos dizem que terão de carregar a cicatriz da vergonha dela até que Massoumeh se case e que não são mais responsáveis por ela. Por quanto tempo acha que vão conseguir mantê-la presa aqui? Eles têm medo que o pai fique com pena dela e ceda.

— Bom, a pobrezinha merece mesmo alguma piedade. Ela é muito bonita. Espere até recuperar a saúde. A senhora verá os homens que virão procurá-la.

— Juro por Deus, faço arroz e frango para ela todos os dias. Sopa de perna de carneiro, mingau de trigo e carne. Mando Ali buscar cabeça de ovelha e sopa de pé de porco para o café da manhã dela. Tudo na esperança de que ela engorde um pouco e não pareça tão doente para que um homem decente venha a gostar dela.

O LIVRO DO DESTINO

Lembrei-me de um conto de fadas da minha infância. Um monstro raptara uma criança, mas a criança estava magra demais para ser comida pelo monstro. Então, ele a trancara e levara muita comida para ela engordar rápido e se tornar uma refeição deleitável. Agora a minha família queria me engordar e me jogar para um monstro.

Fui colocada à venda. Receber pessoas que me viam como uma esposa em potencial tornou-se o único evento sério em nossa casa. Meus irmãos e minha mãe espalharam a notícia de que estavam buscando um marido para mim, e apareceu todo tipo de gente. Alguns eram tão despropositados que até Ahmad e Mahmoud decidiram contra eles. Toda noite eu rezava para que Saiid aparecesse. E, pelo menos uma vez por semana, implorava para que a sra. Parvin fosse à farmácia verificar se havia qualquer notícia dele. O médico disse a ela que Saiid escrevera uma vez e que a carta que ele respondera tinha voltado. Parecia que o endereço estava errado. Saiid evaporara e desaparecera no ar. À noite, eu, às vezes, ia até a sala para rezar e comungar com Deus, depois ficava à janela para ver as sombras se movendo pela rua. Algumas vezes, eu via uma sombra familiar sob o arco da casa do outro lado da rua, mas, assim que eu abria a janela, ela desaparecia.

O único sonho que me guiava até a cama à noite e me fazia esquecer a dor e o sofrimento dos meus dias entediantes era o de uma vida com Saiid. Na minha mente, eu desenhava nossa casa pequena e bonita, com os móveis e a decoração de cada cômodo. Era o meu pequeno paraíso. Eu imaginava os nossos filhos, belos, saudáveis e felizes. Nos meus sonhos, eu vivia uma felicidade e um amor eternos. Saiid era um modelo de marido. Um homem meigo, gentil e amável, sensível e inteligente, que nunca brigava comigo, nunca me menosprezava. Ah, como eu o amava. Alguma mulher jamais amara um homem como eu amava Saiid? Quem dera pudéssemos viver nas nossas fantasias.

No início de junho, assim que acabaram as provas finais da escola, a família de Parvaneh mudou-se para outro bairro. Eu sabia que estavam planejando isso, mas não achei que sairiam de lá tão cedo. Depois, fiquei sabendo que queriam ter saído antes, mas haviam decidido esperar o fim do ano letivo. Durante algum tempo, o pai de Parvaneh vinha comentando que o bairro não era mais uma área boa para se morar. Ele estava certo. Só era bom para pessoas como os meus irmãos.

A manhã estava quente. Eu varria o quarto e ainda não abrira as persianas de vime, quando ouvi a voz de Parvaneh. Corri para o quintal. Faati estava à porta. Parvaneh viera se despedir. A Mãe chegara à porta antes de mim e segurava-a entreaberta. Em seguida, pegou o envelope que Parvaneh entregara a Faati, devolveu a ela e disse:

— Vá rápido. Vá antes que os irmãos dela a vejam e provoquem outro escândalo. E não traga mais nada aqui.

Com um nó na garganta, Parvaneh disse:

— Mas, senhora, eu só escrevi para me despedir e para dar a ela o nosso novo endereço. A senhora pode ler.

— Não será necessário! — gritou a Mãe.

Segurei a porta com as duas mãos e tentei puxar, mas a Mãe segurava firme e me chutava dali.

— Parvaneh! — gritei. — Parvaneh.

— Pelo amor de Deus, não a machuque tanto — implorou Parvaneh. — Eu juro que ela não fez nada de ruim.

A Mãe bateu a porta. Eu me sentei no chão e chorei. Eu havia perdido minha defensora, amiga e confidente.

O último pretendente era amigo de Ahmad. Eu costumava me perguntar como os meus irmãos abordavam esses homens. Por exemplo, como Ahmad dizia ao amigo que tinha uma irmã em idade para se casar? Eles faziam propaganda de mim? Faziam alguma promessa? Ou pechinchavam feito dois mercadores de bazar? Qualquer que fosse a abordagem, eu sabia que não era respeitosa.

Asghar Agha, o açougueiro, era igual a Ahmad, na idade assim como nos modos rudes e na personalidade. E não era muito alfabetizado.

— Um homem tem que fazer o próprio pão com a força dos braços e não ficar sentado num canto rabiscando feito um escrivão burocrata semimorto — disse ele.

— Ele tem dinheiro e sabe como endireitar essa garota — argumentou Ahmad.

O LIVRO DO DESTINO

Em relação ao fato de eu estar muito magra, Asghar Agha disse:

— Não importa. Vou dar tanta carne e gordura para ela que, em um mês, ela vai estar roliça feito um barril. O importante é que ela tem um olhar atrevido.

A mãe dele era uma velha de aparência pavorosa que comia sem parar e endossava tudo o que o filho dizia. Asghar Agha teve a aprovação de todos. A Mãe estava feliz porque ele era jovem e não havia se casado antes. Ahmad era seu amigo e o apoiava porque, após uma briga no Jamshid Café, Asghar Agha testemunhara a favor dele, e ele não fora preso. O Pai deu o seu consentimento porque o açougue do homem tinha uma renda decente. E Mahmoud disse:

— É bom, ele é comerciante e tem o que é preciso para lidar com essa menina, sem deixar que ela saia da linha. Quanto antes acertarmos tudo, melhor.

Ninguém se preocupou com o que eu achava, e não contei a eles o quanto eu odiava a ideia de morar com aquele grosso imundo, ignorante e analfabeto, que cheirava a carne crua e sebo até mesmo no dia em que ia pedir a mão de uma garota em casamento.

No dia seguinte, a sra. Parvin correu até a nossa casa em pânico.

— Fiquei sabendo que vocês querem dar Massoumeh a Asghar Agha, o açougueiro. Pelo amor de Deus, não façam isso! O homem é um vândalo armado com uma faca. Está sempre bebendo, é mulherengo. Eu o conheço. Pelo menos, perguntem por aí, descubram coisas sobre ele.

— Não diga bobagem, sra. Parvin — disse a Mãe. — Quem o conhece melhor, a senhora ou Ahmad? E ele nos contou tudo sobre ele mesmo. É como disse Ahmad, os homens fazem mil coisas antes de se casarem, mas deixam tudo de lado quando se sobrecarregam com esposa e filhos. Além disso, não vamos encontrar ninguém melhor para Massoumeh. Ele é jovem, Massoumeh será a sua primeira esposa, ele é rico, tem dois açougues e tem fibra. O que mais poderíamos querer?

A sra. Parvin olhou para mim com tanta pena e solidariedade, como se estivesse olhando para um condenada à pena de morte. No dia seguinte, ela disse:

— Implorei a Ahmad para não ir em frente com isso, mas ele é completamente ignorante. — Essa foi a primeira vez que ela confessou um caso secreto com o meu irmão. — Ele disse: "Não é prudente deixar ela mais tempo em casa." E por que você não está fazendo nada a respeito? Não entende a catástrofe diante de você? Está realmente disposta a se casar com esse bronco?

— Que diferença faz? — perguntei com indiferença. — Deixa que façam o que quiserem. Deixa que pensem que estão me dando em casamento. Eles não sabem que qualquer homem que não seja Saiid só irá tocar o meu cadáver.

— Deus tenha piedade! — suspirou ela. — Nunca mais diga tais coisas. É pecado. Você precisa tirar esses pensamentos da cabeça. Nenhum homem jamais poderá ser o seu Saiid, mas nem todo homem é tão ruim quanto esse grosso. Espere, talvez apareça um pretendente melhor.

Dei de ombros e completei:

— Não faz absolutamente nenhuma diferença.

Ela foi embora ansiosa. Ao sair, parou em frente à cozinha e disse alguma coisa à Mãe. Então, a Mãe deu um tapa no próprio rosto e, a partir desse momento, passei a ser mais vigiada. Eles guardaram todos os frascos de remédio e não me deixavam tocar em facas ou navalhas, e, assim que eu subia, um deles corria atrás de mim. Eu tinha vontade de rir. Eram burros a ponto de achar que eu pularia de uma janela do primeiro andar! Eu tinha planos melhores.

As discussões sobre a cerimônia e o casamento foram cessando porque a irmã do noivo não estava presente. Ela era casada e morava em Kermanshah e não podia viajar para Teerã nos próximos dez dias.

— Não posso fazer os preparativos sem a aprovação da minha irmã — disse Asghar Agha. — Devo tanto a ela quanto à minha mãe.

Eram onze da manhã e eu estava no jardim, quando ouvi alguém batendo com força à porta. Eu não tinha permissão para abrir a porta, então chamei Faati.

— Só desta vez não tem problema — gritou a Mãe da cozinha. — Abra e veja quem está tão impaciente. — Eu mal abrira a porta e a sra. Parvin foi entrando.

— Menina, como você é abençoada e sortuda. — Ela quase gritava. — Não vai acreditar no ótimo pretendente que arrumei para você. Perfeito como a lua, como um buquê de flores..

O LIVRO DO DESTINO

Fiquei parada, boquiaberta diante dela. A Mãe saiu da cozinha e disse:

— O que houve, sra. Parvin?

— Minha cara senhora — disse ela. — Tenho uma notícia maravilhosa. Encontrei o pretendente perfeito para ela. Um verdadeiro cavalheiro, de família honrada, culto... Juro que um fio de cabelo dele vale mais que cem desses vândalos e grosseiros. Devo pedir para que venham hoje à tarde?

— Espere um pouco! — disse a Mãe. — Vamos devagar. Quem são eles? Onde os encontrou?

— São pessoas muito decentes. Eu os conheço há dez anos. Costurei muitos vestidos para a mãe e as irmãs dele. A mais velha, Monir, casou-se há muito tempo com um proprietário de terras de Tabriz e mora lá. Mansoureh, a segunda irmã, entrou na universidade. Casou-se há dois anos e agora tem um menino lindo e gorducho. A terceira ainda está na escola. São pessoas devotas. O pai está aposentado. Ele é dono de uma loja, uma fábrica, não, o lugar em que fazem livros. Como se diz?

— E o pretendente?

— Ah, espere até ouvir sobre o pretendente. É maravilhoso. Fez faculdade. Não sei em que se formou, mas trabalha no negócio do pai. Eles fazem livros. Ele tem uns trinta anos e boa aparência. Quando fui fazer uma prova para a mãe, dei uma olhada rápida. Que Deus o preserve, ele tem uma bela aparência, olhos negros e sobrancelhas escuras, é levemente moreno...

— Muito bem, e onde viram Massoumeh? — perguntou a Mãe.

— Não viram. Eu a descrevi para eles. Disse que é uma menina maravilhosa. Bonita e boa dona de casa. A mãe quer muito que o filho se case. Uma vez, ela me perguntou se eu conhecia alguma moça condizente. Então, devo dizer para virem hoje à tarde?

— Não! Fizemos promessas a Asghar Agha. A irmã dele vem de Kermanshah na semana que vem.

— O que é isso? — exclamou a sra. Parvin. — Ainda não chegaram a fazer nada. Não realizaram sequer a cerimônia de consentimento da noiva. As pessoas mudam de ideia até na hora do casamento.

— E quanto a Ahmad? Deus sabe o escândalo que ele vai fazer. E tem todo o direito. Ficará humilhado. Afinal de contas, ele fez promessas a Asghar Agha e não pode simplesmente se esquivar delas.

— Não se preocupe. Eu cuido de Ahmad.

— A senhora deveria ter vergonha! — ralhou a Mãe. — Que conversa é essa? Que Deus a perdoe.

— Não me entenda mal. Ahmad é amigo de Haji e escuta quando ele fala. Pedirei a Haji para intervir e mediar. Pense nessa menina inocente. Sei que aquele grosso é chegado a bater. Quando bebe, perde a cabeça. E ele até já tem uma amante. A senhora acha que ela vai desistir dele tão facilmente assim? Jamais!

— Ele tem o quê? — perguntou a Mãe, confusa. — O que você disse que ele era?

— Deixa — disse Parvaneh. — Quis dizer que ele tem um caso com outra mulher.

— Então, para que ele quer esta?

— Bom, ele quer esta para ser a esposa e ter filhos com ele. A outra não pode ter filhos.

— Como é que a senhora sabe?

— Dona, conheço esse tipo de gente.

— Como? Quem é você para dizer essas coisas? Tenha vergonha.

— E a senhora sempre pensa no pior. Meu irmão era assim. Eu cresci com esse tipo de homem. Pelo amor de Deus, não deixe essa pobre menina sair de um buraco e cair numa cova. Deixe essa família vir, conheça-os e veja como as pessoas são diferentes umas das outras.

— Primeiro tenho de falar com o pai dela e ver o que ele diz. Mas, se essa gente é tão boa, por que não arrumam uma noiva do próprio clã deles?

— Para ser honesta, não sei. Acho que é a sorte de Massoumeh. Deus a ama.

Surpresa e cética, observei o entusiasmo e a persistência da sra. Parvin. Eu simplesmente não conseguia entendê-la. Seus atos eram contraditórios. Eu não conseguia compreender por que ela estava tão preocupada com o meu futuro. Achei que houvesse alguma outra coisa em jogo.

O Pai e a Mãe debateram a tarde inteira. Mahmoud entrou na discussão por algum tempo, depois disse:

— Que se dane, façam o que quiserem. Apenas se livrem dela logo. Mandem-na embora e nos deem alguma paz de espírito.

Estranha mesmo foi a reação de Ahmad. Ele chegou tarde aquela noite e, na manhã seguinte, quando a Mãe introduziu o assunto, ele não fez nenhuma objeção. Simplesmente deu de ombros e disse:

— Eu é que vou saber? Façam o que quiserem.

Que influência bizarra a sra. Parvin tinha sobre ele.

Um dia depois, a família do novo pretendente foi à nossa casa. Ahmad não compareceu, e, quando Mahmoud soube que as visitas eram todas mulheres e que não usavam o hijab completo, nem sequer entrou na sala. A Mãe e o Pai as olharam de cima a baixo, avaliando-as com olhar de comprador. O pretendente mesmo não fora. A mãe usava um chador preto, mas as irmãs estavam sem hijab. Elas realmente se encontravam anos-luz de distância de todas as outras que tinham ido antes delas.

A sra. Parvin conduzia o show, promovendo-me ansiosamente. Quando entrei com uma bandeja de chá, ela disse:

— Vejam como ela é linda. Imaginem como vai ficar mais linda ainda quando fizer as sobrancelhas. Ela perdeu um pouco de peso depois que pegou um resfriado e teve febre na outra semana. — Contraí o rosto e olhei para ela, surpresa.

— Ser magra está muito na moda hoje em dia — disse a irmã mais velha. — As mulheres estão se matando para emagrecer. E o meu irmão odeia mulher gorda.

Os olhos da Mãe cintilaram de alegria. A sra. Parvin sorriu orgulhosa e olhou para a Mãe. Foi como se a tivessem elogiado, e não a mim. Conforme as ordens da Mãe, servi o chá, depois fui me sentar na sala ao lado. O samovar e o jogo de chá tinham sido levados para cima, para que eu não tivesse de subir e descer a escada com o risco de causar algum constrangimento. Todas falavam rápido. Disseram que o rapaz terminara o último ano de direito na universidade, mas ainda não recebera o diploma.

— Por enquanto, ele está trabalhando numa gráfica. Na verdade, o pai é um dos donos. O salário não é ruim, e ele pode sustentar uma esposa e filhos. E ele tem uma casa. É claro que a casa não é dele. É da avó. Ela mora no andar de baixo, e nós arrumamos o andar de cima para o querido Hamid. Rapazes gostam de ter o próprio espaço, e, como ele é o único filho, o pai dá tudo o que ele quer.

— Bem, onde ele está? — perguntou o Pai. — Teremos a honra de conhecê-lo?

— Para ser sincera, meu filho deixou tudo por nossa conta, minha e das irmãs. Ele disse: "Se vocês gostarem dela e a aprovarem, será o mesmo que a minha aprovação." E está fora, viajando a trabalho.

— Se Deus quiser, quando ele volta?

A irmã mais nova entrou na conversa e disse:

— Se Deus quiser, a tempo para a cerimônia e para o casamento.

— O quê? — disse a Mãe, surpresa. — Quer dizer que só veremos o noivo na cerimônia de casamento? Não é um pouco estranho? Ele não quer, pelo menos, ver a futura noiva? Uma olhada rápida é religiosamente sancionada e permitida.

A irmã mais velha, tentando falar devagar para que a Mãe entendesse direito, disse:

— Para dizer a verdade, a questão não é o que é ou não permitido. A questão é que Hamid está viajando neste momento. Nós vimos a moça, e a nossa decisão é a decisão de Hamid. E trouxemos uma fotografia dele para a moça ver.

— O quê...? — exclamou a Mãe de novo. — Como pode ser? E se o noivo tiver um problema ou um defeito?

— Senhora, morda a língua! Meu filho não poderia ser melhor e mais saudável. Deus me livre que ele tenha algum problema. Não é verdade, sra. Parvin? Afinal, a sra. Parvin já o viu.

— Sim. Sim, já o vi. Deus o abençoe, não há nada de errado com ele, e é muito bonito. É claro que olhei para ele com os olhos de uma irmã.

A irmã mais velha pegou uma foto da bolsa e entregou à sra. Parvin, que, por sua vez, segurou diante dos olhos da Mãe e disse:

— Está vendo como ele é gracioso e tem um ar de cavalheiro? Que Deus o abençoe.

— Agora, por favor, mostre a foto para a moça — disse a irmã mais velha. — Se Deus quiser, se ela gostar dele, podemos acertar as coisas na semana que vem.

— Por favor, senhora — disse o Pai. — Ainda não entendo o motivo para toda essa pressa. Por que não esperamos o rapaz voltar?

— Bem, verdade seja dita, sr. Sadeghi, realmente não temos tempo. O pai dele e eu estamos partindo numa peregrinação à Meca na semana que vem e queremos realizar todos os nossos deveres e obrigações antes de irmos. Hamid não se cuida e, se não estiver casado, ficarei preocupada e não terei paz de espírito. Dizem que as pessoas que partem para Haj não deveriam deixar nada pela metade. Devem resolver todas as suas questões e responsabilidades. Quando ficamos sabendo da sua filha, recorri à divinação e o resultado foi favorável. Nunca saíra tão positivo para nenhuma garota antes. E percebi que tenho de finalizar as coisas antes de partir, caso não volte.

— Se Deus quiser, a senhora voltará saudável e feliz.

Com a fotografia na mão, a Mãe se levantou e disse:

— Vocês são tão afortunados. Espero que uma visita à casa de Deus esteja em nosso destino também. — Em seguida ela foi à sala ao lado e segurou a foto na minha frente. — Aqui, dê uma olhada. Não são o nosso tipo de gente, mas sei que você prefere o tipo deles.

Empurrei a mão dela.

As discussões aconteceram num ritmo rápido. O Pai pareceu finalmente convencido de que a presença do noivo não era necessária. Era muito estranho. Queriam planejar um casamento em uma semana. A única preocupação da Mãe era como fazer tudo em tão pouco tempo. A sra. Parvin ofereceu ajuda, dizendo que cuidaria de tudo.

— Não se preocupe com nada — disse ela. — Vamos às compras amanhã. Eu vou levar só dois dias para fazer o vestido dela. Cuidarei de tudo o que for de costura.

— Mas e quanto ao enxoval e os dotes? É claro que, desde que as minhas filhas nasceram, tenho comprado tudo o que será necessário e guardado, mas ainda faltam muitas coisas. E grande parte do que tenho para ela ficou em Qom. Precisamos ir buscar.

— Senhora, por favor, não se preocupe — disse a mãe do noivo. — Deixe o casal ir para casa. Celebraremos a consumação do casamento quando voltarmos de Haj. Então, teremos tempo de atender às necessidades deles. Além disso, Hamid tem algumas coisas na casa.

Eles combinaram de sairmos para comprar a minha aliança de casamento no dia seguinte e convidaram toda a família para visitá-los qualquer noite em que estivéssemos livres para que eu pudesse conhecer a casa e o estilo de vida deles em primeira mão e para que os conhecesse. Eu não conseguia acreditar na velocidade em que tudo se tornara tão sério. De repente, me peguei dizendo: "Saiid, salve-me! Como posso pôr um fim nisso?" Fiquei furiosa com a sra. Parvin e queria arrancar a cabeça dela.

Assim que a família do noivo foi embora, começaram as discussões e as brigas.

— Não vou comprar a aliança porque a mãe dele também não vai — anunciou a Mãe. — E Massoumeh não pode ir sozinha. Sra. Parvin, a senhora vai com ela.

— Sim, claro. E também temos de comprar tecido para o vestido. Aliás, não esqueça que vocês têm de comprar a aliança do noivo.

— Ainda não entendo por que o noivo não veio para ser visto.

— Não deixe os sentimentos ruins entrarem no seu coração. Conheço a família. A senhora não acreditaria no quanto são bons. Eles lhe deram o endereço para lhe tranquilizarem, e a senhora pode perguntar por aí a respeito deles.

— Mostafa, o que faremos quanto ao enxoval? — indagou a Mãe. — Você e os meninos têm de ir a Qom para trazer a porcelana e várias roupas de cama que guardei para ela. Estão no porão da casa da sua irmã. E o que vamos fazer quanto ao restante das coisas que ela precisa?

— Não se preocupe — disse a sra. Parvin. — Elas disseram que isso não é importante. Além do mais, a culpa é delas mesmas por estarem com tanta pressa. Melhor para a senhora. Pode culpá-las pelo que quer que fique faltando.

— Não mandarei minha filha para a casa do marido com uma mão na frente e outra atrás — gritou o Pai. — Temos algumas das necessidades e compraremos o restante na semana que vem. E as coisas que faltarem providenciaremos na hora certa.

A única pessoa que não tinha lugar nessas discussões, que jamais deu uma sugestão, e cuja opinião não importava, era eu. Fiquei acordada a noite toda, dominada pela tristeza e pela ansiedade. Implorei a Deus que me tirasse a vida e me salvasse daquele casamento forçado.

Na manhã seguinte, eu me senti muito mal. Fingi estar dormindo e esperei até que todos saíssem de casa. Ouvi o Pai conversando com a Mãe. Ele queria usar seus contatos e recursos para investigar a família do noivo e não ia trabalhar nesse dia.

O LIVRO DO DESTINO

— Mulher, deixei o dinheiro da aliança em cima do consolo da lareira. Veja se é suficiente.

A Mãe contou o dinheiro e disse:

— Sim. Acho que não vai custar mais do que isso.

O Pai saiu de casa com Ali. Felizmente, desde o começo do verão, ele vinha levando Ali com ele, o que resultava em silêncio e tranquilidade em casa. Caso contrário, só Deus sabe o que teria acontecido comigo.

A Mãe entrou no quarto.

— Acorda — disse ela. — Você tem de se aprontar. Eu a deixei dormindo mais tempo para ter mais energia hoje.

Sentei-me, abracei os joelhos e disse com determinação:

— Eu não vou! — Eu era ousada quando os homens não estavam em casa.

— Levante-se e pare de agir como uma criança mimada.

— Não vou a lugar algum.

— Uma ova que não vai! Não vou deixar que você acabe com a sua boa sorte. Principalmente agora.

— Que boa sorte? A senhora sequer sabe quem são essas pessoas? Quem é esse homem? Ele nem está disposto a se mostrar.

Nesse exato momento, a campainha tocou e a sra. Parvin entrou, toda maquiada, animada e usando um chador preto.

— Achei melhor vir mais cedo, vocês poderiam precisar de alguma ajuda. Aliás, encontrei uma estampa linda para o vestido de noiva. Temos de comprar um tecido apropriado. Quer ver?

— Sra. Parvin, me ajude — pediu a Mãe. — Essa menina está sendo teimosa de novo. Venha e veja se consegue fazê-la sair.

A sra. Parvin tirou os sapatos de salto alto e entrou no quarto. Ela riu e disse:

— Bom dia, dona Noiva. Vamos, levante-se e vá lavar o rosto. Elas estarão aqui a qualquer momento, e não queremos que pensem que a noiva é preguiçosa, queremos?

Ao vê-la, a raiva ardeu dentro de mim e eu gritei:

— Quem você pensa que é? Quanto estão lhe pagando como casamenteira?

A Mãe se esbofeteou e gritou:

— Que Deus a castigue! Cale-se! Essa menina engoliu a vergonha e vomitou a modéstia. — E veio para cima de mim.

A sra. Parvin segurou o braço dela e pôs-se na frente.

— Por favor, está tudo bem. Ela só está com raiva. Deixe que eu converse com ela. É melhor a senhora sair. Estaremos prontas em meia hora.

A Mãe saiu do quarto. A sra. Parvin fechou a porta e ficou apoiada nela. Seu chador escorregou e caiu no chão. Ela olhava para mim, mas não estava me vendo. Via alguma outra coisa, longe daquele quarto. Alguns minutos se passaram em silêncio. Eu a observei com curiosidade. Quando ela finalmente começou a falar, sua voz não era familiar. Não tinha o tom de costume. Era uma voz baixa e amarga.

— Eu tinha doze anos quando o meu pai expulsou a minha mãe de casa. Eu estava no sexto ano e, de repente, me vi mãe do meu irmão mais novo e das minhas três irmãs. Eles esperavam de mim o que esperavam da mãe verdadeira. Eu arrumava a casa, cozinhava, lavava roupa, limpava e cuidava das crianças. As minhas tarefas não diminuíram quando meu pai se casou novamente. A minha madrasta era como todas as outras. Não quero dizer com isso que ela nos torturava ou nos deixava passar fome, mas queria mais aos próprios filhos do que a nós. Talvez ela estivesse certa.

"Desde pequena, as pessoas me diziam que, quando cortaram o meu cordão umbilical, pronunciaram o nome do meu primo Amir-Hossein. Eu seria a esposa dele. Por isso, meu primo sempre me chamou de 'minha bela noiva'. Não sei quando começou, mas até onde tenho lembranças, eu era apaixonada por Amir. Depois que eu não tinha mais a minha mãe, ele era o meu único conforto. Amir também me amava. Ele sempre encontrava desculpas para ir à nossa casa, sentar-se à beira do espelho d'água e me ver trabalhar. Ele dizia: 'Suas mãos são tão pequenas. Como lava todas essas roupas?' Eu sempre deixava as minhas tarefas mais difíceis para quando ele estava por perto. Eu gostava de como ele me olhava com compaixão e preocupação. Ele dizia ao meu tio e à esposa que eu estava tendo uma vida difícil. Sempre que o meu tio ia à nossa casa, ele dizia ao meu pai: 'Meu bom homem, essa pobre criança merece piedade. Você está sendo cruel. Por que ela tem de sofrer só porque você e a sua esposa não conseguiram se dar bem? Deixe de ser tão teimoso. Vá buscar a sua esposa pela mão e a traga de volta para casa.' 'Não, irmão. Jamais. Nunca diga o nome daquela atrevida na minha frente. Por garantia, divorciei-me dela três vezes para que não houvesse volta.' 'Então, pense numa coisa: esta criança está se acabando.' Ao se despedir, a esposa do meu tio sempre me abraçava e me apertava forte contra o peito, e as minhas lágrimas começavam a correr. O cheiro dela era como o da minha mãe. Não sei, talvez eu estivesse apenas agindo como uma mimada. De todo modo, meu pai pensou numa solução e se casou com uma mulher que tinha dois filhos de um casamento anterior. A nossa casa parecia uma creche, sete crianças de todas as idades e tamanhos. Eu era a mais velha. Não vou dizer que eu fazia tudo, mas corria de manhã à noite, e ainda havia mais trabalho por fazer. Especialmente porque a minha madrasta era muito cuidadosa com os códigos e princípios de pureza e impureza. Ela não gostava do meu tio e da sua esposa porque achava que eles haviam tomado partido da minha mãe. A primeira coisa que ela fez foi pôr um fim às visitas de Amir. Ela disse ao meu pai: 'É ridículo esse imbecil vir aqui toda hora para ficar sentado, nos olhando com cobiça. E a menina já tem idade suficiente para começar a se cobrir.'

"Um ano depois, ela nos usou como pretexto para cortar qualquer contato com a família do meu tio. Senti uma falta terrível deles. A única maneira que eu tinha de vê-los era se todos fôssemos juntos à casa da minha tia. Eu implorava aos meus primos para pedirem permissão dos meus pais para eu passar a noite na casa deles. Para evitar que a minha madrasta reclamasse, eu tinha de levar os meus irmãos e as minhas irmãs comigo. Um ano se passou. Cada vez que eu via Amir, ele estava mais alto. Você não acreditaria em como ele era bonito. Os cílios dele eram tão longos que faziam sombra sobre os olhos, como um guarda-sol. Ele escreveu poemas para mim e comprou partituras das músicas que eu gostava. Eu dizia: 'A sua voz é bonita. Aprenda a cantar essa música.' Para ser franca, eu não sabia ler e escrever muito bem, e esqueci o pouco que aprendera quando ainda ia à escola. Ele dizia que iria me ensinar. Que dias maravilhosos. Pouco a pouco, porém, minha tia foi ficando cada vez mais cansada de nós, sempre na casa dela. O marido dela reclamava de forma constante. Então, fomos forçados a nos ver menos. No ano-novo seguinte, implorei que fôssemos visitar o meu tio. Meu pai estava prestes a ceder, mas a minha madrasta foi implacável: 'Não ponho os pés na casa daquela bruxa.'

"Não sei por que a minha madrasta e a esposa do meu tio detestavam tanto uma à outra. Pobre de mim, ficava no meio disso. Aquele ano-novo foi a última vez que os vi. Eu estava na casa da minha tia. Ela combinou um encontro para que o meu pai e o meu tio ficassem cara a cara. Ela queria que eles se entendessem. Todos estavam na sala do andar de cima. Pediram para as crianças saírem. Amir e eu nos sentamos na sala de baixo, e as crianças foram brincar no jardim. As filhas da minha tia estavam na cozinha, preparando a bandeja de chá. Nós ficamos sozinhos. Amir pegou a minha mão. De repente, senti um calor no corpo todo. As mãos dele estavam quentes, e as palmas, úmidas.

"— Parvin — disse ele —, meu pai e eu conversamos. Este ano, depois de receber o diploma, viremos pedir a sua mão. O Pai disse que podemos ficar noivos antes que eu vá para o serviço militar. — Eu queria pular em seus braços e chorar de alegria. Eu mal conseguia respirar.

"— Você quer dizer este verão?

"— Sim, se eu passar nas matérias, vou me formar.

"— Pelo amor de Deus, passe em todas as matérias.

"— Prometo. Por você, vou estudar muito. — Ele apertou a minha mão, e senti como se ele estivesse segurando o meu coração.

"— Não consigo mais aguentar ficar longe de você — disse ele.

"Ah...! O que eu posso dizer? Revivi essa cena e essas palavras tantas vezes que cada segundo delas é como um filme passando diante dos meus olhos. Sentada naquela sala, estávamos tão imersos no nosso mundo que não percebemos que uma briga havia começado. Quando chegamos ao corredor, meu pai e minha madrasta estavam gritando xingamentos e descendo a escada, e a esposa do meu tio estava apoiada no corrimão, respondendo aos xingamentos. Minha tia correu atrás do meu pai e implorou para que ele não agisse daquele jeito, que era indecoroso, que ele e os irmãos deveriam deixar as diferenças de lado e fazer as pazes. Ela implorou, por amor ao espírito de sua mãe, por amor ao espírito do pai, que eles lembrassem que eram irmãos e que deveriam apoiar um ao outro. Ela os lembrou do velho ditado que dizia que mesmo se irmãos comessem a carne um do outro, jamais jogariam fora os ossos. Meu pai estava se acalmando aos poucos, mas a minha madrasta gritou:

O LIVRO DO DESTINO

"— Você não ouviu as coisas que ele nos disse? Que espécie de irmão é ele?

"— Sra. Aghdass — disse minha tia —, pare, por favor. Isso não é justo. Eles não disseram nada ofensivo. Ele é o irmão mais velho. Se ele disse algo com gentileza e preocupação, vocês não deveriam se ofender.

"— E daí que ele é mais velho? Isso não lhe dá o direito de dizer o que ele bem entende. E o meu marido é irmão dele, não lacaio. Por que eles têm de interferir na nossa vida? Aquela esposa de olhos esbugalhados dele não suporta ver ninguém melhor que ela. Não queremos parentes assim. — Então, ela agarrou um dos filhos pelo braço e saiu furiosa.

"A esposa do meu tio gritou para ela:

"— Vá se olhar no espelho! Se você fosse uma mulher decente, seu primeiro marido não a teria expulsado de casa com dois filhos.

"Minha doce fantasia não durou sequer uma hora. Como uma bolha, ela estourou e desapareceu. Minha madrasta estava determinada. Ela disse que faria de tudo para que a família do meu tio sentisse no coração a dor de me perder. Ela disse ao meu pai que já era mãe com a minha idade e que não toleraria mais uma rival como eu na casa dela. Nessa época, Haji Agha foi pedir a minha mão. Ele era um parente distante da minha madrasta e já fora casado duas vezes.

"— Eu me divorciei delas porque elas não conseguiam engravidar. — Agora ele queria se casar com uma menina saudável para garantir que tivesse filhos. Que idiota! Não estava disposto sequer a considerar que o problema era dele. É claro que os homens nunca têm problemas ou falhas. Especialmente os ricos. Ele tinha quarenta anos e era vinte e cinco anos mais velho que eu.

"— Ele tem mundos de dinheiro — disse meu pai —, várias lojas no bazar e muitas terras e propriedades perto de Ghazvin. — Em resumo, meu pai estava com água na boca.

"— Se ela tiver um filho meu — disse Haji Agha —, darei a ela um mar de dinheiro. — Quando me levaram à cerimônia de casamento, eu estava me sentindo pior do que você está agora."

A sra. Parvin olhava para algum ponto distante e duas lágrimas caíram no seu rosto.

— Por que você não se matou? — perguntei.

— Você acha que é fácil? Não tive coragem. E você deveria tirar essas ideias tolas da cabeça. Cada um tem um destino, e você não pode ir contra o seu. Além disso, o suicídio é um grande pecado. Nunca se sabe, talvez isso possa acabar se tornando uma bênção para você.

A Mãe bateu com força à porta e gritou:

— Sra. Parvin! O que está fazendo aí dentro? Vamos nos atrasar. Já são nove e meia.

A sra. Parvin enxugou as lágrimas e respondeu:

— Não se preocupe, ficaremos prontas a tempo. — Depois, ela se sentou ao meu lado e disse: — Eu lhe contei tudo isso para que você não dissesse que não entendo o que está passando.

— Então, por que também quer me deixar triste e infeliz?

— Eles irão casá-la de qualquer jeito. Você não faz ideia do que Ahmad planejou para você. — Em seguida, ela perguntou: — Aliás, por que ele a odeia tanto?

— Porque o Pai me ama mais do que a ele.

De repente, compreendi a realidade por trás das palavras que eu colocara para fora de modo impulsivo. Eu nunca entendera com tanta clareza. Sim, o Pai me amava mais.

A primeira lembrança que tenho da sua bondade foi no dia em que Zari morreu. Ele chegou do trabalho e ficou à porta, paralisado. A Mãe estava em prantos, e a Avó lia o Alcorão. O médico balançava a cabeça e saía com um olhar de ódio e desgosto. Ao ficar cara a cara com o Pai, ele gritou:

— Esta criança está à beira da morte há três dias, e vocês esperam até agora para chamar um médico? Vocês fariam o mesmo se fosse um dos seus filhos deitados ali em vez dessa menina inocente?

O rosto do Pai estava branco feito gesso. Ele estava prestes a desmaiar. Corri até ele e envolvi suas pernas com meus braços pequenos e chamei a Avó. Ele se sentou no chão, abraçou-me com força, apertou o rosto contra o meu cabelo e soluçou.

— Levante-se, filho — disse a Avó. — Você é um homem. Não deveria chorar como uma mulher. O que Deus deu, Deus tirou. Você não deveria desafiar a vontade Dele.

— A senhora disse que não era nada sério — gritou o Pai. — A senhora disse que ela ia melhorar logo. Não me deixou trazer o médico.

O LIVRO DO DESTINO

— Não teria feito diferença. Se fosse para ela viver, teria sobrevivido. Nem o médico ou o maior sábio do mundo teria feito diferença. Esse é o nosso destino. Não nascemos para ter meninas.

— Isso é tudo bobagem — gritou o Pai. — A culpa é toda sua!

Foi a primeira vez que vi o Pai gritar com a mãe dele. Para dizer a verdade, eu gostei. Depois desse dia, o Pai costumava me abraçar e chorar em silêncio. Eu sabia, pelo modo como os ombros dele começavam a tremer. E, a partir de então, ele passou a me cobrir com o amor e a atenção que negara a Zari. Ahmad jamais esqueceu ou perdoou esse favoritismo. Seus olhares raivosos sempre me seguiam, e, assim que o Pai saía, ele me batia. Agora, Ahmad realizara seu desejo mais profundo. Eu não era mais a favorita do Pai, eu traíra a sua confiança, e o Pai, decepcionado e inconsolável, me abandonara. Foi a melhor oportunidade para a vingança de Ahmad.

A voz da sra. Parvin me trouxe de volta.

— Você não faz ideia do que ele ia fazer com você. Você não sabe o homem cruel e desprezível que ele é. E não pense que alguém poderia salvá-la. Você não vai acreditar na cena que eu tive de fazer para ele dizer não àquele nojento e deixar a família desse novo pretendente vir conhecê-la. Eu estava morrendo de pena de você. Você é exatamente como eu era quinze ou vinte anos atrás. Vi que sua família só queria que você se casasse logo e que não havia sinal do incompetente do Saiid. Achei que você deveria, pelo menos, se casar com alguém que não iria lhe deixar cheia de hematomas no dia seguinte ao casamento. Alguém decente e, se Deus quiser, de quem você possa vir a gostar. E, mesmo que não venha a gostar, que seja alguém que a deixe viver a própria vida.

— Assim como você? — perguntei, com a voz embargada e num tom amargo.

Ela olhou para mim com reprovação.

— Não sei. Faça como quiser. Todos encontramos um modo de nos vingarmos da vida e de tornar nossa existência tolerável.

Não fui com elas comprar a aliança. A sra. Parvin disse à família do noivo que eu estava resfriada e levou o anel de prata que eu usava para saber o tamanho da aliança que deveria comprar.

Dois dias depois, o Pai, Ahmad e Mahmoud foram a Qom e voltaram com o carro cheio de utensílios para a casa.

— Esperem — disse a Mãe. — Esperem. Não tragam essas coisas aqui para dentro. Levem direto para a casa dela. A sra. Parvin vai com vocês e mostra o caminho. — Em seguida, virou-se para mim e disse: — Vem, menina. Levante-se e vá dar uma olhada na sua casa, para ver o que está faltando e dizer a eles onde pôr tudo. Vamos, seja uma boa menina e levante-se.

— Não é necessário — respondi, dando de ombros. — Diga à sra. Parvin para ir. Não tenho nenhuma intenção de me casar. Parece que é ela quem está toda animada.

No dia seguinte, a sra. Parvin levou o vestido de casamento para a prova. Eu me recusei a vesti-lo.

— Tudo bem — disse ela. — Tenho as suas medidas. Vou me basear nos seus outros vestidos. Tenho certeza de que ficará bom.

Eu não sabia o que fazer. Eu estava constantemente inquieta e agitada. Não conseguia comer. Não conseguia dormir. E, mesmo quando chegava a adormecer por algumas horas, tinha tantos pesadelos que acordava mais cansada que antes. Eu era como alguém condenado à morte, com a hora da execução se aproximando. Finalmente, por mais difícil que fosse, decidi conversar com o Pai. Eu queria me jogar aos pés dele e chorar até ter ele piedade de mim. No entanto, todos tomavam cuidado para ele não ficar a sós comigo nem por um minuto. E era óbvio que o Pai também estava fazendo tudo o que podia para me evitar. No subconsciente, eu esperava um milagre. Eu achava que apareceria alguma ajuda do céu e me tiraria dali no último momento, mas nada aconteceu.

Tudo seguiu conforme o planejado, e o dia chegou. Desde cedo, a porta da frente ficou aberta, e Mahmoud, Ahmad e Ali entravam e saíam. Fizeram uma fileira de cadeiras em torno do quintal e prepararam travessas de doces. É claro que esperavam poucos convidados. A Mãe pedira que ninguém em Qom fosse avisado do casamento. Ela não queria que nenhum de nossos parentes aparecesse e visse a situação lamentável. Disseram à irmã do Pai que o casamento seria algumas semanas depois, mas tiveram de convidar o tio Abbas. Ele foi o nosso único parente na cerimônia. Com a exceção de alguns vizinhos, os convidados eram todos das relações do noivo.

Todo mundo ficou insistindo para que eu fosse ao salão de beleza, mas me recusei. A sra. Parvin simulou isso também. Ela depilou o meu rosto com linha, fez a minha sobrancelha e pôs bobes no meu cabelo. Enquanto isso, as lágrimas rolavam pelo meu rosto. A esposa do tio Abbas chegara de manhã para ajudar, ou, de acordo com a Mãe, para espionar:

— Você é uma atrevida tão sensível assim? — disse a esposa do meu tio. — Você tem muito pouco pelo no rosto para chorar desse jeito.

— Minha filha ficou tão fraca que não consegue suportar nem isso — disse a Mãe.

A sra. Parvin também estava com lágrimas nos olhos. De quando em quando, fingia que precisava de mais um fio e virava o rosto para enxugar as lágrimas.

A cerimônia de casamento estava marcada para as cinco da tarde, quando o tempo estava um pouco menos quente. Às quatro, a família do noivo chegou. Embora não tivesse esfriado muito, os homens ficaram do lado de fora e se sentaram à sombra de uma amoeira. As mulheres subiram à sala de estar, onde fora colocado o *sofreh* de casamento. Eu estava no quarto ao lado.

A Mãe entrou de supetão no quarto e me deu uma bronca:

— Ainda não está vestida? Ande logo. O cavalheiro chegará daqui a uma hora!

Eu tremia da cabeça aos pés. Atirei-me aos pés dela e implorei para que ela não me obrigasse a seguir em frente com o casamento.

— Não quero um marido — implorei. — Nem sei quem é esse desajeitado. Pelo amor de Deus, não me obrigue. Juro sobre o Alcorão que vou me matar. Vá pôr um fim nisso. Deixe-me falar com o meu pai. Espere para ver, não direi sim. Fique de olho em mim! Ou a senhora põe um fim nisso, ou direi na frente de todo mundo que não estou de acordo com o casamento.

— Que Deus me tire a vida! — disse ela. — Fique quieta! Que conversa é essa? Agora quer nos envergonhar diante de toda essa gente? Desta vez seu irmão vai cortá-la em pedacinhos. Ahmad está com a faca no bolso o dia todo. Ele disse: "Se ela disser uma palavra inadequada, acabo com ela aqui mesmo." Pense na reputação do seu pobre pai. Ele vai ter um ataque cardíaco e cair morto.

— Eu não quero me casar e vocês não podem me obrigar.

— Cale a boca e não erga a voz. As pessoas vão ouvir.

Ela veio para cima de mim, mas eu me joguei debaixo da cama e me encolhi no canto mais distante. Os bobes se soltaram todos e se espalharam pelo quarto.

— Que você encontre a morte! — sussurrou a Mãe. — Saia daí! Deus permita que eu a veja no necrotério. Saia!

Alguém batia à porta. Era o Pai.

— Mulher, o que estão fazendo? — perguntou ele. — O cavalheiro vai chegar a qualquer momento.

— Nada, nada — disse a Mãe. — Ela está se vestindo. Só peça à sra. Parvin que venha rápido. — E rosnou: — Saia, sua desgraçada. Saia antes que eu te mate. Pare de fazer tanto escândalo.

— Não saio. Não vou me casar. Pelo amor do irmão Mahmoud, pelo amor de Ahmad, a quem a senhora tanto ama, não me force a me casar. Diga a eles que mudamos de ideia.

A Mãe não conseguia entrar debaixo da cama. Ela me agarrou pelos cabelos e me arrastou para fora. Nesse momento, a sra. Parvin entrou.

— Deus tenha piedade! O que está fazendo? Está arrancando todo o cabelo dela!

— Está vendo o que ela faz? — disse a Mãe, ofegante. — Ela quer nos envergonhar no último minuto.

Encolhida no chão, eu a encarei com ódio. Ela ainda estava com um tufo do meu cabelo no punho.

Não me lembro de ter dito sim na cerimônia de casamento. A Mãe ficava apertando o meu braço e sussurrando:

— Diga sim, diga sim. — Por fim, alguém disse sim e todos comemoraram. Mahmoud e alguns homens estavam sentados no cômodo ao lado e cantaram em louvor ao Profeta e seus descendentes. Algumas coisas foram trocadas, mas eu estava alheia a tudo. Havia um véu diante dos meus olhos. Tudo flutuava numa névoa, numa bruma. As vozes misturavam-se num clamor confuso e incompreensível. Como num estado de hipnose, fiquei sentada, olhando para um ponto distante. Não me importava que o homem sentado ao meu lado fosse meu marido. Quem era ele? Como era a sua aparência? Tudo estava acabado. E Saiid não aparecera. Meus sonhos e esperanças tiveram um fim amargo. Saiid, o que você fez comigo?

*

Quando voltei a mim, eu estava na casa desse homem, no quarto. Sentado na beira da cama de costas para mim, ela tirava a gravata. Ficou claro que ele não estava acostumado a usar gravata e que a achava um incômodo. Fiquei de pé num canto e agarrei contra o peito o chador branco que me fizeram usar para ir àquela casa. Eu tremia como uma folha de outono. Meu coração estava acelerado. Eu tentava não fazer nenhum som para que ele não notasse a minha presença. No silêncio total, as lágrimas caíam no meu peito. Deus, que espécie de tradição era aquela? Um dia queriam me matar porque eu trocara algumas palavras com um homem que eu conhecia havia dois anos, sobre o qual sabia muitas coisas, que eu amava e com quem estava pronta para acompanhar até o fim do mundo, e no dia seguinte queriam que eu fosse para a cama com um estranho de quem eu nada sabia e por quem eu não sentia nada, além de medo.

Só de pensar na mão dele me tocando, senti um calafrio. Senti que corria o risco de ser estuprada e não havia ninguém para me salvar. O quarto estava na penumbra. Como se o meu olhar tivesse queimado a sua nuca, ele se virou e olhou para mim. Parecendo surpreso, disse calmamente:

— Qual é o problema? Do que você está com medo...? De mim? — Então, sorriu com sarcasmo e disse: — Por favor, não me olhe desse jeito. Você parece uma ovelha olhando para o lobo.

Eu queria dizer alguma coisa, mas não conseguia.

— Acalme-se — disse ele. — Não tenha medo. Você está quase tendo um ataque cardíaco. Não vou tocar em você. Não sou um animal!

Meus músculos tensos relaxaram um pouco. A minha respiração, que estivera presa no peito, não me lembro por quanto tempo, ficou livre. Ele, porém, se levantou, e meu corpo mais uma vez se contraiu, e me enfiei no canto.

— Ouça, minha menina querida, tenho coisas a fazer esta noite. Tenho de ver meus amigos. Vou embora agora. Vista algo confortável e durma um pouco. Prometo que, se eu voltar para casa esta noite, não me aproximarei de você. Juro pela minha honra. — Então, pegou os sapatos, ergueu os braços num gesto de rendição e disse: — Está vendo? Vou embora.

Ao som da porta da casa se fechando, desmoronei feito um trapo e afundei no chão. Eu estava tão exausta que as minhas pernas não suportavam mais o meu peso. Era como se eu tivesse carregado uma montanha. Fiquei nessa posição até a respiração retomar o ritmo normal. Eu via o meu reflexo no espelho da penteadeira. A minha imagem estava distorcida. Aquela era eu mesmo? Havia um véu ridículo, torto no meu cabelo desgrenhado e, apesar dos vestígios da maquiagem repulsiva de tão pesada, eu estava terrivelmente pálida. Arranquei o véu. Tentei abrir os botões atrás do vestido. Não consegui. Puxei a gola até os botões arrebentarem a costura. Eu queria arrancar o vestido e me livrar de qualquer coisa que simbolizasse aquele casamento absurdo.

Procurei algo confortável para vestir. Havia uma camisola vermelho vivo com montes de pregas e rendas estendida na cama. Falei comigo mesma: Isso é das compras da sra. Parvin. Vi a minha mala num canto. Era grande e pesada. Puxei-a com dificuldade e a abri. Tirei um dos meus vestidos de usar em casa e o vesti. Saí do quarto. Eu não sabia onde era o banheiro. Acendi todas as luzes e abri todas as portas até encontrá-lo. Coloquei a cabeça sob a torneira e ensaboei o rosto várias vezes. O kit de barbear ao lado da pia parecia estranho. Meus olhos se fixaram na lâmina de barbear. Sim, aquela era a minha saída. Eu tinha de me libertar. Imaginei-os encontrando o meu cadáver no chão. Com certeza, meu marido seria a primeira pessoa a encontrá-lo. Ele ficaria aterrorizado, mas, com certeza, não sentiria tristeza. Quando a minha mãe descobrisse que eu estava morta, ela choraria e lamentaria, lembrar-se-ia de como me agarrara pelos cabelos e me arrastara de debaixo da cama, lembrar-se-ia do quanto eu pedira e implorara, e sua consciência pesaria. Senti um arrepio e um prazer no coração. Continuei imaginando.

O que o Pai faria? Ele apoiaria a mão na parede, encostaria a cabeça no braço e choraria. Ele se lembraria do quanto eu o amava, que eu queria tanto estudar e não me casar, ficaria atormentado pela crueldade que me impusera e talvez ficasse doente. Eu sorria diante do espelho. Que vingança gratificante!

Bom, e o que os outros fariam?

Saiid. Ah, Saiid ficaria chocado. Gritaria, choraria e amaldiçoaria a si mesmo. Por que não fora pedir a minha mão a tempo? Por que não me raptara uma noite para me ajudar a fugir? Ele viveria o resto da vida com dor e arrependimento. Eu não queria que ele sofresse tanto, mas a culpa era toda dele. Por que sumira? Por que não tentara me encontrar?

Ahmad!... Ahmad não ficaria triste, mas sentiria culpa. Depois de tomar conhecimento, ficaria atordoado durante algum tempo. Sentiria vergonha. Em seguida, correria para a casa da sra. Parvin e beberia de dia e de noite por uma semana inteira. A partir de então, ele passaria todas as noites de bebedeira sob o meu olhar repreendedor. Meu espírito nunca o deixaria em paz.

O irmão Mahmoud balançaria a cabeça e diria: — Aquela menina desgraçada, um pecado após o outro, deve estar queimando agora. — Ele não sentiria nem um pingo de culpa, mas mesmo assim leria alguns *suras* do Alcorão, rezaria por mim nas noites de sexta e sentiria orgulho de si mesmo por ser um irmão tão misericordioso e complacente. Alguém que, embora a irmã fosse uma menina má, pediria a Deus para perdoá-la e diminuíra a carga dos pecados dela por meio de suas preces.

E quanto a Ali? O que ele faria? Provavelmente ficaria triste e um pouco reticente, mas, assim que os garotos do bairro se aproximassem dele, sairia correndo para brincar e se esqueceria de tudo. A pobre e pequena Faati, no entanto, seria a única a chorar por mim sem sentimento de culpa. Ela se sentiria exatamente como eu me sentira quando Zari morrera, e seria acometida por um destino parecido com o meu. Que tristeza não poder estar lá para ajudá-la. Ela também se veria sem amigos e solitária. A sra. Parvin me elogiaria por ter preferido a morte a uma vida indigna. Lamentaria não ter tido a coragem de fazer o mesmo e ter traído o seu grande amor. Parvaneh ficaria sabendo da minha morte muito tempo depois. Ela choraria, se cercaria das lembranças que tinha de mim e ficaria triste para sempre. Ai, Parvaneh, quanta saudade de você! Preciso tanto de você.

Comecei a chorar. As fantasias se foram. Peguei a lâmina e a encostei no pulso. Não era muito afiada. Precisava apertar com força. Não tive coragem. Tentei me lembrar da raiva, da fúria, da falta de esperança. Lembrei-me dos ferimentos que Ahmad causara em Saiid. Contei "um, dois, três" e empurrei. Uma sensação forte de ardência me fez largar a lâmina. O sangue esguichou. Satisfeita, eu disse: "Bom, um já foi. Agora como vou cortar o outro pulso?" O corte ardia tanto que eu não conseguia segurar a lâmina com aquela mão. E disse: "Não importa. Só levará mais tempo, mas, no fim, todo o sangue sairá por este pulso."

Mais uma vez, mergulhei nas fantasias. Senti menos dor. Olhei para o pulso, não sangrava mais. Espremi a ferida e gemi com uma dor lancinante. Algumas gotas de sangue caíram na pia, mas o sangramento parou de novo. Não adiantava, o corte não era profundo o bastante. Eu provavelmente não atingira a veia. Peguei a lâmina. O corte latejava. Como eu poderia cortar no mesmo lugar? Eu queria que houvesse uma forma melhor, que não implicasse em tanta dor e tanto sangue.

De modo instintivo, minha mente partiu para a defesa. Lembrei-me da mulher de uma sessão de leitura do Alcorão para mulheres. Ela falara sobre o pecado e a inadequação do suicídio, que Deus jamais perdoaria aquele que põe fim à própria vida, que essa pessoa passaria a eternidade nas chamas do inferno, acompanhada por cobras com presas de fogo e torturadores que açoitam os corpos queimados dos humanos. Lá se bebe água rançosa e é possível sentir as lanças quentes que eles enfiam nos corpos. Lembrei que tive pesadelos durante uma semana e gritei no meio do sono. Não, eu não queria ir para o inferno, mas e quanto à minha revanche? Como poderia fazê-los sofrer? Como poderia fazê-los entender que tinham sido cruéis comigo?

Tenho de fazer isso, senão perderei a cabeça, pensei. Tenho de atormentá-los do jeito que eles me atormentaram. Tenho de fazer com que se vistam de preto e lamentem a minha morte pelo resto da vida. Mas será que teriam lágrimas nos olhos pelo resto da vida? Por quanto tempo choraram por Zari? Ela nem sequer cometera um pecado, e agora, de um ano a outro, o nome dela sequer era mencionado. Mal passara uma semana quando todos se juntaram e disseram que era a vontade de Deus e que não deveriam questioná-la, que se tratava da providência divina, e eles não deveriam ser ingratos. Disseram que Deus os estavam testando e, como seus servos, deveriam passar pelo teste com honra. Deus dera e Deus tirara. E, no fim, estavam todos convencidos de que não tinham feito nada de errado e não tinham tido nenhuma responsabilidade pela morte de Zari. Pensei que seria o mesmo comigo. Depois de algumas semanas, eles sossegarão, e depois de dois anos, no máximo, esquecerão. Eu, no entanto, permanecerei num tormento eterno e não estarei presente para lembrá-los do que fizeram comigo. E, no meio de tudo isso, aqueles que me amam de verdade e precisam de mim estarão sozinhos e sofrendo.

O LIVRO DO DESTINO

*

Joguei a lâmina longe. Não fui capaz de ir até o fim. Assim como a sra. Parvin, eu me entregava ao meu destino.

Meu pulso parara de sangrar. Enrolei um lenço nele e voltei ao quarto. Fui para a cama, enfiei o rosto debaixo das cobertas e chorei. Eu tinha de aceitar o fato de que perdera Saiid, de que ele não me quisera. Assim como alguém que enterra uma pessoa amada, eu enterrei Saiid no canto mais fundo do meu coração. Permaneci diante do túmulo dele e chorei durante horas. E chegou a hora de deixá-lo. Eu tinha de deixar que o tempo trouxesse indiferença ou esquecimento e apagasse a memória dele da minha mente. Isso aconteceria algum dia?

CAPÍTULO DOIS

O sol estava a pino quando despertei de um sono profundo e sem sonhos. Olhei ao meu redor, confusa e desorientada. Tudo parecia desconhecido. Onde eu estava? Levei alguns segundos para me lembrar de tudo o que acontecera. Eu estava na casa daquele estranho. Levantei-me de repente e olhei para o quarto à minha volta. A porta estava aberta, e o silêncio profundo indicava que eu estava sozinha. Fiquei aliviada. Uma espécie de indiferença e frieza espalhara-se por todo o meu ser. A raiva e a revolta que me agitaram durante os meses anteriores pareciam ter acabado. Não senti nenhuma tristeza e nenhuma saudade da casa em que morara nem da família da qual eu me separara. Eu não sentia nenhum vínculo com eles nem com a casa. Não sentia ódio. Embora meu coração estivesse frio como pedra, ele batia de forma lenta e regular. Perguntei-me se havia alguma coisa no mundo que pudesse me fazer feliz algum dia.

Saí da cama. O quarto era maior do que parecera na noite anterior. A cama e a penteadeira eram novas. Ainda cheiravam a verniz. Era provável que fossem as que o Pai comprara. A minha mala estava aberta e revirada. Havia uma caixa de papelão no canto. Abri. Eram lençóis, fronhas, luvas de cozinha, tolhas de mesa e outras quinquilharias que a minha família não tivera tempo de tirar das caixas.

Saí do quarto para um corredor quadrado. Havia outro quarto em frente. Parecia um quarto de depósito. À esquerda do corredor, vi uma porta grande de vidro com desenhos hexagonais. A cozinha e o banheiro ficavam à direita. O chão do corredor era atapetado de vermelho e tinha almofadas e encostos para as costas dos dois lados. Numa das paredes havia uma estante cheia de livros. Ao lado da porta de vidro, uma outra estante com um açuca-reiro velho, uma estátua do busto de um homem que não reconheci e mais alguns livros.

Espiei a cozinha. Era relativamente pequena. De um lado da bancada de tijolos havia uma lamparina de vime azul-marinho e, do outro, um fogão de duas bocas novo. O bujão de gás ficava embaixo da bancada. Um jogo de pratos e travessas de porcelana com uma estampa floral vermelha estava empilhado sobre uma pequena mesa de madeira. Eu me lembrava bem dele. Quando eu era pequena, a Mãe o comprara durante uma viagem a Teerã para o meu enxoval e o de Zari. No centro da cozinha, uma caixa estava cheia de panelas de cobre recém-areadas e de diferentes tamanhos, algumas espátulas e uma cuba de cobre grande e pesada. Era óbvio que não haviam encontrado um lugar apropriado para guardá-las.

Tudo o que era novo pertencia a mim, e todo o restante era do estranho. Lá estava eu, cercada pelo dote que me fora preparado desde o dia em que nascera. Todo o objetivo da minha vida estava refletido naqueles acessórios de cama e cozinha. Cada peça revelava que a única coisa esperada de mim era trabalhar na cozinha e servir no quarto. Que deveres onerosos. Eu seria capaz de realizar a tarefa tediosa de cozinhar numa cozinha tão desorgani-zada e tolerar meus deveres desagradáveis no quarto com um estranho?

Tudo era repulsivo para mim, mas eu não tinha energia sequer para me sentir agitada.

Continuei com a minha exploração e abri a porta de vidro. Um de nossos tapetes estava estendido no chão, e no console da lareira encontravam-se dois candelabros de cristal com pingentes vermelhos e um espelho de mol-dura transparente. Deviam ser da minha cerimônia de casamento, mas eu não me lembrava de tê-los visto. Num canto havia uma mesa retangular com uma toalha velha e desbotada, sobre a qual via-se um rádio marrom com dois botões grandes, cor de marfim, que pareciam dois olhos esbuga-lhados voltados para mim.

Ao lado do rádio, uma estranha caixa quadrada. Fui até a mesa. A caixa continha alguns envelopes pequenos e grandes com fotos de or-questras. Reconheci-a de imediato. Era um gramofone, igual ao da família de Parvaneh. Abri a tampa e passei os dedos pelos anéis pretos encaixados uns dentro dos outros. Era uma pena que eu não soubesse ligar. Olhei para os envelopes. Era fascinante; o estranho ouvia música estrangeira. Ah, se Mahmoud soubesse!... Os livros e o gramofone eram as únicas coisas interessantes na casa. Queria que me deixassem sozinha ali com eles.

Bem, não tinha mais nada naquela parte da casa. Abri a porta da frente e me vi num pequeno terraço. Uma escada descia ao quintal da frente e subia até o telhado. Desci. No meio do quintal de tijolos, um espelho d'água redondo, pintado azul, refletia água fresca e limpa. Dois canteiros longos e estreitos ladeavam esse espelho d'água, com uma cerejeira relativamente grande no meio de um deles e outra árvore no meio do outro. Quando o outono chegou, percebi que era um caquizeiro. Alguns arbustos de rosa damascena com folhas empoeiradas e sedentas estavam plantados em torno das árvores. Perto do muro, uma parreira velha e murcha pendia de uma treliça deteriorada.

A fachada da casa e os muros do quintal eram de tijolos vermelhos. Parada ali, eu via as janelas do quarto e da sala do andar de cima. Havia um banheiro no fundo do quintal, do tipo que tínhamos em Qom e que eu sempre receava usar. Alguns passos separavam o quintal da varanda térrea, que tinha janelas altas com cortinas de vime. A cortina de uma das janelas estava aberta. Fui até lá, encobri os olhos com as mãos e espiei o interior. A mobília consistia em um tapete vermelho-escuro, algumas almofadas de chão e roupas de cama dobradas e empilhadas perto de uma das almofadas.

A porta da frente do piso térreo parecia mais velha que a porta da casa de cima e tinha um cadeado grande. Supus que era ali que a avó do estranho morava. Ela devia estar em algum evento social. Lembrei-me de ter visto no casamento uma mulher idosa, um pouco curvada, que usava um chador branco com uma flor preta minúscula. Lembrei que ela pôs algo na minha mão; talvez uma moeda de ouro. A família do estranho devia tê-la levado a algum lugar para que os noivos ficassem a sós por alguns dias. Os noivos!... Sorri com sarcasmo e voltei para o quintal.

Uma escada levava ao porão. A porta estava trancada. Janelas estreitas abaixo da varanda térrea lançavam alguma luz no recinto do subsolo. Espiei por elas. O porão parecia abarrotado e empoeirado. Era evidente que ninguém descia ali havia muito tempo. Virei-me para voltar para cima, quando bati os olhos novamente nos arbustos de rosa damascena. Senti pena delas. Havia um regador ao lado do espelho d'água. Enchi-o e molhei as plantas.

Era quase uma hora, e eu estava começando a ficar com fome. Fui à cozinha e encontrei uma caixa de doces do casamento. Provei um, era muito seco. Eu queria algo gelado. Havia uma pequena geladeira branca num canto com queijo, manteiga, frutas e outras coisas. Peguei uma garrafa de água e um pêssego, sentei-me no parapeito da janela e comecei a comer. Olhei ao meu redor. Que cozinha entulhada e bagunçada.

Peguei um livro na estante do corredor, voltei à cama desfeita e me deitei. Li algumas linhas, mas não fazia ideia do que estava lendo. Não conseguia me concentrar. Joguei o livro de lado e tentei dormir, mas não consegui. Os pensamentos ficavam dançando na minha cabeça: o que eu deveria fazer? Teria de passar o resto da minha vida com o estranho? Aonde ele fora no meio da noite? Devia ter ido à casa dos parentes. Devia até mesmo ter reclamado de mim para eles. O que eu deveria dizer se a mãe dele me desse uma bronca por ter mandado o filho sair da própria casa?

Fiquei me revirando por algum tempo até os pensamentos em Saiid apagarem todos os outros pensamentos da minha cabeça. Tentei deixá-lo de lado. Repreendi a mim mesma, dizendo que nunca mais deveria pensar nele. Já que eu não conseguira me matar, deveria prestar muita atenção em como me comportava. Assim tudo começara para a sra. Parvin, e agora ela estava confortável em trair o marido. Se eu não quisesse acabar como ela, teria de parar de pensar em Saiid. As minhas lembranças dele, porém, não me deixavam em paz. Concluí que a única solução era começar a juntar remédios para o caso de um dia a vida parecer insuportável, eu me vir sendo arrastada para caminhos imorais e ter um meio fácil e indolor de cometer suicídio. Com certeza, Deus entenderia se eu tirasse a minha vida para escapar do pecado e não me daria uma punição horripilante.

Parecia que eu estava na cama havia horas e que tinha até cochilado, mas, quando olhei para o relógio grande e redondo na parede, vi que ainda eram três e meia. O que eu poderia fazer? Sentia um tédio terrível. Eu me perguntava aonde o estranho teria ido e o que planejava fazer comigo.

Queria poder morar ali sem ter nenhuma relação com ele. Havia música, rádio, muitos livros e, o mais importante de tudo: paz, privacidade e independência. Não sentia absolutamente nenhuma vontade de ver a minha família. Eu poderia cuidar das tarefas domésticas, e o estranho e eu poderíamos levar vidas separadas. Quem me dera se ele concordasse.

Lembrei-me da sra. Parvin dizendo:

— Talvez você passe a gostar dele. E, se não gostar, poderá ter a sua própria vida.

Estremeci. Eu sabia exatamente o que ela estava querendo dizer com isso. A sra. Parvin, porém, era mesmo culpada e responsável? Eu seria uma mulher infiel caso fizesse o mesmo? Infiel a quem? Infiel a quê? Qual é a deslealdade maior: dormir com um estranho que não amo, por quem não quero ser tocada, com quem fui casada após alguém dizer algumas palavras e eu ser forçada a dizer sim, senão alguém diria no meu lugar, ou fazer amor com o homem que eu amo, que é tudo para mim e com quem sonho em morar, mas sem ninguém pronunciar aquelas palavras para nós?

Que pensamentos estranhos giravam na minha cabeça. Eu precisava fazer alguma coisa, tinha de me manter ocupada; caso contrário, enlouqueceria. Liguei o rádio e aumentei o volume. Queria ouvir vozes que não fossem a minha. Voltei ao quarto e fiz a cama. Enrolei a camisola vermelha e a enfiei numa caixa. Olhei dentro do armário. Estava desarrumado, e muitas roupas tinham caído dos cabides. Joguei tudo para fora e arrumei as minhas de um lado e as do estranho do outro. Arrumei as bugigangas das gavetas da cômoda e organizei a parte superior. Arrastei a caixa pesada até o cômodo de depósito do outro lado do corredor, onde havia apenas algumas caixas de livros. Arrumei esse cômodo também, depois peguei os itens desnecessários do quarto e guardei ali. Quando acabei de organizar os dois cômodos, estava escuro lá fora. Agora eu sabia onde se encontrava cada coisa.

Fiquei com fome de novo. Lavei as mãos e fui à cozinha. Ela também estava desarrumada, mas eu não tinha energia para colocá-la em ordem. Fervi água e fiz chá. Não havia pão. Passei manteiga e queijo nos doces secos e comi com uma xícara de chá. Fui até os livros do corredor. Alguns tinham títulos estranhos que não entendi muito bem. Havia diversos livros de direito, certamente da faculdade do estranho, e romances e volumes de poesia — obras de Akhavan Saless, Forough Farokhzad e alguns outros poetas que eu apreciava muito. Lembrei-me do livro de poesia que Saiid me dera. Meu pequeno livro, com o desenho de um cacho de ipomeias num vaso, na capa. Eu teria de me lembrar de trazê-lo. Folheei *O Prisioneiro*, de Forough. Como ela foi corajosa e que ousadia teve ao expressar suas emoções! Eu sentia alguns dos versos dela com todo o meu ser, como se eu mesma os tivesse escrito. Assinalei alguns poemas para copiá-los depois no meu caderno. E li em voz alta:

Estou pensando em alçar voo desta prisão escura
num momento de descuido,
Para rir na cara do carcereiro e começar vida nova ao seu lado.

E, mais uma vez, fiquei brava comigo mesma pela falta de vergonha.

Passava das dez quando escolhi um romance e fui me deitar. Eu estava exausta. O título do livro era *O Moscardo*. Descrevia acontecimentos terríveis e horripilantes, mas eu não conseguia parar de ler. A leitura me ajudava a não pensar e a não ficar com medo de estar sozinha na casa do estranho. Não sei que horas eram quando finalmente adormeci. O livro caiu das minhas mãos e a luz ficou acesa.

Era quase meio-dia quando acordei. A casa ainda estava imersa em silêncio e solidão. Pensei: Que bênção viver sem ser importunada por ninguém. Posso dormir até a hora que quiser. Levantei-me, lavei o rosto, fiz chá e mais uma vez comi alguns doces. Disse a mim mesma: Hoje é sábado e todas as lojas estão abertas. Se o estranho não voltar, terei de sair e comprar algumas coisas, mas com que dinheiro? O que farei se ele não voltar? Ele deve ter ido trabalhar e, se Deus quiser, voltará no fim da tarde. Eu queria rir, pois dissera se Deus quiser, querendo que ele voltasse. Perguntei-me se o apreciava de alguma forma.

Lembrei-me de uma das histórias da revista *Dia da Mulher*. Uma jovem é forçada a se casar, igual a mim. Na noite do casamento, ela conta ao marido que ama outro homem e não pode ir para a cama com ele. O marido promete não tocá-la. Após alguns meses, a mulher começa a descobrir as virtudes do marido, esquece aos poucos o amor do passado e começa a gostar do homem que está ao seu lado. Ele, no entanto, não está disposto a quebrar a promessa que fez, e nunca a toca. Será que o estranho fez uma promessa parecida? Excelente! Eu não sentia nada por ele, só queria que ele voltasse para casa. Primeiro, eu precisava esclarecer o nosso posicionamento em relação ao outro. Segundo, eu precisava de dinheiro. E terceiro, eu precisava deixar claro para ele que, sob nenhuma condição, eu estava disposta a voltar para a minha família. A verdade era que eu encontrara um refúgio e estava gostando de viver sem ser amolada e incomodada por eles.

Liguei o rádio num volume alto e fui ao trabalho. Passei muitas horas na cozinha. Limpei os armários, forrei as prateleiras com folhas de jornal e arrumei com precisão os pratos e outras miudezas. Empilhei as panelas grandes de cobre sob a bancada perto do bujão de gás. Na caixa de toalhas de banho e de mesa, encontrei um pedaço de tecido. Cortei-o em toalhas de mesa de diferentes tamanhos e, como não tinha máquina de costura, arrematei as bordas à mão. Estendi uma delas na mesa da cozinha e as outras na bancada e nos armários. Coloquei o samovar novo, que obviamente era parte do meu dote, dentro de um dos armários e deixei a bandeja de chá ao lado. Lavei o bujão de gás e a geladeira, que estavam muito encardidos, e passei um bom tempo esfregando o chão da cozinha até ficar limpo. Havia algumas toalhas de mesa bordadas entre as minhas coisas. Levei-as à sala de estar e estendi sobre o console da lareira, na mesa onde estavam o rádio e o gramofone e nas estantes de livros. Reorganizei os discos e livros de acordo com a altura e mexi um pouco no gramofone, mas ainda não consegui ligar.

Olhei ao meu redor. A casa estava com outra aparência. Gostei. Um barulho no quintal me levou até a janela, mas não vi ninguém. Os canteiros de flores estavam ressecados. Fui lá fora e os reguei, depois joguei água no quintal, na escada, e lavei tudo. Estava escuro quando, cansada e encharcada de suor, finalmente terminei o trabalho. Lembrei que tínhamos uma banheira na casa. Embora não tivesse água quente, e eu não soubesse como ligar o grande aquecedor a querosene no canto do banheiro, não deixava de ser uma recompensa bem-vinda. Lavei a banheira e a pia, depois tomei uma ducha fria. Lavei os cabelos rapidamente, ensaboei o corpo e saí. Coloquei o vestido florido que a sra. Parvin fizera para mim, fiz um rabo de cavalo e me olhei no espelho. Achei que eu estava muito diferente. Não era mais uma criança. Era como se eu tivesse acumulado anos em alguns dias.

Ao ouvir o som da porta da rua, senti um desânimo. Corri até a janela. Os pais do estranho, sua irmã mais nova, Manijeh, e sua avó, Bibi, estavam no quintal. A irmã segurava a avó pelo braço e a ajudava a subir os degraus da varanda. O pai ia na frente para abrir a porta. Ouvi a mãe subindo a escada, ofegante. Com as mãos e as pernas trêmulas, abri a porta e, depois de respirar fundo, disse olá.

— Ora, ora! Olá, dona noiva. Como está? Onde está o noivo? — E, antes que eu tivesse a chance de responder, a mãe entrou chamando: — Hamid? Filho, cadê você?

Suspirei aliviada. Eles não sabiam que ele havia saído na noite do casamento e não voltara.

— Ele não está — comuniquei em voz baixa.

— Aonde ele foi? — perguntou a mãe.

— Ele disse que ia visitar os amigos.

A mãe balançou a cabeça e começou a inspecionar a casa. Enfiou a cabeça em cada canto. Eu não sabia como interpretar o modo como ela balançava a cabeça. Era como se uma professora rigorosa estivesse corrigindo a minha prova. Fiquei nervosa, à espera de sua avaliação final. Ela passou a mão sobre a toalha de mesa bordada que eu estendera sobre a lareira da sala de estar e perguntou:

— Você bordou isso?

— Não.

Ela foi ao quarto e abriu a porta do armário. Gostei de ver tudo arrumado. Ela balançou a cabeça de novo. Na cozinha, olhou dentro dos armários e examinou pratos e travessas. Pegou um e virou-o.

— É Massoud?

— Sim!

A inspeção finalmente terminou e ela voltou à sala. Sentou-se numa almofada no chão e recostou-se num espaldar. Fui preparar chá. Coloquei alguns doces numa travessa e levei para a sala.

— Minha menina, venha se sentar — disse ela. — Estou tão satisfeita. É exatamente como a sra. Parvin disse, você é bonita, meticulosa, tem um gosto excelente, e. em apenas dois dias, conseguiu arrumar a casa dele. Sua mãe disse que um ou dois dias depois do casamento teríamos de vir ajudá-la a limpar tudo, mas não parece necessário. Estou vendo que é uma ótima dona de casa e fico tranquila. Agora, minha menina, onde disse que Hamid estava?

— Com amigos.

— Olhe, minha menina, a esposa tem de ser uma mulher. Ela deve manter o pulso firme e saber controlar o marido. Você tem de ficar de olhos abertos. Meu Hamid tem espinhos, e os espinhos dele são os amigos. Você precisa afastá-los. E deixe-me preveni-la, os amigos dele não são mansos e obedientes. Todo mundo dizia que, se ocupássemos Hamid com esposa e filhos, ele perderia o interesse neles. Agora depende de você mantê-lo tão distraído a ponto de não sentir o tempo passar. E daqui a nove meses você deverá dar-lhe seu primeiro filho, e o segundo, nove meses depois. Em suma, deverá mantê-lo tão ocupado que ele perderá o interesse em todas as outras coisas. Eu fiz o possível, chorei, desmaiei, rezei para finalmente conseguir casá-lo. Agora é com você.

Foi como se um véu tivesse sido tirado de repente dos meus olhos. Ora, ora! Então, assim como eu, o pobre estranho havia sido forçado a aguentar aquela cerimônia de casamento até o fim. Ele não estava interessado na esposa nem na vida de casado. Talvez ele também estivesse apaixonado por outra pessoa. Nesse caso, por que a família não pedira a mão dessa moça? Afinal, o filho e suas vontades eram muito importantes para eles. Ao contrário de mim, ele não teve de esperar a chegada de pretendentes. Ele podia escolher quem quisesse. Os pais estavam tão desesperados para vê-lo casado que não teriam sido contra a escolha dele. Talvez ele fosse contra o casamento de forma geral e não quisesse carregar esse fardo. Mas por quê? Afinal, ele já tinha certa idade. Poderia ter sido por causa dos amigos? A voz da mãe dele me arrancou dos meus pensamentos.

— Fiz ensopado de ervas com perna de carneiro. Hamid adora. Não tive coragem de não trazer para ele. Trouxe uma panela para vocês. Sei que ainda vai demorar para você ter tempo para lavar ervas... Aliás, você tem algum arroz aqui?

Surpresa, encolhi os ombros.

— Está no porão. Todo ano o pai dele compra arroz para nós e sempre compra alguns sacos para Bibi e Hamid também. Faça um pouco de arroz *kateh* hoje. Fica bom com o ensopado. Hamid não gosta de arroz no vapor. Vamos partir amanhã, por isso tive de trazer Bibi para casa. Do contrário, ele a deixaria conosco por mais alguns dias. Ela é uma velha inofensiva. Vá à casa dela, de vez em quando. Ela geralmente cuida da própria comida, mas seria bom se você pudesse visitá-la para levar alguma coisa. Deus ficaria satisfeito.

Nesse momento, Manijeh e o pai entraram. Eu me levantei e os cumprimentei. O pai de Hamid sorriu para mim e disse:

— Olá, minha menina. Como vai? — Depois se virou para a esposa e disse: — Vocês estavam certas. Ela é muito mais bonita do que parecia na cerimônia do casamento.

— Olhe e veja como ela arrumou a casa em apenas um dia. Veja como ela limpou e organizou tudo. Agora vamos ver que desculpa nosso filho vai inventar desta vez.

Manijeh olhou à sua volta e disse:

— Quanto tempo você teve para fazer isso tudo? Vocês dois provavelmente dormiram o dia todo ontem, e tiveram de ir à saudação à sogra.

— Tivemos de ir aonde? — perguntei.

— A saudação à sogra. Não é isso, Mãe? O casal não tem de visitar a mãe da noiva no dia seguinte ao casamento?

— Bem, sim. Vocês deveriam ter ido. Não foram?

— Não — respondi. — Não sabia que tínhamos de ir.

Todos riram.

— É claro que Hamid não tem nenhuma noção desses costumes e tradições, e como essa pobre menina iria saber? — disse a mãe dele. — Mas, agora que sabe, vocês dois têm de visitar a sua mãe. Eles estão esperando vocês.

— Sim, e vão lhes dar presentes — disse Manijeh. — Mãe, lembra o pingente lindo de Alá que a senhora deu a Bahman Khan quando ele e Mansoureh vieram para a saudação à sogra?

— Sim, lembro. Aliás, minha menina, o que você gostaria que eu trouxesse para você de Meca? E não faça cerimônia.

O LIVRO DO DESTINO

— Nada, obrigada.

— E decidimos fazer a cerimônia de cabeceira quando voltarmos. Bem, pense um pouco no assunto até amanhã e veja se gostaria de alguma coisa de Meca.

— Mulher, vamos — disse o pai. — Acho que esse rapaz não vai aparecer, e eu estou cansado. Se Deus quiser, ele vai nos visitar amanhã ou vai se despedir de nós no aeroporto. Bem, minha menina, vamos deixar as despedidas para amanhã.

A mãe dele me abraçou e me beijou e, com a voz embargada, disse:

— Jure pela sua vida e pela dele que vai cuidar para que nada de ruim aconteça a ele. E visite Manijeh de vez em quando, ainda que Mansoureh vá cuidar dela enquanto estivermos fora.

Eles saíram e respirei aliviada. Recolhi os copos de chá e os pratos de sobremesa, e desci para procurar o arroz. Ouvi Bibi me chamar da sua casa e fui falar com ela. Ela me olhou de cima a baixo com atenção e disse:

— Olá, rosto bonito. Se Deus quiser, vocês terão um casamento feliz, minha menina, e você vai endireitar esse rapaz.

— Desculpe-me, mas a senhora tem a chave do porão? — perguntei.

— Está bem ali, acima da porta, minha menina.

— Obrigada. Vou preparar o jantar agora mesmo.

— Boa menina. Cozinhe, cozinhe.

— Trarei um pouco para a senhora. Não se preocupe em fazer nada para comer.

— Não, minha menina, eu não janto. Mas, se for comprar pão amanhã, compre para mim também.

— Claro!

E pensei: Se o estranho não voltar para casa, como vou comprar pão?

O cheiro do arroz e do ensopado de ervas frescas abriu o meu apetite. Não consegui me lembrar da última vez que fizera uma refeição decente. O jantar ficou pronto por volta das dez, mas não houve sinal do estranho. Não, eu não podia e não queria esperar por ele. Comi com avidez, lavei a louça e guardei as sobras, o suficiente para quatro refeições, na geladeira. Em seguida, peguei o meu livro e fui para a cama. Ao contrário da noite anterior, adormeci rapidamente.

*

Acordei às oito. Minhas horas de sono estavam voltando ao normal aos poucos, e eu já não estranhava mais o quarto. A paz que eu sentia em tão pouco tempo naquele lugar eu nunca sentira na minha própria casa, insegura e lotada. Virei-me de um lado para o outro com preguiça por algum tempo, depois me levantei e fiz a cama. Saí do quarto e, de repente, fiquei paralisada. O estranho estava dormindo num colchonete no chão, ao lado das almofadas. Eu não o ouvira chegar durante a noite.

Fiquei imóvel por um tempo. Ele estava num sono profundo. Não era tão robusto quanto eu imaginara. O antebraço estava apoiado sobre os olhos e a testa. Ele tinha um bigode que cobria todo o lábio superior e parte do inferior. O cabelo era cacheado e emaranhado. Era moreno e parecia ser alto. Esse homem, pensei, é o meu marido, mas se eu o tivesse encontrado na rua, não o teria reconhecido. Que ridículo. Eu me lavei sem fazer muito barulho e liguei o samovar. Mas o que eu faria quanto ao pão? Finalmente, tive uma ideia. Vesti o meu chador e saí em silêncio. Bibi estava perto do espelho d'água, enchendo o regador.

— Olá, dona noiva. O preguiçoso do Hamid ainda não acordou?

— Não. Vou comprar pão. Ainda não tomou café da manhã, não é?

— Não, minha menina, não tenho pressa.

— Onde fica a padaria?

— Ao sair, vá para a direita e vire à esquerda no fim da rua. Ande cem passos e estará em frente à padaria.

Remexi um pouco na bolsa e disse:

— Desculpe-me, a senhora tem algum trocado? Não quero acordar Hamid e acho que não terão troco na padaria.

— Sim, minha querida, está em cima da lareira.

Quando voltei, Hamid continuava dormindo. Fui à cozinha e comecei a preparar o café da manhã. Virei-me para pegar o queijo na geladeira e, de repente, me vi cara a cara com o estranho parado à porta. Soltei um suspiro de susto, por instinto. Ele recuou rapidamente, ergueu os braços num gesto de rendição e disse:

— Não, não! Pelo amor de Deus, não tenha medo. Pareço o bicho-papão? São tão assustador assim?

Eu queria rir. Ao me ver sorrir, ele relaxou e ergueu mais os braços para apoiá-los no alto do batente.

— Parece que está se sentindo melhor hoje — disse ele.

— Sim, obrigada. O café da manhã estará pronto daqui a alguns minutos.

— Uau! Café da manhã! E você limpou a casa. Acho que a Mãe estava certa quando disse que, com uma mulher em casa, tudo ficaria arrumado e limpo. Só espero poder encontrar as minhas coisas. Não estou acostumado com toda essa organização.

Ele foi ao banheiro. Minutos depois, me chamou:

— Ei... tinha uma toalha aqui. Onde você a colocou?

Levei uma toalha dobrada à porta. Ele pôs a cabeça para fora e perguntou:

— Aliás, qual é o seu nome?

Fiquei chocada. Ele nem sabia o meu nome. Meu nome havia sido dito várias vezes na cerimônia de casamento. Ele devia estar muito indiferente ou profundamente mergulhado nos próprios pensamentos.

Num tom frio, informei:

— Massoum.

— Ah, Massoum. Mas é Massoum ou Massoumeh?

— Não faz diferença. A maioria das pessoas me chama de Massoum.

Ele olhou com mais atenção para o meu rosto e disse:

— É bom... combina com você.

Senti uma dor no coração. Saiid havia dito a mesma coisa. Que diferença entre o amor e o afeto dele, e a indiferença deste. Uma vez, ele me disse que repetia o meu nome mil vezes por dia. Meus olhos se encheram de lágrimas. Voltei para a cozinha, levei a bandeja do café da manhã para a sala e estendi a toalha no chão. Com os cabelos cacheados ainda molhados e uma toalha no pescoço, o estranho se aproximou. Seus olhos escuros eram gentis e alegres. Eu não sentia mais nenhum medo.

— Excelente! Que ótimo café da manhã. E tem até pão fresco. Mais uma vantagem de estar casado.

Achei que ele só dissera aquilo para eu me sentir bem. Provavelmente queria compensar o fato de não saber o meu nome. Sentou-se de pernas cruzadas, e coloquei um copo de chá na frente dele. Passou queijo no pão e disse:

— Bom, conte-me por que estava com tanto medo de mim. Sou assustador ou você teria ficado com medo de quem quer que entrasse no seu quarto naquela noite como seu marido?

— Eu teria ficado com medo de quem quer que fosse.

E, no meu coração, continuei: Exceto Saiid. Se fosse ele, eu teria pulado em seus braços de corpo e alma.

— Então, por que se casou? — perguntou ele.

— Tive de me casar.

— Por quê?

— Minha família achou que estava na hora.

— Mas você ainda é muito jovem. Você achou que estava na hora?

— Não, eu queria ir para a escola.

— Então, por que não foi?

— Eles disseram que o diploma do sexto ano é suficiente para uma menina — expliquei. — Implorei tanto que chegaram a me deixar estudar por mais alguns anos.

— Quer dizer que eles a forçaram a passar por aquela cerimônia de casamento e não a deixaram estudar, o que era um direito legítimo seu?

— Sim.

— Por que você não resistiu? Por que não os enfrentou? Por que não se rebelou?

Ele ficou ruborizado.

— Você deveria ter exigido o seu direito, mesmo à força. Se as pessoas se recusassem a se submeter à coerção, não haveria tantos opressores no mundo. É a submissão que fortalece as bases da tirania.

Fiquei impressionada. Ele não tinha nenhuma noção da realidade. Prendi o riso e, com um sorriso sarcástico, disse:

— Quer dizer que você não se submeteu à coerção?

Ele me olhou boquiaberto.

— Quem? Eu?

— Sim, você. Eles o forçaram a passar por aquela cerimônia de casamento, não?

O LIVRO DO DESTINO

— Quem disse uma coisa dessas?

— É evidente. Você não pode dizer que estava contando os minutos para o dia do casamento. A coitada da sua mãe se esforçou muito, desmaiou e implorou tanto até você finalmente ceder.

— Ah, minha mãe disse tudo isso, não foi? Bom, ela contou a verdade. E você está certa, eu fui forçado. Espancar e torturar as pessoas não são as únicas formas de opressão. Às vezes, o amor e o afeto são usados para desarmar o outro. Mas, quando concordei em me casar, achei que nenhuma garota ia querer se casar comigo nessas circunstâncias.

Comemos em silêncio durante alguns minutos. Então, ele pegou o copo de chá, encostou-se numa almofada do chão e disse:

— Você sabe como enfrentar alguém que está confiante demais... Gostei. Você não perdeu tempo.

Depois ele riu e eu ri também.

— Você sabe por que eu não queria uma esposa? — perguntou ele.

— Não. Por quê?

— Porque, quando um homem se casa, a vida não lhe pertence mais. As mãos e os pés dele ficam atados, e ele fica tão emaranhado que não consegue mais pensar sobre os próprios ideais nem tentar alcançá-los. Alguém disse: "Quando um homem se casa, ele fica parado. Quando nasce o primeiro filho, ele fica de joelhos. Quando o segundo filho vem, ele fica prostrado. E com o terceiro, ele é destruído." Ou algo assim... É claro que não me incomodo de ter o café da manhã pronto e a casa limpa, alguém para lavar as minhas roupas e cuidar de mim. Tudo isso, porém, é egoísmo humano e está arraigado na forma incorreta com que somos criados numa sociedade dominada por homens. Acredito que não deveríamos ver as mulheres desse modo. As mulheres são as pessoas mais oprimidas da história. Foram o primeiro grupo humano a ser explorado por outro grupo. Sempre foram usadas como instrumentos e continuam sendo usadas como instrumentos.

Embora parecesse um pouco que os comentários dele tinham saído direto de um livro e eu não tenha entendido algumas palavras, como "arraigado", por exemplo, gostei do que ele disse. A frase: "As mulheres são as pessoas mais oprimidas da história" ficou gravada na minha cabeça.

— É por isso que você não queria se casar? — perguntei.

— Sim, eu não queria ficar restrito e confinado, e essa é a natureza inelutável dos casamentos tradicionais. Talvez, se fôssemos amigos e tivéssemos as mesmas opiniões e a mesma mentalidade, fosse diferente.

— Então, por que não se casou com alguém assim?

— As garotas do nosso grupo não optam por casamento assim tão facilmente. Elas também se dedicam à causa. Além disso, minha mãe odeia todo mundo do grupo. Ela dizia: "Se você se casar com uma delas, eu me mato."

— Você amava?

— Amava quem? Ah, não. Não me entenda mal. Não me apaixonei por alguém e minha mãe foi contra. Não! Meus pais estavam insistindo para eu me casar, e decidi resolver a questão de uma vez, me casando com alguém do grupo. Dessa forma, minha esposa não seria um obstáculo para as minhas atividades, mas a minha mãe percebeu as minhas intenções.

— Grupo? A que grupo se refere?

— Não é um grupo formal — disse ele. — Somos apenas um monte de gente que se reúne para realizar ações válidas que beneficiem os desprovidos. Afinal, todos têm objetivos e ideais na vida e lutam para alcançá-los. Quais são os seus objetivos? Que rumo quer tomar?

— Meu objetivo era continuar estudando, mas agora... não sei.

— Não me diga que quer passar o resto da vida esfregando o chão desta casa.

— Não!

— Qual é, então? Se o seu objetivo é estudar, estude. Por que está desistindo?

— Porque não permitem que pessoas casadas cursem o segundo grau — falei.

— Quer dizer que não sabe que há outras formas de se formar?

— Quais, por exemplo?

— Estudar à noite e fazer as provas padronizadas. Nem todo mundo tem de ir para as escolas comuns.

— Eu sei, mas você não seria contra?

— Por que eu seria contra? Para dizer a verdade, eu preferiria estar com uma pessoa inteligente e instruída. Além disso, é um direito seu. Quem sou eu para impedi-la? Não sou seu carcereiro.

O LIVRO DO DESTINO

Fiquei pasma. Não conseguia acreditar no que estava ouvindo. Que espécie de homem era aquele? Como era diferente de todos os outros homens que eu conhecia. Era como se uma luz tão forte quanto a do sol tivesse acendido na minha vida. Fiquei tão feliz que mal conseguia falar.

— Você está dizendo a verdade? — perguntei. — Ah, se você me deixasse estudar...

Ele queria rir da minha reação, mas, em vez disso, disse num tom gentil:

— É claro que é verdade. É um direito seu, e você não precisa agradecer a ninguém por isso. Todo mundo deveria ser capaz de buscar o que gosta e o que acredita ser o caminho certo para si. Ser casado não significa obstruir os interesses do cônjuge. Pelo contrário, significa apoiá-los. Não é isso?

Concordei com entusiasmo. Entendi a indireta dele de que eu também não deveria impedir suas atividades. Desse dia em diante, nosso acordo se tornou a regra verbal da nossa vida juntos. E, ainda que graças a esse acordo eu tenha conseguido alguns dos meus direitos humanos, no final acabou sendo uma regra que não me beneficiou.

Ele não foi trabalhar nesse dia, e eu, naturalmente, não perguntei por quê. Ele decidiu que deveríamos ir almoçar na casa dos pais dele. Eles iriam viajar naquela noite. Demorei para ficar pronta. Eu não sabia como deveria me vestir. Decidi usar o lenço de cabeça de costume e, caso ele desaprovasse, colocaria o chador. Quando saí do quarto, ele apontou para o lenço e perguntou:

— O que é isso? Tem de usar?

— Bem, desde que meu pai me deu permissão, passei a usar apenas o lenço na cabeça. Mas, se você preferir, posso usar um chador.

— Ah, não! Não! — exclamou ele. — Só o lenço já é demais. É claro que quem decide é você. Vista-se como quiser. Esse é um direito humano também.

Depois de muito tempo, nesse dia, eu me senti animada. Senti que tinha um defensor em quem podia confiar, senti que os sonhos, que havia apenas algumas horas pareciam impossíveis, estavam agora ao meu alcance. E andei ao lado dele com tranquilidade. Conversamos. Ele falava mais do que eu. Às vezes, parecia muito livresco e soava como um professor discursando para uma aluna burra, mas eu não me importava. Ele era realmente culto, e, no que dizia respeito a experiência e estudos, eu não seria sequer sua aluna. Eu ficava impressionada com ele.

Na casa dos seus pais, todos se reuniram ao nosso redor. A irmã mais velha, Monir, e seus dois filhos, tinham vindo de Tabriz. Os dois meninos eram um pouco alheios e não se aproximavam muito dos outros. Falavam mais entre si e apenas em turco. Monir era muito diferente das irmãs e parecia muito mais velha que elas. Para mim, ela parecia mais tia que irmã delas. Todos ficaram felizes em ver que Hamid e eu estávamos nos dando bem um com o outro. Hamid brincava muito com a mãe e as irmãs. Ficava provocando-as e, o que era ainda mais estranho, beijava-as no rosto. Para mim, aquilo tudo era engraçado e surpreendente. Na casa em que cresci, os homens mal dirigiam a palavra às mulheres, muito menos brincavam e riam com elas. Gostei da atmosfera na casa deles. Ardeshir, filho de Mansoureh, começara a engatinhar. Era muito carinhoso e ficava se jogando nos meus braços. Eu me senti bem e ria com vontade.

— Olhe, graças a Deus, a noiva sabe rir — disse a mãe de Hamid com alegria. — Ainda não tínhamos ouvido sua risada.

— Ela fica até mais bonita quando ri, com essas covinhas nas bochechas — acrescentou Mansoureh. — Juro que se eu fosse você estaria sempre rindo. — Corei e olhei para baixo. Mansoureh continuou: — Está vendo, irmão, que moça bonita encontramos para você? Agradeça.

Hamid riu.

— Sou muito grato.

— Qual é o problema de vocês? — disse Manijeh, emburrada. — Por que estão agindo como se nunca tivessem visto uma pessoa antes?

Ela saiu da sala e sua mãe disse:

— Deixe-a. Afinal, sempre foi a queridinha do irmão. Ah, estou tão feliz! Agora que vejo vocês dois juntos, sinto um alívio. Agradeço a Deus cem mil vezes. Agora posso pagar a minha promessa na casa de Deus.

Nesse momento, entrou o pai de Hamid, e nos levantamos para cumprimentá-lo. Ele me beijou na testa e disse com delicadeza:

— E então, dona noiva? Como está? Espero que meu filho não a esteja perturbando.

O LIVRO DO DESTINO

Corei, olhei para baixo e disse baixinho:

— Não está, não.

— Se lhe perturbar algum dia, venha me contar. Vou puxar a orelha dele com tanta força que ele nunca mais ousará chateá-la.

— Papai querido, por favor, não faça isso — disse Hamid, rindo. — Já puxou tanto a nossa orelha que ficamos todos orelhudos.

Enquanto nos despedíamos, a mãe dele me puxou para o lado e disse:

— Ouça, minha querida, desde antigamente se diz que os termos do casamento têm de ser estabelecidos na primeira noite. Seja firme. Não quero dizer que tenha de brigar com ele. Em vez disso, use o bom humor e a delicadeza. Você vai achar um meio. Afinal, é mulher. Flerte, faça charme, fique emburrada, seduza. Resumindo, não o deixe ficar fora até tarde da noite e mande-o para o trabalho na hora certa de manhã. Você tem de cortar esses amigos da vida dele. E, se Deus quiser, engravidar logo. Não dê trégua. Quando ele tiver alguns filhos ao redor, vai esquecer toda essa tolice. Mostre-me a sua determinação.

No caminho de volta, Hamid perguntou:

— O que a Mãe estava falando para você?

— Nada. Ela só me disse para cuidar de você.

— Sim, eu sei, cuidar de mim para que eu pare de socializar com meus amigos. Certo?

— Algo assim..

— E o que você disse?

— O que eu poderia dizer?

— Deveria ter dito: Não sou uma guardiã do inferno para querer mal aos amigos dele.

— Como eu poderia dizer algo assim à minha sogra bem no primeiro dia?

— Deus nos livre dessas mulheres antiquadas! — resmungou Hamid.
– Não entendem o conceito de casamento. Acham que a esposa é uma corrente nos tornozelos do homem, quando, na verdade, o significado do casamento é companheirismo, colaboração, compreensão, aceitação dos desejos um do outro e direitos iguais. Você acha que o casamento significa alguma outra coisa senão isso?

— Não. Você está completamente certo. — E, no meu coração, admirei toda aquela sabedoria e desprendimento.

— Não consigo tolerar mulheres que estão sempre perguntando ao marido: Onde você estava? Com quem estava? Por que chegou tarde? Cá entre nós, homens e mulheres têm direitos iguais e claramente definidos, e nenhum dos dois tem o direito de algemar o outro ou forçá-lo a fazer coisas que não quer. E também não têm o direito de interrogar um ao outro.

— Que maravilha!

Entendi muito bem a indireta. Eu nunca deveria perguntar por quê, onde e com quem... A verdade é que, na época, isso não era importante para mim. Afinal, ele era muito mais velho que eu, muito mais culto e muito mais experiente. Com certeza, sabia melhor como se viver. Além disso, de que me importava o que ele fazia e aonde ia? Era mais que suficiente para mim que ele acreditasse nos direitos das mulheres e permitisse que eu continuasse a estudar e a desenvolver os meus interesses.

Chegamos tarde naquela noite. Sem dizer uma palavra, ele pegou um travesseiro e um lençol e começou a preparar um lugar para dormir. Fiquei constrangida. Para mim era embaraçoso dormir na cama e deixar alguém tão gentil como ele dormir no chão. Hesitei um pouco e acabei dizendo:

— Isso não está certo. Vá dormir na cama, que eu durmo no chão.

— Não, eu não me importo. Durmo em qualquer lugar.

— Mas eu estou acostumada a dormir no chão.

— Eu também.

Fui para o quarto me perguntando por quanto tempo poderíamos continuar vivendo assim. Eu não tinha nenhum sentimento amoroso nem um desejo instintivo por Hamid, mas me sentia endividada com ele. Hamid me salvara da casa dos meus pais e estava sendo ainda mais generoso comigo ao me permitir voltar a estudar. E a sensação de repulsa diante da ideia de ser tocada por ele no primeiro dia desaparecera. Voltei à sala, parei acima dele e disse:

— Por favor, venha dormir no seu lugar.

Hamid me olhou com uma expressão curiosa e investigativa. Com um leve sorriso, ele estendeu a mão, e eu o ajudei a se levantar. E ele ocupou o seu lugar de marido.

Nessa noite, depois que ele caiu num sono profundo, eu chorei por horas e fiquei andando de um lado para o outro. Eu não sabia o que havia de errado comigo. Eu não tinha pensamentos claros. Estava apenas triste.

★

O LIVRO DO DESTINO

Alguns dias depois, a sra. Parvin foi me visitar. Ela estava toda animada.

— Esperei todo esse tempo que você fosse me visitar, mas não foi, então decidi vir eu mesma e ver como você está.

— Estou bem!

— Então, como ele é? Ele não a perturbou, não é? Conte-me, o que teve de passar na primeira noite? No estado em que você estava, achei que fosse ter um ataque cardíaco.

— Sim, eu estava me sentindo péssima naquele dia. Mas ele entendeu. Vendo o meu estado, ele saiu e me deixou dormir à vontade.

— Uau! Que graça! — disse ela, surpresa. — Graças a Deus. Não pode imaginar como eu estava preocupada. Agora está vendo como ele é sabido? Se você tivesse se casado com aquele açougueiro, Asghar, Deus sabe o que ele teria feito com você. Então, de modo geral, está satisfeita com ele?

— Sim, Hamid é um homem muito agradável. A família dele é agradável também.

— Graças a Deus! Agora você está vendo como eles são diferentes dos outros pretendentes e suas famílias.

— Sim, e devo tudo isso à senhora. Só agora estou percebendo a grande ajuda que me deu.

— Ah, o que é isso... Não foi nada. Você é que é tão boa que eles gostaram de você, e, graças a Deus, você está bem agora. Foi sorte. Pobre de mim, não tive tanta.

— Mas você não tem problemas com Haji Agha. O coitado a deixa em paz.

— Hã! Você está vendo agora que ele está velho e doente, e perdeu o ânimo. Não sabe o lobo que ele era, como me atacou na primeira noite, como eu tremi e chorei, e como ele me bateu. Na época, ele era rico e ainda acreditava que se a mulher não engravida é porque há algo de errado com ela. Ele era um bom partido e orgulhoso. Fazia coisas indescritíveis comigo. Assim que eu ouvia a porta da rua e sabia que ele estava em casa, começava a tremer da cabeça aos pés. Eu era só uma criança e morria de medo dele. Quando, porém, com a graça de Deus, ele foi à falência, perdeu tudo, e os médicos disseram que ele tinha um problema e nunca poderia ter filhos, foi como enfiar uma agulha num balão, foi como se ele tivesse murchado. De um dia para o outro, ele envelheceu vinte anos, e todos o abandonaram. A essa altura, eu era mais velha, mais forte e mais corajosa. Conseguia enfrentá-lo ou virar as costas e sair. Agora, ele tem medo que eu também o abandone, então me deixa em paz. Agora é a minha vez de enlouquecer, mas e a juventude e a saúde que ele roubou de mim? Nunca as terei de volta...

Ficamos em silêncio por um tempo. Ela balançou a cabeça como se quisesse se livrar das lembranças. Em seguida, disse:

— Aliás, por que não foi visitar seus pais?

— Por que eu deveria visitá-los? Que bem fizeram para mim?

— O quê? Apesar de tudo, eles são seus pais.

— Eles me jogaram para fora de casa. Nunca mais voltarei lá.

— Não diga isso, é pecado. Eles estão esperando você.

— Não, sra. Parvin. Não irei. Não fale mais sobre isso.

Haviam se passado três semanas da minha vida de casada quando a campainha tocou um dia de manhã. Fiquei surpresa. Não esperava a visita de ninguém. Corri para a porta e vi a Mãe e a sra. Parvin. Levei um susto e dei um cumprimento frio.

— Olá, senhora! — disse a sra. Parvin. — Deve estar se divertindo muito, para partir assim e nunca mais voltar. Sua mãe está morrendo de preocupação. Eu disse a ela: "Vamos até lá, para que veja com os próprios olhos como sua filha está bem".

— Por onde tem andado, menina? — disse a Mãe, irritada. — Tenho passado mal de preocupação. Estamos de olho na porta há três semanas, esperando por você. Você não lembra que tem um pai e uma mãe? Que há costumes e tradições?

— É mesmo? — desafiei. — A que costumes e tradições está se referindo?

A sra. Parvin balançou a cabeça para que eu ficasse quieta, depois disse:

— Pelo menos nos convide para entrar. Essa pobre mulher andou muito nesse calor.

— Está bem. Por favor, entrem.

Ao subir as escadas, a Mãe resmungou:

— No dia seguinte à cerimônia, ficamos esperando a noite toda o noivo nos visitar. Ninguém apareceu. Então, achamos que talvez você aparecesse no dia seguinte, depois dissemos: talvez na sexta que vem, depois: quem sabe na outra sexta. Por fim, pensei: minha menina deve estar morta, alguma coisa aconteceu com ela. Como é que alguém pode deixar a casa do pai e nunca mais voltar? Como se nunca tivesse tido um pai e uma mãe com os quais tem uma dívida.

Estávamos no meio da sala quando, de repente, não aguentei mais ouvi-la.

— Uma dívida? — gritei. — Por que eu tenho uma dívida com vocês? Porque vocês me fizeram? Eu pedi para ser concebida para agora ter uma dívida com vocês? Foi tudo para o seu próprio prazer, e, quando descobriram que eu era menina, lamentaram, ficaram tristes e se arrependeram de terem me concebido. O que fizeram para mim? Implorei para me deixarem ir à escola. Vocês deixaram? Implorei para não me forçarem a casar, para me deixarem viver naquela casa horrível por mais um ano ou dois. Vocês deixaram? Quanto me bateram? Quantas vezes cheguei perto da morte? Por quantos meses me deixaram trancada naquela casa?

A Mãe chorava, e a sra. Parvin me olhava horrorizada. A raiva e a frustração, porém, inundavam o meu coração e eu não conseguia contê-las.

— Pelo que me lembro, a senhora disse que as meninas pertencem aos outros, e foi rápida para me entregar a eles. Estava tão desesperada para se livrar de mim que nem se importava com quem eu iria ficar. Não foi a senhora que me arrastou para fora da cama para poder me expulsar o mais rápido possível? Não foi a senhora que disse que eu tinha de sair logo daquela casa para que Mahmoud pudesse se casar? Bem, a senhora me expulsou. Agora pertenço a outros. E espera que eu beije a sua mão? Excelente! Muito bem!

— Chega, Massoumeh — ralhou a sra. Parvin. — Deveria ter vergonha. Olha o que está fazendo com essa pobre mulher. O que quer que tenha acontecido, eles são seus pais, eles a criaram. O seu pai não a ama o suficiente? Ele queria tudo para você. Ele não se preocupou o suficiente com você? Eu vi o que essa mulher passou quando você estava doente. Ela ficou ao seu lado toda noite até amanhecer, e chorou e rezou por você. Você nunca foi uma menina ingrata. Todos os pais, até os piores, merecem a gratidão dos filhos. Goste ou não, você tem uma dívida com eles, e é seu dever observar e reconhecer isso; caso contrário, Deus se ofenderá e dirigirá Sua ira contra você.

Eu me senti mais calma, me senti leve. O ódio e o rancor que vinham me incomodando feito uma ferida cheia de pus estavam se esvaindo, e as lágrimas da Mãe aliviavam a minha dor como um bálsamo.

— Meu dever enquanto filha deles? Muito bem, observarei os meus deveres enquanto filha deles. Não quero terminar como a culpada. — Então me virei para a Mãe e disse: — Se precisar que eu faça qualquer coisa por vocês, eu farei, mas não espere que eu esqueça o que fizeram comigo.

Chorando mais ainda, a Mãe disse:

— Vá pegar uma faca e corte esta mão que a arrastou pelos cabelos para fora da cama. Juro por Deus que me sentirei melhor, sofrerei menos. Cem vezes por dia, digo a mim mesma: Que Deus quebre o seu braço, mulher. Como pôde bater numa criança inocente daquele jeito? Mas, minha menina, se eu não tivesse feito o que fiz, sabe o que teria acontecido? Seus irmãos a teriam cortado em pedacinhos. De um lado, desde cedo naquela manhã, Ahmad ficava me dizendo: "Se essa garota começar a aprontar e nos envergonhar, boto fogo nela." E, do outro lado, seu pai estava com o coração apertado a semana toda. Foi graças a remédios que ele aguentou chegar ao fim daquele dia. Eu estava morrendo de medo que ele tivesse um ataque do coração. O que eu podia fazer? Juro que fiquei com o coração na mão, eu não sabia mais o que fazer.

— Quer dizer que a senhora não queria me casar?

— Sim, eu queria. Eu rezava mil vezes por dia para um homem decente aparecer, pedir a sua mão e salvá-la daquela casa. Acha que eu não sabia como você estava triste e infeliz naquela prisão? Você estava ficando mais magra e pálida a cada dia. Eu ficava com o coração apertado cada vez que olhava para você. Eu rezava e fazia promessas a Deus para que você encontrasse um bom marido e ficasse livre. Vê-la sofrer estava acabando comigo.

A bondade nas palavras dela derretia o gelo da minha raiva obstinada.

— Agora pare de chorar. — pedi.

E fui buscar três copos de sharbat gelado.

Para mudar o clima, a sra. Parvin completou:

— Ora, ora! Que casa limpa e organizada. Aliás, gostou da cama e da penteadeira? Fui eu que escolhi.

— Sim, a sra. Parvin se esforçou muito naqueles dias — disse a Mãe. — Somos todos gratos a ela.

— Eu também.

— Ah, parem, por favor! Não me deixem constrangida. Que esforço? Foi um prazer. Não importa tanto o que escolhi para você, mas que o seu pai comprou sem hesitar por um segundo. Eu nunca havia feito compras assim: se eu tivesse pedido pra ele comprar os móveis do Xá para você, ele teria comprado. É evidente que o homem a ama de verdade. Ahmad estava sempre gritando: "Por que você está aumentando tanto os gastos?" Mas seu pai queria fazer isso por você. Ele dizia: "Quero que tudo seja respeitável. Quero que ela consiga se manter de cabeça erguida diante da família do marido. Não quero que digam que ela não teve um dote decente."

Ainda fungando, a Mãe disse:

— Os sofás que ele encomendou para você estão prontos. Ele está esperando para ver quando seria um bom horário para você, para ele mandar entregar.

Suspirei.

— Bem, e como ele está se sentindo agora?

— O que posso dizer? Ele não está bem.

Ela enxugou os olhos com a ponta do lenço de cabeça e disse:

— Era isso que eu queria falar com você. Está tudo bem se você não quiser me ver, mas seu pai está morrendo de tristeza. Não fala com ninguém em casa e voltou a fumar, um cigarro atrás do outro, e não para de tossir. Tenho medo por ele, tenho medo que algo ruim aconteça com ele. Só por ele, passe lá em casa. Não quero que você lamente não tê-lo visto.

— Deus não permita! Não seja pessimista. Eu vou. Vou esta semana. Verei quando Hamid terá tempo. E se ele não tiver, vou sozinha.

— Não, minha querida, isso não é certo. Você tem de fazer o que o seu marido quiser. Não quero que ele fique chateado.

— Não, ele não vai ficar. Não se preocupe. Darei um jeito.

Hamid deixou claro para mim que não tinha nenhum interesse nem paciência para visitas de família e me incentivou a desenvolver uma vida social independente. Até anotou um guia de ônibus, desenhou diversos caminhos e explicou quando seria melhor pegar táxi. Alguns dias depois, numa tarde em meados de agosto, quando eu sabia que ele não estaria em casa, eu me vesti e fui à casa dos meus pais. Foi estranho. A casa se tornara tão rapidamente "deles" e não "minha". Outras moças também se tornam estranhas na casa da própria família tão rápido?

Foi a primeira vez que saí sozinha e andei uma distância longa de ônibus. Embora estivesse um pouco nervosa, gostei da sensação de independência. Senti que era adulta. Ao chegar ao meu antigo bairro, diferentes emoções surgiram em mim. Pensar em Saiid fez meu coração doer, e passar pela antiga casa de Parvaneh me fez sentir ainda mais saudade dela. Com medo de chorar no meio da rua, comecei a andar mais rápido, mas, quanto mais me aproximava da casa do Pai, mais fracas minhas pernas ficavam. Eu não queria encarar as pessoas da vizinhança. Eu estava constrangida.

Meus olhos se encheram de lágrimas quando Faati me recebeu à porta, correu para os meus braços e começou a chorar. Ela me implorou para voltar para casa ou levá-la comigo. Quando entrei, Ali não saiu de onde estava sentado. Apenas gritou para Faati:

— Pare de choramingar! Já não falei para você ir pegar as minhas meias?

Estava quase escurecendo quando Ahmad chegou. Já estava bêbado e letárgico. Ignorando por completo o fato de que fazia quase um mês que não me via, pegou alguma coisa que havia esquecido e tornou a sair. Quando Mahmoud chegou, ficou carrancudo, murmurou algo em resposta ao meu cumprimento e subiu.

— Está vendo, Mãe? Eu não deveria ter vindo. Mesmo se eu vier uma vez por ano, ainda assim ficarão aborrecidos.

— Não, minha menina, não é por sua causa. Mahmoud está nervoso por outra coisa. Não fala com ninguém há uma semana.

— Por quê? Qual é o problema dele?

— Não está sabendo? Na semana passada nos arrumamos todos, compramos doces, frutas e alguns metros de tecido, e fomos a Qom visitar a irmã do seu pai e pedir a mão de Mahboubeh para o nosso Mahmoud.

— E?

— Não deu em nada. Não era para ser. Uma semana antes, ela consentira em se casar com outra pessoa. Eles não nos contaram nada por despeito, porque não os convidamos para o seu casamento. É claro que foi melhor assim. Eu não estava feliz com a ideia do casamento deles... com a bruxa que é aquela mãe. Era Mahmoud que não parava de falar na prima... Mahboubeh isso, Mahboubeh aquilo.

Senti uma espécie de alegria invadir todo o meu ser e entendi o significado da expressão "doce vingança" com cada célula do meu corpo. Eu disse para mim mesma: Como você é vingativa! E alguém dentro de mim respondeu: Ele merece. Deixe-o sofrer.

— Você não imagina o quanto a sua tia se gabou do noivo. Disse que é filho de um aiatolá, mas foi para a faculdade e tem um pensamento moderno. Depois não parou mais de falar das riquezas e propriedades dele. Pobre Mahmoud, ficou tão nervoso que, se alguém enfiasse uma faca nele, não sangraria. O rosto dele estava tão vermelho que achei que ia ter um ataque do coração. Depois eles fizeram comentários maliciosos sobre decorar a casa com luzes e comemorar o casamento por sete dias e sete noites, que as meninas devem ser casadas pelos pais com orgulho, não em segredo e às pressas, e que se a tia não vai ser convidada para o casamento da sobrinha, então quem vai...

Eu estava na sala quando o Pai chegou. Fiquei de pé perto da parede para que ele não me visse. Estava mais escuro dentro que fora. Ele se apoiou no batente da porta com a mão, apoiou o tornozelo esquerdo no joelho direito e começou a desamarrar o cadarço.

— Olá — cumprimentei num tom suave.

Ele soltou o pé no chão e espiou na penumbra. Por alguns segundos, ele me olhou com um sorriso cheio de delicadeza, depois ergueu o pé até o joelho de novo, continuou a tirar o sapato e disse:

— Que surpresa! Você se lembrou de nós?

— Sempre me lembro de vocês.

Ele balançou a cabeça, calçou os chinelos e, como nos velhos tempos, passei-lhe a toalha. Ele me olhou com uma expressão de repreensão e disse:

— Nunca achei que você seria desleal assim.

Fiquei com um nó na garganta. Essas foram as palavras mais gentis que ele poderia ter dito.

Durante o jantar, ele ficava colocando tudo na minha frente, falando rápido. Eu nunca tinha conhecido aquele lado tagarela dele. Mahmoud não desceu para comer.

— Mas me conte — disse o Pai, rindo. — O que você dá para o seu marido no almoço e no jantar? Você sequer sabe cozinhar! Ouvi dizer que ele quer vir reclamar de você!

— Quem? Hamid? O pobre homem nunca reclama de comida. Come o que eu puser na frente dele. Na verdade, ele diz: "Não quero que você perca o seu tempo cozinhando."

— Hã! E você vai fazer o quê?

— Ele disse que tenho de dar prosseguimento aos meus estudos.

Houve um silêncio. Vi uma faísca nos olhos do Pai, e todos me olharam boquiabertos.

— E os afazeres da casa? — perguntou a Mãe.

— É fácil. Consigo fazer os dois. Além disso, Hamid disse: "Não dou a mínima para almoço, jantar e tarefas domésticas. Você tem de fazer o que lhe interessar, especialmente estudar, que é muito importante."

— Esqueça! — disse Ali. — Não vão mais deixá-la estudar.

— Vão, sim. Fui me informar na escola. Vou estudar à noite e posso prestar as provas padronizadas. Aliás, preciso me lembrar de levar meus livros.

— Graças a Deus! — exclamou o Pai. E a Mãe olhou surpresa para ele.

— E onde estão os meus livros?

— Coloquei todos na bolsa de lona azul. Estão no porão — disse a Mãe. — Ali, filho, vai pegar a bolsa.

— Por que eu deveria pegar? Ela não tem braços e pernas?

O Pai olhou para ele com uma raiva sem precedentes e, com a mão erguida pronta para acertar Ali na boca, gritou:

— Quieto! Nunca mais quero ouvir você falar com a sua irmã desse jeito. Se algum dia voltar a cometer esse erro, quebro todos os dentes da sua boca.

Olhávamos para o Pai. Ali, aborrecido e intimidado, levantou-se e saiu. Faati estava colada em mim e deu uma risadinha baixa. Pude sentir sua satisfação.

Quando me levantei para ir embora, o Pai me acompanhou até a porta e sussurrou baixinho:

— Você vai voltar?

Era tarde demais para me matricular na escola para o verão. Fiz a inscrição para o outono e aguardei impacientemente o início das aulas. Eu tinha muito tempo livre e passava a maior parte dele lendo os livros de Hamid. Comecei com obras de ficção e passei para as de poesia, que lia com atenção. Depois li os livros de filosofia, que eram muito entediantes e difíceis. Por fim, não tendo mais nada para fazer, li até seus livros da faculdade. Por mais agradável que fosse ler, não era o suficiente para tornar a minha vida gratificante.

Hamid quase nunca voltava para casa cedo e, às vezes, simplesmente não voltava por alguns dias. No início, eu fazia o jantar, estendia a toalha de mesa e esperava por ele. Muitas vezes, caía no sono esperando, mas continuei com a mesma rotina. Eu odiava comer sozinha.

Uma vez, ele chegou em casa por volta da meia-noite e me encontrou adormecida no chão ao lado da toalha de mesa. Ele me acordou e disse rispidamente:

— Você não tem nada melhor para fazer do que perder tempo cozinhando? — Assustada por ter sido acordada de repente e magoada com a reação dele, fui para a cama e chorei em silêncio até cair no sono. Na manhã seguinte, como um palestrante dirigindo-se a uma plateia de idiotas, ele fez um discurso infindável sobre o papel da mulher na sociedade; depois, com uma raiva controlada, disse:

— Não aja como as mulheres analfabetas e tradicionais ou como as mulheres exploradas e acorrentadas, tentando me prender com tolices de amor e delicadeza.

Com raiva e magoada, respondi:

— Eu não estava tentando fazer nada. Eu só fico cansada de não ter companhia e não gosto de comer sozinha. Pensei que, como você não vem para casa almoçar e sabe-se lá o que come, eu poderia preparar uma refeição decente para o seu jantar.

— Talvez a sua intenção consciente não seja me prender, mas é o seu objetivo subconsciente. É um velho truque que as mulheres usam. Tentam pegar o homem pelo estômago.

— Esqueça isso! Quem é que quer prender você? Somos marido e mulher. É verdade que não nos amamos, mas também não somos inimigos. Eu gostaria de conversar com você, aprender com você e ouvir uma voz que não seja a minha nesta casa. E você faria uma refeição caseira, pelo menos, uma vez por dia. Além disso, sua mãe insistiu para que fizesse assim. Ela se preocupa muito com a sua alimentação.

— Ora, ora! Eu estava certo em tentar encontrar as pegadas da minha mãe nessa história toda. Sei que a culpa não é sua, você só está seguindo as instruções dela. Desde o primeiro dia, você concordou de forma racional e inteligente em nunca ser um obstáculo na minha vida, nos meus afazeres, nos meus ideais. Então, por favor, diga à minha mãe, em meu nome, que ela não deveria se preocupar nem um pouco com as minhas refeições. Temos reunião toda noite, e algumas pessoas são responsáveis pela comida e cozinham muito bem.

Desse dia em diante, nunca mais esperei por ele à noite. Hamid passava a vida com amigos invisíveis, num ambiente desconhecido para mim. Eu não sabia quem eram os amigos dele, de onde eram e quais eram esses ideais dos quais tanto se orgulhavam. Só sabia que a influência deles sobre Hamid era cem vezes maior que a minha ou a da sua família.

Com o início das aulas no período noturno, meus dias passaram a ter horários regulares. Eu ficava a maior parte do meu tempo estudando, mas a solidão e a casa vazia, especialmente com a escuridão que começava mais cedo no outono frio e silencioso, ainda pesavam sobre mim. Nossa vida continuou com base no respeito mútuo, sem brigas nem discussões e sem nenhuma animação. As minhas únicas saídas eram às sextas, quando Hamid sempre chegava a tempo de irmos visitar seus pais. Eu me contentava com essas breves oportunidades para estar com ele.

Eu sabia que ele não gostava que eu usasse lenço na cabeça, especialmente quando saíamos juntos. Na esperança de que ele fosse me levar mais para sair, guardei todos os lenços. Os amigos dele, no entanto, não lhe deixavam nenhum tempo livre para passar comigo e, devido à sua estranha sensibilidade, eu não ousava reclamar nem mencioná-los.

A avó de Hamid, Bibi, que morava abaixo de nós, era a minha única companhia. Eu cuidava dela e preparava suas refeições. Ela era uma mulher discreta e gentil, e com uma audição muito mais prejudicada do que eu pensara no começo. Quando eu queria falar com ela, precisava gritar tanto que ficava exausta e acabava desistindo. Ela me perguntava todos os dias:

— Minha querida, Hamid chegou cedo ontem à noite?

E eu respondia:

— Sim.

Para a minha surpresa, ela sempre acreditava em mim e nunca perguntava por que ela nunca o via. Ela não escutava, mas agia como se também não enxergasse. De vez em quando, quando se sentia disposta, ela me falava do passado, sobre o marido, que era um homem bom e devoto, e cuja morte deixara um gelo no seu coração mesmo no verão. Falava dos filhos que estavam ocupados com a própria vida e raramente a visitavam. Às vezes, ela me contava as travessuras do meu sogro. Ele foi o seu primeiro filho e o favorito. E vez ou outra, ela recordava pessoas que eu não conhecia, a maioria das quais estava morta. Bibi fora uma mulher feliz e afortunada, mas agora parecida que ela não tinha nada para fazer a não ser esperar pela morte, mesmo não sendo tão velha assim. O estranho era que os outros estavam esperando a mesma coisa. Não que tivessem dito qualquer coisa nem que a tivessem abandonado, mas havia algo no comportamento deles que transmitia isso.

A consequência da minha solidão foi a volta de um antigo hábito de falar com o espelho. Eu me sentava e conversava com o meu reflexo durante horas. Eu adorava fazer isso quando era criança, apesar de meus irmãos zombarem de mim e me chamarem de louca. Eu me esforçara muito e perdera esse hábito, mas, na verdade, o desejo nunca me abandonara, fora apenas reprimido. Agora que eu não tinha ninguém com quem conversar e nenhum motivo para esconder nada, ele voltara à tona. Falar com ela, ou comigo mesma, como quer que se descreva isso, me ajudava a organizar os meus pensamentos. Às vezes, visitávamos coisas passadas e chorávamos juntas. Eu contava a ela o quanto sentia falta de Parvaneh. Quem me dera poder encontrá-la, tínhamos tanto que conversar.

Um dia, finalmente, decidi tentar encontrar Parvaneh. Mas como? Mais uma vez, tive de pedir ajuda à sra. Parvin. Em uma das visitas à casa da Mãe, também passei na casa dela e pedi que perguntasse na vizinhança se alguém sabia onde os Ahmadi estavam morando. Eu ficava muito constrangida de falar com aquelas pessoas. Sempre achei que me olhavam de um jeito diferente. A sra. Parvin perguntou, mas ninguém tinha nenhuma informação, ou talvez, porque soubessem da relação dela com Ahmad, não quisessem lhe dar o endereço dos Ahmadi. Uma pessoa até lhe perguntou se ela queria o endereço para que um bronco com uma faca na mão fosse visitá-los de novo. Decidi passar na minha antiga escola, mas eles não estavam mais com o arquivo de Parvaneh. Ela mudara de escola. Minha professora de filosofia ficou contente em me ver. Quando lhe contei que havia retomado os estudos, ela me incentivou muito.

Numa noite fria e escura de inverno, quando eu estava entediada e não tinha nada para fazer, Hamid chegou em casa cedo e me deu a honra de jantar comigo. Eu não cabia em mim de alegria. Por sorte, a Mãe me visitara naquela manhã e levara peixe para nós. Ela dissera:

— Seu pai comprou peixe, mas não conseguiu comer um pedacinho se não pudesse dividir com você. Trouxe um pouco para ele ficar sossegado.

Eu colocara o peixe na geladeira, mas não estava com vontade de cozinhar apenas para mim. Quando vi que Hamid iria ficar em casa para jantar, usei ervas secas para fazer arroz de ervas como acompanhamento do peixe. Era a primeira vez que o preparava, mas não ficou ruim. Na verdade, reuni todas as minhas habilidades culinárias para prepará-lo. O cheiro do peixe frito deixou Hamid com água na boca. Ele ficou pela cozinha, beliscando a comida, e eu ria e dava bronca nele. Quando tudo ficou pronto, pedi que ele levasse o jantar de Bibi. Em seguida, estendi a toalha de mesa e decorei com tudo o que tínhamos disponível. Era como um banquete formal na casa e no meu coração. Ah, como era fácil me fazer feliz e como me negavam isso.

Hamid voltou, lavou as mãos rapidamente, e nos sentamos para comer. Enquanto eu tirava as espinhas do peixe para nós dois, ele falou:

— Arroz de ervas e peixe se come com as mãos.

Espontânea, eu disse:

— Ah, que noite maravilhosa! Numa noite fria dessa, eu teria enlouquecido de solidão se você não tivesse vindo...

Ele ficou em silêncio por um tempo, depois disse:

— Não sofra tanto. Aproveite o seu tempo. Você tem as matérias para estudar, além de todos esses livros aqui. Leia. Quisera eu ter tempo para ler.

— Não sobrou nenhum livro para eu ler. Até li alguns duas vezes.

— Está falando sério? Quais você leu?

— Todos. Até os da sua faculdade.

— Você está brincando! Você entendeu algum?

— Alguns, não muito bem. Na verdade, tenho até algumas perguntas que gostaria de lhe fazer quando você tiver tempo.

— Que estranho! E as coleções de contos?

— Ah, eu adorei. Eu choro toda vez que leio. São tão tristes, há tanta dor e sofrimento, tantas tragédias.

— Elas revelam apenas uma pequena parte das realidades da vida — disse ele. — Para terem mais poder e riqueza, os governos sempre forçaram as massas desprovidas e indefesas a labutar e se apropriam dos frutos do trabalho delas. O resultado final é injustiça, sofrimento e pobreza para o povo.

— É tão comovente. Quando esse desespero todo vai acabar? O que se pode fazer?

— Resistir! Quem entende tem de enfrentar a tirania. Se todo homem que nascer livre lutar contra a injustiça, o sistema desmoronará. É inevitável. No fim, os oprimidos do mundo se unirão e erradicarão toda essa injustiça e traição. Temos de ajudar a abrir o caminho para essa união e essa insurreição.

Ele parecia estar lendo um documento, mas fiquei fascinada. Eu estava deslumbrada com o que ele dizia e, de modo instintivo, recitei um poema:

Se você se levanta, se eu me levanto
Todos se levantarão.
Se você se sentar, se eu me sentar, quem se levantará?
Quem combaterá o inimigo?

— Uau! Bravo! — disse ele, surpreso. — Acho que você está entendendo algumas coisas. Às vezes, você diz coisas que não se espera ouvir de alguém da sua idade e com a sua formação. Parece que poderemos encaminhá-la.

Eu não sabia se deveria considerar seu comentário um elogio ou um insulto, mas eu não queria nem uma sombra na nossa noite aconchegante e decidi ignorar o que ele disse.

Depois do jantar, Hamid se recostou numa almofada e disse:

— Estava realmente uma delícia e comi muito. Fazia tempo que eu não tinha uma refeição tão boa. Os pobres coitados, quem sabe o que tiveram para comer esta noite? Provavelmente o pão com queijo de sempre.

Aproveitando o bom humor dele e seu comentário, eu disse:

— Por que não convida seus amigos para jantarem um dia?

Ele me olhou, pensativo. Estava pesando as coisas, mas não tinha o cenho franzido. Então, continuei:

— Você não disse que a cada noite uma pessoa diferente é responsável pela comida? Por que eu não posso ser responsável pela comida uma noite? Deixe os seus pobres amigos terem um jantar de verdade uma vez.

— Para dizer a verdade, um tempo atrás, Shahrzad disse que gostaria de conhecê-la.

— Shahrzad?

— Sim, é uma boa amiga. Inteligente, corajosa, uma adepta fiel e capaz de analisar e resumir muitas das questões melhor que todos nós.

— É uma menina?

— Como assim? Eu disse que o nome dela é Shahrzad. Existe homem com esse nome?

— Quis dizer, ela é casada ou solteira?

— Ah, vocês falam de um jeito... sim, é casada. Quer dizer, ela não teve escolha. Saiu do controle da família para dedicar todo o seu tempo e energia à causa. Infelizmente, neste país, não importa a posição da mulher na sociedade, elas nunca estão livres dos costumes sociais, com suas restrições e obrigações.

— Mas o marido dela não se importa que ela esteja com você e seus amigos o tempo todo?

— Quem? Mehdi? Não, ele é um de nós. Foi um casamento interno. Decidimos por isso porque, de muitas formas, foi pelo bem da causa do grupo.

Pela primeira vez ele falava comigo dos amigos e do grupo, e eu sabia que qualquer reação intensa ou precipitada da minha parte o faria voltar ao silêncio. Eu tinha de saber ouvir e permanecer calada mesmo quando confrontada com um assunto tão estranho.

— Eu também gostaria de conhecer Shahrzad — falei. — Ela deve ser uma pessoa interessante. Prometa que irá convidá-los algum dia.

— Vou pensar a respeito. Conversaremos com eles e veremos.

Duas semanas depois, eles decidiram me dar a honra, e os amigos de Hamid iriam almoçar em nossa casa no sábado seguinte, que era um feriado oficial. Trabalhei a semana toda. Lavei as cortinas e as janelas, e fiquei mudando os móveis de lugar. Não tínhamos mesa de jantar.

— Esqueça isso — disse Hamid —, para que eles vão precisar de mesa de jantar? Estenda a toalha de mesa no chão. Será melhor. Ficarão mais à vontade e haverá mais espaço para todo mundo.

Ele convidara apenas doze pessoas: os amigos mais próximos. Eu não sabia o que fazer para o jantar. Estava tão ansiosa que perguntei a ele algumas vezes.

— Faça o que quiser — disse ele. — Isso não é importante.

— Sim, é importante. Quero fazer pratos que eles gostem. Me diga quem gosta de quê.

— Como é que eu vou saber? Todo mundo gosta de coisas diferentes. Você não precisa fazer todos os pratos que cada um gosta.

— Sim, não todos. Por exemplo, do que a Shahrzad gosta?

— Ensopado de ervas. Mas Mehdi adora lentilha ensopada, e Akbar ainda está com vontade de comer o arroz de ervas com peixe branco de que lhe falei. E, no fim da tarde, quando esfriar, todo mundo ficará com vontade de tomar sopa de macarrão. Resumindo, eles gostam de tudo... mas você não deveria se dar muito trabalho. Faça o que for mais fácil para você.

Fiz compras na terça. A temperatura caiu e havia uma brisa suave. Comprei tantas coisas e carreguei tantas sacolas pesadas escada acima que até Bibi se surpreendeu e disse:

— Minha menina, nem um banquete para sete reis exige tanta preparação e capricho.

Na quinta-feira, preparei os pratos. Na sexta, voltamos um pouco mais cedo da visita aos pais de Hamid e, mais uma vez, fui para a cozinha. Preparei tanta comida que só esquentar tudo levaria a manhã toda. Por sorte, o tempo estava frio e eu enfileirara todas as panelas no terraço. No fim da tarde, Hamid preparava-se para sair e disse:

— Se eu me atrasar, volto com o pessoal amanhã por volta do meio-dia.

Levantei-me cedo e tirei a poeira de toda a casa mais uma vez, lavei e cozinhei o arroz, e, quando estava tudo pronto, tomei um banho rápido. Não molhei os cabelos. Lavara e colocara bobes na noite anterior. Coloquei o vestido amarelo, o melhor que eu tinha, passei um pouco de batom, tirei os bobes e deixei os belos cachos caírem nas costas. Eu queria estar impecável e não queria causar nenhum constrangimento a Hamid. Queria estar tão perfeita que ele parasse de me esconder em casa feito uma filha bastarda e pouco culta. Eu queria ser alguém que os amigos dele considerassem merecedora de fazer parte do grupo.

Perto do meio-dia, desanimei ao ouvir o som da campainha. A campainha era um sinal. Hamid tinha a chave. Tirei o avental rapidamente e corri até a escada para recebê-los. Soprava um vento frio, mas não me importei. Ali no alto da escada, Hamid me apresentou a todos. Quatro eram mulheres, o restante eram homens e tinham todos mais ou menos a mesma idade. Dentro de casa, peguei os casacos deles e olhei as mulheres com curiosidade. Elas não eram muito diferentes dos homens. Todas usavam calça comprida e suéter largo, em geral velho e sem combinar com o restante das peças. Tratavam os cabelos como se fossem um estorvo, cortando tão curto que, olhando por trás, pareciam homens, ou amarrando com elástico. Nenhuma delas usava qualquer maquiagem.

Embora todos fossem educados e corteses, ninguém, com a exceção de Shahrzad, prestou muita atenção em mim. Ela foi a única que me beijou, me olhou de cima a baixo e disse:

— Linda! Hamid, como a sua esposa é bonita. Você nunca contou que ela era tão bela e elegante.

Só então os outros se viraram e olharam para mim com mais atenção. Senti um sorriso invisível de sarcasmo em alguns. Ainda que ninguém tivesse dito nada descortês, houve algo no comportamento deles que não só me fez corar e me sentir constrangida como Hamid também pareceu desconfortável. Tentando mudar o assunto, ele disse:

— Pronto, chega! Vão para a sala que nós levamos o chá. — Alguns se sentaram nos sofás, outros no chão. Quase metade deles fumava. Hamid disse rapidamente: — Cinzeiros, me dê todos os cinzeiros que tivermos. — Fui para a cozinha e peguei os cinzeiros para ele. Depois, voltei para a cozinha e comecei a servir o chá nos copos. Hamid foi atrás de mim e disse: — Que roupa é essa?

— Por quê? Como assim? — perguntei, confusa.

— Que vestido é esse? Você está parecendo uma boneca ocidental. Vá vestir uma roupa mais simples. Uma camisa e calça ou saia. E lave o rosto e prenda o cabelo.

— Mas eu não estou usando maquiagem, é só um pouco de batom e a cor é bem clara.

— Não sei o que você fez, só faça alguma coisa para não chamar tanta atenção.

— Quer que eu esfregue carvão no rosto?

— Sim, faça isso! — gritou ele.

Meus olhos ficaram cheios de lágrimas. Eu nunca sabia o que estava bom ou ruim aos olhos dele. De repente, eu me senti exaurida. Foi como se, naquele momento, a exaustão da semana inteira tivesse desabado sobre mim. O resfriado que começara dias antes e eu decidira ignorar piorou de repente e senti tontura. Ouvi um deles dizer:

— O que aconteceu com o chá?

Eu me recompus e terminei de servir o chá nos copos, e Hamid levou a bandeja à sala.

Fui ao quarto, tirei o vestido e fiquei sentada na cama por um tempo. Não havia nenhum pensamento específico na minha cabeça. Eu só estava triste. Vesti a saia longa de pregas que costumava usar em casa e peguei a primeira camisa que vi no armário. Prendi o cabelo com uma presilha e usei uma bola de algodão para tirar o que restara do batom. Eu tentava engolir o nó na garganta. Fiquei com medo de que, se me visse no espelho, as lágrimas começassem a rolar. Tentei me distrair. Lembrei que não colocara manteiga clarificada no arroz. Saí do quarto e trombei com uma das moças, que acabara de sair da sala. Assim que me viu, ela disse:

— Ah, por que a mudança nos adornos?

Todos esticaram o pescoço para espiar e me ver. Fiquei vermelha até as orelhas. Hamid pôs a cabeça para fora da cozinha e disse:

— Ela está mais à vontade assim.

Fiquei na cozinha o tempo inteiro e todos me deixaram sozinha. Eram quase duas horas quando tudo finalmente ficou pronto e estendi a toalha de mesa na saleta. Embora eu tivesse fechado a porta da sala de estar para colocar tudo na toalha, era possível ouvi-los falando alto. Não consegui entender metade do que diziam. Era como se estivessem falando outra língua. Por algum tempo, falaram sobre algo chamado Dialética e usavam várias vezes os termos "o povo" e "as massas". Eu não conseguia entender por que eles não diziam simplesmente "as pessoas". O almoço finalmente ficou pronto. Eu estava com uma dor de cabeça terrível e com a garganta doendo. Hamid inspecionou a comida servida e depois chamou os convidados para comerem. Todos ficaram surpresos com a variedade, as cores e o aroma da comida, e não paravam de dizer um ao outro que prato provar.

— Espero que você não esteja cansada demais — disse Shahrzad. — Deve ter tido um trabalhão. Teríamos ficado satisfeitos com pão e queijo. Não precisava ter se esforçado tanto.

— O que é isso? — disse um dos homens. — Comemos pão com queijo todo dia. Agora que viemos a uma casa burguesa, vamos ver o que eles comem.

Todos riram, mas achei que Hamid não gostou do comentário. Depois do almoço, voltaram para a sala de estar. Hamid levou uma pilha de pratos para a cozinha e disse, irado:

— Você tinha de fazer tanta comida?

— Por quê? Foi ruim?

— Não, mas agora vou ter de ouvir a zombaria deles até o fim dos tempos.

Hamid serviu algumas rodadas de chá. Recolhi as louças do almoço, guardei o que restou e arrumei a cozinha. Passavam das quatro e meia. Eu ainda estava com dor nas costas e me sentia febril. Ninguém perguntava por mim, eu tinha sido esquecida. Entendi muito bem que eu não me entrosava com eles. Eu me sentia como uma aluna na festa dos professores. Eu não tinha a mesma idade deles, nem a sua cultura e experiência, não conseguia debater como eles, e não ousava sequer interrompê-los para perguntar o que queriam beber ou comer.

Servi mais uma rodada de chá, preparei uma travessa de profiteroles e levei a bandeja para a sala. Mais uma vez, todos me agradeceram.

— Você deve estar cansada — disse Shahrzad. — Desculpe por não termos ajudado a arrumar tudo. A verdade é que somos péssimos nesse tipo de coisa.

— Disponha, não foi nada.

— Nada? Não conseguiríamos fazer nada do que você fez hoje. Venha, sente-se ao meu lado.

— Claro, já volto. Só farei as minhas orações antes que fique tarde demais, depois poderei ficar mais à vontade.

Mais uma vez, todos me olharam de modo estranho. Eu não sabia o que dissera de tão estranho ou fora do comum. Akbar, que antes chamara Hamid de burguês e de quem eu sentira certa rivalidade ou tensão para com ele, disse:

— Maravilha! Ainda existe gente que reza. Estou encantado! Madame, uma vez que preserva as crenças dos seus ancestrais, poderia me explicar por que reza?

Confusa e irritada, eu disse:

— Por quê? Porque sou muçulmana e todo muçulmano reza. É um mandamento de Deus.

— Como Deus lhe deu essa ordem?

— Não só para mim, para todo mundo. Foi através do Seu mensageiro e do Alcorão que foi levado a ele.

— Você quer dizer que havia alguém lá em cima que escreveu os mandamentos de Deus e os jogou nos braços do Profeta?

Eu estava ficando cada vez mais nervosa e atordoada. Voltei-me para Hamid e, com o olhar, pedi ajuda, mas não havia nenhuma gentileza ou compaixão nos olhos dele, apenas fúria.

— E o que acontece se você não rezar? — perguntou uma das moças.

— Bem, seria um pecado — respondi.

— O que acontece a quem peca? Por exemplo, nós não rezamos e, de acordo com você, somos pecadores. O que acontecerá conosco?

Cerrei os dentes e disse:

— Após a morte, vocês sofrerão, vocês irão para o inferno.

— A-há! O inferno. Me diga como é o inferno.

Meu corpo inteiro estremecia. Eles estavam zombando das minhas crenças.

— O inferno é feito de fogo — gaguejei.

— Provavelmente tem cobras e escorpiões também?

— Sim.

Todos riram. Olhei suplicante para Hamid. Eu precisava de ajuda, mas ele baixara a cabeça e, embora não estivesse rindo como os outros, também não dizia nada. Akbar virou-se para ele e disse:

— Hamid, você não conseguiu nem esclarecer a própria esposa, como vai salvar as massas do pensamento supersticioso?

— Eu não sou supersticiosa — falei com raiva.

— Sim, minha querida, você é. E a culpa não é sua. Essas noções foram implantadas tão bem na sua cabeça que você passou a acreditar nelas. As coisas que você diz e com as quais perde seu tempo são, de fato, superstições. Todas elas são coisas sem nenhum valor para as massas. São elementos que a tornam dependentes de alguém que não você mesma. E são todos voltados para criar medo e satisfação com o que você já tem, o que a impede de lutar pelo que não tem, com a esperança de que, em outro mundo, você receberá tudo. Você acredita em coisas que foram criadas para explorá-la. É exatamente isso que significa superstição.

Senti tontura e ânsia de vômito.

— Não insultem a Deus! — clamei, furiosa.

— Estão vendo, gente? Como fazem lavagem cerebral nas pessoas? Elas não têm culpa. Essas ideias são introduzidas na cabeça delas desde criancinhas. Esse é o caminho árduo que temos pela frente na luta contra "o ópio do povo". É exatamente por isso que digo que temos de incluir a campanha contra a religião em nosso mandato.

Eu não conseguia mais ouvi-los. A sala toda girava em volta da minha cabeça. Achei que, se ficasse mais um minuto, passaria mal ali mesmo. Corri para o banheiro e vomitei. Senti uma pressão horrível dentro de mim. Senti uma dor aguda nas costas e na parte de baixo do abdômen, depois minhas pernas ficaram molhadas. Olhei para baixo e vi uma poça de sangue no chão.

Eu estava queimando. Abaixo de mim, chamas me puxavam na direção delas. Tentei escapar, mas as minhas pernas não se moviam. Bruxas aterrorizantes de aparência repugnante enfiavam garfos na minha barriga e me empurravam para o fogo. Cobras com cabeças humanas riam de mim. Uma criatura torpe tentava derramar uma água fétida na minha garganta.

Com uma criança nos braços, eu estava trancada numa sala que ardia em chamas. Eu corria de uma porta a outra, mas, a cada uma que abria, eu me via diante de mais chamas. Olhei para o meu filho. Ele estava encharcado de sangue.

Quando abri os olhos, eu estava numa sala estranha, branca. Um calafrio intenso atravessou o meu corpo e tornei a fechar os olhos, encolhi-me e estremeci. Alguém me cobriu com um cobertor, e alguém pôs a mão quente na minha testa.

— O perigo passou, a hemorragia quase cessou. Mas ela está muito fraca. Precisa se fortalecer — disse alguém.

Fiquei de cama durante cinco dias na casa da Mãe. Faati tremulava à minha volta feito uma borboleta. O Pai não parava de comprar coisas estranhas que ele afirmava serem nutritivas e revigorantes, e, toda vez que eu abria os olhos, a Mãe me fazia comer alguma coisa. A sra. Parvin sentava-se ao meu lado e falava o dia inteiro, mas eu não tinha paciência para ela. Hamid ia me visitar todas as tardes. Parecia deprimido e constrangido. Eu não queria olhar para ele. Falar com as pessoas que estavam ao meu redor voltou a ser difícil. Havia uma tristeza profunda dentro de mim.

A Mãe vivia dizendo:

— Minha menina, por que não me contou que estava grávida? Por que trabalhou tanto? Por que não me pediu ajuda? Por que deixou o resfriado piorar tanto? Afinal, você tem de tomar cuidado durante os primeiros meses.

Ah, vai ficar tudo bem. Não se deve sofrer tanto por um filho não nascido. Sabe quantos abortos eu tive? Isso também é a vontade e a sabedoria de Deus. Dizem que os bebês abortados teriam algum defeito. Um bebê saudável não morreria assim tão fácil. Você deveria ficar grata. Se Deus quiser, os próximos serão saudáveis.

No dia em que voltei para casa, Hamid foi me buscar no carro de Mansoureh. Antes que eu partisse, o Pai colocou um colar com o pingente de ouro de Van Yakad no meu pescoço. Ele não sabia nenhuma outra forma de expressar o seu amor. Eu entendi bem, mas não estava com disposição para falar e agradecer. Apenas enxuguei as lágrimas. Hamid ficou em casa por dois dias cuidando de mim. Eu sabia o grande sacrifício que ele pensava estar fazendo. No entanto, não senti nenhuma gratidão por ele.

Sua mãe e irmãs foram me visitar.

— Eu abortei o meu segundo filho, depois de Monir — disse a mãe dele. — Mas depois dei à luz três bebês saudáveis. Não chore sem uma boa razão. Você tem muito tempo, os dois são jovens.

A verdade era que eu não sabia a causa da minha depressão profunda. Com certeza, não era o aborto. Embora eu tivesse notado algumas mudanças em mim nas semanas anteriores, e em algum lugar da minha mente eu soubesse o que estava acontecendo, eu não admitira a mim mesma que estava me tornando mãe. Eu não tinha uma compreensão clara do que significava ter um filho e chamá-lo de meu. Eu ainda me via como uma estudante cuja principal obrigação era estudar. Ainda assim, meu sofrimento tinha uma carga dolorosa de culpa. As bases das minhas crenças haviam sido estremecidas e eu me sentia indignada com quem causara isso. Eu estava aterrorizada com a dúvida que infestara a minha mente e acreditava que Deus me punira tirando o meu filho.

— Por que não me disse que estava grávida? — disse Hamid.

— Eu não tinha certeza e achei que a notícia não o deixaria feliz.

— Ter um filho é muito importante para você?

— Não sei.

— Sei que o seu problema não é só o filho. Alguma outra coisa está perturbando você. Isso ficou óbvio com as suas alucinações. Shahrzad, Mehdi e eu discutimos muito isso. Naquele dia, você estava sob pressão de todos os lados. Estava fisicamente cansada, com um resfriado forte, e as coisas que o pessoal disse foram o golpe final.

Meus olhos se encheram de lágrimas.

— E você não me defendeu. Eles zombaram de mim, riram de mim, me trataram como uma idiota, e você ficou do lado deles.

— Não! Acredite, nenhum deles teve a intenção de magoar ou insultar você. Você não sabe como Shahrzad brigou com todo mundo, especialmente com Akbar. E tudo isso acabou nos levando a acrescentar ao nosso mandato a necessidade de desenvolver uma abordagem adequada para a apresentação e a divulgação dos nossos princípios. Shahrzad disse: "Do jeito que vocês falam, ofendem as pessoas e as deixam ressabiadas. Assustam e repelem as pessoas." Nesse dia, Shahrzad ficou comigo ao lado da sua cama o tempo todo. Ela dizia: "Essa pobre menina ficou assim por nossa causa." Todos estão preocupados com você. Akbar quer vir pedir desculpas.

No dia seguinte, Shahrzad e Mehdi foram me visitar e levaram uma caixa de doces. Shahrzad sentou-se ao lado da cama e disse:

— Fico tão feliz que esteja melhor. Você nos deu um susto e tanto.

— Desculpe, não tive a intenção.

— Não, não diga isso. Nós é que deveríamos estar pedindo desculpas. A culpa foi nossa. Argumentamos com tanta veemência e rigor e estamos tão imersos nas nossas crenças que esquecemos que as pessoas não estão acostumadas com esse tipo de confronto e as insultamos. Akbar sempre discute como um imbecil, mas ele não teve nenhuma intenção. Ficou muito chateado depois. Ele queria vir hoje, mas eu disse a ele para não se incomodar, que vê-lo poderia fazer com que você piorasse.

— Não, a culpa não foi dele. A culpa é minha de ser tão fraca a ponto de deixar algumas palavras abalarem a minha fé e as minhas crenças, e não conseguir argumentar nem responder como deveria.

— Bom, você ainda é muito nova. Quando eu tinha a sua idade, não me sentia confiante nem para discutir com o meu pai. Com o tempo, você vai crescer, ficar mais experiente, e as suas convicções terão bases mais sólidas, relacionadas com as suas próprias percepções, pesquisas e conhecimento, e não com o que os outros decoram e repetem feito papagaios. Mas me deixe confessar uma coisa. Não dê muito crédito a toda essa conversa intelectual. Não leve esses caras muito a sério. No fundo, eles ainda têm a fé deles, e, nos momentos difíceis, ainda se voltam a Deus de forma inconsciente em busca de proteção.

Hamid, que estava à porta, segurando a bandeja de chá, começou a rir. Shahrzad virou-se, olhou para ele e disse:

— Não é verdade, Hamid? Sejamos honestos. Você conseguiu esquecer totalmente suas crenças religiosas? Eliminar Deus das suas convicções? Não mencionar o nome Dele em nenhuma circunstância?

— Não, e não vejo por que isso seja necessário. Esse foi o assunto da nossa discussão um dia antes de todos virem almoçar, e foi por isso que Akbar ficou falando daquele jeito. Não sei por que o pessoal insiste nisso com tanta veemência. Na minha opinião, as pessoas que têm crenças religiosas são mais tranquilas, mais esperançosas e raramente se sentem abandonadas e sozinhas.

— Quer dizer que você não zomba das minhas orações, da minha fé, e não considera superstição? — perguntei.

— Não! Às vezes, quando a vejo rezar com tanta calma e confiança, até invejo você.

Com um sorriso de aprovação, Shahrzad completou:

— Mas lembre-se de rezar por nós também!

Por instinto, dei um abraço e um beijo nela.

Desde então, vi muito pouco os amigos de Hamid, e mesmo esse contato limitado acontecia num padrão muito bem definido. Eles me respeitavam, mas não me consideravam parte do grupo e tentavam não falar de Deus ou religião na minha frente. Não ficavam à vontade na minha companhia, e eu não tinha mais tanto interesse em vê-los.

De vez em quando, Shahrzad e Mehdi faziam uma visita como amigos, mas eu ainda não sentia nenhuma proximidade com eles. Meus sentimentos por Shahrzad eram uma mistura de respeito, carinho e inveja. Ela era uma mulher completa; até os homens a respeitavam. Era culta, inteligente e eloquente. Não tinha medo de ninguém e não só não precisava se apoiar em ninguém como era com ela que o grupo todo contava. Apesar de todas as suas características fortes, suas emoções eram suaves e afetuosas. Diante de tragédias humanas, seus olhos escuros rapidamente se enchiam de lágrimas.

Seu relacionamento com Mehdi era um mistério para mim. Hamid me dissera que eles haviam se casado em benefício da organização, mas havia algo muito mais profundo e mais humano entre eles. Mehdi era um homem muito discreto e inteligente. Raramente participava dos debates e quase nunca demonstrava seus conhecimentos e habilidades. Como um professor ouvindo os alunos revisarem as lições, ele permanecia em silêncio e apenas observava e escutava. Não demorei a perceber que Shahrzad fazia o papel de porta-voz. Durante as discussões, ela olhava sutilmente para ele. Um aceno de cabeça de Mehdi era sinal de aprovação para que ela continuasse com o que estava dizendo, e uma sobrancelha levemente erguida a deixava suspensa no meio do debate. Pensei, não, é impossível desenvolver uma ligação dessas sem amor. Eu sabia que a esposa ideal de Hamid era alguém como ela, não como eu. Ainda assim, eu não tinha ressentimentos. Eu a colocara tão acima de mim que acreditava não merecer nem sentir ciúmes dela. Eu só queria desesperadamente ser como Shahrzad.

Quase no fim da primavera, durante as provas finais do décimo ano, sensações de fraqueza, fadiga e náusea me fizeram perceber que estava grávida. Por mais difícil que fosse, fui bem nas provas e, desta vez com consciência e entusiasmo, aguardei a chegada do meu bebê. Uma criança cujo menor presente para mim seria escapar da solidão infinita.

A família de Hamid ficou muito animada com a notícia da minha gravidez e considerou-a um sinal de que Hamid finalmente mudara e se estabilizara. Deixei que acreditassem no que quisessem. Eu sabia que, se reclamasse das longas ausências dele, eu não apenas o estaria traindo como arriscando perdê-lo para sempre, mas a família me culparia e me consideraria o lado errado. A mãe dele realmente acreditava e usava todas as desculpas para me lembrar de que uma esposa capaz consegue manter o marido preso aos deveres da família e da casa. Como prova, ela me contava que, quando ela e o marido eram jovens, ela o salvara das garras do partido comunista Tudeh.

*

Naquele verão, Mahmoud casou-se com a minha prima materna, Ehteram-Sadat. Eu não estava entusiasmada nem interessada em ajudar na preparação, e a gravidez foi a desculpa perfeita. A verdade era que eu não gostava de nenhum dos dois. A Mãe, no entanto, estava imensamente feliz e não parava de listar os méritos da nova noiva em comparação com Mahboubeh. Com a ajuda da minha tia, que não sabia se deveria abdicar do hijab completo para facilitar seu trabalho, a Mãe estava ocupada cuidando de tudo o que precisava ser feito.

No dia do casamento, Mahmoud parecia estar num funeral. Mal-humorado e carrancudo, ficou de cabeça baixa e não falou com ninguém. As festas estavam acontecendo na casa do Pai e na da sra. Parvin. Os homens se reuniram na casa do Pai, e as mulheres, na casa vizinha. Ao contrário do que havia sido decidido, Mahmoud não ficou nem um dia na casa do Pai. Ele alugou uma casa perto do bazar e a noiva foi levada para lá na noite do casamento.

Havia luzes coloridas penduradas em todas as paredes e entre as árvores e lampiões nas laterais das portas. A comida estava sendo feita no quintal da sra. Parvin, que era maior que o nosso. Não havia música nem cantoria. Mahmoud e o pai de Ehteram-Sadat haviam estipulado que ninguém poderia se envolver em nenhuma atividade não religiosa.

Eu estava sentada com as outras mulheres no quintal da sra. Parvin, me abanando. Elas conversavam animadamente e comiam frutas e doces. Eu me perguntava o que os homens estariam fazendo. Nenhum som vinha da outra casa, a não ser quando alguém pedia a todos que louvassem ao Profeta e aos seus descendentes. Parecia que estavam todos esperando que o jantar fosse servido para que pudessem ir cumprir suas obrigações e livrarem-se daquele tédio.

— Que casamento é esse? — A sra. Parvin não parava de reclamar. — Está parecendo o funeral do meu pai!

E a minha tia a interrompia franzindo a testa.

— Deus tenha piedade!

Minha tia acreditava que todo mundo, com exceção dela, era pecador, e ninguém praticava a religião de forma apropriada, porém a sua antipatia pela sra. Parvin era de outra natureza. Naquela noite, ela resmungou várias vezes:

— O que essa assanhada está fazendo aqui?

Se estivéssemos em qualquer outro lugar que não a casa da sra. Parvin, minha tia, com certeza, a teria expulsado.

Ahmad não apareceu no casamento. A Mãe ficava perguntando a Ali, que estava ao lado da porta:

— Seu irmão Ahmad veio? — E batia nas costas da mão, dizendo: — Está vendo? É o casamento do irmão dele, e o pobre pai sem ninguém para ajudá-lo. Ahmad não liga para ninguém, além daqueles amigos repugnantes dele. Ele acha que o mundo vai acabar se não sair com eles uma única noite.

As palavras da Mãe fizeram com que a sra. Parvin começasse a se queixar também.

— Sua mãe está certa. Desde que você saiu de casa, Ahmad só piorou. Anda saindo com um pessoal esquisito. Que Deus o guie para um final feliz.

— Ele é tão estúpido que merece o que quer que aconteça com ele — falei.

— Ah, não diga isso, Massoumeh! Como pode? Talvez Ahmad não fosse assim se vocês prestassem mais atenção nele.

— Como, por exemplo?

— Não sei, mas o jeito com que todos o abandonaram não está certo. Seu pai nem olha para ele.

Naquela noite, a irmã do Pai chegou sozinha ao casamento. Até esse momento, a Mãe dizia:

— Está vendo a tia indelicada que você tem? Nem se preocupou em vir ao casamento do sobrinho mais velho. — E, quando viu a minha tia entrar, franziu os lábios e disse: — A dama nos deu a honra. — Depois, logo se ocupou com alguma coisa para fingir que não a vira chegar.

Minha tia foi sentar-se ao meu lado e exclamou:

— Ai, eu quase morri no caminho! O carro quebrou e me atrasei duas horas. Queria que o casamento fosse em Qom para que a família toda pudesse estar presente e eu não tivesse de sofrer tanto viajando de um lado para o outro.

— Ah, titia querida, não queríamos que a senhora tivesse tanto trabalho.

— Que trabalho? Não é todo dia que um sobrinho mais velho se casa para a gente não querer dar uns passinhos.

Então, virou-se para a Mãe e disse:

— Olá, madame. Está vendo que finalmente cheguei e é assim que me recebe?

— Isso são horas de chegar? — resmungou a Mãe. — Como uma estranha?

Para mudar de assunto, eu disse:

— Aliás, titia querida, como está Mahboubeh? Estou com saudades. Queria que ela tivesse vindo.

A Mãe me encarou furiosa.

— Para ser franca, Mahboubeh está fora. Mandou pedidos de desculpas. Ela e o marido foram para a Síria e Beirute ontem. Deus o abençoe, que marido. Ele adora Mahboubeh.

— Que interessante. Por que Síria e Beirute?

— Ué, para onde mais iriam? Disseram que é lindo. Beirute é conhecida como a Noiva do Oriente Médio.

— Minha querida — disse a Mãe com petulância —, nem todo mundo pode ir para o Ocidente, como o meu irmão.

— Na verdade, eles podiam — contestou minha tia. — Mas Mahboubeh queria ir a um local de peregrinação. Sabe, ela é obrigada a fazer o Hadj, mas, como ela está grávida, o marido disse que por ora deveriam visitar o templo de Santa Zeynab e realizar a peregrinação à Meca depois, se Deus quiser.

— Bom, que eu saiba, as pessoas têm de cumprir todas as obrigações, organizar a vida e depois fazer o Hadj — argumentou a Mãe.

— Não, minha querida Tayebeh, isso é tudo desculpa criada por pessoas que não podem fazer o Hadj — contestou minha tia. — Se quer saber, o sogro de Mahboubeh, que é especialista no assunto, clérigo e tem dez seminaristas a seu serviço, diz que, quando alguém tem recursos financeiros, é obrigado a ir.

A Mãe bufava feito uma panela de pressão. Ela sempre ficava assim quando não conseguia pensar numa resposta adequada. Ela acabou tendo uma ideia e disse:

— De jeito nenhum! O irmão do meu cunhado, o tio paterno da nossa noiva, é um especialista muito mais competente e diz que ir à Meca depende de muitas condições e requisitos. Não é tão simples assim. Não apenas a sua família como os sete vizinhos à direita e os sete vizinhos à esquerda não devem estar precisando de você para que você possa fazer o Hadj. E no seu caso, bom, com o seu filho sem trabalho...

— Que sem trabalho? Há mil pessoas endividadas com ele. O pai queria abrir uma loja para ele, mas meu filho não quis. Ele disse: "Não gosto do bazar e não quero ser vendedor. Quero estudar para ser médico." O marido de Mahboubeh, que tem muita instrução, diz que meu filho é muito talentoso e nos fez prometer que deixaríamos o garoto em paz até ele fazer os exames para a faculdade.

A Mãe abriu a boca para dizer algo, mas eu interrompi e mudei o assunto mais uma vez. Tive medo de que o casamento se transformasse num campo de batalha se a implicância continuasse.

— Aliás, tia, Mahboubeh está com quantos meses? Ele já teve algum desejo?

— Só nos primeiros dois meses. Agora ela está se sentindo muito bem e não tem problema nenhum. O médico até permitiu que viajasse.

— Meu médico disse que eu não devo andar muito nem me curvar com muita frequência.

— Então não o faça, minha menina. É preciso ter muito cuidado durante os primeiros meses, especialmente você que está fraca. Deus permita que eu lhe oferecera a minha vida, mas não cuidam de você como deveriam. No começo, eu não deixava Mahboubeh dar um passo. Todo dia eu fazia qualquer coisa que ela sentia vontade de comer e mandava para a casa dela. É o dever da mãe. Diga, fizeram sopa de grãos e legumes para você?

Minha tia não estava disposta a iniciar um cessar-fogo.

— Sim, tia — respondi rapidamente. — Estão sempre levando comida para mim, mas ando sem apetite.

— Minha querida, não devem estar fazendo direito. Vou preparar um prato tão saboroso do que você desejar que você vai comer até o prato.

A Mãe estava com tanta raiva que ficara da cor da beterraba. Estava prestes a dizer alguma coisa quando a sra. Parvin chamou-a, dizendo que estava na hora de servir o jantar dos homens. Quando a Mãe saiu, respirei aliviada. Minha tia acalmou-se como um vulcão que interrompeu a erupção e começou a olhar à sua volta, cumprimentando alguns convidados com acenos de cabeça. Depois, sua atenção voltou-se para mim.

— Deus a abençoe, minha querida, você está linda. Com certeza, vai ter um menino. Me conta, está satisfeita com o marido? Nunca chegamos a ver o príncipe, do jeito que apressaram o casamento... como se a sopa estivesse quente e não quisessem que perdesse o sabor. E agora, ele é realmente uma sopa saborosa?

— O que eu posso dizer, titia? Ele não é ruim. Os pais estavam partindo para a Meca e não havia tempo. Eles queriam deixar tudo resolvido e partir para o Hadj com a consciência tranquila. Por isso foi tão rápido.

— Mas sem investigações nem perguntas? Ouvi dizer que você nem tinha visto o noivo antes da cerimônia. É verdade?

— Sim, mas eu tinha visto uma foto.

— O quê? Minha querida, não se casa com uma fotografia. Quer dizer que sentiu algo por ele e percebeu que era o homem da sua vida só de olhar para o retrato? Nem em Qom casam mais meninas assim. O sogro de Mahboubeh é mulá, não desses mulás falsos, é um clérigo respeitado e mais devoto que a cidade inteira. Quando foi pedir a mão de Mahboubeh para o filho, disse que o menino e a menina devem conversar e ter certeza de que querem um ao outro antes de darem a resposta. Mahboubeh falou com Mohsen Khan totalmente a sós, pelo menos, cinco vezes. Eles nos convidaram para jantar algumas vezes, e nós fizemos o mesmo. E mesmo que toda a cidade os conhecesse e não houvesse necessidade de investigar, ainda assim fizemos perguntas a algumas pessoas. Não se entrega a filha a um estranho como se ela tivesse sido encontrada na rua.

— Não sei, tia. Para ser honesta, eu não estava disposta, mas os meus irmãos estavam com pressa.

— Como ousaram? A sua presença ocupava o espaço deles? Desde o começo a sua mãe mimou esses garotos. Mahmoud só sabe fingir devoção, e Deus sabe onde Ahmad está.

O LIVRO DO DESTINO

— Mas, tia, não estou infeliz agora. Esse era o meu destino. Hamid é um homem bom e a família dele cuida bem de mim.

— Como ele está financeiramente?

— Não está mal. Não me falta nada.

— O que ele faz, afinal?

— Eles têm uma gráfica. O pai de Hamid é dono de metade do negócio, e Hamid trabalha lá.

— Ele a ama? Vocês estão se divertindo juntos? Entende o que quero dizer?

As palavras dela me fizeram pensar. Eu nunca me perguntara se eu amava Hamid ou se ele me amava. É claro que eu não era indiferente a ele. Em geral, ele era um homem agradável e gostável. Até o Pai, que o vira muito pouco, gostava dele. Mas o tipo de amor que eu sentira por Saiid não existia entre nós. Até o nosso relacionamento conjugal provinha mais de uma noção de dever e se baseava na necessidade física e não numa expressão de amor.

— O que foi, querida? Ficou perdida em pensamentos de repente. Você o ama ou não?

— Sabe, tia, ele é um bom homem. Ele me diz para estudar e fazer tudo o que eu quiser. Posso ir ao cinema, a festas, sair para me divertir. O pobre coitado não diz uma palavra.

— Se você ficar na rua o tempo todo, quando vai cuidar da casa e fazer o almoço e o jantar?

— Ah, tia, sobra tempo. Além do mais, Hamid não se importa com almoço e jantar. Se eu der pão com queijo para ele durante uma semana, não vai reclamar. É um homem inofensivo mesmo.

— Justo o impossível... um homem inofensivo! Você me deixa preocupada. Você diz cada coisa!

— Por quê, tia?

— Olha, minha menina, Deus ainda está para criar um homem inofensivo. Ou ele está aprontando alguma e só quer mantê-la ocupada para que você não interfira na vida dele, ou está tão profundamente apaixonado que não consegue dizer não para você, o que é muito improvável e, mesmo que não seja, dura pouco. Espere, depois veja qual é o estilo dele.

— Eu não sei mesmo.

— Minha menina, eu conheço os homens. O marido da nossa Mahboubeh não só é devoto como instruído e moderno. Ele adora Mahboubeh e não tira os olhos dela. Desde que descobriu que ela está grávida, ele a paparica como se ela fosse uma criança, mas também a vigia feito um falcão para saber aonde ela vai, o que faz e quando volta. Cá entre nós, às vezes, ele é até um pouco ciumento. Afinal, é o amor. Deve haver um pouco de ciúmes. O seu marido também deve ter os ciuminhos dele. Não é verdade?

Hamid com ciúme? De mim? Eu tinha certeza de que não havia um pingo de ciúme nele. Se eu tivesse dito que queria deixá-lo, ele provavelmente ficaria exultante. Embora ele tivesse liberdade total para viver a vida e ir e vir quando quisesse e eu nunca ousasse reclamar da minha solidão constante, ele ainda considerava o casamento uma dor de cabeça e uma algema, e reclamava das restrições da vida em família. Talvez eu estivesse ocupando uma parte da sua mente que ele poderia estar dedicando aos seus objetivos. Não, Hamid nunca era ciumento em relação a mim.

Enquanto esses pensamentos passavam rapidamente pela minha cabeça feito raios, avistei Faati e a chamei no mesmo instante.

— Faati, querida, venha recolher esses pratos. A Mãe está servindo o jantar? Diga a ela que já estou indo colocar o molho na salada.

E, com essa desculpa, deixei a minha tia e o espelho impiedoso que ela colocara diante da minha vida. Senti uma estranha depressão.

No começo do outono, eu me sentia muito melhor e minha barriga estava um pouco maior. Fiz a matrícula para as aulas noturnas do décimo primeiro ano. Todos os dias, no fim da tarde, eu ia a pé para a escola, e todas as manhãs, eu abria as cortinas, sentava-me ao sol que iluminava o centro da sala, esticava as pernas e estudava enquanto comia pães de frutas feitos pela minha tia. Sabia que logo eu não teria mais muito tempo para estudar.

Um dia, Hamid chegou em casa às dez da manhã. Não acreditei no que via. Ele não aparecia em casa havia dois dias e duas noites. Achei que talvez ele estivesse doente ou até que pudesse estar preocupado comigo.

— Por que está em casa a essa hora do dia?

Ele riu e disse:

— Se não gostou, posso ir embora.

— Não... Só fiquei preocupada. Está se sentindo bem?

— Sim, claro. A empresa telefônica ligou para avisar que vinha instalar o telefone. Eu não sabia como falar com você e sabia que você estava sem dinheiro em casa, então tive de vir.

— Telefone? Sério? Vão instalar um telefone para nós? Que maravilha!

— Você não sabia? Paguei há muito tempo.

— Como eu iria saber? Você quase nunca fala comigo. Mas é ótimo, agora posso ligar para todo mundo e me sentir menos sozinha.

— Não, dona Massoumeh! Não vai dar. Telefone é para necessidade apenas, não é para conversa tola de mulher. Preciso ter um telefone para certas comunicações importantes, e a linha tem de ficar livre. Vamos receber mais ligações do que fazer. E, lembre-se, não é para dar o número para ninguém.

— Como assim? A Mãe e o Pai não poderão ter o nosso número? E eu aqui pensando que o cavalheiro comprou um telefone porque estava preocupado comigo, porque não aparece há dias e quer, pelo menos, saber como eu estou me sentindo, ou para que eu possa ligar para alguém se entrar em trabalho de parto de repente.

— Ah, não fique chateada. É claro que você pode usar o telefone quando necessário. Só estou dizendo que não quero que você use o telefone o dia todo e mantenha a linha ocupada.

— Seja como for, para quem eu ligaria? Não tenho amigos, e a Mãe e o Pai não têm telefone e têm de ir à casa da sra. Parvin para fazerem ligações. Sobram apenas a sua mãe e as suas irmãs.

— Não! Não! Não ouse dar o número a elas. Senão vão usá-lo para me monitorar o dia todo.

O telefone foi instalado, e a minha ligação com o mundo externo, que estava limitada devido à gravidez avançada e ao tempo frio do inverno, foi restabelecida. Eu falava com a sra. Parvin todos os dias. Ela costumava chamar a Mãe para a sua casa, para conversar comigo. E se a Mãe estivesse ocupada, Faati conversava comigo. No fim, a mãe de Hamid ficou sabendo do telefone e, ressentida e irritada, pediu-me o número. Ela presumiu que eu é que tivesse dito para Hamid não lhe dar o número, e eu não podia contar que recebera a ordem do seu filho. A partir desse dia, ela passou a ligar, pelo menos, duas vezes por dia. Aos poucos, fui percebendo a frequência e os horários das suas ligações e, quando tinha certeza de que era ela, não atendia. Fiquei com vergonha de continuar mentindo que Hamid estava dormindo, tinha saído para comprar alguma coisa ou estava no banheiro.

No meio de uma noite fria de inverno, senti as primeiras pontadas alarmantes do trabalho de parto. Fui dominada pelo medo e pela ansiedade. Como eu poderia avisar Hamid? Eu me senti perdida. Tive de me concentrar e lembrar as instruções do médico. Eu precisava me organizar, anotar os intervalos entre as contrações e encontrar Hamid. O número do trabalho dele era o único que eu tinha e, embora eu soubesse que não haveria ninguém àquela hora, liguei. Ninguém atendeu. Eu não tinha o número de nenhum de seus amigos. Ele sempre tinha o estranho cuidado de nunca anotar nenhum telefone nem endereço. Tentava memorizá-los. Dizia que era mais seguro assim.

A minha única opção era ligar para a sra. Parvin. Em princípio, fiquei desconfortável de acordá-los àquela hora, mas a dor das contrações acabou com a minha hesitação. Disquei o número. O som da chamada ecoou no fone, mas ninguém respondeu. Eu sabia que o sono dela era pesado e o marido não escutava bem. Desliguei.

Eram duas da madrugada. Fiquei sentada, olhando para o ponteiro dos minutos. As contrações passaram a vir em intervalos regulares, mas não eram como eu esperava. A cada minuto que passava, eu ficava mais apavorada. Pensei em ligar para a mãe de Hamid, mas o que eu ia dizer? Como eu poderia contar a ela que Hamid não estava em casa? Mais cedo, naquela noite, eu dissera que Hamid chegara do trabalho e estava visitando Bibi. Mais tarde, Hamid ligou de algum lugar e eu disse a ele para ligar para a mãe e dizer que fora ver Bibi. Se eu ligasse agora e dissesse a ela que Hamid não voltara do trabalho, ela me daria uma bronca e perderia a cabeça de tanta preocupação com o filho. Ela iria a todos os hospitais e andaria pelas ruas, à procura dele. Sua preocupação com o filho beirava a obsessão e era desprovida de qualquer razão e lógica.

Pensamentos estúpidos passavam pela minha cabeça. Coloquei as mãos sob a barriga e fiquei andando de um lado para o outro do quarto. Eu estava tão aflita que achei que fosse desmaiar. A cada contração, eu ficava paralisada e tentava não fazer barulho, mas depois lembrava que, mesmo se eu berrasse, ninguém escutaria. Bibi era quase surda e tinha o sono pesado, e se eu conseguisse acordá-la, não havia nada que ela pudesse fazer para me ajudar. Lembrei-me da minha tia contando que, quando as contrações de Mahboubeh começaram, o marido dela ficou tão nervoso que deu para correr em círculos, dizendo a ela o quanto a amava e adorava. Todo o meu ser se encheu de ódio e repulsa. A vida de nosso filho e a minha não valiam nada para Hamid.

Olhei para o relógio, eram três e meia. Mais uma vez, liguei para a sra Parvin. Deixei o telefone chamar muitas vezes, mas não adiantou. Achei que deveria me vestir e sair de casa. Alguém ia acabar passando de carro e me levaria ao hospital. Dez dias antes eu preparara uma mala para mim e para o bebê. Eu a abri, esvaziei e procurei a lista que o médico e Mansoureh haviam feito para mim. Dobrei tudo de novo e guardei na mala. Tive mais algumas contrações, mas os intervalos pareciam irregulares. Deitei-me na cama e achei que cometera um erro. Eu precisava me concentrar.

Olhei para o relógio. Eram quatro e vinte. Quando voltei a ter um sobressalto com dores agudas, eram seis e meia da manhã. As contrações haviam parado por um tempo e eu adormecera. Eu estava nervosa. Fui ao telefone e disquei o número da sra. Parvin. Desta vez, eu deixaria chamar até alguém atender. O telefone chamou cerca de doze vezes e a sra. Parvin atendeu com a voz sonolenta. Ao ouvi-la, caí no choro e gritei:

— Sra. Parvin, me ajude! O bebê vai nascer.

— Meu Deus! Vá para o hospital. Vá! Estamos a caminho.

— Como? Carregando todas essas coisas?

— Hamid não está aí?

— Não. Ele não voltou para casa ontem à noite. Devo ter ligado para você umas cem vezes durante a madrugada. O bebê só não nasceu ainda por vontade de Deus.

— Vista-se. Logo estaremos aí. Vou chamar a sua mãe e já vamos.

Meia hora depois, a sra. Parvin e a Mãe chegaram e me levaram de táxi às pressas para o hospital. Apesar da dor cada vez mais intensa, eu me senti mais calma. No hospital, o médico disse que ainda era cedo para o bebê nascer. A Mãe segurou a minha mão e disse:

— Quando uma mulher em trabalho de parto reza durante a contração, seu pedido se realiza. Reze para Deus perdoar os seus pecados.

Meus pecados? Que pecados eu cometera? Meu único pecado fora um dia amar alguém. Era a lembrança mais agradável da minha vida e eu não queria que ninguém apagasse.

Passava do meio-dia, mas não havia sinal do bebê. Deram-me injeções, mas foram inúteis. Toda vez que a sra. Parvin entrava no quarto, ela me olhava apavorada e, só para ter o que dizer, perguntava:

— Mas onde está Hamid Agha? Deixe-me ligar para a mãe dele. Talvez eles saibam onde ele está.

Eu gemia e, sem conseguir falar direito, dizia:

— Não, não faça isso. Ele vai ligar para o hospital quando chegar em casa.

Morrendo de raiva, a Mãe disse:

— O que é isso? A mãe dele não deveria vir e ver o que está acontecendo com a nora e o neto? Por que ninguém se preocupa?

Sua reclamação constante começou a me deixar mais estressada.

Às quatro da tarde, o rosto da Mãe estava carregado de preocupação e eu ouvia a voz do Pai fora do quarto.

— Mas onde é que está esse médico? Que tolice é essa de acompanhar o paciente pelo telefone? Ele deveria estar do lado dela!

— Onde estão as nossas valiosas parteiras? — disse a Mãe. — Minha menina está com dores o dia todo. Façam alguma coisa!

Desmaiei de tanta dor algumas vezes. Já não tinha energia sequer para gemer.

A sra. Parvin enxugou o suor da minha testa e disse para a Mãe:

— Não chore. O parto é sempre doloroso.

— Não, você não está entendendo. Estive presente no parto da maioria das mulheres da nossa família. Minha outra irmã, que descanse na paz de Deus, foi do mesmo jeito. Ela morreu no parto. Quando vejo Massoumeh aí deitada, sofrendo, é como se estivesse vendo Marzieh.

Era estranho que, apesar de toda a dor, eu ainda estivesse consciente de tudo o que se passava ao meu redor. A Mãe continuou falando que eu lembrava Marzieh, e eu ficava cada vez mais fraca, perdendo a esperança a cada segundo. Pensei que era um caso perdido também.

Passava das cinco horas quando Hamid chegou. Ao vê-lo, de repente me senti mais segura, mais forte. Como é estranho que, em momentos difíceis, o melhor apoio e o mais íntimo seja o do marido, mesmo sendo ele indelicado. Não notei quando sua mãe e irmãs chegaram, mais ouvi a comoção. A mãe de Hamid estava brigando com a enfermeira.

— Mas onde está o médico? Vamos perder o bebê! — Eu sabia que a preocupação dela era com o neto, não comigo.

A enfermeira que me examinava disse:

— Ai, a senhora vai ter ataques agora? O médico disse que ele virá quando chegar a hora.

Eram onze da noite. Eu não tinha mais nenhuma energia. Levaram-me para um quarto diferente. Pela conversa à minha volta, entendi que havia um problema com a respiração do bebê. O médico vestia as luvas rapidamente e gritava com a enfermeira que não conseguia encontrar a minha veia. Em seguida, tudo escureceu.

Acordei num quarto limpo e iluminado. A Mãe estava sentada ao lado da minha cama, cochilando. Eu não sentia dor, mas sentia uma fraqueza e um cansaço profundos.

— O bebê morreu? — perguntei.

— Morda a língua! Você tem um menino lindo demais. Você não imagina como fiquei feliz quando soube que é menino e o orgulho que senti diante da sua sogra.

— É saudável?

— Sim.

Quando tornei a abrir os olhos, Hamid estava no quarto. Ele riu e disse:

— Parabéns! Foi difícil mesmo, não?

Caí no choro e disse:

— Estar sozinha foi mais difícil.

Ele pôs o braço em torno da minha cabeça e afagou meus cabelos. Todo o meu ressentimento desapareceu.

— O bebê é saudável?

— Sim, mas é muito pequeno.

— Quanto pesa?

— Dois quilos e setecentos gramas.

— Contou os dedos dele? Estão todos lá?

— É claro que estão todos lá — disse ele, rindo.

— Então, por que não o trazem para mim?

— Porque ele está numa incubadora. O nascimento foi longo e exaustivo. Ele ficará na incubadora até a respiração ficar normal. Mas já notei que ele é muito brincalhão. Não para de mexer os braços e as pernas e de fazer barulhinhos.

No dia seguinte, eu me senti muito melhor, e trouxeram o bebê para mim. O pobrezinho estava com o rosto todo arranhado. Disseram que era por causa do fórceps. Agradeci a Deus que ele não estivesse mais machucado, mas o bebê não parava de chorar e se recusava a pegar o peito. Eu me sentia debilitada, exausta.

Havia uma multidão no meu quarto naquela tarde. Não conseguiam chegar a uma conclusão sobre com quem o bebê se parecia. A mãe de Hamid dizia que ele era a cara de Hamid, mas a Mãe acreditava que ele se parecia com os tios.

— Qual será o nome dele? — perguntou a Mãe a Hamid.

Sem hesitar, ele disse:

— É claro que vai ser Siamak. — E lançou um olhar sugestivo para o pai, que riu e deu um aceno de aprovação. Fiquei pasma. Nunca conversamos sobre nomes de bebê. Siamak era um nome que eu jamais cogitara e não estava na longa lista dos que eu considerava bons.

— O que você disse? Siamak? Por que Siamak?

E a Mãe acrescentou:

— Que nome é esse? Siamak? As pessoas devem dar nomes de profetas aos filhos para que sejam abençoados na vida.

O Pai fez um sinal para que ela ficasse quieta, sem interferir.

Hamid parecia determinado e disse com firmeza:

— Siamak é um ótimo nome. As pessoas devem dar nomes de grandes homens aos filhos.

A Mãe me olhou perplexa, e eu dei de ombros, querendo dizer que eu não sabia a quem ele estava se referindo. Depois fiquei sabendo que, no grupo dele, a maioria dos homens tinha nomes parecidos. De acordo com eles, tinham nomes de verdadeiros comunistas.

Depois que recebi alta, fui para a casa da Mãe e fiquei lá durante dez dias, até me sentir mais forte e aprender a cuidar do meu filho.

Voltei para casa. Meu filho era saudável, mas chorava o tempo todo. Eu o segurava nos braços e andava a noite toda até amanhecer. De manhã, ele dormia algumas horas aqui e ali, mas eu tinha mil coisas para fazer e não conseguia descansar. A sra. Parvin ia me ver quase todos os dias e, às vezes, levava a Mãe junto. Ela me ajudava muito. Eu não podia sair de casa, e ela fazia todas as compras para mim.

Hamid não tinha nenhum senso de responsabilidade. A única mudança na sua vida foi, nas noites em que estava em casa, pegar um travesseiro e um cobertor e ir dormir na sala de estar. Depois reclamava que não conseguira dormir bem e que não tinha sossego em casa. Levei meu filho ao médico algumas vezes. Ele disse que bebês que nascem por meio de fórceps em partos muito difíceis geralmente são nervosos e mal-humorados, mas não têm nenhum problema específico, e o meu filho tinha a saúde perfeita. Outro médico disse que talvez meu filho estivesse passando fome e meu leite não fosse suficiente para ele. Sugeriu que eu complementasse sua alimentação e lhe desse leite em pó.

Fadiga, fraqueza, privação de sono, o choro constante do meu filho e, o mais importante de tudo, a solidão foram me deixando cada vez mais deprimida. Eu não podia me abrir com ninguém. Eu acreditava que Hamid não tinha interesse em ficar em casa por minha culpa. Eu perdera a autoconfiança, evitava todo mundo, e as minhas decepções e derrotas antigas tinham um peso ainda maior. Eu sentia que o mundo acabara para mim e que eu nunca estaria livre do fardo daquela dura responsabilidade. Minhas lágrimas geralmente caíam enquanto o meu filho chorava.

Hamid não prestava atenção em mim nem em nosso filho. Estava ocupado com sua própria rotina. Fazia quatro meses que eu só saía de casa para levar meu filho ao médico. A Mãe vivia dizendo:

— Todo mundo tem filho, mas ninguém fica preso em casa do jeito que você fica.

Com o tempo esquentando e o bebê crescendo, comecei a me sentir melhor. Não aguentava mais ficar cansada e deprimida. Enfim, num dia bonito de maio, recuperei a minha habilidade de tomar decisões. Disse a mim mesma que era mãe e tinha responsabilidades, que precisava ser forte e me virar sozinha, e que tinha de criar meu filho num ambiente feliz e saudável.

Tudo mudou. A alegria de viver fluía dentro de mim. E era como se meu filho também sentisse a transformação em mim. Ele chorava menos e, às vezes, até ria e estendia os braços para mim ao me ver. Vê-lo assim me fez esquecer todo o meu sofrimento. Eu ainda passava muitas noites em claro com ele, mas estava acostumada. Às vezes, parava para observá-lo durante horas. Cada movimento que ele fazia tinha um significado especial para mim. Era como se meu filho fosse um mundo que eu acabara de descobrir. A cada dia que passava eu estava mais forte e o amava mais. O amor materno brotava lentamente de cada célula do meu corpo. Dizia a mim mesma: Eu o amo hoje muito mais do que amava ontem, um amor mais forte que este não existe. No dia seguinte, porém, eu sentia que o amor se intensificava ainda mais. Passei a não sentir mais necessidade de falar sozinha. Eu falava com ele e cantava para ele. Com seus olhos grandes e inteligentes, o bebê me fez perceber de qual música ele mais gostava, e, quando eu cantava uma música cadenciada, ele batia palmas no ritmo. Toda tarde, eu saía com ele no carrinho e passeava sob as árvores velhas ao longo das ruas e becos do bairro. Ele adorava os nossos passeios.

Faati usava todos os pretextos possíveis para nos visitar e segurar Siamak no colo. Quando acabavam as aulas, às vezes ela passava a noite comigo. Sua presença era um conforto imenso. Os almoços de sexta-feira na casa dos meus sogros foram retomados. Embora Siamak não fosse uma criança bem-humorada e não passasse facilmente de um colo a outro, a família de Hamid o amava de verdade e se recusava a aceitar qualquer desculpa para cancelar um almoço.

A relação mais afetuosa e mais bonita era entre o Pai e Siamak. Nos dois anos anteriores, o Pai não fora à nossa casa mais de três vezes, agora, porém, uma ou duas vezes por semana ele passava lá depois de fechar a loja.

No início, ele tentava criar um pretexto para as visitas, como levar leite ou comida de bebê. No entanto, logo deixou de sentir a necessidade de uma desculpa. Ele ia, brincava um pouco com Siamak, e partia.

Sim, Siamak dera um novo perfume e uma nova cor à minha vida. Com ele, eu sentia menos a falta de Hamid. Eu ocupava meus dias alimentando-o, dando banho e cantando para ele. E, sabiamente, ele me impedia de passar um instante sem lhe dar total atenção. O danadinho exigia toda a minha atenção e amor. Eu deixara os estudos, as aulas e as provas completamente de lado. O aparelho fascinante que nos mantinha muito entretidos era a televisão que o pai de Hamid dera de presente a Siamak.

Nos últimos dias do verão, fomos viajar com os pais de Hamid. Que milagre! E que semana agradável. Hamid estava totalmente desarmado com a mãe por perto. Criou mil desculpas para não irmos, mas nenhuma funcionou. Foi a minha primeira viagem ao litoral do mar Cáspio. Fiquei empolgada feito uma criança. Ver toda aquela beleza e exuberância e, finalmente, as ondas trovejantes do mar me deixou impressionada e boquiaberta. Eu ficava horas sentada na praia, admirando toda aquela beleza. Siamak também parecia adorar estar com a família naquele ambiente. Pulava para os braços de Hamid e só me procurava quando estava cansado ou com fome. Agarrava as mãos de Hamid com suas mãozinhas minúsculas, e os avós ficavam extasiados ao vê-los juntos. Um dia, a mãe de Hamid sussurrou feliz para mim:

— Está vendo? Hamid não será mais capaz de deixar o filho para ir atrás dos seus afazeres. Ponha o segundo nos braços dele o mais rápido possível. Deus seja louvado!

Hamid comprou um chapéu de palha, que usou para tentar proteger do sol a pele clara de Siamak, mas eu estava da cor do cobre. Um dia, notei Hamid e sua mãe cochichando, e ele ficava se virando para olhar para mim. Eu me ajeitei. Eu parara de usar lenço de cabeça e chador havia muito tempo, mas sempre era cuidadosa com o que vestia. Nesse dia, eu usava um vestido de manga curta que era relativamente fino e tinha a gola aberta. Ainda que fosse muito convencional se comparado aos maiôs que as outras mulheres usavam, ainda era ousado para mim. Pensei que eles estavam certos em me criticar. Ficara ousada demais.

Mais tarde, quando Hamid ficou do meu lado, perguntei ansiosa:

— O que a sua mãe estava dizendo?

— Nada!

— Como assim, nada? Ela estava falando de mim. Diga o que eu fiz para aborrecê-la.

— O que é isso? Realmente plantaram sementes das fábulas de noivas e sogras na sua mente! Ela não está nem um pouco aborrecida. Por que você é tão negativa?

— Então, conte o que ela disse.

— Nada. Ela só comentou: "Sua esposa está muito mais bonita assim bronzeada."

— Sério? E o que você disse?

— Eu? O que você queria que eu dissesse?

— O que você acha?

Ele me olhou de cima a baixo e, com um olhar penetrante e admirador, disse com charme:

— Ela está certa. Você é muito bonita, e está ficando ainda mais bonita a cada dia.

Senti uma alegria especial no coração e sorri de modo involuntário. Fiquei muito feliz com o elogio dele. Foi a primeira vez que ele me admirou de forma aberta. Com alguma modéstia, eu disse:

— Não! É só o sol. Nos outros dias, eu fico sempre tão pálida. Não se lembra do ano passado, quando você dizia que eu parecia doente?

— Não, não doente. Você parecia criança. Agora está mais velha, ganhou peso e está com uma cor mais bonita com esse sol. Seus olhos estão mais claros e brilhantes. Em resumo, está se transformando numa mulher bonita e completa...

Aquela foi uma das melhores semanas da minha vida. A lembrança daqueles dias quentes e ensolarados me ajudou a suportar as muitas noites frias e escuras que estavam por vir.

Meu Siamak era uma criança inteligente, brincalhona, inquieta e linda, pelo menos aos meus olhos. Hamid ria e dizia:

— Tem um provérbio estrangeiro, que diz: "Só existe uma criança bonita no mundo, e toda mãe tem uma."

Siamak começou a andar e falar muito cedo, conseguindo se expressar com palavras imperfeitas. Posso dizer com segurança que, desde o dia em que deu o primeiro passo, ele nunca mais ficou quieto. Tentava forçar alguém a lhe dar tudo o que quisesse, e, se isso não funcionasse, gritava e chorava até conseguir o que queria. Ao contrário das previsões da minha sogra, o amor e as necessidades de uma criança não criaram uma ligação entre Hamid e a casa e a família.

Um ano depois, voltei a pensar em retomar os estudos, mas cuidar do meu filho me deixava com pouco tempo livre. Quando consegui fazer as provas finais do penúltimo ano, Siamak estava com dois anos. Só faltava um ano para eu tirar o diploma do ensino secundário e realizar o meu sonho. Alguns meses depois, fiquei aflita ao saber que estava grávida de novo. Eu sabia que a notícia deixaria Hamid feliz; não esperava a raiva e a repulsa que ele expressou. Ficou furioso, perguntando por que eu não fora mais cuidadosa ao tomar o anticoncepcional. Quanto mais eu explicava que as pílulas não me faziam bem, mais nervoso ele ficava.

— Não, o problema é a sua mentalidade descerebrada — gritou. — Todo mundo toma pílula, como é que você é a única que passa mal quando toma? Por que não admite logo que gosta de ser uma máquina de ter bebês? No fim das contas, todas escolhem isso como a missão da vida. Você acha que tendo um bebê por ano vai me fazer desistir da minha luta?

— Você não ajudou a criar o nosso filho nem passou um tempo com ele para ficar com medo de ter de investir mais tempo ainda. Quando é que ficou preocupado com a esposa e o filho para achar que agora suas preocupações aumentarão com um segundo filho?

— Só a sua existência já é um estorvo para mim. Você me sufoca. Não tenho paciência para toda a lamentação e choramingo de um segundo filho. Você tem de fazer alguma coisa antes que seja tarde demais.

— Fazer o quê?

— Abortar. Conheço um médico.

— Você quer dizer matar meu filho? Um filho exatamente como Siamak?

— Chega! — gritou ele. — Estou farto dessas bobagens. Que filho? Neste exato momento, não passa de algumas células, um feto. Você diz "meu filho" como se a criança estivesse engatinhando na sua frente.

— É claro, ele existe. É um ser humano, com uma alma humana.

— Quem te ensinou essa baboseira? As velhas matronas e antiquadas de Qom?

Furiosa e chorando, respondi:

— Eu não vou matar o meu filho! É seu filho também. Como você seria capaz?

— Você está certa. A culpa é minha. Desde o início, eu não deveria ter tocado em você. Mesmo se eu tocá-la uma vez por ano, você vai engravidar. Prometo que não cometerei esse erro de novo. E você pode fazer o que quiser. Mas me deixe esclarecer uma coisa: não conte comigo e não tenha nenhuma expectativa em relação a mim.

— Até parece que já esperei alguma coisa de você. O que é que você já fez por mim? Qual foi a responsabilidade que você já assumiu para que eu espere mais de você agora?

— Seja como for, apenas finja que eu não existo.

Dessa vez, eu sabia o que esperar e preparei tudo com antecedência. A sra. Parvin passou um cabo de telefone pela casa da Mãe para que eu entrasse em contato com mais facilidade e não entrasse em pânico como acontecera da outra vez. Por sorte, o bebê chegaria no fim do verão, durante as férias escolares. Fizemos planos para que Faati ficasse comigo nas últimas semanas para que cuidasse de Siamak, caso eu tivesse de ir ao hospital de repente. Preparei o que eu precisaria para o bebê. As roupas usadas por Siamak ainda estavam boas e não precisei comprar muitas.

— Hamid Agha não está por aí? — A Mãe sempre perguntava.

— É que Hamid não tem horários regulares. Ele passa algumas noites na gráfica e algumas vezes tem que viajar a trabalho sem aviso prévio.

Ao contrário da minha primeira gravidez, esta não teve problemas nem atrasos. Sabendo que eu só poderia contar comigo mesma, planejei e organizei tudo com cuidado. Não fiquei nervosa nem preocupada. Como eu previra, Hamid não estava lá quando as contrações começaram e só ficou sabendo que eu tinha dado à luz dois dias depois.

A Mãe exasperou-se.

— Isso é ridículo — disse ela. — Não era o nosso costume que os maridos ficassem ao lado da cama quando dávamos à luz, mas vinham nos ver depois e demonstravam algum afeto e preocupação, mas esse seu marido realmente foi longe demais, agindo como se nada tivesse acontecido.

— Esqueça isso, Mãe. Por que se incomoda? É melhor que ele não esteja por perto. Ele tem mil preocupações e responsabilidades.

Eu estava muito mais forte e experiente que da primeira vez. Embora estivesse em trabalho de parto e com uma dor terrível havia muitas horas, o nascimento foi normal e permaneci consciente durante todo o processo. Tive uma sensação estranha ao ouvir o choro do bebê.

— Parabéns! — disse o médico. — É um menininho rechonchudo.

Não demorei a desenvolver sentimentos maternos, eles estavam em cada célula do meu corpo. Desta vez, nada me pareceu estranho ou desconhecido. Eu não ficava nervosa quando ele chorava, não entrava em pânico quando o bebê tossia ou espirrava e não ficava irritada quando ele não dormia à noite. Ele também era mais calmo e tolerante que Siamak. O temperamento dos meus filhos era um reflexo exato do meu estado emocional durante o parto deles.

Depois que fui liberada do hospital, voltei para a minha própria casa. Foi mais fácil para as crianças. Comecei a cuidar de dois meninos com necessidades diferentes e retomei as tarefas domésticas de imediato. Eu sabia que não poderia contar com Hamid. Ele finalmente encontrara a desculpa que buscava. Ao me considerar culpada, libertou-se e deixou o resto de suas responsabilidades para mim. Chegava ao ponto de se comportar como se eu devesse algo a ele. Raramente ia para casa à noite e, quando ia, dormia em outro quarto e me ignorava por completo, assim como as crianças. Meu orgulho não me permitia querer ou esperar qualquer coisa dele. Talvez eu soubesse que seria em vão.

Meu maior problema era Siamak. Ele não era o tipo de criança que me perdoaria facilmente por ter trazido um rival para a sua vida. Quando entrei em casa com um bebê nos braços, ele agiu como se eu tivesse cometido a maior traição. Ele não apenas não correu ao meu encontro para segurar a minha saia como saiu correndo e se escondeu atrás da cama. Entreguei o bebê a Faati e fui atrás de Siamak. Com palavras carinhosas e promessas, peguei-o no colo, beijei-o e disse que o amava. Dei a ele o carrinho de brinquedo que comprara mais cedo e disse que o irmãozinho comprara para ele. Ele olhou incrédulo e, relutante, concordou em ir ver o bebê.

Minha tática, no entanto, não funcionou. A cada dia que passava, Siamak tornava-se mais irritadiço e extremamente tenso. Embora sua fala estivesse quase plenamente desenvolvida aos dois anos de idade e ele soubesse expressar-se com facilidade, passou a falar muito pouco e, quando falava, misturava as palavras ou as usava da forma errada. Vez ou outra até fazia xixi nas calças. Já tinha quase um ano que ele não usava mais fralda, mas precisei forçá-lo a voltar a usar.

Siamak estava tão triste e deprimido que eu ficava com o coração apertado só de olhar para ele. Os ombros daquele menino de três anos de idade pareciam mais frágeis sob o peso da dor. Eu não sabia o que fazer. O pediatra me dissera para envolver Siamak nos cuidados com o irmão e tentar não segurar o bebê no colo na sua frente. Mas como? Eu não tinha ninguém para ficar com Siamak para que eu pudesse amamentar o bebê, e ele se negava a ficar perto do irmão sem ser violento com ele. Eu não conseguia, sem ajuda, preencher o vazio que ele estava sentindo na sua vida. Ele precisava desesperadamente do pai.

Um mês se passou e o bebê ainda não tinha nome. Um dia, quando a Mãe foi nos visitar, ela disse:

— Aquele pai desalmado não quer dar um nome para o filho? Por que você não faz algo a respeito? Pobre criança... As pessoas dão festa para celebrar o nome do filho, buscam conselhos e previsões para escolherem um nome adequado, e vocês dois não estão nem aí.

— Não é tarde demais.

— Não é tarde demais? O menino está com quase quarenta dias! Você vai ter de dar um nome a ele de qualquer jeito. Por quanto tempo quer continuar chamando-o de bebê?

— Eu não o chamo de bebê.

— Então, chama de quê?

— Saiid! — revelei sem pensar.

A sra. Parvin me lançou um olhar penetrante. Havia preocupação e o brilho de uma lágrima no seu olhar. Sem perceber nada, a Mãe disse:

— É um bom nome, e combina com Siamak.

Uma hora depois, quando eu estava amamentando, a sra. Parvin entrou, sentou-se ao meu lado e disse:

— Não faça isso.

— Não faça o quê?

— Não dê ao seu filho o nome de Saiid.

— Por quê? Você não acha que é um bom nome?

— Não se faça de boba comigo. Sabe muito bem do que estou falando. Por que você ia querer trazer memórias tristes de volta?

— Não sei. Talvez eu queira chamar um nome familiar nesta casa fria. Você não imagina como estou me sentindo sozinha e como estou carente de afeto. Se houvesse o mínimo de amor nesta casa, eu teria até esquecido o nome dele.

— Se fizer isso, toda vez que chamar seu filho, pensará em Saiid e sua vida ficará ainda mais difícil.

— Eu sei.

— Então escolha outro nome.

Alguns dias depois, aproveitei uma oportunidade e perguntei a Hamid:

— Você não pensa em registrar esta criança? Temos de dar um nome a ele. Já chegou a pensar nisso?

— É claro. O nome dele é Rouzbeh.

Eu sabia quem era Rouzbeh e, sem considerar se era um herói ou um traidor, de forma alguma deixaria Hamid me forçar a dar esse nome ao meu filho. Meu filho tinha de ter o próprio nome, para dar a ele um significado com sua própria personalidade.

— De jeito nenhum! Desta vez não deixarei que você dê ao meu filho o nome de um ídolo seu. Quero que ele tenha um nome que me agrade toda vez que eu o chamar, não um que lembre a todos de uma pessoa morta ou de uma pessoa que teve uma morte aflitiva.

— Uma pessoa morta? Ele foi um herói do autossacrifício e da resistência.

— Isso foi a vida dele. Não quero que o meu filho seja um herói do autossacrifício e da resistência. Quero que ele tenha uma vida normal e feliz.

— Você é comum mesmo. Não tem a mínima compreensão da importância da revolução e dos verdadeiros heróis que abriram caminho para a liberdade. Você só pensa em si mesma.

— Pelo amor de Deus, pare com isso! Não suporto mais os seus discursos decorados. Sim, eu sou comum e autocentrada. Eu só penso em mim mesma e nos meus filhos porque ninguém mais pensa em nós. Além do mais, para alguém que não aceita nenhum tipo de responsabilidade por esta criança, por que quando se trata de escolher um nome você, de repente, lembra que é pai? Não, desta vez eu decido. O nome dele é Massoud.

Siamak estava com três anos e quatro meses, e Massoud com oito meses, quando Hamid desapareceu. É claro que, no início, não foi assim que percebi sua ausência.

— Vou para Úrmia com o pessoal. Vamos ficar lá por algumas semanas — disse ele.

— Úrmia? Por que Úrmia? — perguntei. — Então também deve ir a Tabriz visitar Monir, certo?

— Não! Na verdade, não quero que ninguém saiba onde estarei.

— Seu pai vai saber que não estará indo trabalhar.

— Eu sei. Por isso eu disse a ele que vou viajar para me encontrar com alguém que tem uma coleção de livros antigos e quer vender alguns e reimprimir outros. Pedi dez dias de folga. Depois disso, pensarei em outra desculpa.

— Quer dizer que não sabe quantos dias vai ficar fora?

— Não, e não faça drama. Se formos bem-sucedidos, ficaremos mais tempo. Caso contrário, poderemos voltar em menos de uma semana.

— O que está havendo? Quem vai com você?

— Você é muito intrometida! Pare de me interrogar.

— Desculpe. Você não precisa mesmo me dizer aonde vai. Quem sou eu para saber dos seus planos?

— Ah, não precisa ficar ofendida com isso — disse ele. — E não faça um estardalhaço. Se alguém perguntar, diga apenas que estou viajando a trabalho. E, perto da minha mãe, você terá de agir de um jeito que a tranquilize e não a deixe preocupada sem motivo.

As duas ou três primeiras semanas foram tranquilas. Estávamos acostumados com a ausência de Hamid e não tivemos dificuldades quando ele não estava. Dera-me dinheiro suficiente para as despesas de um mês e eu também tinha um dinheiro guardado. Um mês depois, os pais dele começaram a ficar preocupados, mas eu os acalmava e dizia que recebera notícias dele, que ele acabara de ligar, estava bem e o trabalho ia demorar mais um pouco, além de outras mentiras.

No início de junho, o tempo esquentou de repente e uma doença semelhante à cólera espalhou-se entre as crianças. Apesar de todos os meus esforços para manter meus filhos em segurança, os dois adoeceram. Assim que notei a febre baixa de Massoud e sua dor de barriga, não esperei a sra. Parvin chegar para cuidar de Siamak. Levei os dois meninos às pressas ao médico. Comprei os remédios que ele receitou e voltei para casa. Tarde da noite, no entanto, os dois pioraram. Vomitavam qualquer remédio que eu desse e a febre aumentava a cada minuto. O estado de Massoud era pior. Ofegava feito um cachorro cansado, e a barriguinha e o peito arfavam. O rosto de Siamak estava corado, e ele me pedia para levá-lo ao banheiro toda hora. Eu corria de um lado para o outro. Coloquei os pés deles na água gelada e toalhas frias na testa, mas nada disso fez diferença. Notei que os lábios de Massoud estavam brancos e secos, e me lembrei da última coisa que o médico dissera: "As crianças desidratam muito mais rápido do que você pensa e isso pode levá-las à morte."

Uma voz dentro de mim disse que, se eu esperasse mais um minuto, perderia os meus filhos. Chequei as horas. Eram quase duas e meia da madrugada. Não sabia o que fazer. Meu cérebro não estava funcionando. Eu roía as unhas e as lágrimas rolavam na minha mão. Meus filhos, meus filhos amados, tudo o que eu tinha no mundo. Precisava salvá-los, fazer alguma coisa, ser forte. Para quem eu poderia telefonar? Quem quer que fosse precisaria de tempo para chegar e não podia perder tempo.

Eu sabia que havia um hospital infantil na avenida Takht-e Jamshid. Tinha de me apressar. Coloquei fraldas nos meninos, peguei todo o dinheiro que tinha em casa, levei Massoud no colo, segurei a mão de Siamak e saí. As ruas estavam desertas. O pobrezinho do Siamak, debilitado e ardendo em febre, mal conseguia andar. Tentei carregar os dois, mas a bolsa pesada que eu levava me impossibilitava e, depois de alguns passos, precisava parar e colocar Siamak no chão. Meus filhos inocentes não tinham energia sequer para chorar. A distância entre a casa e a esquina parecia interminável. Siamak quase desmaiou. Eu o puxava pelo braço e seus pés arrastavam pelo chão. Eu não parava de pensar que, se alguma coisa acontecesse com meus filhos, eu me mataria. Era o único pensamento consciente que passava pela minha cabeça.

Um carro parou perto de mim. Sem dizer uma palavra, abri a porta de trás e entrei com os meninos. Só consegui balbuciar:

— Hospital infantil. Takht-e Jamshid. Rápido, pelo amor de Deus.

O motorista era um homem de boa aparência. Ele olhou para mim pelo espelho retrovisor e perguntou:

— O que aconteceu?

— Eles estavam um pouco doentes à tarde. Tiveram diarreia, mas pioraram muito de repente. Estão com febre alta. Eu imploro, por favor, corra.

Meu coração estava acelerado e eu, ofegante. O carro corria pelas ruas vazias.

— Por que está sozinha? — perguntou o homem. — Onde está o pai? Você não vai conseguir entrar no hospital com as crianças sozinha.

— Sim, vou. Quer dizer, tenho que fazer isso. Senão vou perdê-las.

— Quer dizer que eles não têm pai?

— Não, não têm — respondi num ímpeto.

E desviei o olhar com raiva.

Na frente do hospital, o homem saiu rapidamente do carro, pegou Siamak nos braços, eu peguei Massoud e entramos correndo. Assim que o médico do pronto-socorro viu as crianças, franziu o cenho e disse:

— Por que esperou tanto?

E tirou Massoud, inconsciente, dos meus braços.

— Doutor, pelo amor de Deus, faça alguma coisa — implorei.

— Faremos o possível — disse ele. — Vá para a administração e cuide da documentação. O resto está nas mãos de Deus.

O homem que nos levara ao hospital me olhava com tanta pena que não consegui mais segurar as lágrimas. Sentei-me num banco, levei as mãos à cabeça e chorei. Olhei para os meus pés. Meu Deus! Eu estava com chinelos de pano. Entendi por que quase caíra na rua tantas vezes.

O hospital exigia um pagamento para a internação das crianças. O homem disse que tinha dinheiro, mas não aceitei. Dei ao atendente todo o dinheiro que eu tinha e disse que pagaria o que faltava de manhã cedo. O atendente sonolento reclamou um pouco, mas acabou concordando.

O LIVRO DO DESTINO

Agradeci o homem que me ajudara e disse que ele deveria ir embora. Depois voltei correndo ao pronto-socorro.

Deitados nas camas do hospital, meus filhos pareciam pequenos e frágeis. Siamak já estava tomando soro intravenoso, mas não conseguiam encontrar a veia de Massoud. Espetavam agulhas por todo o seu corpo, mas meu filho, inconsciente, não emitia nenhum som. Cada vez que o perfuravam com uma agulha, eu me sentia como se estivessem enfiando uma faca no meu coração. Eu tapava a boca para que os meus gritos não atrapalhassem o médico e as enfermeiras. Por trás do meu véu de lágrimas, eu testemunhava a morte lenta do meu filho amado. Não sei o que fiz que atraiu a atenção do médico, mas ele gesticulou para que a enfermeira me levasse para fora do quarto. Ela colocou a mão no meu ombro e, gentil porém firme, me fez sair.

— Enfermeira, o que está acontecendo? Eu perdi o meu filho?

— Não, senhora. Não se descontrole. Reze. Se Deus quiser, ele vai se recuperar.

— Pelo amor de Deus, me diga a verdade. O estado dele é muito crítico?

— É claro, o estado dele não é bom, mas, se conseguirmos encontrar uma veia e aplicar o soro, haverá esperança.

— Quer dizer que todos esses médicos e enfermeiras não estão conseguindo encontrar a veia dessa criança?

— Senhora, as veias das crianças são muito delicadas, e é ainda mais difícil de encontrar quando estão com febre e desidratadas.

— O que eu posso fazer?

— Nada. Apenas sente-se aqui e reze.

Durante todo esse tempo, a cada batida do meu coração, eu pedia ajuda a Deus, mas até aquele momento eu não tinha sido capaz de pronunciar uma frase ou recitar uma reza completa. Eu precisava respirar ar puro, precisava ver o céu. Não conseguiria falar com Deus sem olhar para os céus. Parecia que só assim eu estaria diante Dele.

Saí e senti a brisa fresca da manhã no rosto. Olhei para o céu. Ainda havia mais escuridão do que luz. Era possível ver algumas estrelas. Apoiei-me na parede. Meus joelhos tremiam sob o meu peso. Olhando para o horizonte, eu disse:

— Deus, não sei por que o Senhor nos trouxe a este mundo. Sempre tentei viver contente com aquilo que Lhe agrada, mas se o Senhor tirar os meus filhos de mim, não terei mais nada pelo que agradecer. Não quero blasfemar, mas seria uma injustiça. Suplico que não os tire de mim. Poupe-os. — Eu não sabia o que estava dizendo, mas sabia que Ele me ouvia e entendia.

Entrei novamente e abri a porta do quarto. O tubo do soro estava ligado ao pé de Massoud e sua perna, engessada.

— O que aconteceu? Ele quebrou a perna?

O médico riu e disse:

— Não, senhora. Pusemos o gesso para que ele não se mexa.

— Como ele está? Vai ficar bem?

— Temos de esperar para ver.

Fiquei indo de uma cama à outra. Ver Massoud mexer a cabeça e Siamak gemer baixinho me deu esperança. Às oito e meia da manhã, transferiram as crianças para uma unidade comum do hospital.

— Deus seja louvado, eles estão fora de perigo — disse o médico. — Mas precisamos tomar muito cuidado e não deixar o soro sair.

Manter o soro no braço de Siamak foi de longe o mais difícil.

A Mãe, a sra. Parvin e Faati entraram às pressas no quarto, num estado de pânico. Ao ver os meninos, a Mãe caiu no choro. Siamak estava irritadiço e alguém tinha de ficar segurando o seu braço o tempo todo. Massoud continuava muito fraco. Uma hora depois, o Pai chegou. Ele olhou para Siamak com tanta tristeza que senti um aperto no peito. Assim que viu o Pai, Siamak esticou os braços para ele e começou a chorar. Minutos depois, os carinhos do Pai o acalmaram e ele adormeceu.

Os pais de Hamid chegaram, com Mansoureh e Manijeh. A Mãe os cumprimentou com raiva e fez comentários maliciosos. Tive de encará-la com firmeza para pôr um fim naquilo. Eles já estavam muito constrangidos e chateados. Mansoureh, Faati, a sra. Parvin e Manijeh ofereceram-se para me ajudar, mas preferi ficar apenas com a sra. Parvin. Faati ainda era uma criança, Mansoureh tinha o filho para cuidar e Manijeh e eu não tínhamos uma relação tão próxima.

A sra. Parvin e eu ficamos acordadas a noite inteira. Ela segurou a mão de Siamak, enquanto eu fiquei na cama de Massoud, com os braços em volta dele e a cabeça sobre as suas pernas. Ele também ficara inquieto desde a tarde.

Após três dias difíceis e exaustivos, voltamos para casa. Nós três emagrecemos muito. Eu não dormia havia quatro noites. Olhei-me no espelho e estava com olheiras e com as bochechas afundadas. A sra. Parvin disse que eu parecia uma viciada em ópio. Ela e Faati ficaram comigo. Dei banho nas crianças e tomei uma ducha demorada. Eu queria me livrar da angústia que sentira, mas sabia que a lembrança ficaria comigo para sempre e que eu jamais perdoaria Hamid por não ter estado lá.

Duas semanas depois, a vida quase havia voltado ao normal. Siamak já estava malcriado, teimoso e mal-humorado. Ele passara a aceitar a presença de Massoud e me permitia abraçar o irmão. Ainda assim, eu sentia de alguma forma que ele ainda estava zangado comigo no fundo do seu coração. Massoud era agradável e animado, jogava-se nos braços de todos, não virava a cara para ninguém e se tornava mais meigo e divertido a cada dia. Ele envolvia o meu pescoço com os braços, me beijava e mordiscava o meu rosto como se quisesse me devorar. Suas expressões de amor eram cativantes. Siamak nunca fora tão afetuoso comigo, nem quando era muito pequeno. Suas expressões de amor sempre pareciam contidas. E eu me perguntava como dois filhos dos mesmos pais podiam ser tão diferentes.

Hamid estava longe havia dois meses e eu não tinha nenhuma notícia dele. É claro que, pelos alertas que ele me dera antes de partir, eu não estava preocupada. Seus pais, no entanto, voltaram a ficar nervosos. Fui forçada a dizer-lhes que ele ligara, que estava bem e não sabia quanto tempo o projeto ainda iria durar.

— Mas que tipo de trabalho é esse? — perguntou a mãe dele, furiosa. Depois se virou para o marido e disse: — Vá à gráfica e descubra aonde o mandaram e por que está demorando tanto.

Mais duas semanas se passaram. Um dia, um homem telefonou e disse:

— Sinto muito perturbá-la, mas queria saber se tem notícias de Shahrzad e Mehdi.

— Shahrzad? Não. Quem é você? — perguntei.

— Sou irmão dela. Estamos muito preocupados. Eles disseram que iam ficar duas semanas em Mashhad, mas se passaram dois meses e meio e não fizeram contato. Minha mãe está terrivelmente ansiosa.

— Mashhad?

— Eles iam para outro lugar?

— Não sei. Achei que estivessem em Úrmia.

— Úrmia? O que Úrmia tem a ver com Mashhad?

Eu me arrependi do que disse e respondi desconfortável:

— Não, devo ter me enganado. Aliás, quem lhe deu este número de telefone?

— Não fique com medo — disse ele. — Shahrzad me deu o número e disse que, em caso de emergência, este era o único número que talvez fosse atendido por alguém. Aí não é a casa de Hamid Soltani?

— É, sim, mas eu também não tenho nenhuma informação.

— Por favor, se ficar sabendo de qualquer coisa, me ligue. Minha mãe está doente de tanta preocupação. Eu não a teria incomodado se não fosse urgente.

Comecei a ficar ansiosa. Para onde tinham ido? Onde eles estavam que não podiam sequer fazer uma ligação para acabar com a preocupação dos parentes? Talvez Hamid não se importasse, mas Shahrzad não parecia ser tão descuidada e indiferente.

Meu dinheiro acabou. Gastei o que Hamid me dera e o dinheiro que eu economizara. Eu já pedira dinheiro emprestado do Pai para pagar a internação dos meninos e não podia dizer nada ao pai de Hamid para que ele não ficasse ainda mais preocupado. Eu pedira dinheiro emprestado até para a sra. Parvin, mas tinha acabado também.

Será que Hamid não pensava em como iríamos viver? Ou alguma coisa realmente acontecera com ele?

Três meses se passaram. Eu não conseguia mais acalmar a mãe dele inventando novas mentiras. A cada dia que passava eu ficava mais preocupada. Sua mãe estava sempre chorando e dizendo:

— Sei que algo terrível aconteceu com meu filho. Caso contrário, ele teria me ligado ou escrito para mim.

Ela tentava não dizer nada que pudesse me chatear, mas eu sabia que me culpava de alguma forma. Nenhum de nós ousava dizer que Hamid podia estar preso.

O LIVRO DO DESTINO

— Vamos chamar a polícia — disse Manijeh.

Aterrorizados, o pai de Hamid e eu dissemos:

— Não, não, isso só vai piorar as coisas! — E nos entreolhamos. A mãe continuou maldizendo e xingando os amigos repugnantes de Hamid.

— Querida Massoum, você tem o endereço ou o telefone de algum amigo dele? — perguntou o pai de Hamid.

— Não — respondi. — Parece que estão todos juntos. Um tempo atrás, um homem ligou e disse que era irmão de Shahrzad. Ele também estava preocupado e buscando informação. Mas ele disse algo estranho. Falou que Shahrzad e Mehdi tinham ido para Mashhad, e Hamid me disse que iam para Úrmia.

— Então talvez não estejam juntos. Talvez estejam em missões diferentes.

— Missões?

— Ah, não sei. Algo assim.

Então, o pai dele inventou uma desculpa, chamou-me de lado e disse:

— Nunca fale com qualquer pessoa sobre Hamid.

— Mas todo mundo sabe que ele foi viajar.

— Sim, mas não diga nada a respeito do desaparecimento dele. Diga apenas que ele ainda está em Úrmia, que a tarefa dele está demorando mais que o previsto, que Hamid tem entrado em contato com você. Nunca diga que não tem notícias dele. Levantará suspeitas. Vou a Úrmia ver o que consigo descobrir. Aliás, você tem dinheiro? Hamid deixou o suficiente para as suas despesas?

Olhei para baixo e disse:

— Não, as contas do hospital acabaram com tudo que eu tinha.

— Então por que não disse nada?

— Não queria aborrecê-los. Pedi dinheiro para os meus pais.

— Ah, você não deveria ter feito isso. Deveria ter me falado. — Ele me deu dinheiro e disse: — Pague o que deve à sua família de imediato e diga que Hamid enviou o dinheiro.

Uma semana depois, cansado e deprimido, o pai de Hamid retornou da viagem inútil. Junto com o marido de Monir, ele buscara pelo filho em todas as cidades da província do Azerbaijão até a fronteira com a União Soviética e não encontrou nenhum sinal de Hamid. Fiquei ansiosa de verdade. Nunca achei que ficaria tão preocupada com ele. No início do casamento, Hamid acabara com esse meu hábito, mas dessa vez era diferente. Ele não dava notícias havia muito tempo e as circunstâncias eram suspeitas.

Perto do fim de agosto, fui despertada à noite por um barulho estranho. O tempo ainda estava quente e eu deixara as janelas abertas. Fiquei escutando com atenção. Um som vinha do quintal. Olhei para o relógio. Eram três e dez da madrugada. Bibi não estaria lá fora a essa hora. Apavorada, achei que um ladrão tivesse invadido a casa.

Respirei fundo algumas vezes, criei coragem e fui à janela na ponta dos pés. À luz tênue do luar, vi a sombra de um carro e três homens no quintal. Eles iam rapidamente de um lado para o outro, carregando coisas. Tentei gritar, mas não consegui. Fiquei ali parada, olhando para eles. Depois de alguns minutos, percebi que não estavam levando nada da casa. Ao contrário, transferiam coisas do carro para o porão. Não, não eram ladrões. Entendi que eu tinha de ficar calma e em silêncio.

Dez minutos depois, os três homens terminaram de carregar as coisas e um quarto saiu do porão. Mesmo no escuro, reconheci Hamid. Num silêncio total, eles empurraram o carro para fora do quintal, Hamid fechou a porta da rua e subiu a escada. Senti emoções estranhas e conflitantes. Raiva e ira misturavam-se com alegria e alívio pela volta dele. Eu me sentia como uma mãe que, após encontrar o filho desaparecido, primeiro dá um tapa forte no rosto dele, depois lhe dá um abraço apertado e chora. Ele tentava destrancar a porta no alto da escada sem fazer barulho. Eu queria irritá-lo. Assim que ele entrou, acendi as luzes. Ele deu um pulo para trás e me olhou horrorizado. Segundos depois, disse:

— Está acordada?

— Ora, que surpresa vê-lo aqui. Se perdeu no caminho? — perguntei com sarcasmo.

— Ótimo! — respondeu ele. — É assim que me recebe?

— Você esperava ser bem recebido? Que absurdo! Onde estava esse tempo todo? Nem se deu ao trabalho de ligar. Ia morrer se mandasse um recado, um bilhete, qualquer coisa? Não achou que estaríamos morrendo de preocupação?

O LIVRO DO DESTINO

— Estou vendo o quanto se preocupa comigo!

— É, a idiota aqui ficou preocupada. Mas deixe isso para lá. Você não pensou nos pobres dos seus pais, doentes de preocupação?

— Eu disse para não fazer estardalhaço, que o trabalho poderia demorar mais que o esperado.

— Sim, quinze dias poderiam virar um mês, mas não quatro meses. O pobre homem o procurou por toda parte. Tive medo que algo acontecesse com ele.

— Procurou por mim? Onde ele procurou por mim?

— Em toda parte! Hospitais, delegacias, com investigadores da polícia.

Horrorizado, ele exclamou:

— Da polícia?

A raiva fez o meu sangue ferver. Eu queria feri-lo.

— Sim, com o irmão de Shahrzad. E os parentes de outros amigos seus enviaram fotos de todos vocês para os jornais.

Ele ficou branco feito giz.

— Você é louca! Não é capaz de fazer nada direito e controlar as coisas por aqui?

E começou a calçar os sapatos empoeirados rapidamente.

— Aonde vai agora? Bom, eu posso só dizer à polícia que você voltou e que não estava de mãos vazias.

Ele me olhava boquiaberto e com tal pavor que tive vontade de rir.

— O que está dizendo? Quer que matem todos nós? Esta casa não é mais segura. Tenho de avisar o pessoal. Tenho de ver que diabos vamos fazer agora.

Ele abriu a porta e estava prestes a sair quando eu disse:

— Não precisa. Eu menti. Ninguém foi à polícia. Seu pai foi só até a Úrmia e voltou sem nenhuma notícia sua.

Ele respirou aliviado.

— Você é doente? Eu quase tive um ataque do coração.

— Você merece... Por que só nós é que temos de ficar morrendo de medo?

Arrumei a cama dele na sala.

— Vou dormir no quarto mesmo — disse ele. — No quarto dos fundos.

— Esse quarto agora é das crianças.

Eu mal terminara a frase e a cabeça de Hamid mal tocara o travesseiro quando ele caiu num sono pesado, ainda vestido com as roupas empoeiradas.

CAPÍTULO TRÊS

Os meses passavam rápido. As crianças cresciam e suas personalidades tomavam forma, tornando-se distintas. Siamak era um menino orgulhoso, brigão e malicioso que tinha certo receio em demonstrar afeto. A menor adversidade o deixava agitado, e ele tentava destruir qualquer obstáculo no caminho com a força do punho. Massoud, por outro lado, era manso, meigo, de temperamento moderado. Ele expressava seu amor pelas pessoas à sua volta e até demonstrava afeto pela natureza e pelos objetos que o cercavam. Seus carinhos amenizavam a minha dor pela falta de Hamid.

Na relação entre os irmãos, os dois complementavam-se de forma estranha. Siamak dava as ordens e Massoud as executava. Siamak fantasiava e inventava histórias e Massoud acreditava nelas. Siamak fazia piada e Massoud ria. Siamak batia e Massoud apanhava. Eu geralmente ficava com medo de que a natureza branda e amorosa de Massoud fosse destruída pela personalidade hostil e poderosa de Siamak, mas jamais poderia proteger Massoud abertamente. O menor gesto da minha parte era suficiente para detonar a raiva e o ciúme de Siamak e levar a mais socos e pontapés. O único modo de evitar esses conflitos era distraí-lo com algo mais interessante.

Siamak, no entanto, também era um escudo impenetrável que protegia Massoud dos outros. Ele atacava com tanta força e violência qualquer um que representasse uma ameaça ao irmão que o próprio Massoud implorava para salvarem seu inimigo das mãos de Siamak. Em geral, o inimigo era o filho do meu irmão Mahmoud, Gholam-Ali, cuja idade ficava entre a de Siamak e a de Massoud. Não sei por que os três começavam a brigar assim que se encontravam. Hamid acreditava que era assim que meninos brincavam e se comunicavam, mas eu não conseguia entender nem aceitar esse raciocínio.

Embora Mahmoud tivesse se casado três anos depois de mim, ele já tinha três filhos. O primeiro foi Gholam-Ali, a segunda, Zahra, um ano mais nova que Massoud, e o último era Gholam-Hossein, que estava com apenas um ano. Mahmoud ainda tinha um péssimo temperamento, era antissocial e sua natureza obsessiva ficava mais pronunciada a cada dia. Ehteram-Sadat estava sempre reclamando dele para a Mãe.

— Ultimamente, ele está ainda mais confuso e louco — dizia ela. — Repete as orações diversas vezes e ainda se pergunta se rezou de forma adequada.

Na minha opinião, Mahmoud não estava com nenhum problema mental. Sua mente estava afiada como nunca. Era especialmente sabido quando se tratava de finanças e trabalho, e tinha um negócio bem-sucedido. Ele era proprietário de uma loja no bazar, onde trabalhava de forma independente, e as pessoas o consideram um excelente especialista em tapetes. Mahmoud nunca era inseguro ou obsessivo no trabalho, e o único papel da religião em sua vida profissional era a sua observação cuidadosa de uma obrigação muçulmana de doar vinte por cento da renda. Assim, ao fim do mês, ele enviava todos os seus ganhos para o pai de Ehteram em Qom, que, por sua vez, tirava uma pequena parte para caridade e devolvia o resto a Mahmoud. Com essa "troca de mãos", como chamavam, o dinheiro de Mahmoud tornava-se *halal* e ele não tinha com que se preocupar.

Ahmad saíra de casa havia muito tempo. Ninguém se preocupava mais com ele do que a sra. Parvin, que vivia dizendo:

— Temos de fazer alguma coisa. Se ele continuar assim, não vai sobreviver.

O problema de Ahmad não estava mais limitado à bebedeira de toda noite e à baderna nas ruas. A sra. Parvin disse que ele também estava usando drogas. A Mãe, no entanto, recusava-se a acreditar nela e tentava salvá-lo do demônio e das más companhias rezando e recorrendo a bobagens supersticiosas. O Pai, por outro lado, já havia perdido a esperança.

Ali crescera, mas não conseguira tirar o diploma do segundo grau. Ele trabalhou por um tempo na carpintaria de Ahmad, mas o Pai achou melhor não demorar e usou todo o seu poder e influência para afastá-lo de Ahmad.

— Se eu o deixar sozinho e não o detiver agora, ele se perderá de nós como o outro — dizia o Pai.

O próprio Ali se desiludira aos poucos com Ahmad. Ele fizera do irmão um ídolo forte e capaz, e agora sofria ao vê-lo sempre bêbado e em estado de estupor. Tudo indicava que seu ídolo fora finalmente destruído quando um dos capangas do Café Jamshid deu uma boa surra em Ahmad e o jogou na rua. Ahmad estava bêbado e não conseguiu levantar um dedo para se defender. E, na carpintaria, os colegas de Ali, que pouco tempo antes competiriam pela honra de serem aprendizes de Ahmad, agora o ridicularizavam e perturbavam. Diante de tudo isso, sem resistir, mas claramente sob a pressão do Pai, Ali deixou Ahmad e foi trabalhar para Mahmoud, para se tornar um comerciante igualmente piedoso e rico.

Faati tornou-se uma garota recatada, meiga e tímida. Ficou na escola até o fim do terceiro ano e, em seguida, conforme a recomendação para meninas decentes, começou a fazer aulas de corte e costura. Ela mesma não estava tão interessada em continuar os estudos.

Fiz de tudo para matricular Siamak na escola um ano antes do exigido por lei. Eu sabia que ele estava mentalmente pronto. Eu tinha esperança de que a escola lhe transmitisse uma noção de disciplina e que ele expandiria sua energia sem limites com crianças da mesma idade, tornando-se menos difícil em casa, mas, assim como tudo mais, a ida de Siamak para a escola foi uma experiência penosa. No início, eu tinha de ficar na sala de aula com ele e, somente quando se sentia à vontade, Siamak me permitia ir embora. Depois eu tinha de ficar horas de pé no pátio para que ele me visse da janela. Siamak estava assustado, mas expressava o medo com violência. No primeiro dia de aula, quando a supervisora segurou a sua mão para levá-lo à sala, ele mordeu a mão dela.

Quando a fúria de Siamak atingia o ponto máximo, a única forma que eu tinha de acalmá-lo era me tornar o alvo de suas ondas de raiva. Eu o segurava nos braços e suportava os golpes dos chutes e dos pequenos punhos até que ele se acalmasse e começasse a chorar. Apenas nessas ocasiões ele me permitia abraçá-lo, acariciá-lo e beijá-lo. Em todos os outros momentos, ele tentava fingir que não precisava de carinho. No entanto, eu sabia da sua necessidade profunda de afeto e atenção. Eu sentia pena de Siamak. Eu sabia que ele estava sofrendo, mas não sabia por quê. Eu sabia que ele amava o pai e que sua ausência o magoava. Mas por que Siamak não se acostumava à situação? A ausência do pai poderia ter tamanho efeito no filho?

Eu lia livros de psicologia com persistência e observava o comportamento de Siamak. Quando Hamid estava em casa, Siamak comportava-se de forma diferente. Ele só escutava o pai. Embora não conseguisse ficar parado por um instante, ficava bastante tempo sentado no colo de Hamid e o ouvia falar. Entendi tarde demais que sua recusa para dormir se dava porque ele ficava esperando o pai chegar. Quando Hamid estava em casa, ele afagava o cabelo de Siamak na hora de dormir, e o menino adormecia tranquilo e silencioso. Por isso, dei a Hamid o apelido de "Sonífero".

Felizmente, a presença do Pai e o afeto profundo entre ele e Siamak compensava de alguma forma a ausência de Hamid. Ainda que Siamak não gostasse de se apegar a ninguém, quando o Pai ia nos visitar, ele ficava perto do avô, às vezes, sentava-se no seu colo. O Pai tratava Siamak com muita calma e como a um adulto. Siamak, por sua vez, ouvia e aceitava qualquer coisa que ele dissesse sem relutância. Ao mesmo tempo, Siamak não suportava ver o Pai ou Hamid expressar qualquer afeto em relação a Massoud. Ele aceitara o fato de que outros, até mesmo eu, dividiam a atenção entre ele e o irmão, e poderiam até demonstrar afeição maior por Massoud, mas ele queria o amor do pai e do avô todo para si e não tolerava a presença de um rival. No caso de Hamid, isso não era problema, ele nunca dava atenção especial a Massoud. O Pai, no entanto, que tinha uma compreensão muito clara dessa criança, precisava se esforçar para não expressar qualquer amor por Massoud diante de Siamak. Isso deixava Siamak ainda mais grato ao avô e aprofundava seu amor por ele.

Siamak acabou se acostumando com a escola, embora não se passasse um mês sem que eu fosse chamada para conversar com a diretora porque ele se envolvera numa briga. Ainda assim, com seus novos horários, voltei a pensar nos meus próprios estudos. Eu estava infeliz por ainda não ter recebido o meu diploma e por ter deixado pendente uma questão como essa. Comecei a acordar cedo para resolver as tarefas de casa. Quando Siamak ia para a escola, Massoud ocupava-se com seus jogos e passava horas desenhando com os lápis de cor ou, quando o tempo estava bom, andava de triciclo pelo quintal. E eu me sentava para estudar tranquilamente. Não sentia necessidade de ir às aulas...

Toda tarde, quando Siamak chegava da escola, parecia que a casa era atingida por um terremoto. Fazer a lição de casa tornou-se mais um problema. Ele me levava ao desespero antes de terminar suas tarefas. Com o tempo, aprendi que, quanto mais eu reagia, mais teimoso Siamak ficava. Assim sendo, esforcei-me para ser paciente e não pressioná-lo. E à noite ou na manhã seguinte, ele começava a fazer a lição.

Certa manhã em que eu estava em casa com Massoud, a sra. Parvin foi me visitar. Ela parecia animada. Percebi de imediato que estava ali para me contar alguma novidade. A sra. Parvin gostava de dar pessoalmente notícias que obtinha em primeira mão. Ela enfeitava e relatava com detalhes mínimos, depois esperava para ver a minha reação. Quando eram notícias comuns, ela simplesmente me contava por telefone.

— Hum, qual é a novidade? — perguntei.

— Novidade? Quem disse que eu tenho novidades?

— Sua expressão, seu jeito, seu rosto, tudo está gritando que a senhora tem alguma notícia das boas.

Empolgada, ela sentou-se e disse:

— Sim! Você não vai acreditar, foi muito interessante... mas primeiro traga chá. Minha garganta está seca.

Esse também era um de seus hábitos. Ela me torturava até a morte antes de me contar o que acontecera e, quanto mais importante a novidade, mais ela prolongava a espera. Coloquei a chaleira no fogo rapidamente e voltei correndo.

— Bem, pode me contar, vai demorar para o chá ficar pronto.

— Ai, nossa, estou morrendo de sede, mal consigo falar.

Irritada, voltei à cozinha e peguei um copo d'água para ela.

— Pronto. Me conta.

— Vamos tomar o chá primeiro.

— Ai... Quer saber? Não precisa mais me contar. Não quero saber — falei fazendo bico, e voltei à cozinha.

Ela foi atrás de mim e disse:

— Ora, não fique emburrada. Adivinhe quem eu vi hoje de manhã.

Meu coração ficou apertado, arregalei os olhos e disse:

— Saiid?

— Ah, por favor. Ainda não desistiu? Achei que, com dois filhos, você esqueceria até o nome do sujeito.

Eu também achava. Fiquei constrangida. O nome dele escapuliu da minha boca. Perguntei-me se isso significava que eu ainda pensava nele.

— Deixa para lá. Me conte quem encontrou.

— A mãe de Parvaneh!

— Pelo amor de Deus, está falando sério? Onde a viu?

— Uma coisa de cada vez. A água está fervendo. Termine o chá e lhe contarei tudo. Hoje de manhã, fui à rua que fica atrás do Parque Sepahsalar para comprar sapatos. Pela vitrine, vi uma mulher que parecia a sra. Ahmadi. No início, eu não tinha certeza. Para ser franca, ela envelheceu muito. Aliás, quando foi a última vez que vimos a família?

— Uns sete anos atrás.

— Entrei na loja e olhei para ela. Era a sra. Ahmadi. Primeiro, ela não se lembrou de mim, mas achei que eu deveria falar com ela, pelo menos por você. Eu a cumprimentei ela acabou me reconhecendo. Conversamos bastante tempo. Ela perguntou por todo mundo do bairro.

— Ela perguntou por mim? — indaguei empolgada.

— Para ser honesta, não. Mas fui levando a conversa até mencionar você e disse que a vejo com frequência, que está casada e tem filhos. Ela disse: "Naquela casa, ela era a única pessoa com quem valia a pena se relacionar. É claro que meu marido diz que o pai dela é um homem bom e honrado, mas nunca esquecerei o que o irmão dela fez conosco. Perdemos a honra no bairro por causa dele. Ninguém jamais falara com meu marido daquele jeito, e a senhora não é capaz de imaginar as coisas das quais ele acusou

Parvaneh. Meu pobre marido estava a ponto de desmaiar. Não conseguíamos mais andar de cabeça erguida naquele lugar. Por isso nos mudamos tão rápido. Parvaneh, no entanto, daria a vida por aquela garota. A senhora não faz ideia do quanto ela chorou. Ela dizia: Eles vão matar Massoum. Ela foi à casa deles algumas vezes, mas a mãe de Massoumeh não a deixou ver a menina. Coitada da minha filha, levou um golpe duro."

— Eu estava lá uma vez quando ela foi e a Mãe não me deixou vê-la — falei. — Mas não sei das outras vezes.

— Parece que foi até para convidá-la para o casamento dela. Parvaneh estava com um convite para você.

— Sério? Eles não me deram. Meu Deus, estou tão farta daquela gente. Por que não me falaram?

— Sua mãe devia estar com medo de que você tivesse uma recaída por aquele rapaz.

— Recaída? Com dois filhos? — perguntei, exasperada. — Eu vou mostrar uma coisa a eles. Ainda estão me tratando feito uma criança.

— Ah, não. Na época, você ainda não tinha Massoud — disse a sra. Parvin. — Isso já faz tempo, talvez quatro anos.

— Quer dizer que Parvaneh está casada há quatro anos?

— Ora, mas é claro. Senão iam ter de colocá-la no formol.

— Que bobagem! Qual era a idade dela?

— Ora, ela tem mais ou menos a mesma idade que você, e você está casada há sete anos.

— Eu fui forçada a esta infelicidade. Me jogaram num poço. Mas nem todo mundo precisa viver esse inferno. Bom, e com quem ela se casou?

— Ela está casada com o neto da tia do pai dela. A mãe disse que ela tinha muitos pretendentes depois de se formar, mas acabou se casando com esse homem. Ele é médico e mora na Alemanha.

— Quer dizer que ela está na Alemanha agora?

— Sim, ela se mudou para lá depois do casamento, mas costuma passar o verão aqui com a família.

— Ela tem filhos?

— Sim, a mãe disse que ela tem uma filha de três anos. Contei à sra. Ahmadi o quanto você procurou por Parvaneh, como sente saudades dela e que seu irmão perdeu a valentia e não representa mais perigo para ninguém, a não ser para si mesmo. Por fim, consegui pegar o telefone da sra. Ahmadi, ainda que ela não estivesse muito à vontade em me passar o número.

Minha mente viajou sete anos no passado. Nunca compartilhei a camaradagem e a amizade profunda que eu tinha com Parvaneh com mais ninguém. Eu sabia que jamais teria uma amiga como ela.

Fiquei com vergonha de ligar para a mãe de Parvaneh. Não sabia o que dizer. E, no fim, acabei ligando. Senti um nó na garganta assim que ouvi sua voz. Eu me identifiquei e disse que sabia ser uma audácia da minha parte ligar para ela. Falei que Parvaneh fora minha amiga mais querida, minha única amiga. Contei que tinha vergonha do que acontecera e pedi que perdoasse a minha família. Disse que desejava ver Parvaneh, que ainda fico horas falando com ela, que não passava um dia sem que eu pensasse nela. Dei meu telefone à sra. Ahmadi para que Parvaneh me ligasse da próxima vez que viesse ao Irã visitar a família.

Com duas crianças barulhentas em casa e mil tarefas e responsabilidades, preparar-me para o exame final não foi fácil. Eu tinha de estudar à noite, depois que os meninos iam dormir. Perto do amanhecer, quando Hamid chegava em casa e me encontrava acordada e estudando, ficava surpreso e comentava a minha persistência e determinação. Prestei as provas finais depois que Siamak prestou as dele, e o que fora um sonho por tantos anos finalmente se realizou. Um sonho simples que as meninas da minha idade realizavam como um direito natural, sem precisarem se tornar tão obcecadas em relação a ele.

As atividades de Hamid se tornavam cada vez mais sérias e perigosas. Ele até criara um plano de segurança e elaborara rotas de fuga na casa. Embora eu não soubesse o que o grupo dele estava fazendo ou planejando, tinha uma sensação de perigo constante à minha volta. Após a estranha viagem e o longo período em que Hamid ficou ausente, a organização parecia mais coesa, com objetivos mais definidos e o trabalho mais estruturado. Ao mesmo tempo, havia novos relatos de incidentes pela cidade que eu

O LIVRO DO DESTINO

sentia estarem de algum modo ligados ao que ele fazia. No entanto, o fato era que eu não sabia e não queria saber. Minha ignorância deixava a vida suportável e diminuía o meu medo, especialmente pelas crianças.

Às seis horas de uma manhã de verão, o telefone tocou. Hamid atendeu antes de mim. Ele mal pronunciou duas palavras e desligou, mas ficou pálido e apavorado de repente. Demorou quase um minuto para se recompor. Fiquei olhando para ele horrorizada e não tive coragem de perguntar o que havia acontecido. Hamid se apressou a pôr algumas coisas numa bolsa e pegou todo o dinheiro que tínhamos em casa. Tentando manter a calma, perguntei em voz baixa:

— Hamid, você foi traído?

— Acho que sim — disse ele. — Não sei ao certo o que aconteceu. Uma pessoa do grupo foi presa. Todos estão se mudando.

— Quem foi preso?

— Você não conhece. É um membro novo.

— Ele conhece você?

— Não pelo meu nome verdadeiro.

— Ele sabe onde nós moramos?

— Felizmente não. Não fizemos nenhuma reunião aqui. Mas pode ser que outros membros tenham sido presos também. Não entre em pânico. Você não sabe nada. Vá para a casa dos seus pais se achar que vai ficar mais à vontade lá.

Siamak despertara com o som do telefone e, preocupado e assustado, ficou seguindo Hamid. Ele notara a nossa ansiedade.

— Para onde você vai? — perguntei.

— Não sei. Por ora, só preciso sair daqui. Não sei onde estarei. Não entrarei em contato com você por uma semana.

Siamak abraçou as pernas de Hamid e implorou:

— Quero ir com você!

Hamid afastou-o e disse:

— Se vierem aqui e encontrarem alguma coisa, diga apenas que não é nosso. Felizmente, você não sabe nada que possa nos fazer correr um risco ainda maior.

Mais uma vez, Siamak agarrou-o e gritou:

— Eu vou com você!

Hamid puxou-o de sua perna e disse:

— Pegue os seus filhos e cuidem-se. Se precisar de dinheiro, peça ao meu pai, e não comente nada com ninguém.

Depois que ele saiu, fiquei ali parada por um tempo, atordoada. Eu me perguntava, aterrorizada, que destino nos aguardava. Siamak estava furioso. Ele se jogava contra as paredes e as portas. Em seguida, eu o vi correr na direção de Massoud, que acabara de acordar. Corri e peguei Siamak no colo. Ele tentou se desvencilhar aos socos e pontapés. Era inútil tentar fingir que estava tudo bem e nada havia acontecido. Aquela criança perceptível e sensível era capaz de sentir a ansiedade na minha respiração.

— Preste atenção, Siamak — sussurrei em seu ouvido. — Temos de ficar calmos e não podemos contar nosso segredo para ninguém. Senão será muito ruim para o papai.

Ele ficou quieto de repente e disse:

— Não contar para ninguém o quê?

— Não conte a ninguém que o papai teve de sair desse jeito hoje. E tome cuidado para que Massoud também não descubra.

Ele me olhou com medo e descrença.

— E não devemos ficar com medo. Temos de ser fortes e corajosos. O papai é muito forte e sabe o que fazer. Não se preocupe, ninguém o encontrará. Nós somos os soldados dele. Temos de ficar calmos e guardar o segredo. Ele precisa da nossa ajuda. Concorda?

— Sim.

— Então vamos prometer um ao outro não dizer nada a ninguém e não chamar atenção. Certo?

Eu sabia que ele não era capaz de compreender de fato o peso do que eu estava dizendo, mas não importava. Com a mente jovem e criativa, ele preencheu as lacunas e exagerou os aspectos heroicos da história à sua maneira.

Nunca mais tornamos a falar a respeito. Às vezes, quando me via absorta em pensamentos, ele segurava a minha mão calmamente e, sem dizer nada, olhava para mim. Eu tentava afastar as preocupações, sorria confiante e sussurrava em seu ouvido:

— Não se preocupe. Ele está num lugar seguro.

E ele saía correndo, fazia algazarra e retomava a brincadeira de onde tinha parado. Saltava para trás no sofá feito um raio, fazendo barulhos estranhos enquanto atirava com a pistola de água para todo lado. Era o único capaz de mudar de humor e comportamento de forma tão radical.

Aqueles dias cheios de ansiedade pareciam intermináveis. Eu me esforçava muito para não fazer nada precipitado e não contei a ninguém o que acontecera. Eu tinha um pouco de dinheiro na carteira e fiz o possível para me virar com ele. Eu vivia me perguntando: O que fariam com ele se o pegassem? Com o que o grupo está envolvido? Será que a destruição que vi no jornal é coisa deles? Eu nunca sentira um medo tão próximo e tão sério. No início, eu via as reuniões deles como um jogo intelectual, um passatempo, um meio infantil de se sentirem superiores, mas então tudo mudou. A lembrança daquela noite de verão em que eles guardaram coisas no porão aumentou o meu medo. Depois daquela noite havia sempre um cadeado grande na porta do quarto no fundo do porão.

Algumas vezes, reclamei disso com Hamid, mas ele apenas retrucava:

— Por que você está sempre reclamando? Por que isso a incomoda? Você quase nunca vai ao porão. Não está diminuindo o seu espaço.

— Mas eu tenho medo. O que tem lá embaixo? E se for algo que nos coloca em perigo?

Hamid continuou me assegurando de que não havia motivo para preocupação e que o que havia lá embaixo não era perigoso, porém, antes de sair de casa, ele dissera que, se encontrassem qualquer coisa na casa, eu deveria dizer apenas que não era nosso e que eu não sabia nada a respeito. Portanto, havia coisas lá embaixo que ele não queria que fossem descobertas.

Uma semana depois, no meio da noite, o som da porta da frente me despertou do meu sono leve e conturbado. Corri para a saleta e acendi a luz.

— Apaga, apaga! — sussurrou Hamid.

Ele não estava sozinho. Duas mulheres de aparência esquisita, usando chador completo, se encontravam atrás dele. Notei os pés delas. Usavam botas masculinas. Os três foram para a sala de estar. Em seguida, Hamid saiu da sala, fechou a porta e disse:

— Agora você pode acender aquela lâmpada pequena e me contar as novidades.

— Não tenho nenhuma novidade — respondi. — Não aconteceu nada aqui.

— Eu sei. Mas você notou alguma coisa suspeita?

— Não...

— Você saiu de casa?

— Sim, quase todo dia.

— E não sentiu que estava sendo seguida? Temos algum vizinho novo?

— Não, não notei nada.

— Tem certeza?

— Não sei. Não senti nada fora do comum.

— Está bem. Agora, se puder, traga alguma coisa para comermos. Chá, pão e queijo, os restos de ontem, o que tiver.

Coloquei a chaleira no fogão. Mesmo sabendo que o perigo ainda pairava sobre ele, senti certa alegria. Fiquei aliviada por ele estar ileso. Assim que o chá ficou pronto, coloquei queijo, manteiga, ervas frescas, as conservas que eu fizera recentemente e todo o pão que tínhamos em casa numa bandeja e levei até a porta da sala de estar. Chamei Hamid baixinho. Eu sabia que não deveria entrar. Ele abriu a porta, pegou a bandeja rapidamente e disse:

— Obrigado. Agora vá se deitar.

Ele parecia ter emagrecido um pouco e a barba estava levemente grisalha. Eu queria beijá-lo.

Fui para o quarto e fechei a porta. Eu queria que ficassem à vontade para usar o banheiro. Mais uma vez, agradeci a Deus por estar vendo Hamid bem novamente, mas uma sensação de mau presságio me incomodava. Mergulhando em devaneios, acabei adormecendo.

*

O sol acabara de nascer quando acordei. Lembrei que não tínhamos pão. Troquei de roupa, lavei o rosto, fui à cozinha para ligar o samovar e voltei para a saleta. As crianças tinham acordado, mas a porta da sala de estar permanecia fechada.

Siamak seguiu-me até a cozinha e sussurrou baixinho:

— Papai voltou?

Surpresa, respondi:

— Como você sabe?

— Está estranho aqui. A porta da sala está trancada e tem sombras do outro lado do vidro.

A porta da sala era de vidro fosco.

— Sim, querido. Mas ele não quer que ninguém saiba; portanto, não devemos dizer nada.

— Ele não está sozinho, está?

— Não, está com duas amigas.

— Vou tomar cuidado para Massoud não perceber.

— Muito bem, meu filho. Você já é um homem, mas Massoud ainda é pequeno e pode contar para alguém.

— Eu sei. Não vou deixar que ele chegue perto da porta.

Siamak ficou de guarda diante da porta da sala de estar com tanta determinação que Massoud foi ficando cada vez mais curioso, querendo saber o que se passava. Estavam prestes a começar uma briga quando Hamid saiu da sala. Massoud ficou parado, boquiaberto, enquanto Siamak correu para abraçar as pernas do pai. Hamid abraçou e beijou os dois.

— Fique com os seus filhos enquanto eu preparo o café da manhã – falei.

— Está bem, deixe eu me lavar primeiro. E prepare algo para as nossas amigas também.

Quando nós quatro nos sentamos juntos para o café da manhã, tive vontade de chorar de repente.

— Graças a Deus. Tive medo de nunca mais estarmos juntos de novo.

Hamid me olhou com carinho e disse:

— Por ora está tudo bem. Você não falou com ninguém, não é?

— Não, nem para os seus pais. Mas eles estão muito curiosos. Ficam perguntando de você. Lembre-se de ligar para eles. Senão, como você gosta de dizer, farão um alvoroço.

— Papai — disse Siamak —, eu também não contei para ninguém. E tomei cuidado para Massoud não descobrir.

Hamid olhou-me surpreso. Fiz um gesto indicando que não havia nada com que se preocupar e disse:

— Sim, Siamak tem ajudado muito. Ele é ótimo para guardar segredos.

Com seu tom de voz meigo e infantil, Massoud disse:

— Eu também tenho um segredo. Eu também tenho um segredo.

— Deixa — disse Siamak bruscamente. — Você ainda é criança, você não entende.

— Eu não sou criança, eu entendo.

— Meninos, silêncio! — ralhou Hamid. Depois virou-se para mim e disse: — Olha, Massoum, deixe algo no fogão para o almoço e vá para a casa do seu pai. Vou ligar para avisar quando for para voltar.

— Quando vai ligar?

— Vocês terão de ficar lá esta noite, com certeza.

— Mas o que vou dizer a eles? Vão pensar que brigamos.

— Não importa. Deixem pensar que você está emburrada, mas não volte em hipótese alguma até eu ligar. Entendeu?

— Sim, entendi, porém tudo isso vai acabar nos causando um problema de verdade. Fiquei doente de preocupação a semana toda. Pelo amor de Deus, o que quer que tenha guardado nesta casa, leve embora. Estou com medo.

— Saia de casa e faremos exatamente isso.

Com raiva e aborrecido, Siamak disse:

— Papai, deixe eu ficar.

Fiz um gesto para que Hamid conversasse com ele e levei Massoud comigo para a cozinha. Os dois ficaram sentados de frente um para o outro. Hamid falava num tom sério e Siamak ouvia com atenção. Nesse dia, meu filho de seis anos e meio comportou-se como um adulto responsável com um dever a cumprir.

Despedimo-nos de Hamid e fomos para a casa do Pai. Calmo e quieto, Siamak esforçava-se para carregar a sacola de lona pesada que eu preparara. Perguntei-me o que estaria se passando na sua cabeça de menino. Na casa do Pai, Siamak também não brincou nem fez barulho. Ele se sentou à beira do espelho d'água e ficou observando os peixes vermelhos. Nem se animou quando Ehteram-Sadat levou Gholam-Ali para a casa à tarde. Tampouco brigou ou fez travessuras.

— O que está havendo? — perguntou o Pai.

— Nada, Pai. Ele se tornou um cavalheiro!

Olhei para Siamak e sorri. Ele me olhou e sorriu também. Havia uma enorme serenidade em seu rosto. Agora, Siamak, Hamid e eu compartilhávamos um segredo muito importante. Éramos uma família unida e Massoud era nosso filho.

Conforme o esperado, a Mãe ficou surpresa com a nossa visita inesperada. Durante todo o caminho, pensei o que deveria dizer a ela e que desculpa poderia dar para querer passar a noite na sua casa. Assim que entramos, ela disse:

— Se Deus quiser, as notícias são boas. O que a traz aqui? E com essa bagagem, ainda por cima?

— Hamid vai fazer uma reunião de homens — expliquei. — Alguns amigos e funcionários da gráfica vão para nossa casa. Ele disse que todos ficarão mais à vontade se eu não estiver lá. E alguns vêm das províncias para ficar lá por alguns dias. Hamid me pediu para não voltar enquanto estiverem lá. Ele virá nos buscar depois que forem embora.

— É mesmo? — disse a Mãe. — Não sabia que Hamid Agha era tão honrado a ponto de não querer que a esposa esteja presente quando leva estranhos para casa!

— Ah, quando os homens se juntam, querem ficar livres para falar de coisas que não podem abordar na frente das mulheres. Além disso, tenho alguns metros de tecido e queria pedir a Faati para fazer um vestido para mim. Será a oportunidade perfeita.

*

Minha permanência na casa do Pai durou três dias e duas noites. Apesar da minha preocupação, a experiência foi agradável. A sra. Parvin fez uma blusa e uma saia elegantes para mim e Faati, dois vestidos com estampa floral para eu usar em casa. Conversamos e demos risadas. A Mãe, que voltara de Qom havia uma semana, tinha muitas novidades da família, de antigos vizinhos e conhecidos. Fiquei sabendo que Mahboubeh tinha uma filha e estava grávida pela segunda vez.

— Essa deverá ser menina também — disse a Mãe. — Dá para ver pelo jeito e a aparência dela. Você não imagina como eles ficam com inveja quando falo dos seus filhos e dos filhos de Mahmoud. E a filha de Mahboubeh é a cara dela quando era pequena: pálida e sem graça.

— Ah, Mãe! — protestei. — Mahboubeh era uma graça quando pequena. Lembra daqueles cachos dourados? E, hoje em dia, não tem diferença nenhuma entre menino ou menina para invejarem o fato de eu e Mahmoud termos meninos.

— Como assim não tem diferença nenhuma? Você é sempre assim, não valoriza o que tem. Seja como for, estão muito arrogantes, como você deve imaginar. Agora que são ricos, fazem uma pose que não me surpreenderia se dessem nomes para os piolhos que andam na cabeça deles! Quase explodiram de inveja quando eu contei do sucesso e do dinheiro de Mahmoud.

— O que é isso, Mãe! Por que ficariam com inveja? Acabou de dizer que eles são ricos.

— Verdade, mas ainda não conseguem olhar na nossa cara. Querem que a gente fique na pior. Aliás, sua tia disse que o marido de Mahboubeh queria viajar para o Ocidente este ano, mas Mahboubeh não quis ir.

— Por quê? Que besta!

— Não é, não. Por que ela ia querer ir? Tudo lá é impuro. Como ela ia fazer as orações? Aliás, você precisa saber que o tio de Ehteram-Sadat foi preso. Mahmoud está muito chateado. Está com medo de que isso prejudique os negócios.

— O quê? Quem o prendeu?

— É óbvio! A polícia secreta... Parece que ele fez um discurso na mesquita.

— Está falando sério? Muito bem! Não sabia que ele era tão corajoso. Quando o levaram?

— Faz algumas semanas. Dizem que vão rasgar a carne dele em pedacinhos com uma pinça.

Um arrepio subiu pela minha coluna e pensei: Deus tenha piedade de Hamid.

No fim da tarde do terceiro dia, Hamid foi nos buscar num Citroën amarelo. Os meninos ficaram animados ao vê-lo no carro. Ao contrário das outras vezes, Hamid não estava com pressa para sairmos. Sentou-se com o Pai na cama de madeira que ficava no quintal, e tomaram chá e conversaram.

Quando nos despedíamos, o Pai disse:

— Graças a Deus, estou tranquilo. Achei que talvez vocês tivessem brigado, Deus me livre. Fiquei preocupado, mas tenho de dizer que aproveitei esses três dias. Vê-los nesta casa reconfortou a minha alma.

O Pai não tinha o costume de dizer esse tipo de coisa. Suas palavras me comoveram profundamente. No caminho de casa, contei a Hamid as notícias sobre meus parentes, com atenção especial à prisão do tio de Ehteram-Sadat.

— O maldito SAVAK ficou forte demais — disse ele. — Estão indo atrás de todas as organizações.

Sem querer que a conversa continuasse na presença de Siamak, eu disse:

— Onde conseguiu o carro?

— Por enquanto, posso usar. Temos de expurgar alguns locais.

— Então, por favor, comece pela sua própria casa.

— Está tudo pronto. Não estou mais preocupado com a casa. Eu estava muito nervoso... Se tivessem feito uma inspeção lá, estaríamos todos marcados para execução.

— Pelo amor de Deus, Hamid! Tenha piedade dessas crianças inocentes.

— Tomei todas as precauções possíveis. Por enquanto, a nossa casa é o único local seguro.

Embora o barulho do motor fosse alto e estivéssemos sussurrando, notei que Siamak ouvia com atenção.

— Shhh! As crianças...

Hamid virou-se e olhou de relance para Siamak, depois sorriu e disse:

— Ele não é mais criança. É um homem. Vai tomar conta de vocês enquanto eu estiver fora.

Havia um brilho no olhar de Siamak. Todo o seu ser inflara de orgulho.

Assim que chegamos em casa, desci ao porão. Não havia sinal do cadeado na porta e não havia nada no quarto dos fundos, além das bugigangas de costume. Amanhã de manhã teria de fazer uma inspeção completa para ver se ainda restara alguma coisa.

Siamak estava sempre seguindo Hamid. Não me deixava sequer lhe dar um banho.

— Eu já sou homem — disse ele. — Vou tomar banho com o papai.

Hamid e eu nos entreolhamos e rimos. Os dois tomaram banho depois de mim e Massoud. As vozes ecoavam no banheiro e escutei parte do que falavam. Foi muito bom. Embora Hamid tivesse passado pouco tempo conosco, pai e filho tinham uma relação profundamente íntima.

Hamid ficou muito ocupado durante alguns dias, mas depois começou a passar a maior parte do seu tempo livre em casa. Parecia que não tinha para onde ir e não havia sinal dos seus amigos. Como todos os homens, ele passava o dia no trabalho e a noite em casa. Ao perceber o tédio e a frustração de Hamid, aproveitei a oportunidade e pedi que levasse os meninos ao parque ou para darem uma volta de vez em quando — algo que ele nunca fizera. Acho que esses foram os melhores dias da vida dos meus filhos. A experiência de ter um pai, uma mãe e uma vida normal, que para outras crianças não era algo extraordinário ou motivo de gratidão especial, significava tudo para eles, e para mim. Aos poucos, fui ficando tão audaciosa que um dia até sugeri que viajássemos por alguns dias.

— Vamos para o litoral do Cáspio — sugeri. — Como fizemos no ano em que Siamak nasceu.

Hamid me olhou sério e disse:

— Não podemos. Estou aguardando notícias. Tenho de estar em casa ou na gráfica.

O LIVRO DO DESTINO

— Apenas por dois dias — insisti. — Já se passaram dois meses sem nenhuma notícia, e as aulas começarão na semana que vem. Deixe que as crianças tenham boas lembranças. Deixe que façam, pelo menos, uma viagem com os pais.

Os meninos agarraram-se nele. Massoud implorou a Hamid que nos levasse para viajar, mesmo sem saber o que era viajar. Siamak não disse nada, mas segurou a mão de Hamid e olhou para ele com um olhar esperançoso.

— Você sabia que o marido de Mansoureh comprou uma casa no litoral do Cáspio? — persisti. — Mansoureh sempre me fala que todo mundo já foi para lá, menos a gente. Se você quiser, poderemos levar os seus pais. Afinal, eles também merecem. Sonham em fazer uma viagem curta com o filho. E poderemos ir de carro.

— Não, o carro não é resistente para pegar a estrada de Chalous!

— Então podemos ir pela estrada de Haraz. Você disse que o carro é novo. Por que não seria resistente? Vamos devagar.

As crianças ainda imploravam, mas tudo acabou quando Siamak deu um beijo na mão de Hamid. Nós ganhamos.

Os pais de Hamid não foram conosco, porém ficaram felizes em saber que, após todos esses anos, faríamos uma viagem em família. Mansoureh já estava no norte. Ela falou com Hamid ao telefone e ficou contente em lhe dar o endereço. Finalmente, partimos.

Ao sairmos da cidade, sentimos como se estivéssemos entrando em outro mundo. As crianças estavam tão fascinadas com as montanhas, os vales e os prados que ficaram muito tempo grudadas cada uma na sua janela sem emitir um som. Hamid cantarolava uma música e eu cantava junto. Meu coração transbordava de alegria. Fiz a oração que se costuma fazer antes de viajar e pedi a Deus que não levasse embora a ventura de estarmos juntos. O carro subia com dificuldade as ladeiras íngremes, mas não importava. Eu queria que essa viagem durasse para sempre.

Eu fizera bolinhos de carne para o almoço. Paramos numa área pitoresca e comemos. As crianças corriam uma atrás da outra, e eu saboreava o som das suas risadas.

— É estranho — falei. — O comportamento de Siamak mudou de forma tão radical. Você notou como ele está calmo? Ficou obediente e agradável. Não consigo lembrar quando foi a última vez que dei uma bronca nele. E antes não passávamos um dia sem uma briga feia.

— Eu não entendo qual é o seu problema com essa criança — disse Hamid. — Para mim ele é um menino maravilhoso. Acho que eu o entendo melhor que você.

— Não, meu querido. Você só vê o jeito que ele fica quando você está em casa. A personalidade dele é completamente diferente quando você não está. Siamak não tem nada a ver com o menino que você tem visto todos os dias nos últimos dois meses. Você é como um sedativo para ele, um tranquilizante.

— Argh... Não diga isso! Ninguém deveria ser tão dependente assim de mim.

— Mas muita gente é — respondi. — Não é algo que você possa controlar.

— Só de pensar me incomodo e fico ansioso.

— Bem, não vamos nos estender mais nisso. Não vamos mais falar no assunto, vamos apenas aproveitar os belos dias que teremos juntos.

Mansoureh preparara para nós um quarto arejado com vista para o mar. Como ela estava ali, Hamid não podia mudar a cama para outro quarto e teve de dormir ao meu lado. Todos estávamos aproveitando o sol e o mar. Eu queria me bronzear. Deixei os cabelos soltos e usei os vestidos coloridos de gola aberta que eu fizera havia pouco tempo. Eu queria atrair os olhares de admiração de Hamid novamente. Queria o seu afeto e a sua atenção. Na terceira noite, ele finalmente cedeu, quebrou sua promessa de anos e me pegou em seus braços.

Essa viagem memorável nos aproximou mais que nunca. Eu sabia que Hamid esperava que eu fosse mais do que uma dona de casa. Eu lia o máximo possível e comecei a discutir com ele o que aprendera com os seus livros ao longo dos anos. Tentei preencher o vazio deixado pelos seus amigos compartilhando ideias e conversando sobre questões sociais e políticas. Pouco a pouco ele foi percebendo que eu também tinha uma consciência política e até passou a apreciar minha inteligência e boa memória. Para ele, eu não era mais uma criança retrógrada nem uma mulher ignorante.

Um dia, quando eu recitava um trecho de um livro que ele havia se esquecido, ele disse:

— É uma pena que, com todo o seu talento, você não tenha continuado estudando. Por que não presta os exames para a universidade? Tenho certeza de que, se continuar estudando, vai ter um progresso enorme.

— Acho que não passo nos exames. Meu inglês é ruim. Além disso, o que eu faria com as crianças se fosse para a universidade?

— A mesma coisa que fez quando estava se preparando para tirar o diploma da escola. Além do mais, as crianças estão mais velhas agora e você tem mais tempo. Faça aulas de inglês, ou melhor, se inscreva no curso preparatório para os exames. Você pode fazer qualquer coisa que quiser.

Depois de oito anos, eu finalmente estava vivendo uma verdadeira vida em família e saboreava cada momento agradável que ela me proporcionava. Nesse outono, aproveitei a presença de Hamid em casa à tarde e me inscrevi no curso preparatório. Eu não sabia por quanto tempo a situação dele permaneceria assim, mas tentei aproveitar ao máximo aqueles dias preciosos. Eu dizia a mim mesma que o grupo dele se desfizera e que poderíamos viver como uma família de verdade para sempre. Hamid ainda estava num estado de ansiedade constante, à espera de um telefonema, mas eu achava que isso também logo teria fim.

Eu ainda não sabia nada sobre a organização. Uma vez, no meio de uma discussão, perguntei a ele a respeito.

— Não, não pergunte sobre o pessoal e as nossas atividades — disse ele. — Não é que eu não confie em você ou que você não entenderia, é simplesmente porque, quanto menos souber, mais segura estará.

Nunca mais expressei qualquer curiosidade em relação ao grupo.

O outono e o inverno passaram tranquilamente. A agenda de Hamid começou a tomar um ritmo diferente. Uma vez por semana ou a cada duas semanas, telefonemas eram trocados e ele desaparecia por um ou dois dias. Na primavera, ele me garantiu que o perigo havia passado, que nenhum dos membros do grupo poderia ser encontrado e que quase todos haviam se mudado para casas seguras.

— Quer dizer que todo esse tempo eles estavam praticamente sem ter onde morar? — perguntei.

— Não — disse ele. — Estavam se escondendo. Depois das primeiras prisões, muitos endereços foram descobertos e vários membros foram forçados a sair de casa.

— Até Shahrzad e Mehdi saíram de casa?

— Eles estavam entre os primeiros. Perderam tudo que tinham. Só tiveram tempo de salvar os registros e documentos.

— Eles tinham muitas coisas?

— Ah, a família de Shahrzad deu tanta coisa para ela no casamento que daria para mobiliar duas casas. É claro que ela foi dando várias coisas, mas ainda sobrara muito.

— E quando eles saíram da casa, para onde foram, o que fizeram?

— Calma! Não entre em detalhes e em assuntos sérios.

Durante a primavera e o verão, Hamid fez algumas viagens mais demoradas. Ele estava de bom humor e tomei cuidado para não deixar ninguém saber de suas ausências. Enquanto isso, eu estudava muito, preparando-me para os exames de ingresso na universidade. Ainda que o fato de ter conseguido passar nos exames tenha deixado Hamid e eu felizes, nossas famílias ficaram surpresas. Elas tiveram reações muito diferentes.

— Para que você vai estudar na universidade? — perguntou a Mãe. — Você não pretende ser médica nem nada.

Na cabeça dela, a única razão para qualquer pessoa fazer uma faculdade era tornar-se médico.

O Pai estava feliz, orgulhoso e estupefato.

— A diretora da sua escola me disse que você era muito talentosa, mas eu já sabia — disse ele. — Eu só queria que, pelo menos, um desses três garotos fosse como você.

Ali e Mahmoud acreditavam que eu ainda não superara minha tolice infantil e que o meu marido não conseguia me controlar porque não era determinado, não era homem o suficiente e não tinha noção de honra.

Eu estava nas nuvens. Sentia-me orgulhosa e confiante. Tudo estava indo conforme eu queria.

Dei uma grande festa para Manijeh, que havia se casado um tempo atrás e eu não tivera tempo de celebrar em honra dela e do marido. Após muitos anos de distanciamento, nossas famílias se reuniram. É claro que Mahmoud e Ali usaram a desculpa de que mulheres sem hijab estariam presentes na festa, e não foram, mas Ehteram-Sadat foi com os filhos barulhentos e tempestuosos.

Eu estava tão feliz que nada me incomodava nem tirava o sorriso do meu rosto.

Minha vida tomou um novo rumo. Matriculei Massoud no jardim de infância de uma escola perto de casa e cuidava da maior parte das minhas responsabilidades à noite para poder ir à faculdade de manhã com tranquilidade e sem que faltasse nada para Hamid e os meninos.

O tempo esfriara. O vento de outono batia os galhos das árvores contra as janelas. A chuva fina que começara naquela tarde tinha agora um misto de neve e caía com força. Hamid acabara de pegar no sono. O inverno tinha chegado tão de repente, ainda bem que eu já havia pegado minhas roupas quentes.

Era quase uma hora da madrugada e eu me preparava para me deitar, quando o som da campainha me deixou paralisada. Meu coração disparou. Esperei alguns segundos e disse a mim mesma que eu havia me enganado, mas, nesse instante, vi Hamid em pânico no meio do corredor. Ficamos olhando um para o outro.

Com a voz que mal saía da garganta, eu disse:

— Você também ouviu?

— Sim!

— O que devemos fazer?

Enquanto vestia a calça por cima do pijama, ele disse:

— Tente segurá-los o máximo que puder. Eu vou sair pelo telhado e fazer a rota que planejei. Depois abra a porta. Se houver algum perigo, acenda todas as luzes.

Ele vestiu uma camisa e um paletó rapidamente e correu na direção da escada.

— Espere! Leve um casaco, um suéter, alguma coisa...

A campainha tocava sem parar.

— Não dá tempo. Vai!

Ele estava atravessando a porta que ia dar no telhado quando peguei um suéter que estava à mão e joguei para ele. Tentei me acalmar e parecer sonolenta. Vesti um casaco e desci a escada que ia dar no quintal. Meu tremor era descontrolável.

A essa altura, a pessoa estava batendo na porta. Acendi a luz do quintal para que Hamid pudesse nos ver melhor do telhado e abri a porta. Alguém empurrou a porta, passou correndo para dentro e a fechou. Era uma mulher usando um chador floral que claramente não era dela, uma vez que não chegava aos tornozelos. Olhei para ela horrorizada. O chador molhado deslizou até os ombros e eu disse ofegante:

— Shahrzad!

Ela pôs o dedo nos lábios rapidamente para que eu ficasse em silêncio e sussurrou:

— Apague a luz. Por que a primeira coisa que vocês dois pensam em fazer é acender a luz?

Olhei para o telhado e apaguei a luz.

Ela estava encharcada.

— Entre, você vai pegar um resfriado — falei.

— Shhh! Silêncio!

Ficamos ali perto da porta prestando atenção para ouvir algum som na rua. Só havia silêncio. Após alguns minutos, como se tivesse perdido toda a energia de repente, Shahrzad apoiou-se na porta e deslizou até o chão. O chador caiu ao seu redor. Ela pôs os braços sobre os joelhos e enfiou a cabeça neles. A água pingava de seus cabelos. Abracei-a e me esforcei para ajudá-la a se levantar. Ela não conseguia andar. Peguei o seu chador e a puxei pela mão, que estava quente demais. Fraca e incapaz, ela foi me seguindo e subimos a escada.

— Você precisa se secar. Está muito doente, não está? — perguntei.

Ela fez que sim com a cabeça.

— Tem água quente à vontade, vá tomar um banho. Vou trazer roupa.

Sem dizer uma palavra, ela foi ao banheiro e ficou um tempo debaixo do chuveiro. Juntei algumas roupas que pareciam ser do seu tamanho, levei roupas de cama para a sala de estar e preparei um lugar para ela dormir no chão. Shahrzad saiu do banheiro e se vestiu. Ela não falava e tinha a expressão perdida de uma criança desesperada.

— Você deve estar com fome.

Ela balançou a cabeça.

— Eu esquentei leite. Você tem de beber.

Silenciosa e submissa, ela bebeu o leite. Eu a levei à sala e ela adormeceu antes mesmo de se ajeitar sob as cobertas. Puxei o cobertor sobre ela, saí e fechei a porta.

Só então me lembrei de Hamid. Será que ele ainda estaria no telhado? Subi a escada em silêncio. Ele estava agachado sob a cobertura do pequeno nicho no topo da escada.

— Você viu quem era? — sussurrei.

— Sim, Shahrzad!

— Então, por que ainda está aqui em cima? Ela não representa nenhum perigo.

— Na verdade, ela representa muito perigo. Tenho de esperar para ver se ela foi seguida. Há quanto tempo ela chegou?

— Meia hora... não, quarenta e cinco minutos. Se ela estivesse sendo seguida, algo já teria acontecido. Certo?

— Não necessariamente. Às vezes, eles esperam até que todos se reúnam. Eles não invadem a casa de um grupo sem muito planejamento e preparação.

Voltei a tremer.

— E se invadirem nossa casa? Vão nos prender também?

— Não tenha medo, você não está envolvida. Mesmo se a prenderem, você não sabe de nada. Vão soltá-la.

— Mas como vão descobrir que não sei de nada? Acho que com muita tortura!

— Tire essas ideias idiotas da cabeça — disse ele. — Não é tão simples assim. Você tem de continuar sendo forte. Vai perder a segurança se continuar pensando desse jeito. Agora me conte como ela está. O que ela disse?

— Nada. Ela não conseguia falar. Acho que está muito doente, com uma gripe horrível.

— Shahrzad e Mehdi estavam ficando muito conspícuos. Tinham sido identificados. A casa deles foi a primeira a ser invadida. Estão vivendo no subterrâneo há um ano e meio. Ficaram muito tempo no interior até arrumarmos uma casa segura para eles. Devem ter sido descobertos de novo.

— Quer dizer que os pobres coitados estão sem casa há um ano e meio?

— Sim!

— Onde está o marido dela?

— Não sei. Estavam juntos. Algo deve ter acontecido para separá-los... ele pode ter sido preso.

Perdi as esperanças. A primeira coisa que me ocorreu foi que Mehdi sabia onde morávamos.

Nessa noite, Hamid ficou de guarda no telhado até amanhecer. Levei roupas quentes e chá para ele. De manhã, acordei as crianças um pouco mais cedo que de costume, dei o café da manhã e as levei para a escola a pé. No caminho, eu olhava à minha volta com atenção para ver se havia alguma coisa suspeita ou fora do normal, tentando observar o entorno a cada olhar e a cada movimento que eu fazia. Depois de deixar as crianças, comprei comida e voltei para casa. Hamid havia descido.

— Não sei o que fazer — disse ele. — Devo ir à gráfica ou não?

— Acho melhor agirmos normalmente para não atrair atenção — sugeri.

— Notou alguma coisa fora do comum na rua?

— Não, parecia tudo normal. Talvez isso é que não seja normal. Talvez não queiram que fiquemos atentos e cuidadosos.

— Pare de imaginar coisas — disse Hamid. — Acho que tenho de esperar e falar com Shahrzad para descobrir exatamente o que aconteceu. Pode ser que ela precise de mim para alguma coisa. Você não vai acordá-la?

— Não, a pobrezinha está exausta e doente. Quer que eu ligue para a gráfica e diga que você não vai trabalhar hoje? Você pode descansar um pouco até ela acordar.

O LIVRO DO DESTINO

— Não, não precisa ligar. Estão acostumados com a minha ausência de vez em quando. Eu nunca ligo para avisar.

Shahrzad ficou na cama parecendo quase inconsciente até uma da tarde. Fiz uma panela grande de sopa de nabo e marinei carne para um kebab. Estava claro que ela precisava recuperar as forças. Ela havia emagrecido muito desde a última vez que a vira. Saí e comprei sedativos, xarope para tosse e algo para febre. Estava quase na hora de as crianças voltarem para casa. Fui até ela e coloquei a mão delicadamente na sua testa. Ela ainda estava com febre. Acordou assustada e sentou-se de súbito. Ficou olhando à sua volta e para mim por alguns segundos. Estava sem nenhuma noção de tempo e espaço.

— Não fique com medo — falei num tom suave. — Acalme-se, sou eu, Massoumeh. Você está segura.

De repente, ela se lembrou de tudo. Respirou fundo e se deixou cair para trás no travesseiro.

— Você ficou fraca demais. Sente-se. Eu fiz sopa. Coma um pouco, tome o remédio e durma mais. Você está com uma gripe muito forte.

Seus olhos enormes se encheram de dor e seus lábios tremeram. Fingi não ter notado e saí. Hamid andava de um lado para o outro no corredor.

— Shahrzad está acordada? — perguntou. — Preciso falar com ela.

— Espere. Deixe-a se recompor e comer alguma coisa primeiro...

Levei a sopa e o remédio para a sala. Ela estava se sentando. Tirei a toalha que enrolara na sua cabeça à noite. Seus cabelos ainda estavam úmidos.

— Comece a comer — pedi. — Vou pegar um pente ou uma escova.

Ela pôs uma colher de sopa na boca, fechou os olhos e saboreou.

— Comida quente! Sopa! Sabe quando foi a última vez que comi uma coisa quente?

Fiquei com o coração na mão. Eu não disse nada e saí. Hamid ainda andava de um lado para o outro, impaciente.

— Qual é o problema? — perguntei bruscamente. — Por que está com tanta pressa? Espere alguns minutos. Não deixarei você falar com Shahrzad até que ela coma alguma coisa.

Peguei uma escova e voltei à sala. Era difícil pentear seu cabelo embaraçado.

— Centenas de vezes eu quis cortar tudo e ficar livre desse cabelo —
disse ela. — Mas nunca tinha tempo.

— O quê? Por que você ia querer cortar esse cabelo lindo e cheio? Mulher
careca é uma coisa muito feia.

— Mulher! — disse ela, pensativa. — É, você está certa. Eu tinha esquecido que era mulher.

Ela deu um riso sarcástico e tomou o resto da sopa.

— Fiz kebab também. Você tem de comer carne para recuperar a força.

— Não, agora não. Não como há quarenta e oito horas. Tenho de comer
devagar e em pequenas porções. Me dê mais um pouco de sopa depois...
Hamid está em casa?

— Sim, está esperando para falar com você. Acho que está ficando impaciente.

— Diga para ele entrar. Estou me sentindo muito melhor. Estou me sentindo viva de novo.

Recolhi os pratos, abri a porta e pedi a Hamid para entrar. Ele a cumprimentou com tanta ansiedade e, ainda assim, com tanta educação e cerimônia que era como se estivesse falando com o chefe. Saí e fechei a porta.

Eles falaram em voz baixa por mais de uma hora.

Quando as crianças voltaram da escola, Siamak entrou e, como um
cachorro que sente o cheiro de um estranho na casa, perguntou:

— Mamãe, quem está aqui?

— Uma amiga do seu pai — respondi. — Não conte para ninguém!

— Eu sei!

E então começou a observar tudo com cuidado. Fingiu estar brincando
no corredor, bem na frente da porta da sala, mas prestava atenção na esperança de escutar algo.

— Vá comprar duas garrafas de leite — pedi.

— Não, agora, não.

E rapidamente retomou a brincadeira em frente à porta fechada.

Hamid saiu da sala, enfiou alguns papéis dentro do paletó e, enquanto
calçava os sapatos, disse:

O LIVRO DO DESTINO

— Shahrzad vai ficar aqui por enquanto. Eu tenho de sair. Não se preocupe se eu chegar tarde ou se não voltar hoje. Estarei de volta, com certeza, no fim da tarde de amanhã.

Entrei na sala. Shahrzad estava deitada.

— Tomou o remédio? — perguntei.

Constrangida, ela se sentou e disse:

— Por favor, me perdoe. Sei que estou me intrometendo. Tentarei sair o mais rápido possível.

— Nem pensar! Você precisa descansar. Faça de conta que está na sua casa. Não a deixarei ir embora antes de se recuperar totalmente.

— Tenho medo de causar problemas para vocês. Durante todos esses anos, tentamos manter esta casa segura para você e seus filhos, mas ontem à noite coloquei essa segurança em risco. Eu havia passado dois dias inteiros indo de um buraco a outro e, por azar, o tempo esfriou de repente. Começou à chover e a nevar. E eu não estava me sentindo bem. Minha febre piorava a cada hora. Fiquei com medo de desmaiar no meio da rua. Eu não tinha outras opções. Caso contrário, não teria vindo aqui.

— Você fez bem em vir. Por ora, por favor, não se preocupe com nada. Apenas durma e fique tranquila pois nada aconteceu aqui.

— Pelo amor de Deus, não seja tão formal comigo.

— Está bem.

No entanto, eu não conseguia evitar. Não sabia qual era a minha posição diante dela e qual a natureza da nossa relação. As crianças estavam espiando pelo vão da porta e encarando Shahrzad com curiosidade. Ela riu, balançou os dedos e disse oi para eles.

— Deus os abençoe — disse ela. — Seus filhos cresceram tanto.

— Sim! O sr. Siamak está agora no terceiro ano e Massoud está com cinco anos.

Dei a ela as pílulas e um copo d'água.

— Achei que tivessem idades mais próximas — disse ela.

— Matriculamos Siamak na escola um ano mais cedo. Venham, meninos, digam oi para Sha... — notei, de repente, o olhar alarmado de Shahrzad e percebi que eu não deveria dizer o nome dela. Hesitei um instante e disse:

— Venham dizer oi para a tia Sheri.

Shahrzad ergueu as sobrancelhas e riu como se tivesse achado o nome bobo.

As crianças entraram e disseram oi para ela. Siamak a examinou com tanta curiosidade que Shahrzad ficou nervosa. Ela até olhou para baixo para ver se os botões da blusa não estavam abertos.

— Está bem, chega. Todos para fora. A titia precisa descansar.

E, do lado de fora, pedi aos meninos:

— Não façam barulho e não contem a ninguém que a titia está nos visitando.

— Eu sei! — disse Siamak bruscamente.

— Sim, filho, mas agora Massoud tem de saber também. Entendeu, querido? Esse é o nosso segredo. Você não pode contar a ninguém.

— Está bem — disse Massoud, animado.

Alguns dias depois, Shahrzad já estava quase totalmente recuperada, mas ainda tinha uma tosse seca que não a deixava dormir à noite. Tentei estimular seu apetite cozinhando diversos pratos saborosos, esperando que ela recuperasse parte do peso que perdera. Hamid estava sempre indo e vindo, dando notícias a Shahrzad de porta fechada e voltando a sair com novas instruções.

Uma semana se passou. Shahrzad andava pela casa e se mantinha longe das janelas. Eu havia parado de ir às aulas da faculdade e não estávamos levando Massoud à escola por medo de que ele deixasse escapar alguma coisa sobre o que estava acontecendo em casa. Ele passava os dias brincando tranquilamente, fazendo casas com o novo Lego que Hamid comprara para ele e fazendo desenhos bonitos que eram avançados demais para a sua idade e refletiam um talento especial. Em termos emocionais, ele também demonstrava ter o espírito criativo de um artista. Olhava para os objetos com atenção e descobria coisas neles que nenhum de nós havia notado. Quando o tempo estava bom, ele se ocupava durante horas com as plantas e flores do quintal. Ele até plantava sementes e o surpreendente é que todas cresciam. Massoud vivia em outro mundo. Era como se as coisas mundanas não tivessem valor para ele. Ao contrário de Siamak, ele perdoava rápido e se adaptava a qualquer situação. Reagia com todo o seu ser à menor gentileza. Tinha consciência de todas as minhas emoções e, quando sentia que eu estava angustiada, tentava me animar com um beijo carinhoso.

Massoud e Shahrzad desenvolveram rapidamente uma relação de profundo afeto. Eles gostavam de passar todo o tempo juntos. Massoud cuidava dela como um guarda e sempre fazia desenhos e construía casas para lhe mostrar. Ficava muito tempo no colo dela e, com sua terna linguagem infantil, criava histórias estranhas sobre as coisas que construíra. Shahrzad ria com entusiasmo e Massoud, sentindo-se encorajado, continuava a fala afetuosa.

Siamak, por outro lado, tratava Shahrzad com respeito e reserva, da mesma forma que eu e Hamid a tratávamos. Eu gostava muito dela e tentava ficar à vontade e ser amigável, mas, por algum motivo, sempre me sentia como uma menininha perto dela. Para mim, Shahrzad era o símbolo da competência, da astúcia política, da coragem e da autoconfiança. Todas essas características a elevaram a uma espécie de super-humana na minha mente. Ela era sempre gentil e natural comigo, mas eu não conseguia me esquecer de que ela era duas vezes mais perceptiva e inteligente que o meu marido, mesmo quando lhe dava ordens.

Hamid e Shahrzad estavam sempre conversando, e eu tentava não atrapalhar nem demonstrar curiosidade. Uma noite, depois de pôr as crianças para dormir, fui para o meu quarto e me sentei para ler. Achando que eu também estivesse dormindo, eles se sentaram no corredor e conversaram à vontade.

— Ainda bem que Abbas nunca veio a esta casa — disse Hamid. — O danado não resistiu nem por quarenta e oito horas.

— Desde o começo eu sabia que ele era fraco — comentou Shahrzad. — Lembra-se de como ele não parava de reclamar durante o treino? Estava muito claro que a convicção dele não era forte.

— Por que você não contou a Mehdi?

— Eu contei, mas ele disse que era tarde demais para deixá-lo de lado. Abbas sabia de tudo. Mehdi disse que deveríamos tentar trazê-lo para o grupo, que ele tinha os fundamentos certos. Mas sempre fiquei com o pé atrás.

— Sim, eu me lembro — disse Hamid. — Mesmo quando fomos até a fronteira, você foi contra a ida dele.

— Foi por isso que Mehdi nunca deu a ele nenhuma informação confidencial, e eu tentei fazer com que ele conhecesse o menor número de pessoas possível. Só o fato de que ele não sabe nada sobre você, o seu nome verdadeiro, onde mora e onde trabalha nos ajudou muito.

— Sim, mas a nossa maior sorte é que ele não morava em Teerã. Caso contrário, teria descoberto tudo.

— Se o inútil tivesse aguentado, pelo menos, quarenta e oito horas, poderíamos ter salvado tudo. Ainda assim, graças a Deus, o núcleo central e o pessoal de Teerã não foram pegos. E o que restou da munição deve ser suficiente. Se der tudo certo na operação, de acordo com o plano, poderemos confiscar as armas do inimigo.

Senti um arrepio subir pela coluna e um suor frio na testa. As perguntas invadiam a minha cabeça. O que eles planejavam fazer? Aonde tinham ido? Meu Deus, onde e com quem eu estava morando? É claro que eu sabia que lutavam contra o regime de Xá, mas eu não fazia ideia que a dimensão das atividades havia crescido a esse ponto. Eu sempre imaginava que suas ações fossem limitadas a debates intelectuais, impressão de panfletos, escrita de artigos, boletins informativos e livros, e palestras.

Nessa noite, quando Hamid foi para o quarto, contei a ele que escutara a conversa. Caí no choro e implorei a ele para desistir de tudo, para pensar na vida dele e nos filhos.

— Tarde demais — disse ele. — Eu nunca deveria ter constituído família. Eu lhe disse isso de várias formas diferentes, mas você não aceitou. Eu estou vivo por causa dos meus ideais e do meu compromisso de viver de acordo com eles. Não posso pensar somente nos meus próprios filhos e me esquecer das milhares de crianças infelizes que vivem sob a tirania desse carrasco. Nós juramos salvar o povo e libertá-lo.

— Mas o que estão planejando é muito perigoso. Acha mesmo que, com um punhado de pessoas, vocês podem enfrentar um exército, a força policial e a SAVAK, destruir todos eles e salvar o povo? — perguntei.

— Temos de fazer algo para que o mundo pare de acreditar que este país é uma ilha de paz e estabilidade. Temos de abalar as bases para que as massas despertem, parem de ter medo e comecem a acreditar que até esse poder imenso pode cair. Depois disso, elas vão se juntar a nós aos poucos.

— Vocês são idealistas demais. Acho que nada do que dizem acontecerá. Vocês serão todos destruídos. Hamid, eu estou aterrorizada.

— Porque você não acredita. Agora pare de fazer um alvoroço. O que você escutou é só conversa. Fizemos centenas desses planos e nenhum deles chegou a ser concretizado. Não acabe com a sua própria paz de espírito e a das crianças por nada. Vá dormir e nunca mencione isso a Shahrzad.

Depois de dez dias com Hamid indo e vindo, levando recados e ordens a pessoas e locais desconhecidos, ficou decidido que Shahrzad não sairia da nossa casa até segunda ordem e que deveríamos tentar retomar nossa vida. O único problema era que tínhamos de encontrar um modo de impedir que as pessoas fossem nos visitar.

Embora não costumássemos ter tantas visitas, a ida ocasional dos meus pais, de Faati e da sra. Parvin ainda criava dificuldades. Decidimos levar Bibi e os meninos para visitar os pais de Hamid com frequência para que eles não quisessem ir à nossa casa. E, para a minha família, eu disse que tinha aula na faculdade todos os dias e que os visitaria sempre que possível. Também disse que deixaria as crianças com eles quando tivesse aula à tarde. Apesar de tudo isso, ainda tínhamos visitas inesperadas. Nessas, ocasiões, Shahrzad ficava na sala de estar e trancava a porta por dentro, e dizíamos à visita que tínhamos perdido a chave e não podíamos usar aquela sala.

Shahrzad ficou conosco. Ela tentava me ajudar na casa, mas não sabia nada de tarefas domésticas e ria da própria incompetência mais do que qualquer outra pessoa. Em vez disso, por ter se aproximado das crianças, ela passou a cuidar de Massoud com amor e carinho. À tarde, quando Siamak voltava da escola, ela o ajudava com o dever de casa, revisava as lições com ele e praticava ditado. Enquanto isso, eu ia às aulas na faculdade e fazia aula de direção. Concordamos que, se eu aprendesse a dirigir, seria útil em emergências e vital para a segurança das crianças. O Citroën ainda estava coberto e estacionado no quintal. Shahrzad e Hamid acreditavam que não havia suspeitas em relação ao carro e que para mim era seguro dirigi-lo.

Massoud quase não saía de perto de Shahrzad e estava sempre fazendo algo para ela. Fez o desenho de uma casa e disse a ela que seria a casa deles, que, quando ele crescesse, a construiria para que pudessem casar e morar nela juntos. Shahrzad pendurou o desenho na parede. Sempre que Massoud ia às compras comigo, ele me pedia para comprar todas as suas comidas favoritas para que pudesse dar tudo a Shahrzad. Nos dias de sol, ele buscava presentes interessantes para ela no quintal. Como quase não havia flores nessa época do ano, ele arrancava as do arbusto espinhoso e as oferecia com dedos ensanguentados para a tia Sheri, que as guardava como se fossem um objeto precioso.

Quanto mais tempo Shahrzad ficava conosco, mais eu ficava sabendo a seu respeito. Ela era uma mulher muito simples. Não poderia ser descrita como bela, mas era atraente e charmosa. Um dia, depois de tomar banho, ela me pediu para cortar seu cabelo curto.

— Em vez disso, deixe-me secá-lo com secador — sugeri. — Vai secar mais rápido e vai ficar lindo.

Ela não se opôs. Massoud ficou observando com atenção enquanto eu arrumava o cabelo de Shahrzad. Ele amava a beleza e gostava de ver mulheres se cuidando. Mesmo quando eu usava uma cor muito clara de batom, ele notava e fazia algum comentário elogioso, mas preferia quando eu usava batom vermelho. Depois que terminei de secar o cabelo de Shahrzad, ele pegou um batom vermelho e disse:

— Tia Sheri, passa isso.

Shahrzad olhou para mim.

— Ah, passe — falei. — Não é nada demais.

— Não, eu fico com vergonha.

— Vergonha de quem? De mim? De Massoud? Além do mais, o que há de errado em usar um pouco de batom?

— Não sei. Não há nada de errado, mas não é apropriado para mim. É um pouco fútil.

— Que bobagem! Quer dizer que nunca usou maquiagem?

— Usava, quando era mais nova. Eu gostava, mas faz anos...

Massoud insistiu.

O LIVRO DO DESTINO

— Tia, passa, passa. Se não souber como passar, eu passo para você.
— Ele pegou o batom e passou um pouco nos lábios de Shahrzad. Depois
se afastou e parou diante dela com um olhar de admiração e alegria. Bateu
palmas, riu e disse:

— Ela está tão bonita! Olha como está bonita! — E pulou nos braços
dela e lhe deu um grande beijo no rosto.

Shahrzad e eu caímos na risada, mas ela ficou quieta de repente, pôs
Massoud de volta no chão e com total simplicidade e inocência disse:

— Tenho inveja de você. Você é uma mulher de sorte.

— Inveja de mim? — perguntei, surpresa. — Você tem inveja de mim?

— Sim! Acho que é a primeira vez que me sinto assim.

— Você só pode estar brincando. Eu é que deveria sentir inveja. Sempre
desejei ser como você. É uma mulher incrível: culta, corajosa, capaz de tomar
decisões... Sempre penso que Hamid gostaria de ter uma esposa como você.
E aí você diz... Ah, não! Só pode ser brincadeira. Sou eu que deveria ter
inveja, mas acho que não mereço nem ter inveja de você. Eu seria como uma
plebeia com inveja da rainha da Inglaterra.

— Bobagem. Eu não sou ninguém. Você é muito melhor e mais completa que eu. Você é uma dama, uma esposa boa e amorosa, uma mãe sábia
e gentil, ávida por leituras e aprendizados e disposta a fazer sacrifícios pela
família.

Com uma expressão extremamente triste, ela suspirou e se levantou da
cadeira. De forma instintiva, eu vi que ela estava com saudades do marido.

— Como está o sr. Mehdi? — perguntei. — Faz muito tempo que não o
vê?

— Sim, quase dois meses. A última vez que o vi foi duas semanas antes
de vir para cá. Dada a situação, tivemos de pegar rotas de fuga diferentes.

— Tem notícias dele?

— Sim. O coitado do Hamid está sempre levando e trazendo recados.

— Por que ele não vem aqui uma noite, de madrugada, para que possam
se ver?

— É perigoso demais. Com a vinda dele, esta casa poderia deixar de ser
um lugar seguro. Temos de ser cautelosos.

Eu deixei a cautela de lado e disse:

— Hamid disse que o casamento de vocês foi arranjado pela organização, mas eu não acredito.

— Por que não?

— Vocês dois se amam como marido e mulher, não como colegas.

— Como você sabe?

— Eu sou mulher, sei reconhecer o amor, consigo perceber. E você não é o tipo de mulher que conseguiria dividir a cama com um homem que não ama.

— É — disse ela. — Eu sempre o amei.

— Vocês se conheceram através da organização? Ah, me desculpe, estou sendo intrometida. Retiro o que disse.

— Não... está tudo bem. Eu não me importo. Não tenho uma amiga para conversar há anos. É claro que havia pessoas próximas a mim, mas eu era sempre a que ouvia. Parece que a necessidade de falar sempre existiu. Talvez você seja a única amiga que tenho nos últimos anos com quem posso me abrir.

— Eu tive apenas uma amiga verdadeira na vida e a perdi anos atrás.

— Então, parece que precisamos uma da outra, eu mais do que você. Pelo menos, tem a sua família, eu não tenho nem isso. Você não imagina o quanto sinto a falta deles, da fofoca, das novidades da família, do simples bate-papo e dos assuntos corriqueiros. Por quanto tempo se pode ficar falando só de política e filosofia? Às vezes me pergunto o que está acontecendo na nossa casa e me dou conta de que esqueci o nome de algumas crianças da família. Elas devem ter me esquecido também. Não faço parte mais de família nenhuma.

— Mas vocês não acreditam que pertencem às massas e à família global da classe operária?

Ela riu e disse:

— Você aprendeu muita coisa, hein? Ainda assim, eu sinto falta da minha própria família. Mas qual foi a pergunta que você fez?

— Perguntei onde você e Mehdi se conheceram.

— Na universidade. Mehdi estava dois anos na minha frente. Ele tinha grande habilidade para liderar e uma mente analítica astuta. Quando descobri que os panfletos que eram distribuídos e os slogans que apareciam nas paredes da moradia eram obra dele, Mehdi se tornou o meu herói.

— Você não se interessava por política na época?

— Sim, me interessava. Como uma estudante universitária que se dizia intelectual poderia não se interessar por política? Ser de esquerda e se opor ao regime era quase uma obrigação oficial dos estudantes. Mesmo os que não eram engajados de verdade usavam a política para fazer pose de intelectual. Poucos se dedicavam de verdade como Mehdi. Eu ainda não havia lido e aprendido o suficiente. Eu não sabia ao certo em que eu acreditava. Mehdi deu forma aos meus pensamentos e crenças. Embora ele fosse de uma família religiosa, ele havia lido as obras de Marx, Engels e outros, e as analisava muito bem.

— Então ele a instigou a entrar para a organização?

— Na época, a organização não existia. Nós a montamos juntos muito depois. Talvez, se não fosse por Mehdi, eu tivesse escolhido um caminho diferente. Porém, tenho certeza de que não teria me desviado muito da política.

— Como vocês acabaram se casando?

— O grupo estava começando a tomar forma. Eu era de uma família tradicional e, como a maioria das meninas iranianas, não podia sair quando quisesse e não podia ficar fora de casa até tarde. Uma pessoa do grupo disse que se eu quisesse dedicar todo o meu tempo à causa, deveria me casar com alguém do grupo. Mehdi concordou e, como um verdadeiro pretendente, foi à minha casa com sua família e pediu a minha mão em casamento.

— Você era feliz no casamento?

— O que eu posso dizer? Talvez eu quisesse mesmo me casar com ele, mas não queria que a razão para o nosso casamento fosse uma organização e não queria que pedissem a minha mão daquele jeito... Eu era jovem e romântica, e influenciada pela literatura burguesa idiota.

Numa noite gelada e nebulosa de fevereiro, à uma da madrugada e apesar de todo o perigo de que haviam falado, Mehdi entrou na casa furtivamente. Eu acabara de pegar no sono quando fui despertada de súbito pelo som da porta da rua. Hamid estava relaxado, lendo um livro.

— Hamid! Ouviu isso? Foi a porta da rua. Alguém abriu!

— Pode dormir, não é nada da nossa conta.

— Como assim? Você estava esperando alguém?

— Sim, é Mehdi. Eu dei a chave para ele.

— Você não disse que era perigoso demais?

— Eles o perderam de vista há algum tempo. E tomamos todas as precauções. Ele precisa falar com Shahrzad. Estão discordando em relação a algumas questões e precisam tomar certas decisões. Não consegui mais ser o intermediário deles, e fomos forçados a marcar uma reunião.

Tive vontade de rir. Que casal estranho! Um marido e uma mulher que usavam qualquer desculpa que não fosse o amor e a saudade para estarem juntos.

Mehdi deveria ir embora de manhã cedo, mas não foi. Hamid disse que eles ainda não haviam chegado a um acordo. Eu ri e fui cuidar dos meus afazeres. No fim da tarde, quando Hamid voltou para casa, os três conversaram e discutiram durante horas com a porta fechada. Shahrzad estava com as bochechas rosadas e parecia mais animada que de costume, mas evitava o meu olhar e, como uma adolescente cujo segredo foi revelado, tentava agir como se nada tivesse acontecido.

Mehdi ficou por três noites e, na metade da quarta, partiu tão silencioso como havia chegado. Não sabia se algum dia voltariam a se ver, mas tive certeza de que aqueles três dias foram os mais agradáveis da vida deles. Massoud compartilhou a clausura deles e ia dos braços de Mehdi para os de Shahrzad, fazendo-os rir com sua fala doce e todas as brincadeiras e truques que conhecia. Por trás da porta de vidro, eu até vi a sombra de Mehdi andando de quatro pela sala com Massoud nas costas. Era tão estranho. Nunca imaginei que um homem que era tão sério a ponto de quase nunca sorrir pudesse desenvolver uma relação tão próxima com uma criança. Atrás daquela porta, Mehdi e Shahrzad foram eles mesmos, quem verdadeiramente eram.

Depois que Mehdi foi embora, Shahrzad ficou deprimida e irritada por alguns dias e ocupou-se com leituras. Àquela altura, ela havia lido quase todos os nossos livros. Ela costumava dormir com um volume de poesias de Forough debaixo do travesseiro.

O LIVRO DO DESTINO

Perto do fim de fevereiro, ela me pediu para comprar algumas camisas e calças para ela e uma sacola grande com alças fortes. Quando comprei a sacola, ela disse que era pequena demais. Acabei desistindo e disse:

— Então você quer uma bolsa de viagem, não uma sacola!

— Sim, isso mesmo! E não pode ser grande demais, não pode chamar atenção, tem de ser fácil de carregar, do tamanho certo para caber tudo o que tenho.

Inclusive a arma?, pensei. Desde o primeiro dia em que chegou, eu sabia que Shahrzad tinha uma arma e sempre morri de medo de que as crianças a encontrassem.

Shahrzad se arrumava para partir. Estava só aguardando uma ordem ou uma notícia, que chegou no começo de março e antes do ano-novo. Separou suas roupas velhas e a bolsa, e me pediu para me livrar delas. Pôs as roupas que comprei e os novos pertences na bolsa de viagem e arrumou os desenhos de Massoud com cuidado no fundo, ao lado da arma. Ela estava com um humor estranho. Tinha se cansado de viver em segredo, de ficar dentro de casa e sem mobilidade. Desejava ar fresco, andar nas ruas entre as pessoas, mas, quando chegou a hora de ir embora, ela parecia triste e deprimida. Não parava de abraçar Massoud e dizer:

— Como vou conseguir me afastar dele? — Ela o apertava com força e escondia os olhos cheios de lágrimas nos cabelos de Massoud.

Ele sentira que Shahrzad estava se preparando para partir. Toda noite, antes de ir dormir, e todo dia, antes de sair de casa comigo, Massoud a fazia prometer não ir embora enquanto ele estivesse fora, e, sempre que podia, dizia a ela:

— Você quer ir embora? Por quê? Eu não fui um bom menino? Prometo que não vou mais para a sua cama de manhã para acordar você... Se vai embora, me leve junto, senão você vai se perder. Você não conhece as ruas por aqui.

E com tudo isso, ele deixava Shahrzad ainda mais infeliz e incerta. Ela ficava com o coração apertado, assim como eu.

Em sua última noite conosco, Shahrzad dormiu ao lado de Massoud e contou histórias para ele, mas não conseguia conter as lágrimas. Massoud, que como toda criança via e entendia as coisas com o coração, segurou o rosto de Shahrzad entre suas mãos pequenas e disse:

— Eu sei que amanhã quando eu acordar você não vai mais estar aqui.

À meia-noite e meia, Shahrzad saiu de casa conforme planejara. Desde aquele exato momento, senti a falta dela e o vazio que deixara.

Antes de ir embora, ela me abraçou e disse:

— Obrigada por tudo. Deixo o meu Massoud aos seus cuidados. Cuide bem dele. Ele é muito sensível. Eu me preocupo com o futuro dele. — Depois virou-se para Hamid e disse: — Você é um homem de sorte. Valorize a sua vida. Você tem uma família maravilhosa. Não quero que nada perturbe a paz e a serenidade deste lar.

Hamid olhou para ela surpreso.

— Você sabe o que está dizendo? — perguntei. — O que é isso? Vamos, está ficando tarde.

No dia seguinte, quando fui limpar e arrumar a sala, tirei o volume de poesias de Forough debaixo do travesseiro dela. Havia um lápis dentro. Abri o livro na página marcada e vi que ela sublinhara estes versos:

Qual é o topo, qual é o pico?
Deem-me refúgio, luzes que piscam,
lares reluzentes da desconfiança
em cujos telhados ensolarados a roupa limpa
balança nos braços da fuligem perfumada.
Deem-me refúgio, mulheres simples e saudáveis
cujos dedos macios traçam
os movimentos revigorantes de um feto sob a sua pele,
e nas golas abertas
o ar se mescla para sempre com o cheiro de leite fresco.

Uma lágrima rolou pelo meu rosto. Massoud estava parado à porta. Com sofrimento no olhar, perguntou:

— Ela foi embora?

— Bom dia, meu querido. Bem, cedo ou tarde ela precisava voltar para casa.

Ele correu para os meus braços, pôs a cabeça no meu ombro e chorou. Ele nunca esqueceu a adorada tia Sheri. Mesmo depois de anos, quando se tornara um jovem vigoroso, ele dizia:

— Ainda sonho que construí uma casa para ela e que moramos juntos.

Após a partida de Shahrzad, ocupei-me com as preparações para o ano-novo — a faxina da primavera, roupas novas para as crianças, a costura de novos lençóis, a mudança das cortinas da sala. Eu queria que a celebração do ano novo fosse uma experiência divertida e animada para os meninos. Tentei observar os costumes e rituais tradicionais, esperando que tudo ficasse gravado na mente deles como uma memória agradável da infância. Siamak ficou responsável por regar os brotos das sementes que plantamos em pratos, Massoud pintava os ovos e Hamid ria e dizia:

— Não acredito que estejam fazendo tudo isso. Para que desperdiçar tanta energia?

No entanto, eu sabia que, no fundo do coração, ele também estava feliz e animado com o ano-novo. Desde que começara a passar a maior parte do seu tempo livre conosco, ele não conseguia mais evitar envolver-se com o nosso cotidiano e expressava seu prazer de forma inconsciente.

Paguei uma pessoa para me ajudar a limpar a casa do telhado até o porão. O perfume de um novo ano pairava pela casa.

Pela primeira vez, fizemos as visitas de ano-novo como uma família completa. Participamos de eventos de ano-novo e até das celebrações tradicionais de treze dias num piquenique fora da cidade com a família de Hamid. Depois dos feriados, mais feliz e com as energias renovadas, retomei os meus estudos e ajudei Siamak a estudar para as provas do fim do ano letivo.

Hamid estava passando ainda mais tempo em casa, aguardando um telefonema que não vinha. Mostrava-se inquieto e impaciente, mas não havia nada que eu pudesse fazer. Não me importava, sentia-me feliz porque ele estava em casa. Com o fim das provas e o início do verão, planejei diversas opções de recreação para as crianças. Eu queria que passássemos o verão inteiro juntos. Agora que eu tinha carteira de motorista, prometi que à tarde os levaria ao cinema, ao parque, a uma festa ou a um parque de diversões. Eles ficaram felizes e satisfeitos, e eu me senti realizada.

Uma tarde, no caminho do parque para casa, comprei o jornal, pão e outros alimentos. Hamid ainda não chegara em casa. Guardei as compras e comecei a cortar o pão, que deixara sobre o jornal. Enquanto cortava as fatias, a manchete do jornal sobressaiu-se aos poucos. Empurrei o pão para o lado. As palavras cortaram meus olhos feito um punhal. Não consegui assimilar completamente o significado. Como se tivesse sido atingida por um raio, fiquei paralisada, tremendo. Eu não conseguia tirar os olhos do jornal. Havia uma tempestade na minha cabeça e um tumulto no estômago. As crianças notaram minha reação e se aproximaram, mas eu não conseguia entender o que estavam me dizendo. Nesse instante, a porta se abriu e Hamid entrou correndo, consternado. Nós nos entreolhamos. Então era verdade, não precisávamos dizer nada.

Hamid caiu de joelhos, enfiou os punhos nas pernas e gritou:

— Não!

Ele estava num estado que me fez esquecer meu próprio horror. As crianças ficaram nos olhando com medo, confusas. Eu me recompus, fui empurrando os meninos para fora, e disse para irem brincar no quintal. Olhando para trás, eles saíram sem protestar e eu corri até Hamid. Ele pôs a cabeça no meu peito e chorou feito uma criança. Não sei por quanto tempo ficamos ali chorando.

— Por quê? Por que não me contaram? Por que não me avisaram? — repetia Hamid.

Após algum tempo, a fúria e a tristeza de Hamid levaram-no à ação. Lavou o rosto e saiu correndo de casa feito louco. Não havia nada que eu pudesse fazer para detê-lo. Só tive tempo de dizer:

— Tenha cuidado! Vocês podem estar sendo vigiados. Fique alerta.

Li a matéria do jornal. Durante uma operação militar, Shahrzad e alguns outros haviam sido encurralados. Para não caírem nas mãos da SAVAK, todos cometeram suicídio segurando e detonando granadas. Reli a matéria diversas vezes, achando que poderia interpretar por um ângulo diferente e descobrir a verdade, mas o restante do artigo continha apenas os insultos de costume contra os traidores e sabotadores. Escondi o jornal para que Siamak não visse. De madrugada, Hamid voltou exausto e desesperado. Ele se jogou na cama ainda todo vestido e disse:

— Está tudo um caos. Todas as linhas de comunicação foram cortadas.

— Mas eles têm o seu telefone. Vão ligar, se necessário.

— Então, por que não ligaram esse tempo todo? Faz mais de um mês que alguém entrou em contato comigo. Eu sabia da operação, eu deveria ter participado, fui treinado para isso. Não entendo por que me deixaram de fora. Se eu estivesse lá isso nunca teria acontecido.

— Você quer dizer que teria combatido sozinho a enorme força militar e salvado todo mundo? Se você estivesse lá, estaria morto também.

E pensei: Por que não o incluíram nem entraram em contato com ele? Será que isso fora obra de Shahrzad? Estaria ela protegendo a família de Hamid ao excluí-lo?

Duas ou três semanas se passaram. Hamid estava nervoso, fumando um cigarro atrás do outro. Aguardava notícias, tendo sobressaltos toda vez que o telefone tocava. Ele fez tudo que estava ao seu alcance para localizar Mehdi e outros membros-chave, mas não conseguiu encontrar nenhuma pista. Todo dia havia notícias de novas prisões. Hamid verificou mais uma vez as diversas rotas de fuga. A gráfica foi vasculhada e certos funcionários, demitidos. Os dias eram carregados de acontecimentos e incidentes, o perigo rondava as esquinas. Passamos cada segundo à espera de um desastre ou de uma notícia de um desastre.

— Todos estão escondidos — falei. — Talvez tenham partido. Faça uma viagem e volte quando tudo estiver mais calmo. Você ainda não foi identificado, pode sair do país.

— Não saio do país em hipótese alguma.

— Então, pelo menos, vá para uma cidade pequena, para uma província, vá para algum lugar distante e fique até essa agitação passar.

— Eu não ficarei longe do telefone de casa e do escritório. Eles podem precisar de mim a qualquer momento.

Fiz o melhor que pude para retomarmos nossa rotina normal, mas nada estava normal. Com a minha alma de luto, eu temia muito pela vida de

Hamid. O rosto de Shahrzad e as lembranças dos poucos meses que passáramos juntas não me deixavam por um instante.

No dia seguinte ao da notícia da operação militar, Siamak achou o jornal, foi até o telhado e leu a matéria. Eu estava na cozinha quando ele entrou, pálido, apertando o jornal entre os dedos.

— Você leu? — perguntei.

Ele pôs a cabeça no meu colo e chorou.

— Não deixe Massoud descobrir — pedi.

No entanto, Massoud havia entendido tudo. Ficou triste e quieto, e em geral ficava sentado num canto. Parou de fazer coisas e de desenhar para a tia Sheri. Parou de perguntar dela e tomava um cuidado obsessivo para não mencionar seu nome. Pouco tempo depois, notei que seus desenhos passaram a ter cores escuras e cenas estranhas, que eu nunca vira neles. Eu perguntava a respeito, mas ele não contava uma história nem dava explicações. Fiquei com medo de que a tristeza da qual ele não falava nem se esquecia afetasse de forma permanente seu espírito alegre e meigo. Ele fora feito para rir, amar e consolar os outros, não para ficar triste e sofrer.

Não havia muito que eu pudesse fazer para proteger meus filhos das experiências dolorosas da vida e das realidades amargas que teriam de enfrentar. Isso também fazia parte do seu crescimento.

Hamid estava num estado ainda pior que os meninos. Andava de um lado para o outro sem objetivo, às vezes desaparecia por alguns dias, mas voltava não menos consternado e eu sabia que ele não encontrara o que estava buscando. A última vez que partira, não tivéramos notícias dele por mais de uma semana. Ele nem sequer ligara para ver se alguém tentara entrar em contato com ele.

Eu estava sempre ansiosa. Desde a morte de Shahrzad eu passara a não gostar de comprar jornal, mas corria para a banca todos os dias, cada dia mais cedo, e esperava a chegada dos jornais. Eu folheava o jornal ali mesmo na rua, lendo cada matéria com tremor, e, quando tinha certeza de que não havia nenhuma notícia ruim, eu me acalmava e voltava para casa. Na verdade, eu não lia o jornal para saber as notícias, o que eu queria era me certificar de que não havia nenhuma notícia.

*

Perto do fim de julho, li a notícia que tanto temia. O barbante que prendia a pilha de jornais ainda não tinha sido cortado quando a manchete em letras garrafais e negras me deixou paralisada. Meus joelhos começaram a tremer e eu não conseguia respirar direito. Não tenho nenhuma lembrança de como paguei pelo jornal e de como voltei para casa.

Os meninos estavam brincando no quintal. Subi rapidamente e fechei a porta. Bem ali, atrás da porta, eu me sentei e abri o jornal no chão. Eu sentia que meu coração ia pular pela garganta. A matéria afirmava que a liderança de uma organização terrorista havia sido dizimada e que nosso amado país estava livre desses traidores. A lista de nomes passou diante dos meus olhos. Havia dez nomes. Mehdi estava entre eles. Reli a lista. Não, o nome de Hamid não estava lá.

Senti uma fraqueza. Eu não sabia que emoção eu estava vivenciando. Lamentava pelos que haviam perdido a vida, mas havia uma fagulha de esperança no meu coração. O nome de Hamid não estava lá. Então, ele ainda estava vivo, talvez escondido, ou até não tivesse sido identificado e pudesse voltar para casa. Graças a Deus. Mas e se estivesse preso? Fiquei atordoada. Sem muita esperança, liguei para a gráfica. Ainda havia uma hora de expediente, mas ninguém atendeu. Senti que iria enlouquecer. Queria ter alguém com quem conversar, alguém a quem pedir conselhos, alguém para me consolar. Disse a mim mesma que eu tinha de ser forte, que uma única palavra a respeito do que havia dentro de mim poderia nos destruir.

Passei os dois dias seguintes no escuro e com medo. Na esperança de me distrair, trabalhei feito louca. Na segunda, o que eu esperava de forma subconsciente aconteceu.

Era mais de meia-noite. Eu estava quase adormecendo. Não sei como, eles apareceram em casa. Siamak correu para mim, alguém jogou Massoud, que gritava, nos meus braços, um soldado mirava um rifle na nossa direção, estávamos abraçados na minha cama. Não sei quantos eram, mas estavam por toda a casa, pegando e jogando tudo o que viam no meio dos quartos. Ouvi a voz aterrorizada de Bibi no andar de baixo e o meu pânico aumentou. Eles jogavam o conteúdo de todas as cômodas, armários, guarda-roupas, prateleiras e malas num amontoado. Com facas, rasgavam lençóis, colchões e travesseiros. Eu não sabia o que estavam procurando, mas isso era um bom sinal. Hamid devia estar vivo, não tinha sido preso, por isso estavam ali... Mas e se ele tivesse sido pego e estiverem juntando todos aqueles livros, cartas e documentos para usarem como prova... E quem dera o nosso endereço?

Todos esses pensamentos e milhares de outros mais vagos corriam pela minha mente. Massoud agarrou-se a mim e ficou olhando para os soldados. Siamak ficou sentado, quieto, na cama. Segurei a sua mão. Estava gelada e levemente trêmula. Olhei para o rosto dele. Siamak estava atento, monitorando cada movimento. Vi algo em seu rosto que não era medo e que me causou arrepios. Eu me lembrarei para sempre das chamas de fúria e ódio que ardiam nos olhos daquele menino de nove anos de idade. Pensei em Bibi e percebi que não ouvia sua voz havia algum tempo. Perguntei-me o que teria acontecido com ela. Perguntei-me se ela estava morta. Os soldados nos mandaram sair da cama. Rasgaram o colchão, depois nos mandaram voltar para a cama e ficar lá.

O sol nascera quando eles saíram de casa, levando documentos, papéis e livros. Massoud estava dormindo havia cerca de meia hora, mas Siamak ainda estava sentado, pálido e silencioso. Levei algum tempo para criar coragem para sair da cama. Não parava de pensar que um deles devia estar escondido, vigiando. Vasculhei os quartos. Siamak me seguia para todo lado. Abri a porta e saí. Não, não havia ninguém ali. Desci a escada correndo. A porta do quarto de Bibi estava escancarada e ela, esparramada, atravessada na cama. Pensei que estivesse morta. Mas, quando a toquei, ouvi o som rouco da sua respiração ofegante. Apoiei-a nos travesseiros, servi água num copo e tentei pôr um pouco na sua boca. Não havia mais necessidade de tentar esconder nada. Não restara nenhum segredo que eu tivesse medo de revelar. Peguei o telefone e liguei para o pai de Hamid. Ele tentou ficar calmo, e senti que a notícia não o surpreendeu tanto. Era como se ele já estivesse esperando.

Andei pela casa. Estava tudo tão caótico que pensei que nunca seria capaz de arrumar as coisas de novo. Minha casa estava em ruínas. Parecia um país devastado após a invasão de um inimigo. Perguntei-me: Tenho de sentar e aguardar as baixas?

A pilha de miscelâneas era tão grande nos poucos cômodos de Bibi que me perguntei como ela cabia entre tantas coisas inúteis. Cortinas velhas, toalhas de mesa costuradas à mão com manchas que não saíram mesmo depois de múltiplas lavagens, panos velhos de decoração, pedaços grandes e pequenos de restos de tecido que serviram para fazer roupas que foram usadas e descartadas muitos anos atrás, garfos amarelados e empenados, pratos quebrados e lascados e tigelas à espera do homem que conserta porcelanas e que nunca apareceu... Francamente, por que Bibi guardara todas aquelas coisas? Que parte da vida ela buscava nelas?

A desordem era total no porão — cadeiras e mesas quebradas, garrafas de leite e de refrigerante vazias espalhadas na sujeira, montes de arroz que derramaram de sacos de juta talhados...

Os pais de Hamid entraram em casa e olharam ao redor com descrença. Ao ver o estado em que tudo se encontrava, a mãe dele gritou e caiu no choro.

— Que fim levou o meu filho? — berrava ela. — Onde está o meu Hamid?

Olhei para ela, surpresa. Sim, podia-se chorar e gritar, mas eu estava fria e dura como gelo. Meu cérebro não cooperava comigo. Ele se recusava a compreender a magnitude do desastre.

O pai de Hamid carregou Bibi rapidamente até o carro e forçou a mãe a segui-los. Eu não tinha vontade nem energia para ajudar ou consolar ninguém nem para responder a perguntas. Eu estava destituída de emoções. Só sabia que não podia ficar parada, e andava de um cômodo ao outro. Não sei quanto tempo o pai de Hamid demorou a retornar. Ele pegou Siamak no colo e caiu no choro. Eu o observei com indiferença. Ele parecia estar a quilômetros de distância de mim.

Os gritos implacáveis e aterrorizados de Massoud finalmente me trouxeram de volta. Corri até a escada e peguei-o no colo. Ele estava encharcado de suor e trêmulo.

— Está tudo bem, filho — falei. — Não fique com medo. Está tudo bem.

— Pegue as suas coisas — disse o pai de Hamid. — Vocês vão ficar conosco por alguns dias.

— Não, obrigada — respondi. — Estou mais à vontade aqui.

— Vocês não podem ficar aqui. Não é sensato.

— Não, eu vou ficar. Hamid pode tentar entrar em contato comigo. Ele pode precisar de mim.

O pai de Hamid balançou a cabeça e disse com firmeza:

— Não, minha querida. Não há necessidade. Pegue as suas coisas. Se ficar mais à vontade na casa do seu pai, eu a levo lá. Acho que a nossa casa também não é mais tão segura.

Notei que ele sabia mais do que estava dizendo, mas não tive coragem de perguntar. Eu não queria saber. Em meio a todo aquele caos e confusão, consegui encontrar uma bolsa grande. Catei qualquer roupa dos meninos que vi pela frente e enfiei na bolsa, depois peguei algumas coisas para mim também. Não tive energia para trocar de roupa, apenas joguei um chador sobre a camisola e desci a escada com os meninos. O pai de Hamid trancou as portas.

Eu não disse uma palavra durante todo o caminho. O pai de Hamid conversou com os meninos e tentou distraí-los. Assim que chegamos à casa do Pai, os meninos saíram do carro às pressas e entraram correndo. Olhei para eles. Ainda estavam de pijama. Pareciam tão pequenos e indefesos.

— Olha, minha menina — disse o pai de Hamid. — Sei que está assustada, que está em choque, foi um golpe terrível, mas você tem de ser forte, precisa enfrentar a realidade. Por quanto tempo vai ficar aí sentada, atordoada e quieta num mundo só seu? Seus filhos precisam de você. Você tem de cuidar deles.

Finalmente, minhas lágrimas começaram a correr. Eu as enxuguei e perguntei:

— O que aconteceu com Hamid?

Ele encostou a testa no volante e permaneceu em silêncio.

— Ele está morto, não está? Foi assassinado como os outros, não foi?

— Não, minha querida, ele está vivo. Sabemos disso.

— Vocês tiveram notícias dele? Diga! Juro que não conto para ninguém. Ele está escondido na gráfica, não está?

— Não. Eles invadiram a gráfica há dois dias. Viraram o lugar do avesso e encerraram as atividades.

O LIVRO DO DESTINO

— Então, por que não me contou? Hamid estava lá?

— Quase... Estava por perto.

— E...?

— Ele está preso.

— Não!

Por um instante, não consegui dizer nada. Em seguida, disse num ímpeto:

— Então, na verdade, ele também está morto. Ele tinha mais medo de ser preso que de ser assassinado.

— Não pense assim. Tenha esperança. Farei tudo que estiver ao meu alcance. Já liguei para mil pessoas. Encontrei-me com alguns oficiais influentes e pedi ajuda a muitos conhecidos, e tenho um encontro com um advogado hoje. Todos dizem que devemos ter esperança. Estou otimista. E você precisa me ajudar ficando em contato constante conosco. Por enquanto, devemos agradecer a Deus porque ele está vivo.

Passei os três dias seguintes na cama. Eu não estava doente, mas me sentia tão exausta e esgotada que não conseguia fazer nada. Era como se os temores e as ansiedades dos últimos meses, juntamente com esse golpe final, tivessem minado toda a minha força e energia. Massoud sentava-se ao meu lado e passava a mão nos meus cabelos. Ele tentava me forçar a comer e cuidava de mim como um enfermeiro. Enquanto isso, Siamak andava em volta do espelho d'água em silêncio total. Não falava com ninguém, não brigava, não quebrava coisas e não brincava. Havia um lampejo de inquietude no seu olhar profundo e misterioso que me assustava mais que as suas birras e agressões. De um dia para o outro, ele pareceu quinze anos mais velho, com o temperamento de um homem tenso e amargo.

No terceiro dia, finalmente saí da cama. Eu não tinha escolha. Precisava viver a minha vida. Mahmoud, que acabara de saber do ocorrido, foi à casa do Pai com a esposa e os filhos. Ehteram-Sadat falava sem parar, e eu estava sem paciência para isso. Mahmoud se encontrava na cozinha, conversando com a Mãe. Eu sabia que ele fora até lá na esperança de obter mais informações. Faati entrou, pôs a bandeja de chá no chão e sentou-se ao meu lado. Nesse exato momento, ouvi os gritos histéricos e estrondosos de Siamak

vindo do quintal. Corri até a janela. Com ódio na voz, ele gritava obscenidades para Mahmoud e atirava pedras nele. Então, ele se virou de repente e,
com uma força surpreendente, empurrou o pobre Gholam-Ali no espelho
d'água, depois pegou um vaso de flor e jogou-o no chão, estraçalhando-o. Eu
não sabia o que o deixara tão furioso, mas sabia que não fora sem motivo.
Na verdade, eu me senti aliviada. Depois de três dias, ele estava finalmente
liberando as emoções.

Ali correu até Siamak, ordenou que ele se calasse e ergueu o punho para
acertá-lo na boca. O mundo escureceu diante dos meus olhos.

— Abaixe essa mão! — berrei. Então, pulei para o quintal pela janela e
me atirei em Ali como uma tigresa protegendo o filhote. — Se você erguer a
mão para o meu filho mais uma vez eu acabo com você! — gritei.

Peguei Siamak no colo. Ele tremia de raiva. Todos me olhavam surpresos, em silêncio. Ali deu um passo para trás e protestou:

— Eu só queria que ele calasse a boca. Olha o estrago que ele causou.
Veja o que ele fez com o coitado do menino. — E apontou para Gholam-Ali,
que estava ao lado da mãe, encharcado feito um rato, fungando.

— Você não ouviu as coisas horríveis que ele disse para o tio? — perguntou Ali.

— O tio deve ter dito alguma coisa para deixá-lo nervoso — contestei.
— Ele não dá um pio nesta casa há três dias.

— Não me dou ao trabalho de dirigir a palavra para esse peste — disse
Mahmoud. — Você não tem vergonha de maltratar o seu irmão por causa
de uma criança encapetada como essa? Você não vai aprender nunca, não
é mesmo?

Quando o Pai chegou em casa, estava tudo quieto novamente. Era a calmaria que vem após a tempestade e que dá a todos a chance de medir o
estrago. Mahmoud, a esposa e os filhos tinham ido embora. Ali estava no
seu quarto, no andar de cima. A Mãe chorava e não sabia se deveria ficar do
meu lado ou dos filhos. Faati andava à minha volta, ajudando-me a guardar
as roupas das crianças.

— O que está fazendo? — perguntou o Pai.

— Tenho de ir — respondi. — Meus filhos não devem crescer sendo maltratados e castigados, especialmente pelos próprios parentes.

— O que aconteceu? — perguntou o Pai, nervoso.

— O que eu posso dizer? — lamentou a Mãe. — O coitado do Mahmoud só estava demonstrando preocupação. Estava falando comigo na cozinha e o garoto escutou a conversa. Você não ia acreditar no escândalo que ele fez. Aí, a irmã e os irmãos começaram a brigar.

O Pai virou-se para mim e disse:

— Não importa o que aconteceu, eu não vou deixar que você volte para aquela casa esta noite.

— Não, Pai, eu tenho de ir. Ainda não matriculei as crianças e as aulas começarão na semana que vem. Não cuidei de nada ainda.

— Está bem, vá, mas não hoje e não sozinha.

— Faati virá comigo.

— Que maravilha! Grande proteção! Estou dizendo que deveria ter um homem com você. A casa pode ser invadida de novo. Amanhã iremos juntos.

Ele estava certo. Tínhamos de esperar mais uma noite. Após o jantar, o Pai pediu a Siamak que se sentasse ao seu lado e começou a conversar com ele do jeito que fazia quando Siamak era mais novo.

— Bom, meu filho, agora me conte o que aconteceu que o deixou tão bravo — disse o Pai com tranquilidade.

Como um gravador, e sem notar que estava imitando Mahmoud, Siamak respondeu:

— Eu ouvi ele dizer para a Vó: "O inútil é subversivo. Cedo ou tarde, vai ser executado. Nunca gostei dele nem da família dele. Sabia que estavam aprontando alguma. Acho que não deveríamos ter esperado nada melhor de um pretendente apresentado pela sra. Parvin. Quantas vezes lhe disse para casá-la com Haji Agha"... — Siamak parou por alguns segundos. — Haji Agha alguma coisa.

— Provavelmente era Haji Agha Abouzari — disse o Pai.

— Sim, isso. Depois o tio Mahmoud disse: "Mas a senhora disse que ele era velho demais, que já havia sido casado, e ignorou o fato de que era um homem pio e tinha uma loja no bazar com o estoque cheio de mercadorias.

Em vez disso, entregou-a a um comunista desprezível qualquer. Aquele lixo, ele merece o que recebeu. Deveria ser executado".

O Pai segurou a cabeça de Siamak contra o peito e beijou seus cabelos.

— Não dê atenção a nada disso — disse o Pai com ternura. — Eles não são inteligentes para conseguir entender. Seu pai é um bom homem. Fique tranquilo que ele não será executado. Falei com o seu avô hoje. Ele disse que contratou um advogado. Se Deus quiser, vai dar tudo certo.

Passei a noite toda pensando como iríamos viver sem Hamid. O que eu deveria fazer com as crianças? Como iria protegê-las do que as pessoas diziam?

Na manhã seguinte, voltamos com o Pai, a sra. Parvin e Faati para a nossa casa devastada. O Pai ficou chocado ao ver o estado do meu lar. Ao sair, disse:

— Vou mandar os rapazes da loja virem ajudar você. Isso é mais trabalho do que três mulheres conseguem aguentar. — Depois tirou dinheiro do bolso e disse: — Tome isso por enquanto e me avise se precisar de mais.

— Não, obrigada — respondi. — Não preciso de dinheiro agora.

Sua oferta, no entanto, me fez pensar sobre a nossa situação financeira. Como eu pagaria as nossas despesas? Eu teria de depender do meu pai, do pai de Hamid ou de outras pessoas? Mais uma vez fui dominada pela ansiedade. Tentei me reconfortar. A gráfica reabriria e os trabalhos seriam retomados, e Hamid era acionista.

Durante três dias inteiros, Faati, a sra. Parvin, Siamak, Massoud, os empregados do Pai e, de vez em quando, a Mãe, trabalharam comigo até finalmente colocarmos alguma ordem na casa. A mãe e as irmãs de Hamid foram arrumar os quartos de Bibi. A essa altura, ela tivera alta do hospital e estava se recuperando na casa deles.

Nesse meio-tempo, desci ao porão e joguei todas as bugigangas fora.

— Deus abençoe a SAVAK — brincou Faati, rindo. — Graças a eles, você finalmente descobriu o que tinha nesta casa e fez uma grande limpeza de primavera!

*

No dia seguinte, matriculei os meninos na escola. O pobre Massoud começou o primeiro ano num estado de espírito tão ruim e, ao contrário de Siamak, esforçou-se muito para não me dar nenhum trabalho. No primeiro dia de aula, vi no seu olhar o medo do ambiente novo, mas ele não disse nada. Quando eu estava me despedindo dele, falei:

— Você é um bom menino e logo fará amigos. Tenho certeza de que a sua professora vai gostar muito de você.

— Você vem me buscar? — perguntou ele.

— É claro que sim. Acha que vou esquecer o meu filho querido e gentil?

— Não — disse ele. — Só tenho medo que você se perca.

— Eu? Me perder? Não, meu querido, adultos não se perdem.

— Se perdem, sim. E não conseguimos encontrá-los, como o papai e Shahrzad.

Era a primeira vez, desde a morte de Shahrzad, que ele pronunciava o seu nome, e o nome completo, não tia Sheri, como a chamava. Eu não sabia o que dizer. Eu me perguntava como ele interpretara o desaparecimento deles na sua mente infantil. Peguei-o no colo e disse:

— Não, meu filho. As mães não se perdem. Elas conhecem o cheiro do filho, então seguem esse cheiro e encontram o filho onde quer que ele esteja.

— Então, não chore enquanto eu não estiver em casa!

— Não, filho, não vou chorar. Quando foi que eu chorei?

— Você sempre chora quando fica sozinha na cozinha.

Não havia nada que eu pudesse esconder daquela criança. Com um nó na garganta, expliquei:

— Chorar não é uma coisa ruim. Às vezes, precisamos chorar. Deixa o coração mais leve. Mas eu não vou chorar mais.

Com o tempo, Massoud demonstrou que também não tinha problemas na escola. Fazia o dever de casa e tomava cuidado para nunca me aborrecer. O único efeito daquela noite que permaneceu em Massoud e que ele não podia esconder eram os seus gritos aterrorizados que o despertavam no meio da noite.

*

Dois meses se passaram. As universidades abriram as portas, porém a última coisa em que conseguia pensar era voltar às aulas. O pai de Hamid e eu íamos ver pessoas diferentes todos os dias, fazíamos solicitações, pedidos, súplicas, encontrávamos conexões. Escrevemos até para a rainha Farah, implorando para que Hamid não fosse torturado e executado, e pedindo para transferi-lo para uma prisão comum. Várias pessoas influentes fizeram promessas, mas não sabíamos ao certo até que ponto nossos esforços eram efetivos e quais eram as verdadeiras circunstâncias de Hamid.

Algum tempo depois, realizaram um julgamento e ficou determinado que Hamid não participara de atividades armadas. Ele se salvou da execução e foi condenado a quinze anos de prisão. Por fim, recebemos permissão para levar roupas, comida e cartas. Toda segunda-feira me encontrava diante dos portões da prisão com uma sacola grande de comida, roupa, livros e material para escrever. A maior parte era devolvida a mim na mesma hora, e, dentre os itens que os guardas aceitavam, eu não sabia o que de fato chegava às mãos de Hamid.

A primeira vez que me deram a roupa suja dele para lavar, fiquei assustada com o cheiro estranho. Cheirava a sangue seco, a infecção, a sofrimento. Aterrorizada, inspecionei cada peça. A visão das manchas de sangue e pus me enlouqueceram. Fechei a porta do banheiro, abri as torneiras ao máximo e chorei ao som estrondoso da água caindo na banheira. O que ele estava sofrendo na prisão? Não teria sido melhor se tivesse morrido, como Shahrzad e Mehdi? Será que ele estava passando cada segundo rezando para morrer? Com o tempo, examinando suas roupas com atenção, eu ficava sabendo como estavam seus ferimentos. Sabia quais eram mais graves e quais estavam sarando.

O tempo passava, e não havia nenhuma indicação de que a gráfica teria permissão para reabrir. Todo mês, o pai de Hamid me dava algum dinheiro para nos manter, mas por quanto tempo poderia ser assim? Eu precisava tomar uma decisão. Tinha de arrumar um emprego. Eu não era criança nem incapaz. Era uma mulher responsável por duas crianças e não queria criá-las dependendo da caridade alheia. Ficar parada, lamentando e erguendo a mão diante de qualquer pessoa não era algo digno para mim, para os meus filhos e muito menos para Hamid. Tínhamos de viver com honra e orgulho, tínhamos de ser independentes. Mas como? Que trabalho eu poderia conseguir?

A primeira ideia que me ocorreu foi tornar-me costureira e trabalhar para a sra. Parvin com a ajuda de Faati. Apesar de não ter precisado perder tempo para começar, detestei o trabalho, principalmente porque tinha de ir à casa da Mãe e da sra. Parvin todos os dias, onde tinha de encarar Ali e, às vezes, Mahmoud, e tolerar as reprimendas da Mãe.

— Não falei que costurar é a coisa mais importante para uma menina? — dizia ela. — Mas você não quis escutar e perdeu tempo estudando.

Toda noite eu lia os classificados de empregos nos jornais e todo dia ia a diferentes firmas e empresas para candidatar-me a um emprego. A maioria das empresas privadas precisava de secretárias. O pai de Hamid me alertou a respeito dos ambientes de trabalho e de certas questões que as mulheres enfrentavam. Seus alertas foram válidos. Em alguns escritórios, eu era avaliada com um olhar lascivo da cabeça aos pés, como se estivessem selecionando uma amante e não uma funcionária. Durante o processo seletivo para essas entrevistas me dei conta de que ter um diploma não era suficiente. Precisava de outras habilidades. Fui a duas aulas de datilografia e, depois de aprender as regras básicas, parei de ir porque não tinha tempo nem dinheiro para pagar as aulas. O pai de Hamid me deu uma máquina de escrever velha, e passei as noites praticando. Depois ele me apresentou a um conhecido que trabalhava numa agência do governo. No dia em que fui para a entrevista, vi-me diante de um homem de trinta e poucos anos, com olhos inteligentes e penetrantes que me observavam com curiosidade e que, no decorrer da entrevista, tentou descobrir informações que eu não tinha fornecido.

— Você escreveu aqui que é casada. O que o seu marido faz?

Hesitei. Achei que, por ter sido o pai de Hamid quem me apresentara, ele poderia estar a par da minha situação. Murmurei que meu marido era prestador de serviços e que não era registrado em nenhuma empresa. Pude notar pelo olhar e pelo sorriso sarcástico dele que não acreditou em mim.

Esgotada e tensa, argumentei:

— Sou eu quem está procurando emprego, então por que o interesse no meu marido?

— Disseram que você não tem nenhuma outra fonte de renda.

— Quem disse?

— O sr. Motamedi, o vice-presidente que a indicou.

— O senhor não me contrataria se eu tivesse outra fonte de renda? Não estão precisando de uma secretária?

— Sim, senhora, estamos, porém há muitas candidatas com mais instrução e mais qualificadas que a senhora. Na verdade, não entendo por que o sr. Motamedi a indicou com tanta veemência!

Eu não sabia o que dizer. O pai de Hamid me dissera que, quando eu fosse às entrevistas de emprego, não deveria jamais mencionar que o meu marido estava na prisão. No entanto, eu não podia mentir, porque mais cedo ou mais tarde seria desmentida. Além disso, eu precisava de um emprego e esse cargo era apropriado para mim. Eu estava aflita e perdia as esperanças. Com lágrimas correndo pelo rosto e com uma voz quase inaudível, admiti:

— Meu marido está preso.

— Por quê? — perguntou ele com o cenho franzido.

— É prisioneiro político.

Ele ficou quieto. Eu não ousei falar, e ele não fez mais nenhuma pergunta. Ele começou a escrever algo e, após alguns segundos, olhou para mim. Parecia perturbado. Entregou-me um bilhete e disse:

— Não fale sobre o seu marido com ninguém. Leve este bilhete ao escritório ao lado e entregue à sra. Tabrizi. Ela lhe explicará suas responsabilidades. Você começa amanhã.

A notícia de que eu arrumara um emprego explodiu feito uma bomba.

Com olhos que pareciam pular para fora das órbitas, a Mãe perguntou:

— Você quer dizer num escritório? Como os homens?

— Sim. Não há mais diferença entre homens e mulheres.

— Que Deus me tire a vida! Você diz cada coisa! É o fim do mundo! Acho que o seu pai e os seus irmãos não vão permitir.

— Não é da conta deles — retruquei. — Ninguém tem o direito de interferir na minha vida e na vida dos meus filhos. Tudo o que eles fizeram por mim no passado foi suficiente. Agora sou uma mulher casada. Meu marido não está morto. Eu e ele temos o poder sobre a minha vida. Portanto, é melhor que eles não façam esse papel.

Esse simples ultimato calou a boca de todo mundo. Embora eu não achasse que o Pai se opusesse tanto ao fato de eu estar trabalhando, uma vez que diversas vezes expressara satisfação por eu estar me virando sem depender dos meus irmãos.

O emprego foi eficaz para levantar o meu moral. Comecei a ter certa sensação de identidade e segurança. Ainda que geralmente estivesse exausta, sentia orgulho de não precisar de ninguém.

Na agência, eu era assistente e administrava o escritório. Fazia tudo. Datilografava, atendia aos telefones, arquivava, cuidava de algumas contas e, às vezes, até traduzia cartas e documentos. No início, tudo era difícil. Eu considerava todas as minhas tarefas confusas e além da minha capacidade. O sr. Zargar, que agora era o meu supervisor, explicava tudo com paciência e monitorava o meu trabalho. Ele nunca mais perguntou sobre a minha vida pessoal nem expressou qualquer curiosidade quanto a Hamid. Aos poucos, comecei a corrigir erros gramaticais e de estilo nos textos que me davam para datilografar. Afinal, eu estudara literatura persa na faculdade e passara metade do meu tempo na década anterior lendo livros. A atenção e o incentivo do meu supervisor me deram mais confiança. Por fim, ele simplesmente me dizia o que queria expressar numa carta ou relatório, e eu redigia para ele.

Eu gostava do meu trabalho, mas estava enfrentando um problema no qual não havia pensado antes. Eu não podia mais ir à prisão toda semana e já fazia três semanas que não tinha notícias de Hamid. Eu estava preocupada. Disse a mim mesma que, não importava como, iria lá naquela semana.

No dia anterior, preparei tudo. Fiz alguns pratos e embalei algumas frutas, doces e cigarros. Na manhã seguinte, bem cedo, fui à prisão. O guarda do portão de entrada disse com grosseria e sarcasmo:

— Qual o problema? Não conseguiu dormir à noite e resolveu aparecer de madrugada? Não vou aceitar nenhuma entrega nesse horário.

— Por favor —pedi. — Tenho de estar no trabalho às oito.

Ele começou a zombar de mim e a me insultar.

— Você deveria ter vergonha — falei. — Que linguagem é essa?

Foi como se ele estivesse esperando que eu me opusesse a fim de ter uma desculpa para fazer todo tipo de comentário vulgar sobre mim e sobre o meu marido. Ainda que, com o tempo, eu tivesse encarado insultos e desrespeito, até então ninguém nos xingara daquela maneira nem gritara obscenidades para mim. Eu tremia de raiva. Queria acabar com ele, mas não ousei abrir a boca. Fiquei com medo de que Hamid não recebesse mais as minhas cartas e, pelo menos, uma pequena parte da comida que eu levava.

Com os lábios trêmulos e engolindo as lágrimas, ofendida e arrasada, fui trabalhar, ainda carregando a sacola. Com seu olhar arguto, o sr. Zargar notou que eu estava consternada e me chamou no seu escritório. Enquanto me entregava uma carta para datilografar, perguntou:

— O que houve, Sra. Sadeghi? Parece que não está bem hoje.

Enxuguei as lágrimas com as costas da mão e expliquei o que acontecera. Ele balançou a cabeça com raiva e, após um breve silêncio, disse:

— A senhora deveria ter me contado antes. Não sabe em que estado emocional o seu marido vai ficar se não tiver mais notícias suas esta semana? Vá rápido e só volte quando tiver entregado tudo a ele. E, de agora em diante, virá ao trabalho às segundas-feiras depois de ter deixado as coisas de seu marido na prisão. Entendeu?

— Sim, mas, às vezes, tenho de esperar até meio-dia. O que farei quanto às minhas faltas? Não posso perder este emprego.

— Não se preocupe com o emprego — disse ele. — Deixarei registrado que você estará fora para resolver assuntos do escritório. É o mínimo que posso fazer por esses homens e essas mulheres altruístas.

Como o sr. Zargar era gentil e compreensivo. Vi semelhanças entre ele e Massoud, e achei que meu filho seria como ele quando crescesse.

Com o tempo, as crianças e eu nos adaptamos à nova rotina. Os meninos faziam o possível, de forma consciente, para não criar nenhum problema para mim. Tomávamos café da manhã juntos todos os dias. Mesmo a escola deles não sendo muito longe, eu os levava no Citroën, que foi uma verdadeira salvação durante esse tempo. Na hora do almoço, eles iam para casa a pé, compravam pão no caminho, esquentavam a comida que eu já havia preparado, comiam e levavam um pouco para Bibi. A pobre mulher estivera terrivelmente doente desde a internação, mas não queria viver em nenhum lugar que não fosse a sua própria casa, o que significava que tínhamos de cuidar dela também. Eu fazia compras para nós todo dia após o trabalho, depois ia ver como ela estava. Recolhia os pratos, arrumava o quarto e conversava um pouco com ela antes de subir. Em seguida, começava o trabalho doméstico. Lavar, limpar e cozinhar para o dia seguinte, dar a janta para os meninos, ajudá-los com a lição de casa e mil outras tarefas que só terminavam às onze ou à meia-noite. Finalmente, eu desabava feito um cadáver e dormia. Com tudo isso, não achava mais possível continuar estudando.

Nesse ano, outro acontecimento nos distraiu um pouco. Após muitas discussões e brigas de família, Faati casou-se. Mahmoud, que achou ter aprendido uma lição com o meu casamento, ficou determinado a fazer Faati se casar com um mercador devoto do bazar. Faati, que, ao contrário de mim, era submissa e facilmente manipulada, não ousou opor-se ao pretendente que Mahmoud apresentou, apesar de desprezar o homem. Parecia que as punições que eu sofrera marcaram-na de tal forma que ela parecia ter perdido definitivamente a autoconfiança e a capacidade de expressar sua opinião. Com isso, a responsabilidade pela defesa dos seus direitos recaíram sobre os meus ombros, o que confirmou de uma vez por todas o meu título de galo de briga da família.

Desta vez, no entanto, agi com mais sabedoria. Sem entrar em nenhuma discussão com Mahmoud nem com a Mãe, falei com o Pai em particular. Dividi com ele o ponto de vista de Faati e lhe pedi que não causasse o sofrimento de mais uma filha ao consentir com um casamento forçado. Embora as minhas pegadas tenham sido posteriormente detectadas na decisão do Pai, e Mahmoud tenha me odiado mais do que nunca, ainda assim, o casamento não foi realizado. Faati casou-se com um pretendente indicado pelo tio Abbas e de quem ela gostara.

Sadegh Khan, o marido de Faati, era um jovem gentil, bonito e instruído, que vinha de uma família refinada de classe média e trabalhava como contador num órgão do governo. Ainda que ele não fosse rico, e Mahmoud o descrevesse com desprezo como assalariado, Faati estava feliz e os meninos e eu gostávamos dele. Entendendo a necessidade que meus filhos tinham de um pai, Sadegh Khan desenvolveu uma relação amigável, fazendo programas com eles e levando-os para passear.

Nossa vida estava quase voltando ao normal. Eu gostava do meu emprego e encontrara bons amigos que preenchiam os horários de almoço e o tempo ocioso com brincadeiras, risos e fofocas. Nossas conversas geralmente giravam em torno do sr. Shirzadi, um dos chefes de departamento, que não gostava de mim e via defeito em tudo o que eu fazia. Todos diziam que ele era um homem sensível e um excelente poeta, mas eu não enxergava nada nele além de hostilidade e um temperamento ruim, então eu tomava cuidado para não bater de frente com ele nem dar qualquer motivo para que me criticasse. Ainda assim, ele sempre fazia gracinhas e jogava indiretas, insinuando que eu fora contratada por meio de conexões internas e que não era qualificada para a minha função. Meus amigos disseram para eu não me preocupar, que era apenas o temperamento, mas eu sentia que seu temperamento era pior comigo do que com qualquer outra pessoa. Eu sabia que, pelas minhas costas, ele me chamava de a bela do sr. Zargar. Com o tempo, passei a não gostar dele.

— O que ele menos parece ser é poeta — dizia eu aos meus amigos. — Parece mais um mafioso. A poesia exige uma alma delicada, não toda essa arrogância, agressividade e despeito. Os poemas nem devem ser de sua autoria. Ele deve ter mandado um pobre poeta para a prisão e segurado uma faca na garganta dele para que escrevesse em seu nome. — E todos riam.

Acho que essa falação acabou chegando aos ouvidos dele. Um dia, ele usou como pretexto alguns erros de datilografia para rasgar um relatório de dez páginas que eu trabalhara muito para preparar e jogou os pedaços na minha mesa. Perdi a paciência e gritei:

— Será que o senhor sabe o que o incomoda? Está sempre buscando desculpas para criticar o meu trabalho. Que mal eu fiz ao senhor?

O LIVRO DO DESTINO

— Ora! A senhora não pode fazer nenhum mal a mim — rosnou ele. — Eu sei qual é a sua. Pensa que sou como Zargar ou Motamedi para fazer o que quiser comigo? Conheço o seu tipo muito bem.

Eu tremia de raiva e estava prestes a responder quando o sr. Zargar entrou e perguntou:

— O que está acontecendo aqui? Sr. Shirzadi, qual é o problema?

— Qual é o problema? — rosnou ele de novo. — Ela não sabe fazer o próprio trabalho. Está dois dias atrasada e me entrega um relatório cheio de erros. Isso é o que acontece quando você contrata uma analfabeta só porque é bonita e tem os contatos certos. Agora vocês têm de aceitar as consequências.

— Cuidado com o que diz — alertou o sr. Zargar — Controle-se. Por favor, venha ao meu escritório. Eu gostaria de falar com o senhor. E pôs a mão nas costas do sr. Shirzadi, praticamente empurrando-o para dentro da sala.

Fiquei segurando a cabeça entre as mãos, esforçando-me para não chorar. Meus amigos juntaram-se ao meu redor e tentaram me consolar. Abbas-Ali, o zelador do nosso andar, que sempre me tratava muito bem, trouxe um copo de água quente com açúcar cristalizado, e eu me ocupei com o trabalho.

Uma hora depois, o sr. Shirzadi entrou na minha sala, parou diante da minha mesa e, tentando evitar olhar nos meus olhos, disse, ressentido:

— Sinto muito. Por favor, me perdoe. — E saiu rapidamente.

Espantada, olhei para o sr. Zargar, que estava parado à porta, e perguntei:

— O que aconteceu?

— Nada. Esqueça o que aconteceu. Ele é assim. É um homem bom e tem um grande coração, porém fica tenso e emotivo com certas coisas.

— Comigo, por exemplo?

— Não exatamente, mas com qualquer um que ele pense ter usurpado o direito de outro.

— Eu usurpei o direito de quem?

— Não leve isto a sério — disse o sr. Zargar. — Antes de contratarmos a senhora, ele sugeriu que promovêssemos uma das assistentes dele, que acabara de se formar na faculdade. Já havíamos quase terminado o processo quando recebi a sua indicação para o cargo. Antes de entrevistá-la, prometi a Shirzadi que não me deixaria influenciar pelo pedido de Motamedi, mas a contratei e ele achou injusto e discriminatório. Como era de se esperar, sensível como ele é, não consegue tolerar o que considera "injustiça". Desde então, tornou-se meu adversário e seu. Já não gostava de Motamedi porque tem uma animosidade com executivos e superiores.

— Parece que ele está certo — falei. — Eu tomei os direitos de outra pessoa. Mas, sabendo de tudo isso, por que me contratou?

— Nossa! Sou eu que estou lhe devendo alguma coisa agora? Achei que, com as qualificações dela, a outra candidata conseguiria outro emprego. Na verdade, foi contratada uma semana depois. Dadas as suas circunstâncias, porém, a senhora teria dificuldades para conseguir trabalho. Seja como for, com meus sinceros pedidos de desculpa, tive de contar a Shirzadi a respeito do seu marido. Mas não se preocupe, ele é confiável. Que fique apenas entre nós: ele esteve envolvido com política a vida toda.

No dia seguinte, o sr. Shirzadi foi à minha sala. Estava pálido e triste, com os olhos vermelhos e inchados. Ficou algum tempo ali parado, constrangido, e finalmente se abriu:

— Não consigo me controlar. Minha raiva é profunda demais. — E começou a recitar um de seus poemas sobre como a ira enraizou-se na sua alma e transformou-o num lobo raivoso. — Eu a tratei mal. Para ser honesto, o seu trabalho é muito bom. Foi difícil encontrar erros, ao passo que as cartas de duas frases que esses chefes e executivos escrevem estão cheias de erros.

O sr. Shirzadi tornou-se um dos meus melhores amigos e defensores. Ao contrário do sr. Zargar, ele demonstrava muita curiosidade em relação às atividades políticas de Hamid, ao grupo do qual fazia parte e às circunstâncias em que fora preso. Sua paixão e entusiasmo em ouvir o que eu tinha para contar fizeram com que eu me abrisse quando, na verdade, nem eu tinha vontade de falar no assunto. Ao mesmo tempo, a compaixão dele era contaminada por uma raiva e um ódio em relação ao regime que me assustavam. Uma vez, enquanto eu falava, notei que ele estava ficando quase roxo.

— O senhor está bem? — perguntei, preocupada.

— Não, não estou — disse ele. — Mas não se preocupe, fico assim com frequência. A senhora não faz ideia do que se passa dentro de mim.

— O quê? — perguntei. — Talvez eu me sinta da mesma forma e não consiga verbalizar.

Como de costume, ele começou a recitar um poema. Esse era sobre uma cidade que lamentava o extermínio das massas, enquanto ele permanecia tão sedento de vingança quanto um homem de jejum sedento por água num dia de calor escaldante.

Não! Eu, que sofrera os maiores golpes, nunca sentira uma raiva e uma dor tão profundas. Um dia, ele me perguntou sobre a noite em que a nossa casa foi invadida. Contei-lhe brevemente sobre o ocorrido. De repente, o sr. Shirzadi perdeu o controle e gritou sem medo os versos que diziam que a tribo de agressores transformara a cidade num local de cães selvagens e que os leões só podiam ser encontrados nos pastos.

Aterrorizada, pulei da cadeira e fechei a porta.

— Pelo amor de Deus, as pessoas vão ouvir — implorei. — Aquele agente da SAVAK está neste andar. — Naquela época, acreditávamos que metade dos nossos colegas eram agentes da SAVAK e os tratávamos com cautela e pavor.

A partir de então, o sr. Shirzadi passou a ler os seus poemas para mim, dos quais apenas um já seria suficiente para resultar na execução de quem o tivesse composto ou recitado. Eu os compreendia profundamente e os guardava na memória. Shirzadi era um dos sobreviventes das derrotas políticas da década de 1950, que arrasaram seu espírito jovem e sensível, e deixaram-no com uma vida de amarguras. Eu o observava e me perguntava se as experiências dolorosas da infância e da juventude eram sempre tão duradouras assim. E encontrei a resposta num de seus poemas sobre o golpe de estado fracassado de 1953, no qual ele revelou que, a partir daquele momento, seus olhos passaram a perceber o céu como algo que flutuava num mar de sangue, e a ver o sol e a lua como o lampejo de uma adaga.

Quanto mais eu conhecia o sr. Shirzadi, mais eu me preocupava com Siamak. Diversas vezes eu me lembrava do ódio que vira nos seus olhos na noite em que a nossa casa foi invadida e me perguntei se ele ficaria como o sr. Shirzadi. Ele também se entregará ao ódio e à solidão em vez de abraçar a esperança, a alegria e a beleza da vida? As questões políticas e sociais deixam cicatrizes tão permanentes nas almas mais susceptíveis? Meu filho! Eu tinha de encontrar uma solução.

O verão chegara ao fim. Fazia quase um ano que Hamid estava preso. De acordo com a sentença do tribunal, teríamos de viver mais catorze anos sem ele. Não tínhamos escolha senão nos acostumarmos com as circunstâncias. Esperar tornara-se o principal objetivo de nossa vida.

Estava se aproximando a hora da matrícula para as aulas da faculdade. Eu tinha de decidir entre desistir dos estudos para sempre e sepultar o antigo desejo ou me inscrever para as aulas e aceitar as dificuldades que eu e os meus filhos teríamos de enfrentar. Eu sabia que os cursos seriam mais difíceis a cada período. Também sabia que, com o meu tempo limitado, não seria capaz de coordenar as minhas aulas para que não interferissem no trabalho. Mesmo se meus superiores não reclamassem, eu sentia que não tinha o direito de me aproveitar da gentileza e da boa vontade deles.

No entanto, o meu trabalho me provara o valor da educação superior. Toda vez que alguém ficava me dando ordens e sentia que podia me culpar pelo seu erro simplesmente por ter mais instrução que eu, o desejo de voltar para a universidade reacendia no meu coração. Além disso, eu teria de administrar a casa e nos sustentar sozinha durante muitos anos, e vinha pensando em um meio de ganhar um salário maior, que desse conta das necessidades futuras dos meus filhos. Estava claro que um diploma universitário faria uma grande diferença na minha situação.

Como o esperado, todos na minha família acharam que eu deveria desistir da ideia de voltar para a universidade. O que me surpreendeu, no entanto, foi que a família de Hamid apresentou a mesma opinião.

— Você está sob muita pressão — disse o pai de Hamid, solidário. — Não acha que administrar o emprego e a faculdade será demais para você?

Com a sua ansiedade de costume, a mãe de Hamid interrompeu-o e disse:

— Você fica no trabalho de manhã até o fim da tarde, e acho que vai querer ir para a faculdade depois. Mas e os meninos? Por que não pensa nessas crianças inocentes que ficarão sozinhas?

Manijeh, que estava nos últimos meses da gravidez, não conseguira passar nas provas para entrar na faculdade por anos seguidos e acabara desistindo e se casando, virou-se para os pais e disse com a soberba de costume:

— Vocês não estão entendendo? É tudo uma questão de rivalidade! Afinal, a nossa Mansoureh foi para a universidade.

Tentei me controlar, mas eu me tornara menos tolerante. Não era mais uma menina perdida e desajeitada do interior para aguentar comentários sarcásticos e deixar que fizessem pouco caso das minhas necessidades e dos meus desejos. A raiva que ardia dentro de mim acabou com as minhas dúvidas e os meus medos.

— Agora que tenho de ser mãe e pai dos meus filhos e resolver as questões financeiras, preciso pensar em ganhar um salário melhor. A minha renda atual não é suficiente para arcar com as necessidades futuras deles, e suas despesas aumentam a cada dia. E, por favor, não se preocupem, seus netos não sofrerão por falta de amor ou atenção. Eu pensei em tudo — respondi.

Na verdade, eu não havia pensado em nada. Naquela noite, sentei-me com os meninos e tentei explicar tudo a eles. Siamak e Massoud escutaram com atenção enquanto eu listava os prós e os contras da minha volta à universidade. Quando eu disse que o maior problema seria ter de voltar para casa mais tarde do que o normal, Siamak fingiu não estar mais me ouvindo e começou a brincar com um carrinho que fazia um barulho horrível. Percebi que ele não estava disposto a passar mais tempo sozinho do que já passava. Parei de falar e olhei para Massoud. Com o olhar inocente, ele observava a minha expressão. Depois se levantou, aproximou-se de mim, passou a mão nos meus cabelos e disse:

— Mamãe, você quer mesmo ir para a universidade?

— Olha, meu querido, se eu voltar, todos sairemos ganhando. Será um pouco difícil, mas vai acabar logo. E, em troca, eu poderei ganhar mais dinheiro e teremos uma vida melhor.

— Não... quero saber se você gostaria mesmo de ir para lá.

— Bem, sim — respondi. — Eu me esforcei muito para poder entrar na universidade.

— Então, vai. Se você gosta, vai. Nós vamos fazer as nossas tarefas e, quando escurecer, vamos ficar com Bibi para não sentirmos medo. Talvez até lá o papai volte e não ficaremos sozinhos.

Siamak jogou o carrinho para o outro lado da sala e disse:

— Que menino burro! O papai não está num lugar que pode voltar quando quiser. Ele não pode voltar!

— Olha, meu querido — disse eu com delicadeza —, temos de ser otimistas e ter esperança. Só o fato de o papai estar vivo é motivo suficiente para sermos gratos. E ele vai acabar voltando para casa.

— O que você está dizendo? — disse Siamak bruscamente. — Quer enganar a criança? O vovô disse que o papai terá de ficar quinze anos na prisão.

— Mas muita coisa pode acontecer em quinze anos. Na verdade, todo ano as sentenças são reduzidas por bom comportamento.

— Sim, então serão dez anos. Que diferença faz? Eu estarei com vinte anos. Para que vou precisar de um pai? Eu quero o meu pai agora, neste exato momento!

Mais uma vez, afundei na dúvida. No escritório, meus amigos eram da opinião de que eu não deveria perder a oportunidade de terminar os estudos e me formar. O sr. Zargar me incentivou, dizendo que eu poderia ter aulas durante o dia, desde que terminasse o meu trabalho após o expediente.

Por coincidência, durante esses dias, as autoridades finalmente aceitaram meus pedidos insistentes para receber permissão para visitar Hamid. Fiquei feliz e nervosa. Liguei para o pai dele, que foi na mesma hora até a minha casa.

— Não contarei para a mãe dele, e você não deverá contar para as crianças — disse ele. — Não sabemos o estado em que Hamid está. Se virmos que ele está apresentável, nós os levaremos da próxima vez.

Suas palavras aumentaram a minha ansiedade. A noite toda, sonhei que Hamid era trazido a mim machucado e ensanguentado, apenas para passar os últimos instantes da sua vida nos meus braços. Cansados e nervosos, saímos cedo na manhã seguinte. Não sei se a sala de visitas e as janelas estavam todas empoeiradas ou se eu estava vendo tudo através de um véu de lágrimas. Finalmente, trouxeram Hamid. Ao contrário das nossas expectativas, ele estava limpo e arrumado, com o cabelo penteado e a barba feita, porém inacreditavelmente magro e abatido. Até a sua voz estava diferente. Por alguns minutos, nenhum de nós conseguiu falar. Seu pai recompôs-se antes de nós e perguntou a ele a respeito das condições na prisão. Hamid fez um olhar sugestivo, indicando que a pergunta não era apropriada, e disse:

— Ah, é uma prisão. Eu sobrevivi à parte mais difícil. Contem-me de vocês. Como estão as crianças? Como está a Mãe?

Ficou evidente que ele não recebera a maior parte das minhas cartas. Contei que os meninos estavam bem e crescendo rápido, que ambos estavam entre os melhores alunos da turma, que Siamak iniciara o quinto ano e Massoud, o primeiro. Ele perguntou sobre o meu trabalho. Eu disse que, por causa dele, todo mundo era bom comigo e cuidava de mim. De repente, vi um brilho nos seus olhos e notei que não deveria falar sobre essas coisas. Por fim, ele me perguntou sobre a faculdade e eu lhe contei sobre as minhas dúvidas. Ele riu e disse:

— Você se lembra do quanto sonhou com o diploma da escola? Nem a graduação é suficiente para você. Você é uma mulher talentosa e esforçada. Tem de avançar. Vai chegar até de doutorado.

Não havia tempo para explicar o peso que representaria continuar estudando e quanto do meu tempo iria tomar. Só pude dizer:

— Será difícil estudar, trabalhar e cuidar das crianças.

— Você vai conseguir fazer tudo — disse ele. — Você não é mais a menina sem jeito de dez ou onze anos atrás. É uma mulher capaz que torna possível o impossível. Eu tenho muito orgulho de você.

— Está falando sério? — perguntei com lágrimas nos olhos. — Você não tem mais vergonha de ter uma esposa como eu?

— Quando foi que eu tive vergonha? Você é uma esposa querida e cresceu, tornando-se mais completa a cada dia que passa. Hoje você é o sonho de todo homem. Eu só fico triste porque eu e os nossos filhos a impedimos de fazer mais.

— Não diga isso! Você e os nossos filhos são as coisas mais preciosas da minha vida.

Eu queria abraçá-lo desesperadamente, pôr a cabeça no seu ombro e chorar. Agora eu me sentia cheia de energia. Sentia que era capaz de fazer qualquer coisa.

★

Matriculei-me em alguns cursos cujos horários eram convenientes para mim. Conversei com a sra. Parvin e Faati, e elas concordaram em me ajudar com os meninos. O marido da sra. Parvin estava doente, mas ela disse que poderia passar uma ou duas tardes com Siamak e Massoud, e Faati e Sadegh Khan concordaram em cuidar deles três noites por semana. Faati estava nos últimos meses de gravidez e era difícil ir e vir. Então, dei o nosso carro para Sadegh Khan para que ele pudesse levar Faati para a nossa casa ou levar os meninos para a casa deles e, de vez em quando, levar todo mundo ao cinema ou para fazer outros passeios. Enquanto isso, eu aproveitava todas as oportunidades para estudar. Durante o meu tempo livre no escritório, de manhã cedo e à noite antes de dormir. Era comum eu adormecer em cima dos livros. As dores de cabeça crônicas que eu sentia desde a adolescência estavam piores e mais frequentes, mas eu não me deixava abalar. Tomava analgésicos e prosseguia com o trabalho.

Minhas responsabilidades agora incluíam as de mãe, de dona de casa, de funcionária de escritório, de estudante universitária e de mulher de presidiário. E cumpria a última com o máximo de cautela. A comida e os outros itens básicos que eu queria levar para Hamid eram preparados por todos os membros da família com grande cerimônia, quase num ritual religioso.

Com o tempo, aprendi a administrar minha carga de trabalho e me acostumei a ela. Foi então que percebi que somos capazes de muito mais do que acreditamos. Após algum tempo, nos adaptamos à vida, e o nosso ritmo se ajusta ao volume de tarefas. Eu era como uma corredora na pista da vida, e a voz de Hamid dizendo "Eu tenho orgulho de você" ecoava nos meus ouvidos como o aplauso dos espectadores num estádio enorme, intensificando a minha força e a minha agilidade.

Certa vez, eu estava separando os jornais dos dias anteriores quando bati os olhos nos obituários. Raramente prestava atenção nisso, mas nesse dia um nome chamou a minha atenção. A nota era para o funeral do sr. Ebrahim Ahmadi, o pai de Parvaneh. Senti uma dor no coração. Lembrei-me de sua dignidade e do seu rosto amável. Meus olhos ficaram marejados e as lembranças de Parvaneh ocuparam a minha mente. O tempo e a distância não foram capazes de apagar o meu amor por ela e o meu desejo de revê-la.

Após a conversa por telefone com a sua mãe anos antes, eu não tivera mais notícias deles e estava tão sobrecarregada com as minhas coisas que não tentei entrar em contato com a mãe dela novamente.

Eu tinha de ir ao funeral. Talvez fosse a única oportunidade de encontrar Parvaneh. Não importava onde estivesse, ela certamente iria ao funeral do pai.

Ao entrar na mesquita, eu estava nervosa, com as palmas das mãos suando. Procurei Parvaneh na fileira onde estavam os enlutados, mas não a vi. Seria possível que ela não tivesse ido? Nesse instante, uma senhora um tanto gorda, cujo cabelo loiro escapara do lenço preto de renda, ergueu a cabeça e nossos olhares se encontraram. Era Parvaneh. Como ela pudera mudar tanto em doze ou treze anos? Ela se atirou nos meus braços e passamos quase a cerimônia inteira chorando sem dizer uma palavra. Ela estava lamentando o falecimento do pai e eu, botando para fora tudo o que sofrera ao longo dos anos. Após a cerimônia, ela insistiu que eu fosse à sua casa. Assim que a maior parte das visitas foi embora, ficamos sentadas uma de frente para a outra. Não sabíamos por onde começar. Olhando bem para ela, vi que ainda era a mesma Parvaneh, a não ser pelo fato de ter engordado e tingido o cabelo num tom mais claro. As olheiras e o inchaço do rosto se deviam ao fato de ela ter chorado muito nos últimos dias.

— Massou — disse ela finalmente —, você é feliz?

Fiquei perplexa. Não sabia o que dizer. Eu sempre ficava confusa quando me faziam essa pergunta. Como meu silêncio se manteve, ela balançou a cabeça e exclamou:

— Minha nossa! Parece que os seus problemas não acabam nunca.

— Eu não sou ingrata — expliquei. — Só não sei o que significa felicidade! Mas tenho muitas bênçãos na vida. Tenho os meus filhos, dois meninos saudáveis. E o meu marido é um homem bom, ainda que não esteja conosco. Eu trabalho, estudo... lembra o meu sonho eterno?

— Você não vai desistir — disse ela, rindo. — Esse diploma não é tão valioso assim. O que você acha que eu fiz com o meu?

— Eu recebi o meu diploma da escola há muito tempo. Agora eu estudo literatura persa na Universidade de Teerã.

— Sério? Que ótimo! Você é perseverante mesmo. É claro que sempre foi uma aluna inteligente, mas não achei que ainda estaria estudando, com marido e filhos. Que bom que o seu marido não se opõe.

— Não, ele sempre me incentivou.

— Que maravilha! Então deve ser um homem sábio. Eu gostaria de conhecê-lo.

— Sim, se Deus quiser, daqui a dez ou quinze anos!

— Como assim? Por quê? Onde ele está?

— Está na prisão.

— Deus me tire a vida! O que ele fez?

— É preso político.

— Está falando sério? Na Alemanha, sempre ouço iranianos, os caras que são membros da Confederação e outros que se opõem ao governo, falarem sobre os presos políticos. Então o seu marido é um deles! Dizem que eles são torturados na prisão. É verdade?

— Ele não me disse nada, mas várias vezes já lavei sangue das suas roupas. Recentemente, nossa permissão para visitá-lo foi revogada de novo, então não sei em que estado ele está agora.

— E quem sustenta vocês?

— Eu lhe disse, eu trabalho.

— Quer dizer que você tem que administrar a vida de vocês sozinha?

— Administrar a vida não é tão difícil, o duro é a solidão. Ah, Parvaneh, você não imagina como eu me sinto solitária. Mesmo estando sempre ocupada e não tendo um momento de descanso, sempre me sinto sozinha. Estou tão feliz por finalmente ter encontrado você. Eu precisava muito de você... Mas agora me conte. Você é feliz? Quantos filhos você tem?

— Minha vida até que é boa — disse ela. — Tenho duas filhas. Lili tem oito anos e Laleh, quatro. Meu marido não é ruim. É um homem como qualquer outro. E eu me acostumei com a vida lá. Mas, com a morte do meu pai, não posso mais deixar a minha mãe sozinha, especialmente agora que a minha irmã Farzaneh tem dois filhos pequenos e está ocupada com a própria vida. E não dá para contar com os filhos. Acho que teremos de voltar e morar aqui. Além disso, meu marido, Khosrow, já vinha pensando em se mudar para cá.

O LIVRO DO DESTINO

Parvaneh e eu tínhamos mais coisas para dividir do que era possível em um dia. Precisávamos de muitos dias e noites. Combinamos que eu e os meninos iríamos à casa deles na sexta-feira para passar o dia com ela. Foi um dia maravilhoso. Falei mais do que já tinha falado na vida. Felizmente, o tempo e a distância não afetaram a nossa amizade. Ainda conversávamos com mais liberdade e mais à vontade do que com qualquer outra pessoa. Abrir-me com os outros sempre fora difícil, e a necessidade de manter a vida de Hamid em segredo me deixara ainda mais desconfortável com as pessoas. Agora, porém, eu era capaz de revelar os cantos mais obscuros do meu coração a Parvaneh. Eu reencontrara a minha amiga e nunca mais a perderia.

Felizmente, a mudança de Parvaneh para o Irã foi resolvida rapidamente e, após uma breve viagem à Alemanha, sua família se instalou em Teerã. O marido dela começou a trabalhar, e Parvaneh conseguiu um emprego de meio expediente na Sociedade Irã-Alemanha. Agora havia mais uma pessoa com quem eu poderia contar. Parvaneh compartilhara a minha história de vida com o marido e, comovido, ele se sentia de alguma forma responsável por mim e pelos meus filhos. Nossos filhos passaram a gostar uns dos outros e tornaram-se bons companheiros de brincadeiras. Parvaneh estava sempre planejando passeios com eles, e os levava ao cinema, à piscina e ao parque.

A presença da família de Parvaneh trouxe uma nuance diferente para as nossas vidas, e comecei a ver uma nova alegria e um novo ânimo nos meus filhos, que estavam muito desalentados desde que Faati dera à luz e os deixara ainda mais sozinhos e com os dias mais desestruturados.

Mais um ano se passou. Voltamos a ter permissão para visitar Hamid com regularidade e, uma vez por mês, eu levava os meninos para vê-lo. No entanto, após cada visita, eles ficavam abatidos e levavam uma semana para voltar ao normal. Massoud ficava mais quieto e mais triste, e Siamak, mais agitado e tenso. Hamid parecia mais velho a cada vez que o víamos.

Continuei indo à universidade, acumulando alguns créditos por período. Passei a ser funcionária oficial da agência e, ainda que não tivesse o grau de bacharel, já fazia tarefas mais especializadas e trabalhos mais avançados. O sr. Zargar ainda cuidava de mim e me passava tarefas com segurança. O sr. Shirzadi e eu permanecemos amigos próximos. Ele ainda era desagradável e mal-humorado, e, às vezes, metia-se em brigas e discussões que o deixavam mais infeliz ainda. Eu tentava aliviar seu pessimismo enraizado em relação a tudo, assegurando-lhe de que ele não tinha inimigos e de que não havia motivos ocultos por trás de tudo o que as pessoas diziam e faziam. A tudo isso, ele respondia:

— O medo baniu a confiança da minha mente, a minha única amada é a desconfiança.

Ele não se sentia à vontade em nenhum grupo de pessoas, não ficava perto de ninguém, detectava as pegadas de políticos traidores em cada gesto, e acreditava que todo mundo era mercenário e comprado pelo regime. Seus colegas não se incomodavam com a sua presença, mas ele sempre se isolava.

Certa vez, perguntei:

— O senhor não se cansa de ficar sozinho?

Em resposta, ele recitou um de seus poemas em que falava sobre ser amigo do sofrimento e amante da solidão, com uma desesperança tão eterna quanto o sol e tão vasta quanto o oceano.

— O que é isso? — brincou o sr. Zargar, certa vez. — Por que leva tudo tão a sério? As coisas não são tão ruins quanto pensa. Esses problemas existem em toda sociedade. Nós também não estamos satisfeitos, mas não fazemos uma tempestade em um copo d'água e não nos afligimos o tempo todo.

O sr. Shirzadi respondeu com um de seus poemas típicos, que dizia que ninguém o entendia.

Depois que ele começou uma discussão acalorada com o diretor-geral da agência, saiu bufando do escritório do homem e bateu a porta, todos se juntaram para mediar.

— Ceda um pouco — disse alguém. — Afinal, esta é uma agência do governo, não a casa da sua tia, e temos de tolerar algumas coisas.

O sr. Shirzadi gritou em verso que ele jamais se curvaria nem abaixaria a cabeça.

— Sr. Shirzadi, por favor, tente se acalmar. O senhor não pode simplesmente ir embora desta firma. Tem de ser capaz de se manter em algum emprego — intervim.

O LIVRO DO DESTINO

— Não posso — disse ele.

— Então, o que vai fazer agora? — perguntei.

— Vou embora. Tenho de sair deste lugar...

O sr. Shirzadi não apenas deixou a agência como logo depois deixou o país. No dia em que foi buscar seus últimos pertences, ele se despediu de mim e acrescentou:

— Lembranças ao herói, seu marido. — E me pediu para recitar um poema para Hamid: que eles levam para a forca aqueles que dizem a verdade.

Com a partida do sr. Shirzadi, a tranquilidade voltou a reinar na agência. Até o sr. Zargar, que não aparentava ter problemas com ele, parecia não estar mais conseguindo tolerá-lo. Ainda assim, a lembrança dele, seu sofrimento profundo e o tormento por que passava permaneceram comigo para sempre e me levaram a fazer tudo o que eu podia para que os meus filhos não ficassem amargos e desanimados como ele.

Em casa, tentei criar um ambiente em que os meus meninos não se esquecessem de rir. Inventei um concurso de piadas. Qualquer um que contasse uma piada própria ganharia um prêmio. Imitávamos uns aos outros de brincadeira. Eu queria que aprendessem a rir de si mesmos, dos seus problemas e fraquezas. Tentávamos falar com diferentes sotaques. Eu os incentivava a cantar, a aumentarem o volume quando ouviam música no aparelho de som, a escutarem música animada. E dançávamos. À noite, apesar de estar muito cansada e mal conseguir me mover, jogava com eles e fazia cócegas até ficarem fracos de tanto rirem. A guerra de travesseiros só parava quando eles concordavam em ir dormir.

Era exaustivo, mas eu tinha de fazer isso. Tinha de tornar alegre aquele ambiente melancólico, tinha de compensar as horas de ausência, tinha de inspirar entusiasmo neles para que nunca vissem o mundo através do olhar do sr. Shirzadi.

Logo após o casamento, Faati deu à luz uma bela menina de olhos azuis da cor do céu. O nome escolhido para ela foi Firouzeh (turquesa). Os meninos a adoravam, especialmente Massoud, que estava sempre ansioso para brincar com ela.

O marido da sra. Parvin faleceu, e ela encontrou a paz e a liberdade, especialmente porque conseguira transferir a posse da casa para o seu nome antes da morte dele. Ela nunca falou bem do marido e nunca o perdoou pelo que fizera com ela. Após a morte dele, ela começou a passar a maior parte do tempo conosco. Ficava com as crianças quando eu tinha de trabalhar até mais tarde e fazia a maior parte do trabalho da casa para que eu tivesse mais tempo para descansar e ficar com os meninos. De certa forma, ela se sentia responsável pelo meu destino e pela minha solidão, e tentava compensá-los.

Sob a recomendação de Mahmoud, Ali pediu a mão da filha de um respeitável comerciante do bazar. Eles se comprometeram formalmente e fizeram planos para um casamento elaborado para o outono num salão que servia a convidados homens e mulheres separadamente. A combinação foi do agrado de Mahmoud, e ele prometeu todo tipo de cooperação e assistência, concordando com todas as condições idiotas impostas pela família da noiva, todas as quais pareciam mais práticas comerciais antigas do que preparativos para um casamento.

Quando o Pai reclamou:

— Não podemos gastar tanto dinheiro assim... Que bobagem é essa?

Mahmoud simplesmente respondeu:

— O investimento logo vai compensar. Espere para ver o dote que ela trará e os negócios que fecharemos ao lado do pai dela.

Ahmad deixara o círculo familiar por completo. Ninguém gostava de falar dele e todos tentavam nem sequer mencionar o seu nome. Fazia algum tempo que o Pai o expulsara de casa.

— Graças a Deus, ele não sabe onde você mora — disse o Pai. — Senão iria criar mais escândalos e ficar pedindo dinheiro.

Ahmad caíra tão fundo que todos desistiram dele. A sra. Parvin era a única que ainda o via e me contava algumas coisas em segredo.

— Nunca vi ninguém tão determinado em destruir a própria vida — dizia ela. — Que pena. Era um homem tão bonito. Se você o visse agora, não o reconheceria. Qualquer dia desses vão encontrar o corpo dele na sarjeta no sul da cidade. A única razão pela qual ele ainda está vivo é a sua mãe. Não conte para ninguém, se o seu pai descobrir, vai brigar com ela, mas a

O LIVRO DO DESTINO

pobre coitada é mãe e ele é o filho querido dela. De manhã, quando o seu pai sai de casa, Ahmad aparece e a sua mãe dá comida para ele, faz kebab, lava suas roupas e, quando dá, põe um dinheiro no bolso dele. Até hoje, se alguém diz a ela que Ahmad é viciado em heroína, ela acaba com a pessoa. A pobre coitada ainda está esperando que ele se recupere.

A previsão da sra. Parvin logo se realizou, porém, junto consigo mesmo, Ahmad destruiu o Pai também. Nos últimos estágios do declínio, Ahmad fazia qualquer coisa por dinheiro. Num momento desesperado de carência e pobreza, foi à casa do Pai e estava enrolando um tapete para levar e vender, quando o Pai chegou e começou uma briga com ele. Foi mais do que o coração cansado do Pai podia suportar. Ele foi levado ao hospital e passamos alguns dias atrás das portas da Unidade de Tratamento Intensivo. Seu estado melhorou e ele foi transferido para um leito normal.

Eu levava as crianças para o hospital todos os dias. Siamak estava alto e conseguiu um passe de visitante por aparentar ser mais velho, porém, mesmo com mil truques e muitos pedidos, Massoud viu o avô apenas duas vezes. Durante as visitas, Siamak apenas segurava a mão do avô e ficava sentado ao seu lado sem dizer uma palavra.

Tínhamos esperança de que o Pai se recuperasse, mas infelizmente ele teve outro forte ataque cardíaco. Foi levado de volta à UTI, onde, vinte e quatro horas depois, ele entregou a vida a quem lhe deu a vida. E eu perdi o meu único apoio e refúgio. Depois que Hamid foi preso, eu me senti solitária e isolada. Após a morte do Pai, percebi que, mesmo a distância, sua presença representava uma cobertura de proteção para mim e que nos meus momentos mais escuros o brilho da sua presença iluminara o meu coração. Sem o Pai, os laços que me prendiam à sua casa se enfraqueceram.

Durante uma semana, não consegui conter as lágrimas. No entanto, meus instintos logo me tornaram consciente daqueles que estavam à minha volta e notei que as minhas lágrimas eram insignificantes comparadas à tristeza e ao silêncio profundos de Siamak. A criança não derramara uma única lágrima e estava prestes a explodir feito um balão que não tinha espaço para uma única lufada de ar. A Mãe, porém, resmungou:

— É uma pena! Mesmo com todo o amor que Mostafa Khan deu a essa criança, ele não derramou uma lágrima quando puseram o homem no túmulo. O menino não está nem aí.

Eu sabia que o estado emocional de Siamak era muito pior do que aparentava. Um dia, deixei Massoud com Parvaneh e levei Siamak para visitar o túmulo do Pai. Ajoelhei-me ao lado da sepultura. Siamak ficou de pé ao meu lado como uma nuvem escura e carregada. Ele tentava não olhar e permanecer isolado do tempo e do espaço em que se encontrava. Comecei a falar sobre o Pai, sobre as lembranças que eu tinha dele, sobre o seu carinho e o vazio que a sua morte deixara em nossas vidas. Devagar, fiz Siamak sentar-se perto de mim e continuei a falar até que ele começou a chorar de repente e derramou todas as lágrimas que estava guardando dentro de si. Ele chorou até anoitecer. Quando Massoud chegou em casa e viu Siamak chorando, ele também caiu no choro. Eu os deixei pôr tudo para fora. Eles tinham de se livrar de toda a dor que se acumulara em seus pequenos corações. Depois, conversei com eles e perguntei:

— O que vocês acham que deveríamos fazer para honrar a morte do vovô? O que ele espera de nós e como deveríamos viver para que ele fique contente conosco?

E, ao longo dos anos, eu também percebi que deveria tentar seguir a vida normalmente, sempre guardando as lembranças que eu tinha dele.

Três meses após a morte do Pai, Ahmad também partiu para o outro mundo, e da maneira infeliz que a sra. Parvin previra. Um gari encontrou o corpo dele numa rua no sul da cidade. Ali foi identificar o corpo e, fora a Mãe, que se curvava de tanta tristeza, ninguém chorou. Por mais força que eu fizesse para ter uma lembrança boa de Ahmad, não conseguia. Senti culpa por não lamentar a sua morte. Não fiquei de luto, mas por muito tempo, sempre que eu pensava nele, uma dor vaga apertava o meu coração.

Dadas as circunstâncias, Ali não pôde celebrar o casamento. Em vez disso, levou a esposa para a casa da nossa família, que o Pai transferira para a Mãe anos antes. Deprimida e sozinha, a Mãe praticamente se aposentou da vida e deixou os cuidados com a casa para a noiva. Assim, a porta da casa que fora o meu refúgio em momentos difíceis fechou-se definitivamente para mim.

CAPÍTULO QUATRO

Eram meados de 1977. Eu sentia uma agitação política no país. O modo como as pessoas falavam e se comportavam mudara de forma palpável. Nos escritórios, nas ruas e especialmente nas universidades, elas eram mais ousadas para falar. As condições na prisão melhoraram, e Hamid e outros prisioneiros receberiam mais comodidades. Também havia menos restrições para levar roupa e comida para eles. No entanto, no meu coração não havia uma fagulha de esperança e eu não era capaz de imaginar a magnitude dos acontecimentos que estavam por vir.

Faltavam alguns dias para o ano-novo e o ar cheirava à primavera. Perdida em pensamentos, voltei para casa e deparei com uma cena estranha. No meio do corredor havia sacos de arroz, latas grandes de banha, sacos de chá e de legumes e vários outros alimentos. Fiquei surpresa. O pai de Hamid, às vezes, comprava arroz para nós, mas não todas aquelas outras coisas. Desde que a gráfica fora fechada, eles também viviam dificuldades financeiras.

Quando Siamak viu a minha expressão de surpresa, ele riu e disse:

— Espere até você ver a melhor parte. — E me entregou um envelope. Estava aberto e pude ver um maço de notas de cem tomans.

— O que é tudo isso? — perguntei. — De onde veio?

— Adivinha!

— É, mamãe, é surpresa — acrescentou Massoud, animado. — Você tem de adivinhar.

— O avô de vocês teve esse trabalho todo?

— Não! — disse Siamak.

E os dois começaram a rir.

— Foi Parvaneh que trouxe?

— Não.

Mais risos.

— A sra. Parvin? Faati?

— Nada disso! — disse Siamak. — Você nunca vai adivinhar. Posso contar?

— Sim! Quem trouxe essas coisas?

— O tio Ali! Mas ele pediu para dizer a você que são do tio Mahmoud. Fiquei perplexa.

— Por quê? Para quê? — perguntei. — Ele teve um sonho profético? Peguei o telefone e liguei para a casa da Mãe. Ela não sabia de nada.

— Deixe-me falar com Ali, então — pedi. — Quero saber o que está acontecendo.

Quando Ali pegou o telefone, perguntei:

— O que está havendo, Ali Agha? Você está alimentando os pobres?

— Por favor, irmã. Era o meu dever.

— Que dever? Eu nunca pedi nada.

— Bom, isso é porque você é nobre e graciosa, mas eu tenho de cumprir com as minhas obrigações.

— Obrigada, caro Ali, mas meus filhos e eu não precisamos de nada. Por favor, venha agora mesmo e leve todas essas coisas daqui.

— Levar e fazer o quê com elas? — perguntou Ali.

— Não sei. Faça o que quiser. Dê aos necessitados.

— Sabe, irmã, isso não tem nada a ver comigo. O irmão Mahmoud as enviou. Fale com ele. E não foi só com você. Ele fez o mesmo para um monte de gente. Eu só fiz a entrega.

— É mesmo? — perguntei. — Então são esmolas do cavalheiro? Quem iria imaginar...! Será que ele enlouqueceu?

— Por que está falando assim, irmã? E nós achamos que estávamos fazendo uma boa ação...

— Vocês já fizeram boas ações suficientes para mim. Obrigada. Só venha buscar todas essas coisas o mais rápido possível.

O LIVRO DO DESTINO

— Eu vou, mas só se o irmão Mahmoud me pedir. Você deveria falar com ele.

— Não tenha dúvida — falei. — É exatamente o que eu vou fazer!

Liguei para a casa de Mahmoud. Dava para contar nos dedos as vezes que liguei para aquela casa. Gholam-Ali atendeu e, após um cumprimento afável, passou o telefone para o pai.

— Olá, irmã! Que surpresa. O que a fez pensar em nós, finalmente?

— Na verdade — respondi num tom seco —, essa era exatamente a pergunta que eu ia lhe fazer. O que o fez pensar em nós, finalmente? Você enviou esmolas!

— Por favor, irmã. Não é esmola, é o seu direito. Seu marido está na prisão porque lutou pela nossa liberdade e contra essa gente desalmada. Nós, que não temos a força para lutar e para enfrentar a prisão e a tortura, temos o dever de, pelo menos, cuidar da família dos bravos.

— Mas, meu querido irmão, Hamid está preso há quatro anos. O mesmo tempo em que tenho conseguido me virar sem precisar de ninguém e, com a graça de Deus, continuarei a fazer o mesmo no futuro.

— Você está certa, irmã — disse ele. — Temos de nos envergonhar, estávamos num sono profundo, desinformados e distraídos. Você tem de nos perdoar.

— Por favor, irmão. Só estou querendo dizer que eu consigo dar conta da minha própria vida. Não quero que os meus filhos cresçam à base da caridade. Por favor, mande alguém vir buscar essas coisas...

— Irmã, é minha obrigação. Você é nossa irmã querida, e Hamid é o nosso orgulho.

— Mas, irmão, Hamid é aquele mesmo rebelde que merecia ser executado.

— Não faça comentários sarcásticos, irmã. Você realmente guarda rancor, não? Já confessei que eu fui ignorante. Para mim, qualquer homem que combata este sistema de tirania é digno de louvor, seja ele mulçumano ou infiel.

— Muito obrigada, irmão — respondi com seriedade. — Ainda assim, não preciso da comida. Por favor, peça a alguém para levá-la daqui.

— Dê para os seus vizinhos — rosnou ele, indignado. — Não tenho ninguém para mandar aí.

E desligou o telefone.

Nos meses seguintes, as mudanças tornaram-se mais palpáveis. Ninguém no escritório deveria saber que o meu marido era prisioneiro político, mas quase todo mundo sabia e, até então, todos me tratavam com reservas e tomavam o cuidado de não irem à minha sala com muita frequência. Agora, no entanto, toda essa cautela e restrição haviam desaparecido. As pessoas pareciam não ter medo de se associarem a mim, e o meu círculo de conhecidos aumentava rápido. Além disso, os meus colegas não reclamavam mais das minhas faltas excessivas nem das horas que eu passava estudando.

A transformação logo passou a ser ainda mais evidente. Os meus familiares, amigos da faculdade e colegas de trabalho começaram a conversar abertamente sobre a minha vida e a minha situação. Perguntavam-me sobre o bem-estar de Hamid, expressavam solidariedade e preocupação, e o elogiavam. Em reuniões sociais, era comum eu ser convidada a me sentar numa posição central e me tornar o centro das atenções. Por mais desconfortável que eu me sentisse com tudo isso, Siamak pensava que era motivo de orgulho. Exultante, ele falava abertamente e com orgulho do pai e respondia às perguntas das pessoas sobre como Hamid fora preso e a noite em que a nossa casa fora invadida. Desnecessário dizer que, dada a sua mente jovem e imaginativa, ele costumava enfeitar as suas reminiscências.

Apenas duas semanas após o começo das aulas, fui chamada à escola de Siamak. Fiquei preocupada, achando que ele tivesse iniciado mais uma briga e batido num colega de novo, porém, quando entrei na sala da administração, entendi que estava lá por outro motivo. Um grupo de professores e supervisores me cumprimentou, e a porta foi fechada para que o diretor e outros administradores não notassem a minha presença. Ficou óbvio que não confiavam neles. Em seguida, começaram a me perguntar sobre Hamid, sobre a situação política no país, as mudanças que estavam em andamento e a revolução. Fiquei perplexa. Eles agiam como se eu fosse a fonte de planos secretos para uma revolta. Respondi às perguntas sobre Hamid e a sua prisão, mas em resposta a todas as outras questões, eu repetia:

— Eu não sei. Não estou envolvida de maneira alguma.

O LIVRO DO DESTINO   261

No fim, ficou claro que Siamak falara a respeito do pai, do movimento para a revolução e do nosso envolvimento nisso com tanto exagero que entusiastas e defensores houveram por bem não apenas confirmar as afirmações dele, mas estabelecer contato direto com os elementos-chave.

— É claro que, com um pai assim, deveríamos esperar um filho como Siamak — declarou um professor com os olhos marejados. — Você não imagina a paixão e a beleza com que ele fala.

— O que ele contou a vocês? — perguntei, curiosa com o que Siamak falava a estranhos a respeito do pai.

— Como um adulto, como um orador, ele se colocou destemido diante de nós e falou: "O meu pai está lutando pela liberdade dos oprimidos. Muitos de seus amigos morreram pela causa e ele está preso há anos. Ele resistiu à tortura sem dizer uma palavra."

No caminho de volta para casa, emoções conflitantes me agitavam. Fiquei feliz porque Siamak estava se afirmando, ganhando atenção e se sentindo orgulhoso, mas me perturbava a sua personalidade ufana e de adoração ao heroísmo. Ele sempre fora uma criança difícil e agora estava nos estágios delicados e confusos do início da juventude. A minha preocupação era como, após ser sujeito a insultos e humilhações, ele iria digerir a aprovação e os elogios. Sua personalidade ainda não formada seria capaz de aguentar tais altos e baixos? Também me perguntava por que ele precisava de tanta atenção, aprovação e amor. Eu tentara ao máximo dar tudo isso a ele.

O respeito e a admiração de todos à nossa volta ficavam mais intensos a cada dia. Tudo parecia exagerado e forçado, e eu me perguntava se a origem não era a mera curiosidade. Fosse o que fosse, estava se tornando cada vez mais difícil e irritante para mim. Às vezes, eu me sentia insincera, hipócrita e culpada. Eu me perguntava: e se eu estiver me aproveitando das circunstâncias e enganando as pessoas? Eu estava sempre explicando a todos que não sabia tantas coisas sobre os ideais e crenças do meu marido e que nunca colaborara com ele, porém as pessoas não queriam ouvir a realidade. No trabalho e na faculdade, em toda discussão política as pessoas apontavam para mim e em todas as eleições me escolhiam para representá-las.

Toda vez que eu dizia não saber muita coisa e que não tinha conexões, eles interpretavam como sendo uma modéstia inerente a mim. A única pessoa que não mudou o seu comportamento em relação a mim foi o sr. Zargar, que monitorava com atenção as mudanças que ocorriam ao meu redor.

No dia em que os funcionários decidiram eleger um Comitê da Revolução e anunciaram seu apoio ao movimento estrondoso das massas, um deles, que até pouco tempo só me cumprimentava e com cautela, fez um discurso eloquente elogiando o meu caráter humanitário, revolucionário e amante da liberdade, e me indicou como candidata. Eu me levantei e, com a segurança que adquiri com uma vida social difícil, agradeci ao orador, mas me opus às suas afirmações, dizendo honestamente:

— Nunca fui revolucionária. A vida me colocou no caminho de um homem que tinha uma visão política específica, e eu desmaiei na primeira vez que tive de enfrentar uma pequena parte dos fundamentos e da estrutura das opiniões dele.

Todos riram, alguns aplaudiram.

— Acreditem em mim — insisti. — Estou dizendo a verdade. É por isso que o meu marido nunca me envolveu em suas atividades. Com todas as minhas forças, eu rezo para que ele seja solto, mas quando se trata de ideologia política e influência política, eu não sirvo para nada.

O homem que me indicara protestou aos gritos:

— Mas você sofreu, seu marido passou anos na prisão, e você cuidou da sua vida e criou os seus filhos sozinha. Tudo isso não é sinal de que você compartilha das ideologias e crenças dele?

— Não! Eu teria feito o mesmo se o meu marido tivesse sido preso por roubo. Isso é um sinal de que, como mulher e mãe, tenho o dever de cuidar da minha vida e dos meus filhos.

Houve um alvoroço, mas, pelo olhar de aprovação do sr. Zargar, eu sabia que tinha feito a coisa certa. Desta vez, porém, os funcionários me transformaram numa heroína por causa da minha humildade e sinceridade, e me elegeram.

*

O LIVRO DO DESTINO

O agito da revolução crescia e, com o seu alcance ampliado, todo dia uma nova esperança brotava no meu coração. Era possível que aquilo pelo que Shahrzad e os outros tivessem dado a vida e por que Hamid tivesse sofrido e sido torturado durante anos na prisão pudesse se tornar realidade?

Pela primeira vez, meus irmãos e eu estávamos do mesmo lado, queríamos a mesma coisa, entendíamos uns aos outros e nos sentíamos próximos. Eles se comportavam como irmãos e eram solidários comigo e com os meninos. A gentileza de Mahmoud chegara ao ponto de comprar para os meus filhos tudo o que comprava para os dele.

Com lágrimas nos olhos, a Mãe agradecia a Deus e dizia:

— É uma pena que o seu pai não esteja aqui para ver todo esse amor. Ele sempre se preocupava e dizia: "Se eu morrer, meus filhos não vão se encontrar ano após ano, e a mais solitária de todos será essa minha filha para quem os irmãos não dão uma ajuda." Queria que ele estivesse aqui para ver como esses mesmos irmãos agora dariam a vida pela irmã.

Os contatos de Mahmoud lhe permitiam acesso às últimas notícias e comunicados oficiais. Ele trazia panfletos e gravações, Ali os reproduzia e eu os distribuía no trabalho e na universidade. Enquanto isso, Siamak e os amigos gritavam slogans nas ruas e Massoud fazia desenhos das manifestações e escrevia "Liberdade". Desde o verão, vínhamos participando de reuniões, palestras e protestos contra o regime do Xá. Em nenhum momento considerei que grupo ou partido organizava os eventos. Que diferença fazia? Estávamos juntos e todos queríamos a mesma coisa.

A cada dia que passava, eu me sentia um passo mais perto de Hamid. Eu começava a acreditar que ter uma família completa e um pai para os meus filhos não era mais um sonho inatingível. Com todo o meu ser, eu estava feliz porque Hamid estava vivo. Ver a sua expressão de tormento não me fazia mais questionar se teria sido melhor se ele tivesse morrido com os amigos em vez de suportar anos de tortura. Eu começava a acreditar que tudo que ele sofrera não havia sido em vão e que ele logo estaria colhendo o fruto da sua luta. O sonho deles estava se tornando realidade.

O povo se rebelara e gritava nas ruas: "Eu não viverei sob o peso da tirania." Quando Hamid e seus amigos falavam sobre esse momento, tudo parecia muito irrealista, idealista e artificial.

Com o aumento da força da revolução, percebi que eu tinha cada vez menos controle sobre os meus filhos. Eles tinham convivido muito com o tio. Com uma devoção que era totalmente estranha e nova para mim, Mahmoud ia buscar os meninos para discursos e debates. Siamak deleitava-se nesses eventos e seguia o tio com alegria. Massoud, no entanto, começou a se distanciar e a usar diferentes pretextos para não se juntar a eles. Quando lhe perguntei o porquê, ele disse simplesmente:

— Eu não gosto.

Insisti para receber uma resposta mais convincente, e ele respondeu:

— Eu fico com vergonha.

Não entendi do que ele sentia vergonha, mas decidi não pressioná-lo mais.

Siamak, por outro lado, ficava mais entusiasmado a cada dia. Estava bem-humorado e não causava mais problemas em casa. Era como se estivesse colocando para fora toda a raiva e frustração ao gritar slogans. Pouco a pouco, ele foi desenvolvendo uma disciplina própria para observar as práticas religiosas. Ele sempre tivera dificuldade para acordar cedo, mas passara a acordar todo dia para fazer as orações da manhã. Eu não sabia se deveria ficar feliz ou preocupada com as mudanças dele. Algumas coisas que ele fazia, como desligar o rádio quando começava a tocar música ou recusar-se a ver televisão, me faziam voltar muitos anos e me lembravam do comportamento fanático de Mahmoud.

Em meados de setembro, Mahmoud anunciou que queria realizar uma cerimônia em memória do Pai. Embora já passasse mais de um mês do aniversário de um ano da morte dele, ninguém se opôs. Honrar a memória daquele homem querido e oferecer doações em homenagem à sua alma pura era sempre uma ideia bem-vinda. Devido à lei marcial e aos toques de recolher rigorosos, decidimos que seria melhor fazer a cerimônia ao meio-dia de uma sexta-feira, e começamos os preparativos, cozinhando e fazendo outras

O LIVRO DO DESTINO

coisas com entusiasmo. O número de convidados aumentava a cada minuto e eu elogiava Mahmoud em particular por sua coragem para organizar a cerimônia num momento de tanta instabilidade.

No dia da cerimônia, estávamos todos trabalhando na casa de Mahmoud desde o início da manhã. Ehteram-Sadat, cada dia mais gorda, estava ofegante, correndo de um lado para o outro. Eu descascava batatas quando ela finalmente parou um pouco perto de mim.

— Você está tendo muito trabalho. — Obrigada. Somos todos gratos a você.

— Ah, não tem de quê — respondeu ela. — Afinal, já estava na hora de fazermos uma cerimônia de orações decente para o seu pai, que Deus o tenha. Além disso, nessas circunstâncias, é um bom pretexto para reunir as pessoas.

— Por falar nisso, querida Ehteram, como anda o meu irmão ultimamente? Bata na madeira, mas parece que vocês não têm tido mais problemas um com o outro.

— Por favor! Já passamos disso. Eu quase não vejo Mahmoud para querer brigar com ele. Quando chega em casa, ele está tão cansado e preocupado que deixa a mim e as crianças em paz e não reclama de nada.

— Ele ainda é obsessivo? — perguntei. — Quando faz as abluções, ainda diz "Ainda não está bom, ainda não está bom, tenho de fazer de novo"?

— Que o diabo não te ouça. Ele está muito melhor. Está tão ocupado que não tem tempo para ficar lavando as mãos e os pés e repetir as abluções. Sabe, essa revolução fez com que ele mudasse completamente. É como se fosse a cura para as dores dele. Ele diz: "De acordo com o Aiatolá, eu estou na vanguarda da revolução, o que é o mesmo que um jihad em nome de Deus, e serei merecedor das maiores bênçãos Dele." Na verdade, grande parte de sua obsessão está agora voltada para a revolução.

Os discursos começaram após o almoço. Estávamos na sala dos fundos e não conseguimos ouvir muito bem. Com medo de que as vozes fossem ouvidas na rua, ninguém quis usar megafone. A sala de estar e a sala de jantar estavam lotadas, e havia gente no quintal, de pé diante das janelas. Após algumas falas sobre a revolução, a tirania do governo e o nosso dever de derrubar o regime, o tio de Ehteram-Sadat discursou. Ele já era um mulá conhecido que, devido à franqueza, passara alguns meses na prisão e era considerado um herói. Primeiro, ele falou um pouco sobre as virtudes do Pai, então disse: — Esta honrável família luta pela fé e pelo país há anos, e sofreu as consequências. Em 1963, após os eventos de 5 de junho e a prisão do Aiatolá Khomeini, foram forçados a deixar a sua casa e sair de Qom porque estavam com a vida em risco. Sofreram fatalidades, um filho foi assassinado, um genro ainda está preso e só Deus sabe que tortura tem tido de suportar...

Por alguns segundos, fiquei confusa. Não conseguia entender de quem ele estava falando. Cutuquei Ehteram-Sadat e perguntei:

— De quem ele está falando?

— Do seu marido, é claro!

— Não, o jovem que foi assassinado...

— Ué, ele está falando de Ahmad.

— Do nosso Ahmad? — exclamei.

— É claro! Você nunca se perguntou por que ele morreu em circunstâncias misteriosas? No meio da rua... e nos informaram três dias depois. E quando Ali foi ao escritório do legista para identificar o corpo, ele viu sinais de agressão e espancamento.

— Ele deve ter brigado com outro viciado por causa de drogas.

— Não fale assim dos mortos!

— E quem disse para o seu tio toda essa bobagem sobre a nossa saída de Qom?

— Você não sabia? Foi depois dos acontecimentos de 5 de junho que a sua família partiu. O seu pai e Mahmoud estavam correndo sério perigo. Você devia ser muito nova para se lembrar.

— Para dizer a verdade, eu me lembro muito bem — falei, brava. — Nos mudamos para Teerã em 1961. Como Mahmoud pôde se permitir contar tantas mentiras ao seu tio e se aproveitar da paixão e do entusiasmo das pessoas?

O discurso passou a ser sobre Mahmoud, com o tio dizendo que, com um pai como aquele, um filho assim era o esperado: um filho que dedicara a vida e a riqueza à revolução e que não se esquivava de nenhum trabalho ou sacrifício... Ele sustentava famílias de dezenas de prisioneiros políticos

O LIVRO DO DESTINO

e cuidava delas como um pai, sendo a família mais importante a da sua própria irmã, por quem ele ajudara a suportar o peso da vida, nunca deixando que se sentissem sozinhos ou necessitados.

Nesse momento, o tio de Ehteram-Sadat apontou para Siamak, que se levantou de repente no meio das pessoas e foi até ele. Parecia que Siamak havia sido treinado e sabia exatamente quando se levantar e desempenhar o seu papel. O mulá passou a mão na cabeça de Siamak e disse:

— Esta criança inocente é o filho de um dos cruzados do islamismo, que está há anos na prisão. A ala criminosa do regime deixou órfão esse menino, assim como centenas de outros como ele. Graças a Deus, este menino tem um tio gentil e que se sacrifica por ele, o sr. Mahmoud Sadeghi, que preencheu o espaço vazio deixado pelo pai. Não fosse por ele, só Deus sabe o que seria dessa família importunada...

Fiquei nauseada. Senti como se a gola da minha blusa estivesse me sufocando. Puxei-a por um reflexo e o botão de cima se soltou e pulou no chão. Levantei-me com uma expressão de fúria tão intensa que a Mãe e Ehteram-Sadat ficaram assustadas. Ehteram deu um puxão no meu chador e disse:

— Massoum, sente-se. Pelo amor ao espírito do seu pai, sente-se. Não é um comportamento apropriado.

Mahmoud, que estava sentado atrás do mulá e de frente para a multidão, olhou para mim apreensivo. Eu queria gritar, mas não consegui emitir nenhum som. Com medo e surpreso, Siamak, que estava de pé ao lado do mulá, veio até mim. Agarrei o seu braço e disse:

— Você não tem vergonha?

A Mãe se batia no rosto e dizia:

— Que Deus me tire a vida! Menina, não nos envergonhe.

Olhei para Mahmoud com ódio. Havia tantas coisas que eu queria lhe dizer, mas deu-se início à declamação das elegias, e todos se levantaram e começaram a bater no peito. Fui passando no meio da multidão e, ainda apertando o braço de Siamak, saí da casa. Massoud segurava a barra do meu chador e corria atrás de nós. Eu queria bater em Siamak até deixá-lo roxo. Abri a porta do carro e empurrei-o para dentro.

— Qual é o seu problema? O que aconteceu? — perguntava ele.

— Cala a boca!

Fiquei tão nervosa e agressiva que os meninos não disseram uma única palavra durante todo o caminho até a nossa casa. O silêncio deles me deu tempo para pensar. Perguntei a mim mesma: O que foi que o coitado desse menino fez? Que culpa ele tem nisso tudo?

Quando chegamos em casa, xinguei a terra e o céu, Mahmoud, Ali e Ehteram, depois me sentei e caí no choro. Siamak estava sentado na minha frente, envergonhado. Massoud me levou um copo d'água e, com lágrimas nos olhos, pediu que eu bebesse para, quem sabe, me sentir melhor. Aos poucos, fui me acalmando.

— Não sei por que você está tão nervosa — disse Siamak. — O que quer que seja, me desculpe.

— Quer dizer que você não sabe? Como pode não saber? Me diga, é isso que você faz em todos os eventos que Mahmoud leva você? Eles o fazem desfilar na frente das pessoas?

— Sim! — disse ele, orgulhoso. — E todo mundo elogia muito o papai.

Soltei um suspiro de angústia. Eu não sabia o que dizer ao meu filho. Tentei ficar calma para não assustá-lo.

— Olha, Siamak, nós vivemos sem o seu pai há anos e nunca precisamos de ninguém, especialmente do seu tio Mahmoud. Eu lutei para que vocês agora pudessem crescer com integridade e não com a piedade e a caridade das pessoas, para que elas nunca vissem vocês como órfãos necessitados. E até agora sempre fomos independentes. Podemos ter passado por dificuldades, mas mantivemos a nossa honra e o nosso orgulho, e a honra e o orgulho do seu pai. Mas agora esse fanático, Mahmoud, em benefício próprio, o expõe feito um fantoche e está se aproveitando de você. Ele quer que as pessoas tenham pena de você e digam: "Bravo, que tio excelente ele é." Você já se perguntou por que, nos últimos sete ou oito meses, Mahmoud ficou interessado em nós de repente quando, em todos esses anos, nunca perguntou como estávamos? Olha, filho, você tem de ser muito mais esperto e não deixar que ninguém se aproveite de você e das suas emoções. Se o seu pai descobrir que Mahmoud está usando você e ele desta maneira, ficará muito aborrecido Ele não concorda com Mahmoud numa questão sequer

O LIVRO DO DESTINO

e nunca ia querer que ele e a nossa família fossem transformados em instrumentos nas mãos de Mahmoud e de outros iguais a ele.

Na época, eu não sabia quais eram os verdadeiros motivos de Mahmoud, mas eu não permitia mais que os meninos o acompanhassem a lugar algum e parei de retornar as suas ligações.

Estávamos em meados de outubro. As escolas e as universidades em geral estavam fechadas. Eu tinha apenas um período para terminar meus estudos aparentemente infindáveis para tirar o grau de bacharel, mas havia sempre uma greve ou manifestação na universidade e não estávamos tendo aulas.

Fui a diferentes encontros políticos e ouvi as coisas que estavam sendo ditas, pesando tudo para ver se havia esperança de salvar Hamid ou não. Algumas vezes, eu ficava otimista e tudo parecia colorido e bonito, outras vezes, eu ficava tão desanimada que sentia como se estivesse mergulhando num poço.

Onde quer que se erguesse uma voz em defesa dos prisioneiros políticos, lá estava eu, nas primeiras fileiras, com os punhos dos meninos agitados feito duas pequenas bandeiras ao meu lado. Com toda a dor, raiva e sofrimento por que eu passara, eu gritava: "Os prisioneiros políticos têm de ser libertados." Meus olhos se enchiam de lágrimas, mas o meu coração ficava mais leve. Ao ver as multidões junto a mim, eu era tomada pela excitação geral. Eu queria abraçar e beijar cada pessoa. Foi, talvez, a primeira e última vez que senti tais emoções pelos meus compatriotas. Senti como se fossem todos meus filhos, meu pai, minha mãe, meus irmãos e irmãs.

Logo houve rumores de que os prisioneiros políticos seriam libertados. As pessoas diziam que alguns seriam libertados no dia 26 de outubro, para coincidir com o aniversário do Xá. A esperança voltava a se firmar no meu coração, porém eu tentava não acreditar em nenhum dos relatos. Eu não conseguiria suportar mais uma decepção. O pai de Hamid intensificou os esforços para garantir a libertação do filho. Ele juntou um número cada vez maior de cartas de recomendação e enviou às autoridades. Trabalhamos lado a lado, mantendo, o outro informado quanto ao progresso que obtínhamos. Eu assumia as responsabilidades que ele me passava com devoção e paixão.

Através dos nossos contatos, ficamos sabendo que mil prisioneiros políticos seriam perdoados. Então, tínhamos de nos certificar de que o nome de Hamid estava na lista.

— Não se trata de mais um jogo político para aplacar as massas? — perguntei, hesitante, ao pai de Hamid.

— Não! — disse ele. — Dada a instabilidade da situação, o governo não pode se dar ao luxo de fazer esse tipo de coisa. Eles têm de libertar, pelo menos, um grupo de prisioneiros conhecidos para que as pessoas vejam com os próprios olhos e, quem sabe, se acalmem. Caso contrário, a situação vai piorar. Tenha esperança, minha menina. Tenha esperança.

Mas eu morria de medo de ter esperança. Se Hamid não estivesse entre os libertados, eu ficaria arrasada. Também fiquei preocupada com as crianças. Tive medo de que, após toda essa esperança e expectativa, não fossem capazes de suportar o choque da derrota e da decepção. Eu me esforçava para que não tivessem acesso às informações, mas os rumores transbordavam em cada esquina feito torrentes irrefreáveis. Corado de euforia, Siamak chegava em casa com as últimas notícias, e eu respondia friamente:

— Não, meu filho, isso é tudo propaganda para acalmar as pessoas. Por enquanto, não é provável que nada disso aconteça. Se Deus quiser, quando a revolução triunfar, abriremos os portões das prisões nós mesmos e traremos o seu pai para casa.

O pai de Hamid aprovou a minha atitude e adotou a mesma tática com a mãe de Hamid.

Quanto mais nos aproximávamos do dia 26 de outubro, maior eram as minhas expectativas. De modo impulsivo, comecei a comprar coisas para Hamid. Eu não conseguia mais reprimir as minhas fantasias e pensava nos planos que poderíamos fazer quando ele fosse solto. Alguns dias antes de 26 de outubro, no entanto, após muita correria e muitas reuniões, o pai de Hamid foi à nossa casa, abatido e exausto. Ele aguardou um momento oportuno, quando os meninos estavam distraídos, e anunciou:

— A lista está quase completa. Parece que não colocaram o nome de Hamid. É claro que me garantiram que, se a situação continuar assim, ele também acabará sendo libertado. Mas as chances de serem desta vez são poucas. A maior parte dos nomes é de religiosos.

Engoli o nó na garganta e desabafei:

— Eu sabia. Se eu tivesse tanta sorte, minha vida não teria acabado assim.

Num piscar de olhos, todas as minhas esperanças se transformaram em pesadelo e, com lágrimas nos olhos, voltei a fechar as janelas que abrira no meu coração. O pai de Hamid foi embora. Esconder dos meus filhos a dor e a decepção profundas era difícil.

Massoud ficava sempre por perto, perguntando:

— Qual é o problema? Está com dor de cabeça?

E Siamak perguntou:

— Aconteceu algo novo?

Eu disse a mim mesma: Seja forte, você tem de esperar mais um pouco. Mas era como se as paredes da casa estivessem se aproximando e me esmagando. Eu não conseguia suportar ficar naquela casa triste e solitária. Peguei as crianças pela mão e saí. Havia uma multidão gritando slogans em frente à mesquita. Fui atraída para lá. O jardim da mesquita estava cheio de gente. Conseguimos chegar ao meio. Eu não sabia o que tinha acontecido e não conseguia entender o que estavam gritando. Não fazia diferença. Eu tinha o meu próprio slogan. Enraivecida e quase em pranto, gritei:

— Libertem os prisioneiros políticos!

Não sei o que havia na minha voz, mas alguns momentos depois, o meu slogan era o slogan de todos.

Dias depois, era feriado oficial. O dia ainda não amanhecera e eu estava cansada de me revirar na cama. Sabia que as medidas de segurança seriam rígidas e que eu não deveria sair de casa. Eu não sabia como acalmar os meus nervos inquietos. Tinha de me manter ocupada. Como sempre, me refugiei no trabalho. Eu queria purgar toda a minha energia e ansiedade no trabalho pesado e que não envolvesse a mente. Tirei os lençóis da cama, tirei as cortinas e coloquei na máquina de lavar. Lavei as janelas e varri os quartos. Estava sem paciência com as crianças e as mandei brincar no quintal, mas logo percebi que Siamak estava tramando para sair de casa. Gritei com eles, chamei-os de volta para dentro e os mandei tomar um banho. Limpei a cozinha. Eu não estava com vontade de cozinhar. As sobras do dia anterior davam para nós, e Bibi estava tão debilitada e comia tão pouco que não importava o que eu cozinhasse, ela só tomava uma tigela de iogurte e comia um pedaço de pão. Com um humor horrível, dei comida para as crianças e lavei a louça. Não havia mais nada a ser feito. Eu queria varrer e lavar o quintal, mas estava prestes a ter um colapso de exaustão. Era exatamente o que eu queria. Arrastei-me até o chuveiro, liguei a água e comecei a chorar. Esse era o único lugar em que eu podia chorar à vontade.

Quando saí do banheiro eram quase quatro horas da tarde. Meu cabelo estava molhado, mas eu não me importava. Coloquei um travesseiro no chão na frente da televisão e me deitei. Os meninos brincavam perto de mim. Eu estava caindo no sono quando vi a porta se abrir e Hamid entrar. Fechei os olhos com força para que aquele sonho bom continuasse, mas havia vozes ao meu redor. Abri um pouco os olhos, devagar. Os meninos olhavam boquiabertos para um homem magro de cabelos e bigode brancos. Fiquei paralisada. Eu estava sonhando? A voz exultante, ainda que rouca, do meu sogro tirou-nos do estado de confusão mental.

— Aí estão vocês! — disse ele. — Apresento-lhes o seu pai. Meninos, qual é o problema? Venham. O papai está de volta.

Quando abracei Hamid, notei que ele não estava muito maior que Siamak. É claro que eu o vira muitas vezes nos últimos anos, mas ele nunca parecera tão macilento e abatido. Talvez fossem as roupas, frouxas no corpo magro, que o faziam parecer tão frágil. Parecia um menino usando as roupas do pai. Tudo estava, pelo menos, dois números maior que ele. As calças, franzidas na cintura e presas por um cinto. Os ombros do paletó, tão caídos que as mangas iam até as pontas dos dedos. Ele se ajoelhou e abraçou os meninos. Tentando abraçar os meus três amores, eu me deixei cair sobre eles. Todos chorávamos e compartilhávamos a dor sofrida.

O LIVRO DO DESTINO

Enxugando as lágrimas, o pai de Hamid disse:

— Chega! Levantem-se. Hamid está muito cansado e muito doente. Eu o busquei na enfermaria da prisão. Ele precisa descansar. E eu vou trazer a mãe dele.

Fui até ele, abracei, beijei-o e encostei a cabeça no seu ombro. Chorei e repeti várias vezes:

— Obrigada, obrigada...

Como esse homem fora gentil, sábio e atencioso para, sozinho, suportar as lutas e ansiedades daqueles dias.

Hamid estava com febre.

— Deixe-me ajudá-lo a tirar as roupas e se deitar — ofereci.

— Não — disse ele. — Vou tomar um banho primeiro.

— Sim, está certo. É melhor tirar toda a sujeira, todo o sofrimento da prisão e depois dormir em paz. Por sorte, tínhamos óleo e o aquecedor está ligado desde hoje de manhã.

Eu o ajudei a se despir. Estava tão fraco que mal conseguia ficar de pé. A cada peça de roupa que eu tirava dele, ele parecia menor. Ao fim, fiquei horrorizada com a visão do corpo esquelético que não era mais que pele pendendo dos ossos, coberta de feridas. Sentei-o na cadeira e tirei as suas meias. Ver a pele fina e esfolada e o estado anormal dos seus pés me fez perder o controle. Abracei as suas pernas, deitei a cabeça nos seus joelhos e chorei. O que tinham feito com ele? Algum dia, ele voltaria a ser uma pessoa normal, saudável?

Dei um banho nele e ajudei-o a vestir a camiseta, o short e o pijama que eu comprara no auge da minha esperança. Embora tivessem ficado grandes nele, não estavam tão largos quanto o paletó.

Ele se deitou devagar. Era como se quisesse saborear cada segundo. Cobri-o com o lençol e o cobertor. Ele colocou a cabeça no travesseiro, fechou os olhos e disse, suspirando:

— Estou mesmo dormindo na minha própria cama? Todos esses anos, passei cada segundo de cada dia desejando esta cama, esta casa e este momento. Não acredito que tenha se tornado realidade. Que prazer imenso!

Os meninos o observavam e apreciavam cada momento com amor, admiração e um pouco de relutância e reserva. Hamid os chamou. Eles se sentaram ao lado da cama, e os três começaram a conversar. Fiz chá e pedi a Siamak que fosse até a esquina comprar doces e pão torrado. Fiz suco de laranja e esquentei a sopa que sobrara. Não parei de levar coisas para ele comer. Por fim, ele riu e disse:

— Minha querida, espere. Não consigo comer muito. Tenho de comer um pouco de cada vez.

Uma hora depois, a mãe e as irmãs de Hamid chegaram. A mãe estava quase desvairada de alegria. Ficava agitada em volta dele, falando com carinho e sem parar de chorar. Hamid não teve energia sequer para enxugar as lágrimas e dizia:

— Mãe, pare. Pelo amor de Deus, acalme-se.

Mas ela continuou e beijou-o da cabeça aos pés até suas palavras incoerentes virarem soluços. Depois se encostou à parede e desceu ao chão. Seu olhar estava perdido e os cabelos, desgrenhados. Ficou extremamente pálida, com dificuldade para respirar.

Manijeh segurou a mãe nos braços de repente e gritou:

— Tragam água quente e açúcar. Rápido!

Corri para a cozinha, trouxe um copo de água quente com açúcar e, com a colher, fui lhe dando aos poucos, enquanto Mansoureh jogava água fria no seu rosto. A mãe de Hamid estremeceu e debulhou-se em pranto. Procurei os meninos. Estavam atrás da porta, com os olhos marejados indo e voltando, do pai para a avó.

A agitação foi diminuindo aos poucos. A mãe de Hamid recusou-se a sair do quarto, mas prometeu parar de chorar. Ela colocou uma cadeira ao pé da cama e ficou sentada, com os olhos grudados em Hamid. Só enxugava, de vez em quando, uma lágrima que corria discretamente pelo seu rosto.

O pai de Hamid foi até a saleta e sentou-se com Bibi, que rezava baixinho. Ele esticou as pernas e apoiou a cabeça cansada numa almofada do chão. Eu tinha certeza de que ele passara o dia todo correndo feito louco para um lado e para o outro. Levei-lhe chá, segurei a mão dele e disse:

— Obrigada. O senhor fez muito hoje. Deve estar exausto.

— Quem dera se tanto esforço e exaustão tivessem tais resultados — disse ele.

O LIVRO DO DESTINO

Escutei a voz de Mansoureh, que tentava acalmar a mãe:

— Pelo amor de Deus, mãe, pare. A senhora deveria estar feliz. Por que fica sentada aí, triste, chorando?

— Eu estou feliz, minha menina. Não pode imaginar o quanto estou feliz. Nunca achei que viveria para ver o meu único filho em casa novamente.

— Então, por que está aí chorando e magoando-o?

— Olha o que aqueles carrascos fizeram com o meu filho — lamuriou a mãe de Hamid. — Olha como ele está fraco e fragilizado. Olha como ele envelheceu. — E a Hamid, disse: — Que Deus me permita dar a minha vida a você. Eles o machucaram muito? Bateram em você?

— Não, mãe — disse Hamid, desconfortável. — Só não gostei da comida. Depois peguei um resfriado e fiquei doente. Só isso.

Em meio ao caos, a Mãe, que não tinha notícias minhas havia alguns dias, ligou para saber como estávamos. Ficou chocada ao saber que Hamid estava em casa. Menos de meia hora depois, todos apareceram com flores e doces. A Mãe e Faati caíram no choro ao verem Hamid. E Mahmoud, ignorando tudo o que acontecera entre nós, beijou Hamid, abraçou os meninos, felicitando a todos animadamente e assumiu o controle.

— Ehteram-Sadat, apronte a bandeja e faça bastante chá — ordenou ele. — Eles terão muitos convidados. Ali, abra a porta da sala e arrume as cadeiras e mesinhas. Alguém tem de preparar os pratos de frutas e doces.

— Mas não estamos esperando ninguém — disse eu, surpresa. — Ainda não contamos a ninguém.

— Não precisa contar a ninguém — disse Mahmoud. — A lista de prisioneiros libertados foi publicada. As pessoas ficarão sabendo e virão.

Percebi de imediato que ele estava planejando alguma coisa e disse com raiva:

— Ouça, irmão, Hamid não está bem e precisa descansar. Você mesmo pode ver que ele está com uma febre alta e dificuldade para respirar. Não ouse chamar ninguém para vir aqui.

— Não chamarei, mas as pessoas virão.

— Não deixarei ninguém entrar nesta casa — esbravejei. — Estou lhe avisando agora para que ninguém se aborreça depois.

Mahmoud pareceu murchar de repente. Ficou parado, me olhando de queixo caído. Em seguida, como se tivesse se lembrado de algo, disse:

— Quer dizer que não quer nem chamar um médico para vir ver esse pobre homem?

— Sim, quero, mas é feriado. Onde vou encontrar um médico?

— Conheço um — disse ele. — Vou ligar e pedir que venha.

Mahmoud começou a fazer ligações e, uma hora depois, um médico chegou, acompanhado de dois homens. Um deles estava com uma câmera grande. Lancei um olhar de repreensão a Mahmoud. O médico pediu a todos que saíssem e começou a examinar Hamid, enquanto o fotógrafo tirava fotos das cicatrizes.

No fim, o médico diagnosticou uma pneumonia crônica. Escreveu diversas receitas e disse a Hamid para tomar os remédios e as injeções na hora certa. Sobre a dieta de Hamid, o médico me disse para aumentar a quantidade de comida de forma muito gradual. Antes de sair, aplicou duas injeções em Hamid e deu-lhe alguns remédios para tomar naquela noite até podermos comprar tudo o que precisávamos no dia seguinte. Mahmoud deu as receitas a Ali e mandou que fosse comprar os remédios assim que acordasse e os trouxesse para mim.

Só então todos lembraram-se que a lei marcial estava em vigor e que havia um toque de recolher. Pegaram, então, as suas coisas rapidamente e foram embora. A mãe de Hamid não queria ir, mas o pai dele a levou à força, com a promessa de trazê-la no dia seguinte bem cedo.

Depois que todos saíram, com muita insistência, convenci Hamid a tomar um copo de leite e preparei uma refeição leve para os meninos. Eu estava tão exausta que não tinha energia para juntar os pratos espalhados pela casa. Só me arrastei até a cama e me deitei ao lado de Hamid. O médico lhe dera um sedativo, e ele já estava em um sono profundo. Olhei para o seu rosto magro por algum tempo e apreciei o fato de ele estar ali. Depois olhei para o céu pela janela, agradecendo a Deus com todo o meu ser e prometendo fazer Hamid voltar ao que era antes. Adormeci antes de terminar as minhas orações.

CAPÍTULO CINCO

Uma semana depois, o estado de Hamid havia melhorado. Ele não tinha mais febre e conseguia comer mais, porém ainda não estava nada saudável. Tinha uma tosse que piorava durante a noite e sofria de uma fraqueza geral, resultado de quatro anos de má nutrição e doenças não tratadas. No entanto, comecei a notar aos poucos que esses não eram os verdadeiros problemas de Hamid. Mais do que estar fisicamente doente, ele não estava bem mentalmente. Afundava-se na depressão, não queria falar, não demonstrava nenhum interesse nas notícias — que naqueles dias eram críticas e graves —, não queria ver os velhos amigos e se recusava a responder qualquer pergunta.

— O senhor acha que a depressão e a falta de interesse de Hamid no que acontece ao seu redor é normal? — perguntei ao médico. — Todas as pessoas que saem da prisão ficam assim?

— Até certo ponto, sim, mas não com essa gravidade — disse o médico. — É claro que, em graus variados, todos experimentam intolerância a multidões, alienação e dificuldade de se readaptar à vida normal em família. No entanto, a libertação inesperada de Hamid, esta revolução, que sempre foi o sonho e o objetivo dele, e estar no seio da família que o recebeu com tanto carinho deveria animá-lo e dar a ele um novo alento para a vida. Ultimamente, o problema que eu tenho com pessoas como Hamid é de que forma acalmá-las para que o estado emocional delas fique mais em sintonia com sua condição física. Mas, no caso de Hamid, tenho de cutucá-lo e provocá-lo só para que consiga realizar as atividades normais do dia a dia.

Eu não conseguia imaginar qual seria o motivo da depressão. No início, atribuía o silêncio à doença, mas agora ele já não estava mais tão doente. Achei que talvez as nossas famílias não estivessem lhe dando o espaço e o tempo que ele precisava para se readaptar à vida. Havia tanta gente à nossa volta o tempo todo que não conseguíamos ter sequer meia hora para conversar. Nossa casa parecia um caravançará com um fluxo constante de pessoas entrando e saindo. Para piorar, na segunda noite de Hamid em casa, a mãe dele levou suas coisas e ficou conosco. Depois, Monir, a irmã mais velha de Hamid, chegou com os filhos, de Tabriz. Embora todos ajudassem com as tarefas da casa, nem Hamid nem eu conseguíamos suportar a agitação.

Eu sabia que grande parte do caos era culpa de Mahmoud. Como se tivesse descoberto uma criatura que fosse uma aberração da natureza, ele aparecia todo dia com um novo grupo de espectadores. Para que eu parasse de reclamar, ele se responsabilizara pelas refeições e estava sempre mandando entregar comida, dizendo que eu deveria dar aos necessitados o que sobrasse. Fiquei surpresa com tamanha generosidade e ostentação. Eu não sabia ao certo que mentiras ele inventara, mas, de alguma forma, ele fingia que Hamid fora solto devido aos esforços dele. Se tivesse coragem, tenho certeza de que adoraria deixar Hamid nu todos os dias para mostrar as cicatrizes à plateia.

A política sempre era o tema preferido na casa. Alguns velhos amigos de Hamid e novos adeptos passaram a ir visitá-lo. Levavam discípulos jovens e ávidos para ver o grande herói de perto e ouvi-lo falar sobre a história da organização e os camaradas que haviam sacrificado a vida, porém Hamid não queria ver nenhum deles e inventava diferentes desculpas para evitá-los. Na companhia deles, mostrava-se mais quieto e deprimido. Fiquei surpresa porque ele não reagia dessa maneira aos amigos de Mahmoud e aos outros que iam vê-lo.

Um dia, quando o médico foi examinar Hamid, ele me perguntou:

— Por que a sua casa está sempre tão cheia? Não lhe disse que o meu paciente precisa de repouso? — E, antes de sair, quando estavam todos ouvindo, avisou: — Eu disse a vocês, naquele primeiro dia, que esse paciente precisa de calma, ar limpo, silêncio e descanso para poder se recuperar e voltar à sua vida normal. Mas esta casa está sempre parecendo um estádio

O LIVRO DO DESTINO

de futebol. Não é de surpreender que o estado emocional de Hamid tenha piorado desde o primeiro dia. Se continuarem assim, não me responsabilizarei mais pela saúde dele.

Todo mundo ficou olhando para o médico de queixo caído.

— O que devemos fazer, doutor? — perguntou a mãe de Hamid.

— Se não conseguirem fechar as portas da casa, sugiro que o levem para outro lugar.

— Sim, meu querido médico, desde o começo eu queria levá-lo para a minha casa — disse ela. — É grande e não fica tão abarrotada.

— Não, senhora — disse o médico. — Refiro-me a um lugar sossegado em que ele possa ficar a sós com a mulher e os filhos.

Fiquei exultante. Ele disse o que eu desejava do fundo do coração. Todos sugeriram alguma coisa e saíram mais cedo que de costume. Mansoureh esperou que todos saíssem e disse:

— O médico está certo. Até eu estou enlouquecendo aqui, imagine o coitado do Hamid, que passou quatro anos no isolamento e no silêncio. Sabe, a única solução para vocês é ir para o litoral do Cáspio para que Hamid se recupere lá. Ninguém está usando a nossa casa, e não diremos a ninguém onde vocês estarão.

Eu não me aguentava de tanta alegria. Essa era a melhor coisa que poderíamos fazer. E o litoral do Cáspio era a terra dos meus sonhos. Como, por ordem do governo, as escolas estavam fechadas e não havia aulas na universidade devido à agitação, podíamos passar algum tempo no norte sem problemas.

O belo outono vibrante do litoral nos recebeu com um sol agradável, um céu azul e um mar que mudava de cor a cada segundo. Uma brisa fresca trazia o cheiro salgado do mar para a praia e a luz do sol era um doce pretexto para se ficar sentado na areia.

Nós quatro estávamos na sacada da casa. Pedi aos meninos que respirassem fundo e disse que aquele ar podia reanimar qualquer pessoa. Olhei para Hamid. Ele não via essa beleza, não escutava as minhas palavras, não sentia o cheiro do mar nem a brisa no rosto. Pesaroso e indiferente, voltou para dentro da casa. Disse a mim mesma: "Não desista!" Tenho o ambiente e o tempo necessários, se eu não conseguir ajudá-lo, não merecerei ser chamada de esposa e não mereço esta bênção que Deus me deu."

Planejei uma rotina para nós. Nos dias de sol, os quais não faltaram nesse ano, eu criava diferentes pretextos para levar Hamid para passear na alva areia da praia ou no bosque. Às vezes, andávamos até a avenida principal para fazermos compras e voltávamos caminhando. Mergulhado nos próprios pensamentos, Hamid me seguia sem falar. Ele não ouvia as minhas perguntas ou as respondia apenas com um aceno de cabeça, um sim ou um não. Ainda assim, eu não me afetava e falava sobre as coisas que haviam acontecido na ausência dele, sobre a beleza e a natureza, e sobre as nossas vidas. Eu brincava com as crianças, cantava e ria. Às vezes, ficava sentada, hipnotizada pelo cenário que, como uma pintura sobre tela, era tão bonita que parecia irreal. Eufórica, eu louvava todo aquele esplendor. Nessas ocasiões, a única reação de Hamid era olhar para mim, surpreso. Ele ficava mal-humorado e apático. Parei de comprar jornal e deixei desligados o rádio e a televisão. Qualquer notícia parecia deixá-lo ainda mais incomodado. Depois de ter convivido tanto tempo com a ansiedade e o estresse, viver sem saber das notícias era agradável e relaxante para mim também.

As crianças não se mostravam animadas e felizes.

— Tiramos a infância deles cedo demais — disse eu a Hamid. — Eles sofreram terrivelmente. Mas não é tarde. Poderemos compensá-los.

Hamid deu de ombros e olhou para o outro lado.

Ele olhava para a paisagem com tanta indiferença que cheguei a pensar que tivesse ficado daltônico. Criei um jogo de cores com as crianças. Cada um tinha de dizer uma cor que não podia ser vista onde estávamos. Havia diferenças de opinião e escolhemos Hamid para ser o juiz. Ele dava uma olhada ao redor com apatia e proferia uma opinião. Eu dizia a mim mesma que era mais teimosa que ele e me perguntava por quanto tempo Hamid iria resistir e nos evitar. Estendi nossas caminhadas diárias. Ele não ficava mais sem fôlego após um passeio longo. Estava mais forte e ganhara um pouco de peso. Continuei falando sem demonstrar frustração ou decepção, até ele começar a se abrir aos poucos. Nos momentos em que eu sentia que Hamid queria falar, eu era toda ouvidos e não interferia na situação.

Estávamos no litoral havia uma semana quando, num dia ensolarado de outubro, fiz os preparativos para um piquenique. Depois de andarmos

O LIVRO DO DESTINO

por algum tempo, estendemos nossos cobertores sobre uma colina com uma vista deslumbrante. De um lado, o céu e o mar apresentavam todos os tons de azul e se fundiam em algum ponto longínquo. Do outro lado, a floresta exuberante chegava aos céus com todas as cores presentes na natureza. A brisa fresca de outono fazia os galhos coloridos dançarem, e a sensação fria no nosso rosto era agradável e revigorante.

As crianças brincavam. Hamid estava sentado no cobertor, olhando para o horizonte. O rosto dele estava mais corado. Dei-lhe um copo de chá fresco e me virei, olhando para algum ponto distante.

— Algum problema? — perguntou ele.

— Não — respondi. — Estou apenas pensando.

— Pensando em quê?

— Esqueça. Não eram pensamentos agradáveis.

— Me conte!

— Promete não ficar chateado?

— Sim! Por quê?

Fiquei feliz com a curiosidade dele em saber o que se passava pela minha cabeça.

— Cheguei a pensar que teria sido melhor se você também tivesse morrido — revelei.

Os olhos de Hamid brilharam.

— Sério? — perguntou. — Então, pensamos igual.

— Não! Quando pensei isso, eu achava que você nunca retornaria à sua vida e que teria uma morte lenta e sofrida. Se tivesse morrido com os outros, teria sido instantâneo e você teria sofrido menos.

— Sempre penso nisso também — disse ele. — Fico atormentado pela ideia de que eu não estava à altura de uma morte tão honrosa.

— Mas agora estou feliz que não morreu. Esses dias tenho pensado em Shahrzad e fico grata a ela por tê-lo mantido vivo para nós.

Ele virou o rosto de novo e ficou olhando para o horizonte.

— Há quatro anos penso no que fizeram comigo — disse ele. — De que forma eu os traí? Por que não me mantiveram informado? Eu não merecia, ao menos, uma mensagem? Mais perto do fim, até cortaram as minhas linhas de comunicação. Fui treinado para aquela missão. Talvez, se não tivessem perdido a confiança em mim...

As lágrimas não o deixaram prosseguir.

Tive medo de que o mais leve movimento que eu fizesse fechasse a pequena janela que se abrira. Deixei-o chorar por um tempo. Quando ele se acalmou, falei:

— Eles não o consideravam alguém de fora. Você foi um amigo leal e querido para eles.

— Sim — concordou ele. — Eles foram os únicos amigos que tive. Eram tudo para mim. Eu teria sacrificado tudo por eles. Até a minha família. Nunca lhes neguei nada. Mas eles me rejeitaram. Me jogaram fora como a um traidor, uma pessoa desprezível, e o fizeram exatamente quando mais precisavam de mim. Como posso voltar a andar de cabeça erguida? As pessoas não vão perguntar: "Por que ele não morreu com os outros?" Talvez pensem que eu seja um dedo-duro e que os traí. Desde que voltei para casa, todos me olham com dúvida e desconfiança.

— Não! Não, meu querido, você está enganado. Eles o amavam mais do que a qualquer outra pessoa, mais ainda do que a si mesmos. Embora precisassem de você, puseram a si mesmos num perigo maior do que nunca só para poupar a sua vida.

— Isso é bobagem. Não tínhamos nenhum acordo assim entre nós. Nossa principal preocupação era o nosso objetivo. Fomos treinados para lutar e morrer por ele. Não havia espaço para um disparate desses. Entre nós, apenas os traidores e aqueles que não inspiravam confiança podiam ser rejeitados. E foi exatamente isso que fizeram comigo.

— Ah, Hamid, não foi isso que aconteceu — insisti. — Meu querido, você está enganado. Shahrzad fez isso por nós. Antes de qualquer coisa, ela era uma mulher e desejava uma vida tranquila com um marido e filhos. Você se lembra do amor que ela demonstrou ter por Massoud? Ele preencheu o espaço vazio de uma criança no coração dela. Como mãe, como mulher, ela não seria capaz de privar Massoud de um pai e fazer dele um órfão. Ainda que acreditasse na luta pela liberdade, ainda que o objetivo dela fosse o bem-estar de todas as crianças, uma vez que Shahrzad demonstrou sentimentos maternos, como toda mãe, fez uma exceção por seu próprio filho. Como toda mãe, o bem-estar do seu próprio filho e os sonhos que

O LIVRO DO DESTINO

ela acalentou para ele tornaram-se uma grande prioridade. Uma prioridade tangível que era diferente do slogan abstrato de felicidade para todas as crianças do mundo. Trata-se de um viés instintivo que até as almas mais puras experimentam quando se tornam pai ou mãe. É impossível para uma mulher sentir tanta compaixão por uma criança morrendo de fome em Biafra quanto teria por seu próprio filho. Shahrzad tornou-se mãe durante os quatro ou cinco meses em que ficou conosco, e ela não quis privar o filho de nada na vida.

Atônito, Hamid olhou para mim durante um tempo, depois disse:

— Você está enganada. Shahrzad era forte, era uma lutadora. Tinha grandes ideais. Você não pode compará-la a uma mulher comum, nem mesmo a você.

— Meu querido, ser forte e ser uma lutadora não é incompatível com ou não impede o fato de ser uma mulher.

Ficamos em silêncio, até que Hamid continuou:

— Shahrzad tinha grandes ideais. Ela...

— Sim, mas ela era uma mulher. Ela conversou comigo de forma comovente sobre as emoções e os aspectos ocultos de uma mulher que sofre pelo que lhe privaram na vida. Falou de coisas que tinha sido incapaz de falar até então. Deixe-me colocar desta forma: Um dia, ela me disse que tinha inveja de mim. Dá para acreditar? Ela tinha inveja de mim! Achei que ela estivesse brincando. Eu lhe disse que era eu quem deveria ter inveja. Falei que ela era uma mulher perfeita, enquanto eu, como as mulheres de cem anos atrás, passara a vida trabalhando feito uma escrava dentro de casa e que, de acordo com o meu marido, era um símbolo da opressão. Sabe qual foi a resposta dela?

Hamid balançou a cabeça.

— Ela recitou um poema de Forough.

— Que poema? Você se lembra?

Eu recitei:

Qual cume? Qual pico?

O que vocês me deram,
palavras simples e enganosas,
que renunciam a corpos e desejos?

Se eu tivesse posto flores nos cabelos,
não teria sido mais sedutor
do que este embuste,
do que esta coroa inútil de papel na minha cabeça?

Qual cume? Qual pico?
Deem-me refúgio, luzes bruxuleantes,
casas acesas, desconfiadas
em cujos telhados roupas lavadas
balançam nos braços da fuligem perfumada.
Deem-me refúgio, mulheres simples, saudáveis,
cujas pontas macias dos dedos seguem
os movimentos animadores de um feto sob a sua pele,
e nas suas golas abertas
o ar se mescla para sempre com o cheiro do leite fresco.

Prossegui:

— Você se lembra da noite em que Shahrzad foi embora? Ela apertou Massoud contra o peito, beijando-o, cheirando-o, chorando. Quando saía, ela disse: "Não importa como, você tem de proteger a sua família e cuidar dos seus filhos num ambiente seguro e feliz. Massoud é muito sensível. Ele precisa de uma mãe e de um pai. Ele é frágil." Naquele momento, não compreendi o verdadeiro significado dessas palavras. Só depois percebi que a insistência constante para que eu protegesse a minha família não era apenas um conselho dela para mim, ela estava em conflito consigo mesma.

— É difícil acreditar — disse Hamid. — A pessoa que você está descrevendo não se parece em nada com Shahrzad. Você quer dizer que ela seguiu aquele caminho contra a própria vontade? Mas ninguém a forçou. Ela poderia ter desistido e ninguém a teria repreendido.

— Hamid, como você pode não entender? Era outra parte dela. Uma parte oculta que até então ela nem sequer sabia existir. A única coisa que Shahrzad fez por esse lado dela foi salvar você da morte. Não incluí-lo na missão foi para protegê-lo. E não mantê-lo informado foi para proteger a eles mesmos, caso você fosse preso. Não sei como ela conseguiu convencer os outros, mas conseguiu.

Vi certa expressão de dúvida, surpresa e esperança no rosto de Hamid. Ainda que não tivesse aceitado completamente tudo o que eu dissera, depois de quatro anos, ele começava a considerar outras razões para ter sido excluído. A maior mudança que essa vaga esperança causou nele foi acabar com o silêncio. Desse dia em diante, conversamos constantemente. Examinamos nosso relacionamento e as circunstâncias, analisamos as nossas personalidades e comportamentos depois de termos vivido em segredo. Um após o outro, os nós se desembaraçavam e, com cada um deles, uma janela se abria para a liberdade, a felicidade e o alívio para frustrações veladas. E a autoconfiança que ele considerava havia muito tempo acabada começava a crescer de novo.

Às vezes, no meio de uma discussão, ele me olhava surpreso e dizia:

— Você mudou tanto! Parece tão madura e culta. Parece uma filósofa, uma psicóloga. Alguns anos na faculdade conseguiram mudá-la tanto assim?

— Não! — respondia com um orgulho que eu não queria esconder. — As dificuldades da vida me forçaram a mudar. Eu tive de mudar. Tive de entender para poder escolher os caminhos certos. Fui responsável pela vida dos meus filhos. Não havia espaço para errar. Por sorte, os seus livros, a faculdade e o meu trabalho tornaram isso possível.

Depois de duas semanas, Hamid estava mais revigorado e num estado de espírito melhor. Começava a lembrar a pessoa que fora antes. Quando a escuridão mental e emocional se diluiu, o corpo se fortaleceu. Com o seu olhar observador, os meninos notaram as mudanças no pai e se permitiram estar mais próximos dele. Cativados e animados, eles observavam cada movimento do pai, seguiam suas ordens e riam quando ele ria. E ouvi-los alegrava a minha vida. Com a melhora em sua saúde e a volta da sua vontade de viver, e depois de tanta melancolia e privação, nossas noites amorosas nos trouxeram uma paixão intensa.

Os pais de Hamid e Mansoureh foram passar um feriado de dois dias conosco. Eles ficaram surpresos e emocionados ao ver a mudança drástica de Hamid.

— Não lhe falei que essa era a solução? — disse Mansoureh.

A mãe de Hamid ficou extasiada. Seguia-o o tempo todo, enchendo-o de carinho e me agradecendo por ele estar saudável novamente. O comportamento dela era tão comovente que, mesmo no ápice da nossa alegria, tive vontade de chorar.

Faz frio e choveu durante os dois dias, e ficamos sentados perto da lareira, conversando. Bahman, o marido de Mansoureh, contou as últimas piadas envolvendo o Xá e o Primeiro-Ministro, Azhari, e Hamid riu com vontade. Embora todos estivessem convencidos de que ele se recuperara por completo, decidi estender a nossa estada por mais uma semana ou duas, especialmente porque a mãe dele me contou que Bibi não estava passando bem e que alguns dos amigos ativistas de Hamid estavam procurando por ele em toda parte. Bahman deu a sugestão de deixar o seu carro e de eles voltarem com o serviço de carro para que pudéssemos viajar para diferentes cidades ao longo da costa. Ainda que na época a gasolina estivesse escassa e fosse difícil de encontrar.

Passamos mais duas belas semanas no norte. Compramos uma bola de vôlei para os meninos e Hamid jogava com eles todos os dias. Ele corria com Siamak e Massoud e se exercitava, e os meninos, que nunca haviam vivenciado esse relacionamento com o pai, estavam gratos a ele e a Deus. Eles adoravam Hamid como se o pai fosse um ídolo. Os desenhos de Massoud, em geral, retratavam uma família de quatro pessoas fazendo piquenique, brincando ou caminhando entre flores e jardins com um sol brilhando no céu e sorrindo para a família feliz. Toda a reserva e formalidade entre os meninos e o pai desaparecera. Eles conversavam com Hamid sobre os amigos, a escola e os professores. Siamak gabou-se das atividades pró-revolução, contando a Hamid aonde o tio Mahmoud o levara e as coisas que ouvira. Hamid ficou surpreso e pensativo.

Um dia, cansado de brincar com os meninos, largou-se sobre o cobertor, ao meu lado, e pediu uma xícara de chá.

— Esses meninos têm tanta energia — disse ele. — Não se cansam nunca.

— O que você acha deles? — perguntei.

— São encantadores. Nunca achei que os amaria tanto. Vejo toda a minha infância e juventude neles.

O LIVRO DO DESTINO

— Lembra como você odiava crianças? Você lembra o que fez quando contei que estava grávida de Massoud?

— Não. O que eu fiz?

Tive vontade de rir. Ele nem lembrava que me abandonara. No entanto, aquele não era o momento de fazer queixas e trazer à tona lembranças amargas.

— Esqueça — falei.

— Não, diga — insistiu Hamid.

— Você abriu mão de toda responsabilidade.

— Você sabe muito bem que o meu problema não eram as crianças, eu só não tinha certeza da minha própria vida e do meu futuro. Eu sempre achava que só ia viver mais um ano. Nessas circunstâncias, ter filhos era muito insensato para nós dois. Seja sincera, você não teria sofrido muito menos durante esses últimos anos se não tivesse filhos e toda essa responsabilidade?

— Se não fosse pelos meninos, eu não teria tido razão para viver e lutar — respondi. — A existência deles me forçou a agir e tornou tudo tolerável.

— Você é uma mulher estranha — disse ele. — Seja como for, agora estou muito feliz que tenho eles, e sou grato a você. A situação mudou. Um bom futuro os aguarda, e não estou mais preocupado.

Ouvir Hamid dizer essas palavras era uma bênção. Sorri e disse:

— É mesmo? Então, ter filhos agora não é um problema e não o assusta?

Ele se sentou de repente e disse:

— Ah, não! Pelo amor de Deus, Massoum, o que você está querendo dizer?

— Não se preocupe — disse eu, rindo. — Não dá para saber tão rápido, mas não é improvável. Ainda sou fértil e, como você sabe, eu não tinha nenhuma pílula aqui. Mas, brincadeiras à parte, se tivéssemos outro filho, você ficaria tão assustado e apreensivo quanto antes?

Ele pensou por um tempo, depois falou:

— Não. É claro que não quero mais filhos, mas não sou mais tão contrário a isso quanto era antes.

Quando acabamos de discutir e resolver nossas questões pessoais, começamos a conversar sobre questões políticas e sociais. Ele ainda não entendia direito o que acontecera durante os anos em que estivera preso, o que levara à sua libertação e por que as pessoas haviam mudado tanto. Contei-lhe a respeito dos estudantes universitários, dos meus colegas e tudo o que se passara. Falei sobre as minhas experiências, a reação das pessoas em relação a mim e a mudança palpável na atitude delas recentemente. Falei do sr. Zargar, que me contratara unicamente porque ele era um prisioneiro político, sobre o sr. Shirzadi, que era um opositor por natureza e que devido à repressão social e política se tornara uma criatura cheia de ódio e desconfiança. Finalmente, falei de Mahmoud, que, de acordo com ele mesmo, daria a vida e todos os seus bens materiais pela revolução.

— Mahmoud é um verdadeiro fenômeno! — disse Hamid. — Nunca achei que ele e eu daríamos dois passos na mesma direção.

Quando voltamos a Teerã, a cerimônia de sétimo dia da morte de Bibi já havia acontecido. Os pais de Hamid não acharam necessário nos informar que ela falecera. Na verdade, ficaram com medo de que a multidão e o trânsito de parentes e amigos viessem a ser estressantes e penosos para Hamid.

Pobre Bibi, sua morte não afetou a vida de ninguém e não fez o coração de ninguém tremer. Na realidade, ela morrera anos antes. Sua passagem foi vazia até da tristeza que se sente com a morte de um estranho. Teve pouca importância em comparação com a morte de jovens e ativistas que naquela época estavam sendo assassinados aos montes.

As portas e as janelas dos cômodos do primeiro andar estavam fechadas, e o livro da vida de Bibi, que um dia deve ter sido doce e empolgante, chegou ao fim.

Nosso retorno a Teerã levou Hamid de volta a um período de anos antes. Livros e panfletos começavam a chegar daqui e dali, e a cada dia que passava havia uma multidão maior à sua volta. Aqueles que o conheciam dos velhos tempos transformaram-no em herói para a geração seguinte: um ex-prisioneiro político e sobrevivente dos fundadores do movimento que se autossacrificaram. Entoavam slogans para ele, louvavam sua superioridade e o recebiam como um líder. Enquanto isso, Hamid não apenas recuperava a confiança em si mesmo como ficava cada vez mais orgulhoso. Dirigia-se

O LIVRO DO DESTINO 289

a eles como um líder e discursava sobre as formas e os meios da resistência.

Uma semana após a nossa volta, ele foi à gráfica com um grupo de seguidores devotos. Eles romperam os lacres e cadeados e usaram o equipamento que restara para começarem uma oficina de impressão modesta. Embora fosse um tanto precária, atendia às necessidades de reprodução de comunicados, panfletos e informativos.

Como um cão fiel, Siamak estava sempre atrás do pai, obedecendo suas instruções. Tinha orgulho de ser filho de Hamid e queria estar ao lado dele em todos os encontros. Pelo contrário, Massoud, que detestava ser o centro das atenções, começou a se distanciar deles, ficando comigo e passando o tempo desenhando imagens de protestos em que nunca havia qualquer violência. Nas suas ilustrações, ninguém jamais era ferido e nunca havia sangue.

No nono e décimo dias de Muharran, na celebração do martírio do Imã Hossein, uma multidão foi à nossa casa e todos nós seguimos para as manifestações planejadas para esse dia. Cercado de amigos, Hamid separou-se de nós, e seus pais voltaram para casa mais cedo. As irmãs de Hamid, Faati, o marido, Sadegh Agha e eu tomamos cuidado para não nos separarmos na multidão e gritamos slogans por tanto tempo que perdemos a voz. Eu estava animada e emocionada de ver as pessoas expressando sua raiva e frustração, mas ainda não conseguia afastar o medo e a apreensão. Foi a primeira vez que Hamid testemunhou a onda de sentimento popular em relação à revolução.

Conforme eu suspeitara, isso o afetou profundamente e ele se entregou sem freios ao conflito.

Algumas semanas depois, comecei a notar mudanças em mim. Eu me cansava mais facilmente e me sentia um pouco enjoada de manhã. No fundo do meu coração, eu estava feliz. Agora somos uma família de verdade. Esta criança nascerá em circunstâncias diferentes. Uma menina linda trará ainda mais afeto à nossa família, pensei. Hamid ainda não vivenciou as alegrias de criar um bebê.

Ainda assim, de início, não tive coragem de contar a ele. Quando finalmente o fiz, ele riu e disse:

— Eu sabia que você ia nos meter em confusão de novo. Mas isso não é ruim. Essa criança também é filha da revolução. Precisamos de mais gente para lutar.

Os dias excitantes da revolução eram repletos de acontecimentos. Estávamos ocupadíssimos. Nossa casa ficava tão cheia e agitada quanto a de Mahmoud. Aos poucos, porém, a nossa tornou-se o ponto de encontro dos ativistas políticos. Embora ainda fosse perigoso, e a formação de grupos fosse proibida, Hamid seguia com o trabalho e simplesmente dizia:

— Eles não ousariam interferir. Se me prenderem de novo, eu viro uma lenda. Não vão correr esse risco.

Toda noite, subíamos ao telhado e, junto com todas as outras pessoas que faziam o mesmo pela cidade, entoávamos: "Deus é grande". Usamos a rota de fuga que Hamid planejara anos antes a fim de ir para a casa de vizinhos, conversar e trocar ideias até tarde da noite. Tanto as pessoas jovens quanto os mais velhos consideravam-se especialistas em política. A saída do Xá do país intensificou a euforia.

Mahmoud combinou que, sempre que necessário, nos encontraríamos na casa dele para receber as últimas notícias e informações sobre diversos acontecimentos. A cooperação entre Hamid e Mahmoud era amigável. Eles não entravam em debates políticos, mas trocavam informações sobre suas atividades, davam sugestões um ao outro, e Hamid compartilhava seu conhecimento de resistência armada e guerrilha com Mahmoud e seus amigos. Algumas vezes, suas conversas iam até o amanhecer.

Conforme se aproximava o dia do retorno do Aiatolá Khomeini ao Irã, a colaboração entre diferentes facções e grupos políticos cresceu e ficou mais bem coordenada. E entre as pessoas, muitas antigas inimizades foram esquecidas e muitas relações perdidas foram restabelecidas. Por exemplo, voltamos a falar com o nosso tio materno que morava na Alemanha havia vinte e cinco anos. Como todos os iranianos que moravam fora do país, ele estava animado e tentava se manter a par dos acontecimentos através de contatos telefônicos com Mahmoud. E Mahmoud agora falava com o marido da minha prima Mahboubeh, e eles trocavam notícias sobre o que ocorria em Teerã e em Qom. Às vezes, eu sentia que não conhecia mais Mahmoud. Ele se tornara generoso com as suas posses e não deixava de gastar para ajudar a revolução. Eu costumava me perguntar se aquele era o mesmo Mahmoud de antes.

Meu Siamak de treze anos crescia rápido e realizava suas tarefas como um homem ao lado do pai. Eu raramente o via e, em geral, não ficava sabendo o que comera no almoço ou no jantar, mas sabia que ele estava mais feliz do que nunca. A responsabilidade de Massoud era escrever slogans nos muros. Com a sua letra boa, às vezes, escrevia em folhas grandes de papel e, se tinha tempo, enfeitava as letras com diferentes desenhos. Todos os dias, ele corria pelas ruas com um grupo de crianças. Apesar do perigo, eu não conseguia impedir. No fim, tinha de me juntar ao grupo para cuidar deles. Eu ficava de guarda na esquina para que pudessem escrever os slogans em segurança, depois corrigia seus erros de ortografia. Dessa forma, podia cuidar da segurança do meu filho e compartilhar seu apoio à revolução. Massoud sentia um grande prazer inocente em fazer algo ilegal com a mãe como cúmplice.

A única tristeza que pesava no meu coração era o meu novo afastamento de Parvaneh. Desta vez não era a distância física que nos separava, mas a diferença de visão política. Ainda que durante a prisão de Hamid ela tivesse me apoiado, cuidado dos meus filhos e sido uma das poucas pessoas que frequentava a casa, pouco depois da soltura de Hamid, ela terminou o relacionamento conosco.

Parvaneh e sua família apoiavam o Xá e consideravam os revolucionários vilões e baderneiros. Toda vez que nos víamos, nossas discussões aumentavam as diferenças. Muitas vezes, sem a intenção, maltratávamos uma à outra e nos despedíamos quando estávamos prestes a começar mais uma briga. Aos poucos, perdemos o interesse em nos encontrar, a ponto de eu não ficar sabendo quando fizeram as malas e deixaram o país mais uma vez. Meu apoio ávido à revolução entrou em conflito com a minha dor por ter perdido Parvaneh mais uma vez, e eu não conseguia ignorar isso.

Os dias doces e revigorantes do início da revolução passaram voando. O auge da alegria e da excitação se deu na tarde de 11 de fevereiro com a queda do governo provisório. Os revolucionários tomaram prédios do governo e estações de televisão e rádio. O hino nacional foi transmitido pela televisão e o apresentador de um programa infantil recitou um poema de Forough que começa com o verso: "Sonhei que alguém está vindo..." Fiquei em êxtase. Cantando o nosso hino, fomos de casa em casa, abraçados, oferecemos doces uns aos outros e parabenizávamos a todos. Nós nos sentíamos livres, leves. Sentíamos como se uma carga pesada tivesse sido tirada dos nossos ombros.

As escolas logo reabriram e os negócios e as empresas retomaram os serviços, mas a vida estava caótica e longe do normal. Retornei ao trabalho. Na agência, no entanto, todos passaram o dia discutindo. Alguns achavam que devíamos nos filiar ao recém-fundado partido da República Islâmica como forma de apoio à revolução, enquanto outros argumentavam que não havia necessidade. Afinal, diziam, ficaram para trás os dias em que todos eram forçados a se juntar ao Partido Rastakhiz do Xá.

Em meio a tudo isso, eu me tornei o centro das atenções. Todos me parabenizavam, como se eu tivesse conduzido a revolução sozinha, e todos queriam conhecer Hamid. Finalmente, num dia em que, voltando da gráfica, Hamid foi me buscar no trabalho, meus colegas o arrastaram para dentro e o saudaram como a um herói. Hamid, que apesar de suas atividades era um homem tímido e corava quando pego de surpresa, disse apenas algumas palavras, distribuiu a publicação que seu grupo acabara de imprimir e respondeu a algumas perguntas.

Meus colegas e amigos descreveram Hamid como um homem bonito, charmoso e atencioso, e me parabenizaram. Fiquei embriagada de orgulho.

CAPÍTULO SEIS

Vivíamos de modo triunfal, saboreando a liberdade recém-conquistada. As calçadas estavam abarrotadas de vendedores com todos os livros e panfletos que até pouco tempo atrás poderiam custar a vida de quem os tivesse. Todo tipo de revistas e jornais estavam disponíveis. Falávamos com liberdade sobre qualquer coisa. Não tínhamos medo da SAVAK e de mais ninguém.

No entanto, o convívio com a opressão não nos permitira aprender a nos beneficiar da liberdade de forma adequada. Não sabíamos debater, não estávamos acostumados a ouvir pontos de vista opostos e não estávamos treinados a aceitar opiniões e pensamentos diferentes. Consequentemente, a lua de mel da revolução não durou sequer um mês e acabou muito antes do que esperávamos.

Diferenças de opinião e inclinações pessoais, que até então estavam encobertas pela solidariedade de quem tem um inimigo comum, revelaram-se de forma mais dura e violenta com o passar do tempo. Batalhas devido a opiniões diferentes logo resultavam em pessoas tomando partidos, cada uma acusando a outra de ser inimiga do povo, da nação e da religião. Todo dia nascia um novo grupo político que desafiava os outros. Nesse ano, todas as visitas sociais de costume da época do ano-novo tiveram discussões políticas e até brigas.

O meu próprio embate fatídico se deu na casa de Mahmoud, quando visitávamos a família dele para comemorar o ano-novo. Uma discussão entre Hamid e Mahmoud virou uma briga.

— A única coisa que o povo quer e o motivo pelo qual começou esta revolução é o islamismo — disse Mahmoud. — Portanto, o governo deveria ser islâmico.

— Entendi! — retrucou Hamid. — Você poderia, por favor, me explicar o que significa um governo islâmico?

— Significa a implementação de toda a doutrina do islamismo.

— Quer dizer, um retrocesso a mil e quatrocentos anos atrás!? — exclamou Hamid.

— As leis do islamismo são as leis de Deus — contestou Mahmoud. — Não envelhecem e são sempre relevantes.

— Então você poderia me explicar, por favor, quais são as leis do islamismo no que diz respeito à economia do país? E quanto às leis relativas aos direitos civis? — perguntou Hamid. — Imagino que você queria trazer de volta os haréns, viajar a camelo e cortar mãos e pés!

— Essa também é a lei de Deus — gritou Mahmoud. — Se punissem os ladrões cortando suas mãos, não haveria tantos ladrões e não haveria tantos traidores e trapaceiros. O que um homem infiel como você saberia sobre as leis de Deus? Tudo isso tem uma sabedoria.

A discussão levou à troca de insultos entre Hamid e Mahmoud. Um não conseguia tolerar o outro. Hamid falava de direitos humanos, liberdade, reaquisição de propriedade, divisão de riqueza e governo por comitês, e Mahmoud o chamava de infiel, ímpio e pagão, cuja morte era necessária. Até mesmo acusou Hamid de ser traidor e espião estrangeiro. Em troca, Hamid chamou Mahmoud de dogmático, mente estreita e tradicionalista.

Ehteram-Sadat, os filhos e Ali ficaram do lado de Mahmoud. E eu, entristecida pelo isolamento de Hamid, senti-me obrigada a apoiá-lo e apressei-me a lhe dar socorro. Faati e o marido continuavam indecisos e não se decidiam de que lado ficar. Todo esse tempo, a Mãe mostrou-se desesperada, não entendendo nada do que se dizia e só querendo que a paz fosse retomada.

O pior de tudo foi que Siamak não tomou partido, atordoado e confuso, sem saber quem estava certo. Os ensinamentos religiosos de Mahmoud, de meses atrás, ainda estavam frescos na sua cabeça, mas, em contrapartida, ele vivia no ambiente intelectual e político do pai. Até esse dia, Siamak não entendia completamente o conflito profundo entre os dois. Enquanto o pai e o tio cooperavam entre si, as posições opostas se combinavam na mente

O LIVRO DO DESTINO 295

dele, mas agora os dois homens não se entendiam, e ele se sentia perdido e desiludido.

Siamak deixou de ser comprometido e parcial com os dois. Voltou a ser tenso e briguento. E, finalmente, após uma discussão demorada, ele pôs a cabeça no meu peito e chorou como costumava fazer quando era criança. Eu o consolei e perguntei o que o estava perturbando.

— Tudo! — disse ele, ainda soluçando. — É verdade que o meu pai não acredita em Deus? Que ele é inimigo do sr. Khomeini? O tio Mahmoud acredita mesmo que o meu pai e os amigos dele deveriam ser executados?

Eu não sabia o que dizer.

Nossa rotina voltou ao que era anos antes. Hamid esqueceu de novo a família e a casa. Estava sempre viajando pelo país e passava o resto do tempo escrevendo artigos e discursos, publicando jornais, revistas e informativos. Embora ele não visse nenhum motivo para Siamak não acompanhá-lo, era Siamak quem não tinha mais vontade de estar com ele.

As escolas, universidades e escritórios reabriram, e as pessoas estavam ocupadas com a própria vida. Por todo lado, havia cenas de discussões e brigas por causa de ideias e opiniões. Na universidade, qualquer grupo que visse uma sala primeiro, ocupava-a, pendurava o nome na porta e começava a distribuir informativos e panfletos. Esse comportamento não era exclusivo dos alunos, até mesmo os professores estavam divididos em facções e brigavam entre si. As paredes e portas ficavam cobertas de slogans conflitantes e de revelações, tais como fotografias de alunos ou professores recebendo prêmios do Xá ou da Rainha Farah.

Não me lembro de como estudamos naquele ano e de como conseguimos fazer as provas finais. Tudo estava eclipsado pelas guerras ideológicas. Os amigos de ontem agora se batiam quase até a morte quando o adversário era derrotado, ou mesmo quando perdia a vida, eles comemoravam e consideravam isso uma grande vitória para o grupo.

Eu estava feliz por aquele ser o meu último período na faculdade.

Hamid riu e disse:

— Que aluna entusiasmada! Você gosta tanto de estudar que parece não querer terminar.

— Você não tem vergonha! — disse eu. — Eu poderia ter terminado em três anos e meio, mas, por sua causa, tive de sair da universidade e, quando voltei, fiz alguns créditos por período para poder trabalhar e cuidar das crianças. E, apesar de tudo isso, as minhas médias são muito altas. Pode ter certeza de que serei aceita no programa de pós-graduação também.

Infelizmente, o tumulto na universidade, a demissão de muitos professores e o cancelamento frequente de aulas fizeram com que, mais uma vez, eu não terminasse, ficando alguns créditos pendentes para o período seguinte.

No trabalho, a situação era a mesma. Todo dia algumas pessoas eram taxadas como ex-agentes da SAVAK, e acusações chocantes e rumores não tinham fim. A expurgação de elementos antirrevolucionários tornou-se parte da ordem do dia de todos os grupos, e cada facção acusava a outra de ser antirrevolucionária.

A situação em casa era diferente. Siamak trazia o jornal do Mujahedin da escola todos os dias.

Em meados de setembro de 1979, dei à luz minha filha. Desta vez, Hamid estava presente. Após o parto, quando fui transferida para o quarto da maternidade, ele riu e disse:

— Ela se parece mais com você do que os outros!

— Sério? Por quê? Achei que ela fosse um pouco morena.

— Por enquanto é mais vermelha que morena, mas tem covinhas nas bochechas. É muito bonitinha. Vamos dar a ela o nome de Shahrzad, não?

— Não! — exclamei. — Decidimos que, ao contrário de Shahrzad, ela terá uma vida longa e feliz, e que daríamos um nome que combinasse com ela.

— O que você diria que combina com essa menininha tão pequenina?

— Shirin.

Considerando que Shirin seria a minha última filha, eu queria aproveitar cada minuto da sua infância, pois sabia que passaria rápido demais. Siamak não prestou muita atenção em nossa recém-chegada, mas Massoud, que não demonstrou nenhum sinal de ciúme, admirava aquele pequeno milagre e dizia:

— Ela é tão miúda, mas tem tudo! Olha o tamanho dos dedos! As narinas parecem dois zerinhos.

E ria das orelhas de Shirin e do pequeno tufo de cabelo no alto da cabeça. Todo dia após a escola, Massoud sentava-se e conversava ou brincava com ela. Shirin parecia amá-lo também. Assim que o via, ela dava risadinhas e mexia os braços e as pernas. Quando ela cresceu, além de mim, Massoud era o único para quem ela abria os braços e corria.

Shirin era uma menina saudável. Emocionalmente, era uma combinação de Siamak e Massoud. Era agradável e animada como Massoud, e levada e inquieta como Siamak. Seus lábios e bochechas lembravam os meus, mas ela herdara a cor trigueira e os grandes olhos pretos de Hamid. Eu estava tão ocupada com ela que não me importava com as longas ausências de Hamid e não queria participar do trabalho e das atividades em que ele estava envolvido. Descuidei até de Siamak. Como sempre, ele ia bem na escola, e suas notas eram boas, mas eu não sabia em que mais ele estava envolvido.

Depois da minha licença-maternidade de três meses, decidi tirar mais um ano sem remuneração. Eu queria criar a minha filha em paz e com prazer, tirar o grau de bacharel e, se possível, me preparar para os exames de pós-graduação.

Além dos membros da família, outra fã ardente de Shirin era a sra. Parvin, que nessa época não estava trabalhando e se sentia muito solitária. Parecia que as pessoas não mandavam mais fazer roupas sob medida e ela não tinha quase mais nenhum cliente. Ela alugou os dois quartos dos fundos e começou a receber uma pequena renda, que fez com que parasse de se preocupar com a falta de clientes. A sra. Parvin passava a maior parte do seu tempo livre comigo, e, quando fiz a matrícula para o período de inverno na universidade, ela concordou alegremente em cuidar de Shirin nos dias em que eu tinha aula.

A universidade ainda estava caótica. Fiquei consternada no dia em que um grupo de alunos jogou um professor altamente respeitado e honrado para fora dos portões da universidade com um chute no traseiro porque o livro dele recebera um prêmio real do Xá. O pior de tudo foi que alguns outros professores ficaram por perto, assistindo, sorridentes, balançando a cabeça em sinal de aprovação. Quando contei a Hamid, ele balançou a cabeça e disse:

— Numa revolução, não existe espaço para solidariedades fúteis. Erradicar é um dos pilares de qualquer revolta, mas infelizmente essas pessoas não sabem conduzir a coisa de forma apropriada e estão se comportando de forma irresponsável. Após toda revolução, rios de sangue terão corrido e as massas terão se vingado de centenas de anos de tirania. Aqui, no entanto, não está acontecendo nada.

— Como assim, não está acontecendo nada? — exclamei. — Há poucos dias, os jornais publicaram as fotos de ex-oficiais do governo que foram executados.

— Aquele punhado de gente? Se as autoridades não tivessem executado esses poucos, elas mesmas estariam sob suspeita.

— Não diga isso, Hamid. Você me assusta. Eu acho que até isso é demais.

— Você é muito emotiva — disse ele. — O problema é que o nosso povo não tem uma cultura de revolução.

Com o tempo, a agitação e os conflitos políticos e sociais intensificaram-se a ponto de a universidade ser oficialmente fechada. O país estava longe da paz e da estabilidade. Circulavam rumores de uma guerra civil e da separação de diversas províncias, em especial o Curdistão.

Hamid viajava com frequência. Desta vez, ele estava fora havia mais de um mês e não tínhamos notícias dele. Mais uma vez, começaram as minhas ansiedades e preocupações, mas eu não tinha mais a paciência e a tolerância de antes. Decidi ter uma conversa séria com ele quando voltasse.

Seis semanas depois, Hamid chegou em casa exausto e desgrenhado. Foi direto para a cama e dormiu durante doze horas. No dia seguinte, o barulho das crianças finalmente o despertou. Ele tomou banho, fez uma refeição decente e, saudável e bem-vestido, sentou-se à mesa da cozinha e começou a brincar com os meninos. Eu estava lavando a louça quando, surpreso, ele perguntou:

— Você engordou?

O LIVRO DO DESTINO

— Na verdade, não. Emagreci muito nos últimos meses, isso sim.

— Então você havia engordado antes?

Eu quis atirar alguma coisa nele. Ele esquecera que meses antes eu dera à luz. Por isso não perguntara sobre a nossa filha. Nesse exato momento, Shirin começou a chorar. Virei-me para Hamid e disse com raiva:

— Lembrou agora? O senhor tem uma filha!

Ele não queria admitir que se esquecera da existência de Shirin. Pegou-a no colo e disse:

— Uau, ela cresceu tanto! Está tão gorducha e bonitinha!

Massoud começou a listar os talentos e características da irmã: sorria para ele, apertava seus dedos com força, reconhecia todo mundo da família, tinha dois dentes e começara a engatinhar.

— Não estou fora há tanto tempo — disse Hamid. — Ela mudou tanto nesse período?

— Na verdade — respondi —, ela já tinha dentes antes de você partir e sabia fazer muitas coisas, mas você não estava por perto para ver nada disso.

Hamid não saiu nessa noite. Por volta das dez, a campainha tocou. Ele deu um pulo, pegou o casaco e correu para o telhado. E eu fui subitamente transportada para anos antes. Nada mudara. Senti náusea.

Não lembro quem estava à porta. Quem quer que fosse, não representava nenhum perigo, mas Hamid e eu ficamos muito abalados. Olhei para ele com rancor. Shirin estava dormindo. Os meninos estavam animados devido à presença do pai e não queriam ir dormir, mas mandei-os para o quarto. Hamid pegou um livro pequeno no bolso e foi para o quarto.

— Hamid, sente-se — disse eu, séria. — Preciso conversar com você.

— Ugh! — reclamou ele com impaciência. — Tem de ser hoje?

— Sim, tem de ser hoje. Receio que não haja amanhã.

— Ó, que sombrio e poético!

— Você pode dizer o que quiser e fazer a piada que quiser, mas eu direi o que tenho a dizer. Olhe, Hamid, todos esses anos eu nunca exigi nada de você. Respeitei suas ideias e seus ideais mesmo não acreditando neles. Tolerei solidão, medo, ansiedade e as suas ausências. Sempre coloquei as suas necessidades em primeiro lugar. Passei por invasões de madrugada, a minha vida foi virada de cabeça para baixo, e vivi anos de insultos e humilhações do outro lado dos portões da prisão. Suportei o peso da nossa vida sozinha e criei as crianças.

— E aonde você quer chegar? Não me deixou dormir para eu lhe agradecer? Ótimo, obrigado. A senhora é extraordinária.

— Não aja como uma criança mimada — falei bruscamente. — Não quero o seu agradecimento. Quero dizer que não sou mais uma menina de dezessete anos para venerar os seus heroísmos e me contentar com eles. E você não é mais um homem forte e saudável de trinta anos que pode lutar e brigar como fazia antes. Você disse que, se o regime do Xá caísse, se a revolução triunfasse e se o povo conseguisse o que queria, você voltaria para uma vida normal e criaríamos nossos filhos juntos, felizes e tranquilos. Pense neles. Eles precisam de você. Pare com tudo isso. Eu não tenho mais paciência e energia. O seu objetivo principal foi atingido, e você cumpriu o seu dever em relação aos seus ideais e ao seu país. Deixe o restante para os mais jovens.

Parei por um segundo, depois retomei meu discurso:

— Uma vez na vida, ponha os filhos em primeiro lugar. Os meninos precisam de um pai. Não posso mais preencher o seu lugar na vida deles. Você se lembra do mês que passamos no litoral do Cáspio? Você lembra como eles estavam felizes e animados? Lembra como conversavam e dividiam tudo com você? Agora, eu não faço ideia do que Siamak está aprontando e quem são os amigos dele. Ele está na adolescência. Essa é uma fase perigosa e difícil. Você tem de passar um tempo com Siamak e ficar de olho nele. Além disso, precisamos fazer planos para o futuro deles. Os gastos dos nossos filhos aumentam a cada dia e, com essa inflação, não consigo assumir as responsabilidades sozinhas. Você faz ideia de como conseguimos viver nesse último ano, estando eu de licença não remunerada? Acredite, até a ninharia que guardei para um tempo de vacas magras acabou. Por quanto tempo o seu velho pai vai ter de nos sustentar?

— O dinheiro que ele lhe dá todo mês é o meu salário — retrucou Hamid.

— Que salário? Por que você fica se enganando? Quanto você acha que a gráfica fatura para querer pagar um cara ocioso que nem aparece no trabalho?

— Então, qual é o seu problema? — perguntou ele. — Você precisa de mais dinheiro? Vou dizer a eles para aumentarem o meu salário. Aí você fica satisfeita?

— Por que você não consegue entender o que eu estou dizendo? De tudo o que eu disse, você só ouviu a parte sobre dinheiro?

— O resto era tudo besteira — disse Hamid. — O seu problema é que você não tem nenhum ideal na vida. Servir ao povo não tem nenhum lugar na sua mente materialista?

— Não me venha com os seus slogans — respondi. — Se você está realmente preocupado com a nação e os necessitados, vamos aos cantos remotos do país para trabalhar como professores, trabalhar para o povo e ensinar alguma coisa às pessoas. Vamos comprar um pedaço de terra e ser agricultores, cultivar alimentos ou fazer qualquer outra coisa que você considere um serviço ao povo. Mesmo que não tenhamos nenhuma renda, eu nunca vou reclamar. Só quero que possamos ficar juntos. Quero que os meus filhos tenham um pai. Juro que vou morar onde você quiser. Só quero que fiquemos longe dessa guerra de nervos, desse medo e ansiedade constantes. Por favor, uma vez na vida tome uma decisão pelo bem da sua família e dos seus filhos.

— Já acabou? — perguntou ele com raiva. — Você é mesmo tão mesquinha e caprichosa assim? Você realmente acha que, depois de todo o treinamento, todo o sofrimento, todos os anos na prisão, bem agora que estamos tão perto do nosso objetivo, eu vou entregar tudo a essas pessoas e me mudar para algum fim de mundo e plantar feijão com quatro camponeses e meio? A minha missão é instituir um governo democrático. Quem disse que a revolução triunfou? Ainda temos um longo caminho pela frente. Meu dever é libertar toda a nação. Quando você vai entender isso?

— Me diga, o que é um governo democrático? — questionei. — Não é um governo eleito pelo povo? Bem, foi exatamente isso que o povo fez. A não ser que o senhor não queira admitir o fato de que o povo, aquele por quem você vem batendo no peito, votou por um governo islâmico. Agora, com quem exatamente você quer ir para a guerra?

— Por favor... que voto? Eles tomaram os votos de pessoas desinformadas, enlouquecidas pela revolução, que não sabiam em que armadilha estavam se metendo.

— Sabendo ou não, elegeram este governo e não retiraram o voto nem o apoio. Você não é defensor nem representante deles e tem de respeitar a escolha que fizeram, mesmo que seja contrária às suas crenças.

— O que quer dizer? Que eu deveria cruzar os braços e esperar até que tudo seja destruído? Eu sou um pensador político. Conheço a forma certa de governo, e, agora que a fundação está pronta, temos de terminar o que começamos. E para tanto, não darei as costas para nenhuma luta ou briga.

— Briga? Briga com quem? Não existe mais Xá. Você quer brigar com o governo republicano? Ótimo, faça isso. Anuncie o seu plano e, daqui a quatro anos, submeta-o à votação. Se a sua forma é a correta, o povo certamente votará em você.

— O que é isso, não se engane. Até parece que os islamitas permitiriam. E as pessoas estão se referindo a quê, exatamente? Os analfabetos e tementes a Deus e ao Profeta oferecem tudo o que possuem aos fanáticos religiosos?

— Analfabetos ou não, esse é o povo e foi nesse governo que ele votou — insisti. — Mas você quer impor o seu estilo de governo a ele.

— Sim! Se necessário, farei isso, sim. E, quando o povo perceber o que é para o seu benefício e quem está trabalhando para o seu bem, ficará do nosso lado.

— E quanto aos que não ficarem do seu lado, os que tiverem opiniões diferentes? — perguntei. — Neste exato momento, existem centenas de facções e grupos políticos neste país, e todos acreditam que estão certos, e é provável que não aceitem o seu estilo de governo. O que você vai fazer com eles?

— São só os mal-intencionados e os traidores que não pensam no bem do povo e se opõem a ele. Terão de ser eliminados.

— Está querendo dizer que você os executaria.

— Sim, se necessário.

— Bem, foi o que o Xá fez. Por que vocês gritaram que se tratava de tirania? Fui uma tola por estimá-lo tanto e ter grandes expectativas de você! Mal sabia eu que, depois de tanta luta pelo povo e amor pela nação, pregando sobre direitos humanos, o cavalheiro quer se tornar um carrasco! Está tão atolado nas próprias fantasias que acredita mesmo que os fanáticos religiosos ficarão quietinhos esperando que você pegue em armas, comece outra revolução e extermine todos eles. Que sonho vão! Eles vão matar você! Não cometerão o mesmo erro do Xá. E, com o que você tem em mente, estarão no direito deles.

— Só isso já exemplifica as tendências fascistas deles — argumentou Hamid. — E é por isso que temos de estar armados e fortes.

— A você também não faltam tendências fascistas — alfinetei. — Ainda que aconteça o impossível e a sua organização tome o poder, se você não massacrar mais gente que eles, certamente não massacrará menos.

— Chega! — gritou ele. — Você nunca teve cabeça para revolução.

— Não, não tive e não tenho. Eu só quero proteger a minha família.

— Você é profundamente egocêntrica e egoísta.

Discutir com Hamid era inútil. Tínhamos dado uma volta completa e retornado aonde estávamos anos antes. Tudo recomeçava, mas dessa vez eu estava cansada e saturada, e ele estava mais descarado e atrevido. Fiquei em crise por alguns dias. Quando pensava na minha vida e no meu futuro, concluía que fixar em Hamid as minhas esperanças era uma burrice, algo inútil. Eu tinha de contar apenas comigo mesma, caso contrário, não conseguiria cuidar da nossa vida.

Decidi abrir mão do restante da minha licença no trabalho, e a sra. Parvin concordou em ir à minha casa todos os dias para cuidar de Shirin.

O sr. Zargar ficou surpreso ao me ver de volta à agência.

— Não teria sido melhor ficar com a sua filha até o fim da licença e até que as coisas se acalmassem um pouco? — perguntou.

— O senhor não precisa mais de mim? Ou aconteceu algo que não estou sabendo?

— Não, não aconteceu nada de especial, e nós sempre precisamos de você. É que a questão de as mulheres terem de usar lenço na cabeça e o expurgo causaram alguma agitação.

— Isso não é importante para mim. Passei a maior parte da vida usando lenço na cabeça e chador.

O dia ainda não terminara quando entendi, de fato, o significado das palavras do sr. Zargar. A atmosfera livre e descontraída do início da revolução desaparecera. Como em todos os outros lugares, os funcionários haviam formado grupos, e cada grupo estava em conflito com algum outro. Alguns dos meus colegas tentaram se distanciar de mim. Toda vez que eu entrava numa sala, as conversas eram interrompidas bruscamente ou, sem nenhum motivo aparente, alguém fazia um comentário sarcástico. Em contrapartida, outros tentavam me envolver em conversas de forma secreta e, como se eu fosse a líder de todas as facções de esquerda, solicitavam todo tipo de informação. O Comitê da Revolução, do qual eu fora o primeiro membro eleito, havia sido desfeito, e outros comitês haviam se formado. O mais importante deles era o Comitê da Erradicação, que parecia ter o destino de todos nas suas mãos.

— Eles não identificaram e demitiram os agentes da SAVAK ano passado? — perguntei ao sr. Zargar. — Então, por que estão fazendo tantas reuniões e espalhando tantos rumores?

O sr. Zargar deu uma risada amarga e esclareceu:

— Depois de passar alguns dias aqui, você vai entender. Pessoas que conhecemos há anos tornaram-se muçulmanas ardorosas do dia para a noite. Deixaram a barba crescer, carregam o terço para todo lado, fazem orações o tempo todo, saem para fazer ajustes de contas, demitem algumas pessoas e se aproveitam das situações como podem. Não se consegue mais separar esses oportunistas dos revolucionários. Acho que eles são muito mais perigosos para a revolução do que as pessoas que se opõem de forma clara e mantêm a oposição. Aliás, não falte às orações do meio-dia, senão estará condenada.

— O senhor sabe que sou uma pessoa religiosa e nunca parei de rezar — falei. — Mas rezar nesta agência, cujo ambiente interno foi expropriado, e rezar na frente dessas pessoas só para provar que sou devota é algo que não vou fazer. Nunca consegui fazer o culto no meio de um monte de gente e na frente de outras pessoas.

— Deixe essa conversa de lado — alertou o sr. Zargar. — Você tem de ir às orações do meio-dia. Muita gente está aguardando para vê-la rezar.

Todos os dias a lista de pessoas que seriam expurgadas da agência era colocada no mural de avisos. E todos os dias, apavorados, olhávamos para o mural que determinava o nosso destino e suspirávamos aliviados quando não víamos o nosso nome na lista, concluindo que esse era um bom dia.

Quando estourou a guerra entre o Irã e o Iraque, ouvimos o barulho do bombardeio e corremos para o telhado. Ninguém sabia o que havia acontecido. Alguns diziam que era um ataque dos antirrevolucionários, outros acreditavam ser um golpe de Estado. Fiquei preocupada com as crianças e corri para casa.

Desse dia em diante, o conflito passou a ser uma complicação a mais nas nossas vidas. Blecautes todas as noites, diversos racionamentos, escassez de petróleo e outros combustíveis bem quando o tempo começava a esfriar e eu tinha uma criança pequena em casa, e, pior ainda, as imagens de guerra na minha cabeça, que pareciam pesadelos, tudo isso afetava o meu estado de espírito.

Cobri a janela do quarto dos meninos com um tecido preto e, à noite, quando a energia era cortada e havia ataques aéreos esporádicos, sentávamos à luz de velas e escutávamos com horror os sons que vinham lá de fora. A presença de Hamid teria sido um grande conforto, mas, assim como nunca estivera conosco nos momentos críticos, desta vez também não estava presente. Eu não sabia onde ele estava, mas não tinha mais a energia para temer por ele.

A ausência e o racionamento de petróleo interromperam completamente o transporte público. Muitas vezes, a sra. Parvin teve dificuldade de encontrar um táxi ou ônibus para ir à nossa casa de manhã e precisou andar parte do caminho.

Um dia, ela se atrasou e cheguei ao trabalho mais tarde do que de costume. Assim que entrei no prédio, notei que algo fora do comum acontecera.

O guarda à porta virou a cara para mim. Ele não apenas não me cumprimentou como não respondeu quando eu disse olá para ele. Alguns dos motoristas da agência, que estavam sentados na guarita, colocaram a cabeça para fora e ficaram me olhando. Quando eu passava pelo corredor, todo mundo que cruzava comigo virava o rosto para o outro lado e fingia não me ver. Entrei no meu escritório e fiquei paralisada. A sala fora vasculhada. Todas as gavetas tinham sido esvaziadas sobre a minha mesa e havia papel espalhado para todo lado. Meus joelhos começaram a tremer. Minhas vísceras ardiam de raiva, medo e humilhação.

A voz do sr. Zargar me levou de volta à realidade.

— Com licença, sra. Sadeghi — disse ele. — Poderia vir ao meu escritório, por favor?

Em silêncio e em choque, eu o segui feito um robô. Ele pediu para eu me sentar. Afundei numa cadeira. O sr. Zargar falou por algum tempo, mas eu não ouvi uma palavra. Em seguida, ele me entregou uma carta. Peguei-a e perguntei o que era.

— É do escritório central do Comitê de Erradicação — disse ele. — Achei que... Está escrito que você foi demitida...

Fiquei olhando fixamente para ele. As lágrimas não derramadas faziam os meus olhos arderem, e mil pensamentos passavam pela minha cabeça.

— Por quê? — perguntei com a voz embargada.

— Você foi acusada de ter inclinações comunistas e de promover e se afiliar a grupos antirrevolucionários.

— Mas eu não tenho nenhuma inclinação política e não promovi grupo nenhum! Estive de licença por quase um ano.

— Bem, por causa do seu marido...

— Mas o que os atos dele têm a ver comigo? Já disse mil vezes que não compartilho das opiniões dele. Eu não deveria ser culpada pelas transgressões dele.

— É verdade — disse o sr. Zargar. — É claro que é possível recorrer das acusações. Eles, porém, afirmam ter provas e algumas testemunhas.

— Que provas? O que essas pessoas testemunharam? O que foi que eu fiz?

— Elas dizem que, em fevereiro de 1979, você trouxe o seu marido ao escritório para divulgar a ideologia comunista dele, que você organizou uma sessão de perguntas e respostas e distribuiu jornais antirrevolucionários.

— Mas ele só veio me buscar. O pessoal o arrastou para dentro à força!

— Eu sei, eu sei. Eu me lembro. Só estou informando as alegações deles, e você pode negar oficialmente essas afirmações. Mas, para ser honesto, acho que você e o seu marido estão correndo perigo. Onde ele está, aliás?

— Não sei. Ele não aparece há uma semana, e não tenho notícias dele.

Cansada e enfraquecida, voltei à minha sala para recolher os meus pertences. Meus olhos se enchiam de lágrimas, mas eu não queria permitir que transbordassem. Não queria que meus adversários vissem a minha desolação. Abbas-Ali, o zelador do nosso andar, entrou discretamente na minha sala com uma bandeja de chá. Ele agia como se entrasse num território proibido. Olhou para mim e para a sala, com tristeza, por alguns segundos, depois sussurrou:

— Sra. Sadeghi, a senhora não sabe como estou triste. Juro pela vida dos meus filhos que não disse nada contra a senhora. Jamais vi nada além de bondade e gentileza na senhora. Todo mundo está triste.

Dei uma risada amarga.

— Sim, pude notar pelo comportamento deles e pelos falsos testemunhos. Pessoas com quem passei os últimos sete anos conspiraram contra mim com tanta agilidade que agora ninguém sequer olha na minha cara.

— Não, sra. Sadeghi, não é assim. Estão todos morrendo de medo. A senhora não vai acreditar nas acusações que inventaram contra as suas amigas, a sra. Sadati e a sra. Kanani. Dizem que serão demitidas também.

— Acho que a coisa não está tão ruim assim — falei. — Você está exagerando. E, mesmo se forem demitidas, não será pela amizade que têm comigo. Isso tudo se deve a rancores e ciúmes antigos.

Segurei a minha bolsa, lotada de coisas, a pasta com os meus documentos pessoais, e saí.

— Dona, pelo amor de Deus, não me culpe — implorou Abbas-Ali. — Me absolva.

Vaguei pelas ruas até o meio-dia. Aos poucos, a ansiedade tomou o lugar da raiva e da humilhação: ansiedade em relação ao futuro, ansiedade por Hamid e as crianças, e ansiedade pelo dinheiro. Com o aumento alarmante da inflação, o que eu iria fazer sem um salário? Nos dois meses anteriores, a gráfica não tivera faturamento algum, e o pai de Hamid não conseguira juntar uma renda para o filho.

Eu estava com uma dor de cabeça terrível e me esforçava para conseguir chegar em casa.

— O que está fazendo aqui tão cedo? — perguntou a sra. Parvin, surpresa. — E foi trabalhar mais tarde hoje. Se continuar assim, será demitida.

— Acabaram de me demitir!

— O quê? Está falando sério? Deus me tire a vida! Foi culpa minha, por ter chegado atrasada hoje de manhã.

— Não — respondi. — Eles não demitem as pessoas por chegarem atrasadas, por não trabalhar, por perturbarem os outros, por incompetência, por roubo, por obscenidades, promiscuidade, desonestidade ou estupidez. Demitem gente como eu. Gente que trabalhou feito burro de carga, que conhece o próprio trabalho, que tem de sustentar os filhos. Eu fui maculada e eles têm de me demitir para que a agência seja expurgada e purificada.

Não me senti bem por alguns dias. Estava com uma dor de cabeça forte e dormia poucas horas com a ajuda do remédio que a sra. Parvin me dava. Hamid voltara de uma viagem ao Curdistão, mas foi poucas vezes em casa. Disse que tinha muito trabalho a fazer e que estava passando as noites na gráfica. Não tive sequer a chance de contar a ele que eu fora demitida.

As notícias que eu ouvia sobre Hamid e sua organização estavam mais preocupantes, e os meus medos se aprofundavam a cada dia. Então, o pesadelo que eu tivera uma vez se repetiu.

No meio da noite, forças do governo invadiram a casa. Pelo que ouvi da conversa entre eles, a gráfica também havia sido invadida no mesmo dia, e Hamid e outros que estavam lá com ele foram presos.

Os mesmo insultos, o mesmo horror, o mesmo ódio. Era como se eu estivesse sendo obrigada a assistir a um filme velho e horrível pela segunda vez. Aquelas mãos e olhos indagadores, cuja lembrança ainda me fazia estremecer de repulsa, novamente vasculhavam os cantos mais íntimos da minha vida, e eu sentia o mesmo calafrio e a mesma nudez que sentira alguns anos. Desta vez, no entanto, a ira de Siamak não estava apenas no olhar. Ele agora era um adolescente de quinze anos, de pavio curto, contorcendo-se de raiva, e eu morria de medo que ele expressasse seu ódio de repente, de modo verbal ou físico. Eu apertava a sua mão e implorava que ele ficasse calmo, para não dizer nada e não piorar ainda mais a situação. E todo o tempo, sem nenhuma cor no rosto, Massoud assistia à cena com Shirin no colo, sem fazer nenhum esforço para aquietá-la.

Começou tudo de novo. Na manhã seguinte bem cedo, liguei para Mansoureh e pedi a ela para avisar ao pai com muita calma o que acontecera. Será que os pais de Hamid tinham forças para passar por uma provação tão amarga pela segunda vez? Uma hora depois, o pai ligou. Ouvir a sua voz sofrida fez o meu coração doer.

— Pai — disse eu —, temos de começar tudo de novo, mas não sei por onde. O senhor conhece alguém que possa ter alguma pista dele?

— Não sei — respondeu ele. — Vou ver se consigo encontrar alguém.

A casa ficou num estado de desordem total, e estávamos todos transtornados e tensos. Siamak esbravejava feito um leão, socando e chutando as paredes e as portas, maldizendo o céu e a terra. Massoud estava atrás do sofá, fingindo dormir. Eu sabia que ele estava chorando e não queria que ninguém invadisse sua privacidade. Shirin, que em geral era uma criança agradável, sentiu de alguma forma a tensão e não parava de chorar. E eu, abalada e confusa, tentava afastar pensamentos terríveis.

Por um lado, eu xingava Hamid e o culpava por, mais uma vez, estraçalhar as nossas vidas, e, por outro lado, eu me perguntava se a tortura de prisioneiros ainda era uma prática comum. Perguntava-me em que condições ele se encontrava. Ele costumava dizer que as primeiras quarenta e oito horas eram quando eles infligiam as piores dores nos prisioneiros. Ele conseguiria sobreviver? Os pés dele estavam começando a voltar ao normal agora. De que exatamente ele estava sendo acusado? Ele ia ter de enfrentar um julgamento no Tribunal Revolucionário?

Eu queria gritar. Precisando ficar sozinha, fui ao meu quarto e fechei a porta. Tapei os ouvidos para não escutar as crianças e deixei as lágrimas rolarem. Vi o meu reflexo no espelho. Eu estava pálida, horrorizada, impotente e desorientada. O que iria fazer? O que eu poderia fazer? Eu queria sair correndo. Se não fosse pelas crianças, teria partido para as montanhas e desertos, e desaparecido. Mas o que eu iria fazer com eles? Eu era como um capitão cujo navio estava afundando e cujos passageiros olhavam para ele com olhar de esperança. E o meu estado era pior do que o do meu navio. Eu precisava de um bote salva-vidas para me ajudar a escapar, para me levar para longe. Não tinha mais forças para carregar aquela carga pesada de responsabilidade.

O som de Shirin chorando ficara mais alto e aos poucos foi se transformando em gritos de angústia. Levantei-me por instinto e enxuguei as lágrimas. Eu não tinha escolha. As crianças precisavam de mim. O navio no meio da tormenta não tinha outro capitão senão eu.

Peguei o telefone e liguei para a sra. Parvin. Expliquei rapidamente o que acontecera, pedi que ela ficasse em casa e me esperasse chegar com Shirin. A sra. Parvin ainda gritava em desespero quando desliguei. Shirin finalmente se acalmara nos braços de Massoud. Eu sabia que ele não iria conseguia suportar ouvir a irmã chorar e pararia de fingir estar dormindo. Siamak estava sentado à mesa da cozinha, vermelho, com o maxilar e os punhos cerrados, e as veias latejando na testa.

Sentei-me ao seu lado e disse:

— Escute, meu filho, grite, se quiser gritar. Grite o quanto quiser e ponha tudo para fora.

— Eles viraram a nossa vida do avesso, prenderam o meu pai, e nós ficamos parados feito idiotas, vendo eles fazerem o que quisessem — gritou ele.

— O que exatamente você queria que fizéssemos? O que poderíamos fazer? Poderíamos ter impedido?

Ele deu um soco na mesa. Havia sangue nas suas mãos. Eu as segurei e apertei com força. Siamak começou a gritar obscenidades. Esperei até ele se acalmar.

O LIVRO DO DESTINO

— Sabe, Siamak — comecei —, quando você era pequeno, se meteu em brigas com todo mundo e ficou muito agitado. Eu costumava segurá-lo nos meus braços, e você me socava e chutava até se livrar da raiva. Se isso ainda o acalmar, venha aqui.

E eu o segurei nos meus braços. Ele era consideravelmente mais alto e mais forte que eu, e poderia ter se afastado com facilidade. Mas não se afastou. Pôs a cabeça no meu ombro e chorou. Minutos depois, disse:

— Mãe, você tem tanta sorte, você é tão calma e forte!

Eu ri e pensei: Deixe que ele tenha essa impressão de mim...

Massoud nos observava com lágrimas nos olhos. Shirin adormecera no seu colo. Fiz um gesto para ele se aproximar, e ele a deitou com delicadeza e se aproximou. Eu o abracei também, e nós três derramamos lágrimas que nos uniam e nos davam força. Alguns minutos depois, eu me afastei e disse:

— Bom, meninos, não devemos perder mais tempo. Chorar não vai ajudar o seu pai. Temos de pensar num plano. Estão prontos?

— Claro! — responderam.

— Bem, então, peguem algumas coisas para levar. Vocês vão ficar com a sua avó por alguns dias, e Shirin vai ficar com a sra. Parvin.

— O que você vai fazer? — perguntou Massoud.

— Tenho de ir à casa do seu avô para podermos descobrir onde o seu pai está. Talvez a gente consiga alguma notícia dele. Teremos de ir a muitos lugares, há centenas de comitês do governo e departamentos militares.

— Eu vou com vocês — disse Siamak.

— Não, você tem de cuidar dos seus irmãos — respondi. — Depois do seu pai, você é o responsável pela família.

— Em primeiro lugar, não vou para a casa da Vó porque a esposa do tio Ali vai ficar aborrecida. Ela se cobre toda quando está na minha frente, e fica reclamando e resmungando o tempo todo. Em segundo lugar, a sra. Parvin vai tomar conta de Shirin, e Massoud é grande e não precisa que cuidem dele.

Ele estava certo, mas eu não sabia qual era a nossa verdadeira situação e me preocupava que o espírito jovem e explosivo dele pudesse não ser capaz de lidar com uma parte do que teríamos pela frente.

— Olhe, filho — falei —, você tem as suas tarefas também. Você precisa encontrar ajuda. Conte ao tio Ali o que aconteceu e veja se ele conhece alguém em qualquer um dos comitês. Ouvi dizer que o cunhado dele entrou para a Guarda Revolucionária. Se necessário, vá falar com ele. Só tome cuidado para não dizer nada que piore ainda mais a situação do seu pai.

— Claro, não se preocupe — disse Siamak. — Não sou criança. Sei o que dizer.

— Ótimo. Então quero que vá para a casa da sua tia Faati e conte a Sadegh Agha tudo o que aconteceu. Talvez ele conheça alguém que possa ajudar. E, se quiser, pode ficar com eles. Por ora, temos de descobrir onde o seu pai está. Depois lhe direi o que mais você precisará fazer.

— Você não quer que eu conte ao tio Mahmoud? — perguntou Siamak. — Você sabe que ele pode ajudar. Dizem que ele é o chefe de um dos comitês.

— Não. Depois da briga que ele e o seu pai tiveram, acho que ele não vai fazer nada para ajudar. Deixaremos isso para depois. Irei vê-los assim que puder. E vocês não precisam ir à escola amanhã. Esperemos que tudo fique muito mais claro até sábado.

Não apenas as coisas não ficaram mais claras como ficaram mais vagas e complicadas. O pai de Hamid e eu passamos os dois dias seguintes indo falar com todos os amigos e conhecidos dele, mas foi em vão. A maior parte daqueles que antes tiveram uma posição de influência deixara o país, e os outros tinham perdido o emprego ou estavam escondidos.

— As coisas mudaram — disse o pai de Hamid. — Não conhecemos mais ninguém.

Não tínhamos escolha, começaríamos a procurar Hamid sozinhos. Os chefes das delegacias e divisões da polícia negavam qualquer envolvimento, afirmavam não ter informações e nos mandavam ir a diversos comitês do governo. Nos comitês nos perguntavam de que crime Hamid havia sido acusado. Não sabíamos o que dizer e, com medo e tensão, eu murmurava que achava que ele fora acusado de ser comunista. Ninguém se sentia no dever de nos dar uma resposta. Ou talvez fosse por questões de segurança que não nos diziam onde Hamid estava.

Dois dias depois, mais exausta que antes e esperando encontrar ajuda e apoio, fui à casa da Mãe. Faati e as crianças estavam lá, aguardando preocupadas.

O LIVRO DO DESTINO

— Você não podia, pelo menos, ter ligado? — reclamou Siamak, nervoso.

— Não, meu querido, não podia. Você não faz ideia. Fomos a milhares de lugares e só voltamos para a casa do seu avô muito tarde ontem à noite. E precisei ficar lá porque tínhamos um encontro marcado para as sete e meia da manhã de hoje. Mas você falou com a sua avó, não falou?

— Sim, mas eu quero saber o que você e o vovô conseguiram descobrir.

— Pode ter certeza de que, quando eu tiver boas notícias, você será a primeira pessoa a saber. Agora vá pegar as suas coisas, temos de voltar para casa.

Em seguida, olhei para Ali e disse:

— Ali, você e Mahmoud conhecem tantas pessoas de diferentes comitês. Vocês não conseguem descobrir para onde levaram Hamid?

— Para ser sincero, irmã, acho melhor esquecer Mahmoud. Ele se recusa a sequer ouvir o nome de Hamid. Quanto a mim, não posso perguntar e investigar abertamente. Afinal, o seu marido é comunista e, quando menos esperarmos, serei taxado e acusado de mil coisas. Mas vou perguntar de formas indiretas.

Fiquei decepcionada e queria dizer algo a ele, mas me controlei. Apesar de tudo, eu precisava dele.

— Sadegh vai entrar em contato com algumas pessoas que ele conhece — disse Faati. — Não se torture desse jeito. Não há nada que você possa fazer. E por que quer voltar para casa?

— Eu tenho de ir — falei. — Você não acredita o estado em que está a casa. Preciso arrumar tudo. E os meninos têm de voltar à escola no sábado.

— Então, deixe Shirin conosco — disse ela. — Você vai querer ir de um lado para o outro, e ela vai ficar no caminho e atrapalhar. Você sabe o quanto Firouzeh a ama e brinca com ela como se ela fosse uma boneca.

Firouzeh tinha cinco anos e era bela e adorável como uma flor, mas Faati estava grávida de quatro meses do segundo filho.

— Não, minha querida — respondi. — No seu estado, você não tem condições de cuidar de um bebê, e me sinto melhor com as crianças do meu lado. Se a sra. Parvin pudesse...

A sra. Parvin, que cuidara de Shirin com amor naqueles dois dias e agora me ouvia com pesar, pulou da cadeira e disse:

— É claro que posso ir com vocês!

— A senhora não tem nenhum trabalho a fazer? — perguntei. — Não quero impor nada.

— Que trabalho? Graças a Deus, não tenho marido nem dependentes, e, hoje em dia, ninguém quer mais vestidos sob medida. Vou passar uma semana com você, até as coisas ficarem mais organizadas.

— Sra. Parvin, eu te amo. O que eu faria sem a senhora? E como serei capaz de compensá-la por tanta gentileza?

Passamos a sexta-feira toda arrumando a casa.

— A primeira vez que invadiram a casa, o Pai, Deus o tenha, enviou gente para me ajudar — contei à sra. Parvin. — Agora, veja como estou sozinha e abandonada. Sinto tanta saudade do Pai e preciso desesperadamente dele.

Minha voz falhou, e Massoud, que eu não sabia estar nos observando, correu para mim, pegou a minha mão e disse:

— Mas você tem a nós! Nós vamos ajudar você. Pelo amor de Deus, não fique triste!

Baguncei o belo cabelo dele, olhei em seus olhos amáveis e disse:

— Eu sei, meu querido. Enquanto eu tiver vocês, não terei sofrimento.

Desta vez, os invasores deixaram intactos os quartos de Bibi e o porão, que estava quase vazio. Portanto, o nosso trabalho estava limitado aos cômodos de cima, que ficaram quase arrumados no fim da tarde, e a casa, pelo menos, parecia estar organizada. Mandei os meninos tomarem banho, forcei-os a fazerem as lições de casa que estavam atrasadas e pedi que se preparassem para a escola no dia seguinte. Siamak, porém, mostrava-se inquieto. Não quis fazer a lição de casa e ficava me agitando. Eu sabia que ele tinha todo o direito de estar instável, mas isso também tinha limite.

Finalmente, pedi que se sentassem e disse num tom severo:

— Vocês estão vendo o tanto que eu tenho para fazer e resolver, sabem quanta dor de cabeça e preocupação eu tenho e sabem de quantas coisas preciso cuidar ao mesmo tempo? Quanta energia vocês acham que eu tenho? Se vocês não me ajudarem e só aumentarem os meus problemas, terei um

O LIVRO DO DESTINO

colapso. E a melhor forma de ajudarem é fazendo a lição de casa para que eu tenha, pelo menos, uma coisa a menos com que me preocupar. Vão me ajudar ou não?

Massoud prometeu com entusiasmo, e Siamak prometeu com hesitação...

No sábado, fui mais uma vez a diversos comitês do governo. O pai de Hamid parecia ter envelhecido alguns anos, e era visível que não estava suportando o peso da angústia. Lamentei por ele e não quis que me acompanhasse a todos os lugares.

Toda a minha correria desse dia não serviu para nada. Ninguém me dava uma resposta direta. Percebi que não tinha escolha senão recorrer a Mahmoud. Eu teria ficado mais à vontade falando com ele por telefone, porém sabia que todos os membros da sua família haviam recebido ordens para dizer que ele não estava em casa, caso eu ligasse. Relutante, fui à sua rua e esperei na esquina até vê-lo chegar e entrar em casa. Toquei a campainha e entrei. Ehteram-Sadat cumprimentou-me com frieza. Gholam-Ali me viu no quintal e disse animado:

— Olá, tia! — Mas se lembrou de repente que não deveria ser simpático comigo, franziu a testa e foi embora.

— Bom, tenho certeza de que não está aqui para perguntar sobre a minha saúde — disse Ehteram-Sadat. — Se veio falar com Mahmoud, ele não está, e não tenho certeza se ainda volta hoje.

— Diga para ele vir aqui — falei. — Eu sei que ele está em casa. Quero falar com ele. Eu o vi entrar.

— O quê? — disse ela, fingindo estar surpresa. — Quando ele entrou? Eu não vi.

— Está claro que você nunca vê o que acontece nesta casa — respondi. — Diga a ele que só preciso de dois minutos do seu tempo.

Ehteram-Sadat fechou a cara, enrolou o chador em torno do corpo redondo e saiu resmungando. Não fiquei com raiva dela. Sabia que Ehteram-Sadat só estava obedecendo ordens de Mahmoud. Alguns minutos depois, ela voltou e disse:

— Ele está fazendo as orações, e você sabe como demora.

— Está bem — respondi. — Vou aguardar. Esperarei até amanhã de manhã, se for necessário.

Após algum tempo, Mahmoud finalmente apareceu e murmurou um olá com mau humor. Cada célula do meu corpo detestava estar naquela casa. Com a voz embargada, eu disse:

— Mahmoud, você é o meu irmão mais velho. Não tenho ninguém além de você. O Pai me deixou aos seus cuidados. Pelo amor dos seus filhos, não deixe que os meus filhos fiquem órfãos. Me ajude.

— Isso não é da minha conta — murmurou ele. — Não depende de mim.

— O tio de Ehteram-Sadat tem muita influência no Tribunal Revolucionário e nos comitês do governo. Apenas marque uma reunião. Só quero saber a localização de Hamid e em que condições ele está. Só me leve ao tio de Ehteram.

— É mesmo? Você quer que eu diga que esse ateu infiel é meu parente? Quer que eu peça para ele ser absolvido? Não, minha querida, eu não achei a minha honra na beira da estrada para abrir mão dela assim.

— Você não precisa dizer nada — implorei. — Eu mesma falo com ele. Nem vou pedir que o soltem ou o perdoem. Podem até condená-lo à prisão perpétua. Só não quero tortura... execução... — E caí no choro.

Com um olhar triunfante e um sorriso afetado, Mahmoud balançou a cabeça e disse:

— É ótimo como você se lembra de nós quando está com problemas. Até agora, os mulás eram ruins, os conservadores eram ruins, não havia Deus, não havia Profeta. Certo?

— Pare, irmão. Quando foi que eu disse que não havia Deus nem Profeta? Até hoje, nunca deixei de fazer uma única oração. E a maioria dos mulás é muito mais liberal e esclarecida do que gente como você. Não era você que se gabava em todo lugar que ia que seu cunhado era revolucionário, prisioneiro político torturado na prisão? Independentemente de qualquer coisa, ele é o pai dos meus filhos. Não tenho o direito de saber onde ele está e em que condições? Pelo amor dos seus filhos, me ajude.

— Levante-se, irmã. Levante-se e recomponha-se — disse ele. — Você acha que é simples assim? Seu marido liderou uma revolta contra Deus e o islamismo, é ateu, e Vossa Alteza quer que todo mundo o deixe em paz para que ele possa causar o estrago que quiser, destruir o país e a nossa fé? Sejamos justos, se ele estivesse no poder, teria deixado um de nós sequer vivo? Se você ama os seus filhos, vai dizer a verdade... ahn? Por que ficou quieta de repente? Não, minha querida, você entendeu tudo errado. Deus sanciona o derramamento do sangue desse homem. Devotei minha vida toda ao islamismo, e agora você espera que eu vá a Haji Agha e o force a cometer um pecado por um homem sem fé que virou as costas para Deus? Não, jamais farei uma coisa dessas. Haji Agha também discordaria em deixar um inimigo de Deus e do islamismo ficar impune. Mesmo que o mundo todo implorasse a ele, ainda assim, ele faria o que é certo. Você achava que ainda estávamos na era do Xá, em que você podia salvar esse homem mexendo os pauzinhos? Não, minha querida, agora o que importa é a verdade e a retidão, é a fé e quem tem o poder de perdoar.

Senti como se estivessem batendo na minha cabeça com uma marreta. Meus olhos ardiam e eu fervia de raiva. Xinguei a mim mesma por ter ido falar com Mahmoud. Por que pedi ajuda a esse hipócrita que não sabe nada de Deus? Com o maxilar cerrado, puxei o chador em volta do corpo, encarei-o e gritei:

— Diga! Diga: "Eu o usei o quanto quis e agora que ele não me serve para mais nada, agora que não preciso mais de um parceiro, quero encher a barriga sozinho." Seu imbecil! É um tormento para Deus ter servos como você.

E saí da casa correndo e praguejando. Cada fibra do meu corpo tremia.

Levamos duas semanas para descobrir que Hamid estava na prisão de Evin. Todos os dias eu vestia o chador e, com os pais dele ou sozinha, ia até lá para tentar encontrar oficiais da prisão ou outros que pudessem fornecer informações confiáveis. O crime de Hamid era irrefutável. Eles tinham tantas fotografias, discursos e artigos que ele escrevera que não havia como negar nada. Não sei se ele chegou a ser julgado e, se foi, não sei quando ocorreu.

Quase um mês e meio após Hamid ter sido preso, durante uma de nossas visitas à prisão, o pai dele e eu fomos encaminhados a uma sala.

— Acho que finalmente vão nos conceder uma visita — sussurrei para ele.

Animados, ficamos ali parados, aguardando. Minutos depois, um guarda entrou, pôs um pacote sobre a mesa e disse:

— Esses são os pertences dele.

Fiquei olhando para ele. Não conseguia entender o que queria dizer. Então, o homem disse bruscamente:

— Vocês não são da família de Hamid Soltani? Ele foi executado anteontem, e essas são as coisas dele.

Senti como se tivessem encostado um fio elétrico em mim. Meu corpo inteiro tremia. Olhei para o pai de Hamid. Com o rosto branco feito giz, apertando o peito com as mãos, ele se contorceu e caiu numa cadeira. Eu queria acudi-lo, mas as minhas pernas não cooperavam. Senti uma tontura, depois não senti mais nada.

O som estridente das sirenes da ambulância me fez recobrar a consciência. Abri os olhos.

Levaram o pai de Hamid para a unidade de tratamento intensivo, e eu fui levada ao pronto-socorro. Eu precisava avisar a minha família. Sabia de cor os números de telefone de Faati e Mansoureh e os passei à enfermeira.

O pai de Hamid permaneceu internado, mas eu tive alta e fui para casa à noite. Não consegui olhar nos olhos dos meus filhos. Eu não sabia que informações os meninos já tinham e não sabia o que dizer a eles. Estava sem energia para falar. Nem sequer conseguia chorar. Tinham me injetado tanto sedativo que logo caí num sono escuro e amargo.

Levei três dias para sair daquele estado de choque e delírio, e o pai de Hamid levou três dias para perder a batalha contra a morte e alcançar a paz e a liberdade eternas. A única coisa que consegui dizer foi:

— Como ele tem sorte. Agora está em paz.

Eu o invejei mais que a qualquer pessoa no mundo.

Os funerais para o pai e o filho foram realizados juntos, e pudemos lamentar a morte de Hamid sem medo e sem maus presságios. Ver o semblante triste dos meus filhos, seus olhos inchados e os corpos miúdos vestidos de preto me cortou o coração. Passei grande parte da cerimônia revivendo as

O LIVRO DO DESTINO

lembranças da minha vida com Hamid, que agora se condensavam no único mês que passamos no litoral do Cáspio. Da minha família, apenas a Mãe e Faati foram ao funeral.

Ficamos na casa da minha sogra até a cerimônia de sétimo dia. Eu não conseguia sequer lembrar onde Shirin estava. De vez em quando, eu perguntava a Faati, mas não ouvia a resposta e perguntava de novo uma hora depois.

A mãe de Hamid estava em estado grave. Faati disse que ela não sobreviveria à dor. Ela falava o tempo todo, e cada palavra que pronunciava levava por todos às lágrimas. Fiquei surpresa por ela conseguir falar tanto. Diante de uma tragédia, eu sempre ficava quieta e me afogava em pensamentos sombrios, com o olhar fixo num ponto distante. Às vezes, ela abraçava os meus filhos e dizia que eles tinham o cheiro do pai. Outras vezes, ela os empurrava e gritava:

— Sem Hamid, para que vou querer eles?

De vez em quando, chorava pelo marido e lamentava:

— Se Morteza Agha estivesse aqui, eu conseguiria suportar.

Depois ela agradecia a Deus por ele estar morto e não ali para testemunhar aquela tragédia.

Eu sabia que os meninos estavam sofrendo e que aquele ambiente acabaria com eles. Pedi ao marido de Faati, Sadegh Agha, para levá-los dali. Siamak estava pronto para sair da casa, mas Massoud agarrou-se a mim e disse:

— Tenho medo de deixá-la e você chorar muito, e algo ruim acontecer com você.

Prometi a ele que cuidaria de mim e que não deixaria nada de ruim acontecer comigo. Sem as crianças, senti que uma porta se abria no meu coração. Minhas lágrimas, que não tinham se permitido fluir na presença delas, jorraram, e a minha respiração explodia aos soluços.

Quando voltei para casa, eu sabia que não poderia mais lamentar nem perder mais tempo. Os meus problemas eram grandes demais para me permitirem um luto prolongado. Minha vida estava uma bagunça, as crianças estavam atrasadas na escola, e as provas finais se aproximavam. E, o mais importante de tudo, eu não tinha trabalho e nenhuma fonte de renda. Vivêramos os últimos meses com a ajuda do pai de Hamid, e agora ele não estava mais ali. Eu precisava pensar em algo. Tinha de encontrar um emprego.

Minha mente estava afundada em outros problemas também. Um dia, na casa da minha sogra, ouvi a tia de Hamid e a esposa do tio dele falando baixinho no quarto onde eu estava descansando. Foi então que fiquei sabendo que o avô de Hamid havia deixado a casa em que morávamos para todos os filhos. Em respeito à mãe deles e ao pai de Hamid, que pagava as despesas e cuidava do filho, os tios e tias nunca tocaram no assunto da partilha, porém, com a morte de Bibi e do irmão, não tinham mais motivo para deixar de reivindicar a herança. Assim, dias depois, eu estava presente quando os cunhados de Hamid conversavam. O marido de Monir disse:

— De acordo com a lei, como o filho morreu antes do pai, a família dele não tem direito a nenhuma herança. Pode perguntar a qualquer pessoa...

Era estranho que, com toda aquela comoção, eu escutasse as conversas que tinham a ver com a minha vida.

De qualquer modo, o perigo que eu sentia me fez sair do luto antes do esperado e abafou o meu sofrimento com a perda de Hamid. As minhas noites escuras e solitárias eram preenchidas por uma ansiedade torturante. Eu não conseguia dormir nem ficar parada. Andava pela casa pensando e, às vezes, falando sozinha feito louca. Todas as portas haviam se fechado para mim. Sem emprego, sem Hamid, sem o pai dele, sem casa, sem herança e com o carimbo na testa que me identificava como a viúva de um comunista executado, como eu iria salvar os meus filhos daquele mar revolto e deixá-los num lugar seguro?

— Pai, onde o senhor está? Está vendo que a sua previsão se realizou? Sua filha está sozinha e abandonada no mundo. Preciso desesperadamente do senhor!

Certa madrugada, quando eu vagava pela casa feito uma sonâmbula, tive um sobressalto com o som do telefone tocando.

— Massoum, é você? — disse uma voz distante. — Ah, minha querida. É verdade que Hamid... que Hamid faleceu?

— Parvaneh? Onde você está? Como ficou sabendo? — perguntei, enquanto as lágrimas começavam a rolar pelo meu rosto.

O LIVRO DO DESTINO

— Então é verdade? Ouvi nas estações de rádio iranianas hoje à noite.

— Sim, é verdade — respondi. — Hamid e o pai dele.

— O quê? Por que o pai dele?

— Ele teve um enfarte — expliquei. — Morreu de desgosto.

— Ah, minha querida, você deve estar tão sozinha. Os seus irmãos estão ajudando?

— Por favor! Eles não movem um dedo por mim. Não foram ao funeral e nem sequer se preocuparam em me dar os pêsames.

— Bem, pelo menos você tem o seu emprego e não precisa de ninguém para sustentá-la.

— Que emprego? Eu fui expurgada.

— Como assim? O que significa ser expurgada?

— Significa que me demitiram.

— Por quê? E com dois filhos... O que vai fazer?

— Três.

— Três? Quando? Quando foi a última vez que nos falamos?

— Há muito tempo... dois anos e meio. A minha filha está com um ano e meio.

— Que Deus os faça pagar — disse Parvaneh. — Você se lembra de como os apoiou? Disse que éramos arrogantes e imorais, que roubávamos do povo, que éramos traidores, que o país tinha de ser virado do avesso e que as pessoas tinham de reaver seus direitos e o que era legítimo... Olhe para você agora! Se precisar de dinheiro, se precisar de ajuda, por favor, me diga. Está bem?

A tristeza e as lágrimas me sufocavam.

— O que foi? — disse ela. — Por que está tão quieta? Diga alguma coisa.

De repente, eu me lembrei do verso de um poema e recitei:

— Não temo as provocações dos inimigos, mas não me faça merecedor da piedade dos meus amigos.

Parvaneh ficou em silêncio por alguns segundos. Então se desculpou:

— Me perdoe, Massoum. Sinto muito. Juro que não consigo me controlar. Você me conhece, não consigo me segurar. Estou triste demais por você e não sei o que dizer. Achei que você tivesse alcançado o que desejava, que tivesse uma vida feliz. Nunca imaginei que estivesse passando por isso. Sabe o quanto a amo. Você é mais próxima de mim que a minha irmã. Se não cuidarmos uma da outra, quem cuidará? Prometa pela vida dos seus filhos que vai me dizer se precisar de qualquer coisa.

— Obrigada, eu direi. Ouvir a sua voz já é uma grande ajuda. Por ora, preciso de autoconfiança mais do que qualquer coisa, e a sua voz me dá isso. Só preciso manter contato com você.

Pensei em diferentes tipos de trabalho e mais uma vez considerei a costura, que sempre odiara, mas que parecia estar gravada no meu destino. A sra. Parvin prometeu ajudar, mas quase não tinha mais clientes. Eu sabia que nenhuma agência do governo me contrataria e os comitês de seleção em empresas particulares e organizações que trabalhavam com ou para o governo jamais me considerariam uma funcionária em potencial. Comecei a procurar emprego em microempresas particulares, mas isso também foi em vão. A economia estava ruim e ninguém queria contratar novos funcionários. Pensei até em fazer conservas para vender em mercearias, ou fazer bolos, doces e outras comidas por encomenda, mas como? Eu não tinha nenhuma experiência.

Nessa época, o sr. Zargar me telefonou. Ao contrário de seu estado de costume, ele parecia perturbado. Acabara de ficar sabendo da morte de Hamid. Ele me deu os pêsames e perguntou se ele e alguns dos meus antigos colegas poderiam ir oferecer suas condolências. No dia seguinte, ele foi à minha casa com cinco dos meus antigos colegas de trabalho. Vê-los renovou a minha dor e comecei a chorar. As mulheres choraram comigo. O sr. Zargar ficou ruborizado, com os lábios trêmulos, e tentava não olhar para nós. Quando nos acalmamos, ele disse:

— Sabe quem me ligou ontem para expressar sua dor quanto ao que aconteceu?

— Não! Quem?

— O sr. Shirzadi, dos Estados Unidos. Na verdade, fiquei sabendo através dele.

O LIVRO DO DESTINO

— Então ele ainda está morando lá? — perguntei. — Achei que depois da revolução o sr. Shirzadi fosse voltar.

— Voltou. Você não iria acreditar no estado em que ele estava. Nunca vi alguém tão animado e feliz. Parecia anos mais jovem.

— Então, por que ele partiu de novo?

— Não sei. Perguntei a ele: "Por que vai embora? O seu sonho se tornou realidade." Ele só disse: "O sonho da vida não passava disso: a morte da esperança ou a esperança da morte."

— O senhor deveria ter mantido o sr. Shirzadi na agência — falei.

— Nem pensar! — disse o sr. Zargar. — Estão tentando se livrar até de mim!

— Você não soube? — disse a sra. Molavi. — Tentaram incriminar o sr. Zargar.

— De que crime? — perguntei. — O que foi que o senhor fez?

— O mesmo que você — explicou o sr. Zargar.

— Mas eles não podem acusá-lo de nada daquilo!

O sr. Mohammadi contestou:

— Por que não? Eles acham que o sr. Zargar é, da cabeça aos pés, alguém que prosperou graças ao antigo regime. Um arrogante, um enrolador corrupto!

Todos riram.

— Você é muito gentil! — disse o sr. Zargar.

Eu queria rir. A acusação de estar entre os ricos que cresceram no governo do Xá começava a se tornar um elogio.

— Eles me perseguiram durante algum tempo porque o meu tio era um advogado bem-sucedido, porque eu havia estudado fora e tenho uma esposa estrangeira — explicou o sr. Zargar. — Você deve se lembrar porque que o diretor da agência não aguentava nem olhar na minha casa. Bem, ele tentou usar essa oportunidade para se livrar de mim, porém seu plano não deu certo. Mas me conte, o que você tem feito?

— Nada! Estou sem dinheiro e procurando desesperadamente um emprego.

Mais tarde, naquela noite, o sr. Zargar me ligou e disse:

— Eu não queria falar na frente dos outros, mas se você precisar mesmo de trabalho, posso conseguir algo temporário.

— É claro que preciso de trabalho! O senhor não pode imaginar a minha situação. — E contei de forma breve o desespero da minha atual condição.

— Por enquanto, temos alguns artigos e um livro que precisam ser editados e datilografados — disse ele. — Se você conseguir arranjar uma máquina de escrever, poderá começar a trabalhar neles em casa. O dinheiro poderá não ser muito, mas também não será tão pouco.

— Acho que Deus escolheu o senhor para ser o meu anjo da guarda! Mas como posso trabalhar para a agência? Se descobrirem, será terrível para o senhor.

— Eles não precisam saber — disse ele. — Faremos o contrato em outro nome, e eu mesmo entregarei o trabalho a você. Você não precisará ir até lá.

— Realmente não sei o que dizer e como lhe agradecer.

— Não há necessidade de agradecer. Você faz um trabalho excelente, e poucos têm o seu domínio da língua persa. Só tente arranjar uma máquina de escrever. Levarei os documentos amanhã à tarde.

Eu não cabia em mim de alegria, mas onde iria conseguir uma máquina de escrever? A que o pai de Hamid me presenteara anos atrás para praticar era muito velha. Bem nessa hora, Mansoureh ligou. Dentre as irmãs de Hamid, ela era a mais gentil e a mais sensível. Contei a ela a proposta do sr. Zargar.

— Deixe-me perguntar a Bahman — disse ela. — Eles devem ter uma máquina extra na empresa que possam emprestar a você.

Quando desliguei, estava feliz e aliviada. Agradeci a Deus por ter tido um dia bom.

Comecei a trabalhar em casa. Datilografava, editava e, de vez em quando, costurava. A sra. Parvin era a minha companheira, assistente e sócia. Ela ia à minha casa quase todos os dias para cuidar de Shirin ou para costurarmos juntas. Qualquer dinheiro que ela ganhava, calculava com cuidado a minha parte. No entanto, eu tinha certeza de que ela estava me dando mais do que eu tinha direito.

A sra. Parvin ainda era bonita e animada. Eu não conseguia acreditar que, após a morte de Ahmadi, ela não tivera nenhum outro parceiro. Seus olhos sempre se enchiam de lágrimas quando falava dele. A opinião que as pessoas tinham dela não valiam de nada para mim. A sra. Parvin era uma mulher nobre e encantadora, que me ajudara mais do que a minha própria família. Era tão gentil e generosa que sacrificava seu próprio conforto e seus ganhos de bom grado pelo bem-estar dos outros.

Faati também tentou fazer o que podia para me ajudar. Mas com duas crianças pequenas e o marido ganhando um salário modesto, ela tinha mil problemas. Naquele tempo, todo mundo enfrentava alguma dificuldade. As únicas pessoas próximas cujas vidas estavam melhorando eram Mahmoud e Ali, que continuavam acumulando riquezas. Pelo que eu sabia, eles usavam a loja do Pai, que então pertencia à Mãe, para receberem alimentos subsidiados pelo governo e vendiam no mercado por preços muito maiores.

A essa altura, a Mãe estava velha e cansada, lidando com seus próprios problemas. Eu a via com menos frequência e, quando ia visitá-la na sua casa, fazia o possível para não encontrar os meus irmãos. Eu também não ia mais a eventos sociais e encontros familiares, até que um dia a Mãe ligou e deu com alegria a notícia de que, após alguns anos tentando, a esposa de Ali finalmente engravidara. Para comemorar e agradecer a bênção, ela iria dar um jantar em homenagem ao imã Abbas, e me convidou.

— Parabéns! — falei. — Por favor, diga à esposa de Ali que desejo tudo de bom a eles, mas a senhora sabe que não irei ao jantar.

— Não fale assim — disse ela. — Você tem de vir. É para homenagear o imã Abbas, como pode recusar? Você sabe que é um mau agouro. Quer mais sofrimento na sua vida?

— Não, Mãe. Só não quero ver os meus irmãos.

— Então, ignore-os, venha apenas para o jantar e para rezar. Deus a ajudará.

— Para ser sincera, sinto uma necessidade de ir a uma celebração religiosa ou peregrinação para chorar bastante e esvaziar o meu coração, mas não quero olhar para os meus irmãos desprezíveis.

— Pelo amor de Deus, pare de ficar falando essas coisas — ralhou ela.
— Não importa o que aconteça, eles são seus irmãos. Além do mais, o que
Ali fez de errado? Vi com os meus próprios olhos quanto tempo ele passou
ligando para vários lugares para ajudar você. — E seguiu argumentando: —
Então, venha por mim. Você tem ideia de quanto tempo faz que não a vejo?
Você vai para a casa da sra. Parvin, mas não passa aqui para me ver. Não
passa pela sua cabeça que a sua mãe não vai estar aqui por muito tempo?

Ela caiu no choro e continuou chorando até eu finalmente concordar
em ir.

Na cerimônia de comemoração, chorei sem parar, pedi a Deus para me
dar forças para suportar o fardo pesado da minha vida e rezei pelos meus
filhos e pelo futuro deles. A sra. Parvin e Faati choraram e rezaram ao meu
lado. Ehteram-Sadat, carregada de joias de ouro, estava sentada no canto da
sala e evitava olhar para mim. A Mãe recitava orações em voz baixa e contava as contas do terço. A esposa de Ali, orgulhosa e exultante, estava sentada ao lado da mãe e não se mexia por medo de perder o bebê. Não parava
de pedir comidas diferentes, que eram postas de imediato na sua frente.

Depois que os convidados foram embora, começamos a arrumação, até
que Sadegh Agha, que saíra com as crianças, voltou para buscar Faati e a
mim. A Mãe beijou as crianças, deu um lugar para se sentarem no quintal e
levou sopa. Nesse momento, Mahmoud chegou, e Ehteram-Sadat rolou para
o quintal feito uma bola. A Mãe, porém, não os deixou ir embora. Levou
sopa para Mahmoud, e os dois começaram a cochichar. Deu para perceber
que eu era o assunto da conversa, mas eu estava tão magoada e brava com
Mahmoud que não queria que ninguém tentasse nos reaproximar, embora
eu soubesse que um dia precisaria dele. Além disso, não queria que os meus
filhos testemunhassem nem fizessem parte de nenhuma conversa ou discussão entre mim e o meu irmão.

Chamei Siamak e Massoud, e disse:

— Siamak, leve a bolsa da neném para o carro e me espere lá. E Massoud,
leve Shirin.

— Para onde vão? — perguntou a Mãe. — As crianças acabaram de
chegar e ainda não terminaram a sopa.

— Mãe, eu tenho de ir, tenho muito trabalho a fazer.

O LIVRO DO DESTINO

Chamei Siamak de novo e ele veio correndo à janela para buscar a bolsa.

— Mãe, sabia que o tio Mahmoud comprou um carro novo? — disse ele. — Vamos dar uma olhada até você vir. — E chamou Gholam-Ali para ir com ele.

— Mãe — disse Massoud —, pode trazer a Shirin? Eu vou com eles.

E os meninos correram para a rua.

A Mãe planejara muito bem a reconciliação, e parecia que Mahmoud fora preparado.

— A senhora me diz para não errar, não ser desleal — disse ele à Mãe. — Mas sacrifiquei o meu direito, ignorei todos os insultos porque o Profeta disse que o muçulmano deve ser complacente. Mas não posso ignorar a integridade e a justiça em relação à fé, pelo Profeta e por Deus.

Fiquei agitada, mas, conhecendo Mahmoud, também podia interpretar seus comentários como uma espécie de pedido de desculpas. A Mãe me chamou e disse:

— Minha menina, venha aqui um minuto.

Vesti o meu suéter. O tempo do início de março estava fresco e agradável. Peguei Shirin e fui relutante ao quintal. Nesse instante, ouvimos os meninos gritando na rua, e o filho mais novo de Mahmoud, Gholam-Hossein, entrou berrando:

— Venham rápido! Siamak e Gholam-Ali estão brigando.

Em seguida, a filha de Mahmoud entrou correndo, chorando e gritando:

— Papai, vem logo! Ele está matando Gholam-Ali.

Ali, Mahmoud e Sadegh Agha dispararam para a rua. Coloquei Shirin no chão, peguei o chador pendurado na cerca, joguei-o sobre a cabeça e corri atrás deles. Abri caminho entre as crianças da vizinhança aglomeradas. Ali prendera Siamak contra o muro e o estava xingando, e Mahmoud dava tapas com força no rosto dele. Eu conhecia o peso da mão de Mahmoud e era capaz de sentir a ardência de cada golpe com todo o meu ser.

Furiosa e enlouquecida, gritei:

— Soltem ele!

E pulei na direção deles. Meu chador caiu no chão quando me joguei entre Siamak e Mahmoud, e lancei os punhos no rosto de Mahmoud, mas só acertei os ombros. Eu queria acabar com ele. Aquela era a segunda vez que ele maltratava os meus filhos. Só porque eles não tinham um pai para protegê-los, Mahmoud e Ali achavam que podiam fazer o que quisessem com os meninos.

Sadegh Agha empurrou os meus irmãos, mas, com os punhos cerrados, continuei protegendo Siamak feito uma sentinela. Só então vi Gholam-Ali sentado na sarjeta, chorando. A mãe dele esfregava as suas costas e praguejava. O pobre menino ainda não conseguia respirar direito. Siamak o atirara no chão, e ele batera as costas na quina de cimento do meio-fio. Fiquei terrivelmente preocupada e, por instinto, perguntei:

— Meu querido, você está bem?

— Me deixa em paz! — gritou Gholam-Ali, furioso. — Você e aquele capeta!

Mahmoud pôs o rosto na minha cara e, com a expressão distorcida pela ira, rosnou:

— Escreva o que eu vou lhe dizer: esse aí vai ser enforcado também. Esses garotos são as sementes daquele canalha infiel. Vão acabar exatamente como ele. Você acha que ainda vai erguer os punhos quando ele for enforcado?

Gritando de raiva, empurrei as crianças para dentro do meu carro e fui chorando e praguejando durante todo o caminho de casa. Praguejei contra mim mesma por ter ido lá, praguejei contra os meninos por saírem atacando todo mundo feito galos de briga, praguejei contra a Mãe, Mahmoud e Ali. Dirigi de forma temerária, enxugando as lágrimas sem parar com as costas das mãos. Em casa, andei de um lado para o outro, furiosa. As crianças me observavam com medo no olhar.

Depois de me acalmar um pouco, virei-me para Siamak e disse:

— Você não tem vergonha? Por quanto tempo vai continuar atacando as pessoas feito um cão raivoso? Você fez dezesseis anos no mês passado. Quando vai começar a agir como um ser humano? E se acontecesse alguma coisa com ele? E se Gholam-Ali tivesse batido a cabeça na quina do meio-fio? Que diabo teríamos feito? Você iria para a cadeia para o resto da vida ou seria enforcado!

Caí no choro.

— Me desculpe, mãe — disse Siamak. — Sinto muito mesmo. Juro por Deus que eu não queria brigar, mas você não sabe as coisas que eles estavam dizendo. Primeiro, ficaram se gabando do carro deles e tirando sarro do nosso, depois disseram que deveríamos ser ainda mais pobres e mais infelizes do que já somos porque não somos muçulmanos e não acreditamos em Deus. Eu não disse nada. Ignorei. Não foi, Massoud? Mas eles não queriam parar e começaram a dizer coisas horríveis sobre o papai. Depois imitaram ele sendo enforcado. Gholam-Hossein pôs a língua para fora e a cabeça para o lado, e todos riram. Depois disseram que o papai não foi enterrado no cemitério dos muçulmanos, que jogaram o corpo dele para os cachorros porque ele era sujo... Não sei o que aconteceu, não consegui me controlar. Dei um tapa nele. Gholam-Ali veio me segurar, e eu o empurrei. Ele caiu e bateu as costas. Mãe, você está dizendo que não importa o que qualquer pessoa diga, eu terei de ficar lá parado feito um covarde, sem fazer nada? Se eu não tivesse batido nele, a raiva teria me matado à noite. Você não sabe como eles estavam zombando do papai.

Siamak começou a chorar. Fiquei olhando para ele. Eu queria dar alguns tapas em Gholam-Ali pessoalmente. A ideia me fez rir.

— Cá entre nós, você deu uma boa surra nele! — disse eu. — Mas o coitado não conseguia respirar. Acho que ele pode ter quebrado uma costela.

Os meninos perceberam que eu entendi a situação em que estavam e que, de alguma forma, eu não os responsabilizava. Siamak enxugou os olhos e deu uma risadinha.

— E o jeito que você pulou bem no meio da briga!

— Eles estavam batendo em você!

— Eu não estava ligando. Estava disposto a levar mais dez tapas em troca de acertar Gholam-Hossein só mais uma vez!

Nós rimos. Massoud pulou no meio da sala e começou a me imitar.

— O jeito que a mamãe disparou no meio da rua de chador, achei que fosse o Zorro! Mesmo baixinha do jeito que é, levantou a guarda que nem Muhammad Ali! Se o tio Mahmoud tivesse dado uma sopradinha nela, ela teria saído voando para o telhado do vizinho. Mas o mais engraçado foi que todos eles ficaram com medo. Ficaram ali parados boquiabertos!

Massoud descrevia a cena de forma tão cômica que rolamos no chão de tanto rir.

Foi maravilhoso. Não tínhamos nos esquecido de como dar risada.

O ano-novo estava perto, mas eu não tinha vontade de preparar nada. Estava apenas feliz que o ano maldito estava perto do fim. Em resposta a uma carta de Parvaneh, escrevi:

"Você não pode imaginar o ano que eu tive. Cada dia trazia um novo desastre."

Por insistência da sra. Parvin, fiz roupas novas para as crianças. Nossa comemoração humilde, no entanto, não teve a faxina de primavera, e eu não preparei a mesa tradicional de *Haft Sin*.

A mãe de Hamid insistiu para celebrarmos o ano-novo na casa dela. Ela disse que era o primeiro ano-novo após a morte de Hamid e do pai, e que todos iriam à sua casa. Eu, porém, não estava com paciência para isso.

Só percebi que o ano-novo havia começado quando ouvi a vibração dos vizinhos. O vazio deixado por Hamid na nossa casa era palpável. Eu passara sete anos-novos com ele. Mesmo quando não estava ali comigo, eu sempre sentia a sua presença. Mas agora não havia nada além de solidão e vulnerabilidade.

Massoud estava olhando para uma fotografia do pai em suas mãos. Siamak estava no quarto com a porta fechada e não queria sair. Shirin andava pela casa.

Fechei a porta do meu quarto e chorei.

Faati, Sadegh Agha e os filhos entraram, de roupas novas e fazendo um estardalhaço. Faati ficou perplexa com a nossa comemoração sombria. Ela foi atrás de mim na cozinha e disse:

— Irmã, estou surpresa com você! Pelas crianças, você poderia, pelo menos, ter montado a mesa de *Haft Sin*. Quando você disse que não iria à casa da sua sogra, achei que fosse porque todo mundo começaria a lamentar novamente, e você não quisesse que as crianças ficassem aborrecidas. Mas agora vejo que você está pior que eles. Vá se vestir. O que quer que tenha acontecido, esse ano acabou. Espero que o ano-novo seja feliz para você e que compense todo o sofrimento.

— Duvido — suspirei.

O LIVRO DO DESTINO

*

As discussões sobre a desocupação e a venda da casa começaram após as celebrações de ano-novo. A mãe de Hamid e Mahboubeh discutiam e lutavam contra, mas as tias e tios concordavam que era hora de vendê-la. O mercado imobiliário, que sofrera após a revolução devido aos rumores de confisco e redistribuição de propriedades, aquecera recentemente e os preços estavam um pouco mais altos. Eles queriam vender a casa o mais rápido possível, antes que os preços caíssem de novo ou que o governo decidisse confiscá-la.

Quando recebi uma notificação formal da decisão deles, respondi com uma mensagem dizendo que não me mudaria antes do final do ano letivo e que só então começaria a considerar as opções. Mas que opções? Eu estava me esforçando muito só para conseguir vestir e alimentar as crianças. Como iria pagar um aluguel?

A mãe e as irmãs de Hamid também estavam preocupadas. Em princípio, sugeriram que morássemos com a mãe de Hamid, porém eu sabia que ela não suportava crianças barulhentas correndo pela casa, e eu não queria reprimir os meninos e deixá-los infelizes na própria casa. Por fim, o tio de Hamid sugeriu que reformassem os dois quartos e a garagem no fundo do quintal para mim e as crianças. Assim, eu e a mãe de Hamid preservaríamos a nossa independência e, ao mesmo tempo, suas filhas não precisariam se preocupar com a mãe morando sozinha.

Uma vez que eu e os meus filhos não tínhamos nenhum direito à herança do pai de Hamid, fiquei muito grata pela oferta.

No fim do ano letivo, as reformas na casa da minha sogra estavam quase prontas. No entanto, o comportamento suspeito de Siamak desviava a minha atenção dos planejamentos da mudança. Ele reacendera as minhas antigas ansiedades. Chegava em casa mais tarde do que o normal, sempre discutindo política, e parecia estar se inclinando na direção de determinados grupos políticos. Eu não podia tolerar nada disso. Para proteger os meus filhos de um mal maior, fiz de tudo para manter a política fora de nossas vidas. Talvez por esse motivo, Siamak tornava-se cada vez mais curioso e interessado.

Eu conhecera alguns dos amigos de Siamak no funeral de Hamid. Eles foram dar uma ajuda. Embora todos parecessem ser jovens bons e saudáveis, não gostei do fato de ficarem cochichando o tempo todo. Era como se sempre tivessem segredos. Com o tempo, começaram a ir em nossa casa com mais frequência. Eu queria que Siamak tivesse bons amigos e que saísse da sua concha, mas tinha um mau pressentimento. A voz da minha sogra, que sempre dizia que os amigos de Hamid o haviam destruído, ecoava nos meus ouvidos.

Logo fiquei sabendo que Siamak se tornara um membro ardoroso dos Mujahedin. Em todos os encontros, ele ficava de pé com os punhos cerrados e os defendia. Trazia os jornais e informativos para casa, o que me levava à beira da loucura. Nossas discussões sobre política sempre acabavam em briga e não apenas não geravam nenhum entendimento entre nós como o afastavam ainda mais de mim. Um dia eu me sentei e, fazendo muito esforço para me manter calma, conversei com Siamak sobre o pai e a destruição que a política trouxera às nossas vidas. Falei sobre as dificuldades que Hamid e os amigos enfrentaram, sobre o quanto sofreram e que, no fim, tudo tinha sido em vão. E pedi que me prometesse não ir pelo mesmo caminho.

Com uma voz que agora era de homem, Siamak disse:

— O que você está dizendo, mãe? É impossível. Todo mundo está imerso em política. Não existe um único aluno na escola que não pertença a algum grupo. A maioria é Mujahed e são todos muito bons. Eles acreditam em Deus, rezam e lutam pela liberdade das pessoas.

— Em outras palavras — disse eu —, estão no meio do caminho entre o seu pai e o seu tio, e estão repetindo os erros dos dois.

— De jeito nenhum! Eles são muitos diferentes. Eu gosto deles. São bons amigos e me apoiam. Você não entende. Se eu não for um deles, ficarei totalmente sozinho.

— Não sei por que vocês sempre têm de grudar uns nos outros — retruquei com rispidez.

Siamak se irritou e me olhou com raiva. Eu sabia que tinha cometido um erro. Baixei a voz, deixei as lágrimas correrem pelo meu rosto e disse:

— Me desculpe. Eu não queria ter dito isso. Só não tenho estômago para mais um jogo político nesta casa. — E implorei para que terminasse com o envolvimento.

O resultado foi que Siamak prometeu nunca se afiliar oficialmente a nenhum grupo ou organização política, mas disse que não deixaria de ser um defensor ou, segundo ele, um "simpatizante" dos Mujahedin.

Pedi a Sadegh Agha, que tinha uma relação amigável com Siamak, para conversar com ele e ficar de olho no meu filho. A situação, porém, estava ficando pior. Descobri que Siamak vendia o jornal dos Mujahedin na rua. Na escola, suas notas estavam sendo afetadas e ele mal conseguiu passar nas provas finais. Antes mesmo de as notas serem anunciadas, eu sabia que ele não passara em algumas matérias.

Um dia, Sadegh Agha ligou para me avisar que os Mujahedin estavam organizando uma manifestação para o dia seguinte. Desde a manhã da manifestação, observei Siamak feito um gavião. Ele vestiu a calça jeans e calçou os tênis, e quis sair com a desculpa de comprar algo na loja. Mandei Massoud no lugar dele. À medida que a hora ia passando, Siamak ia ficando cada vez mais inquieto. Ele foi ao quintal e ficou mexendo nas plantas, depois pegou a mangueira e começou a regar o canteiro enquanto espiava de rabo de olho a casa. Fingi estar ocupada fazendo algo no porão, mas estava observando-o por trás da persiana de vime. Ele pôs a mangueira no chão devagar e começou a ir à porta da rua na ponta dos pés. Subi a escada do porão correndo e cheguei à porta antes dele. Com os braços estendidos, segurei o batente da porta.

— Chega! — gritou ele. — Eu quero sair. Pare de me tratar como criança. Estou cansado disso!

— A única maneira de você sair desta casa hoje é passando por cima do meu cadáver! — berrei.

Siamak deu um passo na minha direção. Massoud, com um olhar indomável, foi ao meu socorro e ficou entre nós dois. A raiva que Siamak não podia descontar em mim descontou em Massoud. Começou a bater e a chutar o irmão, xingando-o entredentes.

— Some daqui, fracote. Quem você pensa que é? Não se intrometa, magricela.

Massoud tentou convencê-lo a parar, mas Siamak gritou:

— Cale a boca! Isso não é da sua conta.

E acertou o irmão tão forte no rosto que Massoud perdeu o equilíbrio.

Comecei a chorar e falei:

— Achei que o meu filho mais velho fosse o meu apoio. Pensei que fosse preencher o lugar deixado pelo pai. Mas estou vendo que ele está feliz em me trocar por um bando de estranhos, mesmo quando imploro para que não saia um único dia.

— Por que eu não deveria sair? — perguntou Siamak com rispidez.

— Porque eu amo você, porque não quero perdê-lo do mesmo jeito que perdi o seu pai.

— Por que você não impediu o meu pai, que era comunista?

— Porque eu não dava conta de Hamid. Fiz tudo o que pude, mas ele era mais forte que eu. Você é meu filho. Se eu não for forte o bastante para impedir você, então posso morrer.

Siamak apontou para Massoud e disse:

— Se você não me deixar sair, eu mato ele.

— Não, mate a mim. Eu morrerei se acontecer alguma coisa com você, então dá na mesma se me matar agora.

Havia lágrimas de fúria nos seus olhos. Ele me olhou com raiva por um tempo, depois foi andando na direção da casa. Tirou os sapatos aos chutes e sentou-se de pernas cruzadas na cama de madeira na varanda diante dos quartos de Bibi.

Quinze minutos depois, eu disse a Shirin:

— Vá até o seu irmão e dê um beijo nele. Ele está aborrecido.

Shirin correu, esforçou-se para subir na cama e começou a fazer carinho em Siamak.

Ele empurrou a mão dela e rosnou:

— Me deixa em paz!

Fui pegar Shirin, tirei-a da cama e disse:

— Meu filho, eu entendo que seja emocionante fazer parte de um grupo político e querer fazer coisas heroicas. Sonhar em salvar o povo e a humanidade é muito gratificante. Mas você sabe o que está por trás disso e onde vai

O LIVRO DO DESTINO

acabar? O que é que você quer mudar? Pelo que você está disposto a arriscar a sua vida? Quer se sacrificar para que um monte de gente mate um monte de gente para ganhar poder e riqueza? É isso o que você quer?

— Não! — disse ele. — Você não entende. Você não sabe nada sobre essa organização. Eles querem levar justiça ao povo.

— Meu coração, todos dizem isso. Você já ouviu qualquer pessoa que queria chegar ao poder dizer que não queria levar justiça ao povo? Mas, para todos eles, a justiça só é alcançada quando o grupo deles chega ao poder, e, se alguém atrapalhar, eles não demoram a mandar a pessoa para o inferno.

— Mãe, você já leu um livro escrito por eles? — perguntou Siamak. — Já ouviu, pelo menos, um discurso deles?

— Não, meu querido, não. Basta que você tenha lido os livros deles e ouvido os discursos. Você acha que eles estão certos no que dizem?

— Sim, é claro! E se você também tivesse lido e ouvido, entenderia.

— E quanto aos outros grupos e organizações? Leu os livros deles também? Ouviu os discursos deles também?

— Não, não preciso. Sei o que eles dizem.

— Espere, isso não está certo — argumentei. — Você não pode afirmar com tanta facilidade que encontrou o caminho certo e está disposto a sacrificar sua vida por ele. Talvez outros grupos estejam dizendo algo melhor. Quantas ideologias e opiniões você examinou e estudou sem pré-julgamento antes de tomar essa decisão? Você já leu um único livro do seu pai?

— Não, o modo dele não era certo. Eles eram ateus, talvez até antirreligiosos.

— No entanto, ele também acreditava ter encontrado o jeito certo de salvar a humanidade e trazer a justiça. E ele fez a escolha dele após anos de estudo e aprendizado. Você, porém, que não tem a centésima parte do conhecimento de seu pai, afirma que ele estava equivocado a vida toda e que perdeu a vida seguindo o caminho errado. Talvez você esteja certo, acredito nisso também. Mas pense a respeito. Se, com toda a experiência de seu pai, ele cometeu um erro tão fatal, por que você não cometeria? Você não sabe nem os nomes das diferentes escolas de pensamento e filosofia política. Pense, meu filho. A vida é a coisa mais preciosa que você tem. Não pode arriscá-la por um erro, porque não vai poder voltar atrás.

— Você não sabe nada dessa organização e questiona sem nenhuma boa razão — argumentou Siamak com teimosia. — Você acha que eles querem nos enganar.

— Você está certo. Eu não sei nada sobre eles. Mas de uma coisa eu sei: alguém que usa as emoções de jovens inocentes e inexperientes em benefício próprio não é uma pessoa decente e honesta. Eu não o achei na rua para agora simplesmente abrir mão de você para que algum sujeito possa chegar ao poder.

Ainda sinto orgulho da perseverança e da determinação que tive nesse dia. Ao fim da tarde, as notícias de prisões e assassinatos espalharam-se e, em seguida, veio o tumulto. Todos os dias, Siamak ficava sabendo de mais amigos que tinham sido presos. Os líderes do Mujahedin estavam escondidos ou em fuga, mas os jovens eram mortos aos montes. Toda tarde, os nomes e as idades dos executados eram divulgados na televisão, e Siamak e eu ouvíamos com horror as listas intermináveis. Toda vez que ele escutava o nome de alguém que conhecia, ele urrava feito um tigre enjaulado. Eu me perguntava o que os pais daqueles meninos e meninas sentiam ao ouvir o nome de seus filhos na televisão. Egoísta, eu agradecia a Deus por ter impedido Siamak de sair naquele dia.

As pessoas reagiram de formas distintas ao incidente. Algumas estavam em choque, outras ficaram indiferentes ou nervosas, e havia quem estivesse feliz. Reações tão contrastantes numa sociedade que pouco tempo atrás parecia tão unida era algo difícil de acreditar.

Um dia, encontrei um ex-colega de trabalho que era muito envolvido em política. Ele olhou para mim e disse:

— Qual o problema, sra. Sadeghi? Parece deprimida.

— Você não está preocupado com a situação e com as notícias que ouvimos todos os dias? — perguntei, surpresa.

— Não! Acho que tudo está exatamente como deveria.

No início do verão, mudamo-nos para os nossos cômodos na casa da minha sogra. Deixar a minha casa após dezessete anos não foi fácil. Cada tijolo daquele lugar continha uma história e reavivava uma lembrança. Com

O LIVRO DO DESTINO

o passar do tempo, até as recordações mais duras pareciam doces. Ainda chamávamos a sala de estar de "quarto da Shahrzad", e o térreo, de "casa da Bibi". O cheiro de Hamid permanecia em todo canto, e eu ainda encontrava coisas suas aqui e ali. Eu tinha vivido os melhores dias da minha vida naquela casa.

Lembrei a mim mesma que era preciso ser mais lógica. Não tinha outra escolha. Comecei a embalar os meus pertences. Vendi algumas coisas, joguei outras fora e doei outras mais.

— Fique com os móveis bons — disse Faati. — Quem sabe você se muda para uma casa maior? Não é uma pena ficar sem os seus sofás? Você comprou nos primeiros anos da revolução, lembra?

— Ah, eu era tão esperançosa na época. Achei que minha vida seria maravilhosa. Mas não tenho utilidade para esses sofás agora. Nunca terei uma casa maior, pelo menos não tão cedo, e os nossos novos quartos são muito pequenos. Além disso, quantas festas você acha que eu vou dar? Decidi levar apenas o básico.

Nossa casa era formada por dois quartos interligados e uma garagem que fora transformada em sala de estar e cozinha. O banheiro e o lavabo eram uma construção anexa, mas o acesso a eles se dava pelo lado de fora. Os meninos ficaram em um quarto e dividi o outro com Shirin. Colocamos a mesa dos meninos, a minha mesa, a máquina de escrever e a máquina de costura nos quartos, e arrumei dois sofás pequenos, uma mesa de centro e a televisão na sala. Todos os três cômodos davam no quintal, que era grande e tinha um espelho d'água no centro. A casa da minha sogra ficava do outro lado do quintal.

Depois que tudo foi retirado da casa, passei as mãos nas paredes que testemunharam a minha vida, andei pelos cômodos e me despedi deles. Subi ao telhado e refiz a rota de fuga de Hamid até a casa vizinha, reguei as árvores velhas do quintal e, através das vidraças empoeiradas, contemplei os quartos de Bibi. Um dia, houve tanta comoção naquela casa silenciosa. Sequei as lágrimas e, com um aperto no coração, tranquei as portas, despedindo-me daquela parte da minha vida, da minha felicidade e da minha juventude. E fui embora.

CAPÍTULO SETE

Meus filhos estavam muito tristes com a mudança e agitados com o caos e a confusão. E expressavam sua infelicidade com uma teimosia em não ajudar e não cooperar. Com o braço sobre os olhos, Siamak estava largado sobre uma cama com o colchão torto, e Massoud, lá fora, agachado perto do muro, com o queixo apoiado nos joelhos, fazendo traços no pavimento de tijolos com restos de gesso da reforma. Felizmente, Shirin estava com a sra. Parvin, e não precisava me preocupar com ela também.

Eu não tinha forças para fazer tudo sozinha, mas não conseguia forçar os meninos a me ajudarem. Sabia pelo silêncio deles que a mais leve provocação desencadearia birras e brigas. Fui a um dos quartos, respirei fundo, engoli o nó na garganta e tentei me acalmar para encontrar a energia para lidar com os dois. Depois fiz chá e fui à padaria da esquina, que começara a assar pães e doces para a tarde. Comprei dois pães árabes e voltei para casa discretamente. Estendi um tapete no quintal, dispus sobre ele chá, pão, manteiga, queijo e uma tigela de frutas, e chamei os meninos para comerem. Eu sabia que eles estavam com fome. Só haviam comido um sanduíche às onze horas antes de sairmos da antiga casa. Siamak e Massoud me deixaram esperando por algum tempo, mas o cheiro de pão fresco e o aroma dos pepinos frescos que eu estava descascando atiçaram o apetite deles e, como um par de gatos ressabiados, foram se aproximando aos poucos do tapete e começaram a comer.

Quando tive certeza de que o mau humor dos meninos dera lugar à satisfação de terem feito uma refeição gostosa, eu disse:

— Olhem, queridos, deixar a casa em que passei a minha juventude e os melhores dias da minha vida foi mais difícil para mim do que para vocês. Mas o que poderíamos fazer? Deixamos aquela casa, mas a vida continua. Vocês são jovens e estão só começando. Um dia, construirão casas para vocês que serão muito maiores e mais bonitas do que aquela.

— Eles não tinham o direito de tirar a nossa casa de nós — disse Siamak com raiva. — Não tinham o direito!

— É, não tinham — respondi calmamente. — Eles tinham concordado em manter a casa enquanto a mãe deles estivesse viva. Mas depois que ela morreu, tiveram de dividir a herança.

— Mas eles nunca iam visitar ela! Éramos nós que cuidávamos de Bibi.

— Bem, isso era porque morávamos naquela casa. Era o nosso dever ajudar.

— E também não temos direito à parte do vovô — acrescentou Siamak furioso. — Todos herdaram uma parte, menos nós.

— Essa é a lei. Quando o filho morre antes do pai, a família dele não herda nada.

— Por que a lei está sempre contra nós? — perguntou Massoud.

— Por que vocês se importam tanto com a herança? — questionei. — E quem contou tudo isso a vocês?

— Você acha que somos burros? — indagou Siamak. — Ouvimos umas mil vezes, desde o funeral do papai.

— Nós não precisamos de nada disso — respondi. — Por enquanto, estamos morando na casa do seu avô, e eles gastaram todo esse dinheiro reformando esses cômodos para nós. Que diferença faz se está no nosso nome ou não? Não estamos pagando aluguel e só isso já está muito bom. Vocês dois vão crescer e construir suas próprias casas. Não quero que os meus filhos pensem em dinheiro e herança feito abutres.

— Eles tomaram o que era nosso — repetiu Siamak.

— Quer dizer que você queria morar naquela casa velha? — perguntei, apontando para o outro lado do quintal. — Eu tenho sonhos muito maiores para vocês. Logo irão para a universidade e começarão a trabalhar. Serão médicos ou engenheiros. E que casa vão construir! Novas, modernas, com os melhores móveis. Não vão querer nem olhar para aquela ruína velha.

O LIVRO DO DESTINO

E, como as mulheres antiquadas, irei de casa em casa à procura de esposas para vocês. Ah, vou encontrar garotas tão lindas para serem suas esposas. Vou para todo canto me gabar de que os meus filhos são médicos ou engenheiros, que são altos e bonitos, que têm carros bonitos e casas que parecem palácios. As meninas vão desmaiar para todos os lados.

Os meninos estavam com sorrisos de orelha a orelha, com vontade de rir de mim e das minhas afetações e exageros.

— Bem, Siamak Agha, você prefere loiras ou morenas? — continuei.

— Morenas.

— E você, Massoud, prefere meninas de pele clara ou morena?

— Quero que tenha olhos azuis, o resto não importa.

— Azuis como os olhos de Firouzeh? — perguntei.

Siamak riu e disse:

— Seu malandro, acabou de se entregar!

— Por quê? O que foi que eu disse? Os olhos da mamãe também são azuis.

— Que nada! Os olhos da mamãe são verdes.

— Além disso, Firouzeh é como uma irmã para mim — completou Massoud com timidez.

— Ele está certo — brinquei. — Ela é como uma irmã agora, mas poderá ser como uma esposa quando crescer.

— Mãe! Não diga essas coisas! E você, Siamak, pare de rir sem nenhum motivo.

Eu o abracei e disse:

— Ah, que casamento eu vou fazer para vocês!

Toda essa conversa também me deixou em um estado de espírito melhor.

— Bem, meninos, como vocês acham que devemos arrumar a casa?

— Casa? — brincou Siamak. — Falando assim vão pensar que é uma casa mesmo.

— É claro que é. Não importa o tamanho da casa, o importante é como decorar. Tem gente que vai morar em um barraco ou num porão abafado e ajeita tudo tão bem que fica mais bonito e aconchegante do que muitos palácios. Toda casa reflete o estilo, o gosto e a personalidade do dono.

— Mas aqui é tão pequeno.

— Não é, não. Temos dois quartos e uma sala, e o belo jardim que aumenta o nosso espaço. Vamos encher o jardim de flores e plantas, e pintar o espelho d'água e pôr peixinhos-dourados. Toda tarde vamos ligar a fonte e sentar aqui para admirar. O que vocês acham?

A atitude das crianças mudara. Em vez da tristeza e decepção de uma hora atrás, havia animação no olhar dos dois. Tive de aproveitar a oportunidade.

— Cavalheiros, levantem-se. O quarto maior é o de vocês. Vão, arrumem e decorem como quiserem. A pintura nova está boa, não? O quarto menor será meu e de Shirin. Você carregam os móveis pesados, e eu cuido do resto. A mesa redonda e as cadeiras ficam no quintal. Massoud, o quintal é por sua conta. Depois que colocarmos tudo, veja o que precisa e que plantas e flores vamos comprar. E Siamak Khan, você precisa instalar a antena no telhado e puxar um fio de telefone lá da casa da vovó. Além disso, você e Massoud têm de colocar as varas das cortinas. Aliás, não vamos nos esquecer de limpar a cama de madeira da casa de Bibi e trazer para cá. É bom ter uma cama no quintal. Jogamos um tapete sobre ela e, se quisermos, poderemos dormir aqui fora. Vai ser divertido, não?

Os meninos estavam animados e começaram a dar sugestões.

— Deveríamos ter cortinas diferentes nos quartos — disse Massoud. — As da outra casa eram muito escuras e grossas.

— Você está certo. Vamos juntos escolher um tecido com estampa floral, e eu farei roupas de cama combinando. Prometo que terão um quarto claro e elegante.

Assim, as crianças passaram a aceitar aquela casa, e nos adaptamos à nossa nova vida. Uma semana depois estávamos quase acomodados, e após um mês tínhamos um jardim florescente cheio de plantas, um espelho d'água lindo e reluzente, e cômodos com cortinas e decoração alegres.

A sra. Parvin gostou de saber que nos mudáramos. Disse que a nova casa era de mais fácil acesso. A avó das crianças também ficou feliz por estarmos lá e, de acordo com ela, ficou com menos medo. Toda vez que as sirenes de ataque aéreo disparavam e a energia era cortada, corríamos à casa dela para não deixá-la sozinha. As crianças acabaram se adaptando às condições da guerra e as consideravam parte do seu cotidiano. Durante os bombardeios e os ataques de mísseis, quando tínhamos de ficar no escuro, Shirin cantava para nós, e nós acompanhávamos. Isso desviava a atenção de todo mundo do bombardeio, exceto a da vó, que sempre ficava olhando para o teto atemorizada.

O sr. Zargar ia nos visitar com frequência e levava trabalho para mim. Tínhamos nos tornado bons amigos. Confiávamos um no outro, e eu lhe pedia conselhos em relação aos meninos. Ele também estava sozinho agora. No início da guerra, a esposa e a filha haviam voltado para a França.

Um dia, ele disse:

— A propósito, recebi uma carta do sr. Shirzadi.

— O que ele escreveu? — perguntei. — Está bem?

— Na verdade, acho que não. Parece muito sozinho e deprimido. Receio que estar longe de sua terra vá acabar com ele. Ultimamente, seus poemas estão mais para cartas do exílio que cortam a alma de quem lê. Escrevi apenas: "O senhor tem sorte de estar aí, vivendo uma vida confortável." Você não vai acreditar no que ele respondeu.

— O que ele respondeu?

— Ao contrário de você, eu nunca consigo lembrar poesias. Ele escreveu um poema muito longo e doloroso que reflete os sentimentos dele quanto a viver em uma terra estrangeira.

— Você tem razão — concordei. — Ele não vai sobreviver à solidão e à tristeza.

Minha previsão concretizou-se rápido demais, e o nosso amigo inconsolável encontrou a paz eterna. Uma paz que ele talvez nunca tenha sentido em sua vida na Terra. Fui à cerimônia feita por sua família. O sr. Shirzadi foi elogiado e honrado, mas o silêncio a respeito da sua poesia, que reinara enquanto estava vivo, persistiu.

O sr. Zargar apresentou-me a algumas editoras, e comecei a trabalhar para elas em casa. Ele acabou conseguindo um emprego regularizado para mim numa revista que oferecia um salário consistente e seguro. Não era muito, mas eu compensei as faltas com os projetos que continuei a fazer como freelance.

Matriculei as crianças na escola perto de casa. No início, eles ficaram amuados e infelizes, tristes por estarem separados dos amigos. Um mês depois, porém, quase não mencionavam mais a antiga escola. Siamak fez muitos amigos, e Massoud, que era gentil e simpático, logo conquistou o afeto de todos. Shirin, que completara três anos, era animada e charmosa. Ela dançava, falava sem parar e brincava com os irmãos. Eu queria enviá-la a uma creche próxima, mas a sra. Parvin não queria que eu fizesse isso.

— Você está com tanto dinheiro assim? — ralhou ela. — Está sempre no escritório das revistas ou em casa, datilografando, lendo, escrevendo ou costurando. Depois quer deixar o dinheiro que você ganha com tanto suor no bolso dessa gente? Não, eu não vou deixar. Eu também não estou morrendo.

Comecei a me acostumar ao novo ritmo de vida. Embora continuássemos em plena guerra, e as notícias fossem aterrorizantes, eu me sentia tão envolvida com a vida que o único momento em que realmente notava a guerra era quando as sirenes de ataque aéreo disparavam. E mesmo nessas horas, se estávamos todos juntos, eu não ficava muito apreensiva. Sempre pensei que a melhor morte seria se nós quatro morrêssemos juntos, num mesmo lugar.

Felizmente, os meninos ainda não estavam na idade de se alistarem para o serviço militar, e eu tinha certeza de que, quando estivessem, o conflito teria acabado. Afinal, por quantos anos poderíamos continuar lutando? E, por sorte, os meus meninos não estavam entre os que sonhavam em ir para o front.

Eu começava a acreditar que as minhas dificuldades estavam ficando para trás e que eu poderia viver uma vida normal, criando meus filhos numa relativa tranquilidade.

Alguns meses se passaram. O governo continuava a revidar as manifestações de dissidentes e grupos de oposição. Os assassinatos eram desenfreados. Ativistas políticos viviam na clandestinidade, líderes de diversas organizações fugiam, a guerra seguia em frente, e eu voltei a me preocupar com os meus filhos e o seu futuro, mantendo a atenção voltada para eles.

Parecia que as minhas conversas, somadas aos eventos recentes, tinham surtido efeito, e Siamak pouco via os amigos do Mujahedin. Pelo menos era o que eu pensava. Com a aproximação da primavera, minhas preocupações diminuíram. Os meninos estavam envolvidos com os estudos para as provas finais, e comecei a sugerir que eles também precisavam começar a se preparar para os exames de admissão na universidade. Queria que ficassem tão imersos no ambiente escolar e nos estudos que não tivessem tempo para pensar em outras coisas.

Numa noite de primavera, eu estava ocupada datilografando um documento que eu revisara, Shirin dormia, e a luz do quarto dos meninos ainda estava acesa, quando o som da campainha, seguido por alguém batendo na porta, fez com que eu ficasse paralisada. Siamak saiu às pressas do quarto e ficamos nos encarando em estado de choque. Massoud saiu do quarto, sonolento. O som da campainha não parava. Nós três nos encaminhamos para a porta. Empurrei os meninos para trás e abri uma fenda da porta com cautela. Alguém abriu a porta com um empurrão, segurou um pedaço de papel na frente do meu rosto, depois me empurrou para o lado, e vários Guardas Revolucionários invadiram a casa. Siamak disparou para fora, na direção da casa da sua avó. Dois guardas correram atrás dele, agarraram-no e o jogaram no chão no meio do quintal.

— Deixem ele em paz! — gritei.

Comecei a correr na direção de Siamak, mas alguém me puxou de volta para dentro de casa. Continuei gritando:

— O que está havendo? O que foi que ele fez?

Um dos Guardas Revolucionários, que parecia mais velho que os outros, virou-se para Massoud e disse:

— Cubra a sua mãe com o chador.

Eu não conseguia me acalmar. A sombra de Siamak sentado no quintal era visível. Deus do céu, o que eles iam fazer com o meu filho querido? Imaginei Siamak sendo torturado e gritei e desmaiei. Quando recobrei a consciência, Massoud jogava água no meu rosto, e os homens estavam levando Siamak embora.

— Não vou deixar vocês levarem o meu filho! — berrei.

Corri atrás deles.

— Para onde vão levá-lo? Digam!

O Guarda Revolucionário mais velho olhou para mim compadecido e, quando os outros não estavam ouvindo, sussurrou:

— Vamos levá-lo à prisão Evin. Não se preocupe, não vão machucá-lo. Vá na semana que vem e peça para chamarem Ezatollah Haj-Hosseini. Eu mesmo lhe darei notícias dele.

— Tire a minha vida, mas, por favor, não machuque o meu filho — implorei. — Pelo amor de Deus, pelo amor dos seus filhos!

Ele balançou a cabeça com uma expressão de compaixão e saiu. Massoud e eu corremos atrás deles até o fim da rua. Os vizinhos espiavam pelos cantos das cortinas. Quando o carro dos Guardas Revolucionários virou a esquina, eu desmaiei no meio da rua. Massoud me arrastou de volta para casa. Eu só conseguia ver o rosto pálido e o olhar aterrorizado de Siamak, e ouvia a voz trêmula dele gritando: "Mãe! Mãe, pelo amor de Deus, faça alguma coisa!" Tive convulsões a noite toda. Isso era algo a que eu não conseguiria sobreviver. Ele tinha apenas dezessete anos. Seu maior crime talvez tivesse sido vender o jornal dos Mujahedin em alguma esquina. Siamak não estivera em contato frequente com eles havia algum tempo. Por que tinham ido atrás dele?

Na manhã seguinte, consegui de alguma forma me arrastar para fora da cama. Não havia ninguém a quem recorrer, mas eu não podia ficar parada e ver meu filho ser destruído. A minha vida era como as reprises da televisão, só que a cada vez os acontecimentos ficavam um pouco diferentes e a cada vez eu conseguia suportar menos. Eu me vesti. Massoud adormecera vestido no sofá. Acordei-o com delicadeza e disse:

— Não quero que você vá para a escola hoje. Espere aqui até a sra. Parvin chegar e entregue Shirin a ela. E ligue para a sua tia Faati para contar o que aconteceu.

Ainda zonzo, ele disse:

— Aonde você vai tão cedo? Que horas são?

— São cinco horas. Vou à casa de Mahmoud para falar com ele antes que ele saia para trabalhar.

— Não, mãe! Não vá lá.

— Não tenho escolha. A vida do meu filho está em perigo, e Mahmoud conhece muita gente. Custe o que custar, tenho de convencê-lo a me levar ao tio de Ehteram-Sadat.

O LIVRO DO DESTINO

— Não, mãe. Pelo amor de Deus, não vá lá. Ele não vai ajudar você. Você se esqueceu?

— Não, meu querido, não me esqueci. Mas desta vez é diferente. Hamid era um estranho para ele, mas Siamak é sangue do sangue dele, seu sobrinho.

— Mãe, você não sabe.

— Não sei o quê? O que eu não sei?

— Eu não queria contar, mas ontem à tarde eu vi um daqueles Guardas Revolucionários na esquina.

— E?

— Ele não estava sozinho. Estava falando com o tio Mahmoud, e eles estavam olhando para a nossa casa.

Senti o mundo girar ao meu redor. Mahmoud havia traído Siamak? O próprio sobrinho? Era impossível. Saí correndo de casa. Não sei como dirigi até a casa de Mahmoud. Bati à porta feito uma louca. Gholam-Hossein e Mahmoud abriram a porta em pânico. Gholam-Ali havia se alistado no exército e estava no front havia algum tempo. Mahmoud ainda estava com as roupas de ficar em casa.

— Seu... seu crápula, levou a Guarda Revolucionária para a minha casa? — gritei.

Ele me olhou com frieza. Eu esperava que ele negasse, ficasse nervoso, ficasse ofendido com a minha acusação. No entanto, com essa mesma frieza, ele disse:

— Ora, o seu filho é um Mujahed, não é?

— Não! O meu filho é jovem demais para escolher de que lado ficar. Ele nunca foi membro de organização alguma.

— Isso é o que você pensa, irmã... Você enfiou a cabeça num buraco. Eu mesmo o vi vendendo jornais na rua.

— Só isso? Você o mandou para a cadeia por causa disso?

— Era a minha responsabilidade religiosa — disse ele. — Você não sabe a traição e os assassinatos que eles estão cometendo? Não vou trocar a minha fé e além-vida pelo seu filho. Eu teria feito o mesmo se ele fosse o meu próprio filho.

— Mas Siamak é inocente. Ele não é filiado aos Mujahedin!

— Isso não é da minha conta. Era meu dever informar as autoridades. O resto é com o Tribunal de Justiça Islâmico. Se Siamak for inocente, eles o soltarão.

— Simples assim? E se cometerem um erro? E se o meu filho perecer por causa de um erro? Você conseguiria viver com isso na consciência?

— Por que eu deveria me preocupar com isso? Se eles cometerem um erro, a culpa é deles. Mesmo assim, não será tão ruim. Siamak será considerado um mártir, irá para o céu, e o seu espírito será para sempre grato a mim por salvá-lo de um destino como o do pai. Essas pessoas são traidoras do nosso país e da nossa religião.

A única coisa que me mantinha de pé era a fúria.

— Ninguém é tão traidor da religião e do país quanto você — gritei. — Gente como você está destruindo o islamismo. Quando foi que o Aiatolá baixou esse decreto? Você faria qualquer crueldade pelo seu próprio bem e a atribuiria à fé e à religião.

Cuspi no rosto dele e saí andando. Eu estava com uma dor de cabeça excruciante. Parei o carro duas vezes para vomitar bile amarga no meio-fio. Fui à casa da Mãe. Ali estava prestes a sair para trabalhar. Agarrei-o pelo braço e implorei que me ajudasse, que encontrasse algum conhecido que tivesse alguma influência, que pedisse ajuda ao sogro. Ele balançou a cabeça e disse:

— Irmã, juro que estou arrasado. Siamak cresceu nos meus braços. Eu o amava...

— Amava? — berrei. — Você está falando como se ele já estivesse morto!

— Não, não foi o que eu quis dizer. Só quero dizer que ninguém vai fazer nada, ninguém pode fazer nada. Agora que ele foi taxado de Mujahed, as pessoas vão evitar qualquer envolvimento. Porque aqueles canalhas mataram muita gente. Você entende?

Fui ao quarto da Mãe, caí no chão e bati a cabeça na parede, gemendo:

— Aí está, esses são os seus filhos amados, prontos para matar o sobrinho, um menino de dezessete anos. E a senhora me diz para não levar as coisas a sério, pois temos todos o mesmo sangue.

O LIVRO DO DESTINO

Nesse instante, Faati chegou com Sadegh Agha e o bebê. Eles me levantaram do chão e me ajudaram a voltar para casa. Faati não conseguia parar de chorar, e Sadegh Agha mordiscava o bigode.

— Para ser sincera, estou preocupada por Sadegh — sussurrou Faati. — E se ele for acusado de ser Mujahed também? Sadegh teve algumas discussões políticas com Mahmoud e Ali.

As lágrimas corriam pelo meu rosto.

— Sadegh Agha, vamos para Evin — implorei. — Talvez eles nos deem alguma informação.

Fomos à prisão Evin, mas foi um esforço em vão. Pedi para falar com Ezatollah Haj-Hosseini, mas me disseram que ele não estaria lá naquele dia. Atordoados, voltamos para casa. Faati e a sra. Parvin tentaram me forçar a comer alguma coisa, mas não consegui. Ficava pensando o que Siamak teria para comer. Eu chorava e me perguntava o que deveria fazer e a quem deveria pedir ajuda.

Faati disse de repente:

— Mahboubeh!

— Mahboubeh?!

— Sim, a nossa prima, Mahboubeh. O sogro dela é clérigo. Dizem que é um homem importante, e a Tia dizia que ele era muito decente e gentil.

— Sim, você está certa!

Eu me sentia como alguém que estivesse prestes a se afogar e encontrara um pedaço de madeira para se agarrar. Agarrei-me àquele raio de esperança e me levantei.

— Aonde você vai? — perguntou Faati.

— Tenho que ir a Qom.

— Espere. Sadegh e eu vamos com você. Vamos juntos amanhã.

— Amanhã será tarde demais. Eu vou sozinha.

— Você não pode! — exclamou ela.

— Por que não? Eu sei onde é a casa da minha tia. O endereço dela não mudou, certo?

— Não, mas você não pode ir sozinha.

Massoud começou a trocar de roupa e disse:

— Ela não vai sozinha. Eu vou acompanhá-la.

— Mas você tem aula... e já não foi hoje.

— Quem se importa com aula numa situação desta? Não vou deixar você ir sozinha e pronto. Agora eu sou o homem da casa.

Deixamos Shirin e a sra. Parvin, e partimos. Massoud tomou conta de mim como faria com uma criança. No ônibus, tentou ficar sentado reto para que eu pudesse apoiar a cabeça no seu ombro e dormir. Ele me fez comer alguns biscoitos e me forçou a beber água. Quando chegamos, foi me puxando e conseguiu um táxi. Havia escurecido quando chegamos à casa da minha tia.

Assustada ao nos ver ali e àquela hora, ela ficou olhando para mim e disse:

— Deus tenha piedade! O que aconteceu?

Eu caí no choro e implorei:

— Tia, me ajude. Estou quase perdendo o meu filho também.

Meia hora depois, Mahboubeh e o marido, Mohsen, chegaram. Mahboubeh ainda era uma mulher animada, só um pouco mais gordinha e com aparência mais madura. O marido era um homem bonito, e parecia ser inteligente e atencioso. Eu chorava descontroladamente e expliquei tudo o que acontecera. O marido de Mahboubeh consolou-me e falou de forma tranquilizadora:

— É impossível que o tenham prendido com base numa prova tão inconsistente — disse ele.

E prometeu levar-me para falar com o seu pai no dia seguinte e me ajudar em tudo o que fosse possível. Acabei me acalmando um pouco. Minha tia me forçou a fazer uma refeição leve, Mahboubeh me deu um calmante e, depois de vinte e quatro horas, caí num sono profundo e amargo.

O sogro de Mahboubeh era um homem afetuoso e compassivo. Ele ficou comovido com o meu sofrimento e tentou consolar-me. Fez algumas ligações, anotou diversos nomes e algumas informações, as quais entregou a Mohsen, e pediu que ele me acompanhasse de volta a Teerã. No caminho, eu rezei sem parar, pedindo a Deus para me socorrer. Assim que chegamos em casa, Mohsen começou a entrar em contato com várias pessoas até finalmente conseguir marcar uma reunião na prisão Evin para o dia seguinte.

Em Evin, o agente penitenciário cumprimentou Mohsen com cordialidade, depois disse:

— É certo que ele é simpatizante dos Mujahedin, mas até agora não encontraram nenhuma prova confiável e conclusiva contra ele. Vamos soltá-lo assim que os procedimentos legais de costume estiverem completos.
— E pediu a Mohsen que mandasse lembranças ao pai.

As palavras do agente penitenciário me mantiveram de pé por dez meses. Dez meses sombrios e dolorosos. Toda noite eu sonhava que tinham amarrado as pernas de Siamak e estavam açoitando a sola dos seus pés. Sua pele grudava no chicote e era arrancada. E toda noite eu acordava gritando.

Acho que havia se passado uma semana da prisão de Siamak quando me vi no espelho. Eu estava velha, deplorável, magra e pálida. O mais estranho de tudo era o feixe de cabelos brancos que aparecera de repente do lado direito da minha cabeça. Após a execução de Hamid, eu começara a ver alguns fios de cabelo branco, mas isso era novidade.

Eu estava sempre em contato com Mahboubeh e, através dela, com seu marido e sogro. Fui a uma reunião na prisão Evin para pais de presidiários. Perguntei de Siamak. O funcionário da prisão o conhecia bem e disse:

— Não há com que se preocupar, ele será libertado.

Fiquei exultante, mas em seguida me lembrei do que a mãe de outro preso dissera. "Quando eles dizem 'libertado', querem dizer libertado da vida."

O pavor e a esperança estavam me matando. Tentei trabalhar o máximo de tempo que podia apenas para ter menos tempo para pensar.

Os relatos da abertura das universidades tornaram-se realidade. Fui me matricular para os últimos créditos que faltavam para finalmente atingir o objetivo para o qual eu me esforçara tanto. Com o cenho franzido e a maior frieza, o administrador disse:

— Você não tem o direito de se matricular.

— Mas eu tenho frequentado as aulas! — respondi. — Só preciso desses poucos créditos para me formar. Na verdade, já fiz os cursos, só preciso prestar os exames finais.

— Não — repetiu ele. — Você foi sujeita a erradicação e demissão.

— Por quê?

— Você não sabe? — perguntou o administrador com uma expressão de desprezo. — Você é a viúva de um comunista que foi executado e mãe de um dissidente traidor.

— E tenho orgulho dos dois — respondi com raiva.

— Pode ter quanto orgulho quiser, mas não pode assistir às aulas nem receber um diploma desta universidade islâmica.

— Você sabe o quanto me esforcei por esse diploma? Se as universidades não tivessem fechado, eu teria recebido o meu diploma há anos.

Ele deu de ombros.

Falei com vários outros administradores, mas foi inútil. Derrotada, saí da universidade. Todos os meus esforços haviam sido desperdiçados.

O sol suave do fim de fevereiro brilhava no céu. O frio cortante do inverno havia passado e o perfume fresco da primavera pairava no ar. Sadegh Khan levara o meu carro à oficina para ser consertado. Fui a pé para o trabalho. Eu estava numa depressão terrível e tentava me manter ocupada. Por volta das duas da tarde, Faati ligou e disse:

— Venha aqui após o trabalho. Sadegh pegou o carro na oficina e vai buscar as crianças...

— Não estou com disposição. Vou direto para casa.

— Não, você tem de vir — insistiu Faati. — Preciso falar com você.

— Aconteceu alguma coisa?

— Não. Mahboubeh ligou. Eles estão em Teerã. Pedi para virem aqui. Pode ser que tenham novidades.

Quando desliguei, fiquei pensativa. Faati parecia diferente. Comecei a me preocupar. Um projeto de última hora apareceu na minha mesa e voltei ao trabalho, mas não consegui me concentrar. Liguei para casa e disse à sra. Parvin:

O LIVRO DO DESTINO

— Apronte Shirin. Sadegh Agha vai passar para buscá-la.

Ela riu.

— Ele já está aqui. Estava esperando Massoud, que acabou de chegar. Estão indo para a casa de Faati. Quando você vai?

— Assim que terminar o trabalho — respondi. Depois acrescentei: — Conte a verdade, aconteceu alguma coisa?

— Eu não sei! Se algo tivesse acontecido, Sadegh Agha teria me contado. Minha querida, não se preocupe tanto por nada. Você está se acabando.

Assim que entreguei o meu trabalho, saí do escritório e peguei um táxi para a casa de Faati. Ela abriu a porta. Olhei para minha irmã com olhos perscrutantes.

— Olá, irmã — disse ela. — Por que está me olhando assim?

— Diga a verdade, Faati. O que aconteceu?

— O quê? Precisa acontecer alguma coisa para você nos visitar?

Firouzeh correu, meio que dançando e pulou nos meus braços. Shirin também veio correndo. Olhei para Massoud. Ele estava parado e parecia calmo e pensativo. Entrei e perguntei-lhe em voz baixa:

— O que está acontecendo?

— Não sei — disse ele. — Acabamos de chegar. Eles estão estranhos, cochichando o tempo todo.

— Faati! — gritei. — O que aconteceu? Diga. Estou perdendo a cabeça!

— Pelo amor de Deus, fique calma — pediu ela. — O que quer que seja, é notícia boa.

— Tem a ver com Siamak?

— Sim, ouvi dizer que vão libertá-lo antes do ano-novo.

— Talvez até mais rápido que isso — acrescentou Sadegh Agha.

— Quem disse? Onde você ouviu?

— Acalme-se — disse Faati. — Sente-se que eu vou trazer um chá.

Massoud segurou a minha mão. Sadegh Agha estava rindo e brincando com as crianças.

— Sadegh Agha, pelo amor de Deus, conte exatamente o que você sabe.

— Para ser sincero, não sei muita coisa. Faati sabe mais do que eu.

— Quem contou a ela? Mahboubeh?

— Sim, acho que ela falou com Mahboubeh.

Faati voltou com a bandeja de chá, e Firouzeh veio saltitando com um prato de doces.

— Faati, pelo amor dos seus filhos, sente-se e me conte exatamente o que Mahboubeh disse.

— Ela disse que está tudo certo: Siamak será solto muito em breve.

— Quando? — perguntei.

— Talvez esta semana.

— Ah, meu Deus! — exclamei. — Será que é possível?

Recostei-me no sofá. Faati estava preparada. Passou-me rapidamente um frasco de comprimidos de nitroglicerina e um copo d'água. Tomei o remédio e esperei até me sentir mais calma. Então me levantei para sair.

— Aonde você vai? — perguntou Faati.

— Preciso arrumar o quarto dele. Se o meu filho voltar para casa amanhã, tudo terá de estar pronto e arrumado. Há mil coisas que tenho de fazer.

— Sente-se — disse ela com calma. — Por que você não consegue ficar parada um segundo? Para ser sincera, Mahboubeh disse que talvez ele volte esta noite.

Caí de volta no sofá.

— Como assim?

— Mahboubeh e Mohsen foram a Evin, para o caso de ele ser libertado hoje. Você tem de controlar os nervos. Eles podem aparecer a qualquer instante. Você precisa ficar calma.

Inquieta e impaciente, eu perguntava a cada cinco minutos:

— O que aconteceu? Quando eles vão chegar?

Então ouvi Massoud gritar:

— Siamak!

E vi o meu filho entrar.

Meu coração não aguentava tanta alegria e empolgação. Achei que fosse explodir no meu peito. Agarrei Siamak nos braços. Ele estava mais magro e mais alto. Senti falta de ar. Alguém jogou água no meu rosto. Abracei o meu filho mais uma vez. Toquei o seu rosto, os olhos, as mãos. Era mesmo o meu querido Siamak?

Massoud abraçou Siamak e chorou por uma hora. Como aquele menino meigo e gentil, que assumira com coragem as responsabilidades da vida e me dera esperança, segurara todas aquelas lágrimas dentro de si por tanto tempo?

Rindo e animada com a comoção, Shirin, que ficara um pouco reticente no início, pulou nos braços de Siamak.

A noite foi de uma alegria indescritível, de exaltação e delírio.

— Preciso ver os seus pés — falei.

— O que é isso, mãe? — riu Siamak. — Não seja ridícula!

A primeira pessoa para quem liguei foi o sogro de Mahboubeh. Chorei e agradeci a ele, cobrindo-o de todas as palavras de afeto que encontrava.

— Não fiz tanta coisa — disse ele.

— Fez, sim. O senhor me devolveu o meu filho.

Dois dias se passaram num frenesi de visitas familiares. Mansoureh e Manijeh ficaram de olho na mãe, que estava mais frágil, esquecida e confusa. Ela acreditava que Siamak fosse Hamid.

Eu havia feito tantas promessas a Deus que não sabia por onde começar. Larguei tudo o que eu tinha de fazer, e nós quatro saímos numa peregrinação ao templo do Imã Reza em Mashad. De lá fomos a Qom para agradecer à minha tia, à Mahboubeh, ao marido e ao meu anjo da guarda, o sogro dela.

Que dias ternos, felizes. Eu me senti viva novamente. Com meus filhos ao meu lado, nada poderia me fazer sofrer.

Siamak logo faria dezoito anos. Ele perdera um ano de escola, mas como tinha começado um ano antes do normal, apenas adequara a idade ao ano escolar. Ele tinha de se inscrever, mas, com a passagem pela prisão, não queriam aceitar sua matrícula. Eu sempre tivera a esperança de que meus filhos chegariam aos níveis mais altos de educação, mas agora era obrigada a aceitar o fato de que meu filho deixaria de ter até mesmo o diploma escolar.

Não ter permissão para terminar os estudos foi um golpe pesado para Siamak. Ele ficou agitado e inquieto. Estar ocioso, ficar em casa e ter uma vida desestruturada não era prudente. Especialmente uma vez que alguns de seus antigos amigos tornaram a aparecer. Embora Siamak não parecesse muito interessado neles, sua presença me deixava nervosa.

Siamak decidiu encontrar um emprego. Ele viu o quanto eu trabalhava e como a nossa vida era frugal, e quis ajudar. Mas que tipo de trabalho ele poderia fazer? Siamak não tinha nenhum capital para começar um pequeno negócio e nenhuma formação. Ao mesmo tempo, ainda havia a guerra contra o Iraque, que estava se aproximando de nós. Eu estava pelejando contra esses pensamentos quando Mansoureh veio me visitar, e dividi minhas preocupações com ela.

— Na verdade, é exatamente por isso que vim falar com você — disse ela. — Siamak tem de continuar sua formação. Na nova geração da nossa família, todos foram para a universidade. É inaceitável que ele não tenha sequer um diploma escolar.

— Eu me informei a respeito — respondi. — Ele pode estudar à noite e prestar os exames gerais. Mas Siamak disse que quer trabalhar. Ele falou que, se não pode ir para a universidade, o diploma escolar não serve para nada. Com ou sem diploma, ele terá de trabalhar e pode muito bem começar agora.

— Olha, Massoum — disse ela. — Tenho outros planos em mente. Não sei como você vai reagir, mas, por favor, que isto fique entre nós.

— É claro! — exclamei, surpresa. — Qual é o plano?

— Você sabe que o meu Ardeshir terminou a educação secundária ano passado. Ele tem de prestar o serviço militar, e parece que esta guerra não vai acabar tão cedo. De forma alguma deixarei que enviem o meu filho ao front. Além disso, como você sabe, ele sempre foi meio medroso. Está tão apavorado que, se uma bala não o matar, o medo o fará. Decidimos enviá-lo para fora do país.

— Para fora do país? Como? Todos que têm de se alistar estão proibidos de sair do país.

— Esse é o problema — disse Mansoureh. — Ele tem de atravessar a fronteira de forma ilegal. Encontramos alguém que cobra um quarto de um milhão de tomans para atravessar a fronteira com crianças. Eu estava pensando em mandar os dois juntos. Eles podem cuidar um do outro. O que você acha?

— Bom, parece uma boa ideia — respondi. — Mas ainda preciso conseguir o dinheiro.

O LIVRO DO DESTINO

— Não se preocupe com isso — disse ela. — Se faltar uma parte, nós vamos ajudar, porém é muito importante eles irem juntos. Siamak consegue se cuidar, mas Ardeshir vai precisar de ajuda. Se ele souber que não estará sozinho, vai concordar em ir com mais facilidade. E ficaremos menos preocupados.

— Mas para onde eles iriam? — perguntei.

— Eles poderão ir para muitos lugares. Todos os países recebem refugiados. Eles receberão um subsídio por algum tempo e com ele poderão dar continuidade aos estudos — disse ela. — Mas diga com o que está preocupada de fato. Com o dinheiro?

— Não. Se for para o benefício do meu filho, eu vendo tudo que tenho e peço dinheiro emprestado. Só tenho de ter certeza de que será para o bem dele. Me dê uma semana para pensar a respeito e discutir o assunto com Siamak.

Passei dois dias refletindo sobre o que eu deveria fazer. Seria sensato deixar um rapaz da idade de Siamak aos cuidados de um infrator? Quais eram os perigos da travessia ilegal da fronteira? Ele teria de viver sozinho em algum lugar do outro lado do mundo. Se precisasse de ajuda, a quem poderia recorrer? Precisava me aconselhar com alguém. Conversei e expliquei a situação a Sadegh Agha.

— Sinceramente, não sei — disse ele. — Tudo tem seu risco, e isso vai ser perigoso. Não faço ideia de como é a vida no Ocidente, mas sei de muita gente que buscou asilo recentemente em diferentes países. Algumas delas chegaram a ser enviadas de volta.

No dia seguinte, o sr. Zargar estava entregando um trabalho para mim. Ele estudara numa faculdade do Ocidente e poderia me dar um conselho confiável.

— É claro que eu não tenho nenhuma experiência em atravessar a fronteira de forma ilegal e não sei quais são os perigos — disse ele —, porém, cada vez mais pessoas estão correndo o risco. Se Siamak for aceito como refugiado, o que certamente será, uma vez que é ex-prisioneiro político, não terá dificuldades financeiras e, se ele tiver vontade, poderá ter acesso a melhor educação. O único problema é a solidão e a vida no exílio. Muitos jovens da idade dele ficam depressivos e desenvolvem sérios problemas emocionais, e não apenas deixam de estudar como não conseguem levar uma vida normal. Não quero assustá-la, mas a taxa de suicídio é alta nesses casos. Mande-o apenas se você conhecer alguém no Ocidente realmente atencioso, que possa, até certo ponto, ocupar o seu lugar e ficar de olho nele.

A única pessoa que eu conhecia e confiava era Parvaneh. Fui à casa de Mansoureh e liguei para ela de lá. Tive medo de que o nosso telefone estivesse grampeado. Depois que expliquei a situação, Parvaneh disse:

— Faça isso. Você não pode imaginar como estou preocupada com ele. Mande-o pelos meios que tiver, e prometo que cuidarei de Siamak como se fosse meu filho.

Sua sinceridade e vontade de ajudar diminuíram as minhas preocupações, e decidi que estava na hora de conversar com Siamak. Eu não fazia ideia de como ele reagiria.

Shirin estava dormindo. Abri devagar a porta do quarto dos meninos e entrei. Siamak estava deitado na cama, olhando para o teto. Massoud, sentado à mesa, estudava. Sentei-me na cama de Massoud e disse:

— Quero falar com vocês dois.

Siamak levantou-se de súbito. Massoud virou-se para mim e perguntou:

— O que aconteceu?

— Nada! Tenho pensado no futuro de Siamak, e precisamos tomar uma decisão.

— Que decisão? — perguntou Siamak, sarcástico. — Temos o direito de tomar decisões? Só podemos concordar com o que eles nos disserem.

— Não, meu querido, não é sempre assim. A semana toda venho pensando em mandá-lo para a Europa.

— Você está sonhando! — disse ele. — De onde você tiraria o dinheiro? Você sabe quanto iria custar? Pelo menos, duzentos mil tomans para o contrabandista e o mesmo para viver até o pedido de asilo ser processado.

— Muito bem! E que precisão! — falei. — Como é que você sabe tudo isso?

— Ah, eu pesquisei bastante. Você faz ideia de quantos amigos meus já deixaram o país?

O LIVRO DO DESTINO

— Não! Por que você não me contou?

— Contar o quê? Eu sabia que você não poderia pagar, e só iria deixá-la triste.

— O dinheiro não é importante. — Se for para o seu bem, eu vou conseguir. Só me diga se quer ir ou não.

— É claro que eu quero ir!

— E o que você quer fazer lá?

— Quero estudar. Aqui eles não vão me deixar ir para a universidade. Eu não tenho futuro neste país.

— Você não acha que vai sentir a nossa falta? — perguntei.

— Vou, muito, mas até quando vou ficar aqui parado, vendo você datilografar e costurar?

— Você terá de deixar o país de forma ilegal — expliquei. — É muito perigoso. Está disposto a enfrentar o risco?

— O risco não é maior que prestar o serviço militar e ser enviado para o front, é?

Ele estava certo. No ano seguinte, Siamak seria convocado, e a guerra parecia não estar perto do fim.

— Mas há algumas condições, e você tem de prometer que vai aceitá-las, sem jamais quebrar sua promessa.

— Está bem. Mas quais são as condições? — perguntou ele.

— Primeiro, você tem de me prometer não se aproximar de nenhum grupo ou organização políticos iranianos. Você não pode se envolver com eles. Segundo, você vai estudar até o nível mais alto possível e se tornar um homem culto e respeitável. Terceiro, você não vai se esquecer de nós e, sempre que puder, vai ajudar os seus irmãos.

— Você não precisa me pedir para fazer essas promessas — disse Siamak. — Tudo o que falou é exatamente o que pretendo fazer.

— Todo mundo diz isso, mas depois esquece — retruquei.

— Como é que eu poderia me esquecer de vocês três? Vocês são a minha vida. Espero que um dia eu possa compensá-la por todo o seu amor e esforço. Pode ter certeza de que eu vou estudar bastante e ficar bem longe da política. Para ser sincero, estou cansado de todos os grupos e facções políticos.

Passamos horas conversando sobre como Siamak sairia do país e como conseguiríamos o dinheiro. Ele estava vivo novamente. Animado e esperançoso e, ao mesmo tempo, preocupado e nervoso. Vendi dois dos nossos tapetes e as poucas joias de ouro que me restavam. Vendi até a minha aliança de casamento e a pequena pulseira de ouro de Shirin, e pedi dinheiro emprestado para a sra. Parvin, porém ainda não tinha o suficiente. O sr. Zargar, que estava sempre atento a mim e entendia os meus problemas antes mesmo que eu lhe contasse sobre eles, apareceu um dia com cinquenta mil tomans e disse que era um pagamento retroativo.

— Mas eu não tinha tudo isso para receber! — observei.

— Eu aumentei um pouco.

— Quanto? Preciso saber quanto devo ao senhor.

— Não é muito — disse ele. — E eu tomarei nota e descontarei dos pagamentos futuros.

Exatamente uma semana depois, dei a Mansoureh duzentos e cinquenta mil tomans e anunciei confiante que estávamos prontos. Ela me olhou surpresa e disse:

— Onde conseguiu todo esse dinheiro? Eu tinha reservado cem mil tomans para você.

— Muito obrigada, mas eu consegui sozinha.

— E o dinheiro que eles vão precisar para os poucos meses em que estarão no Paquistão? Você tem esse dinheiro também?

— Não, mas vou arrumar.

— Não precisa — respondi. — Eu tenho essa quantia aqui e ela está à disposição.

— Está bem — respondi. — Mas vou lhe pagar com o tempo.

— Não precisa — insistiu Mansoureh. — O dinheiro é seu, é a parte dos seus filhos. Se Hamid tivesse morrido uma semana depois, metade desta casa e de todo o resto teria ficado para você.

— Se Hamid não tivesse morrido, seu pai ainda estaria vivo.

O contato com o contrabandista, um jovem magro e moreno, que usava roupas tradicionais da sua província, foi uma história à parte. Seu nome secreto era sra. Mahin, e o homem só falava ao telefone se pedissem para falar com ela. Ele disse que os meninos deveriam estar prontos para partirem para Zahedan, uma cidade no sudeste do Irã, a qualquer momento. Prometeu que, com o auxílio de alguns amigos, faria os meninos atravessarem a fronteira do Paquistão e os deixaria na agência das Nações Unidas em Islamabad. Disse que os vestiria com pele de ovelha, e que eles atravessariam a fronteira no meio de um rebanho.

Fiquei morrendo de medo, mas tentei não demonstrar o que estava sentindo para Siamak. Ele era um aventureiro destemido e achou toda a situação mais emocionante que assustadora.

Na noite em que recebemos o aviso do contrabandista, os meninos partiram para Zahedan com Bahman, o marido de Mansoureh. Ao me despedir de Siamak, senti como se um membro do meu corpo estivesse sendo cortado. Eu não sabia se estava fazendo a coisa certa. Alternava entre a tristeza pela separação e o horror pelo perigo que ele enfrentava. Nessa noite, eu não saí do meu tapete de orações. Só chorava e rezava, colocando meu filho nas mãos de Deus.

Três dias de medo e ansiedade se passaram até eu receber a notícia de que eles haviam atravessado a fronteira em segurança. Dez dias depois, falei com Siamak. Ele chegara a Islamabad. Parecia muito triste e muito distante.

Em seguida, permaneci com a dor da separação. Massoud sentia uma falta terrível de Siamak, e o meu choro toda noite o entristecia ainda mais. Mansoureh ficou num estado ainda pior. Ela nunca havia se separado do filho por um dia sequer e estava inconsolável. Eu dizia a ela, e a mim mesma:

— Temos de ser fortes! Em tempos como esse, para salvar os nossos filhos e pelo futuro deles, nós, mães, temos de suportar a dor da ausência dos meninos, senão não seremos boas mães.

Quatro meses depois, Parvaneh ligou da Alemanha e passou o telefone a Siamak. Gritei de alegria. Ele havia chegado. Parvaneh garantiu-me que tomaria conta dele, mas Siamak tinha de passar alguns meses num campo de refugiados. Ao contrário de outros que passavam os dias sem fazer nada, Siamak aprendia alemão e logo foi aceito numa escola e, mais tarde, numa universidade. Estudou engenharia mecânica e nunca esqueceu suas promessas.

Parvaneh conseguira um acordo para que Siamak passasse as férias com ela e a família, e tinha o cuidado de me manter informada do progresso dele. Eu estava feliz e orgulhosa. Senti que cumprira um terço das minhas responsabilidades. Eu trabalhava com muita energia e fui pagando as minhas dívidas aos poucos. Massoud assumiu um cuidado meticuloso comigo e com nossas vidas. Enquanto estudava, também fazia o papel de pai de família e me cobria de felicidade e esperança com seu amor infalível. E Shirin, com sua gaiatice, brincadeiras e fala mansa, trouxe animação e alegria para o nosso lar. Eu encontrara paz, mesmo que temporariamente. Ainda havia problemas e preocupações circulando entre nós, e a guerra desastrosa com o Iraque parecia eterna.

Nos dias em que reaprendi a rir, o sr. Zargar, num tom grave e com os olhos grudados na mesa de centro, pediu a minha mão em casamento. Embora eu soubesse que a sua filha e a esposa, francesa, haviam partido do Irã alguns anos antes, não sabia que ele estava divorciado. O sr. Zargar era um homem sábio e culto, e adequado em todos os sentidos. A vida com ele poderia resolver muitas das minhas necessidades emocionais, assim como materiais. E eu não me sentia indiferente a ele. Sempre gostara do sr. Zargar e o admirara como homem, amigo e companheiro querido, e poderia facilmente abrir o meu coração para ele. Talvez o sr. Zargar pudesse me dar o amor e o afeto que Hamid jamais me dera de forma completa.

Após a morte de Hamid, o sr. Zargar foi o terceiro homem a me pedir em casamento. Os dois primeiros, eu recusara sem hesitar. No entanto, no caso do sr. Zargar, eu não tinha certeza do que fazer. Dos pontos de vista lógico e emocional, casar com ele parecia ser a coisa certa a fazer, mas por algum tempo eu notara que Massoud me observava com atenção, parecendo inquieto e tenso. Um dia, sem rodeios, ele disse:

— Mãe, nós não precisamos de ninguém, não é? O que você precisar, é só me dizer que eu resolvo. E diga ao sr. Zargar para não vir com tanta frequência. Não suporto mais a presença dele.

Então, percebi que não deveria perturbar a paz recém-conquistada em nossas vidas nem desviar a minha atenção dos meus filhos. Eu acreditava que era meu dever estar ao serviço deles com todo o meu ser e que eu deveria preencher o espaço vazio deixado pelo pai, não um estranho. A presença do sr. Zargar poderia ter sido bem-vinda na minha vida, mas estava muito claro que isso deixaria os meus filhos, especialmente Massoud e Siamak, desconfortáveis e infelizes.

Dias depois, com profundos pedidos de desculpa, eu disse não ao sr. Zargar, porém pedi que nunca me privasse da sua amizade.

CAPÍTULO OITO

Os acontecimentos da minha vida desenvolviam-se de tal maneira que eu sempre tinha a chance de respirar e me fortalecer, e quanto maior o período de calmaria, pior era o choque do incidente seguinte. Por acreditar nisso, eu era afetada com ansiedades ocultas mesmo nas melhores épocas.

Com Siamak longe e seguro, parecia que a minha preocupação mais grave se resolvera. Ainda que eu sentisse uma saudade terrível dele, e que sua ausência parecesse insuportável, nunca lamentei tê-lo mandado para longe e nunca desejei que voltasse. Eu conversava com a sua fotografia e escrevia longas cartas para ele, sobre tudo o que estava acontecendo na nossa vida. Enquanto isso, Massoud era tão meigo e gentil que não apenas não criava problemas para mim como costumava resolver os meus problemas. Ele passou pelos anos difíceis e turbulentos da adolescência com paciência e compostura. Massoud tinha uma noção profunda de responsabilidade em relação a Shirin e a mim, assumindo a maior parte do que precisava ser feito para nós. Eu tinha de tomar cuidado para não me aproveitar de tanta generosidade e autossacrifício, e não esperar mais desse jovem do que ele era capaz de fazer.

Massoud ficava atrás de mim, massageava o meu pescoço e dizia:

— Tenho medo de que você fique doente de tanto trabalhar. Vá se deitar e descansar.

E eu dizia:

— Não se preocupe, meu querido. Ninguém fica doente de tanto trabalhar. A fadiga vai embora com uma boa noite de sono e dois dias de repouso por semana. O que faz a pessoa adoecer são a falta de atividade, os pensamentos inúteis e as ansiedades. O trabalho é essencial para a vida.

Mais que meu filho, Massoud era meu parceiro, amigo e conselheiro. Conversávamos sobre tudo e tomávamos decisões juntos. Ele estava certo, não precisávamos de mais ninguém. Minha única preocupação era que, mais tarde, as pessoas se aproveitassem da sua bondade e disposição, assim como a irmã, que conseguia que ele fizesse tudo o que ela queria apenas com um beijo, uma lágrima ou súplica.

Massoud agia como um pai responsável em relação a Shirin. Ele a matriculava na escola, conversava com os professores, ia andando com ela para a escola todos os dias e comprava o que a irmã precisasse. Durante os ataques aéreos, ele a pegava no colo e a escondia debaixo da escada. Eu ficava encantada com a relação cheia de amor dos dois, mas, ao contrário da maioria das mães, não estava feliz com o fato de os meus filhos estarem crescendo. Na verdade, isso me assustava, e o meu medo aumentava conforme a guerra se arrastava.

Todo ano eu dizia a mim mesma que a guerra acabaria no ano seguinte e antes que Massoud tivesse de se alistar no serviço militar, mas ela não tinha fim. Notícias de filhos de vizinhos e amigos martirizados me aterrorizavam ainda mais, e saber que Gholam-Ali, o filho de Mahmoud, morrera no front me deixou muito desanimada. Nunca me esquecerei da última vez que o vi. Fiquei chocada ao avistá-lo à porta. Eu não o encontrava havia muitos anos. Não sei se foi o uniforme do exército ou o brilho estranho no olhar que o fez parecer muito mais velho do que era. Não era o mesmo Gholam-Ali de sempre.

Eu o cumprimentei surpresa e disse:

— Aconteceu alguma coisa?

— Tem de acontecer alguma coisa para que eu vir vê-la? — perguntou ele, num tom repreensivo.

— Não, meu querido, você é sempre bem-vindo. Só fiquei surpresa porque é a primeira vez que você vem aqui. Por favor, entre.

Gholam-Ali parecia não estar à vontade. Servi uma xícara de chá e comecei a perguntar sobre a família de forma casual, mas não mencionei o uniforme nem o fato de que ele se alistara voluntariamente no exército e estivera no front. Acho que eu tinha medo de falar a respeito. A guerra estava imersa em sangue, dor e morte. Quando finalmente parei de falar, ele disse:

— Tia, eu vim pedir o seu perdão.

— Pelo quê? O que você fez ou o que vai fazer?

— Você sabe que estive no front — disse ele. — Estou de licença e vou voltar. Bom, é uma guerra e, se Deus quiser, posso me tornar um mártir. E, se eu tiver sorte, preciso que me perdoe pelo modo como a minha família e eu tratamos você e seus filhos.

— Deus não permita! Não diga essas coisas. Você está apenas começando a sua vida. Que Deus nunca traga o dia em que algo ruim aconteça a você.

— Mas não será ruim, será uma bênção. É o meu maior desejo.

— Não diga essas coisas — ralhei. — Pense na sua pobre mãe. Se ela o ouvir falando assim, ficará arrasada... Não consigo entender como ela pôde deixá-lo ir para a guerra. Você não sabe que o consentimento e a aprovação dos seus pais são mais importantes do que qualquer outra coisa?

— Sim, eu sei. E eu tenho a aprovação da minha mãe. No início ela ficou chorando. Depois a levei a um hotel em que algumas vítimas da guerra estão alojadas e disse: "Veja como o inimigo destruiu a vida das pessoas. É meu dever defender o islamismo, o meu país e o nosso povo. Você realmente quer me impedir de realizar as minhas obrigações religiosas?" A Mãe é realmente uma mulher de fé. Acho que a devoção dela é ainda mais forte que a do meu pai. Ela respondeu: "Quem sou eu para desafiar a Deus? Estou satisfeita com a satisfação dele."

— Está bem, meu querido, mas espere até terminar os estudos. Se Deus quiser, a guerra terá acabado até lá, e você será capaz de construir uma vida confortável para você.

Ele deu uma risadinha contida e disse:

— Sim, como o meu pai. Não é isso que você quer dizer?

— Bem, sim. O que há de errado nisso?

— Se ninguém souber, você certamente sabe. Isso não é o que eu quero! Já o front é outra coisa. É o único lugar onde me sinto perto de Deus. Você não faz ideia de como é. Todos dispostos a dar a vida, todos com o mesmo objetivo. Ninguém fala em dinheiro e status, ninguém conta vantagem, ninguém está querendo lucrar mais. É uma competição de devoção e autossacrifício. Você não imagina como os caras tentam passar a frente uns dos outros para irem para a frente de batalha. A verdadeira fé está ali, sem hipocrisia, sem fingimento. Foi lá que eu conheci muçulmanos verdadeiros que não dão valor a bens mundanos e coisas materiais. Estou em paz quando estou com eles. Estou perto de Deus.

Baixei a cabeça e fiquei pensando nas palavras de crença profunda vindas daquele jovem que encontrara a sua verdade. A voz de Gholam-Ali quebrou o silêncio.

— Quando comecei a ir à loja do meu pai às tardes, as coisas que ele fazia me incomodavam. Comecei a questionar tudo. Você ainda não viu a casa nova, viu?

— Não vi. Mas ouvi dizer que é muito grande e bonita.

— Sim, é grande — disse ele. — Maior do que você pode imaginar. Dá para se perder nela. No entanto, tia, é uma propriedade desapropriada, roubada, entende? Com todo o discurso sobre fé e devoção do meu pai, não sei como ele consegue morar lá. Eu digo: "Pai, esta casa não é religiosamente sancionada. Seu dono legítimo não deu a sua permissão." E o meu pai diz: "Que o dono vá para o inferno, ele era um caloteiro, um ladrão, e fugiu após a revolução. Você está preocupado com a aprovação do sr. Ladrão?" As coisas que ele diz e faz me confundem. Eu quero fugir. Não quero ser como ele. Quero ser um muçulmano de verdade.

Fiz com que Gholam-Ali ficasse para jantar. Quando ele fez a oração da noite, a pureza da sua fé e devoção me deu arrepios. Ao nos despedirmos, ele sussurrou:

— Reze para que eu me torne um mártir.

O desejo de Gholam-Ali se realizou, e eu fiquei de luto por ele durante muito tempo, porém não consegui ir à casa de Mahmoud para oferecer os meus pêsames. A Mãe ficou brava comigo, dizendo que eu tinha o coração de pedra e guardava rancor com a teimosia de um camelo. Mas eu simplesmente não era capaz de pôr os pés naquela casa.

O LIVRO DO DESTINO

Meses depois, encontrei Ehteram-Sadat na casa da Mãe. Ela estava envelhecida, com a pele flácida no rosto e no pescoço. Ao vê-la, comecei a chorar. Abracei-a, mas não sabia o que dizer a uma mãe que perdera o filho e murmurei uma condolência de praxe. Ela me afastou com um movimento suave e disse:

— Não há necessidade de condolências! Você deveria me parabenizar. O meu filho foi martirizado.

Fiquei pasma. Olhei para ela com descrença e enxuguei as lágrimas com as costas da mão. Como se pode parabenizar uma mãe que perdeu o filho?

Quando ela saiu, perguntei à Mãe:

— Ela realmente não está sofrendo com a morte do filho?

— Não diga isso! — ralhou a Mãe. — Você não faz ideia de como ela está sofrendo. Esse é o modo dela de se consolar. Sua fé é tão forte que a ajuda a tolerar a dor.

— Você deve estar certa quanto a Ehteram, mas tenho certeza de que Mahmoud aproveitou-se do martírio do filho para lucrar...

— Deus me tire a vida! O que está dizendo, menina? — repreendeu-me a Mãe. — Eles perderam o filho, e você fica fazendo pilhéria pelas costas deles?

— Conheço Mahmoud — respondi. — Vai me dizer que ele não se aproveitou da morte do filho? Impossível. De onde a senhora pensa que Mahmoud tira o dinheiro dele?

— Mahmoud é mercador. Por que você tem tanta inveja dele? Todo mundo recebe o seu quinhão da vida.

— Por favor, a senhora sabe muito bem que dinheiro limpo e honesto não jorra assim. O tio Abbas não é mercador também? E ele começou o negócio trinta anos antes de Mahmoud. Como é que ele ainda tem aquela única loja, e Ali, que acabou de começar, está ganhando dinheiro a rodo? Ouvi dizer que ele está comprando uma casa no valor de alguns milhões de tomans.

— Agora está pegando no pé de Ali? Deus seja louvado! Tem gente que é como os meus filhos, espertos e devotos, e Deus os ajuda. Outros têm azar como você. É assim que Deus quer, e você não deveria ser tão invejosa.

Fiquei muito tempo sem ver a Mãe. Eu costumava ir à casa da sra. Parvin, mas nunca batia à porta da Mãe. Talvez ela estivesse certa, e eu estava com inveja, mas eu não podia aceitar que, numa época em que as pessoas sofriam com a guerra e as adversidades, os meus irmãos aumentassem a sua fortuna dia após dia. Não! Isso não era moral nem humano. Era pecaminoso.

Passei por esse período de calmaria em relativa pobreza, com trabalho duro e preocupação com o futuro.

Um ano depois da partida de Siamak, a mãe de Hamid faleceu de um câncer que se espalhou rapidamente. Seu desejo de morrer era visível, e eu acreditava que ela mesma acelerava o avanço da doença. Apesar do seu estado crítico, ela não se esqueceu de nós no testamento e fez as filhas prometerem não deixar que perdêssemos nossa casa. Eu sabia que Mansoureh havia sido fundamental nisso, e depois, ela fez tudo o que pôde para respeitar o desejo da mãe, mantendo-se firme contra as irmãs.

O marido de Mansoureh era engenheiro e rapidamente demoliu a casa velha, substituindo-a por um prédio de três andares. Durante a construção, ele fez todos os esforços para contornar o nosso lado do quintal para que não tivéssemos de nos mudar. Por dois anos, convivemos com sujeira, poeira e barulho até o belo prédio ficar pronto. Havia dois apartamentos em cada andar, cada um com cem metros quadrados, exceto no terceiro andar, que tinha um único apartamento grande, onde moravam Mansoureh e sua família. Eles nos deram um dos apartamentos do térreo, e o marido de Mansoureh transformou o outro num escritório para ele. Manijeh ficou com os apartamentos do primeiro andar. Ela morava em um e alugava o outro.

Quando Siamak soube que tínhamos um apartamento, comentou irritado:

— Eles deveriam ter nos dado um segundo apartamento para você alugar e ter uma renda extra. Até isso teria sido a metade do que é nosso direito.

— Meu menino querido — disse eu, rindo. — Você não vai desistir? É muito gentil e atencioso da parte deles nos dar este apartamento. Eles não tinham obrigação. Pense desta maneira: agora temos um lugar novo e bonito para morar, e não nos custou nada. Deveríamos estar felizes e gratos.

Nosso apartamento ficou pronto antes dos outros para que pudéssemos nos mudar e aquele lado do quintal também pudesse ser reformado. Ficamos felizes pelo fato de cada um ter o seu próprio quarto. Shirin não era uma boa companheira de quarto, e fiquei contente em não atrapalhar mais a sua diversão, suas brincadeiras e sua bagunça, e ela adorou se ver livre da minha organização e reclamação constantes. Massoud estava encantado com o quarto claro e bonito, e ainda considerava Siamak o seu companheiro.

Os anos passavam voando. Massoud estava no último ano da escola, e a guerra continuava. A cada ano que ele passava com notas excelentes, minha ansiedade aumentava.

— Por que a pressa? — resmunguei. — Você pode ir mais devagar e ter o diploma um ou dois anos depois.

— Está sugerindo que eu seja reprovado? — perguntou ele.

— O que há de errado nisso? Quero que você fique na escola até a guerra acabar.

— Meu Deus, não! Tenho de terminar rápido e tirar um pouco da responsabilidade dos seus ombros. Quero trabalhar. E não me preocupo com o serviço militar. Prometo entrar na faculdade, aí terei mais alguns anos antes de ter de servir.

Como eu poderia dizer a Massoud que ele não passaria nos exames de seleção para as universidades?

Massoud formou-se com notas excelentes e estudava dia e noite para os exames de admissão das universidades. A essa altura ele sabia que, devido ao passado da nossa família, havia poucas chances de ser admitido numa universidade. Para me consolar, e talvez para levantar o próprio moral, ele dizia:

— Eu não tenho nenhum histórico político, e todos na escola estavam satisfeitos comigo. Eles vão me apoiar.

No entanto, foi inútil. Sua inscrição foi rejeitada devido aos envolvimentos políticos passados da família. Quando ele soube disso, socou a mesa, jogou os livros pela janela e chorou. E eu, que vi todas as minhas esperanças para o seu futuro desaparecerem, chorei com ele.

Eu só conseguia pensar em como protegê-lo da guerra. Dali a alguns meses, ele teria de se apresentar para o serviço militar. Siamak e Parvaneh ligaram e disseram que eu tinha de mandar Massoud para a Alemanha de qualquer jeito, porém não consegui convencê-lo.

— Não posso deixar você e Shirin sozinhas — argumentou ele. — Além disso, como conseguiríamos o dinheiro? Você só terminou de pagar recentemente o que pediu emprestado a Siamak.

— O dinheiro não é importante. Vou encontrar um meio. O importante é achar alguém confiável.

E essa não era uma questão simples. A única pista que eu tinha era um número de telefone e o codinome "sra. Mahin". Liguei, um homem atendeu e disse que era a sra. Mahin, mas ele não tinha o mesmo sotaque do rapaz com quem eu falara anos antes. Em seguida, começou a fazer perguntas estranhas, percebi de repente que eu estava caindo numa armadilha e desliguei rapidamente.

Pedi ajuda ao marido de Mansoureh. Dias depois, ele me contou que os contrabandistas que levaram Siamak e Ardeshir ao outro lado da fronteira tinham sido todos presos, e controles de fronteira severos estavam em vigor. E através de outras pessoas soube de meninos que haviam sido presos ao tentar deixar o país e de contrabandistas que tinham ficado com o dinheiro e abandonado meninos nas montanhas ou no deserto.

— Para que tanto sofrimento? — perguntou Ali com malícia. — O seu filho é melhor do que os outros? Assim como Gholam-Ali, todos têm o dever de lutar por este país.

— Gente como você deveria lutar porque se beneficia das bênçãos deste país — retruquei. — Nós somos estranhos aqui, não temos direitos. Vocês têm todo o dinheiro, status e conforto, mas o meu filho, com todo o seu talento, não tem o direito de estudar e trabalhar. É rejeitado por todos os comitês de seleção por causa das crenças de parentes dele, das quais não compartilha. Agora, me diga, por que ele tem de lutar pela religião neste país?

Na época, a minha única lógica era proteger o meu filho, e eu estava perdida. Não conseguia encontrar uma forma segura e confiável de enviá-lo para fora do país. E Massoud não cooperava de modo algum, sempre discutindo comigo.

— Por que está tão aflita? — perguntou ele. — Dois anos de serviço militar não são tanto tempo assim. Todos têm o dever de servir, e eu vou fazer o mesmo. Depois poderei conseguir um passaporte e sair do país legalmente.

Mas eu não aceitava isso.

— O país está em guerra! Isso não é brincadeira. O que eu faço se acontecer alguma coisa com você?

— Quem disse que todo mundo que vai à guerra morre? Tantos garotos voltam saudáveis e inteiros. No fim das contas, existe risco em tudo o que se faz. Você acha que fugir do país ilegalmente é menos perigoso?

— Mas muitos garotos morrem também. Se esqueceu de Gholam-Ali?

— Por favor, mãe. Não dificulte tanto as coisas. O que aconteceu com Gholam-Ali apavorou você, mas eu prometo voltar vivo. Além disso, quando eu for chamado para servir e tiver terminado o meu período de treinamento, a guerra pode ter acabado. E desde quando você é tão covarde? É a única mulher que não tem medo das sirenes e dos ataques aéreos. Você dizia: "A chance de atingirem a nossa casa é tão grande quanto a de termos um acidente de carro, mas não ficamos todos os dias nos preocupando com um acidente de carro."

— Quando você e Shirin estão comigo, não tenho medo de nada — expliquei. — Mas você não sabe o horror que eu sinto quando as sirenes disparam e não estou com vocês. E agora, se me mandarem para a frente de batalha com você, eu não terei medo nem preocupação.

— É mesmo? Que tolice! Você quer que eu diga a eles que não vou a lugar nenhum sem a minha mãe? Que eu quero a minha mamãe?

Era sempre assim. Nossas discussões terminavam em brincadeiras, risos e um beijo na bochecha.

Finalmente chegou o dia em que, junto com milhares de outros rapazes, Massoud partiu para o treinamento militar. Tentei ser otimista. Os meus dias e as minhas noites eram como um tapete de orações aberto diante de Deus, e as minhas mãos ficaram erguidas em súplica pelo fim da guerra para que o meu filho pudesse voltar para casa.

O conflito fizera parte da nossa vida durante sete anos, mas eu nunca tinha sentido o horror da guerra de forma tão profunda. Todos os dias eu testemunhava as procissões funerárias para os mártires e me perguntava se o número de soldados mortos e feridos fora sempre tão grande. A todo lugar que eu ia, encontrava uma mãe na mesma situação que a minha. Era como se eu conseguisse identificá-las de modo instintivo. Entregues ao destino, consolávamos umas às outras com a voz embargada e medo no olhar, sempre sabendo que não conseguíamos mentir.

Massoud concluiu o treinamento, e não havia sinal de um milagre, pois a guerra não acabava. Meus esforços para que ele fosse encaminhado para um local menos perigoso foram inúteis; então, um dia peguei a mãozinha de Shirin e fomos nos despedir dele. De uniforme, Massoud parecia mais velho, e seus olhos meigos estavam cheios de apreensão. Não consegui conter as lágrimas.

— Mãe, por favor — disse ele. — Você tem de se controlar, tem de cuidar de Shirin. Veja como a mãe de Faramarz é forte, veja a calma com que os outros pais estão se despedindo dos filhos.

Eu me virei e olhei. Aos meus olhos, as mães estavam todas chorando, ainda que não derramassem lágrimas.

— Não se preocupe, meu querido — respondi. — Ficarei bem. Eu vou me acalmar daqui a uma hora, e daqui a alguns dias estarei acostumada com o fato de você estar longe.

Ele beijou Shirin e tentou fazê-la rir. Depois sussurrou para mim:

— Prometa que você ainda estará assim bonita, saudável e forte quando eu voltar.

— E você me prometa voltar ileso.

Fiquei olhando para o rosto de Massoud até o último momento possível e, por impulso, corri ao lado do trem enquanto ele saía. Eu queria gravar os contornos dessa imagem na minha memória.

Levei uma semana para aceitar o fato de que Massoud não estava mais conosco, mas não me acostumei. Eu não apenas sentia saudades e me preocupava com o perigo que ele corria como sentia a sua falta diariamente.

Sem Massoud, percebi de repente que companheiro ele havia sido e a carga pesada que erguera dos meus ombros. Pensei em como, após um curto período de tempo, consideramos de forma egoísta que a ajuda de alguém é sua obrigação e esquecemos sua generosidade. Agora que tinha de fazer tudo sozinha, reconheci as coisas que Massoud fizera por mim e sentia um aperto no coração toda vez que realizava uma tarefa que costumava ser dele.

— Fiquei arrasada quando Hamid foi executado — contei a Faati. — Mas a verdade é que a morte dele não teve nenhum efeito no meu cotidiano, porque ele nunca aceitou qualquer responsabilidade em casa. Lamentamos a passagem de uma pessoa amada, e dias depois retomamos a nossa rotina. A falta de um homem que ajuda e participa da vida em família é muito mais concreta e, consequentemente, muito mais difícil de se acostumar.

Levamos meses para aprender a viver sem Massoud. Shirin, que sempre fora uma menina animada, não ria tanto e, pelo menos uma vez por noite, encontrava uma desculpa para chorar. Só encontrei a minha paz rezando. Eu ficava sentada no tapete de oração por horas, sem lembrar de mim mesma e de todos à minha volta. Esquecia até que Shirin não jantara e não notava que ela adormecera sobre os livros da escola ou na frente da TV.

Massoud ligava sempre que podia. Toda vez que eu falava com ele, minha mente ficava tranquila por vinte e quatro horas, mas depois a ansiedade voltava e, feito uma pedra rolando colina abaixo, ganhava força e velocidade a cada minuto que passava.

Quando duas semanas se passaram sem nenhuma notícia de Massoud, eu não me aguentava de preocupação e comecei a ligar para pais de amigos que haviam sido enviados para o front com ele.

— Minha querida senhora, é muito cedo para se preocupar — disse a mãe de Faramarz num tom trivial. — Acho que o menino a acostumou mal. Eles não estão na casa da tia, podendo telefonar para casa sempre que querem. Às vezes, estão alojados em áreas onde não têm acesso a um banheiro, quanto menos a um telefone. Aguarde, pelo menos, um mês.

Um mês sem nenhuma notícia de uma pessoa amada que está sob uma chuva de balas é difícil, mas esperei. Tentei preencher os meus dias com trabalho, porém a minha mente não cooperava, e eu não conseguia me concentrar.

Dois meses se passaram, e finalmente decidi perguntar no departamento militar responsável. Eu deveria ter ido antes, mas estava com medo da resposta que poderia receber. Com as pernas trêmulas, parei diante do prédio. Não havia escolha, eu tinha de entrar. Fui direcionada à uma sala grande e lotada. Homens e mulheres de rosto pálido e olhos vermelhos estavam em fila, aguardando a sua vez de ouvir onde e como o filho perecera.

Quando me sentei diante da mesa do administrador, meus joelhos tremiam, e o som do meu coração batendo ecoava tão alto nos meus ouvidos que eu mal conseguia escutar outra coisa. Pelo que pareceu uma eternidade, ele folheou os cadernos, depois perguntou:

— Qual é o seu parentesco com o soldado Massoud Soltani?

Abri e fechei a boca algumas vezes antes de conseguir dizer a ele que eu era a sua mãe. Ele pareceu não gostar da minha resposta. Franziu a testa, voltou a baixar a cabeça e folheou mais uma vez os cadernos. Em seguida, com uma gentileza e uma reverência simuladas, perguntou:

— A senhora está sozinha? O pai não está com a senhora?

Meu coração estava quase saltando pela garganta. Engoli seco, tentei conter as lágrimas e com uma voz que me soou estranha, respondi:

— Não! Ele não tem pai. O que quer que seja, diga! — E quase gritei: — O que foi? Diga o que aconteceu!

— Nada, senhora, não se preocupe. Fique calma.

— Onde está o meu filho? Por que não tenho tido notícias dele?

— Não sei.

— Não sabe? — gritei. — O que isso significa? Vocês o mandaram para lá e agora me dizem que não sabem onde ele está?

— Olha, mãe querida, a verdade é que houve uma ação militar intensa na região, e trechos da fronteira mudaram de controle. Ainda não temos informações precisas a respeito das nossas tropas, mas estamos investigando.

— Não entendo. Se vocês retomaram o território, então encontraram coisas lá.

Não conseguia pronunciar a palavra "corpos", mas ele entendeu o que eu queria dizer.

— Não, mãe querida, até agora nenhum corpo foi encontrado com as etiquetas de identificação do seu filho. Não tenho mais informações.

— Quando saberá mais?

— Não sei. Estão inspecionando a área. É cedo demais para dizer.

Algumas pessoas me ajudaram a me levantar da cadeira, homens e mulheres que esperavam para ouvir notícias semelhantes. Uma mulher na fila pediu à pessoa na sua frente para guardar o seu lugar e me ajudou a chegar até a porta. A fila era igual à que as pessoas ficam para receber mantimentos subsidiados.

Não sei como consegui chegar em casa. Shirin ainda não voltara da escola. Andei pelos quartos vazios e chamei pelos meus filhos. Minha voz reverberava pelo apartamento. Siamak! Massoud! E repetia os nomes deles cada vez mais alto, como se eles estivessem escondidos em algum lugar e o meu chamado fosse fazer com que me respondessem. Abri o armário deles, cheirei roupas velhas e as apertei contra o peito. Não me lembro de muito mais coisa.

Shirin encontrou-me e chamou as tias. Levaram um médico, que me deu uma injeção de sedativos. Em seguida, vieram o sono tumultuado e os pesadelos sombrios.

Sadegh Khan e Bahman continuaram a investigar. Uma semana depois, disseram que o nome de Massoud estava na lista de soldados desaparecidos em combate. Eu não entendia o que isso significava. Ele virara fumaça e desaparecera? Meu bravo filho perecera de tal forma que não restara nada dele? Como se nunca tivesse existido? Não, não fazia sentido. Eu tinha de fazer alguma coisa.

Lembrei-me de um de meus colegas dizendo que um mês depois que seu sobrinho desaparecera na guerra, fora encontrado num hospital. Eu não podia sentar e esperar pelos burocratas. Briguei com meus pensamentos a noite toda e, na manhã seguinte, levantei-me da cama com uma decisão tomada. Fiquei meia hora debaixo do chuveiro para me livrar do efeito dos sedativos e calmantes, vesti uma roupa e me olhei no espelho. Grande parte dos meus cabelos estava branca. A sra. Parvin, que ficara comigo durante aqueles dias sombrios, olhou-me surpresa e disse:

— O que está havendo? Aonde você vai?

— Vou atrás de Massoud.

— Você não pode ir sozinha! Não deixarão uma mulher solitária ir a uma zona de guerra.

— Mas eu posso procurar nos hospitais próximos.

— Espere! — disse ela. — Deixe-me ligar para Faati. Talvez Sadegh Agha possa dar um jeito no trabalho para ir com você.

— Não. Por que aquele pobre homem deveria negligenciar a própria vida e o trabalho só porque é meu cunhado?

— Então peça a Ali ou até a Mahmoud — insistiu ela. — Independentemente de qualquer coisa, ainda são seus irmãos. Não a deixarão sozinha.

Dei uma risada amarga e disse:

— Você sabe que isso é bobagem. Nos momentos mais difíceis da minha vida, eles me abandonaram mais do que qualquer estranho teria feito. Além disso, eu preciso ir sozinha. Assim posso levar o tempo que for necessário e procurar o meu filho inocente. Se tiver alguém comigo, vou acabar tendo de voltar para casa, deixando a busca incompleta.

Peguei um trem para Ahvaz. A maior parte dos passageiros era constituída por soldados. Dividi um compartimento com um casal que também buscava notícias do filho. A diferença era que eles sabiam que ele estava ferido e internado em um hospital em Ahvaz.

A primavera em Ahvaz mais parecia alto verão, e foi lá que, depois de quase oito anos, finalmente entendi o verdadeiro significado da guerra. A tragédia, o sofrimento, a devastação, o caos. Não vi um sorriso. Havia comoção por todo lado, com pessoas agitadas, mas assim como coveiros e pessoas enlutadas, tinham expressões e movimentos isentos de qualquer alegria ou animação, e um medo constante e uma ansiedade velada estavam enraizados no seu olhar. Todos com quem eu falava estavam, de alguma forma, enlutados.

Fui de um hospital a outro com o sr. e a sra. Farahani, que eu conhecera no trem. Eles encontraram o filho. Ele estava ferido no rosto. A cena do pai e da mãe reencontrando o filho era de cortar o coração. Eu disse a mim mesma: Se Massoud tiver perdido o rosto, eu o reconhecerei pela unha do dedo do pé. Não importava se eu o encontrasse aleijado, sem um braço ou uma perna. Só queria que estivesse vivo para poder abraçá-lo de novo.

Ver tantos jovens feridos, inválidos e mutilados gritando de dor me enlouqueceu. Eu sofria por suas mães e me perguntava: Quem é responsável? Como pudemos ter ficado tão alheios, achando que aqueles ataques aéreos constituíam o todo da guerra? Nunca chegáramos a entender o alcance da calamidade.

Procurei por toda parte, indo a diferentes escritórios e departamentos militares até finalmente encontrar um soldado que vira Massoud na noite da operação militar. As feridas do jovem estavam cicatrizando, e ele seria transferido para Teerã. Com uma tentativa de sorriso animador, relatou:

— Dava para ver Massoud, estávamos avançando juntos. Ele ia alguns passos à minha frente quando as explosões começaram. Caí inconsciente. Não sei o que aconteceu com os outros, mas ouvi dizer que a maioria dos feridos e martirizados do nosso esquadrão já foi encontrada e identificada.

Foi inútil. Ninguém sabia o que acontecera com o meu filho. A expressão "desaparecido em combate" era como uma marreta que não parava de bater na minha cabeça. No caminho de volta a Teerã, a dor que eu carregava parecia mil vezes mais pesada. Fui para casa atordoada, direto para o quarto de Massoud, como se tivesse me esquecido de fazer alguma coisa. Vasculhei suas gavetas de roupas. Achei que algumas camisas precisavam ser passadas. Ah, as camisas do meu filho estavam amarrotadas! Comecei a passar como se fosse a tarefa mais importante da minha vida. Todo o meu foco estava nas dobras invisíveis da camisa. Toda vez que a erguia à luz para olhar melhor, ela ainda estava amarrotada, e eu tinha de passar mais uma vez...

Mansoureh falava sem parar, mas só uma parte do meu cérebro registrava a sua presença. Então a ouvi dizer:

— Faati, é muito pior que isso. Ela está ficando louca mesmo. Está passando a mesma camisa há duas horas. Teria sido melhor se tivessem dito a ela que Massoud foi martirizado. Assim ela poderia, pelo menos, entrar em luto por ele.

Saí do quarto correndo, feito um cachorro louco, e gritei:

— Não! Se me disserem que ele morreu, eu me mato. Só estou viva pela esperança de que Massoud esteja vivo.

No entanto, eu também sentia que não estava longe de perder a sanidade. Vez ou outra me via falando com Deus. Minha relação com Ele estava cortada. Não, ela havia se transformado no relacionamento hostil entre um poder impiedoso e alguém que fora derrotado e desistira de viver. Uma pessoa fracassada que não tinha esperança de salvação e, nos momentos finais, encontrara coragem para dizer tudo o que estava no seu coração. Eu falava com irreverência. Eu via Deus como um ídolo que exigia sacrifícios, e eu tinha de carregar um dos meus filhos ao altar. Tinha de escolher entre eles. Às vezes, eu entregava Siamak ou Shirin para serem sacrificados no lugar de Massoud e, em seguida, sentindo culpa e um ódio profundo por mim mesma, tornava a lamentar e me perguntava: O que eles pensariam de mim se descobrissem que eu sacrificaria um deles pelo outro?

Eu estava incapaz de fazer qualquer coisa. A sra. Parvin tinha de me dar banho à força. A Mãe e Ehteram-Sadat davam conselhos, discorrendo sobre a honra e a eminência dos mártires. A Mãe tentava inspirar um temor a Deus em mim.

— Você tem de se contentar com o que agrada a Ele — disse ela. — Todo mundo tem um destino. Se essa for a vontade Dele, você tem de aceitar.

Mas fiquei louca e gritei:

— Por que Ele deveria me dar esse destino? Eu não quero! Já não sofri o suficiente? Por quanto tempo fiquei indo de prisão em prisão, lavei o sangue da roupa dos meus amados, enlutei, trabalhei dia e noite e criei os meus filhos apesar de mil dificuldades? Tudo para quê? Para isso?

— Não fale assim! — gritou Ehteram-Sadat. — Deus está testando você.

— Por quanto tempo tenho de passar nos testes Dele? Deus, por que o senhor fica me testando? Quer demonstrar o seu poder a alguém tão destruída quanto eu? Não quero passar nas suas provas. Só quero o meu filho. Devolva o meu filho e me dê nota zero!

— Que Deus a poupe! — ralhou Ehteram-Sadat. — Não provoque a ira de Deus. Você pensa que é a única? Todas essas mães, todas as mulheres que têm um filho da mesma idade que o seu estão na mesma situação. Algumas tiveram quatro ou cinco filhos martirizados. Pense nelas e deixe de ser tão ingrata.

O LIVRO DO DESTINO

— Você acha que eu agradeço a Deus quando vejo o sofrimento de outras pessoas? — berrei. — Eu sofro por elas. Eu sofro por você. Sofro por mim mesma por ter perdido o meu filho de dezenove anos e por não ter sequer um cadáver para segurar nos meus braços...

Eu estava começando a aceitar a morte de Massoud. Essa foi a primeira vez que mencionei o seu cadáver. Mas essas brigas e discussões estavam me fazendo sentir muito pior. Perdi a conta dos dias e meses. Eu tomava sedativos aos montes e perambulava num mundo entre o sono e o estado desperto.

Certa manhã, acordei com a garganta tão seca que achei que fosse sufocar. Fui à cozinha e vi Shirin lavando a louça. Fiquei surpresa. Eu não gostava que ela fizesse as tarefas domésticas com aquelas mãos tão pequenas.

— Shirin, por que você não está na escola? — perguntei.

Ela me encarou com um sorriso de reprovação e disse:

— Mãe, faz um mês que as escolas fecharam para as férias de verão!

Fiquei ali parada, perplexa.

— E as suas provas? Você prestou as provas finais?

— Sim! — respondeu com rancor. — Já faz tempo. Não se lembra?

Não, eu não lembrava e não lembrava que ela ficara magra, pálida e triste. Eu havia sido muito egoísta. Em todos aqueles meses em que me afundava no meu próprio sofrimento, me esquecera de que ela existia. Esquecera a menininha que talvez estivesse tão triste quanto eu. Eu a abracei. Foi como se ela estivesse desejando aquele momento havia muito tempo. Ela tentava se encolher cada vez mais no meu abraço. Nós duas estávamos chorando.

— Me perdoe, minha querida — pedi. — Me perdoe. Eu não tinha o direito de esquecer você.

Ver Shirin tão infeliz, tão carente de amor e tão indefesa me fez sair do meu estado de apatia e estupor. Eu tinha uma filha que era a minha atual razão de viver.

Desolada e sozinha, retomei a minha rotina. Eu tentava ficar mais tempo no trabalho e me esforçava mais. Não conseguia me concentrar em nada em casa. Decidi nunca chorar diante de Shirin. Ela precisava de uma vida normal, precisava de diversão e alegria. Essa menina de nove anos já havia sido muito prejudicada. Pedi a Mansoureh que a levasse quando fossem à casa de praia no litoral do Cáspio, porém Shirin não quis me deixar sozinha, então fui com eles.

A casa estava do mesmo jeito de dez anos antes, e o litoral norte, com a mesma beleza, aguardava para me transportar de volta aos melhores dias da minha vida. O som dos meninos brincando juntos ecoava nos meus ouvidos. Eu sentia o olhar ávido de Hamid me seguindo. Fiquei sentada durante horas, vendo-o brincar com as crianças. Cheguei até a pegar a bola e jogar de volta para eles. Essas belas imagens sumiam de repente com um som invasivo. Meu Deus, tudo passara tão rápido! Aqueles poucos dias tinham sido a minha cota de uma vida feliz em família. Tudo mais havia sido preenchido por dor e sofrimento.

Para todo lado que eu olhava, uma lembrança surgia. Às vezes, eu abria os braços instintivamente para abraçar os meus amados e voltava a mim de repente, olhando ao redor com receio de que alguém me vira fazer aquilo. Uma noite, quando fiquei sentada na praia perdida em pensamentos, senti a mão de Hamid no meu ombro. A presença dele parecia tão natural.

— Ah, Hamid, estou tão cansada — murmurei.

Ele apertou o meu ombro, encostei o rosto na sua mão e ele afagou meus cabelos suavemente.

A voz de Mansoureh me deu um sobressalto.

— Onde você estava? Estou procurando por você há uma hora!

Eu ainda sentia o calor da mão de Hamid no meu ombro. Perguntei-me que espécie de fantasia era aquela para parecer tão real. Se a loucura significava ruptura com a realidade, eu atingira esse estado. Era tão agradável. Poderia me render a ela e viver o resto da minha vida numa doce ilusão, livre graças à insanidade. A tentação levou-me à beira do abismo. Foram apenas Shirin e a minha responsabilidade por ela que me forçaram a resistir e não dar o salto.

Eu sabia que precisava voltar para casa. Tive um súbito medo de ser derrotada pelas fantasias. No terceiro dia, peguei as minhas coisas e voltei para Teerã.

*

Num dia quente de agosto, às duas da tarde, todo mundo no escritório começou de repente a correr e gritar de alegria. Todos congratulavam uns aos outros. Alipour abriu a porta da minha sala e gritou:

— A guerra acabou!

Eu não me levantei da cadeira. O que eu teria feito se tivessem me dado essa notícia um ano antes?

Eu não saía para fazer buscas em nenhum departamento militar havia muito tempo. Ainda que, enquanto mãe de um soldado desaparecido em combate, eu fosse tratada com toda cortesia, as expressões de respeito dos oficiais eram tão dolorosas quanto os insultos que eu enfrentara do outro lado dos portões da prisão enquanto mãe de um Mujahed e esposa de um comunista. Não conseguia suportá-las.

Mais de um mês se passara desde o fim da guerra. As escolas ainda não haviam reaberto. Às onze da manhã, a porta da minha sala se abriu, e Shirin e Mansoureh entraram de repente. Dei um pulo, assustada, com medo de perguntar o que acontecera. Shirin atirou-se nos meus braços e começou a chorar. Mansoureh ficou parada, olhando para mim com lágrimas correndo pelo rosto.

— Massoum! — disse ela. — Ele está vivo! Ele está vivo!

Caí na cadeira, joguei a cabeça para trás e fechei os olhos. Se eu estivesse sonhando, não queria acordar nunca mais. Shirin dava tapas no meu rosto com suas mãos pequenas.

— Mãe, acorda — pedia ela. — Pelo amor de Deus, acorda. — Abri os olhos. Ela riu e disse: — Ligaram do quartel-general. Eu mesma falei com eles. Disseram que o nome de Massoud está na lista de prisioneiros de guerra. Na lista da ONU.

— Tem certeza? — perguntei. — Você pode ter entendido errado. Eu mesma tenho de ir lá.

— Não, não precisa — disse Mansoureh. — Quando Shirin chegou atordoada ao meu apartamento, eu mesma liguei. O nome de Massoud e todas as informações dele estão na lista. Disseram que logo ele será trocado.

Não sei o que fiz. Talvez eu tenha dançado feito doida e me ajoelhado no chão para orar. Felizmente, Mansoureh estava lá e empurrou todo mundo para fora da sala para que não me vissem me comportando como uma mulher louca. Eu tinha de ir a algum lugar sagrado. Precisava pedir perdão a Deus por toda a minha blasfêmia; caso contrário, tinha medo de que a felicidade escorresse pelos meus dedos feito água. O lugar mais próximo em que Mansoureh conseguiu pensar foi o templo de Saleh.

No templo, agarrei a cerca em torno do sepulcro e repeti diversas vezes:

— Deus, eu estava enganada, perdoe-me. Deus, o senhor é grandioso, misericordioso, tem de me perdoar. Prometo fazer todas as orações que deixei de fazer, darei esmola aos pobres...

Agora que me lembro daqueles dias, percebo que realmente enlouquecera. Eu falava com Deus como uma criança fala com um amigo de brincadeiras. Eu definia as regras do jogo e tomava cuidado para que nenhum dos dois desobedecesse essas regras. Todos os dias eu implorava para que Ele não virasse as costas para mim. Como uma namorada que fizera as pazes com o amado após uma longa separação, eu estava ávida e amedrontada. Implorava a Ele de forma constante na esperança de que perdoasse a minha ingratidão passada e entendesse as minhas circunstâncias.

Eu estava viva de novo. A alegria voltara ao meu lar. O som da risada de Shirin ecoava pela casa novamente. Ela corria e brincava, pendurava-se no meu pescoço e me beijava.

Eu sabia que ser prisioneiro de guerra era árduo e penoso, sabia que Massoud estava sofrendo, mas eu também sabia que isso iria passar. Só o que importava era que ele estava vivo. Esperei cada dia pela sua libertação. Eu limpava e arrumava a casa, e reorganizava as roupas dele. Meses se passaram, cada mês mais difícil que o anterior, porém a esperança de vê-lo mais uma vez me mantinha de pé.

Por fim, numa noite de verão, trouxeram o meu filho para casa. Durante muitos dias, as ruas da vizinhança ficaram decoradas com luzes e faixas parabenizando-o pelo retorno, e flores, doces e refrescos banhavam a casa com o perfume da vida. O apartamento estava abarrotado de gente. Eu não conhecia muitas daquelas pessoas. Fiquei exultante ao ver a minha prima Mahboubeh e o marido. Quando vi que o sogro dela também viera, eu quis beijar a sua mão. Para mim, ele era a personificação da piedade e do amor.

O LIVRO DO DESTINO   385

A sra. Parvin ficou responsável pela recepção. Mansoureh, Faati, Manijeh e Firouzeh, que agora era uma bela mocinha, passaram alguns dias preparando tudo. No dia anterior, Faati olhou para mim e disse:

— Irmã, pinte o cabelo. Se o menino a vir com essa aparência, ele vai desmaiar!

Concordei. Eu teria concordado com qualquer coisa. Faati tingiu os meus cabelos e fez as minhas sobrancelhas. Firouzeh riu e disse:

— É como se a Tia fosse se casar! Está linda como uma noiva.

— Sim, minha querida, é como se fosse o meu casamento. Só que é muito melhor que isso. Eu não estava tão feliz assim no dia em que me casei.

Coloquei um belo vestido verde. Era a cor favorita de Massoud. E Shirin usou o vestido rosa que eu acabara de comprar para ela. No início da tarde, estávamos as duas prontas e à espera. A Mãe veio com Ali e a família. Ehteram-Sadat também veio. Ela parecia atormentada. Seu luto reprimido estava crescendo com o tempo. Tentei evitar olhar nos seus olhos. Fiquei, por algum motivo, envergonhada pelo fato de que o meu filho estava vivo, e o dela, morto.

— Por que vocês trouxeram Ehteram? — perguntei à Mãe.

— Ela quis vir. Há algum problema?

— O olhar de inveja dela me incomoda.

— Que bobagem! Ela não tem nenhuma inveja. Ela é mãe de um mártir. O status dela é muito superior ao seu. Deus a tem em mais alta estima. Você realmente acha que ela tem ciúmes de você? Não, minha querida, na verdade, ela está muito feliz, e você não precisa se preocupar com ela.

Talvez a Mãe estivesse certa, talvez a fé de Ehteram-Sadat fosse tão forte que era capaz de fortalecê-la. Tentei não pensar mais nela, mas continuei evitando o seu olhar.

Shirin ficava acendendo o pequeno braseiro para queimar arruda, mas ele tornava a apagar.

Passava das nove horas, e eu estava perdendo a paciência quando a caravana chegou. Mesmo com todo o sedativo que eu tomara e todo o tempo que eu tivera para me preparar para aquele momento, comecei a tremer violentamente e desmaiei. Que belo o momento em que abri os olhos e me vi nos braços de Massoud.

Massoud estava mais alto, e muito magro e pálido. A expressão nos seus olhos mudara. O que ele enfrentara o deixara mais maduro. Ele mancava e sentia uma dor frequente. Pelo seu comportamento, sua insônia e os sonhos que tinha quando finalmente conseguia dormir, percebi o quanto ele sofrera. Mas Massoud não gostava de falar a respeito.

Ferido, e entre a vida e a morte, ele fora capturado pelo exército do Iraque e tratado em diversos hospitais. Massoud ainda estava com feridas não curadas. Às vezes, sentia dores insuportáveis e ficava com febre. O médico disse que o ato de mancar poderia ser corrigido por meio de uma cirurgia complicada. Depois que recobrou suas forças, ele passou pelo procedimento, que, felizmente, foi bem-sucedido.

Cuidei dele e o papariquei como se fosse uma criança. Cada momento com ele era precioso para mim. Eu ficava sentada, vendo-o dormir. Dei-lhe o apelido de "dádiva divina". Deus realmente o dera de volta a mim.

Massoud recuperou a saúde física aos poucos, mas, no lado emocional, ele não era mais o jovem ativo e animado de antes. Ele não desenhava nem rascunhava mais. Não tinha planos para o futuro. De vez em quando, amigos, soldados e ex-companheiros de cela iam vê-lo, e ele se distraía um pouco. Em seguida, porém, ficava quieto e recolhido. Pedi aos seus amigos que não o deixassem sozinho. Entre eles havia homens de todas as idades.

Decidi discutir a depressão de Massoud com o sr. Maghsoudi, que, com o tempo, viria a ter um papel fundamental na vida do meu filho. Ele tinha cerca de cinquenta anos, um rosto gentil e parecia ter bastante experiência de vida. Massoud tinha muito respeito por ele.

— Não se preocupe — disse ele. — Todos nós estávamos mais ou menos do mesmo jeito. E esse pobre menino estava seriamente ferido também. Massoud vai se recuperar de forma gradual. Ele tem de começar a trabalhar.

— Mas ele é muito talentoso e inteligente — respondi. — Quero que ele estude.

— É claro que ele deveria estudar. Como veterano de guerra, ele pode fazer faculdade.

O LIVRO DO DESTINO

Fiquei em êxtase. Juntei os livros dele e disse:

— Bem, acabou o tempo de recuperação. Você tem de começar a fazer planos para o futuro e terminar tudo o que ficou incompleto. E o mais importante é a sua educação. Você precisa começar hoje mesmo.

— Não, mãe. É tarde demais para mim — disse Massoud com calma. — Meu cérebro não funciona mais, e não tenho paciência para estudar e me preparar para os exames de admissão. Não tenho chances de passar.

— Não, meu querido. Você pode usar a cota e os benefícios que permitem aos veteranos entrarem para a universidade.

— Como assim? — perguntou ele. — Se eu não estiver apto em termos acadêmicos, não faz nenhuma diferença se sou veterano ou não. Não serei admitido.

— Se estudar, você será mais qualificado que qualquer outra pessoa — argumentei. — E conseguir uma formação universitária é um direito concedido a todos os veteranos.

— Em outras palavras, me deram o direito de tirar o direito de outra pessoa. Não, eu não quero.

— Você estará usando o que é seu de direito. Um direito que lhe foi tirado de forma injusta quatro anos atrás.

— Só porque me tiraram um direito naquela época, agora eu deveria fazer o mesmo com outra pessoa? — contestou ele.

— Certo ou errado, é a lei. Não me diga que se acostumou a ter a lei sempre contra você. Meu querido, às vezes, ela está a seu favor. Você lutou e sofreu por essas pessoas e este país. Agora essas pessoas e esse país querem recompensar você. Não é certo rejeitar isso.

Nossas discussões que pareciam intermináveis concluíram com a minha vitória. É claro, Firouzeh foi fundamental nisso. Ela estava nos últimos anos da escola e ia ao nosso apartamentos todos os dias com seus livros para que Massoud a ajudasse com a lição de casa, o que o forçava a estudar também. Seu rosto bonito e meigo trouxe alegria ao rosto de Massoud. Eles estudavam, conversavam e riam juntos. De vez em quando, eu insistia para que deixassem os livros e saíssem para se divertir.

Massoud solicitou vaga no Departamento de Arquitetura. Foi aceito. Eu o beijei e o parabenizei.

— Cá entre nós, eu não tinha o direito — brincou ele, rindo —, mas fiquei muito feliz!

O próximo problema de Massoud era encontrar um emprego.

— É constrangedor para um sujeito da minha idade continuar sendo um peso para a mãe — dizia ele. E algumas vezes até murmurou algo sobre largar a faculdade. Mais uma vez, recorri ao sr. Maghsoudi, que tinha um cargo relativamente importante num ministério.

— É claro que tem trabalho para ele — assegurou o sr. Maghsoudi. — E não precisa conflitar com os estudos.

Massoud passou nos testes com facilidade, assim como no processo seletivo e nas entrevistas, que eram mais uma formalidade, e foi contratado. O estigma com que fôramos marcados parecia ter se apagado. Agora, ele era uma joia rara. E, como mãe de um veterano de guerra, eu era muito respeitada e recebia ofertas de trabalho e de auxílios que, algumas vezes, eu tinha de recusar.

Essa mudança trágica era cômica. Que mundo estranho! Nem a sua ira, nem a sua gentileza tinham qualquer consistência.

CAPÍTULO NOVE

Meus dias eram calmos e tinham uma rotina normal. Meus filhos estavam saudáveis, bem-sucedidos e ocupados com o trabalho e o estudo. E não tínhamos dificuldades financeiras. Eu ganhava um salário relativamente bom, e o que Massoud recebia era acima da média. Por ser veterano de guerra, também havia um auxílio financeiro disponível para que ele comprasse um carro e uma casa. Siamak, que se formara e estava trabalhando, sempre nos oferecia ajuda financeira.

Depois do fim da guerra, Parvaneh começou a viajar para o Irã com frequência. Cada vez que nos víamos, a distância dos anos desaparecia, e voltávamos à juventude. Ela ainda era engraçada e brincalhona, e me fazia chorar de rir. Nunca esqueceria minha dívida com ela. Durante dez anos, Parvaneh cuidou do meu filho como uma mãe amável. E Siamak ainda passava as férias com a família dela. Parvaneh mantinha-me informada quanto aos detalhes da vida dele, e eu fechava os olhos, tentando imaginar o tempo perdido sem o meu filho. Minha vontade de encontrá-lo era a única tristeza que vez ou outra escurecia o meu horizonte.

Durante dois anos, Siamak insistiu que eu fosse à Alemanha visitá-lo. As minhas preocupações com Massoud e Shirin, que ainda era muito nova, no entanto, me impediam. Por fim, não consegui mais suportar a distância entre nós e decidi ir. Fiquei extremamente nervosa. Quanto mais se aproximava a data da minha partida, mais inquieta eu ficava. Fiquei surpresa por ter aguentado dez anos longe dele, tornando-me tão imersa nas dificuldades da vida que os dias passavam sem que eu sequer olhasse para a sua foto.

Hamid dizia: "O estresse infundado e a melancolia são características da burguesia... Quando o estômago está cheio, quando você não se preocupa com o sofrimento dos outros, você acumula essas emoções tolas." Talvez ele estivesse certo, mas eu sempre senti a dor de estar separada de Siamak e, já que não havia nada que eu pudesse fazer a respeito, eu reprimira essas emoções, sem sequer admitir para mim mesma o desespero proveniente da necessidade de vê-lo. Agora que havia uma calma relativa na minha vida, eu tinha o direito de sentir saudade do meu filho e de querer vê-lo.

Quando estava me despedindo, Shirin parecia perturbada e, com grande atrevimento, disse:

— Não estou chateada por você estar partindo. Só estou chateada porque não me deram o visto.

Ela era uma sabichona de catorze anos que, confiante no amor que recebia, dizia com ímpeto qualquer coisa que viesse à mente. Apesar de suas objeções, eu a deixei aos cuidados de Massoud, Faati, Mansoureh e Firouzeh, e fui para a Alemanha.

Saí da alfândega do aeroporto de Frankfurt e olhei à minha volta com uma ansiedade sufocante. Um jovem bonito aproximou-se de mim. Fiquei olhando para o seu rosto. Apenas o olhar e o sorriso eram familiares. Os cachos emaranhados na testa me lembravam Hamid. Apesar de todas as fotos de Siamak que eu espalhara pela casa, ainda esperava ver um rapaz imaturo de pescoço fino, porém ele era um homem alto e cheio de dignidade, parado diante de mim com os braços abertos. Pus a cabeça no seu peito, e ele me abraçou forte. Que prazer profundo é se esconder feito uma criança nos braços de um filho. Minha cabeça mal chegava aos seus ombros. Inspirei o seu perfume e chorei de alegria.

Demorei algum tempo para notar a moça bonita que tirava fotos de nós. Siamak apresentou-a. Não pude acreditar que se tratava de Lili, a filha de Parvaneh. Eu a abracei e disse:

— Você cresceu tanto e está linda. Eu vi fotos suas, mas elas não fazem jus à sua beleza.

Ela deu uma risada espontânea e sincera.

O LIVRO DO DESTINO   391

Entramos no carro de Siamak, e ele informou:

— Primeiro vamos à casa de Lili. Tia Parvaneh preparou o almoço e está esperando por nós. Hoje à noite ou, se você preferir, amanhã, iremos à cidade onde eu moro. Fica a duas horas daqui.

— Muito bem! — concordei. — Você não esqueceu o persa e não está falando com sotaque.

— É claro que não esqueci. Tem muito iraniano aqui. E a tia Parvaneh se recusa a falar comigo em qualquer outra língua que não seja o persa. Ela é ainda mais implacável com os próprios filhos. Não é, Lili?

No caminho para a casa de Parvaneh, notei uma atração entre Siamak e Lili que ia além da amizade e dos laços de família.

A casa de Parvaneh era bonita e aconchegante. Ela nos recebeu com grande alegria. Khosrow, seu marido, envelhecera mais do que eu esperava. Disse a mim mesma que era normal. Fazia catorze ou quinze anos que não o via. Ele devia estar pensando o mesmo de mim. Seus filhos haviam crescido. Laleh falava persa com sotaque carregado, e Ardalan, que nascera na Alemanha, conseguia nos entender, mas não respondia em persa.

Parvaneh insistiu para que passássemos a noite na casa dela, mas decidimos ir para a casa de Siamak e visitar Parvaneh de novo no fim de semana. Eu queria ter, pelo menos, uma semana para voltar a me familiarizar com o meu filho. Só Deus sabia o quanto tínhamos para contar, mas, quando finalmente ficamos a sós, eu não sabia o que dizer, por onde começar e como transpor a lacuna criada por anos de separação. No início, Siamak me perguntou sobre diferentes membros da família, e eu dizia que estavam bem e que haviam mandado lembranças. Em seguida, perguntei:

— O tempo é sempre bom assim? Você não ia acreditar no calor que está fazendo em Teerã...

Levamos vinte e quatro horas para quebrar o gelo e o estranhamento, e começarmos a conversar com mais intimidade. Por sorte, o fim de semana estava começando, e tínhamos tempo de sobra. Siamak falou das dificuldades por que passara depois de nos deixar, sobre os perigos que enfrentara ao atravessar a fronteira, sobre a sua vida no campo de refugiados, sobre o começo da faculdade e, finalmente, sobre o trabalho. Contei a ele sobre Massoud, sobre o que ele sofrera, sobre os dias em que pensei que ele estava morto e sobre o seu retorno. Falei sobre Shirin, o que ela aprontava e o seu jeito irritável que se assemelhava mais a ele que a Massoud. Nossas conversas não tinham fim.

Na segunda-feira, Siamak foi trabalhar, e eu fui dar uma volta na vizinhança. Fiquei maravilhada com o tamanho e a beleza do mundo, e fiquei com vontade de rir do modo trivial como pensamos em nós mesmos como o centro do universo.

Aprendi a fazer compras lá. Todo dia, eu fazia o jantar e o aguardava em casa, e toda noite ele me levava para conhecer um lugar diferente. Não parávamos de conversar, mas paramos, sim, de discutir política. Ele estivera longe por tanto tempo que não tinha mais uma compreensão clara do novo ambiente e das questões reais do Irã. Até o vocabulário e as expressões que ele usava estavam datados e me lembravam o início da revolução. As coisas que Siamak dizia, às vezes, me faziam rir.

Um dia ele ficou chateado e perguntou:

— Por que você está rindo de mim?

— Meu querido, não estou rindo de você. É que algumas coisas que você diz são um pouco esquisitas.

— Como assim, esquisitas?

— Parecem as coisas que a gente ouve em estações de rádio estrangeiras — expliquei.

— Estações de rádio estrangeiras?

— Sim, as rádios que transmitem de fora do país, especialmente as que pertencem a grupos de oposição. Assim como você, elas misturam as notícias falsas com as reais e usam expressões que eram comuns anos atrás. Qualquer criança perceberia numa fração de segundo que estão falando de fora do país. Às vezes, as coisas que eles dizem são cômicas e, é claro, irritantes. Aliás, você ainda é simpatizante dos Mujahedin?

— Não! — respondeu ele. — Para ser sincero, não consigo aceitar nem compreender algumas coisas que eles fazem.

— Como o quê?

— Juntar forças com o exército iraquiano para atacar o Irã. Lutar contra tropas iranianas. Às vezes me pergunto o que teria acontecido se eu tivesse

O LIVRO DO DESTINO

ficado com eles e me visse cara a cara com Massoud no campo de batalha. É um pesadelo recorrente que me faz acordar assustado no meio da noite

— Graças a Deus você criou juízo — falei.

— Nem tanto. Ultimamente, tenho pensado muito no papai. Ele foi um grande homem, não foi? Deveríamos sentir orgulho dele. Tem muita gente aqui que compartilha das visões do papai. Dizem coisas sobre ele que eu não sabia. Querem muito conhecer você e ouvi-la falar sobre ele.

Olhei para Siamak com cautela. O velho dilema ainda castigava a sua alma. Eu não queria distorcer a imagem que ele tinha do pai e privá-lo do orgulho que sentia, mas via essa sua necessidade e dependência como um reflexo da sua imaturidade.

— Olha, Siamak, não tenho paciência para esse teatro. Você sabe que eu não pensava como o seu pai. Ele era um homem gentil e decente, mas tinha falhas e deficiências também. A mais grave era o seu ponto de vista unilateral. Para ele e aqueles que acreditavam na sua visão política, o mundo era dividido em dois. Todo mundo estava a favor ou contra eles, e tudo o que tivesse a ver com o grupo oposto era ruim. Até quando o assunto era arte, eles só consideravam artistas aqueles que dividiam a sua perspectiva do que era ser um artista verdadeiro. Todos os outros eram idiotas. Se eu dissesse que gostava de um cantor ou que achava que alguém era um bom poeta, seu pai argumentava que o cantor ou poeta apoiava o Xá ou era anticomunista; portanto, seu trabalho era um lixo. Ele chegava a fazer com que eu me sentisse culpada por gostar de uma música ou de um poema!

"Eles não tinham opiniões pessoais nem preferências individuais — continuei. — Você lembra o dia em que o Aiatolá Taleghani morreu? Nossos vizinhos, o sr. e a sra. Dehghani, que apoiavam uma facção de esquerda, ficavam indo à nossa casa e ligando para nós porque não sabiam o que fazer. Antes de morrer, o Aiatolá se pronunciara contra as pessoas que haviam protestado no Curdistão, e eles não sabiam como reagir à sua morte. Ficaram o dia todo atrás dos líderes de esquerda para saberem se deviam ficar de luto ou não. Por fim, chegaram ordens de que o Aiatolá fora um defensor do povo e sua morte deveria ser lamentada. A sra. Dehghani caiu no choro de repente e entrou num luto profundo! Lembra-se?

— Não! — disse Siamak.

— Pois eu me lembro. Eu quero que você confie nos seus próprios pensamentos e crenças, que pese o bom e o ruim de tudo, lendo e aprendendo, depois tomando uma decisão e tirando conclusões. A ideologia pura é uma armadilha, faz de você uma pessoa preconceituosa, obstrui o pensamento e a opinião individuais, e cria tendenciosidades. E, por fim, faz com que se torne uma pessoa fanática, unidimensional. Eu até ficaria feliz em dizer tudo isso aos seus amigos também, e posso fazer uma lista dos erros deles e do seu pai.

— Mãe, o que é que você está falando? — perguntou Siamak, irritado. — Temos de manter a memória do papai viva. Ele foi um herói!

— Estou cansada de heroísmos — respondi. — E as minhas lembranças do passado são tão amargas que não quero revivê-las. Além do mais, você deveria esquecer tudo isso e pensar no seu futuro. Sua vida está diante de você, por que quer se afogar no passado?

Não sei até que ponto Siamak aceitou o que eu disse ou se o que falei chegou a ter algum efeito nele, mas nenhum de nós jamais voltou a expressar qualquer interesse em falar sobre política novamente.

Perguntei-lhe sobre Parvaneh e sua família para descobrir mais alguma coisa sobre o segredo que ele guardava no coração. E Siamak finalmente se abriu para mim.

— Você não imagina como Lili é meiga e inteligente — disse ele. — Ela está estudando administração. Vai se formar este ano e começar a trabalhar.

— Você está apaixonado por ela?

— Sim! Como você sabe?

Eu ri e disse:

— Descobri no aeroporto. Mãe percebe essas coisas muito rápido.

— Nós queremos ficar noivos, mas há problemas.

— Que problemas?

— A família dela. É claro que a tia Parvaneh é maravilhosa. Ela tem sido como uma mãe para mim, e eu sei que ela me ama. Nesse caso, porém, ela está ficando do lado do marido.

— O que Khosrow diz?

— Não sei. Ele não aprova e coloca condições e restrições estranhas para nós. Ele pensa como os homens iranianos de cem anos atrás. Não dá para acreditar que ele estudou e morou aqui durante tantos anos.

— O que ele diz? — perguntei novamente.

— Nós queremos ficar noivos e ele diz: "Não, não podem!"

— Só isso? Não se preocupe. Vou conversar com eles e ver qual é o problema.

Parvaneh não tinha objeções. Na verdade, ela estava feliz com o relacionamento de Siamak e Lili.

— Siamak é como um filho para mim — disse ela. — É iraniano, fala a nossa língua e nos entendemos. Sempre fico com medo de que meus filhos se casem com alemães com quem eu não consiga desenvolver uma relação. Eu sei tudo sobre Siamak. Sei até quem são seus ancestrais. Ele é inteligente, estudou bastante, é bem-sucedido e tem um futuro brilhante. O mais importante de tudo é que ele e Lili se amam.

— Então, qual é o problema? — perguntei. — Parece que Khosrow Khan não concorda com você.

— Sim, ele concorda. O problema é que nós e os nossos filhos pensamos de forma diferente. Ainda somos iranianos e não aceitamos certas coisas, mas nossos filhos cresceram aqui e não entendem o nosso ponto de vista. E esses dois ficam falando em um noivado longo.

— Parvaneh, fico surpresa com você! Mesmo se quiserem ficar noivos por um ano, o que há de errado nisso? Agora é comum no Irã. Talvez queiram se conhecer melhor, talvez queiram guardar dinheiro antes do casamento ou talvez só queiram ter mais tempo.

— Você é tão ingênua! — exclamou ela. — Você sabe o que eles querem dizer com noivado longo? Querem dizer casamento informal. Como alguns jovens ao redor deles, Siamak e Lili querem morar juntos. E a definição de noivado "longo" é, pelo menos, cinco anos, depois dos quais decidirão se ainda querem morar juntos ou não. Se quiserem, oficializarão o casamento. Caso contrário, vão se separar. E não se importam se acabarem tendo um filho. Caso se separem, um dos dois ficará com a criança!

Arregalei os olhos, sem poder acreditar.

— Não! — discordei, chocada. — Acho que não é isso que querem dizer com noivado longo.

— Sim, minha querida, é. Toda noite, Lili e Khosrow brigam por causa disso. Para ser sincera, Khosrow nunca será capaz de aceitar isso. E acho que você não esperaria que ele aceitasse.

— É claro que não! — respondi, atônita. — Como eles ousam? Se Mahmoud e os outros souberem! Agora entendo por que Khosrow Khan está tão frio e distante. Coitado! Fico surpresa com Siamak. Parece que ele se esqueceu de onde vem. Será que ficou tão ocidental assim? No Irã, uma simples conversa entre um menino e uma menina ainda pode levar a um derramamento de sangue, e esse mocinho quer viver com a filha de alguém por cinco anos sem se casar com ela? É impossível mesmo!

Nessa noite, conversamos até a madrugada. Siamak e Lili argumentaram a favor da importância de se conhecerem antes de se casarem e sobre a falta de valor de um pedaço de papel, e nós argumentamos a favor de uma família estruturada de forma adequada, da necessidade de um casamento oficial e do respeito pelos laços de parentesco. Finalmente, chegamos à conclusão de que, por nós, nossos filhos deveriam passar pelo processo "idiota e irrelevante" de casamento e, se algum dia sentissem que não eram mais adequados um para o outro, poderiam invalidar o pedaço de papel por meio do divórcio. Também decidimos que eles deveriam se casar enquanto eu estava lá e assim que arrumassem uma casa e estivessem prontos para começar uma vida juntos.

— Fico verdadeiramente grato! — disse Khosrow. — Você não imagina o peso que tirou dos meus ombros.

— Esse mundo é estranho mesmo — respondi. — Ainda não consigo digerir nada disso.

A beleza e a suavidade da minha viagem ficaram completas com o casamento de Lili e Siamak. Eu estava encantada em ter uma nora gentil, inteligente, charmosa e que era filha de Parvaneh. Estava me divertindo tanto que não queria voltar para casa.

As memórias maravilhosas desses dias ficarão comigo para sempre. Os meus melhores presentes foram todas as fotografias que depois enfeitaram as paredes, prateleiras e mesas da minha casa.

Os anos bons passam rápido. Num piscar de olhos, Shirin estava no último ano da escola e Massoud terminava o último período da faculdade. Ele estava extremamente ocupado com o projeto final, e as responsabilidades no trabalho haviam aumentado. O seu silêncio recente, no entanto, não tinha a ver com nada disso. Havia algo pesando em sua mente, e notei que ele queria conversar comigo, mas estava hesitante. Fiquei surpresa. Sempre tínhamos ficado abertos e à vontade um com o outro. Ainda assim, deixei que Massoud ficasse com as suas dúvidas. Por fim, um dia em que Shirin foi à festa de aniversário de um amigo, ele sentou-se ao meu lado e disse:

— Mãe, você ficaria muito chateada se eu decidisse deixar você e Shirin para ir morar numa casa separada?

Fiquei desanimada. O que acontecera para que ele quisesse nos deixar? Tentando manter a calma, respondi:

— Todo filho sai de casa um dia, mas tudo depende do motivo.

— Por exemplo, casamento.

— Casamento? Você quer se casar? — perguntei, surpresa. — Ah, meu querido, isso é maravilhoso! É o meu sonho.

A verdade era que eu havia pensado muito no casamento de Massoud. Por anos sonhara com o dia em que ele se casaria com Firouzeh. Eles gostavam um do outro e eram próximos desde criança.

— Graças a Deus — disse Massoud. — Estava com medo de que você não fosse aprovar.

— Por que eu não aprovaria? Meus parabéns! Agora, diga, quando será a cerimônia?

— Calma, mãe! Primeiro tenho de pedir a mão dela e ver se concorda em ser a minha esposa.

— Bobagem! — exclamei. — É claro que ela vai concordar. Quem seria melhor que você? Eles o amam desde que você era pequeno. E diversas vezes até fizeram comentários disfarçados sobre por que você não estava dando os próximos passos. A pobre Firouzeh era pior que todos eles. Ela nunca conseguiu esconder o segredo de mim. Está sempre nos olhos dela. Ah, que menina querida! Será uma bela noiva.

Massoud ficou me encarando e disse:

— Firouzeh? Do que você está falando? Firouzeh é como uma irmã para mim, como Shirin.

Fiquei em choque. Como eu poderia ter me enganado tanto? Aquele relacionamento próximo, os olhares expressivos, as trocas de confidências:

era tudo baseado em um afeto fraternal? Repreendi a mim mesma por ter sido tão afoita.

— Então, quem é? — perguntei, tentando retomar a compostura. Ainda assim, havia uma frieza na minha voz.

— A prima de Mina, Ladan — disse Massoud. — Ela tem vinte e quatro anos. É linda. É de uma família respeitada. O pai dela é aposentado do Ministério dos Transportes.

— Claro, sei quem são. Há quanto tempo você vem pensando nisso, danadinho? Por que nunca abriu a boca?

Comecei a rir. Estava tentando compensar pela minha frieza inicial. Como com uma criança, a minha risada fez com que Massoud se animasse e começasse a falar.

— Eu a conheci há três meses e só faz um mês que começamos a expressar nossos sentimentos um pelo outro.

— Você a conhece há três meses e já decidiu que quer se casar com ela? Deve estar com febre!

— Mãe, por que você fala uma coisa dessas? Tem homem que pede a mão da menina em casamento sem nem terem se visto.

— Sim, porém, meu filho, existem dois tipos de casamento. Um é baseado na lógica e em condições específicas, e o outro é baseado no amor. Um casamento tradicional, quando alguém faz as apresentações e existe o pedido formal da mão da moça, é o primeiro tipo. Nesse caso, as circunstâncias dos dois lados são examinadas, as famílias articulam suas expectativas, os mais velhos pesam as condições, fazem acertos e, apenas quando têm certeza de que há um potencial, envolvem o casal de jovens e eles se encontram algumas vezes. Se gostarem um do outro, casam-se com a esperança de virem a se amar.

"Mas num casamento baseado no amor — prossegui —, duas pessoas desenvolvem sentimentos profundos uma pela outra e não prestam muita atenção a outras coisas. Por causa do amor, relevam coisas que podem estar faltando no relacionamento e se ajustam. Se encontram objeções, assumem a responsabilidade e enfrentam os outros e, independentemente de qualquer argumento lógico e racional, eles se casam. Parece que o seu plano se encaixa no segundo modelo. Nesse caso, o casal deve se conhecer muito bem e ter certeza de que o seu amor é forte e resistente o bastante para compensar qualquer falta de compatibilidade e suportar a desaprovação dos outros. Você não acha que três meses não são suficientes para desenvolver um laço tão profundo e alcançar um amor verdadeiro?"

— Desculpe, mãe, mas você está filosofando de novo — disse Massoud, impaciente. — Quero que o meu casamento seja uma mistura dos dois tipos que você descreveu. Por que não podemos estar apaixonados e ter as condições certas também? Acho que o problema é que você não sabe nada sobre o amor. Pelo que você me disse, dois ou três dias depois do seu casamento, você ainda não tinha tido a chance de olhar bem para o seu marido. Portanto, acho que você não pode ser uma juíza imparcial do amor. Ladan diz: "O amor é como uma maçã que cai no seu colo. Acontece numa fração de segundo." Não é bonita sua interpretação do amor? Ela é tão sensível e deslumbrante. Você tem de conhecê-la.

Senti uma angústia. Queria lhe contar que houvera um tempo em que eu teria dado a minha vida pela pessoa que amava. Mas me controlei e disse:

— O que eu sei sobre o amor? O que você sabe sobre mim? Como escreveu Forough, "todas as minhas feridas são de amor".

— Mas você nunca disse nada.

— E não disse nada agora. Saiba apenas que você não é o único aqui que conhece bem o amor.

— Bom, e o que você sugere que a gente faça?

— Não vou sugerir nada. Vocês não precisam ter pressa, têm apenas de testar o seu amor e deixá-lo suavizar.

— Não temos tempo — argumentou Massoud. — Ela tem um pretendente. Pediram a mão dela e pode ser que os pais a casem qualquer dia desses. Vamos perder um ao outro para sempre!

— Isso em si já é um teste — falei. — Se ela o ama de verdade, não ficará incitada a se casar.

— Você não sabe a situação de Ladan. A família dela está pressionando. Você deveria ser a primeira a entender.

— Meu filho, Ladan é uma menina instruída e inteligente e, pelo que você me contou, os pais dela são pessoas sensatas. São muito diferentes dos seus avós, trinta anos atrás. Se ela lhes disser que não quer se casar agora, eles entenderão e não a forçarão. As coisas estão muito diferentes.

— O que é diferente? — continuou Massoud. — A nossa cultura ainda é a mesma. As famílias ainda pensam que o único objetivo na vida de uma menina é casar, e podem forçá-la, sim. Na verdade, os pais queriam casá-la quando ela tinha dezoito anos, mas Ladan resistiu.

— Então ela pode resistir de novo por mais um ano — insisti, com paciência.

— Mãe! Por que você está tomando partido? Por que não diz logo que não quer que eu me case com ela?

— Não vou dizer isso. Nem conheci essa moça. Ela pode ser uma pessoa maravilhosa. Só estou dizendo para esperar.

— Não temos tempo para esperar!

— Ótimo — respondi, irritada. — Pode me dizer, por favor, o que eu devo fazer?

Ele se levantou de imediato e pôs um papel na minha frente.

— Esse é o telefone deles. Ligue agora mesmo e marque para ir lá depois de amanhã.

Fiquei confusa. Por um lado, fiquei brava comigo mesma por não fazer o que ele pediu. Por outro, perguntei-me se estava tomando partido contra uma menina que eu nunca vira. Lembrei-me de como a Mãe arrastara as coisas e atrasara tudo quando Mahmoud disse que queria se casar com Mahboubeh. Além disso, era a primeira vez que o meu filho me pedia algo com tanto entusiasmo. Eu não deveria negar. Ainda assim, a imagem das expressões de decepção de Firouzeh, Faati e Sadegh Khan não desapareciam da minha mente. Seria um golpe e tanto para eles!

— Tem certeza de que não quer pensar mais um pouco? — perguntei.

— Tenho, mãe. O pai dela disse que, se aparecesse mais alguém, essa pessoa teria de se apresentar esta semana, senão Ladan se casaria com o pretendente que escolheram para ela.

Eu não tinha escolha. Peguei o telefone e liguei. Eles souberam de imediato quem eu era. Ficou óbvio que estavam aguardando a minha ligação.

Massoud ficou feliz. Foi como se um peso tivesse sido tirado dos seus ombros. Ele ficou à minha volta.

— Anda, vamos comprar doces para amanhã — disse ele. — Está ficando tarde!

Eu não estava com disposição e não terminara o meu trabalho, mas achei que, se dissesse não, ele interpretaria como mais um sinal da minha desaprovação. Não queria tirar a felicidade dele. No carro, ele falava sem parar, mas eu só conseguia pensar em Firouzeh e Faati. Não fora a presença de Firouzeh que o trouxera de volta à vida e despertara novamente o seu interesse nos estudos? Então, o que acontecera? Eu, que afirmava conhecer tão bem o meu filho, havia me enganado tanto?

Com a percepção e malícia de costume, Shirin logo notou o humor fora do comum de Massoud.

— O que está havendo? — perguntou ela. — Ele está pulando de alegria?

— Não está havendo nada — respondi. — Conte da festa de aniversário. Você se divertiu?

— Foi ótima. Tocamos muitas músicas e dançamos. Aliás, tenho de convidar todo mundo para vir aqui. Quero fazer uma festa de aniversário. Fui para a casa de todo mundo, mas nunca dei uma festa. Que tal mês que vem?

— Mas o seu aniversário é no verão!

— Não importa. Só preciso de um pretexto. Nada nunca acontece aqui mesmo, eu posso muito bem convidar os meus amigos.

— Talvez aconteça alguma coisa, e você vai poder convidar os seus amigos para um casamento.

De olhos arregalados, Shirin encarou Massoud.

— Casamento? Casamento de quem?

— Meu casamento — disse Massoud. — Casamento do seu irmão. Você iria gostar se eu me casasse?

— Você? Casar? Não, para ser sincera, eu não iria gostar — disse Shirin de modo brusco. — Mas acho que vai depender de com quem será.

— Nós não a conhecemos — falei. — Eles se conheceram e se gostaram.

— Não me diga que é aquela menina atrevida que fica ligando para cá o tempo todo — disse Shirin. — É ela, não é? Eu sabia que tinha coisa aí. Mãe, é a peste que liga e desliga quando a gente atende.

Massoud corou e retrucou:

— Como assim, "peste"? Ela é tímida. Quando Ladan liga e outra pessoa atende, ela fica envergonhada e desliga.

— Tímida? — zombou Shirin. — Às vezes, ela fala, sim. Pergunta sem nenhuma vergonha: "Massoud Khan está?" E, quando pergunto quem gostaria de falar, ela diz de um jeito evasivo que vai ligar depois. Ela parece ser tão metida!

— Chega! — brigou Massoud. Então se virou para mim e disse: — Aliás, deveríamos pedir flores para amanhã. E lembre-se de usar algo elegante...

Olhei para ele surpresa e disse:

— Parece que já passou por isso umas cem vezes! Você conhece muito bem os procedimentos.

— Na verdade, não — disse ele. — Ladan me disse o que precisamos fazer para agradar os pais dela.

— Eu também vou! — anunciou Shirin.

— Não! — exclamei. — Você irá na próxima vez.

— Por quê? Eu quero vê-la. Sou a cunhada e tenho de aprovar!

— Não quando a cunhada é uma criança — respondeu Massoud.

— Eu não sou criança! Tenho dezoito anos. Mãe, você pode dizer alguma coisa?

— Massoud, qual o problema de Shirin ir junto? Geralmente são a mãe e a irmã do pretendente que vão pedir a mão da menina. E não a chame de criança. Eu já era mãe quando tinha a idade dela.

— Não, mãe, ainda não, não é prudente. Ela irá na próxima vez.

Shirin ficou emburrada e chorou, mas nada disso fez com que Massoud mudasse de ideia. Parecia que ele recebera ordens de cima e não obedecer não era uma opção.

A cesta de flores era tão grande que não cabia no carro. Finalmente conseguimos colocar no porta-malas, mas ele ficou aberto.

— Você tinha de comprar uma cesta de flores tão grande? — perguntei.

— Ladan disse: "Você tem de trazer o maior buquê possível para se destacar entre os que os outros levarão".

— Que coisa mais estúpida de se dizer!

A casa deles era velha e malcuidada. Os cômodos eram todos mobiliados com antiguidades e havia um vaso de porcelana de cada tipo que eu vira em lojas e em outros lugares. Os sofás e cadeiras eram de estilo clássico, pernas altas, braços folhados a ouro e estofado vermelho, amarelo e laranja. Havia réplicas de quadros antigos com molduras ornamentais pesadas e douradas, e cortinas vermelhas com borlas e forro dourado. A casa parecia mais um hotel ou restaurante do que um lar confortável e aconchegante.

A mãe de Ladan tinha mais ou menos a minha idade, com cabelo louro descolorido e maquiagem completa. Estava usando sandálias de salto alto e fumava um cigarro atrás do outro. O pai era um homem de aparência respeitável, cabelos grisalhos, e ficou o tempo todo com um cachimbo no canto da boca. Falava sem parar sobre a sua família, o prestígio e o status do passado, os parentes importantes e as viagens para o exterior.

Eu escutava mais do que falava, e a noite foi de apresentações básicas e conversa casual. Senti que estavam esperando que eu introduzisse o assunto mais importante que nos levara até ali, mas achei que era cedo demais. Quando pedi para usar o banheiro, a mãe de Ladan insistiu para me levar a um dos banheiros da parte da casa em que ficavam os quartos e salas privadas. Ela queria que eu visse o restante da casa. Mesmo na sala da família, todos os assentos tinham estofados chamativos, e não vi uma única cadeira confortável. Para ser educada, falei:

— Você tem uma bela casa.

— Gostaria de ver o restante dos cômodos? — perguntou ela, ávida para me mostrar.

— Não, não, obrigada. Não quero ser invasiva.

— Ah, por favor! Venha comigo.

Com a mão nas minhas costas, ela quase me empurrou na direção dos quartos. Embora eu odiasse isso, um misto de curiosidade e perversão me fez acompanhá-la. As cortinas de todos os recintos eram pesadas e caras, enfeitadas com fitas e borlas. O restante da mobília era decorado da mesma forma e no mesmo estilo.

— Por que você não disse nada? — reclamou Massoud no caminho de volta.

— Dizer o quê? Foi apenas o primeiro encontro.

Ele virou a cara e não disse mais nada.

Em casa, Shirin ainda não queria falar com Massoud. Em vez disso, dirigiu-se a mim, perguntando:

— E aí, como foi? O que aconteceu no castelo de pedra?

— Nada demais — respondi.

Já irritada por ter sido excluída, ela resmungou:

— Está bem, não me conte! Eu sou de fora, sou uma estranha. Não sou nem um ser humano. Vocês acham que eu sou uma criança, uma espiã. Escondem tudo de mim.

— Não, minha querida, isso não é verdade — consolei-a. — Deixe eu me trocar e conto como foi tudo.

Shirin me seguiu e se sentou na minha cama com as pernas cruzadas.

— Então, conte tudo!

— Você pergunta e eu respondo — sugeri enquanto tirava o vestido.

— Como é essa garota?

Por mais que eu tentasse pensar numa característica marcante dela, não me vinha nada à mente. Hesitei e disse:

— É um pouco baixa. Um pouco mais baixa que eu, mas bem mais pesada.

— Quer dizer que ela é gorda?

— Não, só cheinha. Bom, eu sou bem magra. Alguém que é mais pesado que eu não é necessariamente gordo.

— E o que mais?

— Acho que ela tem a pele clara. Mas estava com muita maquiagem e a sala na penumbra, então não deu para notar muito bem. Acho que ela tem olhos castanhos. Ela tingiu o cabelo de castanho-claro, mais para louro.

— Ah! O que ela estava usando?

— Uma saia preta justa, acima dos joelhos, e uma jaqueta estampada, preta, rosa e roxa.

— Cabelo liso?

— Acho que não. Ela fez cachos, mas tinha cachos demais.

— Ótimo! — exclamou Shirin. — Que sedutora! E a mamãe e o papai dela?

— Não fale assim, não é correto. Eles parecem bastante respeitáveis. A mãe tem mais ou menos a minha idade. Bom, usava muita maquiagem também. Estava muito elegante, e a casa é cheia de porcelanas finas, antiguidades, cortinas com borlas e móveis clássicos dourados.

— Esse cavalheiro que ficou tão fanático depois da guerra, que ficava aborrecido se eu usasse um pouco de maquiagem e vivia reclamando se o meu lenço estivesse muito para trás agora quer se casar com esse tipo de garota? E com os amigos Hezbollahi dele?

— Para ser sincera, eu não estou entendendo nada — confessei. — Parece que tudo virou de cabeça para baixo.

— Bom, apesar disso, você gostou dela?

— O que eu posso dizer?

Nesse instante, vi que Massoud estava encostado na porta, observando-me com um olhar de reprovação e mágoa. Balançou a cabeça e, sem dizer uma palavra, foi para o seu quarto.

A cada encontro, as diferenças profundas entre as duas famílias ficava mais evidente, e eu via o quanto Massoud e Ladan eram incompatíveis. Ele, no entanto, não enxergava nada disso. Estava tão apaixonado que ficava cego para tudo à sua volta. Estava receoso de falar comigo e ficava em silêncio. As únicas palavras que trocamos eram sobre as nossas visitas. Sem comentários ou discussões, eu ia com ele e ouvia as conversas.

Fiquei sabendo que, para a filha mais velha, os pais haviam requisitado um dote de cem moedas de ouro, mas o genro prometeu o dobro. Fiquei sabendo onde a família comprara a aliança de casamento da prima materna de Ladan que se casara recentemente, quanto pagaram pelo vestido de casamento e que pedra fora escolhida para as joias que ela usou na cerimônia.

É claro que eu sabia que não era tudo verdade. Às vezes, as histórias eram contraditórias.

— Ah, vocês têm tanta sorte — disse eu uma vez por pura maldade. — Nas últimas semanas foram a, pelo menos, dez casamentos! — Eles ficaram quietos e se entreolharam. Percebi que estavam ficando entediados, mas em seguida começaram a discutir sobre se era melhor fazer um casamento no verão ou no outono.

Não sabia o que fazer. Quanto mais eu tentava, mais era difícil me entusiasmar com aquela menina e mais impossível parecia estabelecer uma relação normal com aquelas pessoas superficiais cuja total atenção era voltada para dinheiro, roupas, estilos de cabelo e maquiagem. Ainda assim, não queria ter uma conversa com Massoud. Eu tinha medo de que qualquer comentário ou observação que eu fizesse pudesse ser interpretado como uma atitude defensiva da minha parte. Ele teria de descobrir as incompatibilidades por conta própria.

Finalmente, sob a pressão de Ladan, Massoud abordou o assunto e, com um ressentimento e uma frieza que eu nunca notara na sua voz, perguntou:

— Bom, mãe, por quanto tempo vai querer arrastar esse jogo?

— Que jogo?

— A sua recusa em falar sobre mim, Ladan e os nossos planos.

— O que você queria que eu dissesse?

— A sua opinião!

— Mas eu estou mais interessada na sua opinião — respondi. — Acho que você tem de conhecer um pouco a família de Ladan. O que você acha deles?

— E o que me importa a família de Ladan? — disse ele. — É ela que eu amo.

— Todo mundo cresce numa família e tem uma formação e uma criação em comum.

— E o que há de errado com a formação deles? Eles têm muita classe.

Fiz uma pausa. Essa palavra não existia no vocabulário de Massoud.

— O que você quer dizer com "Eles têm classe"? Na sua opinião, que tipo de pessoa tem classe?

— Não sei! — disse ele, irritado. — Que pergunta é essa? Eles são pessoas respeitáveis.

— Por que você acha que eles são pessoas respeitáveis? Porque têm muitas antiguidades? Porque em vez de pensarem em conforto e beleza, eles se cercam de coisas que são apenas caras? Porque falam o tempo todo sobre roupas e cabelo? Ou porque ficam sempre falando pelas costas uns dos outros e são obcecados por suas rivalidades?

— Mas você gosta de coisas bonitas também — argumentou Massoud. — Você sempre reclama quando a minha camisa não combina com a calça, e, toda vez que vai comprar um móvel, vai a cem lojas diferentes.

— Meu querido, apreciar a beleza e querer que a sua casa seja mobiliada com formosura é reflexo de uma paixão pela vida, e eu não tenho absolutamente nada contra. A vida é uma imagem refletida do gosto de cada um, da sua maneira de pensar e da sua cultura.

— Então, ao ver a casa deles, você percebeu que há algo errado com o modo de pensar e a cultura deles?

— Você não percebeu?

— Não!

— Você já viu alguma estante de livros, por menor que seja, naquela casa? Já viu algum deles ler um livro? Já conversou sobre algum trabalho cultural, uma obra de arte ou uma peça de antiguidade sem mencionar o valor monetário?

— Isso é bobagem! Nem todo mundo expõe os livros que tem. E por que você ficaria procurando os livros deles?

— Porque eu quero saber quais são as inclinações intelectuais deles.

— Por favor! Nós temos livros de todas as áreas, seitas e crenças. Quem poderia saber quais são as nossas inclinações intelectuais?

— Alguém que seja um pensador e um intelectual.

— Como?

— Na estante de um comunista há livros sobre essa ideologia, do básico ao avançado. Os romances geralmente são de Máximo Gorki e outros escritores russos. E há obras de Romain Rolland e outros semelhantes. Há muito poucos livros de outras filosofias e ideologias. A estante de um intelectual não comunista tem alguns livros básicos sobre teoria comunista, que foram lidos pela metade. O restante seria o que os comunistas descrevem como "literatura burguesa".

— Ter todos os livros de Shariati na biblioteca — continuei — não significa que a pessoa tem fortes inclinações para o islamismo, porque depois da revolução todo mundo comprou os livros dele, mas a biblioteca de muçulmanos fervorosos está cheia de livros de orações, sobre a teoria e a filosofia islâmica, orientação religiosa e coisas do tipo. Por outro lado, as estantes dos nacionalistas estão cheias de biografias de políticos e têm uma variedade de livros sobre história iraniana. Além disso, toda pessoa culta tem alguns livros no seu campo de estudo e área de especialização.

— Mas por que você se importa tanto com as inclinações políticas e intelectuais deles?

— Porque a minha vida toda foi afetada por diversos grupos políticos e suas crenças, e quero saber com quem estou lidando desta vez.

— Mas você é contra política e fica pedindo para a gente prometer não se envolver — argumentou Massoud.

— Sim, mas alguma vez eu disse para não lerem e aprenderem? Como qualquer pessoa inteligente, vocês têm de entender as diferentes escolas de pensamento para saberem diferenciar o que é certo e o que é errado e não se tornarem um instrumento nas mãos daqueles que buscam o poder. Ladan alguma vez já conversou com você sobre algo que ela leu, sobre ideias ou pontos de vista que ela tem? Você é um artista talentoso. Vocês dois compartilham de algum gosto ou antipatia em termos de artes? E o mais importante de tudo, com as crenças religiosas que você desenvolveu depois de ser prisioneiro de guerra, como você quer se relacionar com uma família cuja única noção do islamismo é o jantar de comemoração em honra ao Imã Abolfazl, que eles realizam como se fosse um casamento? Eles apoiam o Xá, à espera do retorno do Príncipe Herdeiro. Não por causa da opinião política deles, mas porque era permitido beber álcool e usar biquíni na praia. Com a nossa formação, do que você acha que teríamos de falar? Meu querido Massoud, essa menina não tem nada em comum com você. Ela nunca sequer vai se vestir do jeito que você gostaria. Vocês vão brigar toda vez que forem sair.

— Não se preocupe — rebateu ele —, ela disse que usaria até um chador se eu pedisse.

— E você acreditou nela? Mas até isso não seria certo. Uma pessoa que tem caráter sólido e pensamentos e princípios próprios não deveria ser tão irresoluta.

— Então a pobre coitada agora é irresoluta também? — disse ele, irritado.

— E ela só disse isso por causa do seu amor por mim. Não, mãe, você está procurando defeitos. Você acha que todo mundo é ruim, menos a gente.

— Não, meu querido, eu nunca disse isso. Tenho certeza de que eles são pessoas muito boas, talvez até melhores que nós. Só que são muito diferentes.

— Não, isso é só um pretexto.

— Você pediu a minha opinião e eu dei. O que está em jogo é a sua vida, o seu futuro, e você sabe que isso é o que mais importa para mim.

O LIVRO DO DESTINO

— Mãe, eu amo Ladan. Alguma coisa acontece comigo quando ela fala, quando ela ri. Nunca encontrei uma mulher tão feminina quanto ela. Ladan é diferente.

Fiquei pasma. Ele estava certo. Como eu não percebera antes? Massoud estava fascinado com aquela menina porque ela era diferente de todas as outras mulheres da sua vida. Ela exibia a feminilidade que as mulheres ao redor dele sempre tentaram esconder. Para ser justa, havia certo charme no jeito dela, em todos os seus movimentos, até em sua voz ao telefone. Ladan era coquete e atraente. Colocando de forma simples, ela era sedutora. Era mais que natural que o meu filho inexperiente que jamais sequer vira tais qualidades femininas fosse tão afetado por elas. Mas como eu poderia fazê-lo enxergar que a atração que ele sentia estava longe de ser amor e que não era a base certa para se construir uma vida? Naquelas circunstâncias, nenhuma palavra ou lógica funcionaria e só o deixariam ainda mais teimoso e defensivo.

— O meu maior desejo é a felicidade dos meus filhos — falei. — E acredito que a felicidade é articulada com um casamento baseado no amor e na compreensão. Eu respeito o seu amor e farei o que você me pedir, mesmo que seja contra o meu desejo. A minha única condição é que vocês fiquem noivos durante um ano. Vocês poderão conhecer melhor um ao outro porque terão uma liberdade maior para passar mais tempo juntos. Enquanto isso, podemos guardar dinheiro e nos preparar para um casamento que esteja dentro das expectativas deles. Como você pode perceber, essas expectativas são muito altas.

Apesar das objeções iniciais, a família de Ladan acabou cedendo à minha determinação e concordou com um noivado longo. Eu tinha certeza de que suas preocupações não se deviam a crenças religiosas. Eles só queriam garantir que o casamento aconteceria. Decidiram dar uma festa de noivado caprichada para que todos na sua grande família pudessem conhecer o futuro noivo e marcaram a data para a semana seguinte. Eu não podia mais esconder esse assunto. Tinha de contar a todos. Mas como contar a Faati, Firouzeh e Sadegh Agha?

★

Uma manhã, fui visitar Faati e comecei a falar sobre o destino e a vontade de Deus. Ela escutou por algum tempo, depois me olhou com desconfiança e perguntou:

— Irmã, o que está havendo? O que você está tentando me dizer?

— Sabe, sempre sonhei em vir aqui um dia para falar sobre Firouzeh e para pedir a mão dela para Massoud, porém parece que Deus não quer que isso aconteça.

A expressão de Faati ficou triste, e ela disse:

— Pressenti que alguma coisa estava acontecendo. Agora, me conte, é Deus que não quer ou é você?

— Como pode dizer isso? Eu amo Firouzeh mais do que a Shirin. Esse era o meu grande desejo e sempre o considerei como um caso certo, mas não sei por que esse menino perdeu a cabeça de repente e se apaixonou. Ele teima e diz que quer essa menina, e me forçou a pedir a sua mão. E agora vão ficar noivos.

Vi a sombra de Firouzeh. Ela estava paralisada à porta, segurando a bandeja de chá. Faati correu e pegou a bandeja dela. Firouzeh ficou me olhando como se perguntasse: por quê? Sua expressão era de decepção e dor, mas aos poucos também apareceram sombras de raiva e ofensa. Então, ela correu para o seu quarto.

— Desde que ela era pequena, ficávamos dizendo que Firouzeh pertencia a Massoud — disse Faati com raiva. — E eles sempre tiveram um relacionamento maravilhoso. Você não pode me dizer que Massoud não gostava dela.

— Sim, gostava muito, e ainda gosta. Mas ele diz que é um sentimento fraternal.

Faati riu e saiu da sala. Sabia que ela queria dizer muita coisa, mas estava se segurando em respeito a mim. Fui atrás dela na cozinha.

— Minha querida, você tem todo o direito de estar nervosa — disse eu.

— Estou perdendo a cabeça por causa disso. Só consegui adiar esse casamento ridículo. Eles devem ficar noivos por um ano e eu espero que esse menino abra os olhos.

— Bom, Massoud se apaixonou e espero que tenham uma vida feliz. E você não deveria ser uma sogra ruim e desejar a separação deles antes mesmo do noivado.

O LIVRO DO DESTINO

— Você não sabe, Faati — suspirei. — Se eles tivessem, pelo menos, uma coisa em comum, eu não me sentiria tão mal. Você não imagina como eles são diferentes. Não estou dizendo que ela não é uma boa pessoa, mas não é para nós. Você vai ver com os seus próprios olhos. Aliás, eu gostaria de saber a sua opinião. Talvez eu tenha julgado mal por ter sido contra desde o começo. Mas eu sou boazinha, não digo nada. Já Shirin se recusa até a olhar para a menina. Se Massoud ouvir as coisas que Shirin diz sobre ela, ele nunca mais pronunciará nossos nomes e eu o perderei para sempre.

— Bom, ela deve ter boas qualidades para Massoud querê-la tanto — disse Faati. — E, afinal, é ele quem tem de gostar dela.

— Você quer que eu converse com Firouzeh? — perguntei. — Você não imagina como me sinto mal por ela.

Faati deu de ombros.

— Ela pode não estar com disposição para conversar.

— Na pior das hipóteses, ela vai me expulsar do quarto. Não faz mal.

Bati devagar e abri um pouco a porta. Firouzeh estava deitada na cama. Seus olhos azuis estavam vermelhos e o rosto, molhado de lágrimas. Ela virou as costas para mim para que eu não visse o seu rosto. Senti uma dor no coração. Não aguentava ver aquela menina meiga chorando. Sentei-me na beira da cama e fiz carinho nela.

— Massoud não merece você — disse eu. — Guarde o que vou dizer: ele vai se arrepender disso. Só quem perde é ele. Não sei por que, depois de toda a dor e o sofrimento por que ele passou, Deus não quer que ele tenha uma vida feliz e tranquila. Tudo o que esperava era que você fosse a pessoa que criaria essa vida feliz para ele. É uma pena que Massoud não tenha merecido.

Seus ombros delicados tremiam, mas ela não falou nada. Eu conhecia a dor de ser derrotada no amor. Levantei-me e fui para casa me sentindo cansada e abalada.

Da minha família, a Mãe, Faati, Sadeghi Khan, as tias de Massoud e a sra. Parvin foram à festa de noivado. Massoud, mais bonito que nunca e usando um terno elegante e gravata, estava ao lado de Ladan, que acabara de chegar do salão de beleza. Ela usava um vestido de renda e flores de renda no cabelo.

— Fabuloso! — zombou Shirin. — Olha o noivo. Ele não dizia que odiava gravatas porque são como coleiras? O que aconteceu? Ela pôs a coleira nele assim tão fácil? Ah, se os colegas do ministério o vissem agora!

Tentei parecer feliz e animada, mas a verdade era que eu não estava me sentindo nada bem. Pensei nos sonhos que tinha para o casamento de Massoud. Sempre imaginei que seria uma das melhores noites da minha vida. E agora... Shirin estava sendo muito grosseira e reclamando de tudo. Toda vez que alguém parabenizava o jovem casal e lhes desejava felicidade, ela virava a cara e falava:

— Que horror!

Eu ficava dizendo a Shirin que estava sendo rude e que, por Massoud, deveria parar, porém ela me ignorou. Quando a família de Ladan insistiu que a irmã do noivo fizesse o que chamaram de "dança da faca" e levasse a faca do bolo para Ladan, dançando, Shirin recusou-se e disse indignada:

— Não gosto dessas bizarrices.

Massoud nos olhava de cara feia. Eu não sabia o que fazer.

Pouco menos de três meses após a festa, Firouzeh se casou. Ficou claro que fui a última pessoa a saber do casamento iminente. Eu sabia que ela tinha muitos pretendentes, mas não sabia que se casaria tão rápido. Fui visitá-la.

— Minha querida, por que tão rápido? — perguntei. — Dê a si mesma um tempo para gostar de alguém em paz e com a mente aberta, alguém que valorize uma joia rara como você.

— Não, tia — disse ela com um riso amargo. — Eu nunca mais vou me apaixonar daquele jeito. Dei aos meus pais a autoridade para escolher a pessoa que achassem mais adequada. É claro que não desgosto de Sohrab. É um homem bom e sensível. Acredito que com o tempo esquecerei o passado e gostarei muito dele.

— Sim, claro — concordei. E pensei: Mas essa chama no seu coração nunca vai apagar. — Ainda assim, eu gostaria que você tivesse esperado, pelo menos, um ano. Já há sinais de discórdia.

— Não, tia. Mesmo que Massoud venha agora, caia aos meus pés, termine o noivado dele e peça a minha mão, eu recusarei. Algo no meu coração e o ídolo que fiz dele estão partidos. Nunca seria como antes.

— Você está certa e lamento ter dito o que disse. Eu não tive nenhuma intenção. Mas você não sabe como eu queria que fosse minha nora.

— Por favor, tia. Chega! Queria que nunca tivesse dito essas coisas para mim. Elas são o motivo da minha infelicidade. Do dia em que abri os olhos neste mundo, eu me vi como sua nora e mulher de Massoud. E agora me sinto como uma esposa cujo marido a traiu diante dos seus olhos, quando, na verdade, o pobre Massoud não fez nada de errado. Não tínhamos nenhum compromisso um com o outro e ele tem o direito de decidir o próprio futuro e escolher a mulher que ama. Foi só a sua conversa que criou uma falsa ilusão em mim.

Felizmente, Sohrab era um homem gentil, sábio, culto e bonito. Vinha de uma família culta e estudava na França. Um mês após o casamento deles, o jovem casal partiu para Paris. Junto com Faati e o restante da família, eu me despedi deles com o coração pesaroso e os olhos marejados, desejando-lhes uma felicidade duradoura.

O noivado de Massoud e Ladan durou apenas sete meses. Massoud era como alguém que despertara de repente de um sono profundo.

— Não tínhamos assunto para conversar! — disse ele. — Eu ficava falando horas sobre arquitetura, arte, religião e cultura, e Ladan, que expressou tanto interesse no início, não estava nem um pouco interessada em nada disso. Ela só pensava em roupas, cabelo e maquiagem. Não se interessava nem por esporte algum. E você não imagina como as ideias e pensamentos dela eram superficiais. A única hora em que realmente prestava atenção era quando se falava em dinheiro. Eram pessoas estranhas. Estavam dispostas a abrir mão de comida na mesa, aceitar qualquer desgraça e contrair dívidas desde que pudessem aparecer numa festa usando um vestido com o qual ninguém as vira antes. Sua noção de respeitabilidade e reputação estava a quilômetros de distância daquela com que estamos acostumados.

Finalmente respirei aliviada, porém lamentei muito a perda da preciosa Firouzeh, mais ainda por sentir o arrependimento de Massoud. Acho que o casamento de Firouzeh foi o primeiro dos diversos golpes que o fizeram despertar, mas era tarde demais.

Massoud voltou a mergulhar no trabalho. Sua relação com Shirin foi restabelecida e o nosso lar recuperou a paz e o afeto. No entanto, Massoud ainda se sentia culpado por ter me magoado e queria me recompensar de alguma forma.

Um dia, ele chegou em casa animado e disse:

— Boa notícia! Seu problema está resolvido.

— Meu problema? Eu não tenho nenhum problema! — disse eu.

— O seu problema com a universidade. Sei o quanto você sonhou em colar grau de bacharel e continuar os estudos. Nunca vou me esquecer da sua expressão no dia em que foi expulsa. Falei com algumas pessoas, inclusive com o chefe do Departamento de Literatura. Servimos juntos no exército. Ele concordou que você pode fazer os poucos créditos que precisa para se formar. Depois poderá concorrer a uma vaga no programa de mestrado. E, conhecendo você, sei que vai acabar conquistando um grau de doutorado também.

Pensamentos conflitantes passaram pela minha cabeça. Com certeza, eu não tinha mais nenhuma vontade de obter aquele pedaço de papel.

— Eu tinha uma colega chamada Mahnaz — disse eu. — Ela gostava muito de uma frase, que escreveu com uma letra caprichada num pedaço de papel e prendeu na parede. "Tudo o que já desejei foi alcançado quando deixei de desejar."

— O quê? Você não quer o seu diploma?

— Não, meu querido, sinto muito pelo tempo que perdeu.

— Mas por quê?

— Durante anos eles me negaram o meu direito. A menor das perdas que sofri por causa deles foi não receber o aumento de salário do qual eu precisava desesperadamente durante aqueles anos difíceis. E agora, com mil pedidos e mexendo pauzinhos, eles concordaram em me fazer um favor! Não, eu não quero. Hoje sou reconhecida pelo meu conhecimento e competência, e pelo meu trabalho de copidesque recebo o mesmo que uma pessoa com doutorado. Ninguém mais pergunta pela minha formação acadêmica. Só a menção dela já me faz rir. Além disso, do jeito que essa gente distribui graus e títulos, eles perderam o valor para mim. Eu queria alcançar algo com o meu próprio mérito, não por meio de caridade.

Nesse ano, Shirin entrou na universidade. Ela quis estudar sociologia. Fiquei feliz e orgulhosa porque os meus três filhos tiveram educação universitária. Shirin logo fez novos amigos. E eu, por querer ficar atenta ao seus contatos, incentivei-a a fazer encontros em casa. Eu me sentia mais segura assim. Com o tempo, conheci seus amigos e nosso apartamento se tornou um ponto de encontro para eles. Embora a sua presença interferisse no meu trabalho, tirasse a minha concentração e tranquilidade, e eu tivesse de cozinhar e arrumar mais a casa, estava satisfeita e fazia tudo com boa vontade.

Dois anos depois, no início do inverno, a minha primeira neta, e de Parvaneh, nasceu. Fui à Alemanha para o nascimento da bela e charmosa menina que Siamak e Lili chamaram de Dorna. Parvaneh e eu ficamos em cima dela o tempo todo e discutíamos sobre com quem ela se parecia mais. Embora eu agora fosse avó, a felicidade e a alegria que senti fizeram com que eu me sentisse mais jovem e mais viva do que nos dez anos anteriores.

Dorna estava com dois meses e foi difícil me afastar dela, mas eu queria voltar para o Irã para o ano-novo. Não queria deixar Massoud e Shirin sozinhos por muito mais tempo.

Em casa, logo notei que alguma coisa mudara. Entre os amigos de Shirin havia um rapaz que eu não conhecia. Shirin apresentou-o como Faramarz Abdollahi e disse que era um aluno da pós-graduação. Eu o cumprimentei e disse:

— Seja bem-vindo ao lar desses grandes sociólogos, mas você vai conseguir suportá-los?

Ele riu e disse:

— Vai ser muito difícil!

Olhei para ele com curiosidade.

— Ah, Faramarz, você está tirando sarro da gente? — Shirin chamou a atenção dele com timidez.

— Não, minha dama! Vocês são a coroa que usamos com orgulho.

Shirin deu uma risadinha e eu entendi logo.

Depois que todos foram embora, ela me perguntou o que eu achava dos seus amigos.

— Eu já conheço a maioria e eles não mudaram desde a última vez que os vi — respondi.

— Mas o que você achou dos que ainda não conhecia?

— A menina alta que estava sentada no sofá é nova, não?

— Sim, o nome dela é Negin, e o rapaz que estava ao lado dela é o noivo. São gente muito boa. Vão se casar mês que vem. Estamos todos convidados.

— Que maravilha, eles combinam.

— Bem, e os outros? — insistiu Shirin.

— Que outros? Quem mais era novo no grupo?

Eu sabia que as perguntas eram os seus rodeios para descobrir o que eu achara de Faramarz, mas eu gostava de provocá-la.

Ela finalmente se encheu e perguntou irritada:

— Quer dizer que você não notou um homem daquele tamanho?

— Eles são todos grandes. De quem você está falando?

— Estou falando do Faramarz! — disse ela, exasperada. — Ele estava admirando você. Ele falou: "A sua mãe é bonita. Ela deve ter sido uma gata quando era jovem."

Eu ri e disse:

— Que rapaz adorável!

— Só isso? É só isso que você tem a dizer sobre ele?

— Como eu poderia ter uma opinião sobre uma pessoa com quem mal troquei duas palavras? Por que você não me fala sobre ele e eu digo se o caráter dele bate com a aparência?

— O que você quer que eu diga?

— O que você souber dele, até as coisas que possa achar irrelevantes

— Ele é o segundo filho de três, tem vinte e sete anos e é muito culto. A mãe é professora e o pai é engenheiro civil e viaja a maior parte do tempo. Ele trabalha na empresa do pai.

— Mas isso não bate com o que ele estuda — observei. — Ele não é do Departamento de Sociologia?

— Não! Eu lhe disse que ele é do Departamento de Tecnologia.

— Então, o que ele está fazendo no seu grupo? Onde você o conheceu?

— Ele é o melhor amigo de Soroush, o noivo de Negin. Eles estavam sempre juntos e nós o víamos com frequência. Ele entrou oficialmente para o grupo quando você estava na Alemanha.

— Está bem. Conte mais.

— O que mais eu posso contar?

— Você só me deu informações gerais. Fale sobre o caráter dele.

O LIVRO DO DESTINO

— Como eu vou saber?

— Como assim? — perguntei. — Você ficou amiga dele porque ele é o filho do meio, a mãe é professora, o pai é engenheiro e ele é do Departamento de Tecnologia?

— Mãe, não dá para conversar com você! Você fala como se ele fosse meu namorado.

— Bom, ele pode ser, mas não é isso que me interessa. Por ora, estou mais interessada em saber que tipo de pessoa ele é.

— Não interessa? — perguntou Shirin, surpresa. — Quer dizer que estaria tudo bem para você se eu e ele fôssemos íntimos?

— Olha, você logo fará vinte e um anos e será adulta. Eu confio em você e no modo como a criei. Sei que não falta amor na sua vida para que se apaixone por um gesto inicial de afeição. Você sabe quais são os seus direitos e não vai deixar que ninguém os viole, você respeita as normas sociais e religiosas, é inteligente, sensata e prudente. Sei que não vai ceder a caprichos e impulsos.

— Sério? É assim que você me vê? — perguntou ela.

— É claro! Às vezes, você pensa e toma decisões de forma mais racional que eu, e sabe controlar as emoções melhor também.

— Está falando sério?

— Por que você duvida de si mesma? Talvez os seus sentimentos sejam tão fortes que esteja preocupada em afetar seu raciocínio — disse eu.

— Ah, é? Você não faz ideia do medo que estou sentindo.

— Isso é bom. Mostra que o seu cérebro ainda está funcionando.

— Sinceramente, não sei o que fazer.

— Você tem de fazer alguma coisa?

— Não tenho?

— Não. A única coisa que tem de fazer é estudar, planejar o seu futuro e se conhecer e a ele muito melhor.

— Mas eu não consigo parar de pensar nele — disse Shirin. — Quero vê-lo mais, passar mais tempo com ele...

— Bem, você o vê na universidade e pode convidá-lo para vir aqui sempre que quiser. Claro, só quando eu estiver em casa. Também quero conhecê-lo.

— Você não fica preocupada que eu... não sei... que eu possa ir longe demais?

— Não — respondi. — Eu confio mais em você do que nos meus próprios olhos. Além disso, se uma garota quiser ir longe demais, ela vai, mesmo se estiver acorrentada. Precisamos de contenções internas também, e você tem essa característica.

— Obrigada, mãe, estou me sentindo muito melhor. E você pode ter certeza de que vou manter o controle em todos os aspectos.

Depois das festas de ano-novo, um dia em que Shirin não estava em casa, Massoud sentou-se ao meu lado e disse:

— Mãe, eu preciso tomar uma decisão séria a respeito do meu futuro.

— Aliás — respondi —, tenho pensado em conversar com você sobre isso. Mas devo dizer que não acredito na abordagem tradicional da escolha de uma esposa. Quero que encontre uma garota de quem você goste, alguém que seja compatível com você, que a conheça bem. Na verdade, esperava que conhecesse alguém na universidade ou no trabalho.

— Para ser franco, cometi um erro tão grande da última vez que agora estou com medo. E acho que nunca mais vou me apaixonar daquele jeito. No entanto, apareceu uma oportunidade prática e sensata em todos os aspectos. E, se você achar apropriado, levarei adiante. Sinceramente, quase todos os meus amigos estão casados e eu me sinto muito sozinho.

A lembrança de Firouzeh me deu um aperto no peito. Suspirei e disse:

— Ora, me fale dessa oportunidade.

— O sr. Maghsoudi tem uma filha de vinte e cinco anos que está estudando química na universidade. E ele tem dado indiretas de que não se importaria de me ter como genro.

— O sr. Maghsoudi é um homem maravilhoso e tenho certeza de que tem uma ótima família — disse eu. — Só tem um problema.

— Que problema?

— Ele é o diretor suplente de um ministério. É um cargo indicado de nomeação política.

— Por favor, mãe! Você está indo longe demais. Não me diga que tem medo de que ele seja preso e executado!

— Por que eu não teria medo? Tenho pavor de política e de jogos políticos. Foi exatamente por isso que fiquei preocupada quando você começou a trabalhar lá e o fiz prometer nunca aceitar um cargo delicado ou uma nomeação política.

— Se todo mundo pensasse como você, quem governaria o país? — perguntou Massoud. — Me desculpe, mas acho que precisa ir a um psicólogo!

Assim mesmo, Massoud decidiu pedir a mão da jovem em casamento. Shirin e eu estávamos prontas para sair para a casa do sr. Maghsoudi, quando Massoud disse:

— Eu poderia pedir um favor? Em respeito ao sr. Maghsoudi, vocês poderiam, por favor, usar um chador?

Fiquei nervosa e disse com rispidez:

— Olha, meu querido, você esqueceu que somos humanas? Que pensamos por nós mesmas e temos os nossos próprios princípios e crenças, e não podemos ficar nos transformando em pessoas que não somos? Você sabe quantas vezes tive de mudar o modo como me cubro de acordo com o que os homens achavam adequado? Usei chador em Qom, lenço na cabeça em Teerã, casei-me com o seu pai e ele não queria que eu usasse nenhum hijab, depois veio a revolução e eu tive que usar um mantô longo e lenço na cabeça e, quando você queria se casar com a srta. Ladan, pediu que eu fosse elegante e moderna. Naquela época, você não teria se importado nem se eu usasse um vestido decotado, mas agora que quer se casar com a filha do seu chefe, quer que eu use chador! Não, filho. Eu posso não ter sido capaz de me defender diante de muitas pessoas na minha vida, mas, sem dúvida, posso me defender diante do meu filho. Eu quero dizer que, como mulher de meia-idade que passou pelo bom e pelo ruim da vida, sei pensar por mim mesma e escolher o que quero vestir. Vamos lá vestidas do jeito que nos vestimos normalmente e não agiremos de forma falsa só para agradá-los.

Atefeh era uma menina devota, digna e, o mais importante, sensata. Tinha cabelos claros e grandes olhos castanhos. A mãe, que usava hijab completo mesmo comigo e Shirin, era uma anfitriã cerimoniosa. E o sr. Maghsoudi, com quem eu ainda me sentia em dívida, era gentil e cortês como de costume. Ele engordara, estava grisalho e ficava o tempo todo mexendo no seu terço. Desde o momento em que chegamos, ele e Massoud discutiram coisas do trabalho e ignoraram totalmente o fato de que estávamos lá por um motivo muito diferente.

Ainda que a atmosfera na casa deles lembrasse um pouco a da casa de Mahmoud, não tive nenhum sentimento negativo. O ar de fé e piedade deles me inspirava paz e calma. Não havia nenhum sinal do medo de transgressões e dos anjos do inferno. Em vez disso, senti os anjos do amor e do afeto voando pela casa. Ao contrário da casa de Mahmoud, o riso e a alegria não eram pecados ali. Tanto assim que Shirin, que, devido às atitudes do tio, não tinha muito apreço por famílias religiosas demais, entusiasmou-se com Atefeh rapidamente, e elas começaram a conversar.

Tudo sucedeu de forma rápida e fácil, e celebramos o casamento de Massoud e Atefeh em meados da primavera. Embora Massoud tivesse usado, anos antes, os benefícios disponíveis através do ministério para comprar um bom apartamento, o sr. Maghsoudi insistiu que morassem no primeiro andar da casa dele, que estava vago e que ele reservara para Atefeh.

Esforcei-me para parecer animada no dia em que Massoud fez as malas. Dei uma ajuda e provoquei-o brincando. Mas, quando ele saiu, sentei-me na cama, no seu quarto vazio, e fiquei olhando para as paredes. Senti de repente que o apartamento perdera a alma, e meu coração ficou pesado de tristeza. Disse a mim mesma: Os passarinhos estão voando para longe, e o ninho logo estará vazio. Pela primeira vez, senti medo do futuro e da solidão que estava diante de mim.

Shirin, que acabara de chegar em casa, abriu um pouco a porta e disse:

— Ele já foi? Está tão vazio aqui.

— Sim, as crianças vão embora. Mas esse é o melhor tipo de separação. Graças a Deus, ele está vivo e bem, e eu finalmente o vi se casar.

— Mãe, cá entre nós, estamos muito sozinhas agora — disse Shirin.

— Sim, mas ainda temos uma à outra, e você só irá embora daqui a alguns anos.

— Alguns anos! — ela exclamou.

— Você não vai pensar em se casar antes de terminar os estudos. Certo?

Ela franziu os lábios e deu de ombros.

— Quem sabe? Talvez eu me case daqui a alguns meses.

— O quê? Eu não vou deixar! Por que a pressa? Você não deveria nem pensar nisso antes de terminar a faculdade.

— Mas pode haver circunstâncias...

— Que circunstâncias? Não deixe ninguém convencê-la a fazer nada. Estude com tranquilidade, comece a trabalhar e seja independente para não acabar se sentindo intimidada, de mãos atadas, e forçada a aceitar qualquer humilhação. E só depois comece a pensar em casamento. Sempre há tempo para se casar. Mas uma vez que se case, será para sempre responsável pela casa e pela família. É só agora que você é jovem e solteira que pode ser despreocupada. Esses anos passam rápido e nunca mais voltam. Por que você iria querer que a melhor fase da sua vida fosse ainda mais curta?

Massoud ia me visitar com frequência e ficava dizendo:

— Já chega, você deveria parar de trabalhar. Está numa idade de descansar um pouco.

— Mas, filho, eu gosto do meu trabalho. Para mim, agora, é mais um hobby. Sem ele, vou me sentir inútil.

Ainda assim, ele não desistia. Não sei como ele conseguiu um registro de todo o meu histórico de trabalho e um pedido de pensão para mim. Claro, fiquei feliz em ter uma renda fixa, mas não consegui parar de trabalhar, mantendo-me ocupada com alguns projetos. Massoud, também, sempre me dava mais dinheiro do que eu precisava.

Ele ganhava um salário generoso, mas não estava feliz com o trabalho. E eu não queria que ele continuasse com um emprego do governo. Eu ficava reclamando:

— Você é um artista, arquiteto, por que acabou todo enrolado num cargo complicado e tedioso do governo? As promoções nesse tipo de função são ilusórias. No momento em que o seu grupo vai embora, você quebra a cara. Você só deveria aceitar nomeações para as quais você sabe que realmente é qualificado. Todos vocês, que são tão pios e crentes fervorosos, por que é que, quando se trata de status e cargos, tornam-se tão irresponsáveis, falsos, e acreditam que merecem qualquer emprego?

— Mãe, sabe qual é o seu problema? Você foi enganada muitas vezes. Mas não se preocupe, não tenho mesmo paciência com esse tipo de burocracia.

Alguns amigos e eu estamos planejando abrir nossa própria empresa. Ficarei até terminar de cumprir com as minhas obrigações. Mas, quando estiver toda montada, sairei.

Apesar dos meus esforços para evitar o assunto, meses depois tive de ceder e discutir com Shirin seus planos de casamento. Faramarz recebera seu diploma de bacharel e estava se preparando para ir para o Canadá. Pretendiam se casar antes que ele partisse, para que ele pudesse requerer o visto de permanência para ela também. Fui contra a saída dela da universidade, mas eles me garantiam que levaria aproximadamente um ano para que o pedido de visto dela fosse processado, o que lhe daria tempo suficiente para terminar de estudar e se formar.

Foi doloroso pensar em me separar de Shirin, mas ela estava tão feliz e animada que não me permiti expressar o mínimo sinal de tristeza. Realizamos a cerimônia de casamento deles e, pouco depois, Faramarz partiu. Ele voltaria quando o visto dela estivesse pronto e ela tivesse se formado. Faríamos uma cerimônia de casamento apropriada, então, e os noivos partiriam juntos.

Senti que, apesar das dificuldades, eu cumprira as minhas responsabilidades. Meus filhos haviam estudado bem, começaram suas próprias vidas e eram bem-sucedidos, mas também me senti vazia e sem propósito, exatamente como costumava me sentir logo após os exames da faculdade. Parecia não haver mais nada a fazer. Agradeci a Deus mais do que nunca por recear que ele me considerasse ingrata e me punisse por isso. E me consolei por ainda haver tempo; Shirin só partiria dali a um ano. Ainda assim, eu não podia ignorar as nuvens carregadas da velhice e da solidão que lançavam sua sombra sobre mim.

CAPÍTULO DEZ

Quanto mais se aproximava o dia em que Shirin partiria para o Canadá, mais ansiosa e deprimida eu ficava. Tentei ser menos apegada aos meus filhos, eu não queria me prender a eles como uma mãe velha e intrometida, nem fazer com que se preocupassem comigo o tempo todo. Tentei socializar mais, ampliar meu círculo de amigos e encontrar novas formas de preencher meu tempo livre, o qual aumentava cada vez mais à medida que os meses passavam. Fazer novos amigos nessa idade, porém, não era muito fácil, e eu não me relacionava muito com a minha família. A Mãe estava muito velha e morava com Mahmoud. Ela não concordava em vir de vez em quando ficar conosco por alguns dias, e eu não ia à casa de Mahmoud; portanto, eu raramente a via. A sra. Parvin também envelhecera e não era mais ativa e cheia de energia como antes. Mas ainda era a única pessoa com quem eu podia contar se precisasse de ajuda. Faati estava triste e soturna desde que Firouzeh se casara e saíra do Irã. Não éramos tão próximas quanto costumávamos ser. Ficou claro que, de algum modo, ela nos culpava pela dor que enfrentara por se separar do filho. Eu me encontrava com frequência com minhas ex-colegas, e, às vezes, ainda via o sr. Zargar. Ele se casara de novo alguns anos antes e parecia feliz.

Meus pensamentos e preocupações só diminuíam quando Parvaneh estava em Teerã. Conversávamos, ríamos e fazíamos uma viagem aos tempos felizes da juventude. Nesse ano, sua mãe adoecera e ela passou mais tempo em Teerã.

— Depois que Shirin for embora, você terá de alugar o apartamento e passar alguns meses por ano na casa de cada filho — disse ela.

— De jeito nenhum! Não perderei a independência e a dignidade. E não tenho nenhuma intenção de me intrometer na vida deles. Há muito tempo não é mais prático nem adequado várias gerações conviverem sob o mesmo teto.

— Se intrometer? Eles deveriam adorar e ficar agradecidos! — argumentou ela. — Deveriam querer compensar todo o duro danado que você deu por eles.

— Não diga isso! Me faz lembrar a minha avó. Ela dizia: "Criar os filhos é como fritar berinjelas. É preciso muito óleo, e depois eles têm de render esse óleo todo." Eu não tenho esse tipo de expectativa em relação aos meus filhos. O que fiz foi por mim mesma, era a minha responsabilidade. Eles não me devem nada. Além do mais, o que eu quero mesmo é manter a minha independência.

— Independência para fazer o quê? — argumentou ela. — Para ficar sentada sozinha em casa e para que eles, em paz e com a consciência tranquila, se esqueçam de você?

— Isso não faz sentido, Parvaneh. Todas as revoluções do mundo ocorreram porque as pessoas queriam independência. E agora você espera que eu simplesmente abra mão da minha?

— Massoum, o tempo passou muito rápido e as crianças cresceram depressa! Os dias que se passaram foram maravilhosos, eu queria que pudessem voltar.

— Não! — exclamei. — Não quero nem uma hora sequer de volta. Graças a Deus, esse tempo passou. E espero que o restante passe tão rápido quanto.

Os dias quentes de verão chegaram. Eu estava ocupada com a preparação do enxoval de Shirin, e Parvaneh e eu saíamos com frequência para fazer compras ou encontrávamos qualquer desculpa para passar o dia juntas. Numa das tardes mais quentes, eu acabara de me deitar para descansar quando o som inesperado e implacável da campainha me fez saltar. Fui ao interfone e perguntei quem era.

— Sou eu. Anda logo, abre a porta.

— Parvaneh? O que foi? Íamos nos encontrar mais tarde.

— Você vai abrir a porta ou eu vou ter de arrombar? — gritou ela.

O LIVRO DO DESTINO

Abri a porta. Num piscar de olhos, ela subiu a escada. Estava vermelha e gotículas de suor salpicavam sua testa e lábio superior.

— O que aconteceu? — perguntei. — Qual o problema?

— Entra, entra!

Assustada, voltei para dentro do apartamento. Parvaneh arrancou o lenço da cabeça, largou o mantô no chão e se jogou no sofá.

— Água, água gelada! — disse ela, ofegante.

Fui buscar um copo d'água rapidamente

— Eu lhe trago um sharbat depois — falei. — Agora diga o que aconteceu. Você está me matando!

— Adivinha. Adivinha quem eu vi hoje!

Senti o meu coração cair no chão feito uma pedra e o meu peito ficar vazio. Eu sabia. O comportamento de Parvaneh e o estado em que ela estava formavam uma imagem exata de trinta e três anos atrás.

— Saiid! — respondi com a voz embargada.

— Sua descarada! Como sabia?

Voltamos a ser duas adolescentes cochichando no quarto de cima na casa do Pai. Meu coração batia forte como naquela época e ela estava animada e inquieta.

— Fala! Onde você o viu? Como ele está? Qual a aparência dele?

— Espera! Uma coisa de cada vez. Fui à farmácia pegar os remédios da minha mãe. O farmacêutico me conhece. Ele conversava com uma visita. Estavam atrás do balcão, mas eu não conseguia ver o rosto da pessoa, que se encontrava de costas para mim. A voz era familiar e, porque o cabelo e o corpo eram atraentes, fiquei curiosa para ver o rosto. O assistente do farmacêutico me deu os remédios, mas eu não podia sair sem dar uma olhada naquele homem. Fui até o balcão e disse: "Olá, doutor. Espero que esteja bem. Quantos comprimidos para dormir a pessoa pode tomar por dia?" Imagina! Que pergunta idiota! Mas fez o visitante se virar e olhar para mim, surpreso. Ah, Massoum, era ele! Você não imagina como eu me senti. Fiquei tão desnorteada.

— Ele reconheceu você?

— Deus o abençoe, sim! Ele é tão esperto. Depois de todos esses anos, ele me reconheceu apesar do lenço na cabeça, do mantô e dos cabelos pintados!

É claro que hesitou no começo, mas eu logo tirei os óculos escuros e sorri para ele para que me visse bem.

— Você se falaram?

— Claro que nos falamos! Você acha que eu ainda tenho medo dos seus irmãos?

— Como ele está? Envelheceu muito?

— O cabelo nas têmporas está completamente branco. O restante, grisalho. E estava usando um pince-nez. Ele não usava óculos naquela época, usava?

— Não, não usava.

— É claro que o rosto dele envelheceu, mas ele não está tão diferente — disse Parvaneh. — Especialmente os olhos. Saiid ainda tem o mesmo olhar.

— O que ele disse?

— Os cumprimentos de sempre. Primeiro perguntou pelo meu pai. Contei que morrera havia muito tempo. Ele deu os pêsames. Em seguida, fui ousada e perguntei: "E onde você está morando? O que está fazendo?" Ele disse: "Morei nos Estados Unidos durante algum tempo." Perguntei: "Quer dizer que não mora no Irã?" Ele respondeu: "Sim, moro. Voltei alguns anos atrás e comecei a trabalhar aqui." Eu não sabia como perguntar se ele estava casado e se tinha filhos. Eu só disse: "Como vai a família?" Ele pareceu surpreso, então acrescentei rapidamente: "Sua mãe e suas irmãs." Ele disse: "Infelizmente, minha mãe faleceu há uns vinte anos. Minhas irmãs estão casadas e com suas próprias famílias. Agora que estou no Irã e sozinho, eu as vejo mais." Fiquei de orelha em pé. Era a melhor oportunidade. Perguntei: "Sozinho?" Ele disse: "Sim, minha família ficou nos Estados Unidos. O que posso fazer? Meus filhos cresceram lá e estão acostumados com aquela vida. E a minha esposa não quis deixá-los sozinhos." Bom, obtive a maior parte das informações e achei que seria rude se fizesse mais perguntas, então disse: "Fico feliz por tê-lo encontrado. Por favor, anote o meu telefone. Se tiver tempo, eu gostaria de vê-lo novamente."

Desanimada, perguntei:

— Ele não perguntou por mim?

— Sim, espera! Enquanto anotava o meu telefone, ele disse: "Como está a sua amiga? Ainda tem contato com ela?" Mal pude conter a minha animação. Eu disse: "Sim, sim. Claro, ela também ficaria feliz em vê-lo. Ligue hoje à tarde, talvez possamos combinar um encontro." Você não acredita como os olhos dele brilharam de repente. Ele perguntou se não teria problema. Acho que ainda tem medo dos seus irmãos! Eu disse: "Claro que não tem problema." Então me despedi correndo e vim até aqui o mais rápido que pude. Só pela vontade de Deus não tive um acidente no caminho. E agora, o que você acha?

Mil pensamentos dançavam na minha cabeça. Dançavam mesmo. Não paravam para que eu pudesse entender o que estava pensando...

— Ei... você está aí? — perguntou Parvaneh. — O que devo lhe dizer e ele ligar hoje à tarde? Quer que eu diga para vir amanhã?

— Vir? Vir aonde?

— À minha casa ou aqui. Só descubra quais são os planos de Shirin.

— Que dia é amanhã?

— Segunda.

— Não sei o que ela vai fazer amanhã.

— Não importa. Poderemos nos encontrar na minha casa. Minha mãe vai estar dormindo, não perceberá nada.

— Mas por que deveríamos fazer planos? Esqueça isso.

— Não seja medrosa! — ralhou Parvaneh. — Você não quer vê-lo? Apesar de tudo, ele é um velho amigo. Não estamos fazendo nada de errado!

— Não sei — respondi. — Estou muito confusa, não consigo pensar direito.

— Isso não é novidade! Quando você não está confusa?

— Meu cérebro não está funcionando. Minhas mãos e joelhos estão tremendo.

— Por favor! Pare de agir como se tivesse dezesseis anos.

— Essa é a questão. Não tenho mais dezesseis anos. O pobre homem vai ficar horrorizado ao ver como estou agora.

— Que bobagem! Não fomos só nós que mudamos. Ele também mudou. Além disso, de acordo com Khosrow, você é como um tapete de Kerman, melhora com o tempo.

— Para! Nós duas sabemos que envelhecemos.

— Sim, mas o importante é que os outros não saibam. E não deveríamos contar.

— Você acha que as pessoas são cegas? É óbvio que mudamos muito. Não quero nem me olhar no espelho.

— Para! Você fala como se tivéssemos noventa anos, quando, na verdade, só temos quarenta e oito! — disse Parvaneh.

— Não, minha querida, não se engane, estamos com cinquenta e três.

— Bravo, excelente! — zombou ela. — Com o seu domínio da matemática, me espanta não ter se tornado um novo Einstein.

Nesse momento, Shirin entrou. Como duas crianças culpadas, Parvaneh e eu paramos de discutir rapidamente e nos ajeitamos na cadeira. Shirin beijou Parvaneh nas bochechas e, sem prestar muita atenção em nós, foi para o quarto. Nós nos entreolhamos e caímos na risada.

— Lembra quando escondíamos os papéis assim que Ali entrava no quarto? — perguntei.

Parvaneh olhou para o relógio e gritou:

— Ai, meu Deus! Olha que horas são. Eu disse à minha mãe que voltava em quinze minutos. Ela deve estar morrendo de preocupação. — Vestindo o mantô, ela acrescentou: — Não vou voltar hoje. Se ele ligar, vou pedir para ir à minha casa amanhã às seis, é mais seguro lá. Mas você deveria chegar mais cedo... Bem, eu ligo para você.

Fui para o meu quarto e me sentei diante da penteadeira. Olhei bem para o meu rosto no espelho e tentei encontrar vestígios do rosto que eu tinha aos dezesseis anos. Examinei com atenção as rugas em volta dos olhos que ficavam mais fundas quando eu sorria. Havia duas linhas nítidas que começavam nas narinas e iam até os lábios. As duas belas covinhas na bochecha que, de acordo com Parvaneh, aprofundavam dois centímetros quando eu sorria, tinham se transformado em dois sulcos longos, paralelos às linhas ao lado da boca. A pele que fora lisa e radiante estava pálida e flácida, e havia manchas claras no rosto. Minhas pálpebras não eram mais firmes, e círculos escuros diminuíam o brilho dos olhos. O cabelo acobreado e exuberante que descia até a cintura estava com a metade do comprimento, da espessura e do viço. Desajeitado, mostrava as raízes brancas apesar dos tingimentos frequentes. Até o meu olhar mudara. Não, eu não era mais a menina linda por quem Saiid se apaixonara. Perplexa, estava ali sentada, procurando a mim mesma no espelho quando a voz de Shirin me fez voltar.

— Qual é o problema, mãe? Você está encantada pelo próprio rosto há uma hora! Nunca a vi gostar tanto de um espelho.

— Encantada? Não! Eu quebraria todos os espelhos do mundo.

— Por quê? Como diz o ditado: "Quebre a si mesmo, quebrar o espelho é errado." O que você está vendo?

— Eu vejo a mim mesma, minha idade avançada.

— Mas envelhecer nunca a incomodou — disse ela. — Ao contrário da maioria das mulheres, você fala da sua idade sem medo.

— Sim, mas, às vezes, alguma coisa, até mesmo uma foto, faz a pessoa se lembrar do passado. Você se olha no espelho e, de repente, percebe como está diferente da imagem que tem de si mesma. É tão cruel. É como uma queda livre.

— Mas você sempre disse que toda idade tem a sua beleza.

— Sim, mas a beleza da juventude é outra coisa.

— Todos os meus amigos dizem: "Sua mãe é uma dama, é tão graciosa."

— Minha querida Shirin, minha avó era uma mulher gentil. Ela não tinha coragem de descrever uma menina como feia. Em vez disso, ela dizia que era simpática. Já os seus amigos não querem dizer "sua mãe está acabada", então dizem que sou graciosa.

— Mãe, é tão raro você falar assim — disse Shirin. — Para mim, você será sempre uma mulher linda. Quando eu era pequena, queria ser igual a você. Eu sentia inveja. Até poucos anos atrás, as pessoas olhavam mais para você do que para mim. Sempre fiquei triste porque os meus olhos não eram da mesma cor que o seu e a minha pele não era tão clara e lisa.

— Que ridículo! Você é muito mais bonita do que eu fui em qualquer idade. Sempre fui tão branca que as pessoas achavam que eu estava doente. Mas você, com os seus olhos vivos, linda pele trigueira e covinhas, é outra coisa.

— E o que fez você pensar na sua juventude? — perguntou ela.

— É uma função da idade. Quando as pessoas chegam à minha idade, o passado toma uma coloração diferente. Até os dias ruins parecem bons. Quando somos jovens, pensamos no futuro, sobre o que vai acontecer no ano seguinte, nos perguntamos onde estaremos dali a cinco anos e queremos que os dias passem rápido. Quando se chega à minha idade, porém, não vemos futuro, chegamos ao pico e nos voltamos para o passado.

Parvaneh ligou no fim da tarde e disse que combinara o encontro para as seis horas do dia seguinte. Passei a noite toda numa excitação febril. Eu me dizia que seria melhor se Saiid e eu não nos víssemos, que deveríamos manter a lembrança da juventude e da beleza um do outro. Lembrei que durante tantos anos, toda vez que eu usava um vestido bonito e gostava do que via no espelho, desejava encontrá-lo por acaso na festa, casamento ou na rua. Sempre tive a esperança de que, se nos víssemos algum dia, eu estivesse no auge da minha beleza.

No dia seguinte de manhã, Parvaneh ligou:

— Como você está se sentindo? Eu não preguei o olho a noite toda.

— Ah, somos tão parecidas — comentei, rindo.

Então, ela começou rapidamente a me dar instruções.

— Primeiro, pinte o cabelo.

— Eu pintei faz pouco tempo.

— Não importa, pinte de novo. A cor não pegou muito bem na raiz. Depois tome um banho quente. Em seguida, encha uma bacia grande com água gelada, coloque muito gelo e enfie o rosto.

— Vou me afogar.

— Não, boba! Mergulhe o rosto na água algumas vezes. Depois passe aqueles cremes que eu trouxe da Alemanha. O verde é máscara de pepino. Passe no rosto, deite-se e descanse por vinte minutos. Depois lave o rosto e passe uma boa quantidade do creme amarelo. E esteja aqui às cinco para que eu arrume você e faça a maquiagem.

— Me arrumar? Eu não sou uma noiva!

— Quem sabe, poderá vir a ser — disse ela.

— Você deveria ter vergonha! Na minha idade?

— Idade de novo? Se você falar desse jeito mais uma vez, juro por Deus que bato em você.

— O que eu devo vestir? — perguntei.

— O vestido cinza que compramos juntas na Alemanha.

— Não, esse é de noite. Não é apropriado.

— Você está certa. Use o conjunto bege. Não! A camisa rosa com a gola de renda mais clara.

O LIVRO DO DESTINO

— Obrigada. Vou pensar em alguma coisa sozinha.

Embora eu nunca tivesse tido paciência para muito rebuliço com esse tipo de coisa, segui as instruções de Parvaneh. Eu estava deitada com a máscara verde quando Shirin entrou no quarto.

— O que está havendo? — perguntou ela, surpresa. — Você está se cuidando mesmo hoje.

— Não está havendo nada — respondi num tom casual. — Parvaneh insistiu para eu usar a máscara e resolvi experimentar.

Ela deu de ombros e saiu.

Comecei a me arrumar às três e meia. Sequei com cuidado os cabelos, que já estavam com bobes. Vesti as roupas com atenção, uma por uma. Olhei-me no espelho de corpo inteiro e pensei: estou pesando, pelo menos, dez quilos a mais do que naquela época... Que estranho! Quando eu era mais magra, minhas bochechas eram mais cheinhas, mas, agora que engordei, meu rosto está muito menos cheio do que era.

Todas as roupas que eu vestia tinham algum problema. Logo havia um amontoado de blusas, saias e vestidos sobre a cama. Shirin inclinou-se no batente da porta e perguntou:

— Aonde você vai?

— À casa de Parvaneh.

— Todo esse rebuliço é para a tia Parvaneh?

— Ela encontrou alguns dos nossos velhos amigos e os convidou para irem à sua casa. E eu não quero parecer velha e feia.

— A-há! — exclamou ela. — Então, as rivalidades dos velhos tempos ainda existem.

— Não, não são rivalidades. É uma sensação estranha. Ver uns aos outros será como se olhar no espelho depois de trinta e poucos anos. Quero que a gente veja um pouco do que era tantos anos atrás. Senão seremos um bando de estranhos aos olhos dos outros.

— Quantos são?

— Quem?

— Os convidados da tia Parvaneh!

Fiquei atordoada. Eu nunca soube mentir. Murmurei:

— Ela encontrou uma velha amiga e essa amiga vai levar quem ela conseguir encontrar. Então eu não sei se vai ter uma ou dez pessoas.

— Você nunca fala dos velhos amigos. Qual é o nome dela? — perguntou Shirin.

— É claro que eu tive amigos e colegas, mas nunca fui tão próxima deles quanto era de Parvaneh.

— É tão interessante — refletiu ela. — Não consigo imaginar como eu e os meus amigos estaremos daqui a trinta anos. Imagina! Seremos um bando de velhos caquéticos.

Ignorei o comentário dela. Estava pensando numa desculpa para o caso de ela querer ir junto. No entanto, como de costume, Shirin preferia ficar com pessoas da sua idade ou até ficar em casa sozinha do que na companhia de gente "velha e caquética". Acabei usando um vestido de linho marrom com a cintura bem marcada e sandálias marrons de salto alto.

Passavam das cinco e meia quando cheguei à casa de Parvaneh. Ela me examinou com atenção da cabeça aos pés e disse:

— Nada mal. Agora venha e deixe que eu arrume o resto.

— Olha, não quero ficar chamativa e empetecada. Eu sou o que sou. Afinal, vivi uma vida... e que vida.

— Você é bonita exatamente do jeito que é — disse Parvaneh. — Vou só acrescentar um toque de sombra marrom, um pouco de delineador e um pouco de rímel. E você deveria passar batom. Não precisa de mais nada. Deu a abençoe, sua pele ainda é macia como um pêssego.

— Sim, um pêssego murcho.

— Que nada! Além disso, ele não enxerga bem. Poderemos nos sentar aqui dentro, onde é escuro, e ele não verá muito.

— Pare com isso! — ralhei. — Você fala como se quisesse vender mercadoria danificada! Vamos nos sentar lá fora, no jardim.

Exatamente às seis horas, nós duas pulamos ao som da campainha.

— Juro pela vida da minha mãe que ele está esperando lá fora há dez minutos para tocar a campainha às seis em ponto — disse Parvaneh. — Ele deve estar num estado pior que o nosso.

Ela apertou o botão do interfone para abrir a porta principal e saiu para o quintal. No meio do caminho, ela parou e olhou para trás. Eu ainda estava no mesmo lugar. Ela acenou para que eu a seguisse, mas eu não conseguia me mexer. Vi pela janela Parvaneh levar Saiid até a mesa e as cadeiras do

O LIVRO DO DESTINO

433

jardim. Ele usava um terno cinza. Engordara um pouco e os cabelos estavam grisalhos. Eu não conseguia ver seu rosto. Alguns minutos depois, Parvaneh voltou para dentro e disse com rispidez:

— Por que ainda está aqui? Não me diga que quer aparecer levando a bandeja de chá feito uma futura noiva!

— Pare com isso! — implorei. — Meu coração está a ponto de explodir. Minhas pernas ficaram paralisadas e não consegui ir atrás de você.

— Ah, pobrezinha! Gostaria de nos dar a honra da sua presença agora?

— Não... espera!

— Como assim? Ele perguntou se você estava e eu disse que sim. É falta de educação, vem. Pare de agir como uma menina de catorze anos.

— Espera... deixa eu me recompor.

— Argh! O que devo dizer a ele? Que a dama desmaiou? É indelicado, ele está lá sozinho.

— Diga que estou com a sua mãe e que já estou indo. Meu Deus! Eu nem cumprimentei a sua mãe! — E disparei para o quarto da mãe dela...

Eu nunca teria acreditado que na minha idade eu ficaria em pânico desse jeito. Sempre me considerei uma pessoa sensata e tranquila, alguém que passara pelos altos e baixos da vida. Ao longo dos anos, houve muitos homens que expressaram interesse em mim, mas, desde a adolescência, não me sentia tão nervosa e agitada.

— Minha querida Massoum, quem está aqui? — perguntou a mãe de Parvaneh.

— Uma amiga da sua filha.

— Você a conhece?

— Sim, sim. Conheci na Alemanha.

Nesse momento, ouvi Parvaneh chamar:

— Massoum, minha querida, venha ficar conosco. Saiid Khan está aqui.

Olhei para mim no espelho e passei os dedos pelos cabelos. Acho que a sra. Ahmadi ainda estava falando quando saí do quarto. Eu sabia que não deveria me dar tempo para pensar. Fui às pressas para o jardim e, com uma voz que eu tentava desesperadamente não tremer, disse:

— Olá!

Saiid pulou da cadeira, ficou de pé e me encarou fixamente. Segundos depois, ele voltou a si e disse num tom suave:

— Olá!

Trocamos alguns cumprimentos casuais e logo parecíamos menos nervosos. Parvaneh voltou para dentro para trazer chá, e Saiid e eu ficamos de frente um para o outro. Nenhum dos dois sabia o que dizer. O rosto dele envelhecera, mas os olhos castanhos encantadores tinham o mesmo olhar do qual eu me lembrava e que tivera um peso na minha vida durante décadas. De modo geral, ele parecia mais estável e atraente. Eu esperava que ele tivesse a mesma impressão de mim. Parvaneh voltou e prosseguimos com conversas prosaicas de costume. Pouco a pouco, nosso encontro tornou-se mais animado e pedimos a ele para nos contar por onde andara e o que fizera todos aqueles anos.

— Eu conto, se todo mundo contar... — disse ele.

— Eu não tenho nada para contar — disse Parvaneh. — Minha vida sempre foi muito comum. Depois de me formar na escola, eu me casei, tive filhos e me mudei para a Alemanha. Tenho duas filhas e um filho. Ainda moro na Alemanha, mas passo muito tempo aqui porque a minha mãe está doente. Se ela melhorar, eu a levarei comigo. Pronto. Viram? Nada interessante ou emocionante aconteceu na minha vida. — Ela apontou para mim e disse: — Ao contrário dela.

Saiid virou-se para mim e disse:

— Então você deveria me contar a sua vida.

Olhei para Parvaneh com olhar de súplica.

— Pelo amor de Deus, não conte nada! — disse ela. Então, olhou para Saiid e explicou: — A vida dela daria um livro. Se ela começar agora, só acabará bem depois da meia-noite. Além do mais, eu sei de tudo e seria tedioso para mim escutar toda a história de novo. Em vez disso, você deveria nos contar a sua.

— Eu me formei na faculdade um pouco mais tarde do que o esperado — disse Saiid. — E fui dispensado do serviço militar porque meu pai faleceu e eu era filho único e fui considerado arrimo de família. Depois da universidade, voltei a Úrmia e, com a ajuda dos meus tios, abri uma farmácia. Nossa situação melhorou, o valor das propriedades do meu pai aumentou, ajudei minhas irmãs a se casarem, depois vendi a farmácia e me mudei de volta para Teerã com a minha mãe. Alguns dos meus ex-colegas de faculdade decidiram abrir uma empresa farmacêutica de importação e eu entrei como sócio. O negócio cresceu e começamos a produzir cosméticos e medicamentos também.

"Minha mãe insistia para que eu me casasse. Finalmente cedi e me casei com Nazy, que era irmã de um dos meus sócios e acabara de se formar. Tivemos filhos gêmeos, uma dupla de meninos travessos. Foi tão difícil criá-los que decidi que não queria mais filhos. Depois da revolução, tudo ficou confuso e o futuro da empresa tornou-se incerto. Quando a guerra começou, nossas perspectivas ficaram ainda mais incertas. A família toda de Nazy estava deixando o país, e ela pôs na cabeça que deveríamos sair também. As fronteiras estavam fechadas, mas ela insistiu para sairmos ilegalmente. Ainda assim, resisti por dois anos, até a situação melhorar. A essa altura, o estado de saúde da minha mãe estava bastante grave. Acho que a tristeza de saber que eu iria embora do Irã adiantou a sua morte. Tive uma depressão terrível. Vendi tudo o que tínhamos. A única coisa sensata que fiz foi manter as minhas ações na empresa. Primeiro fomos para a Áustria. O outro irmão de Nazy estava morando lá, e ficamos até obtermos os documentos necessários para irmos para os Estados Unidos.

"Começar do zero foi difícil. Apesar disso, ficamos e nos estabelecemos. As crianças estavam felizes. Levaram alguns anos para se tornarem completamente americanos. Nazy queria melhorar o inglês, então nos proibiu de falar persa em casa. A consequência foi que os meninos esqueceram quase totalmente a língua materna. Eu trabalhava de manhã à noite e tínhamos conforto. Eu posuía tudo menos felicidade. Sentia falta das minhas irmãs, dos meus amigos, de Teerã e de Úrmia. Nazy tinha a família e os amigos por perto, e os meus filhos estavam felizes com os amigos da escola e do bairro, mas estavam vivendo num mundo que eu jamais vivenciara e do qual eu nada conhecia. Eu me sentia sozinho e isolado.

"Quando a guerra acabou, ouvi dizer que a situação aqui havia melhorado e muita gente estava retornando. Então, vim também. A empresa ainda estava ativa e o mercado não se mostrava muito ruim. Voltei a trabalhar. Eu me senti muito melhor e animado. Logo comprei um apartamento e fui aos Estados Unidos buscar Nazy, mas ela não estava disposta a voltar. Tinha a desculpa perfeita, as crianças... Bem, ela estava certa. Não era mais possível arrancá-los de uma cultura em que estavam bem-adaptados. No fim, decidimos que, por eu conseguir ganhar mais dinheiro no Irã, ficaria aqui trabalhando, e Nazy ficaria lá até os meninos crescerem. É assim que tem sido a nossa vida nos últimos seis ou sete anos. Agora as crianças cresceram e se mudaram para outros estados, mas Nazy ainda não tem nenhuma intenção de voltar para o Irã. Uma vez por ano, vou visitá-los por alguns meses... O restante é solidão e trabalho. Sei que não é uma vida saudável, mas não fiz nada para mudar."

Parvaneh estava me chutando debaixo da mesa e olhando para Saiid com um sorriso malicioso e maldisfarçado que eu conhecia muito bem. Fiquei triste por ele. Sempre esperei que ele, pelo menos, fosse feliz, mas parecia que estava mais solitário que eu.

— Bom, é a sua vez agora — disse ele, olhando para mim.

Contei a ele do meu casamento apressado com Hamid, da sua gentileza, suas atividades políticas, dos anos na prisão e da execução. Falei do trabalho, da universidade e de tudo o que sofri por causa dos meus filhos. Depois contei sobre os anos mais recentes, sobre a estabilidade dos meus filhos e a minha própria vida, que finalmente estava quase um sossego. Conversamos como três amigos queridos que se encontravam depois de muitos anos, e nos esquecemos da hora.

O som do telefone tocando nos fez pular. Parvaneh entrou para atender. Segundos depois, ela gritou:

— É Shirin. Ela disse que são dez horas!

— Onde você está, mãe? — perguntou Shirin, brava comigo. — Parece que está se divertindo mesmo. Fiquei preocupada.

— Tudo bem se pelo menos uma vez é você quem fica preocupada — respondi. — Ficamos conversando e perdemos a noção do tempo.

Quando estávamos saindo, Saiid ofereceu:

— Eu a levo para casa.

— Não, ela está de carro — disse Parvaneh com a audácia de costume. — Vocês não têm permissão para conversar sem a minha presença.

Saiid riu alto e eu encarei Parvaneh, furiosa.

O LIVRO DO DESTINO

— O quê? Por que está me encarando com raiva de novo? — disse ela. — Ora, eu quero saber o que os dois vão falar... Está vendo, Saiid Khan? Ela não mudou nada. Quando éramos meninas, ela sempre dizia: "Não diga isso, é falta de educação. Não faça isso, não é apropriado." Cinquenta anos depois, ela ainda faz a mesma coisa.

— Chega, Parvaneh! — ralhei. — Para de falar bobagem.

— Bom, eu falo o que me vem à mente. Juro por Deus, se eu descobrir que vocês se encontraram pelas minhas costas, vou castigar vocês. Eu tenho de estar presente.

Saiid ainda estava rindo. Mordi o lábio e disse:

— É claro que você vai estar presente...

— Então, por que não combinamos o próximo encontro? E não me digam que não querem se ver de novo.

Para pôr um fim na discussão, convidei:

— Por favor, vão à minha casa da próxima vez.

— A-há, isso é bom — disse Parvaneh. — Quando?

— Quarta de manhã. Shirin sai para a faculdade às dez e não volta até o fim da tarde. Vamos almoçar juntos.

Parvaneh bateu palmas e disse:

— Ótimo! Vou pedir a Farzaneh para ficar com a minha mãe. Quarta-feira está bom para você, Saiid Khan?

— Eu não gostaria de dar trabalho a você — disse ele.

— Não é nenhum trabalho — respondi. — Eu ficaria encantada.

Ele anotou o meu endereço e telefone rapidamente, e nos despedimos com planos de nos vermos novamente dali a dois dias.

Fui para casa e ainda nem trocara de roupa quando o telefone tocou. Rindo e eufórica, Parvaneh disse:

— Parabéns! O homem não tem esposa!

— É claro que tem. Você não ouviu a longa história?

— A história era sobre separação, não casamento. Você não percebeu?

— Coitado... Você é tão má. Se Deus quiser, a esposa dele vai voltar e a vida deles vai se ajeitar.

— Por favor! — disse Parvaneh. — Depois de todos esses anos, ainda não sei se você é burra mesmo ou só finge ser.

— Minha querida, oficialmente, eles estão casados — argumentei. — Não se separaram de forma legal e não houve nenhuma menção a divórcio. Como você pode se permitir julgar o relacionamento das pessoas de forma tão precipitada?

— Vamos ver, qual é a definição de separação? — disse ela com teimosia.

— Só é separação depois que você assina um pedaço de papel? Não, minha querida. No que diz respeito a emoções, preferências, estilo de vida, tempo e lugar, eles estão separados há sete anos. Use o cérebro! Você realmente acha que numa sociedade aberta como aquela a dama está sozinha, se acabando de chorar por um homem por quem ela sequer faz uma rápida viagem para o Irã? E você acha que durante sete anos o cavalheiro está vivendo tão inocente quanto Jesus, só com a lembrança da amada?

— Se for esse o caso, então por que não se separam de forma legal? — perguntei.

— Por que deveriam? A mulher é esperta demais para fazer isso. Ela tem uma mula que trabalha, ganha muito dinheiro e manda para ela. E ele é uma mula que não dá trabalho... não precisa de almoço e jantar e não precisa que lavem e passem suas roupas. Ela teria que de ser burra para abrir mão da gansa que põe ovos de ouro. Da parte dele, o cavalheiro não quis se casar de novo ou tem bens lá, metade dos quais teria de dar à mulher em caso de divórcio. E até agora não viu a necessidade de fazer isso.

— Meu Deus, você pensa em cada coisa!

— Já vi centenas de casos semelhantes — disse Parvaneh. — Saiid e a esposa podem ter circunstâncias diferentes, mas têm uma coisa em comum com os outros: esse marido e essa esposa nunca mais serão marido e esposa um para o outro. Pode ter certeza disso.

Eu me preparei para a quarta-feira com o vigor da juventude que achava ter perdido havia muito tempo. Limpei e arrumei o apartamento, cozinhei e cuidei de mim. Que dia maravilhoso tivemos juntos. E assim prosseguiram os nossos encontros, dominando a minha vida.

Eu me senti jovem novamente. Cuidava da minha aparência, usava maquiagem e comprava vestidos novos. Às vezes, até invadia o armário de Shirin para pegar roupas emprestadas. O mundo ganhara nova cor. Havia um novo propósito na vida. Eu trabalhava e fazia tudo o que tinha de fazer

com paixão e vivacidade. Não me sentia mais sozinha, velha, inútil e esquecida. Eu parecia mais jovem. As rugas em volta dos olhos estavam menos
aparentes. As linhas em torno dos lábios estavam menos fundas. Minha
pele parecia mais fresca, mais radiante. Havia uma sensação agradável de
expectativa no meu coração. O som do telefone tocando tinha um novo
significado. Eu baixava a voz por instinto e atendia com palavras vagas e
incompletas. Evitava o olhar inquiridor de Shirin. Eu sabia que ela notara as
mudanças em mim, mas não sabia o que as causara.

Uma semana depois do início dos nossos encontros, ela disse:

— Mãe, desde que encontrou os seus velhos amigos, parece estar muito
mais animada.

Em outra ocasião, brincou:

— Mãe, juro que tem algo suspeito no seu comportamento.

— Como assim, "suspeito"? O que eu estou fazendo?

— Coisas que não fazia antes. Você se paparica, sai muito, está animada,
dançando. Não sei, está diferente.

— Diferente como?

— Está como uma pessoa apaixonada, como uma menininha.

Parvaneh e eu achamos sensato apresentar Saiid a Shirin. Na minha
idade, era impróprio ficar fazendo as coisas escondido e morrer de medo
que ela me visse com ele. Mas tínhamos de pensar numa desculpa para as
visitas dele. Após algumas discussões, decidimos apresentá-lo como um
amigo da família de Parvaneh que voltara recentemente ao Irã e que a razão
de nos encontrarmos de vez em quando era o trabalho. Por coincidência,
Saiid traduzira alguns artigos para o persa e me pedira para revisá-los para
ele.

Shirin viu Saiid em algumas ocasiões. Fiquei curiosa para descobrir o
que ela achara dele, mas não queria que ficasse desconfiada. Finalmente, ela
mesma abordou o assunto.

— Onde foi que a tia Parvaneh o encontrou?

— Eu lhe disse, é um amigo da família. Por quê?

— Nada... É um velho bonito.

— Velho?

— Sim, é muito refinado e gracioso — disse ela. — Não combina com a
tia Parvaneh.

— Você é tão grossa! Todos os amigos e parentes da tia Parvaneh são dignos.

— Então, por que ela é daquele jeito?

— Que jeito?

— Bom, ela é meio louca.

— Você deveria ter vergonha! — ralhei. — Você não deveria falar da sua tia desse jeito. É ruim ela ser animada, engraçada e fazer todo mundo se sentir jovem?

— Sim! Quando ela está por perto você fica toda agitada e alegre, e as duas ficam cochichando o tempo todo.

— Você está com ciúmes dela? Não posso ter nem uma amiga?

— Eu nunca disse isso! Estou feliz de ver você cheia de energia e animada. É que parece que ela não lembra quantos anos tem.

No verão, nós três nos víamos, pelo menos, dia sim, dia não. Era início de setembro quando Saiid nos convidou para uma casa de campo que ele comprara ao norte de Teerã, perto do Monte Damavand. Que dia lindo e inesquecível. As montanhas chegavam ao céu e a brisa trazia o frescor dos picos cobertos de neve. O ar era limpo e perfumado. As pequenas folhas nos galhos finos dos álamos brancos que circundavam a propriedade flutuavam feito grandes lantejoulas, mudando de cor sob o brilho do sol. Quando a brisa soprava mais forte, as folhas tremeluzentes soavam como uma multidão aplaudindo a nós, a vida e as belezas da natureza. Ao longo dos riachos estreitos, cachos de petúnias entregavam-se ao seu próprio odor adocicado. As árvores estavam carregadas de frutas divinas. Maçãs, peras, ameixas amarelas e pêssegos felpudos cintilavam ao sol. Houve poucas ocasiões na minha vida em que desejei que o tempo parasse. Esse dia foi uma delas.

Nós três estávamos felizes e à vontade juntos. Os véus da cautela e do estranhamento caíram e conversamos livremente. Como a minha outra metade, Parvaneh dizia as coisas que eu me achava incapaz de verbalizar. Com a sua criancice e espontaneidade, ela nos fazia rir. Eu não conseguia segurar o riso. Era como se ele subisse das partes mais profundas do meu ser e brotasse nos meus lábios. Seu som era agradável e desconhecido para mim. Eu me perguntava: Essa sou mesmo eu, rindo desse jeito?

No fim da tarde, após uma caminhada longa e revigorante, sentamo-nos no terraço alto da casa, que proporcionava uma visão magnífica do pôr do sol. Tomávamos chá e comíamos doces, quando Parvaneh começou:

— Saiid, preciso perguntar uma coisa — disse ela. — Durante todos esses anos, Massoum e eu nos perguntamos por que você desapareceu depois daquela noite. Por que não voltou? Por que não enviou a sua mãe para pedir a mão dela? Você poderia ter evitado todas as dificuldades por que os dois passaram na vida.

Fiquei perplexa. Até aquele momento, tínhamos evitado falar sobre aquela noite porque teria me constrangido e certamente teria deixado Saiid desconfortável. Olhei para ela e disse assustada:

— Parvaneh!

— O quê? Acho que desenvolvemos uma intimidade suficiente para podermos falar sobre qualquer coisa, especialmente sobre algo dessa importância, que mudou o destino de vocês. Saiid, você não tem que responder se não quiser.

— Não, eu preciso responder — disse ele. — Na verdade, eu queria falar sobre aquela noite e sobre tudo o que aconteceu, mas não queria aborrecer Massoum.

— Massoum, isso vai aborrecê-la? — perguntou Parvaneh.

— Na verdade, não me incomodaria saber... — respondi.

— Naquela noite, sem saber de nada que estava acontecendo, eu estava trabalhando na farmácia quando Ahmad entrou de repente e começou a gritar obscenidades. Ele estava muito bêbado. O dr. Ataii tentou acalmá-lo, mas Ahmad o atacou. Corri para afastar o doutor, e Ahmad foi para cima de mim e começou a me bater. Todo mundo na vizinhança correu para ver o que estava acontecendo. Fiquei em choque e envergonhado. Naquela época, eu era tão tímido que não me sentia à vontade nem para fumar em público, e lá estava Ahmad gritando que eu desencaminhara a irmã dele. De repente, ele sacou uma faca e as pessoas correram para me tirar de debaixo dele. Antes de ir embora, Ahmad me ameaçou dizendo que se me visse por ali de novo, me mataria. O dr. Ataii disse que era melhor eu não ir trabalhar por alguns dias e deixar as coisas se acalmarem. Além disso, eu não estava muito bem. Mal conseguia me mexer, e um olho estava tão inchado que eu nem enxergava direito. Ainda assim, meus ferimentos não eram graves. Só o braço precisava de alguns pontos.

"Alguns dias depois, o dr. Ataii foi me ver. Ele disse que toda noite Ahmad ia à farmácia completamente bêbado e fazia um escândalo. Ele falou: 'Se as pessoas me impediram de matar aquele cachorro imundo aqui, não me impedirão em casa. Eu vou matar aquela garota sem-vergonha e fazer o desgraçado lamentar pelo resto da vida.' Enquanto isso, o dr. Tabatabaii contou ao dr. Ataii que ele fora chamado à sua casa e que você fora espancada de forma terrível e estava num estado lastimável. O dr. Ataii disse: 'Pelo bem dessa menina inocente, afaste-se por alguns meses. Depois eu mesmo conversarei com o pai dela e você poderá ir com a sua mãe pedir a mão dela em casamento.'

"Algumas vezes, fiquei na frente da sua casa tarde da noite, na esperança de, pelo menos, vê-la do outro lado de uma janela. No fim, larguei a faculdade, voltei para Úrmia e aguardei notícias do médico. Eu achava que poderíamos nos casar e que você poderia morar lá com a minha mãe até eu me formar. Continuei esperando, mas o médico não deu notícias. Finalmente, voltei a Teerã e fui falar com ele. O médico começou a dizer que eu deveria terminar os meus estudos, que estava apenas começando a vida e logo esqueceria tudo o que acontecera. No início, achei que você estivesse morta, mas depois ele me contou que a sua família a casara rapidamente. Fiquei arrasado. Levei seis meses para me recompor e seguir a minha vida."

Os dias frios de meados de setembro anunciavam a chegada do outono. Parvaneh preparava-se para partir para a Alemanha. A saúde da sua mãe estava melhor e os médicos diziam que era seguro para ela viajar. Nós três estávamos sentados no quintal da casa de Parvaneh. Eu me enrolei num xale fino.

— Parvaneh, desta vez estou mais triste com a sua partida do que jamais estive — falei. — Sinto uma solidão terrível.

— Deus ouça o que realmente se passa no seu coração! — disse ela. — Vocês dois rezaram e suplicaram a Ele para se verem livres de mim! Mas, a partir de agora, cada palavra que trocarem terão de escrever para mim numa carta. Melhor ainda, compre um gravador e gravem todas as suas conversas.

Dessa vez, Saiid não riu. Balançou a cabeça e disse:

— Não se preocupe, eu tenho de ir embora também.

Parvaneh e eu nos endireitamos na cadeira e perguntamos assustadas:

— Embora para onde?

— Tenho de ir para os Estados Unidos. Sempre vou no início do verão e passo três meses com Nazy e os meninos. Este ano, estou adiando. Para ser sincero, eu simplesmente não queria ir...

Eu me afundei na cadeira. Nós três ficamos quietos.

Parvaneh entrou para pegar mais chá. Saiid aproveitou a oportunidade para pôr as mãos sobre as minhas, que estavam sobre a mesa, e disse:

— Tenho de falar com você antes de ir embora, mas a sós. Me encontre para almoçar amanhã no restaurante a que fomos na semana passada. Estarei lá à uma. Você tem de ir.

Eu sabia o que ele queria dizer. Todo o amor que sentíamos um pelo outro tantos anos atrás fora despertado novamente. Nervosa e cheia de apreensão, entrei no restaurante. Ele estava sentado a uma pequena mesa no fundo do salão, olhando pela janela. Após os cumprimentos de costume, pedimos o almoço. Estávamos os dois silenciosos e mergulhados em pensamentos. Não conseguimos terminar o almoço.

Finalmente, ele acendeu um cigarro e disse:

— Massoum, a essa altura você deve saber que foi o único amor verdadeiro da minha vida. O destino pôs muitos obstáculos no nosso caminho e nós dois sofremos profundamente. Mas talvez ele queira compensar por tudo e nos mostrar sua outra face. Eu vou para os Estados Unidos para finalmente resolver as coisas com Nazy. Há dois anos, eu disse a ela que teria de vir para o Irã morar comigo ou nos divorciaríamos. Nenhum dos dois, porém, fez nada a respeito. Agora ela abriu um restaurante, e o negócio parece estar indo bem. Ela diz que morar lá é para o nosso benefício. Seja como for, está na hora de decidirmos o que queremos fazer. Estou cansado desta vida incerta e instável. Se eu tiver certeza quanto a você e souber que quer se casar comigo, muitas coisas se tornarão claras para mim e poderei ficar à vontade para decidir e seguir esses planos com firmeza... Bem, o que você acha? Você quer se casar comigo?

Embora eu tivesse esperado isso, e desde o primeiro dia em que o revi, eu soubesse de alguma forma que um dia ele faria essa pergunta, fiquei deprimida e não conseguia falar. Mesmo nos meus pensamentos, eu não sabia que resposta deveria dar a ele.

— Não sei.

— Como você pode não saber? Depois de trinta e poucos anos, você ainda não consegue tomar uma decisão para si mesma?

— Saiid, meus filhos... O que farei com as minhas crianças?

— Crianças? Que crianças? Estão todos crescidos e cuidando da própria vida. Eles não precisam mais de você.

— Mas eles são muito ligados a mim. Tenho medo que isso os aborreça. Que a mãe deles, com essa idade...

— Pelo amor de Deus, pelo menos uma vez na nossa vida vamos pensar apenas em nós — disse ele. — Afinal, uma parte da vida é nossa também, não é?

— Eu tenho de falar com eles.

— Está bem, fale com eles, mas me avise assim que puder. Vou partir no outro sábado e não posso mais atrasar a viagem, especialmente porque terei de ficar uns dias na Alemanha para uma reunião de negócios.

Fui direto para a casa de Parvaneh e contei tudo a ela. Ela deu um pulo e gritou:

— Seus traidores! Finalmente, você conseguiu. Finalmente disse o que tinha de dizer sem a minha presença. Esperei mais de trinta anos para ver a sua reação no momento em que ele pedisse a sua mão, mas você me traiu!

— Mas, Parvaneh...

— Não faz mal, eu a perdoo. Mas, pelo amor de Deus, case-se nos próximos dias, antes da minha ida. Eu tenho de estar presente. Esse é um dos meus maiores sonhos.

— Por favor, Parvaneh, para! — gritei. — Me casar? Com a minha idade? O que os meus filhos diriam?

— O que eles iriam querer dizer? Você deu a eles a sua juventude, você fez tudo por eles. Agora tem de pensar em você. Você tem o direito de ter alguém na sua vida com quem envelhecer junto. Acho que eles até ficariam felizes por você.

— Você não entende — falei. — Eu tenho medo que eles se sintam constrangidos perante os cônjuges. Tenho de pensar na honra e na reputação deles também.

— Chega! — gritou ela. — Chega de toda essa conversa sobre honra e reputação. Estou farta disso! Primeiro, você estava preocupada com a honra do seu pai, depois com a honra dos seus irmãos, depois com a do seu marido e agora, dos seus filhos... Eu juro que, se falar nisso mais uma vez, eu me jogo por essa janela.

— Ahn? Que janela? Sua casa é térrea.

— Você esperava que eu pulasse da Torre Eiffel por causa das preocupações de Vossa Excelência com a honra? Além do mais, você não fará nada desonroso. Muitas pessoas se casam diversas vezes. Dê a si mesma a chance de, pelo menos, passar o restante da sua vida em paz e feliz. Afinal, você também é um ser humano e tem alguns direitos nessa vida.

Passei a noite toda pensando em como eu deveria contar para os meus filhos. Tentei imaginar como cada um deles reagiria e o que diria na melhor e na pior das hipóteses. Eu me sentia como a adolescente que encara os pais, bate o pé no chão e diz: "Sim, eu o quero. Eu quero me casar com ele." Algumas vezes, decidi desistir totalmente da ideia, fechar os olhos para Saiid e viver a minha vida como vivia antes. No entanto, o rosto dele, gentil e meigo, o meu medo da solidão e a honestidade de um amor antigo que se mantivera vivo no nosso coração me impediam. Afastar-me dele seria difícil. Eu me revirei na cama a noite toda, mas de nada adiantou.

Parvaneh ligou de manhã cedo.

— Bom, contou a eles?

— Não! Quando você queria que eu contasse? De madrugada? Além disso, ainda não sei como.

— O que é isso? Eles não são estranhos. Você está sempre conversando com os seus filhos. Não me diga que não sabe como dizer algo tão simples?

— Simples? O que isso tem de simples?

— Conte a Shirin primeiro. Ela é mulher e entenderia melhor. Ela não possui aquele fervor viril que os homens têm quando o assunto é a mãe deles.

— Não consigo! É difícil demais.

— Você quer que eu diga a ela?

— Você? Não! Eu tenho de criar coragem para fazer isso sozinha ou desistir de uma vez.

— Desistir de quê? Perdeu a cabeça? Depois de todos esses anos você encontrou o seu amor e agora quer desistir dele? E por nada, sem nenhum bom motivo? Melhor, por que eu não vou aí e contamos juntas para ela? Será mais fácil assim. Duas contra uma... Poderemos lidar melhor com a situação. Poderemos até bater em Shirin se precisarmos. Estarei aí por volta do meio-dia.

Depois do almoço, Shirin se vestiu e disse:

— Tenho de ir falar com a minha amiga Shahnaz rapidamente. Volto logo.

— Mas, minha querida Shirin, eu vim para falar com você — disse Parvaneh. — Aonde você vai?

— Desculpe, tia, eu preciso ir. É por causa de um trabalho para o período do verão. Se eu terminar a tempo, o próximo período será o último na universidade... Estarei de volta quando vocês acordarem da sesta.

— Não é apropriado sair quando a sua tia Parvaneh veio vê-la — falei. — Ela só ficará aqui por mais alguns dias.

— A tia é de casa — disse Shirin. — E eu não sairia se não precisasse mesmo. Tirem um cochilo e façam chá. No caminho de volta, vou comprar o bolo que a tia gosta e poderemos ficar na sacada tomando chá e comendo bolo.

Parvaneh e eu nos deitamos na minha cama.

— Sua história parece um filme — disse ela.

— Sim, um filme indiano.

— O que há de errado com os filmes indianos? Os indianos são gente também, e as coisas acontecem com eles.

— Sim, coisas estranhas. Coisas que são altamente improváveis na vida real.

— Os filmes feitos em outros países não são menos estranhos nem mais prováveis de acontecerem na vida real. Como é o nome daquele americano grandão? Arnold. Ele destrói sozinho um exército inteiro. Ou o outro que derruba seiscentas pessoas com um golpe de karatê, pula de um avião e num trem, depois salta para um carro e voa para dentro de um navio e, no caminho, dá uma surra em trezentas pessoas sem ficar com um arranhão sequer...

O LIVRO DO DESTINO

— Aonde você quer chegar?

— Quero dizer que Deus, ou o destino, ou como você queira chamar, ofereceu-lhe uma bela chance. Seria muito ingrato da sua parte não aproveitá-la.

Estávamos sentadas na secada quando Shirin chegou com o bolo.

— Nossa, ficou tão quente de novo — disse ela ofegante. — Vou trocar de roupa.

Olhei desesperada para Parvaneh, mas ela fez um gesto para que eu ficasse sentada e me acalmasse. Minutos depois, Shirin juntou-se a nós. Servi chá para ela e começou o bate-papo. Parvaneh aguardou a oportunidade certa e perguntou:

— Minha querida, o que você acharia de ir a um casamento?

— Maravilhoso! — exclamou Shirin. — Estou morrendo de vontade de ir a um casamento decente, com muita música e dança, não como os da casa do tio Mahmoud e do tio Ali. Mas quem vai se casar? A noiva e o noivo são bonitos? Detesto noivos feios. Eles são *cool*?

— Minha querida, fale direito — pedi. — O que significa "cool"?

— *Cool* significa moderno e avançado. É uma ótima palavra. Você só não gosta porque é uma expressão que os jovens usam. — Então se virou para Parvaneh e disse: — Ainda bem que a minha mãe não acabou sendo nossa professora de literatura, senão teríamos de falar com pompa intelectual.

— Está vendo como a língua dela é afiada? — disse eu a Parvaneh. — Você diz uma palavra, ela vem com dez.

— Ah, parem de discutir por bobagem — disse Parvaneh. — Estou atrasada, preciso ir.

— Mas, tia, eu acabei de chegar!

— A culpa é sua — disse Parvaneh. — Eu disse para você não sair.

— Mas você não contou de quem é o casamento.

— De quem você gostaria que fosse?

Shirin recostou-se, saboreou o chá e disse:

— Não sei.

— Bom, e se for o casamento da sua mãe?

Shirin cuspiu o chá e se dobrou de tanto rir. Parvaneh e eu nos entreolhamos e tentamos sorrir. A risada de Shirin não acabava. Era como se ela tivesse ouvido uma piada muito engraçada.

— Qual é o seu problema? — ralhou Parvaneh. — Isso não é engraçado!

— É, sim, tia. Imagine a minha mãe com um vestido de noiva e um véu chegando à cerimônia de casamento com um velho corcunda de bengala! Acho que eu teria de segurar a cauda da noiva! Imagine o noivo cambaleante tentando pôr a aliança nos dedos enrugados da noiva com as mãos trêmulas. Imagine! Não é hilário?

Humilhada e furiosa, baixei a cabeça e apertei as mãos.

— Chega! — disse Parvaneh com rispidez e raiva. — Você fala como se a sua mãe tivesse cem anos. Vocês jovens estão tão rudes e insensíveis. E não se preocupe, o noivo não é nem um pouco cambaleante. Na verdade, ele é muito mais bonito que o seu Faramarz.

Shirin olhou-nos boquiaberta e disse:

— Nossa, não fiquem tão ofendidas! Eu vi essa cena num filme. Mas o que exatamente você estava querendo dizer?

— Quis dizer que, se a sua mãe decidir se casar, há homens muito desejáveis para ela escolher.

— Pelo amor de Deus, tia, pare. A minha mãe é uma dama. Ela tem duas noras, dois netos e logo entregará a única e amada filha. — Então se virou para mim e acrescentou: — Aliás, mãe, Faramarz disse que o meu visto canadense está quase pronto. Ele deve vir para o Irã durante as férias dele em janeiro para fazermos a cerimônia de casamento e partirmos juntos.

O assunto era o casamento da minha filha. Eu tinha de demonstrar algum interesse, porém só consegui balançar a cabeça e dizer:

— Conversaremos sobre isso depois.

— O que foi, mãe? Está chateada porque eu disse que você está velha? Sinto muito. É tudo culpa da tia. Ela só fala coisas que me fazem rir.

— Por que a fazem rir? — disse Parvaneh com raiva. — No Ocidente, as pessoas se casam até com oitenta e poucos anos e ninguém ri. Aliás, os filhos e netos ficam felizes por eles e comemoram. E a sua mãe ainda é jovem.

— Tia, você morou tempo demais lá. Você está completamente ocidentalizada. As coisas aqui são diferentes. Eu, por exemplo, ficaria constrangida. Além disso, não está faltando nada na vida da minha mãe para ela querer se casar.

O LIVRO DO DESTINO

— Tem certeza?

— É claro! Ela tem uma casa linda, tem o trabalho dela, viaja e tira férias, Massoud teve muito trabalho para garantir que ela recebesse a pensão, e os dois filhos lhe dão tudo o que ela precisa. Além do mais, depois que eu me casar, ela vai para o Canadá me ajudar a cuidar dos meus filhos.

— Que honra! — disse Parvaneh, indignada.

Eu não conseguia mais ouvir a discussão delas. Levantei-me, recolhi a louça e voltei para dentro. Vi Parvaneh falando rápido e Shirin olhando furiosa para ela. Depois Parvaneh pegou a bolsa e entrou. Enquanto vestia o mantô e o lenço de cabeça, sussurrou:

— Eu disse a ela que as nossas necessidades na vida não estão limitadas a coisas materiais, que temos necessidades emocionais e sentimentais também. Disse que o cavalheiro que veio nos visitar algumas vezes foi quem pediu você em casamento.

Shirin ficou sentada, com os cotovelos sobre a mesa, segurando a cabeça com as mãos. Quando Parvaneh foi embora, voltei para a sacada. Ela olhou para mim com lágrimas nos olhos e disse:

— Mãe, diga que Parvaneh estava mentindo. Diga que não é verdade.

— O que não é verdade? O fato de que Saiid me pediu em casamento? Sim, é verdade. Mas eu ainda não dei uma resposta.

Ela suspirou aliviada e disse:

— Ah, do jeito que a tia Parvaneh falou, achei que já estivesse resolvido. Mas você não vai fazer isso, vai?

— Eu não sei. Pode ser que sim.

— Mãe, pense em nós! Você sabe quanto respeito Faramarz tem por você. Ele sempre diz que você é uma dama decente, moral e altruísta. Ele diz que você é o tipo de mãe diante da qual se deveria ajoelhar. Como vou contar a ele que a minha mãe está almejando um marido? Se você fizer isso, vai destruir a imagem que temos de você e que cultuamos todos esses anos.

— Não estou planejando cometer um crime ou um pecado para que qualquer um de vocês questione o meu caráter — falei com firmeza.

Ela se levantou, empurrou a cadeira de lado e correu para o seu quarto. Minutos depois, os bipes do telefone indicavam que ela estava discando um número. Eu tinha certeza de que ela estava ligando para Massoud e disse a mim mesma: a tempestade começou.

Uma hora depois, Massoud entrou consternado. Eu estava sentada na sacada e fingi estar lendo o jornal. Shirin falava com ele rapidamente, mas em voz baixa. Após algum tempo, Massoud juntou-se a mim do lado de fora. Estava com o cenho franzido.

— Ora, olá! — cumprimentei-o. — Legal que veio nos visitar.

— Desculpe, mãe, estou tão ocupado no trabalho que não sei mais quando é dia e quando é noite.

— Por quê, meu querido? Por que você fica se enrolando todo com um trabalho administrativo inútil? Você não ia abrir a própria empresa e desenvolver a arte e a arquitetura? A sua personalidade não é nem um pouco adequada a esse emprego. Você parece muito mais velho e faz muito tempo que não ouço a sua risada.

— Estou envolvido demais nisso. E o pai de Atefeh diz que é nosso dever religioso ajudar.

— Ajudar a quem? — perguntei. — O povo? Você acha que estaria ajudando menos a sociedade se trabalhasse na sua própria área? Para dizer a verdade, você não tinha absolutamente nenhuma experiência em administração para que eles oferecessem a você esse cargo.

— Deixe isso para lá por enquanto — disse ele, impaciente. — Que história sem pé nem cabeça é essa que Shirin me contou?

— Shirin diz muita coisa sem pé nem cabeça. A qual delas você se refere?

Nesse instante, Shirin apareceu com uma bandeja de chá e sentou-se ao lado de Massoud. Era como se ela quisesse delinear com clareza as duas frentes de batalha.

— Mãe! — reclamou ela. — Ele está falando de um homem pedir a sua mão em casamento.

Os dois prenderam o riso e se entreolharam de viés. Fiquei furiosa, mas tentei não perder a cabeça nem a autoconfiança.

— Após a morte do seu pai, alguns homens me pediram em casamento.

— Sei de todos eles — disse Massoud. — Alguns eram de uma teimosia inacreditável. Você era uma mulher bonita e completa. Você acha que eu não notava os olhares ávidos e o modo como perseguiam você? Como toda criança nessa situação, eu tinha pesadelos em que você se casava com um estranho. Você não sabe quantas noites eu passei na cama, imaginando o assassinato do sr. Zargar. A única coisa que me acalmava era a minha confiança em você. Eu sabia que nunca nos deixaria para seguir o seu coração. Sabia que você era a melhor mãe do mundo e a que mais se sacrificava pelos filhos, que nunca nos trocaria por nada e sempre escolheria ficar do nosso lado. Não entendo o que aconteceu agora e como esse homem a afetou tanto a ponto de fazê-la esquecer-se completamente de nós.

— E nunca me esqueci nem nunca me esquecerei de vocês — interrompi-o. — E você é um homem crescido, pare de falar como um menino com complexo de Édipo. Enquanto vocês eram jovens e precisavam de mim, era meu dever dedicar a minha vida a vocês. Não sei até que ponto essa era a coisa certa a se fazer, mas eu sabia que meninos como você e Siamak não aceitariam facilmente a presença de um padrasto, mesmo se fosse um grande guia para vocês e me ajudasse com as dificuldades da vida. Na época, a única coisa que importava para mim era o conforto e a felicidade dos meus filhos. Mas agora a situação é muito diferente. Vocês todos cresceram, eu cumpri com o meu dever da melhor forma que pude e vocês não precisam mais de mim. Vocês não acham que eu finalmente tenho o direito de pensar na minha própria vida, de tomar decisões quanto ao meu próprio futuro e fazer o que me traz felicidade? Na verdade, seria mais fácil para vocês também. Vocês não terão de lidar com os problemas de uma mãe solitária e envelhecida que naturalmente se tornará mais exigente e mais irritável com o passar dos anos.

— Não, mãe, por favor, não diga isso — pediu Massoud. — Você é o nosso orgulho e honra. Para mim, você ainda é a pessoa mais preciosa na face da Terra, e, até o dia em que eu morrer, serei seu escravo e farei tudo o que você quiser ou precisar. Eu juro que só não tenho vindo vê-la há alguns dias porque estou terrivelmente ocupado, mas estou sempre pensando em você.

— É exatamente disso que eu estou falando! Você é um homem casado, pai, e tem um monte de problemas e responsabilidades, então por que deveria estar sempre pensando na sua mãe? Vocês três têm de pensar na própria vida. Não quero ser motivo de preocupação, uma obrigação ou um peso. Quero que vocês vejam que não estou sozinha, que estou feliz e que não precisam se preocupar comigo.

— Não há necessidade disso — argumentou Massoud. — Não vamos deixá-la sozinha. Com amor e respeito, queremos estar à sua disposição e tentaremos compensar por uma mínima parte de tudo o que você fez por nós.

— Meu querido, eu não quero isso! Vocês não me devem nada. Só quero viver o resto da minha vida com alguém que pode me dar a paz e a tranquilidade que sempre sonhei. É pedir muito?

— Mãe, estou surpreso com você. Por que não consegue entender o suplício que isso representará para nós?

— Suplício? Eu estaria fazendo algo imoral e herético?

— Mãe, seria contra a tradição, o que é tão ruim quanto. As notícias a respeito disso explodiriam como uma bomba. Você percebe o escândalo e o constrangimento que seria para nós? O que os meus amigos, colegas e subordinados diriam? Pior ainda, eu serei capaz de estar de cabeça erguida diante da família de Atefeh? — Ele se virou rapidamente para a irmã e pediu: — Shirin, nunca mencione nada disso na frente de Atefeh.

— E o que vai acontecer se ela descobrir? — perguntei.

— O que vai acontecer? Ela vai perder todo o respeito que tem por você. O ídolo que fiz de você para ela vai se estraçalhar. Ela vai contar para os pais e todos no ministério ficarão sabendo.

— E daí?

— Sabe o que eles dirão pelas minhas costas?

— Não, o que eles dirão?

— Dirão: "Com essa idade, o sr. Gerente tem um novo padrasto. Ontem à noite, ele pôs as mãos da mãe nas mãos de um idiota inútil." Como eu poderia conviver com uma vergonha dessas?

Eu estava com um nó na garganta. Não conseguia mais falar. Não conseguia suportar ouvi-los falar desse jeito do meu amor puro e bonito. Minha cabeça estava latejando. Entrei, tomei analgésicos e me sentei no sofá no escuro, reclinando a cabeça para trás.

Shirin e Massoud conversaram mais um pouco na sacada. Massoud quis ir embora e eles entraram. Enquanto ele saía, Shirin disse:

— É tudo culpa da tia Parvaneh. Ela não tem nenhuma noção. Nossa pobre mãe nunca teria sequer pensado numa coisa dessas. Ela convenceu a mamãe.

O LIVRO DO DESTINO

— Nunca gostei da tia Parvaneh — disse Massoud. — Sempre a considerei vulgar. Ela nunca age com decoro. Aquela noite, na nossa casa, ela tentou dar um aperto de mão no sr. Maghsoudi! O pobre homem ficou confuso e perturbado. Pode ter certeza de que, se a tia Parvaneh estivesse no lugar da nossa mãe, já teria se casado umas cem vezes.

Eu me levantei, acendi uma pequena luminária e disse:

— Isso não tem nada a ver com Parvaneh. Todo ser humano tem o direito de decidir como viver a própria vida.

— Sim, mãe, você tem esse direito — disse Massoud. — Mas você ia querer exercê-lo à custa da honra e da reputação dos seus filhos?

— Estou com dor de cabeça e quero ir para a cama — falei. — E acho que você está atrasado. É melhor você ir ver a sua esposa e o seu filho.

Apesar dos sedativos que tomei, passei a noite inquieta. Pensamentos conflitantes me atiravam de um lado para o outro. Por um lado, saber que eu estaria magoando os meus filhos fazia eu me sentir culpada. A expressão cansada e apreensiva de Massoud e as lágrimas de Shirin não me deixavam em paz. Por outro, a fantasia de liberdade acenava para mim. Ah, como eu precisava, uma vez na vida, me libertar de todas as responsabilidades e voar livremente nesse grande mundo! O desejo do meu coração, o amor que eu sentia por Saiid e o medo de perdê-lo novamente estavam esmagando o meu coração.

A manhã veio, mas não tive energia para sair da cama. O telefone tocou diversas vezes. Shirin atendia, mas a pessoa desligava. Eu sabia que era Saiid. Ele estava preocupado, porém não queria falar com Shirin. O telefone tocou de novo. Desta vez, Shirin disse um alô frio e depois gritou com grosseria:

— Mãe, é a sra. Parvaneh, atende.

Atendi o telefone.

— Quer dizer que agora sou a sra. Parvaneh! — disse ela. — Shirin quase me xingou!

— Sinto muito. Não leve a sério.

— Ah, eu não ligo — disse Parvaneh. — Mas me diga, como você está?

— Péssima. Essa dor de cabeça não quer passar.

— Massoud também está sabendo? Ele recebeu a notícia tão mal quanto Shirin?

— Muito pior.

— Que crianças egoístas! A única coisa com que eles não se preocupam é a sua felicidade. Eles simplesmente não entendem... A culpa é sua por sempre se sacrificar e ceder a eles. Eles se tornaram tão insolentes que não conseguem sequer imaginar que você tem direitos também. Bom, o que você vai fazer agora?

— Não sei — respondi. — Por ora, deixe eu me recompor um pouco.

— Pobre Saiid, está morrendo de preocupação. Disse que não tem notícias suas há dois dias. Toda vez que ele liga, Shirin atende. Ele não sabe qual é a situação e se deve falar com ela ou manter distância por enquanto.

— Diga para Saiid não ligar. Eu ligo para ele mais tarde.

— Você quer dar uma volta no parque comigo e com Saiid hoje à tarde? — perguntou Parvaneh.

— Não, não estou com disposição.

— Só estarei aqui por mais alguns dias e Saiid vai partir logo também.

— Não consigo, não estou me sentindo bem mesmo — falei. — Mal consigo ficar em pé. Diga a ele que mandei um oi. Ligo para você mais tarde.

Shirin estava encostada na porta, furiosa, escutando a minha conversa. Eu desliguei e disse:

— Quer alguma coisa?

— Não...

— Então por que está parada aí feito o guardião do inferno?

— A sra. Parvaneh não deveria estar longe daqui? Não era para ela ter sumido já?

— Dobre a língua! — repreendi-a. — Você deveria ter vergonha de falar assim da sua tia.

— Que tia? Eu só tenho uma tia, a tia Faati.

— Chega! Se você falar de Parvaneh desse jeito mais uma vez, você vai ter o que merece! Você entendeu?

— Me desculpe! — disse Shirin com sarcasmo. — Não sabia que a sra. Parvaneh desfrutava de um prestígio tão grande da sua parte.

— Sim, desfruta. Agora, saia daqui. Quero dormir.

Era por volta de meio-dia quando Siamak ligou. Era estranho. Ele nunca ligava nesse horário. Shirin e Massoud deviam ter ficado com tanta pressa para dar a notícia a ele que nem sequer esperaram que ele chegasse em casa do trabalho. Após um oi frio, ele disse:

— O que é essa coisa toda que as crianças estão falando?

— Que coisa? — perguntei.

— Que você está querendo se prender a alguém.

Ouvir o meu próprio filho falar comigo naquele tom era doloroso. Ainda assim, respondi com firmeza:

— Tem algum problema nisso?

— É claro que tem um problema. Depois de um marido como o meu pai, como você pode sequer pronunciar o nome de outro homem? Você está sendo infiel à memória dele. Ao contrário de Massoud e Shirin, eu não vou perder a minha honra nem acho estranho que uma mulher da sua idade queira se casar. Mas não posso ficar assistindo a memória do meu pai martirizado ser jogada na lama. Todos os seguidores dele esperam que nós preservemos a sua memória, e você quer trazer um vagabundo qualquer para ocupar o lugar dele?

— Você tem noção do que está dizendo, Siamak? Que seguidores? Você fala como se o seu pai fosse um profeta! Nem um em um milhão de iranianos já ouviu falar do seu pai. Por que você sempre se gaba e exagera? Sei que as pessoas à sua volta incentivam isso, e você, por ser simplório e ingênuo, gosta de fazer o papel de filho do herói. Mas, meu querido, abra os olhos. As pessoas adoram criar heróis. Elas aumentam alguém para poderem se esconder atrás dele, para que ele fale por elas, para que, em caso de perigo, ele seja um escudo, sofra a punição delas e lhes dê tempo para fugirem. E isso é exatamente o que fizeram com o seu pai. Eles o colocaram na frente da fila e o encorajaram, mas, quando ele foi parar na prisão, todos fugiram, e, quando o mataram, eles negaram jamais ter tido qualquer relação com ele. E depois, apenas criticaram-no e elencaram os erros dele. E o que todos os heroísmos do seu pai nos trouxeram? Quem bateu à nossa porta para perguntar como estava passando a família do seu herói? O mais ousado e destemido deles mal murmurava um oi se nos encontrava na rua.

"Não, meu filho, você não precisa de um herói. Eu entendia a sua obsessão quando era menino, mas agora você é um homem crescido e não precisa ser um herói nem seguir um. Seja independente e confie na sua própria inteligência e no seu conhecimento para escolher os líderes que você quer apoiar, e, no instante em que achar que eles estão seguindo na direção errada, retire o seu voto. Você não deveria seguir qualquer pessoa ou ideologia que lhe peça para aceitar tudo tão cegamente. Você não precisa de mitos. Deixe que os seus filhos o vejam como um homem de caráter sólido que os protege, não como alguém que ainda precisa ser protegido.

— Argh!... Mãe, você nunca entendeu a extensão da grandiosidade do meu pai e a importância da sua luta.

Sempre que ele queria fazer de Hamid um gigante, "papai" virava "meu pai", como se a palavra papai fosse pequena demais para aquele titã.

— E você nunca entendeu o que eu sofri por causa dele — respondi. — Filho, abra os olhos. Seja realista. Seu pai foi um homem bom, mas, pelo menos no que dizia respeito à família, ele tinha fraquezas e defeitos também. Nenhum ser humano é perfeito.

— Tudo o que o meu pai fez, ele fez pelo povo — argumentou Siamak. — Ele queria criar um país socialista onde houvesse igualdade, justiça e liberdade.

— Sim, e eu vi como o país que ele admirava, a União Soviética, foi despedaçado em apenas sete anos. Seu povo ficou doente por falta de liberdade. No dia em que o país foi dissolvido, eu chorei por dias, e por meses me perguntei pelo que exatamente seu pai morrera. Você não chegou a ver os cidadãos das repúblicas do sul daquela superpotência que vieram para o Irã desesperados à procura de trabalho. Você não viu como eles estavam enlameados, confusos e ignorantes. Foi essa a medina pela qual ele deu a vida? Fico feliz pelo seu pai não ter vivido para ver o que se tornou a grande fonte das esperanças dele.

— Mãe, o que você entende de questões políticas? Além do mais, não liguei para ficar falando sobre isso. O problema é você e o que está planejando fazer. Eu realmente não suporto ver ninguém tomando o lugar do meu pai. Só isso.

E desligou.

Discutir com Siamak era inútil. O problema dele não era eu, era o pai, e eu tinha de ser sacrificada diante desse ídolo.

*

Mais tarde, Massoud, Atefeh e o filho adorável, que sempre me fazia lembrar Massoud quando tinha a sua idade, foram ao apartamento. Peguei o meu neto do colo de Atefeh e disse:

— Minha querida Atefeh, seja bem-vinda. Faz tempo que não vejo esse lourinho.

— É tudo culpa de Massoud — disse ela. — Ele anda tão ocupado no trabalho. Hoje ele cancelou uma reunião e foi para casa mais cedo. Ele disse que queria vir visitá-la porque você não estava se sentindo bem. Fazia tempo que eu não a via e estava entediada em casa, então eu o forcei a me trazer.

— Fez bem. Eu estava com saudades de você e desse menininho.

— Sinto muito por você não estar bem — disse Atefeh. — O que houve?

— Nada, na verdade — respondi. — Só tive uma dor de cabeça horrível, mas essas crianças fazem parecer algo muito pior. Com certeza, eu não queria incomodar vocês.

— Por favor, mãe — disse Massoud —, não é nenhum incômodo. É o nosso dever. Você precisa me perdoar por estar tão ocupado ultimamente a ponto de ter me descuidado de você.

— Não sou uma criança para que você tenha de cuidar de mim — disse num tom seco. — Ainda sei me cuidar sozinha, e você tem esposa e filho para cuidar. Não quero que você saia do trabalho e venha aqui apenas para cumprir com um dever. Isso me deixa ainda mais desconfortável.

Com um olhar questionador, Atefeh pegou o filho, que começara a chorar, e foi trocar a fralda. Eu me levantei e fui para a cozinha, meu refúgio de costume. Comecei a lavar algumas frutas para me manter ocupada, dando a Shirin tempo suficiente para atualizar Massoud quanto aos últimos acontecimentos, para poderem planejar o próximo passo. Atefeh voltou rapidamente para a sala e tentava desesperadamente entender sobre o que era a conversa sussurrada e codificada deles. Por fim, como se tivesse escutado o suficiente, ela disse em voz alta:

— Quem? Quem vai se casar?

Perturbado, Massoud gritou:

— Ninguém!

E Shirin apressou-se para ajudá-lo, dizendo:

— É só uma antiga amiga da nossa mãe cujo marido faleceu há alguns anos. Agora, apesar de ter genros, noras e netos, ela pôs na cabeça que vai se casar.

— O quê? — exclamou Atefeh. — Não dá para acreditar em algumas mulheres! Por que alguém não diz a ela que, com a idade delas, deveriam pensar em fazer boas ações e observar corretamente as orações e jejuns? Elas deveriam se voltar a Deus e pensar no além. Mas lá estão, ainda preocupadas com caprichos e fantasias... inacreditável!

Fiquei ali parada, segurando a fruteira, escutando o sermão eloquente de Atefeh. Massoud olhou para Shirin e evitou o meu olhar. Pus a fruteira sobre a mesa e disse:

— Por que vocês não mandam logo a mulher comprar uma sepultura e se deitar nela?

— Que comentário é esse, mãe? — repreendeu-me Massoud. — Uma vida espiritual é muito mais gratificante que uma vida material. Com uma certa idade, a pessoa deve se esforçar para ter esse tipo de vida também.

A atitude dos meus filhos em relação à minha idade e a mulheres com a minha idade me fez perceber por que as mulheres nunca gostam de revelar quantos anos têm e mantêm a própria idade como um segredo guardado a sete chaves.

No dia seguinte, eu me preparava para ir à casa de Parvaneh quando Shirin entrou no meu quarto toda arrumada e disse:

— Eu também vou.

— Não. Não é necessário.

— Você não quer que eu vá com você?

— Não! Desde que me entendo por gente, sempre tive um guarda. E eu odeio ter um guarda. Sugiro que vocês todos parem de se comportar desse jeito. Caso contrário, eu vou para as montanhas e desertos onde nenhum de vocês me encontrará.

Enquanto Parvaneh fazia as malas, contei a ela tudo o que acontecera.

— É inacreditável como os nossos filhos querem nos mandar tão rápido para o outro mundo — disse ela. — Fiquei surpresa com Siamak. Como ele não consegue entender? Que destino você teve!

O LIVRO DO DESTINO

— A minha mãe dizia: "O destino de todo mundo está predeterminado, está reservado para cada pessoa, e, mesmo se o céu cair da Terra, não vai mudar." Eu costumo me perguntar: qual é a minha participação nesta vida? Eu já tive um destino próprio, independente? Ou sempre fiz parte do destino que guiava a vida dos homens na minha vida, todos os quais me sacrificaram de alguma forma no altar das opiniões e objetivos deles? Meu pai e meus irmãos me sacrificaram pela honra deles, meu marido me sacrificou por suas ideologias e objetivos, e eu paguei o preço pelos gestos heroicos e deveres patrióticos dos meus filhos.

"Quem eu fui, afinal? A esposa de um insurgente e traidor ou a esposa de um herói que lutava pela liberdade? A mãe de um dissidente ou a mãe sacrificada de um lutador e amante da liberdade? Quantas vezes eles me colocaram nas alturas e depois me arremessaram de cabeça? E eu não merecia nenhum dos dois. Eles não me elevaram devido às minhas próprias habilidades e virtudes, nem me atiraram ao chão pelos meus próprios erros.

"É como se eu nunca existisse, nunca tivesse nenhum direito. Quando foi que eu vivi para mim mesma? Quando foi que eu trabalhei para mim? Quando eu tive o direito de escolher e de decidir? Quando me perguntaram: 'O que você quer?'"

— Você realmente perdeu a coragem e a confiança — disse Parvaneh. — Você nunca reclamou assim. Não é da sua índole. Você tem de enfrentá-los e viver a sua vida.

— Eu não quero, sabe? Não é que eu não possa, eu posso, mas não há mais prazer em conseguir. Eu me sinto derrotada. É como se nada tivesse mudado nos últimos trinta anos. Apesar de tudo o que eu sofri, não consegui mudar as coisas nem dentro da minha própria casa. O mínimo que eu esperava dos meus filhos era um pouco de compaixão e compreensão. Mas nem eles estavam dispostos a me ver como um ser humano que tem certos direitos. Eu só tenho valor para eles como uma mãe que os serve. Lembra aquele velho provérbio: "Ninguém nos quer por nós, todo mundo nos quer para si." A minha felicidade e o que eu quero não tem nenhuma importância para eles.

— Agora perdi toda a paixão e o entusiasmo por esse casamento. De certa forma, perdi a esperança. A atitude deles maculou o meu relacionamento com Saiid. Se aqueles que pensei estarem mais próximos de mim, que eu pensava me amarem, que criei com as minhas próprias mãos falam desse jeito de mim e de Saiid, imagine o que os outros vão dizer. Imagine como vão nos arrastar pela lama.

— Que se danem! — disse Parvaneh. — Deixe que digam o que quiserem. Você não deveria dar atenção a nada disso. Seja forte, viva a sua vida. O desespero não combina nem um pouco com você. A sua solução é ir ver Saiid. Levante-se e ligue para o coitado. Ele está perdendo a cabeça de preocupação.

Naquela tarde, Saiid foi à casa de Parvaneh. Ela não queria mais estar presente durante as nossas conversas e foi fazer as suas coisas.

— Saiid, eu sinto muito, terrivelmente — falei. — É impossível nos casarmos. Eu fui condenada a nunca ter felicidade e uma vida tranquila.

Saiid ficou arrasado.

— Toda a minha juventude foi destruída por esse amor fatídico — disse ele. — Mesmo nos melhores momentos, lá no fundo, eu estava triste e sozinho. Não vou dizer que nunca prestei atenção em outra mulher, não estou dizendo que nunca amei Nazy, mas você é o amor da minha vida. Quando a reencontrei, achei que Deus tivesse finalmente me abençoado e, na última metade da minha vida, quisesse me mostrar suas alegrias. Os dias mais felizes e mais tranquilos que vivi foram os dias que passamos juntos nesses últimos dois meses. Agora, não ter você é difícil. Agora, eu me sinto mais sozinho do que jamais me senti antes. Agora, eu preciso de você mais do que nunca. Estou lhe pedindo, por favor, para reconsiderar. Você não é criança, você não é mais aquela menina de dezesseis anos que precisava da permissão do pai. Você pode decidir por si mesma. Não me deixe cair de novo.

Meus olhos estavam cheios de lágrimas.

— Mas e os meus filhos?

— Você concorda com o que eles estão dizendo?

— Não. A lógica deles não vale nada para mim. É baseada em egoísmo e interesse próprio. Mas com essa mentalidade, eles vão me condenar e vão sofrer. Ficarão confusos e abatidos. Nunca fui capaz de vê-los inconsoláveis. Como eu poderia agora fazer algo que os faria sentir vergonha, humilhação

O LIVRO DO DESTINO

e dor? Eu me sentirei culpada por ser a razão pela qual seus cônjuges, colegas e amigos os olharão com desprezo e desdém.

— Eles podem se sentir assim durante algum tempo, mas logo esquecerão...

— E se não esquecerem? E se isso permanecer no coração deles para o resto da vida? E se estragar a imagem que eles têm de mim?

— Tudo vai acabar voltando ao que era — argumentou Saiid.

— E se não voltar?

— Mas o que nós podemos fazer? Talvez esse seja o preço que tenhamos de pagar para a nossa felicidade.

— E eu deveria fazer os meus filhos pagarem? Não. Não posso.

— Uma vez na vida, siga o seu coração e se liberte — implorou ele.

— Não, meu querido Saiid... Não sou de fazer isso.

— Acho que você está usando os seus filhos como desculpa.

— Não sei, talvez. Talvez eu tenha perdido a coragem. O que aconteceu foi muito ofensivo. Eu não esperava uma reação tão dura da parte deles. Neste exato momento, estou muito cansada e deprimida para poder tomar uma decisão tão importante na minha vida. Estou me sentindo com cem anos de idade. E não quero fazer nada por rancor ou para mostrar a minha força. Sinto muito, mas, nessas circunstâncias, não posso dar a resposta que você quer.

— Mas, Massoum, nós nos perderemos um do outro de novo.

— Eu sei. Eu sinto como se estivesse cometendo suicídio, e não é a minha primeira vez... Mas você sabe o que é mais brutal? O fato de que, nas duas vezes, foram os meus seres amados que tramaram esse tipo de morte para mim.

Parvaneh partiu.

Eu vi Saiid mais algumas vezes. Fiz com que ele prometesse recompensar a esposa e ficar nos Estados Unidos. Afinal, ter uma família, mesmo que não sendo acolhedora e íntima, era melhor do que não ter nenhuma...

Depois que me despedi dele, fui andando para casa. Um vento frio do outono soprava em rajadas. Eu estava cansada. Minha carga de solidão estava mais pesada e meus passos, mais instáveis e fracos. Enrolei-me no meu cardigã preto e olhei para o céu cinzento.

Ah, que inverno rigoroso aguardava por mim.

Impresso no Brasil pelo
Sistema Cameron da Divisão Gráfica da
DISTRIBUIDORA RECORD DE SERVIÇOS DE IMPRENSA S.A.
Rua Argentina 171 – Rio de Janeiro, RJ – 20921-380 – Tel.: 2585-2000